dtv

An einer süddeutschen Universität sollen die beiden philosophischen Institute aus Kostengründen zusammengelegt werden. Doch zwischen ihnen bestehen ausgeprägte Spannungen und sehr unterschiedliche Auffassungen von Philosophie. Leiter von Institut Eins ist ein akribisch und zurückgezogen arbeitender Gelehrter der alten Schule. Leiter von Institut Zwei ein stromlinienförmiger Karrierist des neuen Denkens, der lieber interne Machtkämpfe führt und sich im Fernsehen zeigt, als sich um seine Studenten zu kümmern. In dieses schwer durchschaubare Geflecht von Ambitionen, Animositäten und Intrigen gerät ein junger Philosoph ... »Händler hat mit diesem Buch zweifellos eine neue Klangfarbe in die deutschsprachige Gegenwartsliteratur eingebracht.« (Lutz Hagestedt in der ›Badischen Zeitung‹)

Ernst-Wilhelm Händler wurde 1953 geboren und lebt in Regensburg. 1995 erschien sein vielbeachtetes erstes Buch, der Erzählungsband ›Stadt mit Häusern‹, 1997 der Roman ›Fall‹.

Ernst-Wilhelm Händler

Kongreß

Roman

Deutscher Taschenbuch Verlag

Ungekürzte Ausgabe
Dezember 1998
Deutscher Taschenbuch Verlag GmbH & Co. KG,
München

Umschlagkonzept: Balk & Brumshagen
Umschlagbild: ›Star Boy‹, ›Tête en l'air‹, ›Recycled #1‹,
Glasobjekte von Kiki Kogelnik
(© Kiki Kogelnik Foundation, Wien)
Satz: Reinhard Amann, Aichstetten
Druck und Bindung: C. H. Beck'sche Buchdruckerei,
Nördlingen
Gedruckt auf säurefreiem, chlorfrei gebleichtem Papier
Printed in Germany · ISBN 3-423-12586-1

L'univers transformé en après-midi de dimanche …

E. M. Cioran, Précis de décomposition

ERSTES BUCH

ES GIBT

MONTAG

Der Assistenzprofessor saß an seinem Schreibtisch und verbesserte den Probeabzug eines neuen Aufsatzes. Als es an der Tür klopfte, gab er keine Antwort, denn er wollte seine Arbeit nicht unterbrechen. Die Tür ging trotzdem auf.

»Störe ich.«

»Komm herein, aber laß bitte den Schirm draußen.«

Der Besucher trat zurück, spannte den Schirm auf und stellte ihn neben die Tür. Noch auf dem Gang zog er den Regenmantel aus, schüttelte ihn und stampfte mit den Füßen, um auch die Wassertropfen an Schuhen und Hosenbeinen abzuschütteln.

»Hier ist es aber kühl.«

»Das Institutsgebäude wird in den Sommermonaten grundsätzlich nicht geheizt. Ganz gleich, wie kalt es draußen ist.«

Der Assistenzprofessor blätterte in dem Probeabzug. Er war mit dessen Berichtigung nur langsam vorangekommen und würde sie in keinem Fall noch diesen Nachmittag zu Ende bringen.

»Möchtest du Kaffee.«

»Danke, ich trinke nie Kaffee.«

»Tee.«

»Gern.«

Der Assistenzprofessor ging zu seinem Bücherregal und nahm einen verbeulten Aluminiumtopf sowie einen Tauchsieder heraus. Er füllte den Topf über seinem Waschbecken, stellte ihn darunter auf den Boden und schloß den verkalkten Tauchsieder an die Steckdose an.

»Was macht der neue Professor.«

»Er hält eine Vorlesung und zwei Seminare über seine Sachen.«
»War er friedlich?«
»Er hat letzten Donnerstag sogar das Seminar des Professors besucht. Er war sehr höflich. Er weiß, daß der Professor ihn nicht wollte.«
»Aber er stand doch an der ersten Stelle der Berufungsliste.«
»*Nicht wollen* ist zu kraß ausgedrückt. Der Professor wollte die Stelle so gut wie irgend möglich besetzen. Es ergab sich jedoch, daß der angesehenste Kandidat seinen eigenen Forschungsvorhaben kühl bis ablehnend gegenübersteht. So daß er wohl hoffte, der Kandidat werde abwinken.«
»Wird er friedlich bleiben?«
Der Assistenzprofessor zog den Stecker des Tauchsieders aus der Steckdose und nahm Kaffeepulver und eine Schachtel mit Teebeuteln vom Regal. Der Besucher reichte ihm zwei Tassen aus dem Waschbecken.
»Hättest du vielleicht Zucker.«
»Ich trinke den Kaffee immer ohne alles. Ich muß erst nachsehen.«
Der Assistenzprofessor fand eine angebrochene Packung Würfelzucker zwischen zwei Bücherstapeln. Er blies den Staub von der Packung, ehe er sie dem Besucher gab.
»Der Professor ist in letzter Zeit sehr niedergedrückt.«
»Er bekommt doch eine Festschrift zu seinem sechzigsten Geburtstag.«
»Natürlich. – Ich glaube, er ist nicht ganz gesund. Vielleicht täusche ich mich auch, und es ist nur das Alter. Wenn er länger gesessen hat und sich dann erhebt, steht er erst eine Weile still und hält sich irgendwo fest.«

»Was machen deine Kongreßvorbereitungen.«
»Zu meinen Kongreßvorbereitungen komme ich gar nicht. Der Professor hat den Vorsitz der Abteilung – ich weiß gar nicht, wie sie genau heißt. Jedenfalls der Abteilung, in der wir alle unsere Vorträge halten. Er stellt die Veranstaltungsfolge auf. Das heißt natürlich, daß ich die Veranstaltungsfolge aufstelle. Ich werde schon ein paar Tage vor Kongreßbeginn nach Salzburg fahren, ich muß auch die Verteilung der Veranstaltungen auf die verschiedenen Räume bewerkstelligen und die Drucklegung der Kongreßunterlagen überwachen. Ich finde kaum Zeit, meinen eigenen Vortrag niederzuschreiben. – Bevor ich es vergesse, worüber trägst du vor. Ich muß dich einplanen.«
»Ich weiß es noch nicht genau.«
»Ich brauche einen Titel.«
Die Tür öffnete sich ohne Vorankündigung, und ein etwa vierzigjähriger, mittelgroßer Mann mit lockigem, nicht sehr fülligem, fast fraulich geschnittenem Haar trat ein. Er war mit einem groben hellgrauen Wollpullover und einer ausgebeulten schwarzen Hose bekleidet. Um den Hals trug er einen sichtbar abgenutzten schwarzen Seidenschal, es war nicht zu erkennen, ob er unter dem Pullover ein Hemd anhatte oder nicht.
»Ich würde mich gern einen Augenblick mit Ihnen unterhalten.«
»Wir haben gerade von Ihnen gesprochen.«
Der Assistenzprofessor bedeutete dem neuen Professor, Platz zu nehmen. Der Assistenzprofessor stellte dem neuen Professor seinen ersten Besucher nicht vor.
»Trinken Sie Kaffee oder Tee.«
Der neue Professor machte eine abwehrende Handbewegung.

Der Freund des Assistenzprofessors trank seinen Tee aus.
»Ich muß jetzt gehen. Du gibst mir Bescheid, wann ich drankomme.«
»Ich brauche den Titel.«
»Regnet es noch?«
Der Assistenzprofessor blickte unwillig zum Fenster.
»Ich glaube ja.«
Der neue Professor sah zu, wie der Freund des Assistenzprofessors seinen Mantel überzog und sich verabschiedete. Er sprach erst, als sich die Tür geschlossen hatte.
»Ich habe ihn noch nie am Institut gesehen.«
»Er will sich habilitieren. Er hat keine Stelle, er lebt von seinem Vermögen.«
»Ein junger Privatgelehrter.«
»Gewissermaßen.«
»Es gibt da etwas, das Sie wissen sollten. Vielleicht wissen Sie es auch schon, und Sie sprechen nicht darüber. Nachdem ich meinen Anstellungsvertrag unterschrieben hatte, rief mich die Sekretärin des Ministerialbeamten an, mit dem ich verhandelt hatte, und bat mich, ihr den Vertrag zurückzusenden, er enthalte einen formalen Fehler. Ich schickte die Unterlagen zurück. In dem neuen Vertrag waren einige Kleinigkeiten geändert, die mir nicht sehr wichtig erschienen, er war jedoch voller Schreibfehler. Ich rief die Sekretärin an und bat sie, mir eine Fassung ohne sinnentstellende Schreibfehler zuzusenden. Zum Beispiel sei ich nach der ersten Fassung am Philosophischen Institut Eins angestellt gewesen, in der jetzt vorliegenden Fassung sei die Eins weggelassen. Sie erwiderte beleidigt, das sei kein Schreibfehler, es gebe in Zukunft nur noch ein philosophisches Institut. Am Tag darauf rief mich der Beamte an, mit dem ich den Vertrag verhandelt hatte. Er gab sich zer-

knirscht, seine Sekretärin habe etwas durcheinandergebracht, natürlich sei und bliebe ich beim Philosophischen Institut Eins angestellt, er entschuldige sich auch für die vielen Schreibfehler seiner Sekretärin, sie sei zur Zeit überlastet, die endgültig richtige Fassung meines Vertrags gehe mir zu. Ich hatte sie bereits am nächsten Tag im Briefkasten. – Was wissen Sie?«

»Davon, daß es nur noch ein philosophisches Institut geben soll: gar nichts.«

»Ist der Gedanke so abwegig.«

»Leider nein.«

»Mein Eindruck war, die Sekretärin hat sich verplappert und das Ministerium will nur nicht, daß der Plan schon jetzt bekannt wird. – Ich habe einmal ein Buch vom Vorstand des Philosophischen Instituts Zwei in der Hand gehabt. *Philosophische Essays*.«

Der Assistenzprofessor erhob sich, um im Raum auf und ab zu gehen.

»Sonnabend in Tageszeitungen, Sonnabend in Wochenzeitungen, Sonnabend in Nachrichtenmagazinen, Sonnabend im Fernsehen. Kant hat gesagt, Hegel würde formulieren, Schopenhauer wäre der Auffassung, Nietzsche würde entgegenhalten, im Geiste Burckhardts gesprochen ... Aber kein Sonnabend in Fachzeitschriften und kein Sonnabend auf Fachkongressen. Er ist aufgeklärt konservativ, und er ist christlich. – Sie dürfen den Einfluß der Kirche auf die Besetzung unserer Lehrstühle nicht unterschätzen. – Wenn die beiden Institute zusammengelegt werden, wird er alle Stellen mit seinen Zöglingen besetzen, mit Leuten, die genau wie er über alles und überall schreiben.«

»Hat es schon einmal offenen Streit gegeben?«

Der Assistenzprofessor fuhr mit der Hand durch seinen Schnurrbart und war deshalb nur schwer zu verstehen.
»Der Professor geht Sonnabend aus dem Weg. Er läßt sich auf keine Auseinandersetzung mit ihm ein. Der Professor würde unterliegen, der Professor weiß das und verhält sich danach. Es hat sich so eingespielt, daß wir machen, was wir wollen, und daß die anderen machen, was sie wollen. Jedes Institut entscheidet allein über seine Promotionen, Habilitationen, Einstellungen und Berufungen. – Sonnabend haßt den Professor. Weil der von allen deutschen Philosophen das mit Abstand höchste Ansehen im Ausland genießt. Und ausgerechnet dieser Philosoph lehrt an seiner Hochschule.«
»Sie werden etwas unternehmen.«
»Ich rede mit dem Professor.«
»Beziehen Sie sich nicht auf mich.«
»Ich sage ihm, ich hätte ein Gerücht gehört.«
»Sehen Sie Möglichkeiten, den Plan zu verhindern?«
»Wenn Sonnabend dahintersteckt – er hätte ja den größten Vorteil davon –, dann wird er sich alles gut überlegt haben. In diesem Fall können Sie voraussetzen, seine Aussichten sind günstig.«
»Falls ich helfen kann, tue ich das.«
»Danke. Aber Sie kennen die Verhältnisse nicht. – Bevor ich es vergesse, ich brauche den Titel Ihres Vortrags für den Kongreß.«
»*Wahrheit.*«
»Einfach *Wahrheit*?«
»Einfach *Wahrheit.* – Wann fängt der Kongreß an. Ich habe es nicht im Kopf.«
Der Assistenzprofessor setzte sich wieder.
»Der Kongreß beginnt in der letzten Juliwoche. Sobald ich die Veranstaltungsfolge zusammengestellt habe, gebe ich

sie Ihnen. Ende November ist Redaktionsschluß für die Reinschrift der Vorträge. Was später kommt, wird nicht mehr berücksichtigt. Der Verlag besteht darauf. Wenn die Kongreßakten nicht zeitnah herauskämen, interessiere sich keiner mehr dafür. – Sie haben Ihren Vortrag sicher schon ausgearbeitet.«

Der neue Professor ergriff die vor ihm auf dem Tisch stehende Tasse und drehte sie in Gedanken zwischen beiden Händen. Als ihm zu Bewußtsein kam, daß er die Teetasse des vorhergehenden Besuchers in Händen hielt, stellte er sie mit einem lauten Geräusch auf den Tisch zurück.

»Ich komme im Augenblick wegen des Umzugs zu nichts. Das heißt, wir ziehen nicht um, wir behalten unsere Wohnung in Düsseldorf und nehmen hier eine zweite.«

»Die Schwierigkeiten habe ich nicht. Ich kann mir gerade eine Wohnung leisten.«

»Sind Sie verheiratet.«

»Ich bin verheiratet.«

»Sie haben Kinder.«

»Wir haben keine Kinder.«

»Ist Ihre Frau nicht berufstätig.«

»Meine Frau ist Griechin. Sie besitzt etwas Grund auf einer Insel, sie treibt dort während der warmen Jahreszeit ein wenig Landwirtschaft. Sie hat einen Abschluß in Mathematik, aber sie hat die Lust daran verloren.«

»Ich möchte nicht von meinem Gehalt leben müssen.«

»Wenn es eine Fakultät gibt, deren Mitglieder nie Nebeneinkünfte haben werden, dann ist das die philosophische.«

»Wer weiß, vielleicht bestellt man eines Tages philosophische Gutachten.«

»Worüber.«

»Über das Leben, das übrigbleibt, wenn die Technik eines Tages allen das Erwerbsleben abgenommen haben wird. Aber wahrscheinlich liegt dann die Nutte Psychologie auch schon im Bett dieses neuen Menschen. – Sie haben die Einladung zu unserem Fest erhalten.«
»Vielen Dank, ich komme gern.«
»Bringen Sie Ihre Frau mit.«
»Die ist auf ihrer Insel.«
»Wird der Professor kommen?«
»Er geht nicht auf Empfänge.«
Der neue Professor schickte sich an aufzustehen.
»Sagen Sie auch dem Privatgelehrten Bescheid.«
»Sie waren letzten Donnerstag im Seminar des Professors.«
Der neue Professor lehnte sich wieder zurück.
»Ich war überrascht, daß Sie sein Seminar vorbereiten. Dafür nimmt man sonst Assistenten.«
»Ich war sein Assistent. Ich bin der seltene Fall einer Hausberufung. Er hat mich gebeten, auch weiterhin seine Veranstaltungen über bestimmte Gegenstände zu begleiten.«
»Es liegt mir nicht, mich in Höflichkeiten zu ergehen, wenn sie zu weit aus der Wahrheit herausführen. – Ich war sehr enttäuscht. Ich hatte keinen Glanz erwartet, aber doch gediegenes Handwerk. Genauigkeit und auch Wachheit. Nichts von alledem. Ein zerfahrener Oberlehrer.«
»Er weiß ungeheuer viel.«
»Es gibt verschiedene Arten, jemandem etwas beizubringen. Man kann sein Wissen von der Welt ausbreiten, und man kann Vorgehensweisen vermitteln, wie jemand zu Wissen von der Welt kommt.«
»Er ist sonst nicht so zerstreut.«
Der Assistenzprofessor erwartete Gegenrede, die jedoch ausblieb.

»Er lebt mit seiner Schwester zusammen. Sie führt den Haushalt und nimmt ihm den Alltag ab. Er hält sich von allem fern, was nicht mit seiner wissenschaftlichen Arbeit zu tun hat.«

»Und die Verwaltungsarbeit?«

»Erledige ich zusammen mit seiner Sekretärin. Wenn jemand eine Prüfung bei ihm ablegen will, vereinbare ich mit dem Betreffenden den Termin und bespreche den Prüfungsstoff. Der Professor bekommt einen Vermerk, wen er wann worüber prüft. Ich bin bei allen Prüfungen dabei. Er hat kein Gefühl dafür, was man von den Studenten erwarten kann und was nicht. Ich greife sanft ein, wenn er den Prüfling über- oder unterfordert. Was Magisterarbeiten oder Dissertationen betrifft, so bekommt er von dem für das betreffende Gebiet zuständigen Assistenten oder Professor einen fünfseitigen Gutachtensvorschlag. Die Schwierigkeit sind die Fakultätssitzungen. Was ich zu den einzelnen Tagesordnungspunkten weiß, schreibe ich ihm auf. Darüber hinaus kann ich ihm nicht helfen. – Er wird demnächst sechzig. Das ist natürlich ein Anlaß, sich über die irgendwann einmal bevorstehende Emeritierung Gedanken zu machen. Apropos – ich habe Sie noch nicht gefragt, ob Sie einen Aufsatz für die Festschrift zu seinem sechzigsten Geburtstag beisteuern wollen.«

»Wann ist Geburtstag.«

»Am neunundzwanzigsten Februar.«

»Dann habe ich noch Zeit.«

»Sie wollen etwas schreiben.«

»Ja.«

DONNERSTAG

Der Professor saß mit seiner Schwester auf der Terrasse zu Tisch. Es war ein ungewöhnlich warmer Frühsommermorgen. Sie nahm das Frühstück ein, er das Abendessen.
»Ich mache mir noch Kaffee. Soll ich dir noch eine Flasche Wein holen.«
»Nein danke. Ich trinke nichts mehr.«
»Möchtest du sonst noch etwas.«
»Nein danke.«
»Wirklich nicht?«
»Nein.«
Sie erhob sich und ging um den Tisch herum. Sie stellte sich hinter ihn, mit beiden Händen seine Stuhllehne umfassend.
»Ich bringe immer weniger auf den Tisch.«
»Ich habe keinen großen Hunger.«
Sie ging ins Haus. Als sie wiederkam, richtete sie das Wort an ihn, ohne sich zu setzen.
»Könntest du bitte für einen Augenblick deine Zeitung beiseite legen. Ich möchte etwas mit dir besprechen.«
»Muß das jetzt sein. Ich bin sehr müde.«
»Wenn du nachmittags aufstehst, hast du keine Zeit, weil du ins Institut mußt. Jetzt ist die einzige Gelegenheit.«
Der Professor faltete die Zeitung zusammen, seine Schwester setzte sich auf den Stuhl neben ihm.
»Ich weiß, daß es für dich eine große Unbequemlichkeit bedeutet. Aber wir müssen einen neuen Heizkessel einbauen lassen. – Ich habe im letzten Winter dreimal die Handwerker dagehabt, weil die Heizung nicht in Ordnung war. Es war jedesmal eiskalt. Wir haben gesagt, im Sommer wird die Heizung überholt.«

Der Professor griff nach der Zeitung und nahm einen Teil heraus, um ihn dann doch nicht aufzuschlagen, sondern in seinen Schoß zu legen.

»Mit dem Heizkessel ist es nicht getan. Es hat keinen Sinn, und es ist wahrscheinlich technisch nicht einmal möglich, nur den Heizkessel auszutauschen. Die Heizung muß vollständig erneuert werden. Das bedeutet neue Heizkörper und neue Rohrleitungen. Im ganzen Haus. – Die elektrischen Leitungen müßten ebenfalls erneuert werden. Wir waren im letzten Jahr eine Nacht ohne Licht, wir haben die genaue Ursache bis heute nicht gefunden. Es hat in der Nacht stark geregnet, wahrscheinlich ist Feuchtigkeit ins Mauerwerk eingedrungen, und es gab einen Kurzschluß.«

»Am Tag danach war das Licht wieder in Ordnung, und es ist seither nicht mehr ausgefallen.«

»Alle Wände müssen aufgemacht werden. Der Fußboden muß aufgerissen werden. Sie müssen unter das Parkett.«

»Wir können es nicht länger hinausschieben.«

»Wie soll ich schlafen, wenn wir Arbeiter im Haus haben.«

»Du müßtest dich eine Zeitlang umstellen. Du müßtest nachts schlafen und tagsüber im Institut arbeiten.«

»Ich kann tagsüber nicht arbeiten. Am Tag ist es zu hell und zu laut. Und schon gar nicht im Institut.«

»Die Heizung muß erneuert werden.«

Der Professor blätterte in dem Zeitungsteil auf seinem Schoß.

»Ich kann tagsüber nicht an meinem Buch arbeiten.«

»Wie sollen wir es sonst machen?«

»Bitte, unternimm noch nichts. – Laß mich darüber nachdenken.«

»Du weißt, ich tue nichts, ohne daß du dein ausdrückliches Einverständnis gibst.«

»Ich muß mich jetzt hinlegen.«
Der Professor legte den Zeitungsteil zusammen. Als er beim Aufstehen das linke Bein belasten wollte, knickte er ein und stützte sich für einen Augenblick mit der rechten Hand auf die Lehne des Stuhls, auf dem er gesessen hatte. Seine Schwester bemerkte es, sagte jedoch nichts.
»Ich stehe auf wie üblich.«
»Schlaf gut.«
»Danke.«
Acht Uhr war gerade vorbei, aber es war schon so warm, daß sie in ihrem leichten Morgenmantel und ihr Bruder im Hemd hatten draußen sitzen können. Wenn er ein Buch schrieb, schlief er in seinem Arbeitszimmer, das um einiges wärmer war als sein Schlafzimmer. Dabei vertrug er die Hitze nicht. Sie hatte wiederholt versucht, ihn zu überreden, er solle an besonders heißen Tagen doch in seinem Schlafzimmer schlafen. Es war ihr nicht gelungen, ihn zu überzeugen. Vor Abschluß der Niederschrift seines neuen Buches würde er nicht in sein Schlafzimmer zurückkehren.
Sie lehnte sich zurück und blickte auf das Haus ihrer Eltern und Großeltern, das sie mit ihrem Bruder bewohnte. Das dreistöckige Haus war um die Jahrhundertwende nach Plänen eines Schülers von Gabriel von Seidl errichtet worden. Auf der dem Garten zugewandten Südseite wies das Haus einen halbkreisförmigen, turmartigen Vorbau auf. Die beiden oberen Stockwerke befanden sich in dem weit heruntergezogenen Dach. Da das Grundstück in südlicher Richtung leicht abfiel, war das Parterre vom Garten aus gesehen eher ein Hochparterre. Eine verglaste Tür in der Mitte des Vorbaus führte auf einen schmalen, balkonartigen Absatz mit einer kleinen Brüstung. Die große Terrasse, auf der sie

saß, befand sich ein halbes Stockwerk tiefer, man betrat sie durch eine Tür, die zu den von kleinen quadratischen Fenstern beleuchteten Wirtschaftsräumen unterhalb des Erdgeschosses führte, die über eine Treppe mit der Eingangshalle auf der Nordseite verbunden waren. Der Vorbau wies neben der Tür in der Mitte rechts und links jeweils ein großes, fast bis zum Boden gehendes Fenster in gleichen Größenverhältnissen wie die jeweils zwei Fenster rechts und links neben dem Vorbau auf. Der Vorbau war Teil des großen Salons, von ihr aus gesehen links davon befand sich das Speisezimmer, rechts neben dem großen Salon das Musikzimmer und daneben das Arbeitszimmer ihres Bruders. Auf der Höhe des ersten Stockwerks besaß der Vorbau eine zweite schmale Brüstung, die durch eine kleine, von zwei Fenstern eingerahmte Tür betreten werden konnte. Die jeweils zwei Dachgauben mit geraden, umgekehrt V-förmigen eingezogenen Dächern rechts und links daneben waren die Fenster der Schlafzimmer, dazwischen befand sich ein weiterer Salon. Der Vorbau war in der Form eines umgekehrten Blütenkelchs überdacht. Das Hausdach verlief vom First bis zum oberen Absatz flacher, auf der Höhe des ersten Stockwerks steiler.
Die Terrasse war mit quadratischen grauen Sandsteinplatten belegt. Der Sandstein war verwittert, die Platten wiesen Risse und Löcher auf und waren uneben, in den Ritzen und Sprüngen wuchs Moos. Zum Garten hin war die Terrasse von einer niedrigen Hecke begrenzt, eine Treppe mit zehn Stufen, so breit wie der Vorbau des Hauses, führte hinunter zu der Wiese. Die Stufen und das Geländer waren aus dem gleichen Sandstein wie die Platten der Terrasse. Zwei große verwitterte und deshalb unrund gewordene Kugeln bildeten den Abschluß der Treppenbegrenzung im Garten. Das Gras

im Garten und auf dem Hang neben der Treppe stand hoch und war mit Disteln durchwachsen.
Das Haus war bis zur Unterkante des Erdgeschosses mit Efeu bedeckt. Auf der Seite des ebenerdigen Eingangs standen riesige alte Bäume. Im gleißenden Sonnenlicht waren die zahlreichen schwarzen Risse in der früher weißen und jetzt grauen Fassade deutlich sichtbar. Fensterstöcke und Fensterläden waren zwar regelmäßig gestrichen worden, aber die Farbe begann bereits wieder abzublättern. Das Dach hatte im letzten Winter sehr gelitten, zahlreiche Ziegel waren zersprungen und mußten ersetzt werden. Entlang der oberen Kante des Dachs bis hinauf zum First wuchs vereinzelt Moos.

*

Es war zehn Uhr morgens, und der Professor konnte nicht einschlafen. Er stand auf und trat zum Fenster, um die dicken, nach außen mit schwarzer, nach innen mit beiger Seide überzogenen Vorhänge zu öffnen. Die geschlossenen Fensterläden ließen an den Rändern so viel Licht in den Raum einfallen, daß alle Gegenstände deutlich erkennbar waren. Er setzte sich hinter den Schreibtisch. Er hatte die ganze Nacht an seinem Buch gearbeitet, mit nur einer Unterbrechung durch eine kurze Kaffeepause. War der Schmerz in seinem linken Bein oder die Aussicht, seinen Arbeitsrhythmus unter dem Druck der Umstände ändern zu müssen, der Grund dafür, daß er nicht einschlafen konnte. Früher war der Schmerz nur dann aufgetreten, wenn er sich nach längerer Pause bewegt hatte. Bei ruhig gelagertem Bein hatte er nichts gespürt. In letzter Zeit war der Schmerz jedoch auch in Ruhelage immer häufiger gegenwärtig. Dazu hatte der Schmerz seine Erscheinungsform gewechselt. Aus einem über die äußeren Muskelschichten des Oberschenkels verteilten leichten Stechen war ein dumpfes Pochen in dessen Innerem geworden, das jedoch mit längerer Ruhe gewöhnlich verebbte. Nicht so an diesem Tag. Er hatte sogar das Gefühl, das Pochen in seinem linken Oberschenkel habe noch zugenommen, seit er sich schlafen gelegt hatte.

Er wollte das Buch, an dem er schrieb, im Herbst an den Verlag senden, damit es im Frühjahr erscheinen konnte. Er erhoffte sich besondere Aufmerksamkeit dafür im Rahmen der zu erwartenden Erwähnungen seines Geburtstags. Wenn er seinen Arbeitsrhythmus beibehalten konnte, würde er keine Schwierigkeiten haben, den Termin einzuhalten. Wenn er jedoch gezwungen sein sollte, nachts zu schlafen und tagsüber im Institut zu arbeiten, dann würde das Buch, wenn überhaupt, nur langsame Fortschritte machen, die Wahrscheinlichkeit, es unter diesen Bedingungen rechtzeitig zu vollenden, war verschwindend gering. Er konnte im Institut nicht arbeiten. Er erledigte dort ausschließlich Dinge, die mit seiner Lehrverpflichtung zu tun hatten. Wirklich arbeiten konnte er nur während der Nacht, zu Hause, hier in seinem Arbeitszimmer.

Das Halbdunkel war durch den Stand der Sonne, die jetzt das Fenster unmittelbar beschien, zur gedämpften Helligkeit geworden. Sein Arbeitszimmer und das daran anschließende Musikzimmer, das nur noch als Bibliothek diente, waren von Richard Riemerschmid entworfen. Alles befand sich im ursprünglichen Zustand, nur die Bücher auf den Borden waren nicht mehr die seines Vaters, sondern diejenigen, die er für seine Arbeit benötigte. Das Arbeitszimmer war ein hoher, länglicher Raum mit einem großen Fenster auf die Südseite. Der Schreibtisch stand schräg vor dem Fenster, so daß der Arbeitende fast mit dem Rücken zum Fenster saß, das Tageslicht fiel über seine linke Schulter auf die Arbeitsfläche. Der Mittelteil des Schreibtisches war rechteckig, die beiden äußeren Teile waren leicht auf den Arbeitenden zugezogen. Auf der ihm zugewandten Seite befanden sich rechts und links je eine Tür, alle anderen Seiten waren mit über die ganze Höhe laufenden kassettenförmigen Vertiefungen verziert. Der Schreibtisch war in dunklem Nußbaumholz ausgeführt, die Vertiefungen mit Wurzelholz im Flammenmuster ausgelegt, die Arbeitsfläche mit in eine umlaufende Messingschiene gespanntem braunem Rindsleder überzogen. Hinter dem Schreibtisch befand sich ein hüfthoher, tiefer Einbauschrank mit drei Türen, die die gleichen kassettenförmigen Verzierungen aufwiesen wie der Schreibtisch. Auf dem Schreibtisch lagen neben den Blättern der Niederschrift seines neuen Buches nur wenige aufgeschlagene Bücher. Dafür lehnten auf dem Einbauschrank etwa zwei Dutzend bis zu einem halben Meter hohe Bücherstapel an der Wand. Auf den Bücherstapeln lagen noch einmal Sonderdrucke und Broschüren. Einige Sonderdrucke waren heruntergefallen und klemmten auf halber Höhe zwischen den Bücherstapeln. Dahinter begann über dem Schrank ein Bücherregal mit sechs Borden, das mit einem Abstand von einem halben Meter zu der hohen Decke über die ganze Länge des Zimmers lief. In der Mitte des Raums war ein Bett längsseits in die Bücherwand eingebaut. Über dem Bett waren die drei unteren Bücherborde ausgespart, der freie Teil war mit einer Holzvertäfelung ausgekleidet. Dort hingen in vergoldeten Jugendstilrahmen zwei Ölportraits der Eltern seiner Mutter. Auf der dem Fenster abgewandten Seite setzten sich nach dem Bett Einbauschrank und Bücherregal wie hinter dem Schreibtisch fort. Die gegenüberliegende Wand wies ebenfalls auf der ganzen Länge Einbauschrank und Bücherregal auf, wobei jedoch der Einbauschrank nicht tiefer als die Bücherborde war. Der Eingang zu dem Zimmer befand sich gegenüber dem Schreibtisch, die Tür ging in das danebenliegende Musikzimmer auf. An der Fensterseite sowie an der ihr gegenüberliegenden Seite war der Raum mit einer brusthohen Holzvertäfelung mit kassettenförmigen Vertiefungen ausgekleidet. Zwischen Schreibtisch und Tür stand ein schmaler, hoher Schrank mit sieben gleich großen Schubladen. Der Schrank war ebenso wie der Schreibtisch, das Bett, die Bücherborde und die Holzvertäfelungen in dunklem Nußbaumholz ausgeführt. Der Boden wies ein helles Fischgrätparkett auf, vor dem Bett lag ein alter Buchara, der auf der dem Fenster zugewandten Seite deutlich breiter war. Der aus mannshohen, graugestrichenen, gußeisernen Rippen bestehende Heizkörper befand sich an der dem Fenster gegenüberliegenden Seite. Wenn die Heizung erneuert würde, müßte der alte Heizkörper durch einen modernen ersetzt werden. Um die Rohrleitungen auszutauschen, müßte man das Parkett aufreißen und die Holzvertäfelung demontieren.

Der Professor erhob sich und ging zum Bett zurück. Durch den Spalt zwischen den unvollkommen schließenden Fensterläden trat ein Lichtstrahl ein, der sich im Raum durch die ihn reflektierenden Staubteilchen abzeichnete und der das Zimmer wie eine Trennscheibe entzweischnitt. Während er auf der Bettkante saß und den Lichtstrahl betrachtete, öffnete sich geräuschlos die Tür.

Seine Schwester blickte ihn mit unbewegtem Gesichtsausdruck an. Sie war drei Jahre älter als er. Ihre Gesichtshaut wies fast keine Falten auf, die Lichtverhältnisse betonten jedoch die sich deutlich abzeichnenden Backenknochen. Sie hatte südländisches Haar, dichte, kurzgeschnittene Locken, jetzt ein Nebeneinander von pechschwarzen und schlohweißen Strähnen. Sie war schlank und großgewachsen. Die hohe Taille und der hohe Kragen des Morgenmantels unterstrichen ihre Größe.

»Ich habe gehört, wie du die Vorhänge aufgezogen hast.«

»Ich kann nicht einschlafen.«

»Ist es wegen – hat es mit dem zu tun, worüber wir beim Essen gesprochen haben.«

»Nicht nur. – Ich habe in letzter Zeit manchmal leichte Schmerzen im linken Oberschenkel.«

»Warum hast du nichts gesagt.«

»Es ist nicht schlimm. Nur ein leichtes Stechen, wenn ich länger laufe oder stehe.«

»Aber du kannst deswegen nicht schlafen.«

»Ich habe vorher noch nie im Ruhezustand Schmerzen gehabt. Sonst hätte ich etwas gesagt. – Es wird nichts Ernstes sein. Wahrscheinlich eine Zerrung.«

»Du solltest einen Arzt aufsuchen.«

»Ich habe gedacht, es geht von selbst wieder vorbei. – Vielleicht ist es auch eine Gefäßsache.«

Er blieb auf der Bettkante sitzen. Ihre Augen hatten sich mittlerweile an die Lichtverhältnisse gewöhnt. Bis auf einen schmalen weißen Kranz hatte er keine Haare mehr auf dem Kopf. Das Fehlen der Haare ließ seinen Kopf rundlicher wirken, als er eigentlich war, und es unterstrich seinen weichen Gesichtsausdruck. Er besaß kleine Ohren. Er hatte die gleiche faltenlose Haut wie seine Schwester, ohne daß sich jedoch die Knochen darunter so deutlich abgezeichnet hätten wie bei dieser. Sein Mund hätte der

Mund einer Frau sein können. Er war untersetzt, mit fast weiblichen Fettpolstern an Bauch und Brust, und mit unmuskulösen breiten Oberschenkeln und Oberarmen. Er trug einen leicht glänzenden, grau und blau gestreiften Schlafanzug.

»Was die Heizung betrifft, ich werde nichts unternehmen, bevor du nicht beim Arzt gewesen bist.«

»Ich möchte unbedingt, daß mein neues Buch zu meinem sechzigsten Geburtstag erscheint. Ich kann im Institut nicht daran arbeiten.«

»Ich möchte zu deinem sechzigsten Geburtstag einen Empfang geben. Ich hätte gern, daß das Haus in vorzeigbarem Zustand ist.«

»Derartige Veranstaltungen liegen mir nicht sehr.«

»Du brauchst dich um nichts zu kümmern. Ich werde alles so einrichten, daß du die Vorbereitungen überhaupt nicht bemerken wirst.«

»Ich bin dir dankbar für deine Mühe.«

»Du solltest jetzt versuchen zu schlafen.«

Sie ging um den Schreibtisch herum zum Fenster und zog die Vorhänge zu. Sie schob die Enden sorgfältig übereinander, damit kein Licht mehr einfallen konnte. Er hatte sich inzwischen wieder hingelegt. Als sie die Tür geschlossen hatte, war das Zimmer völlig dunkel.

*

Am Spätnachmittag blickte der Professor erschöpft dem Beginn seines Seminars entgegen. Er hatte nach dem Gespräch mit seiner Schwester einschlafen können, aber er war bereits nach kurzer Zeit wieder aufgewacht und hatte sich unruhig hin und her gewälzt. Es war ihm vorgekom-

men, als sei er nur noch wach gelegen. Trotzdem war er nicht aufgestanden, bevor der Wecker geklingelt hatte.
Vor ihm lagen drei Dissertationen, zusammen mit den entsprechenden Gutachtensvorschlägen, die seine Assistenten formuliert hatten. Er konnte sich nicht dazu entschließen, die Gutachtensvorschläge zu lesen und sich mit den Dissertationen zu befassen. Er war in Gedanken bei seinem Buch. Vielleicht würde ihm tatsächlich nichts anderes übrigbleiben, als zu versuchen, hier, im Institut, daran zu arbeiten. Er hatte in seinem Dienstzimmer noch nicht eine Zeile geschrieben, die nichts mit seiner Lehrverpflichtung zu tun gehabt hätte. Dabei war der Raum ruhig. Er befand sich am Ende des Flurs und ging nicht zur Straße, sondern auf den großzügigen, baumbewachsenen Innenhof hinaus. Seine Sekretärin hatte er auf der anderen Seite des Flurs untergebracht, so daß er das Geräusch der Schreibmaschine nicht hörte. In dem Raum neben seinem, der eigentlich für die Sekretärin vorgesehen war, hatte er den Logiker einquartiert, der wie er selbst fast nie im Institut arbeitete. Außerdem hatte er die Tür zum Gang sowie die immer verschlossene Durchgangstür zum Nebenraum auf eigene Kosten mit einem schallschluckenden Bezug versehen lassen. Er hatte die Einrichtung mit dem Schreibtisch, den Regalen und der Sitzgruppe aus hellem Holz in der Art eines Büros der fünfziger Jahre immer verabscheut. Er hatte jedoch nie auch nur mit dem Gedanken gespielt, den Raum so einzurichten, wie er sich ein zweckmäßiges Arbeitszimmer vorstellte. Die Stillosigkeit der Einrichtung, der billige Linoleumboden, die abgestoßenen Kanten der Möbel und die verschossenen blauen Polster hielten ihn zur Ökonomie an und mahnten ihn unablässig, nach Hause, zu seiner eigentlichen Arbeit zurückzukehren.

*

Nach dem Seminar sah sich der Professor einem Ministerialbeamten gegenüber, der ihn gemäß dem Vermerk der Sekretärin in einer Verwaltungsangelegenheit sprechen wollte. Der Beamte war großgewachsen, jedoch sehr hager, er ging gebeugt, und sein Gesicht war eingefallen. Er mußte kurz vor der Pensionierung stehen. Er trug einen dunkelblauen Anzug, ein weißes Hemd und eine dunkle Streifenkrawatte. Der Hemdkragen war ihm viel zu weit, und der Anzug schlotterte an ihm. Der Ministerialbeamte hatte die Zeit bis zu seinem Termin beim Professor in der Institutsbibliothek verbracht, wo er die Klappentexte und die Inhaltsverzeichnisse der aufliegenden Bücher des Professors überflogen hatte. Der Professor beantwortete gern eine auf seine wissenschaftliche Arbeit Bezug nehmende Frage.
»Eine rational rekonstruierte Theorie ist eine Menge von Theorieelementen, die alle Spezialisierungen eines Theoriekerns sind, desjenigen Theorieelements, das die für die Theorie grundlegenden Gesetze enthält. Ein Theorieelement ist ein geordnetes Paar aus einer mathematischen Struktur und einer Menge von beabsichtigten Anwendungen. Die mathematische Struktur besteht aus dem vollständigen Begriffsapparat der Theorie, der als Menge der potentiellen Modelle eines mengentheoretischen Prädikats dargestellt wird, aus den Gesetzen, die als Menge der Modelle eines mengentheoretischen Prädikats dargestellt werden, aus den Constraints, das sind anwendungsübergreifende Gesetze, und aus dem nichttheoretischen Begriffsapparat der Theorie. Die beabsichtigten Anwendungen der Theorie werden ausschließlich in nichttheoretischen Begriffen beschrieben. Ein Theorieelement verkörpert die folgende Behauptung: Zu jeder beabsichtigten Anwendung gibt es ein theoretisches Modell, das die nichttheoretisch

beschriebene Anwendung enthält und das den Gesetzen und Constraints der in Frage stehenden Theorie genügt. Dies bedeutet, jede beabsichtigte Anwendung kann so in theoretischen Begriffen beschrieben werden, daß die Gesetze der Theorie Gültigkeit haben und daß für die Menge der beabsichtigten Anwendungen insgesamt die von der Theorie beschriebenen Constraints erfüllt sind ...«

Der Ministerialbeamte, der zuletzt mit sichtbar wachsender Ungeduld zugehört hatte, unterbrach den Professor.

»Ich möchte Ihre Zeit nicht länger als unbedingt notwendig in Anspruch nehmen. Der Anlaß meines Besuchs sind Überlegungen zu einer unvermeidbar gewordenen Neuordnung des Lehrangebots.«

»Es geht um Stellenstreichungen.«

»Die Entwicklung und Verteilung des Kultusetats wird für einen längeren Zeitraum festgelegt. Auf der einen Seite gehen wir von einer bestimmten Steigerungsrate des Etats für die nächsten Jahre aus, auf der anderen Seite errechnen wir die Steigerungsraten bei den Personal- und Sachkosten. Wir müssen handeln, wenn wir sehen, daß der zur Verfügung stehende Etat die anfallenden Kosten nicht decken wird.«

»Was bedeutet das für mein Institut?«

»Es gibt jetzt zwei philosophische Institute. Das Philosophische Institut Eins mit Ihnen als Vorstand und das Philosophische Institut Zwei mit Ihrem Kollegen Sonnabend als Vorstand. Zwei Institute mit zwei Etats für zwei Bibliotheken, für die doppelte Anzahl von Lese- und Seminarräumen und für zwei Institutsvorstände. Es liegt auf der Hand, daß sich nicht unbeträchtliche Einsparungen erzielen lassen, wenn man die beiden philosophischen Institute zusammenlegt.«

Der Professor schwieg.
»Es ist nicht beabsichtigt, Stellen zu streichen. Professorenstellen auf keinen Fall. Aber wir können nicht an den Einsparungsmöglichkeiten vorbeigehen, die sich bei den Sachkosten ergeben.«
Der Professor schwieg weiter.
»Wie denken Sie über diese Möglichkeit.«
»Die beiden philosophischen Institute verkörpern sehr unterschiedliche Auffassungen von Philosophie ...«
Der Ministerialbeamte fiel dem Professor ins Wort. Er machte mit beiden Armen weit ausholende Bewegungen, während sein Kopf vor- und zurückging.
»Aber Ihre Lehrinhalte bleiben selbstverständlich völlig unberührt. Sie alle werden in einem gemeinsamen Institut dasselbe, genau dasselbe machen wie jetzt auch, nur unter geringfügig anderen organisatorischen Voraussetzungen.«
»Was kann ich dazu sagen.«
»Wir wollen Ihnen nichts aufzwingen. Wie das Vereinigte Philosophische Institut aussehen soll, bleibt völlig Ihnen überlassen. Sie und Ihr Kollege vom jetzigen Philosophischen Institut Zwei sind in der Gestaltung des neuen Instituts völlig frei. Sie geben sich Ihre Verfassung.«
»Die Zusammenlegung ist unvermeidbar.«
»Die Möglichkeit der Kosteneinsparung liegt selten so auf der Hand wie in diesem Fall. Nur noch ein Institut bedeutet auch: Wir können etwa ein Drittel der Räume, die jetzt beide Institute zusammen belegen, anders nutzen. Wir benötigen die frei werdenden Räume dringend für die Ökonomen.«
»Philosophen sind nicht unbedingt als Unternehmernachwuchs zu gebrauchen.«
»Sie dürfen nicht denken, wir stellen weniger alltagsnahe

Fächer grundsätzlich hintan. Aber wir stehen in diesem Fall einfach unter dem Diktat der Studentenzahlen.«
»Sie haben bereits mit dem Philosophischen Institut Zwei über das Thema gesprochen.«
»Ich habe natürlich zuerst Sie aufgesucht. Mit den anderen muß ich noch sprechen. – Sie sollten sich alle zusammensetzen und einen gemeinsamen Organisationsvorschlag erarbeiten. Das Ministerium wird sich nicht dagegenstellen.«
Der Professor blickte an dem Besucher vorbei und sagte nichts.
Der Ministerialbeamte griff nach seinem Aktenkoffer und erhob sich behend.
Der Professor gab ihm wortlos die Hand.

*

»Hast du noch Schmerzen?«
»Ich habe zwar nicht gut geschlafen, aber die Schmerzen waren nach dem Aufstehen weg.«
»Du warst so lange im Institut.«
Der Professor saß mit seiner Schwester zu Tisch. Sie aß belegte Brote, er nahm eine warme Mahlzeit ein.
»Ich habe Besuch bekommen. Von einem Ministerialbeamten. – Er hat mir eröffnet, daß die beiden philosophischen Institute zusammengelegt werden sollen. Stellenstreichungen seien angeblich nicht geplant. Es gehe um die Einsparung bei den Sachkosten. – Der Gedanke ist unerträglich. – *Zur Kritik der politischen Utopie. Moralische Grundbegriffe. Die Frage Wozu? Gentechnik und philosophische Ethik*. Bücher, die unter der Überschrift *Sachbücher* besprochen werden. Aufsätze in Tageszeitungen, Aufsätze in Wochenendbeilagen, Aufsätze in Illustrierten. *Der kategori-*

sche Imperativ und die Neutronenbombe. Der Weltgeist und der ökologische Gedanke. Man stelle zu jeder beliebigen Frage zwei beliebige Philosophen einander gegenüber, und man zeige, von welchen anderen Philosophen sie beeinflußt worden sind, ob und wie sie sich wechselseitig beeinflußt haben, welche anderen Philosophen sie beeinflußt haben, wo sie sich einig sind, wo sie sich widersprechen, wer wo damals recht hatte, wer wo heute noch recht haben könnte. Es wird immer etwas dastehen, was dem Leser irgendwie philosophisch interessant erscheint, und was vor allem den Verfasser als umfassend gebildet ausweist.«
Der Professor spürte wieder das Pochen in seinem linken Bein.
»In Sonnabends Augen bin ich eine Art Ingenieur. Er verachtet mich und ich verachte ihn. Es gibt nichts, worüber ich mich mit ihm einigen könnte. Bei mir kämen seine Assistenten nicht einmal durch die Magisterprüfung. Ich bestehe darauf, daß jeder Anfänger eine Reihe von Grundkursen durchläuft, bevor er zu mir ins Seminar kommt. Er rät seinen Studenten vom Besuch der Grundkurse an meinem Institut ab. Meine Grundkurse machten sie voreingenommen. Das ist richtig. Meine Logikkurse machen die Studenten voreingenommen gegen seine Begriffsschluderei. Sonnabend hat den Erfolg in der Öffentlichkeit, weil er die Stellung innehat, von der die Öffentlichkeit meint, sie sei der Lohn für den Erfolg in der wissenschaftlichen Gemeinschaft, und er hat die Stellung, weil die Narren im Ministerium – sie sind nur Demokraten! – meinen, der Erfolg in der Öffentlichkeit sei nicht denkbar ohne den Erfolg in der wissenschaftlichen Gemeinschaft.«
»Was ist, wenn Sonnabend hinter den Zusammenlegungsplänen steckt.«

»Daran habe ich noch gar nicht gedacht. – Es wäre sehr gut möglich.«

»Er ist jünger als du. Sie können ihn nicht zum Institutsvorstand machen.«

»Ich werde in jedem Fall Vorstand und er Stellvertreter. Aber die Titel werden keine Rolle spielen. Wenn ich es mit ihm aufnehmen wollte, wäre ich gezwungen, für die Verwaltungstätigkeit viel mehr Zeit aufzuwenden.«

»Du mußt doch nicht alles selbst machen. Du kannst dir jemanden heranziehen, dem die Verwaltungstätigkeit mehr liegt als dir und der die Dinge in deinem Sinn regelt.«

»Das habe ich bereits getan. Aber ich kann mich bei Verhandlungen mit Lehrstuhlinhabern nicht durch einen Nichtlehrstuhlinhaber vertreten lassen.«

»Bevor du irgend etwas unternimmst, mußt du dich mit deinen Mitarbeitern besprechen. Vielleicht besitzt einer von ihnen Verbindungen, vielleicht wissen sie Rat. Und du solltest herausfinden, wer im Ministerium in bezug auf diese Angelegenheit wirklich das Sagen hat. An den mußt du herankommen.«

»Ich habe mich nicht dahin gedrängt, wo ich jetzt bin. Ich habe immer nur gearbeitet. Ich bin auf den Lehrstuhl berufen worden, damit ich weiterarbeite. Ich habe auf nichts und niemanden Einfluß genommen, um dahin zu gelangen, wo ich jetzt bin.«

MONTAG

Der Freund des Assistenzprofessors verließ gegen vier Uhr nachmittags das Kino Nummer fünf eines aus sechs Vorführsälen bestehenden Schachtelkinos. Der Weg ins Freie führte durch ein Treppenhaus, in dem seine und die Schritte der beiden anderen Besucher, die denselben Film gesehen hatten, laut von den Steinstufen und den gelb gestrichenen Wänden widerhallten. Draußen regnete es in Strömen. Er spannte den Schirm auf und stand unschlüssig. Zu Hause wartete der Vortrag für den Kongreß auf ihn, mit dem er nicht weiterkam. Er beschloß, den Assistenzprofessor aufzusuchen, um mit ihm über seinen Vortrag zu sprechen. Der Assistenzprofessor lebte zusammen mit seiner Frau in einer Zweizimmerwohnung im Erdgeschoß eines einfachen Mietshauses aus den fünfziger Jahren in einer ruhigen Seitenstraße der Leopoldstraße. Der Freund des Assistenzprofessors läutete an der gläsernen Haustür, er war froh, als ihm geöffnet wurde. Die Wohnung ging zum Hof hinaus, sie befand sich am Ende eines langen Hausflurs ohne Fenster. Das Licht war ausgefallen, der Flur stand eine Handbreit unter Wasser. Die weit offen stehende Wohnungstür gab den Blick auf die überschwemmte Diele frei, von der es rechts der Reihe nach in die Küche, in das Bad und in das Wohnzimmer ging, hinter der geschlossenen Tür am Ende der Diele befand sich das Schlafzimmer. Der Boden der Diele war mit groben blaugrünen Teppichfliesen belegt, die sich im Wasser teilweise oder ganz von der Unterlage gelöst hatten, einige hatten sich mit der Fließrichtung des Wassers bis zur Türschwelle bewegt. Auf der linken Seite der Diele erstreckte sich über deren gesamte Länge ein vom Boden

bis zur Decke reichendes Blechregal mit den Büchern, Zeitschriften, Zeitungen und Niederschriften des Assistenzprofessors. Das erste Bord des Regals begann etwa dreißig Zentimeter über dem Boden, die unmittelbar auf dem Boden lagernden Bücher und Zeitschriften hatten sich mit Wasser vollgesogen und waren so aufgedunsen, daß sie, wieder trocken, kaum mehr zu gebrauchen sein würden.
Der Freund des Assistenzprofessors hörte ein Geräusch aus der Wohnung. Er klopfte am Türrahmen. Eine ihm unbekannte weibliche Stimme antwortete, er solle hereinkommen. Er betrat vorsichtig die Diele und sah in der Küche eine Frau in Arbeitskittel und Gummistiefeln, offensichtlich die Hausmeisterin. Sie hatte einen Wassereimer in der Hand, sie war enttäuscht, als sie den Besucher sah. Das Regenwasser floß mit den Hausabwässern in die Kanalisation. Ihr Mann hatte das verstopfte Rohr mittlerweile freigemacht. Die anderen Mieter im Erdgeschoß waren rechtzeitig verständigt worden, sie hatten das durch die Ausgüsse in Bad und Küche hochsteigende Wasser abgeschöpft. Die Frau des Assistenzprofessors war in Griechenland, der Assistenzprofessor selbst nicht zu Hause. Der Assistenzprofessor hatte ihr einen falschen Schlüssel dagelassen, man hatte die Wohnungstür aufbrechen müssen. Ob er ihr helfen könne, die Küchenmöbel von der Wand zu rücken. Er watete vorsichtig in die Küche.
Um die große Kokosmatte auf dem Küchenboden trocken zu legen, mußten der Küchentisch, der Kühlschrank, die Waschmaschine und eine Anrichte angehoben werden. Der Besucher zog Mantel sowie Pullover aus und legte beide zusammen mit dem Schirm auf den Küchentisch, den er vorher mit der Hand abwischte. Er stemmte der Reihe nach die Möbel so weit hoch, daß die Hausmeisterin die darunter-

liegende Kokosmatte hervorzerren konnte. Die Waschmaschine und die Anrichte waren schwer und erforderten mehrere Anläufe. Er hatte Wasser in den Schuhen und geriet ins Schwitzen. Seine Hose war ebenfalls naß geworden, weil die Hausmeisterin in ihren breiten Gummistiefeln mit jedem Schritt um sich spritzte. Als er die Anrichte hochstemmte, öffnete sich eine Tür, und ein Glas mit Linsen fiel auf den Boden und zersprang. Die Linsen verteilten sich, sogen sich voll Wasser und blieben im Geflecht der Kokosmatte hängen. Als diese endlich frei lag, hielten beide erst einmal schwer atmend inne. Dann trugen sie die schmutzstarrende, vom Wasser schwere Kokosmatte auf den Küchenbalkon und warfen sie, weil der trockene Teil des Balkons mit mannshohen Holzkisten vollgestellt war, über das Geländer, wo sie im strömenden Regen hing. Während die Hausmeisterin das Wasser in der Küche aufwischte, ging der Besucher, der sich unter Aufbietung aller Kräfte bemüht hatte, die schmutzige Kokosmatte möglichst weit weg von seinem Körper zu halten, in das Wohnzimmer. Es gab nur ein kleines Fenster gegenüber der Tür, mit Blick auf die Garageneinfahrt und die Mülltonnen. Rechts davon war der Arbeitsplatz des Assistenzprofessors, ein schmaler unaufgeräumter Tisch an der Wand, darüber einige ebenso unaufgeräumte Bücherborde.

In der Mitte des Arbeitstisches lag ein Block, dessen oberste Seite zur Hälfte beschrieben war, daneben ein Stapel beschriebener Blätter, der mit einem kleinen Flußpferd aus Onyx beschwert war. Darum herum Bücher, aus Zeitschriften herauskopierte Aufsätze und Niederschriften, viele davon aufgeschlagen. Neben dem Tisch stand auf dem Boden ein Rechner, der nicht angeschlossen war. Der Besucher ging alle Schriften durch, die auf dem Tisch lagen. Er fand mehrere Bücher und Aufsätze, die nach den Unterstreichungen und Anmerkungen für die Arbeit des Assistenzprofessors von Bedeutung sein mußten, die ihm selbst jedoch nicht bekannt waren. Auf den Bücherborden über dem Arbeitstisch entdeckte er weitere ihm nicht geläufige Titel. Er suchte aus dem übervollen Papierkorb ein Blatt heraus und schrieb auf dessen Rückseite hastig die Titel der Bücher und Aufsätze, die er sich in der Institutsbibliothek ansehen wollte. Er war froh, daß die Hausmeisterin, die immer noch die Küche saubermachte, ihn bei dieser Tätigkeit nicht überraschte. Er bemühte sich, nichts zu verrücken und alles so zu hinterlassen, wie er es angetroffen hatte.

Er rollte den schmutziggrauen Berberteppich vor der Sitzgruppe zusammen, hob ihn hoch, ließ das Wasser ablaufen und trug ihn durch die Küche an der Hausmeisterin vorbei auf den Balkon. Der Rechner stand ebenfalls im Wasser. Er hob ihn hoch und war unschlüssig, wo er ihn hinstellen sollte. Er setzte ihn zunächst auf dem Arbeitsstuhl ab. Schließlich schob er den Block sowie den Stapel beschriebener Blätter beiseite und stellte den Rechner in die Mitte des Arbeitstisches.

Die Hausmeisterin hatte inzwischen damit begonnen, das Wasser aus dem Wohnzimmer zu entfernen. Sie hatte das beige Cordsofa und den dazugehörigen Sessel an die Wand gekippt. Der Besucher zog Pullover und Mantel über, er wollte sich verabschieden. Aber die Hausmeisterin bat ihn zu bleiben. Sie mußte einige dringende Dinge erledigen, bevor um halb sieben die Geschäfte zumachten. Ihr Mann brachte ein neues Schloß, bis dahin konnte sie die Wohnung nicht abschließen. Der Besucher erklärte sich bereit zu warten, bis die Hausmeisterin von ihren Besorgungen zurück war.

Er stellte das Sofa wieder an seinen Platz und setzte sich hinein. Er begann, die auf einem Beistelltisch liegenden Zeitschriften durchzublättern. Unter diesen fand er ein schmales Buch mit einem griechischen Titel, auf dessen Umschlag fünf aufrecht gehende und wie Menschen bekleidete Flußpferde abgebildet waren. Er erinnerte sich, der Assistenzprofessor hatte ihm einmal erzählt, seine Frau verfasse bebilderte Geschichten. In den griechischen Text waren mit Blei- und Rotstift gezeichnete Bilder von Flußpferden in wechselnden Umgebungen eingearbeitet. Er hatte das Buch schon beiseite gelegt, als er zwischen zwei Zeitschriften kopierte Blätter entdeckte, die offensichtlich die Übersetzung des griechischen Textes enthielten. Er begann zu lesen, die Übersetzung in der rechten, das Buch in der linken Hand.

Die Große Malme, ein unförmiges Nilpferd in einem weiten weißen Gewand und mit einem Lorbeerkranz auf dem Kopf, schreibt ein Buch mit dem Titel *Die Abenteuer von Kuni und Henriette. Lehrreiche Geschichten von hohem didaktischem Wert!* Die Große Malme hatte nur den Titel ihres neuen Werks niedergeschrieben, als auch schon Kuni, ein schönes und strahlendes, gutmütiges Nilpferd in einem weißen Gewand mit roten Borten und einer großen roten Schleife um den Hals, mit einem Heiligenschein über dem Kopf und einem Feuerschwert in der Hand eine Anzeige in der Zeitung aufgab, daß die Große Malme eben dieses Werk verfasse. Die Große Malme hatte noch nie Geschichten aus dem Leben geschrieben. Sie sollte sehr bald erfahren, wie heikel und gefährlich es war, Nilpferde aus ihrer näheren Umgebung zu beschreiben. Die Anzeige liest der pensionierte fahrende Ritter Parsi, ein kleines nacktes Nilpferd in schwarzen Stiefeln. Er gibt sofort König Hug Bescheid, der im Altersheim *Der Frühling* residiert, und er sucht Kumbor, den Usurpator, auf. Kumbor, ein großes ganz nacktes Nilpferd, zieht gerade die Jalousie vor dem Schaufenster seiner Boutique herauf, in der er Kronen verkauft, die er Königen stiehlt. Parsi zeigt ihm stolz die Anzeige. Kumbor findet daran nichts Bemerkenswertes. Parsi erläutert, das Buch werde über ihn und sein Roß gehen. Kumbor weist verständnislos darauf hin, dort stehe aber, das Buch gehe über Kuni und Henriette. Parsi antwortet: Wenn Kuni und Henriette in ein Buch hineinpassen, dann passen auch ich und mein Roß hinein! Kumbor verständigt umgehend Philippine, ein kleines Nilpferd in Blue jeans und Turnschuhen, die zusammen mit ihrer Geschäftspartnerin Wilhelmine ein Inselhotel führt. Philippine packt sofort ihre Koffer und wird dabei von Wilhelmine überrascht. Philippine erklärt Wilhelmine, sie müsse schnellstens die Große Malme aufsuchen, denn diese schreibe ein Buch über sie. Wie das Buch denn heiße? *Die Abenteuer von Philippine*? Nicht ganz, stammelt Philippine. *Die Abenteuer von Kuni und Henriette*, murmelt sie schnell und will das Thema wechseln. Doch Wilhelmine hat genug verstanden. Ich komme mit! verkündet sie feierlich. Wenn du in einem Buch vorkommen kannst, das nicht über dich geschrieben wird, dann kann ich das genausogut! Inzwischen sitzt die Große Malme ahnungslos an ihrem Schreibtisch. Da geht die Tür auf, und in ihr steht Henriette, furchtbar in ihrem Zorn. Henriette ist ein kleines nacktes Nilpferd mit zwei kleinen Hörnern und einer schamhaardreieckähnlichen Behaarung auf dem Kopf. In der Hand hält sie ein Telegramm von Wilhelmine und Philippine, die ihr Kommen und dessen Grund ankündigen. Hinter ihr steht verschüchtert die wunderbare Kuni. Es stellt sich heraus, daß sie es war, die der Großen Malme den Gedanken zu ihrem neuen Buch eingegeben hat. Henriette ist gegen das Buch. Sie rast und tobt. Die Große Malme habe es sich viel zu leicht vorgestellt, ein Buch über sie zu schreiben. Außerdem: Alle hätten davon gewußt, nur sie nicht! Warum sie dagegen sei? Henriette ist immer gegen alles, wofür Kuni ist, und das ist auch allen bekannt. Außer vielleicht Kuni selbst. Kuni hat mit Bewunderung die Sprünge und Windungen von Henriette beobachtet und unternimmt einen bescheidenen Versuch, Henriette nachzuahmen. Während die Große Malme versucht, Henriette zu beruhigen, indem sie ihr versichert, ohne ihre Einwilligung werde überhaupt nichts weiter geschehen, kommen Wilhelmine und Philippine an. Wilhelmine hat einen leichten Sonnenbrand. Es gibt Umarmungen und Küsse. Beide gehen dann sofort in medias res. Hast du schon angefangen zu schreiben? Wo werden wir vorkommen? Philippine setzt bedeutungsvoll hinzu: Ich hoffe, daß meiner Person die ihr angemessene Aufmerksamkeit gewidmet wird! Das ist fast zuviel für Wilhelmine, die darauf besteht, als die Ältere zuerst Forderungen zu stellen. Schließlich überreichen sie der Großen Malme ein Schriftstück mit dem folgenden Wortlaut. *Wilhelmine und Philippine schließen folgenden Vertrag: Sie kommen beide im neuen Buch der Großen Malme vor, und diese trägt sämtliche Reise- und Aufenthaltskosten der Vertragspartner und ihrer Gäste. Die Unterzeichneten: Wilhelmine, Philippine. Die Zeugen.* Welche Gäste? fragt die Große Malme. Doch sie wird nicht gehört. Denn mittlerweile streiten sich Wilhelmine und Philippine mit Henriette, die nach wie vor entschieden gegen das Buch ist. Die Große Malme geht, um Luft zu holen, auf die Straße. Da kommt ein Bus an, und heraus steigt ein komisches, merkwürdig gekleidetes, flinkes Völkchen, Wilhelmines und Philippines Gäste. Alle haben prallvolle Ränzel auf dem Rücken. Die Große Malme rauft sich die Haare. Sie ahnt das Schlimmste. Wollen die etwa auch alle im Buch vorkommen? ruft sie verzweifelt. Einer der Wichte antwortet ihr: Jawohl, Madame! Er piepst mit dünnem Stimmchen: Vergessen Sie bitte nicht, daß alles im voraus bezahlt ist. Im Programm steht: Im Preis sind inbegriffen Kost, Logis und die Überraschung der Saison! – Überraschung der Saison! Überraschung der Saison! beginnen die Tierchen sofort freudig zu rufen. Die Große Malme geht wortlos in ihr Haus zurück. Die Gäste machen sich schnell im Haus breit. Sie schlüpfen überallhin, öffnen Schränke und Schubladen, kritisieren die Bilder an den Wänden und die Qualität der Gardinen, meckern über die Badetücher, die ihnen nicht flauschig genug sind, und bilden Delegationen, die Beschwerden an die Direktion formulieren.

In diesem Augenblick kam die Hausmeisterin zurück. Er könne jetzt gehen. Der Besucher erwiderte, er wolle nur schnell das Buch, das er in Händen halte, zu Ende anschauen. Er überflog die zweite Hälfte. Das Getümmel im Haus der Großen Malme steigert sich noch durch die Ankunft von König Hug, der sich aus Gründen der Staatsraison entschlossen hat, zusammen mit seinen Beratern und seinem gesamten Gefolge im Buch der Großen Malme zu erscheinen. Mit dem König findet sich auch der fahrende Ritter Parsi auf seinem Roß ein. Während Parsi mit einem kleinen Eckchen des Buchs für sich und sein Roß zufrieden wäre, besteht das Roß darauf, daß die Große Malme ihm das Buch widmen soll, und ist tödlich beleidigt, als sie dieses Ansinnen abschlägt. Die Große Malme nimmt zunächst Abstand davon, das geplante Buch zu beginnen. Aber wer weiß. Vielleicht entspannen sich die Verhältnisse irgendwann einmal, und die Große Malme wird das Buch doch noch schreiben.

Die Hausmeisterin bemühte sich weiter, das Wasser aus dem Wohnzimmer zu entfernen. Sie schloß die Tür, um auch die Ecke dahinter zu säubern. An der Wand lehnten am Boden einige große Umschläge, die durch die Tür verdeckt gewesen waren. Als der Freund des Assistenzprofessors die Umschläge aufhob, fand er zwischen ihnen die Kopie eines Aufsatzes, den er vor einiger Zeit an das *Journal of Philosophy* geschickt hatte. Dem Aufsatz war ein Brief eines ihm unbekannten Engländers an den Professor beigeheftet. Er las den Brief. Der Engländer bat den Professor um ein Urteil über den beiliegenden Aufsatz, den er als Gutachter bekommen habe. Offensichtlich entledigte sich der Professor der Aufgabe, den Aufsatz für seinen englischen Freund zu lesen, indem er ihn an den Assistenzprofessor weitergab.

Die Hausmeisterin hielt einen Augenblick lang inne, als sie bemerkte, daß der Besucher im Schriftwechsel des Hausherrn las, wandte sich jedoch dann wieder ihrer Arbeit zu. Der Freund des Assistenzprofessors schob den Aufsatz mit dem beigehefteten Brief wieder zwischen die Umschläge und legte diese auf den Bildschirm des Rechners. Er verabschiedete sich von der Hausmeisterin, die ihm für seine Hilfe dankte.

Draußen regnete es immer noch in Strömen. Er hatte seinen Schirm vergessen. Als er in die Wohnung zurückkehrte, kam ihm die Hausmeisterin auf der Diele entgegen und fragte ihn nach seinem Namen. Er sei sehr lange in der Wohnung allein gewesen, zwar gebe es beim Assistenzprofessor nicht viel zu holen, aber ihr sei wohler, wenn sie ihm den Namen dessen sagen könne, der sich in seiner Wohnung aufgehalten habe. Er schrieb seinen Namen auf ein Stück Papier, das sie, ohne es sich anzusehen, in ihren Kittel steckte.

DONNERSTAG

»Es ist unglaublich, wie das Wetter wechselt. Erst eine Woche Hochsommer. Man kann jeden Tag draußen sitzen. Dann von einem Tag auf den anderen Regen und Kälte. Heute wieder Hochsommer. – Als das Wetter schlecht war, hat es zwei Tage gedauert, bis das Haus warm wurde. War dir nicht kalt?«

»Nein.«

»Wir müssen einen neuen Heizkessel einbauen. Ich weiß, wie sehr dich das belastet. Aber ich habe einen Ausweg gefunden. Ich werde es so einrichten, daß die Arbeiten durchgeführt werden, während du auf dem Kongreß in Salzburg bist.«

»Der Kongreß dauert nicht viel länger als eine Woche. – In meinem Arbeitszimmer liegen die Heizungsrohre hinter der Wandvertäfelung. Die Wandvertäfelung kann nur von einem Kunstschreiner aufgemacht und wieder verschlossen werden. Das geht niemals innerhalb einer Woche.«

»Du könntest im Anschluß an den Kongreß Urlaub machen. Ich bestelle dir ein ruhiges Hotelzimmer in Meran, in dem du auch arbeiten kannst. In drei Wochen ist alles fertig. – Wann ruft dich der Röntgenologe an.«

»Er sagte, er werde seinen Bericht an den Orthopäden schicken. Er hat den Oberschenkel und die Wirbelsäule in allen Lagen überprüft, er konnte auf dem Schirm nichts feststellen. Ich glaube nicht, daß er auf den Aufnahmen etwas findet, was er auf dem Schirm nicht bemerkt hat.«

»Hast du Schmerzen?«

»Ich habe fast immer Schmerzen.«

»Seit wann hast du die Schmerzen.«

»Seit dem Prüfungstermin nach dem Ende des Wintersemesters.«

»So lange schon.«

»Die Schmerzen waren anfangs nicht stark, und es waren keine Dauerschmerzen. – Ich erinnere mich deshalb so genau, weil die Schmerzen mit einer seltsamen Begebenheit verbunden waren. Ich mußte eine mündliche Magisterprüfung für einen sehr jungen Studenten vom Philosophischen Institut Zwei abnehmen, der unbedingt von mir in Logik geprüft werden wollte. Er gab an, meine Vorlesungen und die Übungen besucht zu haben, aber er wußte über Kalküle höherer Ordnung so gut wie überhaupt nichts. Ich konnte ihm keine gute Note geben. Als ich nach der Prüfung den Seminarraum verließ, blickte ich mich – ich weiß nicht mehr warum, vielleicht hatte ich ein Geräusch gehört – um. Der Student saß noch da, wo er während der Prüfung gesessen hatte. Er drehte mir den Rücken zu, den linken Unterarm flach auf den Tisch vor ihm abgestützt. In dem Augenblick, in dem ich mich umwandte, lehnte er sich zurück, machte mit dem rechten Arm eine weit ausholende Bewegung nach hinten und ließ ihn dann vorschnellen. – Ich habe den Sinn dieser Bewegung nicht verstanden. Es war keine Drohgebärde, denn er hatte die Faust nicht geballt. Wenn er auf den Tisch hätte schlagen wollen, hätte er den Arm geradewegs von oben nach unten führen müssen. Die Bewegung beschrieb eher einen Kreis. Am Abend dieses Tags habe ich zum ersten Mal ein leichtes Ziehen im linken Bein verspürt.«

»Gibt es etwas Neues im Institut.«

Der Professor schüttelte den Kopf.

»Hast du mit deinen Mitarbeitern gesprochen.«

»Ich habe mich nicht um die Stellung gerissen, die ich innehabe. Sie ist mir angeboten worden, und ich habe sie angenommen. Wenn ich mich jetzt wehre, dann ist das so, als würde ich alles das nachholen, was ich nie gemacht habe.«

»Ich weiß, daß du dich nicht nach deiner Stellung gedrängt hast. Aber denke daran, es geht nicht nur um deine, sondern auch um die Zukunft deiner Mitarbeiter, die sich auf dich verlassen und die dich unterstützen. Selbst wenn du dich für dich selbst nicht wehren willst – du mußt dich für deine Mitarbeiter wehren. – Und noch etwas. Du bist nicht derjenige, der freischwebend als Privatdozent leben könnte. Auch wenn du dich nach deiner Stellung nicht gedrängt hast, sie hat dir geholfen, mit deinen Selbstzweifeln fertig zu werden.«

»Was willst du damit sagen?«

In diesem Augenblick läutete das Telefon. Der Professor erhob sich hastig und ging in das Haus. Seine Schwester blieb sitzen. Als er zurückkam, stand sie auf der Treppe, die in den Garten führte. Der Professor belastete beim Gehen absichtlich das linke Bein. Es war weniger schmerzhaft, als er erwartet hatte.

»Der Röntgenologe hat nichts gefunden. – Der Orthopäde sagt, es sei etwas Lokales. – Er will den Oberschenkel aufschneiden.«

»Mußt du ins Krankenhaus?«

»Es geht auch ambulant. Ich muß mich danach allerdings zu Hause ins Bett legen.«

»Du solltest es möglichst schnell hinter dich bringen. Damit die Wunde bis zum Kongreß wieder verheilt ist.«

Er blickte ihr kurz in die Augen und sah dann an ihr vorbei in die Ferne.

»Glaubst du wirklich, ich kann die Zweifel, die ich habe, dadurch überwinden, daß ich auf meinen Briefkopf schaue?«

»Ich wollte dich nicht kränken.«
Sie bemühte sich, in einem möglichst versöhnlichen und beruhigenden Ton zu sprechen.
»Deine Stellung gibt dir geistige Unabhängigkeit. Du, und nur du bestimmst, worüber du arbeitest. Du mußt dich nicht mit Vorhaben arrangieren, die nicht die deinen sind. Natürlich könntest du auch Bücher schreiben, wenn du diese Stellung nicht hättest. Aber du bist nicht derjenige, der auf andere zugeht, der leicht Verbindungen knüpft. Deine Stellung und alles, was damit zusammenhängt, bildet einen Rahmen, in dem du dich mitteilen kannst und in dem du von Gesprächspartnern, deren Meinung für dich zählt, unmittelbare Erwiderungen auf deine Gedanken bekommst. – Du bist der Meinung, es würde das Ende der ernsthaften Arbeit bedeuten, wenn die Institute zusammengelegt würden und alles unter den Einfluß von Sonnabend geriete. Aber du unternimmst nichts dagegen. Welchen Sinn hat es denn, etwas für geraten zu halten, wenn man dann nichts dafür tut, daß es auch Wirklichkeit wird? Dann kann man genausogut das Gegenteil für richtig halten, beziehungsweise man braucht sich bequemlichkeitshalber gar nicht erst eine Meinung zu bilden.«
»Wenn die Kraft fehlt, die Maßnahmen, von deren Notwendigkeit man überzeugt ist, auch tatsächlich zu ergreifen? Wenn man einfach zu schwach ist, das zu tun, was man tun sollte? Aber es ist nicht die Schwäche allein. Vielleicht ist die Schwäche auch nur Vorwand. – Es ist der Ekel. – Ich bringe es nicht fertig, jemanden mit Gewalt von etwas zu überzeugen, was er nicht versteht. Ich bringe es nicht über mich, jemandem etwas einzutrichtern. Man muß betrachten, was vor einem ausgebreitet ist. Wenn jemand sich weigert zu sehen, wenn jemand nicht in der Lage ist zu sehen –

warum eine Gehirnwäsche versuchen. Der, den man umgedreht hat, hat doch deswegen nicht begriffen. Man hat ihn gezwungen, so zu sprechen und so zu handeln, als hätte er gesehen, wo er nicht gesehen hat. Man hat nur ein weiteres Als-ob in die Welt gesetzt.«

MONTAG

»New York.«

Der Assistenzprofessor und sein Freund waren zur gleichen Zeit gekommen und betraten gemeinsam eine große Altbauwohnung mit hohen Räumen. Der Vorraum nach dem Eingang mündete senkrecht in die Mitte eines großen Flurs. Die Wände und die Decke waren weiß gestrichen, es roch nach frischer Farbe. Links und rechts von der Zimmertür gegenüber dem Eingang waren in Augenhöhe zwei Skulpturen an der Wand angebracht. Die rechte bestand aus einem etwa zwei Meter breiten, zwanzig Zentimeter hohen und zehn Zentimeter tiefen Quader aus glänzendem Messing, auf dem an der dem Beobachter zugewandten Seite waagrecht halbe Zylinder aus dem gleichen Material angebracht waren, deren obere und untere Ränder mit dem Quader abschlossen. Der erste Halbzylinder auf der linken Seite schloß mit der linken Seite des Quaders ab, dann kam ein kleiner Abstand, dann der nächste, kleinere Halbzylinder, die Abstände wurden größer, die Halbzylinder kleiner, bis hin zum äußersten Halbzylinder auf der rechten Seite, der genauso groß war wie der Abstand zwischen den beiden ersten Halbzylindern auf der linken Seite. Dem Beobachter unmittelbar vor der Skulptur bot sich der Blick auf einen auf der ihm zugewandten Seite runden Quader, in den von links gesehen in immer kleineren Abständen immer größere Einschnitte gemacht wurden. In den Flächen der Einschnitte spiegelten sich die Halbkreise der Schnittflächen der Halbzylinder, so daß der Eindruck von waagrecht auf einer Spiegelfläche befestigten ganzen Zylindern entstand. Die Skulptur daneben hatte die Form eines Re-

chens, sie bestand aus einem waagrecht angebrachten, etwa zwei Meter langen und zwanzig Zentimeter breiten und tiefen Quader aus glänzendem Messing, von dem, mit der rechten und linken Seite abschließend, fünf etwa einen Meter lange genauso starke Quader aus blaulackiertem Stahl nach unten abgingen.
Am linken Ende des Flurs war ein mannshoher Aluminiumquader zu erkennen. Auf dem gesamten Flur gab es keinen einzigen Einrichtungsgegenstand. Zwischen den Türen hingen große Bilder, die anzusehen die beiden Ankommenden jedoch keine Gelegenheit fanden, da in diesem Augenblick der Hausherr auf sie zuging und ihnen den Weg zu den anderen Gästen wies.
Er führte sie in einen herrschaftlichen Raum mit einer hohen Fensterfront und mit einem breiten Erker. In der Mitte des Raums um eine quadratische Platte aus blaugrauem Marmor von fast drei Metern Kantenlänge eine Sitzgruppe aus weißem Leder, die etwa zwei Dutzend Menschen Platz bot. Daneben und darum herum durchsichtige Klappstühle. An allen Wänden waren große grelle Gemälde gehängt.
In dem Erker wurde ein kaltes und warmes Buffet angeboten. Zwei Kellner schenkten den Neuankommenden den Aperitif ein. Es waren bereits etwa dreißig Gäste da. Während die Mitglieder des Instituts und deren Begleitungen in der Nähe des Buffets standen, hatte eine zweite Gruppe, wohl aus dem Bekanntenkreis der Frau des neuen Professors bestehend, auf den weißen Sofas Platz genommen.
Der neue Professor war schon wieder hinausgegangen. Der Assistenzprofessor begrüßte die Mitglieder seines Instituts. Das Gespräch drehte sich um die Ankündigung des Profes-

sors, er könne am kommenden Donnerstag sein Seminar nicht halten, da er zu einer ärztlichen Untersuchung bestellt sei. Der Professor ließ nur äußerst selten Veranstaltungen ausfallen, man rätselte, warum er seinen Arztbesuch nicht auf einen veranstaltungsfreien Montag oder Freitag gelegt hatte.

Der Freund des Assistenzprofessors stand dabei, ohne sich an dem Gespräch zu beteiligen. Er betrachtete das Bild vor ihm. Es zeigte eine bis auf den Slip und dunkle, nur knapp über die Knie reichende Strümpfe sowie helle hochhackige Schuhe nackte Frau, die, auf der rechten Seite liegend, die Beine an den Oberkörper angezogen hatte und die Arme über den Knien verschränkt hielt. Die Frau befand sich auf einer flachen, ansteigenden Ebene, aus der sich lediglich rechts neben beziehungsweise über ihr eine dünenartige Erhebung abzeichnete. Der Blick des Betrachters erfaßte die Frau von unten, er richtete sich auf das Gesäß der Frau und den schwarzen Strich, den der Slip zwischen den Beinen bildete und der sich über dem Geschlecht verbreiterte. Der Kopf war nicht sichtbar. Von oben fiel grelles Licht auf die linke Schulter und auf die verschränkten Arme.

Der Assistenzprofessor riß seinen Freund aus seiner Betrachtung. Er machte ihn darauf aufmerksam, daß zum ihnen unbekannten mutmaßlichen Kreis der Frau des neuen Professors ein Assistent vom Philosophischen Institut Zwei gehörte, den auch der Freund des Assistenzprofessors von seinem Studium her kannte. Der Assistent sprach zu einer Frau in einem hautengen schwarzen Overall mit einem etwa zwanzig Zentimeter breiten schwarzen Ledergürtel. Dazu knallrote Ballerinas und große rote Plastikdreiecke als Ohrschmuck. Während der Assistenzprofessor und sein Freund in die Betrachtung der unerträglich eingeschnürten Taille versunken waren, wandte sich deren Gesprächspartner ab und kam unmittelbar auf die beiden zu. Sie wußten einen Augenblick lang nicht, wie sie sich verhalten sollten. Das Ziel des Assistenten war jedoch das Buffet, wo er zwei Gläser Weißwein holte. Er grüßte den Assistenzprofessor und seinen Freund durch ein Kopfnicken im Vorbeigehen.

Der Assistenzprofessor wandte sich wieder seinen Institutskollegen zu. Sein Freund sah sich die anderen Bilder an, ging dann ziellos im Raum umher, die Anwesenden beobachtend, um sich schließlich doch zum Buffet zu begeben. Während er wartete, bis er bedient wurde, hörte er mit, wie ein Journalist, der häufig die DDR bereiste, von einem Erlebnis in der Lobby eines Hotels erzählte. Er war mit einem fremden Mann ins Gespräch gekommen, der Mann bat ihn, ihm Ostmark in D-Mark zu wechseln, was er auch tat. Eine Frau hatte die beiden beobachtet und verwickelte den Journalisten in eine weitere Unterhaltung. Als sie ebenfalls Geld gewechselt haben wollte, er ihr jedoch, kurz vor der Abreise stehend, eine Absage erteilte, beschimpfte sie ihn laut. Der Journalist führte aus, wo immer ein Fernsehteam in der DDR drehe, starte sofort jemand einen Rundruf, der eine größere Gruppe von Kerzenträgern, in bestimmten Kreisen lägen allzeit Kerzen bereit, in einer Kirche versammle. Das Fernsehteam werde dann regelrecht genötigt, die Friedensdemonstration aufzunehmen. Es gehe nicht um Freiheit. Es gehe nur um Geld. Auch auf unserer Seite gehe es nicht darum, zu helfen. Sondern nur darum, neue Absatzmärkte für Levi's, Coca-Cola und Marlboro zu erschließen.

Der Freund des Assistenzprofessors verließ die Gruppe um den Journalisten mit dem Dauervisum für die DDR und kam mit seinem Teller und seinem Glas Wein auf einem der

weißen Ledersofas neben der Frau in dem engen Overall zu sitzen.
»Sie sind eine Bekannte der Gastgeberin.«
»Ja. – Und Sie sind wahrscheinlich dem neuen Wirkungsfeld des Gastgebers zuzurechnen.«
»Ebenfalls ja.«
Der Freund des Assistenzprofessors blickte auf die Bilder an der gegenüberliegenden Wand.
»Ich nehme an, es ist die Gastgeberin, die für die Ankäufe verantwortlich ist.«
»Natürlich.«
»Ich würde sie gern kennenlernen. Können Sie mir sie zeigen?«
»Sie ist noch nicht da. Sie war in Berlin, wollte aber rechtzeitig zurück sein. Das Flugzeug wird Verspätung haben.«
»Das Sammeln ist ihre Hauptbeschäftigung.«
»Den Anspruch, der hier zugrunde liegt, kann nur einlösen, wer sehr viel Zeit aufwendet.«
»Die Einlösung eines hohen Anspruchs erfordert entsprechende Mittel.«
»Sie ist vermögend. Aber die Mittel sind es nicht. Es ist einfach, von jedem Maler irgendwelche Bilder zu bekommen. Es ist nicht ganz einfach, von jedem Maler gute Bilder zu bekommen. Es ist schwierig, auch nur von einigen Malern deren beste Bilder zu bekommen, und es ist fast unmöglich, von jedem Maler dessen beste Bilder zu bekommen. Unsere Gastgeberin hat von jedem Maler dessen beste Bilder. Und sie hat nur beste Bilder.«
»Sie haben beruflich mit Kunst zu tun.«
»Ich habe eine Galerie.«
Sie zeigte auf das Bild der liegenden Frau mit den verschränkten Armen und den angezogenen Beinen.

»Das Bild ist von mir. – Ihr Depot hat solche Ausmaße angenommen, daß sie ihrem Mann zugeredet hat, die Berufung anzunehmen, damit sie sich auf diese Weise eine zweite Wohnung einrichten konnte, in der sie Bilder aus ihrem Depot und auch neue Bilder wieder hängen kann.«
»Sie sind eng mit ihr befreundet.«
»Ich verrate Ihnen keine Geheimnisse. Was ich Ihnen erzählt habe, wissen alle ihre Bekannten.«
Der Freund des Assistenzprofessors blickte um sich.
»Wenn man sich für Dekoration entschieden hat, dann herrscht, wenn der Vorgang des Aussuchens abgeschlossen ist, Stille. – Ich versuche mir vorzustellen, wie man in einer Umgebung lebt, die das unbedingte Gegenteil von Dekoration darstellt: in den Seiten einer Enzyklopädie, die immerfort auf den neuesten Stand gebracht werden muß. Zu jeder Zeit werden alte Absätze gestrichen und umgeschrieben, es werden neue Absätze hinzugefügt, und die Gesamtgliederung wird unablässig neu entworfen. Trotzdem ist man niemals auf der Höhe der Zeit. Hat man einen Teil der Enzyklopädie auf den neuesten Stand gebracht, ist ein anderer schon wieder überholt. – Der Gedanke der Enzyklopädie kann vom Menschen in der Zeit niemals richtig und vollständig verwirklicht werden. Wer ihm anhängt, verliert sogar den Begriff von Stille.«
»Die Stille kann so leise werden, daß man sich die Ohren zuhalten muß, um mit dem Pulsieren des eigenen Bluts endlich wieder etwas zu hören. – Ich bin mit Biedermeiermöbeln und Bildern aus dem neunzehnten Jahrhundert aufgewachsen und habe meine erste eigene Wohnung mit Objekten aus dem Jugendstil eingerichtet. Ich arbeitete während des Studiums – Germanistik – bei einem Galeristen, um nach Studienabschluß sofort meine eigene Galerie aufzumachen.

Ich habe lange bei mir zu Hause alles vollkommen unverändert gelassen. Aber schließlich wurde der Gegensatz zwischen Galerie und Zuhause zu groß. Wenn ich aus der Galerie heimkam, stellte sich immer stärker das Gefühl ein, ich würde ein Grab betreten. Ich habe alles verkauft. Heute sieht es bei mir ähnlich aus wie hier.«

»Warum haben Sie es nicht mit einem Mittelweg versucht. Einsprengsel von Gegenwartskunst zwischen Jugendstilmöbeln. Oder umgekehrt, Einsprengsel aus dem Jugendstil zwischen Gegenwartskunst.«

»Ich bin auf sehr ruhige Weise zu meiner früheren Dekoration gekommen. Aber man kann Dekoration auch enzyklopädisch betreiben. Nehmen wir an, ich habe ein von Otto Wagner entworfenes Speisezimmer aufgebaut. Mit einer Deckenleuchte von Kolo Moser und einer Schale von Josef Hoffmann auf dem Eßtisch. Ich finde eine wunderschöne figürliche Keramik für die Anrichte. Das bringt mich auf den Geschmack, und ich erwerbe einige Amphora-Vasen für die Vitrine. Nun ist aber die Hoffmann-Schale auf dem Eßtisch zum Fremdkörper geworden – sie wirkt zu sachlich –, und ich sehe mich nach einer Kayserzinn-Schale um. Bei all dem gebe ich nicht gerade ein Bild der Ruhe ab.«

»Der Abschluß der Dekoration ist absehbar. Die Liste dessen, was für die Dekoration überhaupt in Frage kommt, steht fest. Sie ist lang, sie besteht aus sehr vielen Büchern, Museums-, Ausstellungs- und Auktionskatalogen, aber sie ist nicht unendlich. Die Schwierigkeit ist lediglich die Verfügbarkeit: Nur das Allerwenigste ist augenblicklich verfügbar, und natürlich ändert sich die Verfügbarkeit im Zeitablauf. Von dieser Schwierigkeit lebt der Betrieb, diese Schwierigkeit erzeugt das Geräusch, das beim Aussuchen der Dekoration entsteht. Aber das endgültige Gesicht der

Dekoration ist vorstellbar, deswegen wird das Geräusch nicht zu laut. – Sie haben in Ihrem Beispiel für künstliche Unruhe gesorgt, weil Sie nicht wußten, was Sie wollen. Sie müssen sich schon vorher entscheiden, ob sie ein Hoffmann-Speisezimmer oder ein Moser-Speisezimmer wollen. – Und außerdem: Kein Mensch fängt mit Josef Hoffmann an und endet in Teplitz.«

»Warum nicht.«

»Sie machen sich über mich lustig. Sie würden bei sich zu Hause keine Vasen aufbauen, um die sich Drachen, Schlangen, Spinnen und nackte Frauen winden. Sie würden dafür keine Vasen und Schalen von Josef Hoffmann wegstellen.«

»Wer weiß.«

»Sie würden Teplitz durch Josef Hoffmann ersetzen, aber niemals Josef Hoffmann durch Teplitz.«

»Sagen Sie mir, warum ich das nicht tun würde.«

»Was die Schönheit der von Josef Hoffmann entworfenen Gegenstände ausmacht, ist das, was er – als erster – weggelassen hat. Eine Vase von Josef Hoffmann ist um Größenordnungen einfacher als eine Amphora-Vase.«

»Das dachte ich mir. Wenn weiße Wände einfach das Schönste sind, muß ich schnellstens das Programm der Galerie ändern.«

»Dekoration ist Vergangenheit. Auch wenn sie beansprucht, Gegenwart zu sein, ist sie bestenfalls jüngste Vergangenheit. Die Enzyklopädie ist die offene Gegenwart.«

Die Galeristin musterte die Gäste, die sich auf den weißen Sofas niedergelassen hatten. Der Freund des Assistenzprofessors wollte den Gesprächsfaden nicht abreißen lassen.

»Wenn Sie Ihr Wiener Speisezimmer einrichten, dann ist das Ausmaß der Beunruhigungen, die auf Sie zukommen können, begrenzt. Es ist sehr unwahrscheinlich, daß Sie dabei einen völlig unbekannten genialen Tisch von Josef Hoffmann oder eine völlig neue Lampe von Kolo Moser entdecken. Daran ändert sich auch nichts, wenn Sie gegenwartsnäher werden. Die fünfziger Jahre sind schon lang gelistet, und wenn Sie Gegenwart dekorieren wollen: Ich habe neulich einen Katalog mit dem Titel *Anni Ottanta* in der Hand gehabt.«

Die Galeristin hatte einen ungewöhnlich breiten, dabei aber wohlproportionierten Mund mit großen weichen Lippen. Sie besaß glatte schwarze Haare, die kurz unter den Ohren stufenlos abgeschnitten waren. Der Scheitel auf der linken Seite war gerade und genau gezogen.

»Sie könnten mir sehr helfen, wenn Sie das, was Sie für Dekoration und Enzyklopädie halten, einmal wirklich definieren würden.«

»Dekoration: Ich stelle weg, ich hänge ab, weil etwas für sich oder im Zusammenhang nicht mehr gefällt. Was meistens dann der Fall ist, wenn etwas anderes für sich oder im Zusammenhang besser gefällt. – Enzyklopädie: Ich hänge ab, ich stelle weg, weil ich mich geirrt habe. Weil ich es jetzt besser weiß.«

»Ich kann mich auch in der Dekoration irren. Ich stelle ein Speisezimmer von Josef Hoffmann zusammen. Es geht um ein Objekt für den Eßtisch. Ich habe die Auswahl zwischen einer schwarz-weißen und einer blauen Schale. Ich entscheide mich für die schwarz-weiße. Ich ziehe die schwarzweiße der blauen vor, weil ich den Entwurf für den besseren halte und weil sie mir besser gefällt als die blaue. Ein Jahr später – ich habe weitere Ausstellungen gesehen, ich habe weitere Auktionen besucht, ich habe weitere Bücher gelesen, und ich habe weitere Kataloge durchgesehen – denke ich anders. Die blaue Schale ist der bessere Entwurf. Sie gefällt mir jetzt besser als die schwarz-weiße. Ich erfahre vom Auktionshaus die Adresse der Galerie, die seinerzeit die blaue Schale ersteigert hat. Sie ist noch nicht verkauft. Ich erwerbe sie, sehr teuer, und es gelingt mir auch nicht, der Galerie meine schwarz-weiße Schale für einen halbwegs vernünftigen Preis anzudienen. Ich habe mich geirrt, und ich habe dazugelernt.«

»Sie mußten damit rechnen, daß Sie sich irren würden, weil Sie nicht wußten, was Sie hätten wissen können. Über solche Irrtümer spreche ich nicht. Ich spreche über den Irrtum desjenigen, der zu jeder Zeit alles wußte, was er wissen konnte.«

Der Freund des Assistenzprofessors und die Galeristin betrachteten eine Zeitlang schweigend das Bild, das die Galeristin der Gastgeberin verkauft hatte.

»Ich sehe ein Bild, es gefällt mir so gut, daß ich es sofort haben muß, ich kaufe es, ich hänge es in der Galerie oder zu Hause auf, und ich bin begeistert. Die Begeisterung kühlt im Lauf der Zeit etwas ab. Nach ein paar Wochen sehe ich ein anderes Bild desselben Malers, das viel besser ist als das, welches ich besitze, und ich finde mein Bild auf einmal so schlecht, daß ich mich frage, wie ich es jemals kaufen konnte. – Unserer Gastgeberin unterlaufen solche Fehler nicht. Was sie einmal hängt, hält stand. Sie braucht nur ein Bild zu sehen, und sie kennt die Möglichkeiten des Malers. Alle seine Möglichkeiten. – Sie war eine meiner ersten Kundinnen. Ich habe nie erlebt, daß sie sich einmal geirrt hätte. Sie hat nie ein Bild besessen, das nicht herausragend war.«

Die Galeristin blickte suchend in den Raum. Als sie den Assistenten vom anderen philosophischen Institut entdeckt hatte und er in ihre Richtung blickte, deutete sie ihm mit

einer Handbewegung herzukommen. Darauf wandte sie sich wieder dem Freund des Assistenzprofessors zu.
»Wenn man sich nicht irrt, braucht man die Enzyklopädie nicht umzuschreiben. Man fügt einfach ein Kapitel nach dem anderen an.«
Der Assistent setzte sich neben die Galeristin.
»Du solltest eine Dépendance bei uns aufmachen.«
»Ob es hier Leute gibt, die Bilder malen.«
»Es gibt Leute, die Bilder kaufen.«
»Die Leute, die Bilder kaufen, sind auch jede Woche in Düsseldorf.«
Nachdem er nicht in das Gespräch einbezogen wurde, blieb dem Freund des Assistenzprofessors nichts übrig, als sich zu erheben.

*

Der Abend war fortgeschritten. Die beiden Gruppen hatten sich aufgelöst, die Gäste waren miteinander vermischt. Man hatte getrunken und sich am Dessertbuffet bedient. Man saß auf den Sofas und den Stühlen, und man hockte am Boden. Nur der neue Professor, die Galeristin und der Assistenzprofessor standen. Der neue Professor hatte sehr viel getrunken. Er ließ die Schultern und den Kopf nach vorn hängen. Als der Freund des Assistenzprofessors auf ihn zuging, gab er sich einen Ruck und stand aufrecht. Er hustete trocken und gewollt und führte seine Hand vor das Gesicht, als ob er ein Grimassieren um den Mund verbergen wollte, das er nicht beherrschen konnte. Er blickte den Freund des Assistenzprofessors, der sich von ihm verabschieden wollte, böse an und machte keine Anstalten, ihm die Hand zu geben.

»Unsere Freundin«, er legte den rechten Arm auf die Schultern der Galeristin, »möchte wissen, wie es aussieht, wenn Philosophen philosophieren.«

Er hatte so laut gesprochen, daß sich einige der am nächsten Sitzenden umdrehten. Die Galeristin entledigte sich des auf ihren Schultern lastenden Arms und deutete ihm, leiser zu sprechen.

»Wir spielen jetzt Philosophie. – Sie«, er wandte sich an den Freund des Assistenzprofessors, »spielen den absoluten Realisten. Sie«, er wies auf den Assistenzprofessor, »geben den aufgeklärten Realisten. Ich mache das, was ich immer mache. – Der Vollständigkeit halber benötigen wir noch einen evolutionären Erkenntnistheoretiker. Aber den können wir uns immer noch holen, wenn es soweit ist. – Der absolute Realist fängt an.«

Der Freund des Assistenzprofessors blickte hilfesuchend zu der Galeristin, die ihm durch ein Kopfnicken zu verstehen gab, er solle auf den Wunsch des Gastgebers eingehen.

»Auch wenn im Augenblick jeder zweite, der ein Buch schreibt, glaubt, zuerst einmal alle Spielformen des absoluten Realismus widerlegen zu müssen, es gibt keinen ernstzunehmenden Philosophen, der absoluter Realist wäre ...«

Der neue Professor unterbrach den Freund des Assistenzprofessors.

»Natürlich nicht. Aber wie soll man denn ein Buch schreiben, wenn man keinen Popanz hat, auf den man einschlagen kann. Es gibt nichts Ungeschickteres als den Versuch, ein Buch nur mit eigenen Ansichten und deren folgerichtiger Begründung zu bestreiten. Indem man womöglich gar versucht, etwas herauszuarbeiten, worüber sich noch alle einig sind, um daraus dann den eigenen Standpunkt abzuleiten. Kein besseres Verfahren denkbar, um sich zum Gespött der

Leute zu machen. Man gibt nur Angriffspunkte ab. Wenn es darauf ankommt, gibt es überhaupt nichts, wovon man sagen könnte, es sei allgemein anerkannt. Und jede Ableitung ist fehlerhaft, man muß sich nur lange genug mit ihr beschäftigen. – Der Popanz.«

»Der absolute Realist behauptet ...«

»Sie sind der absolute Realist.«

»Der absolute Realismus behauptet ...«

»Drücken Sie sich nicht. Sie behaupten.«

»Realismus ist eine Behauptung über das, was einen Satz zu einem wahren Satz macht. Als absoluter Realist behaupte ich, die Sätze der deutschen Sprache beziehen sich auf eine Wirklichkeit, die unabhängig von unserem Wissen über sie existiert. Die Wirklichkeit schert sich nicht darum, wie wir sie beschreiben, die Welt ist theorieunabhängig. Jeder Satz über die Welt ist entweder wahr oder falsch. Er ist wahr, wenn der beschriebene Sachverhalt Teil der Welt ist, wenn nicht, ist er falsch. Der Wahrheitswert eines Satzes ist vollständig unabhängig davon, ob wir in der Lage sind oder es jemals sein werden, ihn endgültig zu bestimmen. Wahrheit wäre nicht mehr Wahrheit, wenn sie in irgendeiner Form darauf angewiesen wäre, daß ein einzelner oder eine Gruppe von Menschen sich nicht irrte. Unser Wissen über die Welt zu einem bestimmten Zeitpunkt besteht in der Gesamtheit der zu diesem Zeitpunkt als wahr erkannten Sätze.«

»Jetzt der aufgeklärte Realist.«

Der Assistenzprofessor zögerte nicht.

»Die denkunabhängige Welt des absoluten Realisten setzt sich aus unendlich vielen Gegenständen zusammen. Es gibt deshalb unendlich viele verschiedene Möglichkeiten der Zuordnung zwischen den Zeichen der Sprache und den Gegenständen der Welt. Wie kann sich der absolute Realist auf eine dieser unendlich vielen Zuordnungen festlegen. Jede bewußte Entscheidung zwischen zwei verschiedenen Möglichkeiten setzt voraus, daß die Zuordnungen als Zuordnungen gedacht werden können. Als Beziehung zwischen Worten und Gegenständen der denkunabhängigen Welt ist eine solche Zuordnung jedoch nicht mehr etwas ausschließlich dem Denken Zugehöriges, sondern ein Gegenstand, auf den sich das Denken bezieht, und damit ein Gegenstand der denkunabhängigen Welt. Die Entscheidung für eine Zuordnung zwischen Sprache und Welt setzt immer schon eine solche Zuordnung voraus.«

»An dieser Stelle benötigen wir den evolutionären Erkenntnistheoretiker.«

Der neue Professor drehte sich um und musterte die Gäste, die sich im Raum verteilt hatten.

»Lauter Philosophen und Kunstfreunde.«

Er wandte sich an den Freund des Assistenzprofessors.

»Haben Sie einen Steyrer zu Hause?«

»Ich habe keinen Steyrer zú Hause, aber ich kann Ihnen trotzdem aushelfen. – Sprache ist nicht das Ergebnis einer bewußten Entscheidung zwischen verschiedenen gleichmöglichen Zuordnungen zwischen den Sätzen der Sprache und den Gegenständen der denkunabhängigen Welt. Sprache ist ein Ausschnitt aus der umfassenden menschlichen Fähigkeit zur Vernunft. Diese Vernunft ist das Ergebnis der langen Vorgeschichte der Gattung Mensch. Die Fähigkeit, die Welt zumindest annähernd so zu beschreiben, wie sie ist, bedeutet einen Überlebensvorteil. Die uns vertraute Zuordnung zwischen den Zeichen der Sprache und den Gegenständen der Welt ist dadurch gerechtfertigt, daß sie in der Vergangenheit die Bildung von wahren Überzeugungen,

die größeren Überlebenswert haben als unwahre Überzeugungen, nachweislich gefördert hat.«
»Wieder der aufgeklärte Realist.«
Der Freund des Assistenzprofessors kam diesem zuvor.
»Nachdem ich schon für alle Popanze zuständig bin, möchte ich das Vergnügen haben, wenigstens auf einem auch selbst herumdreschen zu dürfen. Die Bombe ist nur eins der Erzeugnisse der menschlichen Vernunft, die nahelegen, das Wachstum derselben durch die Zahl der ständig zunehmenden Ausrottungsmöglichkeiten für die Menschheit zu beschreiben. Außerdem ist nicht einzusehen, warum eine wahre Beschreibung der Welt grundsätzlich einen höheren Überlebenswert besitzen sollte als eine falsche. Es gehört keine große Erfindungsgabe dazu, sich Lebenslagen vorzustellen, in denen dem Mut der Verzweiflung ein höherer Überlebenswert zugeordnet werden kann als der leidenschaftslosen Anerkennung der geringen Wahrscheinlichkeit dafür, daß man imstand sein wird, an den Dingen noch etwas zu ändern. – Die evolutionäre Erkenntnistheorie setzt den absoluten Realismus begründungslos voraus, mit dem Scheitern des absoluten Realismus bricht die evolutionäre Erkenntnistheorie in sich zusammen.«
Der neue Professor ließ sich Whisky nachschenken.
»Wenn Biologen einmal etwas beweisen wollen, dann setzen sie es einfachheitshalber gleich voraus.«
Der Assistenzprofessor bat die Galeristin um einen Kugelschreiber und ein Blatt. Sie kramte in ihrer Tasche, gab ihm einen Kugelschreiber und riß ein Blatt aus ihrem Notizbuch heraus. Der Assistenzprofessor malte eine gerade Linie auf das Blatt.
»Das ist die Welt. – Zwei Theorien beschreiben die Welt. Die eine besteht auf der Existenz von Punkten, die andere

leugnet sie. Die erste Theorie behauptet, die Welt, die Gerade, bestehe aus Geradenabschnitten, die Ausdehnung haben, und nur aus solchen. Die zweite Theorie behauptet, die Gerade bestehe aus diesen Geradenabschnitten und aus solchen Geradenabschnitten, die keine Ausdehnung haben, sie bezeichnet die Geradenabschnitte ohne Ausdehnung als Punkte und erweitert die Relation des Enthaltenseins, die in der ersten Theorie nur für die Geradenabschnitte und die ganze Gerade sowie für die Geradenabschnitte untereinander definiert war, in entsprechender Weise für die Punkte. Der absolute Realist wird beide Theorien als gleichwertige Beschreibungen der Welt betrachten, denn die Geradenabschnitte ohne Ausdehnung sind aus den Geradenabschnitten mit Ausdehnung herleitbar, statt von Punkten kann man genausogut von konvergenten Folgen ausgedehnter Geradenabschnitte sprechen. Jetzt behauptet eine dritte Theorie, die Welt bestehe aus Geradenabschnitten und nur aus Geradenabschnitten, die die folgenden Eigenschaften besitzen: Jeder Geradenabschnitt hat rationale Länge, der Teil der Geraden zwischen zwei beliebigen Geradenabschnitten ist ebenfalls ein Geradenabschnitt mit rationaler Länge, jeder Geradenabschnitt ist für jede ganze Zahl durch diese in entsprechend viele gleiche Teile zerlegbar, es gibt mindestens einen Geradenabschnitt, und die Vereinigung zweier Geradenabschnitte stellt ebenfalls einen Geradenabschnitt dar. Der absolute Realist muß die dritte Theorie als eine Beschreibung der Welt annehmen, die der durch die erste und die zweite Theorie gegebenen gleichwertig ist, denn die irrationalen Geradenabschnitte, die die beiden ersten Theorien beschreiben, können aus den rationalen Geradenabschnitten der dritten Theorie abgeleitet werden, statt von irrationalen Geradenabschnitten kann man genausogut von bestimmten Mengen von konvergenten Folgen von rationalen Geradenabschnitten sprechen. Es bleibt für den absoluten Realisten ontologisch folgenlos, ob er die Welt mittels der ersten oder der zweiten Theorie beschreibt. Aber es macht einen großen Unterschied, ob er die erste oder die zweite Theorie auf der einen Seite oder die dritte Theorie auf der anderen Seite wählt. Während die Welt nach den ersten beiden Theorien aus nichtabzählbar vielen Gegenständen besteht, wird sie durch die dritte Theorie als abzählbar beschrieben – die Kardinalität der Welt ist theorieabhängig. Was besagt der Begriff der theorieunabhängigen Welt noch, wenn nicht einmal die Anzahl der Gegenstände in der theorieunabhängigen Welt theorieunabhängig ist? Der Begriff der theorieunabhängigen Welt wird sinnlos, wenn nicht angegeben werden kann, welche Eigenschaften theorieunabhängig und welche theorieabhängig sind. – Der aufgeklärte Realist bleibt Realist insofern, als er annimmt, daß sich Sprache auf Außersprachliches bezieht. Aber er ist von der Illusion einer denkunabhängigen Wirklichkeit und einer diese abbildenden Sprache geheilt. Es gibt keine Möglichkeit, zwischen theorieabhängigen und theorieunabhängigen Eigenschaften der Welt zu unterscheiden. Alle Begriffe sind theorieabhängig. Die Frage *Aus welchen Gegenständen besteht die Welt?* kann sinnvoll nur innerhalb einer bestimmten Theorie beantwortet werden. Die Annahme, daß sich Sprache auf Außersprachliches bezieht, spielt dabei die Rolle einer erfahrungswissenschaftlichen Hypothese, die ungewöhnlich gut bestätigt ist. Diese Hypothese trägt dazu bei zu erklären, warum Sprachgebrauch im Alltag hilfreich ist, warum erfahrungswissenschaftliche Theorien in dem Sinn konvergieren, daß zuerst entdeckte Theorien oft Grenzfälle später entdeckter Theorien sind, und sie bildet einen wichtigen Baustein für nahezu alle Theorien über menschliches Verhalten.«

Der neue Professor nahm einen tiefen Schluck aus seinem Glas, ehe er zu sprechen begann.

»Was unter dem Etikett *Aufgeklärter Realismus* als Heilung von den Beschwerden des absoluten Realismus verkauft wird, ist nur eine andere Verlaufsform der Krankheit. Die Zahl der erfahrungswissenschaftlichen Theorien, die nach der Überzeugung der Vergangenheit die Welt zutreffend abbildeten, die jedoch nach heutiger Kenntnis Gegenstände beschrieben, die es nicht gibt, und die Behauptungen aufstellten, die schlüssig widerlegt sind, ist Legion. Es spricht alles dafür, daß das Urteil der Zukunft über die Gegenwart ähnlich ausfallen wird wie das Urteil der Gegenwart über die Vergangenheit. Das bedeutet aber nichts anderes, als daß der aufgeklärte Realist blind ist. Er kann nicht angeben, welche Theorien beziehungsweise Theoriebestandteile der Menge aller Theorien, die seine Überzeugung über die Welt verkörpert, diese Welt zutreffend beschreiben und welche nicht.«

Der neue Professor hielt inne, denn zu der Gruppe um ihn gesellten sich immer weitere Gäste als Zuhörer. Der Freund des Assistenzprofessors wollte unbedingt noch etwas zu der Vorführung beitragen.

»Man sollte erwägen, nicht mit der Frage zu beginnen, unter welchen Bedingungen sind erfahrungswissenschaftliche Theorien wahr oder falsch, sondern mit der allgemeineren Frage, welche Aufgaben erfüllen erfahrungswissenschaftliche Theorien grundsätzlich, und unter welchen Bedingungen sprechen wir davon, daß sie diese Aufgaben erfüllen oder nicht.«

Der neue Professor machte eine wegwerfende Handbewegung.
»Die Auffassung, daß erfahrungswissenschaftliche Theorien zuallererst Werkzeuge sind – zur Erklärung, Vorhersage, Gestaltung und zur Behebung anderer Schwierigkeiten –, bricht nicht mit dem Aberglauben, was einen Satz wahr mache, sei etwas Außersprachliches. – Nehmen wir den Satz *Meine Frau ist in Berlin.*«
Der neue Professor nahm einen weiteren tiefen Schluck aus seinem Glas. Die Galeristin warf ihm einen Blick zu, der deutlich zum Ausdruck brachte, sie hätte es vorgezogen, daß der neue Professor seine grundsätzlichen Betrachtungen durch ein anderes Beispiel erläutern würde.
»Meine Frau hat mir gesagt, sie müsse nach Berlin. – Ich will wissen, ob sie tatsächlich in Berlin ist. – Lasse ich es dabei bewenden, daß ich zufällig einem Gespräch zwischen zwei Freundinnen von ihr beiwohne, in dessen Verlauf eine die andere fragt, wo meine Frau sei, und diese antwortet, sie sei in Berlin? – Gebe ich mich damit zufrieden, daß ich eine andere Freundin meiner Frau frage, und sie bestätigt mir, was ich erfahren habe? – Ich rufe im Kempinski an und hinterlasse, sie solle mich zurückrufen, und nach zwei Stunden klingelt das Telefon? Sie muß sich nicht in Berlin aufhalten, um von meinem Anruf unterrichtet zu werden. – Ich hole sie vom Flughafen ab und versichere mich vorher, daß sie auch tatsächlich auf der Maschine aus Berlin gebucht ist? Sie könnte ja über Berlin zurückfliegen. Es liegt allerdings nahe, daß sie sich diese Mühe erspart, indem sie dafür sorgt, daß es mir gar nicht möglich ist, sie vom Flughafen abzuholen. – Wenn es etwas gibt, was den Satz *Meine Frau ist in Berlin* wahr oder falsch macht, dann kann es nur in einem Sinn Bedeutung für mich haben: Der Satz *Meine*

Frau ist in Berlin ist genau dann wahr, wenn ich innerhalb eines endlichen Zeitraums feststellen kann, ob sie sich tatsächlich in Berlin aufhält, und er ist genau dann falsch, wenn ich innerhalb eines endlichen Zeitraums feststellen kann, daß sie sich nicht in Berlin aufhält. Ich muß sie sehen können. – Ich muß es verfolgen können. – Es muß nicht unbedingt im ...«

»Hör auf.«

Die Galeristin unterbrach den Gastgeber entschieden. Sie winkte einen Kellner heran, der dem neuen Professor ein Glas Wasser reichte, das er jedoch ablehnte.

»Wir sind nur dann berechtigt zu sagen, ein Satz sei entweder wahr oder falsch, es gebe etwas, vermöge dessen der Satz wahr oder falsch ist, wenn wir uns innerhalb eines endlichen Zeitraums in eine Lage versetzen können, in der wir ihn unmittelbar als wahr oder falsch erkennen.«

Die Galeristin ermunterte den Assistenzprofessor, dem neuen Professor zu widersprechen.

»Sie ordnen einem Satz nur dann den Wahrheitswert *wahr* zu, wenn der Satz von uns unmittelbar als wahr erkannt werden kann. Damit sprechen Sie der überwiegenden Mehrheit aller denkbaren Sätze die Wahrheitsfähigkeit ab. Wir dürften uns – unter anderem – nur in wenigen Ausnahmefällen über die Vergangenheit äußern. Wenn Sie dem tatsächlichen Sprachgebrauch gerecht werden wollen, kommen Sie nicht umhin, die Anzahl der wahrheitsfähigen Sätze auf ein vernünftiges Maß zu erhöhen. Eine mögliche Läuterung Ihres Standpunkts könnte darin bestehen, einem Satz genau dann den Wahrheitswert *wahr* zuzuteilen, wenn der Satz von uns oder von einem angenommenen Wesen, dessen geistige Fähigkeiten unsere eigenen in bestimmter, genau festgelegter Weise übertreffen, unmittelbar als wahr erkannt werden kann. Wir verleihen den Sätzen, die wir nicht unmittelbar als wahr erkennen können, einen Sinn, indem wir uns auf Mittel berufen, über die wir zwar selbst nicht verfügen, von denen wir uns aber mit Hilfe der Mittel, über die wir verfügen, einen Begriff machen können.«

»Wie bestimmen Sie die Art und Weise, in der die geistigen Fähigkeiten des angenommenen höheren Wesens unsere eigenen übertreffen. Sie erlauben alle Fähigkeiten, von denen wir uns einen Begriff machen können, und wir werden alle zu Realisten. – Wenn der Popanz so übel zugerichtet ist, daß keiner mehr den Antrieb verspürt, auf ihn einzuschlagen, sollte man nicht in Panik verfallen und etwa doch versuchen, die eigenen Ansichten durch Rückgriff auf allgemein für richtig Erachtetes zu begründen. – Mein Glas ist leer.«

Der neue Professor trank sein Glas erst nach dieser Feststellung aus.

»Das Spiel macht mir keinen Spaß mehr. Das Spiel ist beendet.«

Der Freund des Assistenzprofessors hatte, während er der Unterhaltung folgte, seine Blicke auf das Bild des liegenden Körpers mit den verschränkten Armen und den angezogenen Beinen gerichtet. Da der Kopf und die Vorderseite des Körpers nach der Darstellung des Bilds für den Betrachter nicht auszumachen waren, konnten die Strümpfe und die Schuhe keine Gewähr dafür bieten, daß der Körper der einer Frau war. Nach der Form des Gesäßes konnte es sich ebenso um den Körper eines Mannes handeln.

»Wissen Sie, wie das Bild heißt?«

Der Freund des Assistenzprofessors war überrascht, daß ihn der neue Professor ansprach.

»Man hat Ihnen nicht gesagt, wie es heißt?«

Der Freund des Assistenzprofessors blickte die Galeristin an.
»Nein.«
»*Fuck* . – Es heißt *Fuck*. Einfach *Fuck*. Zweifach *Fuck*. Dreifach *Fuck*. – Sie wollten gehen.«
Der neue Professor legte sein leeres Glas in die Hand der Galeristin und wandte sich an den Assistenzprofessor.
»Sagen Sie dem Professor, er soll sich einmal die Bilder meiner Frau ansehen.«
Der Freund des Assistenzprofessors bemerkte leise, er müsse jetzt wirklich gehen. Der Assistenzprofessor wollte noch bleiben. Die Galeristin brach ebenfalls auf und verabschiedete sich von beiden.
»Schauen Sie bei mir vorbei, wenn Sie in der Gegend sind.«
Sie suchte in einer Tasche ihres Overalls und gab schließlich dem Assistenzprofessor eine Karte ihrer Galerie. Unter den enttäuschten Augen des Freunds, der nicht verstand, warum sie nach der vorausgegangenen Unterhaltung keine Aufforderung an ihn richtete und ihm keine Karte gab.

DONNERSTAG

Die Schwester des Professors blickte aus dem Fenster. Der Regen fiel so dicht, daß sie nicht weiter als bis zum Ende des Gartens sehen konnte. Ihr Bruder war seit acht Uhr morgens im Krankenhaus. Sie hatte ihn gegen Mittag zurückerwartet. Als er um zwei Uhr immer noch nicht zu Hause war, rief sie im Krankenhaus an. Man sagte ihr, er werde noch untersucht, sie könne ihn jetzt nicht sprechen, ihr Anruf werde ihm ausgerichtet, er werde sie nachmittags zurückrufen.

Ursprünglich wollte sie mit den Vorbereitungen für den Heizungsumbau erst dann beginnen, wenn das Ergebnis der Untersuchung ihres Bruders vorliegen würde. Nach dem Gespräch mit dem Krankenhaus waren die Gedanken derart auf sie eingestürzt, daß sie etwas zu ihrer Ablenkung tun mußte. Sie hatte ein Ingenieurbüro sowie verschiedene Handwerker angerufen und für die nächsten Tage Besprechungstermine vereinbart. Während sie die Baupläne des Hauses heraussuchte, klingelte es.

Sie hastete die Treppe hinunter. Vor der Tür stand ein fremder Mann in einer schwarzen Lederjacke.

»Ihrem Mann geht es nicht gut. Er sitzt noch im Wagen. – Es regnet so. – Vielleicht können Sie mich mit einem Schirm zur Gartenpforte begleiten.«

»Sofort. Ich ziehe mir nur etwas über.«

Sie lief in die Garderobe, wo sie in bereitstehende Gummistiefel schlüpfte und einen Regenmantel anzog.

Ihr Bruder saß auf dem Beifahrersitz. Der Sitz war weit zurückgeschoben, so daß er seine Beine ausstrecken konnte. Die Tür stand offen, es regnete in den Wagen hinein. Sein Anzug war auf der rechten Schulter und am rechten Bein durchnäßt. Er war bleich und zusammengesunken, aber er sprach mit klarer Stimme.

»Bitte hilf mir aus dem Wagen. – Meine Beine sind sehr schwach.«

Er drehte sich nach rechts, wobei er das linke Bein mit beiden Händen anhob. Als er mit dem rechten Bein den Boden berührte, streckte er seine rechte Hand vor. Der Taxifahrer ergriff sie und zog ihn hoch. Dann hängte sich der Professor mit seinem linken Arm bei dem Taxifahrer ein. Sie hielt den Schirm so über die beiden, daß sie selbst naß wurde. Sie trug keine Kopfbedeckung. Sie gingen sehr langsam auf dem Kiesweg zum Haus. Der Professor fiel jedesmal in sich zusammen, wenn er das linke Bein auch nur geringfügig belastete. Sie forderte ihn auf, er solle sich auch auf sie stützen, aber er ging nicht darauf ein. Als sie die Schwelle des Hauses überschritten hatten, bat er den Taxifahrer, ihn unmittelbar bis an das Bett in seinem Arbeitszimmer zu bringen. Die Schwester des Professors schloß den Regenschirm und stellte ihn in den Schirmständer. Der Professor und der Taxifahrer ruhten sich für einen Augenblick stehend aus. Sie ging voran und öffnete die Tür. Sie setzten ihn auf das Bett, ohne die Tagesdecke beiseite zu ziehen. Sie fragte ihn, ob er sich sofort hinlegen müsse oder ob er noch einen Augenblick abwarten könne, bis sie den Taxifahrer hinausbegleitet habe. Er sagte, er könne warten.

Als sie zurückkam, entfernte sie zuerst die Tagesdecke. Dann zog sie ihn aus und half ihm in den Schlafanzug. Am linken Oberschenkel trug er einen fast dreißig Zentimeter breiten dicken Verband. Sie schlug die Bettdecke zurück und hob sein Bein hoch, so daß er sich auf den Rücken legen konnte.

»Du möchtest wissen, was gewesen ist.«
Er machte eine Geste, sie solle sich auf den Bettrand setzen.
»Das Mädchen von der Aufnahme fragte mich, wo mein Koffer sei. Ich sagte, ich benötigte keinen Koffer, der Eingriff werde ambulant vorgenommen. Sie sagte, sie habe ein Zimmer für mich reserviert. Ich sagte, das sei ein Irrtum. Sie sagte, das sei kein Irrtum, sie wisse genau, der Eingriff, der bei mir vorgenommen werde, sei kein ambulanter. Ich kam in ein Einzelzimmer, wo ich mich waschen mußte und mir Krankenhauskleidung angezogen wurde. Dann legte ich mich ins Bett und wartete, bis man mich schließlich in den Operationssaal brachte. Der Arzt gab mir mehrere Spritzen in die Gegend der Wirbelsäule und ins Bein, bis ich beide Beine nicht mehr spürte. Er setzte mir freundlich lächelnd auseinander, er habe den Eingriff kleiner gemacht, als er sei, weil er befürchtete, ich könnte die Untersuchung zu lange aufschieben. Ich fragte ihn, ob es wirklich unumgänglich sei, daß ich nach dem Eingriff im Krankenhaus bliebe. Er sagte, er müsse nach dem Eingriff noch einige röntgenologische und einige Blutuntersuchungen vornehmen. Ich sagte, ich sei doch bereits durchgeröntgt worden und mir sei jede Menge Blut abgenommen worden. Die Narkose, die er mir gebe, sei keine Kleinigkeit. Er empfehle mir in jedem Fall, wenigstens die folgende Nacht im Krankenhaus zu verbringen. Ich bat ihn, wenn es irgend möglich sei, mich nach dem Eingriff nach Hause zu lassen. Wir sollten uns nach dem Eingriff weiter darüber unterhalten. Ich fühlte mich von der Narkose benommen, deshalb verging mir die Lust zum Widerspruch. Von dem Eingriff selbst habe ich nicht viel gemerkt, ich kann nicht einmal sagen, wie lange er gedauert hat.«
Er machte eine Pause und schloß die Augen.

»Er hat eine Geschwulst gefunden. – Im Muskel. – Eine abgegrenzte Geschwulst, die er mir rückstandslos herausgeschnitten hat. – Wir unterhielten uns noch während des Eingriffs darüber. Ich fragte ihn, warum die Geschwulst auf dem Röntgenbild nicht zu sehen war. Er sagte, die Geschwulst war zu sehen, aber er sei sich nicht ganz sicher gewesen. Eine etwa taubeneigroße Geschwulst, die auf bestimmte Nerven Druck ausübte. Ich würde keine Schmerzen mehr haben, wenn die Wunde geheilt sei. Ich habe natürlich sofort gefragt, ob die Geschwulst gutartig oder bösartig sei. Er könne noch nichts sagen. Man müsse die Gewebsuntersuchung abwarten. Ich fragte, wie er die Geschwulst nach dem äußeren Anschein beurteile. Der äußere Anschein gebe ihm keine Anhaltspunkte. Ich fragte, wie wahrscheinlich es sei, daß es sich um eine Krebsgeschwulst handle. Es sei müßig zu versuchen, Wahrscheinlichkeiten auszumachen, man müsse die Gewebsuntersuchung abwarten. Es sei in jedem Fall besser, wenn ich nach dem Eingriff einen oder einige Tage im Krankenhaus bliebe. Er habe die Geschwulst äußerst sorgfältig entfernt und auch im angrenzenden Gewebe einige Schnitte gemacht, dabei aber nichts gefunden. Ich müsse liegen, damit die Wunde verheile. Ich fragte, wann das Ergebnis der Gewebsuntersuchung vorliege, er antwortete, in etwa einer Woche. Ich sagte, ich wolle nach Hause, wenn die Betäubung in den Beinen nachgelassen habe. Er sagte, ich müsse nach dem Eingriff sehr müde sein. Ich sagte, ich sei noch viel müder, als er sich vorstellen könne, ich hätte in der Nacht gearbeitet. – Er gab schließlich nach. Ich mußte eine Erklärung unterschreiben, daß er mich auf die möglichen Folgen des vorzeitigen Verlassens des Krankenhauses aufmerksam gemacht hatte, daß ich gleichwohl gegen seinen ausdrücklichen Rat darauf bestand. – Ich habe dann auf dem

Krankenzimmer etwas geschlafen, bin aufgewacht, habe mich mit Hilfe der Schwester angezogen und das Taxi rufen lassen.«

»Wie fühlst du dich jetzt?«

»Ich bin müde und schwach.«

»Tut das Bein weh?«

»Natürlich.«

»Die Wunde muß doch versorgt werden. Der Verband muß gewechselt werden.«

»Das macht der Hausarzt.«

»Wie lange mußt du liegen?«

»Etwa drei Tage. Danach soll ich vorsichtig sein und das Bein nicht belasten. – Ich hoffe, ich kann nächste Woche wieder ins Institut.«

*

Nachdem seine Schwester die Vorhänge zugezogen und das Licht gelöscht hatte, war der Professor augenblicklich eingeschlafen. Sie dachte nicht an Schlaf. Sie stellte die Unterlagen zusammen, die die von ihr angesprochenen Firmen für ihre Angebote benötigten, und blätterte in den Aktenordnern, in denen sie den Briefwechsel abgelegt hatte, der das Haus betraf. Seit sie sich nach dem Tod ihres Vaters um das Haus kümmerte, hatte sie nicht ein Schriftstück weggeworfen.

Sie überflog an ihrem Sekretär in ihrem Schlafzimmer Pläne und Versicherungsunterlagen, sie stand auf und ging im Haus umher, sie bereitete in der Küche das Geschirr für das Frühstück vor, sie betrachtete im Erkerzimmer des dritten Stocks den im strömenden Regen liegenden dunklen Garten, und sie kehrte wieder an ihren Sekretär zurück und vertiefte sich in alte Eingaben an die Gemeinde.

Einer ihrer Gänge führte sie gegen Mitternacht in das Musikzimmer. Dort sah sie durch die Türritzen Licht im Zimmer ihres Bruders.
Sie öffnete die Tür.
Er hatte sich das zweite Kissen, das er unter dem Bett aufbewahrte, unter den Kopf geschoben und las in einem Buch. Er hielt einen Bleistift in der Hand, mit dem er unterstrich und Bemerkungen einfügte.
»Das Bein schmerzt.«
»Ich rufe einen Arzt.«
»Nein. Es sind nur die Wundschmerzen.«
»Ich bringe dir ein Schmerzmittel.«
»Ich nehme nie Schmerzmittel.«
»Wenn du aufwachst, solltest du nicht arbeiten, sondern versuchen, wieder einzuschlafen.«
»Ich muß meinen Vortrag für den Kongreß vorbereiten. – Wieso schläfst du nicht.«
»Ich habe die Unterlagen für das Ingenieurbüro und die Handwerker herausgesucht.«
»Du hast gesagt, du unternimmst nichts, ohne mich vorher zu fragen.«
»Ich hole nur Kostenvoranschläge ein. Ich vergebe keinen Auftrag.«
»Warum ein Ingenieurbüro.«
»Wenn ich ein Ingenieurbüro einschalte, geht es schneller. – Der Planungsingenieur hat sich gewundert, daß ich die alten Werkpläne noch habe. Mit den Plänen kann er einen genauen Kostenvoranschlag machen, und er muß sich auch daran halten, er kann nachher nicht sagen, er habe dieses und jenes nicht gewußt, der Umbau komme deshalb teurer.«
»Ich dachte, die Pläne seien mit den anderen Unterlagen im Krieg verlorengegangen.«

»Sie waren in der Bank.«
»In der Bank?«
»Im Schließfach. – In Vaters Schließfach.«
Der Professor war lebendig geworden und vergaß für einen Augenblick seine Schmerzen.
»Man hat Mutter gesagt, Vaters private Unterlagen seien zusammen mit anderen Dingen der Bank ausgelagert worden, aber das Gebäude, in dem alles aufbewahrt wurde, sei ausgebombt worden. Sie ließ nicht weiter suchen, man gab ihr zu verstehen, in der Bank stehe so kurz nach dem Krieg Wichtigeres an als die Suche nach dem verschollenen privaten Schriftwechsel eines plötzlich verstorbenen Direktors.«
»Sie war nach seinem Tod hilflos.«
»Es war nichts geregelt.«
»Was sollte er regeln. Er mußte nicht in den Krieg, und er war immer vollkommen gesund. Niemand hätte es für möglich gehalten, daß er mit fünfzig Jahren an einer Gehirnblutung stirbt.«
»Sie war in den Dingen des Alltags immer hilflos. Er kümmerte sich ja um alles. Du warst nach seinem Tod auf dich allein gestellt.«
Die Schwester des Professors lächelte.
»Wenn man dir einen Brief geschickt hätte, du solltest dich in drei Tagen zu einem bestimmten Zeitpunkt an einem bestimmten Ort zu deiner Hinrichtung einfinden, du wärst ihr nur dadurch entgangen, daß du das Amtsgebäude nicht gefunden hättest oder daß du dich darin verirrt hättest. Du warst so verschüchtert und körperlich so schwach, du mußtest nicht einmal zum Volkssturm. – Nach der Benutzerkarte hat er das Schließfach an dem Tag eingerichtet, an dem er zum Direktor ernannt wurde. Das Schließfach enthielt Urkunden und Verträge. Alle Unterlagen über unser

Haus und die Rentehäuser. Sowie seinen gesamten privaten Briefwechsel. Alles genauestens geordnet, nach dem Datum abgelegt. Von seiner Jugend bis zum Tag seines Todes. – Und dann war da noch etwas. Ein Umschlag mit Photographien. Einer jungen Frau. Auf zweien ist er zusammen mit ihr abgebildet. Vor dem Hintergrund eines Bergsees. Im Sommer. – Auf der einen Photographie legt er seinen Arm um ihre Schultern.«

Der Professor setzte sich aufrecht hin und schlug die Decke beiseite, er wollte aufstehen. Aber seine Schwester griff beschwichtigend nach seiner Hand, so daß er von seinem Vorhaben Abstand nahm.

»Sind die Photographien datiert?«

»Nein. – Der Umschlag, in dem sie steckten, war ein gebrauchter Briefumschlag. Aber die Ecke mit der Marke fehlte.«

»Wie sieht die Frau aus?«

»Sie steckt immer im Dirndl. Aber nach ihrer Haltung und nach dem Schmuck, den sie trägt, ist sie eine Städterin. Sie ist blond, sie ist hübsch.«

»Wie groß ist sie?«

»Neben ihm wirkt sie zierlich. – Sie lacht auf jedem Bild. – Die Bilder umfassen einen längeren Zeitraum. Auf einigen sieht sie aus wie Anfang zwanzig, auf anderen ist sie bestimmt zehn Jahre älter.«

»Unser Vater hatte eine Geliebte.«

Der Professor faltete die Hände in seinem Schoß. Seine Schwester zog die Bettdecke über seine Beine und seine Hände.

»Ich habe alle Briefe gelesen. Es findet sich nicht der geringste Hinweis. – Es gibt nur die Bilder. Vater ist jedes zweite Wochenende in die Berge gefahren. Mutter ist nur zu Beginn der Ehe ein paarmal mitgekommen. Um ihm einen Gefallen zu tun. Sie haßte das Bergsteigen. – Kannte sie die Bilder?«

»Ich habe den Schlüssel erst Monate nach ihrem Tod gefunden. Er lag unter der Bettwäsche, die sie als Aussteuer in die Ehe mitgebracht hatte. Es war ein alter Schlüssel, mit Bärten auf beiden Seiten, mit einer gut leserlichen dreistelligen Nummer, es mußte ein Schlüssel für einen Tresor oder ein Schließfach sein. Ich fuhr sofort in die Stadt und zeigte den Schlüssel in der Bank vor. Man sagte mir am Schalter, das sei ein Schlüssel für ein Schließfach, das es nicht mehr gebe. – Ich bat daraufhin um einen Termin beim jetzigen Personalvorstand. Er konnte zwar mit dem Namen nichts anfangen, dazu war er zu jung, aber sie hatten immerhin noch Vaters vollständige Personalakte. Aus dieser ging hervor, er hatte ein Schließfach gehabt, das zu einer nicht mehr benutzten Anlage gehörte. Die Anlage war jedoch nicht abgebaut worden, man hatte sie belassen, wie sie war. – Ich bin zusammen mit dem Vorstand in den Keller gegangen, wir haben das Schließfach geöffnet, und ich habe alles so gefunden, wie ich es dir beschrieben habe.«

»Du bist sicher, daß sie den Inhalt des Schließfachs kannte.«

»Auf der Benutzerkarte ist nur ein Besuch festgehalten, wenige Tage nach seinem Tod. Sie hat es einmal geöffnet und dann nie wieder angerührt. Die Bilder müssen für sie eine entsetzliche Enttäuschung gewesen sein. Die für uns nicht als solche zu erkennen war, sie trauerte um ihren Mann. Als sie sagte, die fehlenden Unterlagen seien in den Kriegswirren verlorengegangen – wer wäre auf den Gedanken gekommen, daran zu zweifeln.«

Der Professor spürte wieder den Wundschmerz.
»Warum hast du mir fünfzehn Jahre nichts davon erzählt.«
»Ich habe mich geschämt.«
»Warum geschämt.«
»Ich habe viel darüber nachgedacht, warum ich von der Entdeckung so betroffen war.«
Die Schwester des Professors sprach langsam und leise.
»Zunächst legte ich es mir so zurecht, daß ich mich für meinen Vater geschämt habe, weil ich etwas Ähnliches niemals vermutet hätte. – Mutters Eltern hatten im Ersten Weltkrieg ihr gesamtes Vermögen verloren, als ihre Papiere wertlos wurden. Sein Vater konnte mit seiner homöopathischen Arztpraxis keine Reichtümer ansammeln. Mutters Eltern ermöglichten ihm den Eintritt in die Bank, dann war er auf sich allein gestellt. Vater stieg völlig ohne Protektion zum Direktor auf. Für Mutter war es selbstverständlich, daß er über Vermögen und Position verfügte. Sie hatte überhaupt nicht bemerkt, daß der Mann, der sie heiratete, weder über Vermögen noch über Position verfügte, als er sie heiratete. Nachdem ihr Bruder im Krieg gefallen war, war es für Mutter auch natürlich, daß ihr Mann in ihr Elternhaus zog. Ihr war nie bewußt, daß ihre Eltern im Krieg bis auf das Haus nahezu alles verloren hatten. Um leben zu können, mußten sie das Haus beleihen. Sie waren dann so weit, daß ihnen eigentlich nichts anderes mehr übrigblieb, als das Haus zu verkaufen. Vater erreichte eine Umschuldung zu günstigeren Konditionen und bezahlte die Schulden von seinem Einkommen ab. Vater mußte Karriere machen. Sonst wäre alles zu Ende gewesen.«
»Vater hat nie über Gelddinge gesprochen.«
»Vater hat sich um alles gekümmert. Wenn sie Einladungen gaben, wählte er die Speisenfolge aus und legte die Tisch-

ordnung fest. Er suchte sogar die Blumen für die Tafel aus. – Mutter bemalte ihr Porzellan. – Als ich immer wieder über die Photographien nachdachte, mußte ich mir schließlich eingestehen: Es ist nicht wahr, daß ich ihm eine Geliebte nicht zugetraut hätte. Im Gegenteil. Die anderen mochten vielleicht nicht auf den Gedanken gekommen sein. Für mich konnte das keine Überraschung sein. Ich habe Mutter oft mit seinen Augen betrachtet. Oder besser, mit den Augen, mit denen er sie hätte betrachten sollen. Ich habe immer wieder gesehen, daß sie für Vater nicht die geringste Unterstützung bedeutete.«

»Sie lebte in ihrer eigenen Welt.«

»Seine Welt machte ihre Welt erst möglich. Ich fühlte mich an seiner Stelle gekränkt, weil sie ihn dafür nicht so bewunderte, wie ich es tat.«

»Er hat nicht versucht, an ihrer Welt teilzuhaben.«

»Er hat für alles, was sie tat, Verständnis gezeigt.«

»Sein übergroßes Verständnis ersparte es ihm, sich um ihre Welt bemühen zu müssen.«

»Sie hat auch nicht versucht, an seiner Welt teilzuhaben.«

»Es bedeutete eine Überwindung für Mutter, auf den Einladungen über ihre Porzellanmalerei zu sprechen und sie vorzuführen. Sie tat es nur Vater zuliebe. – Sie hat sich nie über etwas beklagt. Sie war still, aber sie war kein stummer Vorwurf.«

»Wenn ich die Photographien aus dem Schließfach betrachtete, war es jedesmal so, als sei ich für alles verantwortlich, als hätte ich Vater die Frau vorgestellt, als hätte ich ihn ermutigt, ein Verhältnis mit ihr zu beginnen. – Ich habe mich niemals wirklich für ihn geschämt. Ich habe mich gegenüber Mutter geschämt. Dafür, daß ich mir immer eine ganz andere Frau an Vaters Seite vorgestellt hatte.«

»Nachdem du jahrelang geschwiegen hast, warum erzählst du es mir jetzt?«

»Es ist nicht so, daß ich von vornherein beabsichtigt hätte, dir nichts zu sagen. Du warst von Mutters Krankheit und von ihrem Tod so mitgenommen. Ich wollte dir die Aufregung dieser Entdeckung zunächst ersparen. Dann verstrich immer mehr Zeit, und es war immer schwerer zu rechtfertigen, daß ich dir nichts gesagt hatte.«

Sie blickte auf ihre Armbanduhr.

»Es ist kurz vor ein Uhr. Du mußt unbedingt schlafen. Ich hoffe, du kannst schlafen. – Irgendwann einmal mußte ich dir alles erzählen.«

Der Professor legte sich zurück. Seine Schwester wollte die Bettdecke auch über seinen Oberkörper ziehen, aber er richtete sich noch einmal auf.

»Ruf bitte morgen früh meine Sekretärin an, jemand soll mir die Zeitschriften vorbeibringen.«

»Welche.«

»Sie weiß, welche. – Wenn ich nicht vernünftig arbeiten kann, will ich wenigstens die Zeitschriften durchsehen.«

Der Professor legte sich erneut zurück. Seine Schwester deckte ihn zu und strich die Decke glatt.

MONTAG

Der Freund des Assistenzprofessors saß allein in der Institutsbibliothek und blätterte in Zeitschriften. Einige der aufliegenden Ausgaben waren schon vor einem Vierteljahr erschienen. Entweder wurden die aktuellen Ausgaben verspätet ausgeliefert, oder jemand hatte sie entgegen den Bestimmungen für die Benutzung der Bibliothek ausgeliehen und mitgenommen.

Er überflog die Titel und las die Inhaltsangaben. Er fand einen Aufsatz, der möglicherweise für seine Arbeit wichtig war. Er nahm die Zeitschrift, ging zur Sekretärin des Professors und bat sie, das Kopiergerät des Instituts benützen zu dürfen, er bezahlte der Sekretärin das Geld für die Kopien, kehrte in die Bibliothek zurück und begann, in der Kopie zu lesen. Der Aufsatz war sehr formal, er verlor schon auf der vierten Seite den Faden. Er blätterte zurück und begann noch einmal von vorn. Die dritte Seite enthielt einen Beweis, den er überlesen hatte, wie sich herausstellte, war jedoch die Strategie dieses Beweises für das Folgende wichtiger als der bewiesene Satz. Der Beweis setzte einige ihm nicht geläufige modelltheoretische Begriffe voraus. Er las den Anhang. Dieser bestand lediglich aus dürren Definitionen, die ihm unbekannten Begriffe wurden durch andere Begriffe definiert, deren genaue Bedeutung er nicht im Gedächtnis hatte. Keine weiteren Erläuterungen, nur Verweise auf Aufsätze im *Journal of Symbolic Logic* und in den *Fundamenta Mathematicae*. Er blätterte wieder zum Beginn des Aufsatzes zurück. Aber er konnte sich schon nicht mehr an die Definition eines der modelltheoretischen Begriffe erinnern, die er eben noch im Anhang nachgelesen hatte. Er

schlug erneut den Anhang auf, um sich die Definition einzuprägen.
Es gelang ihm nicht, seine Gedanken zu sammeln. Er hatte gestern einen Brief des neuen Professors bekommen, in dem ihn dieser bat, ihn heute gegen zwei Uhr im Institut aufzusuchen. Er habe erfahren, daß er einen Abschluß in Ökonomie besitze. Er mache sich Gedanken zur Theoriebildung in der Ökonomie, ihm fehle auf diesem Gebiet der breite Hintergrund, er würde sich gern mit jemandem, der über diesen Hintergrund verfüge, unterhalten. Vielleicht könne man sich auf gewisse Dinge einigen und zusammen einen Aufsatz schreiben. Der Freund des Assistenzprofessors hatte pünktlich um zwei Uhr an der Tür des neuen Professors geklopft, diese war jedoch verschlossen gewesen. Die Sekretärin des Professors hatte ihm gesagt, sie habe den neuen Professor die ganze letzte Woche nicht einmal im Institut gesehen. Der Freund des Assistenzprofessors hatte sich darauf in die Bibliothek gesetzt und in den Zeitschriften geblättert, um alle zehn Minuten aufzustehen und zum Büro des neuen Professors zu gehen. Als er die Tür des neuen Professors zum wiederholten Mal verschlossen fand und überlegte, welche Nachricht er hinterlassen sollte, wenn er nach zwei Stunden vergeblichen Wartens nach Hause ginge, traf er auf dem Gang den Assistenzprofessor, der ihn aufforderte, in sein Arbeitszimmer mitzukommen.
»Du erinnerst dich, unter den Gästen auf der Party des neuen Professors war auch ein Assistent vom Philosophischen Institut Zwei.«
»Kowalski.«
»Als du schon gegangen warst, kam er auf mich zu. Wir sollten uns darüber unterhalten, wie wir in Zukunft die Dinge regelten. Ich fragte, welche Dinge. Es stellte sich her-

aus, sowohl mein wie sein Vorstand hatten Besuch von einem Ministerialbeamten, der sie darüber aufklärte, daß die beiden philosophischen Institute aus Gründen der Kostenersparnis zusammengelegt werden sollen. – Der Professor hat mir kein Wort davon gesagt. – Ich wollte ihn am Dienstag oder Mittwoch ansprechen, aber er kam nach der Vorlesung nicht mehr ins Institut. Am Donnerstag war er im Krankenhaus. Als ich am Freitag bei ihm zu Hause anrief, wollte ihn mir seine Schwester nicht geben. Heute habe ich es noch einmal versucht, und ich durfte nach Starnberg hinauskommen. – Er empfing mich in seinem Arbeitszimmer, er blieb hinter seinem Schreibtisch sitzen, als ich hereinkam, und er stand auch nicht auf, als er mich verabschiedete. Ich fragte ihn geradeheraus, ob es wahr sei, daß das Ministerium ihn von der Absicht in Kenntnis gesetzt habe, die beiden philosophischen Institute zusammenzulegen. Er antwortete, er habe mich nach dem Besuch des Ministerialbeamten ins Vertrauen ziehen wollen, jedoch gesundheitliche Schwierigkeiten bekommen. Ich sagte, unsere Arbeit würde in unzumutbarem Maß erschwert, wenn wir tatsächlich gezwungen wären, uns über alles mit den anderen zu einigen. Wir müßten uns gegen die Zusammenlegung wehren. Wir wüßten, wie sehr ihm Politik zuwider sei, wir würden versuchen, ihn möglichst wenig zu belästigen. Wir würden nichts tun, was nicht in seinem Sinn sei. Er sagte darauf: Ich kann Ihnen nicht helfen. Ich bin krank. – Ich fragte ihn, was es sei. Er sagte: Meine Schwester will es nicht wahrhaben, und ich will es auch nicht wahrhaben. Aber ich bin sehr krank. Er erzählte, man habe ihm im Krankenhaus eine Geschwulst aus dem Oberschenkel entfernt. Er würde sich etwas vormachen, wenn er annähme, die Geschwulst sei gutartig gewesen. Es sei eine Tochtergeschwulst gewesen. Er habe eine andere Geschwulst im Körper, die nicht oder noch nicht groß genug sei, so daß man ihren Sitz bestimmen könne, die aber hinreichend groß sei, um Tochtergeschwülste zu erzeugen. Ich wußte nicht, was ich entgegnen sollte. Als er mich verabschiedete, konnte ich nur sagen, wir würden alles für ihn tun, was wir könnten, selbstverständlich würden wir auch seine Stunden halten, wenn das erforderlich sein sollte. Er sagte, er werde vielleicht darauf zurückkommen müssen.«

»Hat er weitere Einzelheiten über seine Krankheit erzählt?«

Der Assistenzprofessor schüttelte den Kopf.

»Wie er es dir berichtet hat, scheint nicht zweifelsfrei festzustehen, ob die Geschwulst tatsächlich bösartig war. Vielleicht hat er sich nur in etwas hineingesteigert. Wenn sie bösartig war, warum von vornherein ausschließen, daß die Ursprungsgeschwulst rechtzeitig entdeckt und entfernt werden kann, bevor sie weitere Tochtergeschwülste erzeugt.«

Der Assistenzprofessor erhob sich und ging zum Fenster.

»Wenn Eins und Zwei zusammengezählt werden und wir den Professor davon abziehen müssen, dann sind unsere Aussichten gleich null. – Es wird alles sehr schnell gehen. Wer kündbar ist, wird bei nächster Gelegenheit verabschiedet. Wer nicht kündbar ist, wird hinausgeekelt. Die Bücher, die wir brauchen, werden nicht mehr angeschafft, unsere Hilfskräfte werden uns weggenommen, und wir werden auf eigene Kosten zu Symposien und Kongressen fahren müssen, weil dafür auf einmal keine Mittel mehr zur Verfügung stehen werden.«

»Sonnabend kann es sich nicht leisten, in dem Institut, dem er vorsteht, Mitarbeiter zu dulden, die das eigentliche Wissenschaftsspiel erfolgreich spielen. Solange sein Institut mit einer Stimme spricht, ist er in den Augen des Ministeriums eine Schule unter mehreren, und zwar eine erfolgreiche. Man liest ja fast jede Woche etwas von ihm im Feuilleton. Wenn sein eigenes Institut vielstimmig würde, könnte auch der begriffsstutzigste Ministerialbeamte darauf kommen, daß er in der wissenschaftlichen Gemeinschaft nicht einmal umstritten ist, sondern daß er dort nicht vorkommt.«

Der Freund des Assistenzprofessors mußte während der Unterhaltung ständig an den Nachmittag in der überschwemmten Wohnung des Assistenzprofessors denken. Er nahm an, die Hausmeisterin hatte den Zettel mit seinem Namen nicht weitergegeben. Er wußte nicht, wie er das Verschweigen seiner Anwesenheit erklären würde, wenn die Hausmeisterin den Assistenzprofessor doch noch davon in Kenntnis setzen sollte.

»Du mußt die Sache in die Hand nehmen. Du bist der einzige, der dazu fähig ist. Die anderen können sich nicht besser wehren als der Professor selbst. Auch wenn die Aussichten im Augenblick nicht sehr vielversprechend erscheinen – du mußt versuchen, die Verwirklichung des Plans zumindest aufzuschieben. Vielleicht verliert man mit der Zeit die Lust an eurem Untergang. Vielleicht läßt man sich auf einen ganz anderen Stuhl berufen.«

»Ich will mich wehren, und ich werde mich wehren. Aber wenn du dort gewesen wärst, wo ich herkomme, wärst du mindestens so mitgenommen wie ich.«

»Sah er denn so schlecht aus?«

Der Assistenzprofessor setzte sich wieder.

»Er wohnt mit seiner Schwester in einem Haus, das um die Jahrhundertwende gebaut wurde. Sie haben sich die größte Mühe gegeben, alles im Urzustand zu erhalten. Sein Arbeitszimmer ist, bis auf seine Bücher natürlich, genauso, wie es vor achtzig Jahren eingerichtet und ausgestattet wurde. – Man fühlt sich als Besucher in einer anderen Welt. – Er gehört in diese Welt und in keine andere. Ob krank oder nicht, er kann in keinem Fall mehr etwas bewegen. Er konnte es nie.«

»Es darf nicht bekannt werden, daß er so krank ist.«

»Ich verbreite bereits überall, er habe Rheuma und starke Schmerzen, aber es sei nichts Ernstes, die Ärzte hätten ihm nur geraten, sich zu schonen. – Ich werde ihn bitten, mir eine Vollmacht zu geben. Er sei gesundheitlich angeschlagen, er könne die Verhandlungen über die ins Auge gefaßten Änderungen nicht selbst führen, er beauftrage mich damit. Wenn nichts durchsickert, ist seine Krankheit für uns nicht einmal ein Nachteil. Alle werden denken, die Krankheit sei nur vorgeschoben, damit er sich nicht selbst um die Dinge kümmern muß. Das Ministerium läßt im Zweifelsfall immer alles so, wie es ist. Vielleicht genügt es, Zweifel zu säen, ob die geplante Maßnahme der Erfolg wird, den man dem Ministerium ausgemalt hat. – Ich habe mir auch noch etwas anderes ausgedacht. Etwas, was mich große Überwindung kostet. Ich werde mich mit Kowalski arrangieren.«

»Wie meinst du das.«

»Ich kann ihn nicht ausstehen. Aber ich muß zugeben, er hat als Schaumschläger wirklich Format. Er gibt eine Schriftenreihe mit dem Titel *Philosophie und Ökonomie* heraus, und er ist Sekretär einer privaten philosophischen Gesellschaft.«

»Er bespricht auch die Romane von Walker Percy. Er ist universal.«

»Du müßtest ihn doch von der ökonomischen Fakultät her kennen.«

»Wir waren einmal zusammen in einer Übung über lineare Ökonomie. Er belehrte den Vortragenden, der aus unerfindlichen Gründen die Elemente einer Menge zwischen gewöhnliche runde Klammern gesetzt hatte, Mengen symbolisiere man doch mittels geschweifter Klammern. – Er sieht gut aus und hat Umgangsformen. Das befähigt offensichtlich zu einer glanzvollen akademischen Karriere.«

»Ich bin nicht von der Notwendigkeit dunkelblauer Anzüge an einem philosophischen Institut überzeugt. – Kowalski ist nicht dumm. Er weiß sehr gut, mit Tagungen einer privaten philosophischen Gesellschaft bekommt er keine bessere Stelle. Ich werde ihm ein geisteswissenschaftliches Forschungsvorhaben anbieten. Wenn es etwas gibt, wovon ich etwas verstehe, dann ist das die Art und Weise, wie man vorgeht, um Mittel zur Forschungsförderung dorthin zu leiten, wo man sie haben will. Die Sache wird einen klangvollen Namen bekommen, er wird der Leiter des Forschungsvorhabens und kann über – sagen wir: drei Leute gebieten. Ich werde mich um einen Verlag kümmern, der verspricht, den Mist auf Englisch herauszubringen. Beantragen wird die Sache offiziell der Professor, aus höheren strategischen Überlegungen heraus kann er seinen guten Namen auch einmal unter etwas setzen, was – lassen wir das. Ich mache Kowalski klar, daraus wird nur dann etwas, wenn er weiterhin am Philosophischen Institut Zwei beschäftigt bleibt und ich am Philosophischen Institut Eins.«

»Ist Kowalski denn so wichtig?«

»Er hat vorher in Heidelberg studiert. Als er hierher kam, wohnte er ein Jahr bei Sonnabend, ehe er sich eine eigene Wohnung nahm. Wenn sie zusammen in der Öffentlichkeit auftreten und Kowalski hält einen Vortrag oder meldet sich zu Wort, dann hängt Sonnabend völlig hingerissen an seinen Lippen. Sonnabend behandelt Kowalski und er spricht auch allen gegenüber von ihm, als ob er ein Genie wäre.«

»Sind sie homosexuell?«

»Such dir eine Antwort aus.«

*

Mrs. Voorhees, die Besitzerin des Feriencamps, die bis auf das Mädchen Alice alle anderen Einwohner des Feriencamps umgebracht hatte, um den Tod ihres Sohns zu rächen, der vor zwei Jahren infolge der Unachtsamkeit der damals Aufsicht führenden jungen Leute im See ertrunken war, war eine mittelgroße, stämmige Frau von etwa fünfzig Jahren. Sie trug immer dieselbe schwarze Hose und denselben dicken hellgrauen Pullover. Sie hatte kurze, nicht sehr füllige, künstlich gelockte dunkelblonde Haare, ihre Augen, von undefinierbarer Farbe, waren stark schwarz geschminkt, die Zähne grau und viel zu regelmäßig, um echt zu sein. Sie hatte ausgeprägte senkrechte Falten zwischen den Augenbrauen und zwischen Nase und Mund, die jeweils unter den Nasenlöchern hochgezogene Oberlippe war deutlich schmaler als die Unterlippe. Die Stirn war immer von Locken bedeckt, die bis zu den sehr dunklen Augenbrauen herunterfielen, um den Hals trug sie stets einen dunklen, in den Pullover hineingeschobenen Seidenschal. Alice war nicht älter als zwanzig, sie trug eine beige, engsitzende Cordhose mit einem dunkelbraunen Ledergürtel und eine hellblaue, zurückhaltend karierte Bluse. Sie hatte eine sehr weibliche Figur. Ihr Gesicht war oval, mit fülligen, glatten blonden Haaren, die Stirn bis zu den Augenbrauen und die Ohren überdeckend, hinten fast bis auf Schulterhöhe herunterreichend. Dazu blaue Augen. Keine Augenumrisse, nur Wimperntusche. Die Oberlippe zusammen mit der Nase leicht vorgeschoben, die beiden vorderen oberen Schneidezähne etwas länger als die anderen Zähne. Ihre Haut jungmädchenhaft glatt.

Der Freund des Assistenzprofessors hatte das Zimmer des neuen Professors einmal mehr verschlossen gefunden. An der Tür klebte jedoch eine Nachricht der Sekretärin des Professors. Der neue Professor habe angerufen, er sei aus London eingetroffen, das Flugzeug sei verspätet gewesen, er bitte ihn, abends gegen acht Uhr zu ihm nach Hause zu kommen. Um die Zeit zu überbrücken, sah sich der Freund des Assistenzprofessors *Freitag der 13. Teil* 2 an. Der Film begann mit einer Rückblende, er betrat den Vorführsaal in dem Augenblick, als Alice Mrs. Voorhees im strömenden Regen mit dem Messer, das sie ihr entwunden hatte, den Kopf abschlug. Danach bestieg sie, um sich vom Ort des Kampfes zu entfernen, ohne jedoch in den dunklen Wald gehen zu müssen, ein am Ufer liegendes Kanu und ließ sich auf den See hinaustreiben, wo sie völlig erschöpft einschlief. Der Freund des Assistenzprofessors wartete am Eingang, um seine Augen an die Dunkelheit zu gewöhnen. Die nächste Einstellung zeigte das Boot mit dem schlafenden Mädchen in der Mitte des von der Morgensonne beschienenen, stillen Sees. Sie liegt im vorderen Teil des Kanus, ihr Kopf ruht auf dessen Rand, ihr rechter Arm, mit dem Ellbogen ebenfalls auf dem Bootsrand abgestützt, hängt abgewinkelt vor dem Boot herunter, so daß ihre Finger gerade die Wasseroberfläche berühren. Sie öffnet die Augen, sie richtet sich auf, sie zieht den Arm an und legt die rechte Hand auf den Bootsrand vor ihr. Zur gleichen Zeit kommt am Ufer ein Polizeifahrzeug an. Während sie sich wieder vorbeugt und mit der rechten Hand spielerisch die Wasseroberfläche berührt, schnellt hinter ihr die von Moos und Algen bedeckte Gestalt eines hageren Halbwüchsigen aus dem Wasser. Er zieht sich am Bootsrand hoch, stützt sich dort mit dem linken Unterarm ab, holt mit dem rechten Arm weit aus, zieht das Mädchen an sich heran, um sich dann, das Mädchen mit dem rechten Unterarm an dessen Hals gegen seine Brust pressend, zusammen mit ihr rückwärts ins Wasser zu stürzen. Sein Gesicht ist bis zur Unkenntlichkeit von Schlamm und Pflanzen bedeckt, nur für einen Augenblick wird eine Mißbildung des Munds und des Gebisses sichtbar. – In der nächsten Einstellung wacht Alice im Krankenhaus auf. Sie ist körperlich unversehrt. Der Polizist, der sie gefunden hat, befragt sie über das, was in der Nacht geschehen ist. Er hat nicht gesehen, was Alice in dem Boot zugestoßen ist, und er weiß nichts von Mrs. Voorhees' Sohn.

Der eigentliche zweite Teil zeigte zu Beginn Alice allein in ihrer Wohnung, einige Monate nach den Ereignissen, die den Inhalt des ersten Teils bildeten. Das Mädchen, das die Alice spielte, hatte sich sehr verändert. Sie hatte an den Oberschenkeln und am Gesäß stark zugenommen, ihre Haut war aufgeschwemmt und verquollen, die Haare fielen ihr ins Gesicht. Sie erschrickt über ein offenes Fenster und hört ein Geräusch in der Küche, das sie sich nicht erklären kann. Als sie den Kühlschrank öffnet, findet sie einen vom Rumpf abgetrennten, blutverschmierten Männerkopf. Hinter ihr wird der erhobene Arm eines Mannes sichtbar, der mit einem Schraubenzieher auf sie einzustechen bereit ist. In diesem Augenblick beginnt der Kessel auf dem Herd zu pfeifen. Man sieht nur noch den Arm des Mannes, in einem grob karierten Wollhemd, der den Kessel von der

Platte nimmt. Die nächste Einstellung führte bereits zum See, wo sich wieder Jugendliche in einem Feriencamp zusammenfanden, das nur einen Kilometer von dem geschlossenen alten Feriencamp entfernt war.

Der Freund des Assistenzprofessors war länger stehengeblieben, als notwendig war, um seine Augen an das Dunkel zu gewöhnen. Außer ihm befanden sich höchstens noch ein Dutzend weiterer Zuschauer in dem verhältnismäßig großen Vorführsaal. Er setzte sich in eine der vorderen Reihen, so daß die Leinwand sein Gesichtsfeld in der Breite fast vollständig ausfüllte.

Die Handlung des zweiten Teils war mehr als vorhersehbar. Der Sohn von Mrs. Voorhees würde bis auf ein oder zwei zunächst Glückliche, dafür aber dann im dritten Teil um so Unglücklichere, der Reihe nach alle Insassen des neuen Feriencamps umbringen. Die Mädchen waren alle nicht besonders gutaussehend, die hübscheren würden sich nur mit Büstenhalter und Slip bekleidet vor dem Spiegel kämmen, die weniger hübschen würden nackt im See baden und sich von den Jungen anfassen lassen müssen. Dafür würden die hübscheren auf besonders abstoßende Weise umgebracht werden. Obwohl die sich vor ihm abspielenden Morde grausamer waren und deutlicher gezeigt wurden als im ersten Teil, gelang es ihm nicht, der Handlung zu folgen. Während der zweite Teil vor ihm ablief, rekonstruierte er die Reihenfolge, in der die Mitglieder des ursprünglichen Feriencamps getötet wurden. Das erste Mädchen wurde von einem Jeep mitgenommen, aus dem sie sich auf die Straße warf, nachdem der Fahrer an der Abzweigung, die zu dem Camp führte, vorbeigefahren und auf ihre Bitte, anzuhalten und sie aussteigen zu lassen, nicht eingegangen war. Der Fahrer stellte sie im Wald und schnitt ihr die Kehle

durch. Ein zweites Mädchen schlief mit einem Jungen im unteren Teil eines Stockbetts. Das Mädchen ging in den Waschraum. Der Junge lag allein im Bett. Als er die von oben auf ihn heruntertropfende Flüssigkeit als Blut erkannte und aufspringen wollte, wurde er festgehalten, und eine Harpune bohrte sich von unten durch das Bett und durch seine Brust. Das Mädchen im Waschraum wurde mit einer Axt erschlagen. Ein drittes Mädchen, das sich in einem anderen Holzhaus aufhielt, hörte einen Hilferuf, sie ging durch den strömenden Regen hinaus in den Wald, wo sie plötzlich von einem Scheinwerfer geblendet wurde. Ihre gefesselte, blutüberströmte Leiche wurde einige Einstellungen später, als nur noch Alice am Leben war, durch das Fenster der Hütte geworfen, in der sich Alice eingeschlossen hatte. Der Leiter des Feriencamps war in der Stadt gewesen, da sein Auto im Platzregen nicht angesprungen war, hatte ihn ein Polizist mitgenommen und an der Abzweigung zu dem Camp abgesetzt, wo er, nicht ohne vorher seinen Mörder zu erkennen, im strömenden Regen erstochen wurde. Damit waren nur noch Alice und ein Junge am Leben. Sie wußten jedoch noch nicht vom Tod der anderen, der Junge hatte lediglich eine blutverschmierte Axt gefunden. Das Telefon war schon länger unterbrochen, als auch das Licht erlosch, ging der Junge nach draußen. Alice wachte auf und suchte ihn. Die Tür zu der Hütte, in der der Stromerzeuger untergebracht war, stand offen, wie sie sie schließen wollte, hatte sie die Leiche des Jungen vor sich, die auf der Außenseite der Tür angenagelt war.
Als der Freund des Assistenzprofessors schließlich das Kino verließ, konnte er sich lediglich an eine einzige Einstellung des Films erinnern, der eben vor seinen Augen abgelaufen war. Ein Mädchen, das nur mit einem Slip und einem Pull-

over bekleidet war, öffnet in der Nacht die rechte Tür eines unter Bäumen geparkten Käfers und beugt sich über den Beifahrersitz, um im Wageninneren etwas zu suchen. Die Einstellung zeigte das Mädchen von hinten, der Norwegerpullover, den sie übergestreift hatte, war sehr kurz, als sie sich vorbeugte, ließ er einen großen Teil des Rückens über dem Slip aus einem kastanienfarbenen, leicht ins Lila gehenden, glänzenden Stoff frei.

*

Es war genau acht Uhr, als der Freund des Assistenzprofessors die Treppe zu der Wohnung des neuen Professors hochstieg. Er schellte an der Tür, aber es rührte sich nichts. Er schellte noch einmal, es rührte sich immer noch nichts. Er war schon bereit zu gehen, als ihm der Gedanke kam, der Hausherr könne womöglich am anderen Ende der großen Wohnung beschäftigt sein und dementsprechend müsse Zeit verstreichen, bevor er zur Tür gelangte. Nach dem dritten Läuten hörte er Schritte. Der neue Professor öffnete die Tür und begrüßte ihn stumm. Die beiden Männer gingen schweigend nebeneinander in das Wohnzimmer. Der neue Professor deutete seinem Besucher mit einer Handbewegung, Platz zu nehmen, und ging zu einem Glastisch, auf dem die Alkoholika standen, um sich einen Whisky einzuschenken.

»Ich komme aus London. Mein Flugzeug hatte über zwei Stunden Verspätung. Bei der Gepäckidentifizierung war ein Aktenkoffer übriggeblieben.«

Der neue Professor sprach, während er seinem Gast den Rücken zuwandte.

»Was darf ich Ihnen anbieten.«

»Sie trinken ...«
»Whisky.«
»Ich schließe mich an.«
Der neue Professor reichte seinem Besucher die Flasche und ein Glas.
»Ich möchte mich noch einmal für die Einladung bedanken. Um so mehr, als ich kein Berufsphilosoph bin.«
»Ich lebe auch nicht davon.«
Der neue Professor sah zu, wie sein Gast den Kopf verdrehte, um die Bilder hinter der Sitzgruppe zu betrachten.
»Die Bilder beunruhigen Sie.«
»Ich glaube nicht, daß ich mit diesen Bildern zusammenleben könnte.«
»Mögen Sie keine Menschen, mögen Sie keine abgebildeten Menschen, oder mögen Sie beides nicht.«
»Es gibt keine Gegenstände, die versuchen würden, diesen Ort zum Raum zu machen. Wer sich hier aufhält, wird im Freien von Menschen festgehalten, die darauf bestehen, daß sich der Betrachter bis zur Erschöpfung mit allen Einzelheiten ihrer äußeren und inneren Entstellung – wer immer diese verschuldet haben mag – auseinandersetzt.«
Der neue Professor hatte schnell getrunken, er schenkte sich nach.
»Meine Frau würde Ihnen entgegnen: Ich zwinge die Menschen, sich so mit mir auseinanderzusetzen, wie ich mich mit ihnen auseinandersetzen muß. Sie können mich nicht festhalten. – Sie würde hinzufügen, die Bilder hingen nicht hier, weil sie schön wären. Vielleicht seien es einige. Oder weil sie den Raum gestalteten. Vielleicht tun sie auch das. Die Bilder hingen hier, weil sie die besten ihres Genres seien. – Die Bilder selbst hätten beschlossen, hier zusammenzukommen. – Weil dieser Zusammenschluß jedem von

ihnen viel mehr Macht gebe, als sie das einzelne für sich erringen könne.«
»Und sie selbst, die genau diese Bilder ausgesucht hat?«
»Ihre Rolle sei vollständig zu vernachlässigen. Jeder gute Sammler ist durch einen anderen guten Sammler rückstandslos zu ersetzen. Sie sei Sammlerin ausschließlich in dem Sinn, daß sich die Bilder um sie sammeln.«
»Sie erwidern, diese Theorie kann nur Ausdruck dessen sein, daß ihr Geschmack ungewöhnlich sicher ist, daß er keinen Moden oder sonstigen Schwankungen unterliegt.«
Der Gastgeber schenkte sich das dritte Glas ein.
»Sie ziehe diese Bilder alten Meistern vor, das sei in der Tat eine Geschmacksfrage. Aber sobald man sich innerhalb des einmal gewählten Genres bewegt, gibt es keine Geschmacksfragen mehr. Sie hat das Genre gewählt, damit hat sie alle ihr zur Verfügung stehenden Freiheiten ausgeschöpft. Alles andere ist vorhersehbare Folge dieser einen und zugleich letzten Entscheidung. Sie sei durch jeden anderen ersetzbar, der dieselbe Entscheidung getroffen habe und der über das gleiche Vorwissen sowie über die gleichen Möglichkeiten verfügt, Absichten in Taten umzusetzen.«
»Es gibt menschenunabhängige Merkmale und Maßstäbe für die Güte eines Bilds?«
»Das fragen Sie mich?«
»Ich frage Ihre Frau.«
»Sie habe nicht die Absicht, darüber zu streiten, ob Maßstäbe Merkmale oder Merkmale Maßstäbe sein können, ob *menschenunabhängig ohne alle Menschen* oder *ohne Einzelmenschen* bedeutet, ob Maßstäbe ohne Menschen überhaupt Maßstäbe und Merkmale ohne Einzelmenschen überhaupt Merkmale sind. Sie sieht, und zwar sofort, ob ein Bild ein gutes Bild ist oder nicht. Sie ist nicht die einzige,

es gibt auch andere, die diesen Sinn haben, unter Galeristen und mittellosen Kunststudenten findet er sich durchaus, fast nie allerdings bei Museumsdirektoren und denjenigen, die in Zeitungen und Zeitschriften über Kunst schreiben.«

»Sie heben an, ihr zu erklären, sie widerspricht sich mit und in ihrer Kunsttheorie selbst.«

»Sie denke nicht einmal im Traum daran, eine Theorie aufzustellen. Das überläßt sie ihrem Mann. Sie braucht, um zu handeln, keine Theorie. Eine Theorie würde ihr Handeln nur beeinträchtigen. Ihre Entscheidungen sind richtig und sicher. Sie könnten nicht richtiger und nicht sicherer werden.«

»Sie setzen ihr auseinander, ihrem Handeln und ihren Äußerungen liegt eine bestimmte Theorie zugrunde, und es ist vollkommen gleich, ob sie sich dieser Theorie bewußt ist oder nicht, ob sie diese Theorie formulieren kann oder nicht.«

»Ich bin sehr glücklich darüber, daß ich meinem Argument ausgerechnet mit dieser Vorrede den Weg bahnen muß.«

»Sie bestehen darauf, es ist nur dann sinnvoll, einem Gegenstand eine bestimmte Eigenschaft zuzuschreiben, wenn jeder vernunftbegabte und lernfähige Mensch innerhalb eines begrenzten Zeitraums die Fähigkeit erwerben kann, diese Eigenschaft an einem Gegenstand zu erkennen. Für das Vorliegen der Eigenschaft gibt es zwar gewisse Merkmale, über deren Definition ist man sich jedoch so uneinig wie nur über je etwas, und die Wahrnehmung dieser Merkmale ist für den, dem sie nicht gegeben ist, offensichtlich auch durch jahrzehntelange Auseinandersetzung mit Dingen, denen die Eigenschaft grundsätzlich zukommen könnte, nicht zu erlernen. Weder sind die Merkmale, die das Bestehen der Eigenschaft anzeigen, durch die Angabe von notwendigen und hinreichenden Bedingungen definiert, noch ist die Wahrnehmung durch Übung erlernbar, damit ist die Eigenschaft selbst nicht definiert.«

»Für mich seien Bilder lediglich Auslöser für die Erzeugung und Würdigung von Kunsttheorien. Diejenigen, die die anspruchvollsten Kunsttheorien formulierten, umgäben sich allgemein mit besonders geschmacklosen Dingen. Man nehme das Layout des *Kunstforums*. Sie soll doch einmal den Kreis derer angeben, die ebenfalls über den Sinn verfügen, gute Bilder als solche zu erkennen. Sie nennt ein paar Namen, und ich weise sofort darauf hin, einige dieser Namen sind sehr umstritten und die Genannten billigen sich untereinander keineswegs das zu, was sie ihnen zuspricht. Es bestehe natürlich immer die Gefahr, daß jemand, der den Sinn für einen Kernbereich besitze, sich in Selbstüberschätzung in Grenzbereiche begebe, die er besser nicht betreten sollte. Sie hüte sich, über Bereiche zu urteilen, in denen sie sich nicht zu Hause fühle. Sie habe natürlich eine Meinung zur Skulptur, die behalte sie jedoch für sich. Die Stücke, die sie erwerbe, bildeten keine Sammlung, sie dienten lediglich zur Auflockerung der Flächen, eine Aufgabe, die entsprechende Möbel sicherlich genauso erfüllen könnten. Sie bringe es jedoch nicht über sich, Möbel zu kaufen, weil sie dazu ein Möbelgeschäft betreten müßte. Es sei ihr gleich, ob ihre Begriffe widersprüchlich sind oder nicht. Meinen Versuch, ihr Widersprüche zu unterstellen, hätte ich ausschließlich mit Fehlern anderer bestritten – wir sollten weitersprechen, wenn ich ihr Fehler nachweisen könnte, die sie selbst begangen hätte, nicht Widersprüche in und zwischen den Handlungen anderer, sondern Widersprüche in ihren eigenen Handlungen.«

»Ihre Frau hat sich wirklich nie geirrt?«

Der neue Professor schenkte sich erneut ein. Er war jetzt betrunken. Seine Augen glänzten, er ging beim Reden mit dem Oberkörper vor und zurück, seine Aussprache wurde undeutlich, aber es bereitete ihm nicht die geringsten Schwierigkeiten, Wörter zu finden und Sätze zu bilden.
»Ihre Sammlung ist so vollständig, wie sie sein kann. Sie hat noch nicht ein einziges schlechtes Bild erworben. Das ist die Meinung aller, auch derer, die sich gegenseitig nicht die freundliche Beurteilung gönnen, die sie meiner Frau zukommen lassen.«
»Ich kann mir nicht vorstellen, daß sich überhaupt niemand finden läßt, der nicht doch über das eine oder andere Bild nicht ganz einer Meinung mit Ihrer Frau ist.«
»Ich soll jemanden suchen?«
»Sie sind der Überzeugung, die Theorie Ihrer Frau ist fehlerhaft, aber Ihre Frau weigert sich, Ihre Begründung als solche anzuerkennen. Sie wollen ihr die Widersprüche ihrer Theorie vor Augen führen. Wenn das mit Worten nicht möglich ist, dann müssen Sie es eben anders versuchen.«
Der neue Professor starrte schweigend an seinem Gast vorbei. Dieser hatte zwar nur ein Glas getrunken, jedoch auf vollkommen nüchternen Magen. Der neue Professor hatte mit keinem Wort den gemeinsam zu verfassenden Aufsatz erwähnt. Am Beginn des Gesprächs hatte der Freund des Assistenzprofessors auf einen Anknüpfungspunkt gewartet, um den neuen Professor auf sein Vorhaben zu bringen. Jetzt wollte er das Thema nicht mehr ansprechen. Er hatte nur einen Bruchteil dessen getrunken, was der neue Professor zu sich genommen hatte, aber er fühlte, dieser war bei allen äußeren Anzeichen von Betrunkenheit klarer zu denken in der Lage als er selbst.
»Ich muß jetzt meine Frau vom Flughafen abholen.«

»Sie fahren selbst?«
»Natürlich.«
Er erhob sich und ging hinaus. Der Freund des Assistenzprofessors folgte ihm. Der neue Professor ging gerade und schwankte nicht. Im Flur blieb er plötzlich stehen und drehte sich um.
»Wegen des Aufsatzes sprechen wir ein andermal.«
Bevor sie die Tür erreicht hatten, blieb der neue Professor erneut stehen.
»Haben Sie außer Ihren Rekonstruktionen noch etwas veröffentlicht?«
Der neue Professor wartete die Antwort nicht ab.
»Wir sehen uns im Institut.«
Der Freund des Assistenzprofessors ging langsam die Treppe hinunter und setzte sich in den Wagen, den er auf der Straßenseite gegenüber dem Hauseingang geparkt hatte. Er wartete in dem dunklen Wagen. Nach ein paar Minuten kam der neue Professor heraus und nahm den weißen Porsche, der unmittelbar vor dem Hauseingang stand. Er fuhr über zwei oder drei Ampeln hinter ihm her und überlegte, ob er ihm zum Flughafen folgen sollte, bog dann jedoch ab.

DONNERSTAG

»Die Anfangsverzweigung: Ich habe Krebs. Oder ich habe keinen Krebs. – Wenn ich keinen Krebs habe, dann waren das schmerzende Bein und der Eingriff ein vorübergehendes Unwohlsein ohne Folgen. Es gibt nicht die geringste Veranlassung, jetzt, nachdem ich mich wieder besser fühle, von meinen Zielen abzurücken. Meine Ziele sind: erstens das Buch, das zu meinem sechzigsten Geburtstag erscheinen soll, zweitens der Kongreß in Salzburg. – Ich habe Krebs. Weitere Verzweigung: Die Geschwulst, die mir entfernt wurde, war eine Tochtergeschwulst, oder sie war die Ursprungsgeschwulst. – Die Geschwulst war die Ursprungsgeschwulst. Weitere Verzweigung: Die Ursprungsgeschwulst hat bereits Tochtergeschwülste erzeugt. Oder nicht. – Wenn es zutrifft, daß die Ursprungsgeschwulst noch keine Tochtergeschwülste erzeugt hat, dann bin ich in derselben Welt, zu der auch der zweite Ast führt: vorübergehendes Unwohlsein ohne Folgen. – Die Ursprungsgeschwulst hat bereits Tochtergeschwülste erzeugt. Die ich jetzt im Körper trage. Die sich fortentwickeln und vielleicht von sich aus neue Tochtergeschwülste erzeugen. Da ich diesen Ast mangels medizinischer Fachkenntnisse nicht übersehen kann, neige ich dazu, ihn zusammen mit einem anderen zu betrachten: Die entfernte Geschwulst war eine Tochtergeschwulst. Einer Ursprungsgeschwulst, die ich jetzt im Körper trage, die sich fortentwickelt, die wohl bereits nicht nur die entfernte Tochtergeschwulst erzeugt hat und die sicher weitere Tochtergeschwülste erzeugen wird. Der Arzt wird erneute Untersuchungen anordnen, die zweifellos umfangreicher, jedoch nur angeblich genauer sein werden als diejenigen, die bereits durchgeführt wurden. Er wird mich zu einem wochenlangen Krankenhausaufenthalt bewegen wollen, den ich auf einige Tage und mehrere stationäre Termine begrenzen werde. Weitere Verzweigung: Er findet die Ursprungsgeschwulst, oder er findet sie nicht. – Er findet die Ursprungsgeschwulst. Weitere Verzweigung: Es ist zu spät. Es ist nicht zu spät. – Wenn die Ursprungsgeschwulst entfernt werden kann und wenn sie nur die eine, bereits entfernte Tochtergeschwulst erzeugt hat, oder wenn sie zwar noch andere Tochtergeschwülste erzeugt hat, wenn diese jedoch allesamt entfernt werden können, dann ist es noch nicht zu spät für die Welt des zweiten Asts: vorübergehendes Unwohlsein ohne Folgen. – Wenn die Ursprungsgeschwulst nicht entfernt werden kann und beziehungsweise oder wenn sie bereits zu viele Tochtergeschwülste erzeugt hat, die nicht entfernt werden können und die ihrerseits unabhängig weitere Tochtergeschwülste erzeugen, dann ist es zu spät. Zu spät für eine Heilung, aber nicht notwendigerweise zu spät für die Vollendung des Buches. In dieser schlechtesten Welt kann es nur noch darum gehen, dem Verfall zuvorzukommen. Ich werde die Lehrtätigkeit sofort beenden und mich ausschließlich dem Buch zuwenden. Den Kongreß werde ich allerdings noch wahrnehmen, um so mehr, als mein Vortrag ein Ausblick auf das neue Buch ist und deshalb keine zusätzliche Arbeit bereitet. – Die schlechteste Welt stellt den Grenzfall dar. Es ist fraglich, ob ich das Buch zu Ende schreiben kann, ehe der Verfall so weit fortgeschritten ist, daß er keine Arbeit mehr zuläßt. Dafür, daß es für die Vollendung des Buches noch nicht zu spät ist, spricht allerdings, ich fühle mich jetzt, nach dem Eingriff, so gesund wie seit einem Jahr nicht. Ich glaube deshalb nicht, der Verfall in der schlechtesten Welt wird ein so schneller sein, daß ich bereits vor Ablauf des nächsten halben Jahres außerstand sein werde zu arbeiten. – Ich glaube es nicht, aber es ist nicht sicher. Sicher ist, ich muß mich beeilen. Es scheint geraten, das halbe Jahr nicht auszureizen. Ich will versuchen, unter Weglassung einiger Zusätze und Ausblicke bereits vor Ablauf des halben Jahres fertig zu werden. Die schlechteste Welt bedeutet nichts anderes als die Einengung meiner möglichen Ziele auf die für mich wirklich wesentlichen sowie eine starke Beschleunigung bei deren Verfolgung. – Bleibt eine Verzweigung, die ich bis jetzt noch nicht besprochen habe. Sie führt zur wahrscheinlichsten Welt. Ich bin überzeugt, der Arzt findet die Ursprungsgeschwulst nicht. Er hat mich vor dem Eingriff sehr gründlich untersucht, und er hat nichts gefunden. Er wird nach dem Eingriff nicht mehr finden. Die Untersuchungen, die er jetzt anordnet, werden zum überwiegenden Teil noch einmal dieselben sein wie die, die er vor dem Eingriff durchgeführt hat. Sie dienen nur ihm, nicht mir. Er will sagen können, er habe alles versucht. Die Untersuchungen werden zu keinem Ergebnis führen. – Die wahrscheinlichste Welt ist zugleich auch die belastendste, denn sie läßt auf unabsehbare Zeit alles offen. Die Ursprungsgeschwulst ist zwar so klein, daß ihre Lage nicht bestimmt werden kann, aber sie ist groß genug, um, wie sie es bereits getan hat, Tochtergeschwülste zu erzeugen. Vielleicht wächst die Ursprungsgeschwulst über die Erkennbarkeitsgrenze, ohne weitere Tochtergeschwülste erzeugt zu haben. Sie kann entfernt werden, und ich bin wieder in der Welt des zweiten Asts: vorübergehendes Unwohlsein ohne Folgen. Vielleicht wird, wenn die Ursprungsgeschwulst erkennbar wird, zugleich festgestellt, sie kann nicht oder nicht mehr entfernt werden. Vielleicht kann die Ursprungsgeschwulst auch entfernt werden, sie hat jedoch bereits andere Tochtergeschwülste erzeugt, die erst mit oder nach der Ursprungsgeschwulst erkennbar werden und die nun nicht mehr entfernt werden können. Vielleicht erreichen auch die Tochtergeschwülste die Erkennbarkeitsgrenze eher als die Ursprungsgeschwulst: In einer nicht abreißenden Serie von Eingriffen wird eine Tochtergeschwulst nach der anderen entfernt, bis endlich die Ursprungsgeschwulst auffindbar wird, für deren Entfernung es dann allerdings zu spät ist. Vielleicht erreichen alle Tochtergeschwülste die Erkennbarkeitsgrenze, und die Muttergeschwulst erreicht sie niemals. – Vielleicht geschieht auch für einige Zeit gar nichts. Die entfernte Tochtergeschwulst war die einzige größere Geschwulst, die Ursprungsgeschwulst bleibt unter der Erkennbarkeitsgrenze und erzeugt keine neuen Tochtergeschwülste, oder zumindest nur solche, die harmloserweise ebenfalls unter der Erkennbarkeitsgrenze bleiben. – Die belastenden Aussichten in der wahrscheinlichsten Welt fördern eine besonders schnelle Erreichung meiner Ziele, denn ich kann dem unablässigen Nachdenken über meine Lebensaussichten und dem ständigen Abwägen der verbliebenen Möglichkeiten nur dadurch entgehen, daß ich mich ganz der Verfolgung meiner Ziele hingebe. – Ich bin alle denkbaren Welten durchgegangen. Die Handlungsanweisung ist für alle Welten dieselbe: Setze alles daran, so schnell wie möglich dein Buch zu Ende zu bringen. Ob ich Krebs habe oder nicht, ob die entfernte Geschwulst die Ursprungs- oder eine Tochtergeschwulst war, ob die Ursprungsgeschwulst gefunden wird oder nicht. Das ist nicht wichtig. Wichtig ist, daß ich im nächsten halben Jahr das Buch zu Ende schreibe.«

»Wenn sich die Krankheit als Folge deiner Arbeitsanstrengung verschlimmert?«

»Ich habe den unbedingten Willen, das Buch zu Ende zu schreiben. Ich werde es zu Ende schreiben. Ich werde mindestens so lange leben, wie ich das Buch schreibe.«

»Mutter hat jahrelang Beschwerden gehabt, aber sie war nicht dazu zu bewegen, zum Arzt zu gehen. Als ihre Beschwerden dann unerträglich wurden, war es zu spät. – Ist das Buch, an dem du jetzt schreibst, wirklich so wichtig? Du hast zwanzig Bücher und zweihundert Aufsätze geschrieben. Kann ein neues Buch angesichts der Zahl der vorausgegangenen noch so viel wiegen?«

»Ich schreibe das Buch nicht, weil es Irrtümer richtigstellte, die ich in den vorhergehenden zwanzig Büchern begangen habe und die ich so nicht stehenlassen möchte. Ich schreibe es auch nicht, weil es neue Erkenntnisse beinhaltete, zu denen andere nicht gelangen könnten. Ich schreibe das Buch, und ich will es zu Ende bringen, weil es das nächste ist. – Ich bilde mir nicht ein, die Fragen, die mich seit jeher umgetrieben haben, besser verstanden und besser untersucht zu haben als andere. Meine Arbeit besteht darin, diese Fragen immer wieder neu zu sehen. Im Licht unerwarteter Entwicklungen in angrenzenden Gebieten der Philosophie und der Erfahrungswissenschaften. Ich brauche nicht das *besser*, das sowieso fast immer nur ein vorgebliches ist, mir genügt das *anders als erwartet* für die Weiterführung meiner Arbeit. Ich werde den Weg nicht zu Ende gehen. Wobei noch die Frage ist, ob man überhaupt sinnvoll vom Ende des Wegs sprechen kann. Trotzdem – ich kann es nicht anders ausdrücken – ich giere nach jedem einzelnen Wegstück, das ich noch zu gehen imstand bin.«

»Gibt es nichts, was du nicht schon immer tun wolltest, was du aber immer aufgeschoben hast, weil du davon ausgehen konntest, daß dir genügend Zeit zur Verfügung stehen würde, es irgendwann doch noch zu tun? Gibt es wirklich nichts, was du bereuen würdest, wenn du es nicht und damit vielleicht eines Tages nie getan hättest?«

»Wenn ich jetzt, im Bewußtsein des möglichen Endes, aufhören würde, das zu tun, was ich immer getan habe, wenn ich das, was ich immer getan habe, auch nur mit geringerer Hingabe und mit geringerem Einsatz tun würde, dann würde das bedeuten, ich habe mein ganzes Leben lang das Falsche getan. Wenn ich jetzt meinen Weg verlassen würde, dann wäre ich das ganze Leben einen Weg gegangen, den ich nicht hätte gehen sollen. Ich müßte zugeben, bevor ich nicht auf das Ende meines Lebens gestoßen wurde, habe ich über dieses niemals in der Weise nachgedacht, wie es mein Weg tatsächlich verlangt. Wenn ich jetzt auf einmal an die Riviera führe und mich dort in die Sonne legte, zumindest so lange, wie es mir der Arzt erlauben würde – ganz abgesehen davon, daß mir dafür jegliche Erfahrung fehlt, denn auch das untätige In-der-Sonne-Liegen ist eine Tätigkeit, die man geübt haben muß, um aus ihr Vergnügen ziehen zu können –, dann hieße das nichts anderes, als daß ich schon immer an die Riviera hätte fahren sollen, daß ich besser dort in der Sonne gelegen hätte, als hier zwanzig Bücher und zweihundert Aufsätze zu schreiben.«

MONTAG

Die Frau des neuen Professors war ins Institut gekommen, um die Post ihres Mannes abzuholen. Die Sekretärin des Professors hatte ihr das Arbeitszimmer des neuen Professors aufgeschlossen und dabei einen Eindruck empfangen, den sie wiedergeben mußte.

»Sie trug einen knöchellangen und sehr weit geschnittenen Rock aus dunkelblauer Seide, die von fern schwarz wirkte. Der Rock hatte einen Schlitz, der auf der linken Seite bis zu dem Band aus Baumwollstoff hochreichte, das ihn unterhalb der Taille zusammenhielt. Wenn sie ging, sah man das Bein bis zur Hüfte hinauf. Das Oberteil aus glattem schwarzem Leder war ärmellos, vorn hochgeschlossen, zwei schmale Träger, hinten ein tiefer Ausschnitt. Um die Taille hatte sie einen überbreiten schwarzen Ledergürtel mit einer großen quadratischen Gürtelschnalle ebenfalls aus schwarzem Leder. Dazu schwarze Ballerinas und blickdichte schwarze Strümpfe. Kein Schmuck.«

»Wie groß ist sie?«

»Sie ist groß. Ich schätze sie auf Anfang dreißig. Sie hat leicht vorstehende Backenknochen und ein ausgeprägtes Kinn. Die Oberlippe wirkt irgendwie männlich. Die Augen sind grau bis grün. Die Haare sind blond gefärbt und kurz, mit einem hohen Männerscheitel. Um die Augen herum ist sie dick schwarz geschminkt. Ich denke, das Outfit ist von Ferré. – Das Geld stammt von ihrem ersten Mann. Der Vater soll Taxifahrer sein, ihre Schwester ist Ärztin, der Bruder soll auf die Sonderschule gehen ...«

»Ist sie noch hier?«

»Sie ist noch hier. Mit Kowalski.«

»Mit Kowalski? Mit Kowalski hier?«
»Sie kam in einem weißen Porsche. Ich habe zufällig gerade aus dem Fenster gesehen, als sie ausstieg. Sie hat ihn unmittelbar vor dem Eingang auf dem Bürgersteig abgestellt.«
»Der Professor hat den Vorlesungsbetrieb wiederaufgenommen.«
»Er hat seine Veranstaltungen gehalten, alle anderen Termine hat er abgesagt. Er sieht gar nicht gut aus. Ich habe Anweisung, den Studenten zu sagen, er könne zur Zeit wegen Arbeitsüberlastung keine weiteren Magisterarbeiten und Dissertationen annehmen. – Mein Telefon klingelt. Ich muß in mein Zimmer. Sie werden auch immer versetzt. Vielleicht kommt der Assistenzprofessor noch.«
Der Freund des Assistenzprofessors blätterte unlustig in den Kopien einiger Aufsätze des neuen Professors, um schließlich, die Aufsatzkopien in Händen, auf dem Gang vor der Bibliothek auf und ab zu gehen.
Das Arbeitszimmer des neuen Professors befand sich neben der Bibliothek. Die Tür war nur angelehnt. Zwischen den beiden Eingängen hing ein Korkbrett mit allgemeinen Mitteilungen sowie den Schutzumschlägen der jeweils zuletzt erworbenen Bücher. Der Freund des Assistenzprofessors tat so, als lese er die Bibliotheksmitteilungen. Er konnte ohne Schwierigkeiten verstehen, was Kowalski sagte.
»Der Assistenzprofessor erzählt jedem, der es nicht hören will, daß sein Großvater ein mathematisches Standardwerk verfaßt hat. An der Tür zu seinem Arbeitszimmer klebt eine Photographie von Biermann. Er hält Biermann für einen Dichter. Ich habe ihn noch nie anders angezogen gesehen als in verwaschenen Blue jeans und im Rollkragenpullover. Im Winter Wolle, im Sommer Baumwolle. Die fortschritt-

liche formale Intelligenz. Er bildet sich ein, die Theorien, mit denen er sich befaßt, zu verstehen, nur weil er die jeweilige Mathematik versteht. Er formuliert alles um, was ihm über den Weg läuft. Mechanik, Relativitätstheorie, Thermodynamik, Allgemeine Gleichgewichtstheorie, Populationsgenetik, er macht nicht einmal vor literaturwissenschaftlichen Ansätzen und vor der Psychoanalyse halt. Keine dieser Rekonstruktionen sagt irgend jemandem irgend etwas Neues.«

Der Freund des Assistenzprofessors hörte, wie Kowalski den Kaffee in seiner Tasse umrührte, ehe er fortfuhr.

»Der Professor ist in einem Maß uneigenständig und phantasiearm, das kaum nachvollziehbar ist. Sein Hauptwerk ist eine vielbändige Einführung in die Probleme und Resultate der Wissenschaftstheorie und der Analytischen Philosophie. Das Ganze sollte besser Auflistung der Probleme und Resultate der anglo-amerikanischen Philosophie heißen. Seine Darstellungen sind klar und flüssig geschrieben, Formales wird ausführlich erläutert, die notwendige Logik und Mathematik wird oft en passant vermittelt. Er kann philosophische Probleme anschaulich machen, ohne sie dabei zu etwas Unphilosophischem zu machen. Aber es sind alles nur Darstellungen der Theorien und Argumente anderer. Es dürfte einmalig sein, daß jemand so viele Bücher und Aufsätze verfaßt, ohne daß sich auf diesen Tausenden von Seiten auch nur ein einziger Gedanke des Verfassers findet.«

Der Freund des Assistenzprofessors hörte ein Geräusch des Stühlerückens sowie das Klappern von Geschirr und Besteck. Es schien ihm, als frage die Frau des neuen Professors nach, er konnte jedoch erst wieder etwas verstehen, als die Geräuschkulisse verebbte.

»Der Professor war einmal ein halbes Jahr im Kloster. Er soll nicht ein einziges Buch mitgenommen haben, er soll ein halbes Jahr lang nur gebetet, gefastet und meditiert haben. – Er ist Carnap-Schüler, und der hat grundsätzlich Gott durch die Vernunft ersetzt. Ansonsten hat er alles, was irgendwie den Anschein des Unvernünftigen trägt, zum Scheinproblem erklärt und verfügt, die Philosophie habe sich nicht mehr damit zu befassen. – Der Fortschritt der Wissenschaften besteht nicht im stetigen Entdecken und Ansammeln von Tatsachen und Gesetzen in dem Sinn, daß die Gültigkeit wie auch die Entdeckung neuer Tatsachen und neuer Gesetze die Gültigkeit aller davor entdeckten Tatsachen und Gesetze voraussetzt. Neue wissenschaftliche Erkenntnisse setzen immer wieder alte, bis dahin als gesichert geltende Erkenntnisse außer Kraft. Wissenschaftliche Revolutionen sind begriffliche Neuerungen. Die revolutionäre Theorie malt in neuen Farben ein vollkommen anderes Gesamtbild von der Natur der Dinge als die alte Theorie. Was ihn an Kuhns Darstellung so erschütterte, war die Tatsache, daß sich aus der Geschichte keine Anhaltspunkte dafür ableiten lassen, unter welchen Umständen und wann man den Übergang von einer Theorie zu einer grundlegend anderen vollziehen soll. In vielen Fällen war zu dem Zeitpunkt, als sich die ersten Wissenschaftler für die neue Theorie entschieden, die von ihr zu ersetzende alte Theorie durch Erfahrung viel besser abgesichert als die neue, und sie beantwortete zahlreiche Fragen, auf die die neue Theorie keine Antwort zu geben in der Lage war. Auch wenn die neue Theorie später noch so viele Erfolge verzeichnen konnte – zum Zeitpunkt der Entscheidung für die neue Theorie war diese auf nichts anderes als auf Versprechungen und Hoffnungen gegründet und somit nach den Carnapschen Maßstäben keine vernünftige Entscheidung.«

In diesem Augenblick betraten zwei Studenten den Gang. Der Freund des Assistenzprofessors konnte erst wieder mithören, was Kowalski sagte, als die beiden die Bibliothek betreten hatten.

»Falls jemand vorhätte, ein Buch zu schreiben, dessen Inhalt mit Sicherheit niemand verstehen soll, und er wählte die Darstellungsweise und die Notation des Amerikaners, dann wäre ihm der Erfolg garantiert. Das Buch hätte nie irgendeine Rolle gespielt, wenn der Professor sich nicht der Sache und deren Urheber angenommen hätte. Der Professor sah in dem Buch die Lösung aller seiner Probleme. Er schrieb sofort ein Buch über das Buch des Amerikaners und klebte dem Ganzen ein Etikett auf. Da das Buch des Amerikaners so unlesbar ist, kann man sich beim besten Willen nicht auf inhaltliche Einzelheiten daraus beziehen, man muß aus dem Buch des Professors zitieren. – Normale Wissenschaft besteht im Versuch der Erweiterung eines gleichbleibenden Theoriekerns, revolutionäre Wissenschaft meint dagegen den Übergang von einem Theoriekern zu einem anderen. Dieser Übergang kann als ein vernünftiger rekonstruiert werden. Man muß nur ein Zauberwort aussprechen. Das Zauberwort heißt *Reduktionsrelation.* Man hat zwei Theorien, eine alte und eine neue. Wenn gilt, die neue Theorie reduziert die alte Theorie, dann soll das das Bestehen eines Sachverhalts wiedergeben, der umgangssprachlich etwa folgendermaßen zu formulieren ist: Die neue Theorie, die mit ganz anderen Grundbegriffen und Gesetzen arbeitet als die alte, erklärt alles das, was die alte Theorie erklärt, und sie erklärt mehr, als die alte Theorie erklärt, und beziehungsweise oder sie erklärt das, was die alte

Theorie erklärt, besser als diese. – Mit der Reduktionsrelation ausgerüstet, konnte er die Vernunft der Wissenschaft retten.«

Erneut kam eine Gruppe von Studenten den Gang entlang, so daß der Freund des Assistenzprofessors nichts mehr verstehen konnte. Kaum war die Gruppe im Seminarraum verschwunden, traten zwei Studentinnen aus der Bibliothek auf den Gang heraus. Er wartete, bis sie das Treppenhaus erreicht hatten. Als er sich gerade wieder dem Korkbrett mit den Bibliotheksmitteilungen zuwenden wollte, sah er im Augenwinkel den neuen Professor den Gang betreten. Um dem neuen Professor auszuweichen, betrat er, ohne dessen Frau zu Gesicht bekommen zu haben, zum wiederholten Mal die Bibliothek.

*

»Hast du die Vollmacht bekommen.«

Der Assistenzprofessor war endlich eingetroffen. Man trank Kaffee und Tee in seinem Arbeitszimmer.

»Der Professor nimmt seine Arbeit wieder auf. Er will zunächst einmal das Semesterende abwarten. Dabei verbreiten die anderen bereits in ihren Veranstaltungen, daß die Institute zusammengelegt werden sollen.«

»Was willst du machen.«

»Nichts. Ich habe keine Vollmacht.«

Der Freund des Assistenzprofessors wollte den Vortrag durchsprechen, den er für den Kongreß vorbereitete. Angesichts der gedrückten Stimmung des Assistenzprofessors nahm er jedoch von seinem Vorhaben Abstand und erzählte statt dessen von seinem Besuch bei dem neuen Professor.

»Das Spiel auf seiner Party war genau das Spiel, das er immer spielt. Er begründet nicht, warum seine Auffassung richtig ist, er begründet, warum alle anderen Auffassungen falsch sind. Dabei greift er so heftig und so unablässig an, daß der andere gar nicht zum Luftholen kommt. Er schafft es, dem anderen ständig den Boden unter den Füßen wegzuziehen, so daß er sich nicht mehr aufrichten und nicht mehr zurückschlagen kann.«

»Sein Vorgehen ist jedenfalls folgerichtig. Er erzeugt seine Welt durch das System seiner Handlungen.«

»Die Welt, die er uns durch das von ihm beschriebene System von Handlungen erzeugen läßt, ist viel zu klein. Wir dürfen keine Allsätze, keine Sätze über die Vergangenheit und über die Zukunft, keine Sätze über uns nicht zugängliche Gegenden, keine irrealen Konditionalsätze und keine Sätze über Fremdseelisches zu ihrer Beschreibung verwenden, denn diese Sätze sind allesamt nicht unmittelbar entscheidbar. Aber diese Welt ist auch viel zu groß. Wir können nicht zweimal ein und dieselbe Größe messen, mit jedem neuen Meßvorgang bestimmen wir eine neue Größe. – Dabei kann man aus der Welt recht schnell eine wirkliche Welt machen. Indem man auf der einen Seite den Kreis der Handlungen, die die Welt erzeugen, so erweitert, daß man auch die Sätze, die von allen immer verwendet werden, äußern darf, und indem man auf der anderen Seite geeignete Handlungen so zusammenfaßt, daß bestimmte Teile der Welt durch unterschiedliche Handlungen erzeugt werden können. Aber das wäre ja gesunder Menschenverstand, der nicht zu viel beachteten Auftritten auf Philosophiekongressen verhilft.«

»Er ist sehr geschickt darin, die Grausamkeiten beim Aufbau des Systems von Handlungen, durch die er die Welt erzeugen will, auf einmal zu begehen. Das Verständnis eines

Satzes besteht in der Kenntnis seiner Wahrheitsbedingungen. Das Verständnis eines Satzes ist eine Disposition zu einem bestimmten Verhalten. Daraus folgt, die Kenntnis der Wahrheitsbedingungen eines Satzes stellt eine Disposition zu einem bestimmten Verhalten dar. So weit ist es zumindest nicht unvernüftig. Aber dann geht es ganz schnell. Er legt die Wahrheitsbedingungen so fest, daß ein Satz nur dann ein wahrer Satz ist, wenn sich ein Sprachbenutzer innerhalb eines endlichen Zeitraums tatsächlich davon überzeugen kann, ob das, was der Satz behauptet, zutrifft oder nicht, und er bestimmt zugleich das Verhalten, an dem sich das Verständnis eines Satzes zeigt, als dasjenige, sich tatsächlich innerhalb eines endlichen Zeitraums davon zu überzeugen, ob das, was der Satz behauptet, zutrifft oder nicht.«

»Vernünftige Wahrheitsbedingungen dürfen nicht allein auf den beliebigen Sprachbenutzer abstellen, sie müssen sich sowohl unmittelbar auf Sprachbenutzer mit Spezialwissen und auf Ketten von Sprachbenutzern als auch auf andere Sätze und damit mittelbar immer auf die Gesamtheit aller Sprachbenutzer und alle Eigenschaften, die sie voneinander unterscheiden, beziehen können.«

Der Freund des Assistenzprofessors hätte gern über das berichtet, was Kowalski gegenüber seinem Besuch geäußert hatte. Aber dazu hätte er gestehen müssen, daß er an der Tür gelauscht hatte. Er fragte statt dessen den Assistenzprofessor, worüber er auf dem Kongreß sprechen wolle. Während er etwas in den Schubladen seines Schreibtisches suchte, erklärte der Assistenzprofessor, er wolle zeigen, daß die rationale Rekonstruktion, im Gegensatz zu dem immer wieder geäußerten Vorwurf, ihr liege eine nicht hinterfragte absolut realistische Weltsicht zugrunde, tatsächlich ontologisch neutral und deshalb auch mit einem Standpunkt, wie ihn etwa der neue Professor vertrete, zu vereinbaren sei.

Der Freund des Assistenzprofessors hakte nicht nach, sondern verabschiedete sich.

DONNERSTAG

Es war ein strahlend schöner Morgen. Die Schwester des Professors ging in Rock und Bluse im Garten auf und ab. Sie erwartete die Rückkehr ihres Bruders, der um sieben Uhr früh im Krankenhaus einen Termin bei seinem behandelnden Arzt gehabt hatte.

Er trug einen leichten hellgrauen Sommeranzug und ein offenes weißes Hemd mit einem Schillerkragen. Er ging mit kräftigen Schritten, er blickte in die Höhe, zu den Baumkronen. Erst als er kurz vor ihr stand, senkte er den Kopf und sah sie an.

»Was hat der Arzt gesagt?«

»Die Geschwulst war nicht gutartig.«

»Aber er hat mir doch am Telefon gesagt, das Ergebnis der Gewebsuntersuchung sei nicht eindeutig gewesen. Ich habe ihn gefragt, ob du – ob die Geschwulst bösartig war, und er – er hat nicht ja gesagt.«

Er legte den Arm um ihre Schultern, sie gingen gemeinsam durch den Garten.

»Die Geschwulst, die er mir aus dem Oberschenkel entfernt hat, war eine Tochtergeschwulst. – Das Ergebnis der Gewebsuntersuchung war insofern nicht eindeutig, als man aus dem Zelltyp nicht bestimmen kann, wo sich die Ursprungsgeschwulst befindet.«

»Aber die Ursprungsgeschwulst muß doch zu finden sein. Wenn sie bereits Tochtergeschwülste erzeugt.«

»Eine Geschwulst muß nicht groß sein, um Tochtergeschwülste zu erzeugen. – Der Arzt sagte, es wäre durchaus nicht unwahrscheinlich, wenn die Geschwulst im Bein die einzige Tochtergeschwulst wäre.«

Sie waren auf der Terrasse angekommen und setzten sich nieder. Er rückte seinen Stuhl so zurecht, daß sein Gesicht in der Sonne war. Er schloß die Augen.
»Der Arzt sagte, die Untersuchungen, die er anordnen könne, seien keine anderen als diejenigen, die er schon vor der Entfernung der Geschwulst aus dem Oberschenkel durchgeführt habe. Sie hätten vor zwei Wochen nichts ergeben, es sei sehr unwahrscheinlich, daß die Ursprungsgeschwulst in diesen zwei Wochen die Erkennbarkeitsschwelle überschritten habe. Ich sagte, ich hätte es nicht so eilig, vielleicht hat es auch die Geschwulst nicht so eilig. Ich habe mit ihm einen Termin nach dem Kongreß vereinbart. Dann werden wir weitersehen. Immer vorausgesetzt, daß sich keine Beschwerden einstellen.«
»Er ist ganz sicher, daß es eine Tochtergeschwulst war? – Wenn es doch die Ursprungsgeschwulst war? Dann wäre doch jetzt alles in Ordnung!«
»Er ist sicher.«
»Wie geht es weiter?«
»Wie ich gesagt habe. Ich suche ihn nach dem Kongreß wieder auf. – Einige Möglichkeiten sind jetzt ausgeschieden, ich brauche sie nicht mehr weiter zu verfolgen. Was ich zu tun habe, war bereits vorher klar. Die ausgeschiedenen Möglichkeiten ändern nichts daran.«
Er hielt die Augen immer noch geschlossen. Sie weinte stumm und wischte sich die Tränen aus dem Gesicht. Er hörte das Geräusch des knitternden Papiertaschentuchs.
»Es hilft mir nicht, wenn du dich so verhältst, als ob schon alles aus sei. – Es ist ja noch vieles möglich. Man findet die Ursprungsgeschwulst, kurz nachdem sie die Erkennbarkeitsschwelle überschritten hat, sie hat noch keine weiteren

Tochtergeschwülste erzeugt, sie kann entfernt werden, sie wird entfernt, und alles ist ausgestanden.«
Sie holte ein neues Papiertaschentuch aus dem Ärmel.
»Seit ich am Freitag mit dem Arzt gesprochen habe, mußte ich ununterbrochen an Vaters Tod denken. Vater ist bis zu seinem Tod niemals krank gewesen. – Es war für mich immer unvorstellbar, daß er eines Tages nicht mehr dasein könnte.«
»Jetzt hast du Angst, daß auch ich eines Tages nicht mehr dasein könnte. – Ich habe keine so große Angst davor. – Ich möchte allerdings in jedem Fall das Buch zu Ende schreiben.«
»Du mußt dich jetzt schlafen legen.«
»Ja.«
»Kannst du schlafen?«
»Ich denke ja.«
Sie begleitete ihn in sein Arbeitszimmer, wo er sich umzog und zu Bett ging.
Eine halbe Stunde später öffnete sie vorsichtig die Tür zu seinem Zimmer und lauschte. Er atmete regelmäßig. Er schlief.

VON HIER AUS

Montag

Ich liege in einem Doppelzimmer. Mein Nachbar heißt Alfons Nagel, er ist jünger als ich und unheilbar krank. Seine Lähmung erlaubt ihm lediglich, den rechten Arm leicht anzuheben und den Kopf zu wenden. Er spricht nicht, auch nicht mit den Schwestern. Wenn sich die Tür öffnet, richtet sich sein Blick darauf, und er folgt dem Eintretenden mit den Augen. Das glaube ich zumindest von der Seite wahrgenommen zu haben. Ich traue mich nicht, ihm ins Gesicht zu sehen, wenn er nicht die Augen geschlossen hat. Ich weiß keine Einzelheiten, bei der Visite heute morgen bat mich der Oberarzt, den Raum zu verlassen, während sie sich mit ihm beschäftigten.
Meine Erinnerungen an den Kongreß sind schemenhaft und unzuverlässig. Ich habe alles vernichtet, was mit dem Kongreß zusammenhing. Die offiziellen Tagungsunterlagen mit der Veranstaltungsvorschau, die Sonderdrucke, die ich bei den verschiedenen Veranstaltungen sammelte, meine Aufzeichnungen von den Vorträgen, die ich besuchte, und natürlich meinen eigenen Vortrag. Der Kongreß ist der größte Philosophenkongreß der Welt. *Logic, Methodology and Philosophy of Science.* Er findet alle vier Jahre an wechselnden Orten statt. Er dauert eineinhalb Wochen und besteht aus etwa einem Dutzend gleichzeitig tagender Abteilungen. Die Vorträge und Streitgespräche der einzelnen Abteilungen beginnen früh am Morgen und enden, nur von kleinen Pausen unterbrochen, nicht vor der Abendessenszeit. Die Veranstaltungsorte waren über die ganze Stadt verstreut. Der Hauptteil der Veranstaltungen, darunter alle großen Vorträge, fand in Universitätsgebäuden statt, der Nachwuchs tagte auch in Schulen und Ge-

meindebauten. Ich kann mich nicht mehr entsinnen, welche Veranstaltungen in welchen Abteilungen ich besucht habe. Meine Erinnerungen an alle Veranstaltungen, denen ich als Zuhörer beigewohnt habe, verschwimmen zum Eindruck einer einzigen, von keiner Pause unterbrochenen und nicht enden wollenden Veranstaltung mit Hunderten von Zuhörern. Sie fand im Auditorium Maximum der Universität statt, aber selbst dieses konnte nicht allen Zuhörern Platz bieten. Obwohl mehr als rechtzeitig angekommen, war ich einer der letzten, die noch einen Sitzplatz fanden. Während der Begrüßungsansprache des Professors strömten unablässig weitere Zuhörer in den Saal. Die jüngeren hockten sich vor das Podium auf den Boden und setzten sich auf die Stufen in den Gängen zwischen den Sitzreihen. Auch noch eine halbe Stunde nach dem Beginn war ständig Bewegung an den verstellten Saaleingängen. Ein Bus nach dem anderen entlud seinen Inhalt in das Haus der Großen Malme. Nichts, gar nichts war sichtbar, was den großen Philosophenkongreß von einem beliebigen Apothekerkongreß unterschieden hätte. Die alten Apotheker schlecht und nachlässig angezogen, ihre Gesichter zermürbt von der lebenslangen Anwesenheitspflicht hinter der Ladentheke und von den vielen neuen Apotheken im engsten Umkreis, die jungen Apotheker nicht zu unterscheiden von den ebenfalls teilnehmenden Studenten, die mittlere Altersklasse die siegesgewisse Zuversicht derjenigen verströmend, die nach nächtelangen Übungen am Heimrechner beschlossen haben, ihre Ertragsmisere durch die Erweiterung der Apotheke zu einem Drogeriemarkt zu beheben. Während ich als einer von Hunderten von auf engstem Raum zusammengepferchten Philosophen einem Dutzend philosophischer Vorträge und einem Dutzend sich an die

Vorträge anschließender Streitgespräche folgte, wünschte ich mir eine Mrs. Voorhees, die auf ihre Weise dazu fähig sein würde, die Anzahl der Kongreßteilnehmer auf ein erträgliches Maß zurückzuführen. Ich sollte sie bekommen. Ich erinnere mich nicht mehr, wer den Eröffnungsvortrag in der Abteilung des Professors hielt. Ich erinnere mich lediglich an einen der nachfolgenden Vorträge, an denjenigen eines jungen finnischen Philosophen. Er arbeitet über induktive Logik und hat zahlreiche formal sehr anspruchsvolle, dabei jedoch sehr klare Aufsätze und Bücher zum Thema veröffentlicht. Ein Hüne mit langem blondem Haar und einem langen und dichten roten Bart, in verwaschenen braunen Cordhosen und in einer grobgemusterten graubraunen Strickjacke mit vom Waschen hartgewordenen Lederaufsätzen an den Ellbogen. Die Oberlichter des Saals waren zwar geöffnet, da jedoch draußen vollkommene Windstille herrschte, gab es nicht den geringsten Luftaustausch. Der Finne war der einzige, der nicht schwitzte. Die erste Hälfte seines Vortrags bestand aus der wortwörtlichen beziehungsweise zeichengenauen Wiedergabe des technischen Teils seines zuletzt erschienenen Aufsatzes. In der zweiten Hälfte wurde er dann philosophisch. Anhand von zwei Dutzend Klarsichtfolien, die mit kleinen Druckbuchstaben so eng beschrieben waren, daß man die aufgeführten Namen und Stichworte trotz der Druckschrift nur mit allergrößter Mühe lesen konnte, erläuterte er die Entwicklung der Erkenntnistheorie im zwanzigsten Jahrhundert. Auf diesen Schaubildern war jeder Philosoph aufgeführt, von dem irgendein Philosoph irgendwann einmal etwas gehört hat, ebenso jedes Schlagwort, das irgendwann einmal von irgendwem als Bezeichnung einer philosophischen Strömung geprägt wurde. Das Ganze in einem

Meer von runden, eckigen und geschweiften Klammern und von dicken und dünnen, geraden, gebogenen, gezackten und wellenförmigen, durchgehenden, gestrichelten und gepunkteten Pfeilen. Der diese Schaubilder begleitende mündliche Vortrag stand im denkbar größten Gegensatz zu der vorausgegangenen Untersuchung eines Detailproblems der induktiven Logik. Vorher: durchdachte und wohlformulierte lange Sätze, die dem Zuhörer eine deutliche Verständnislinie vorgaben. Jetzt: Sätze, die keine Sätze waren, abgehackte, unvollständige und falsche Erläuterungen zu dem gezeigten Schaubild und unverständliche Verweise auf vorher gezeigte oder noch zu zeigende Schaubilder. Auch in dem sich anschließenden Streitgespräch, in dem die Zuhörer sowohl von der formalen Unangreifbarkeit seiner Behandlung des Detailproblems der induktiven Logik als auch vor dem Meer von Namen, Stichworten, Klammern und Pfeilen die Waffen streckten, kein einziger zusammenhängender Satz von seiten des Vortragenden. Trotzdem, alle Anwesenden folgten seiner Darbietung bis zum Schluß aufmerksamst und anerkennendst. Der naheliegende Vorwurf lautet, ich ließe mich durch die äußeren Begleitumstände wissenschaftlicher Zusammenkünfte so sehr ablenken, daß ich darüber nicht mehr in der Lage sei, die dargebotenen Inhalte zur Kenntnis zu nehmen, geschweige denn, sie gerecht zu beurteilen. Ein berechtigter Vorwurf. Ich war mit Ausnahme der Veranstaltung, auf der ich meinen Fünfzehn-Minuten-Vortrag hielt, während der gesamten Zeit, in der ich den Kongreß verfolgt habe, völlig unfähig, mich mit dem, was ich hörte und las, in einer Weise auseinanderzusetzen, die über die umrißhafte Wiedergabe des Gehörten und Gelesenen hinausging. Der Kongreß hat mich in solchem Maß angeekelt, daß ich außerstand war, seine Inhalte wahrzunehmen. Ich wehre mich jedoch dagegen, die Äußerlichkeiten, die das Erscheinungsbild des Kongresses ausmachen, als reine Oberflächlichkeiten zu bestimmen. Worin kann die Rechtfertigung dafür liegen, die Eigenschaften der Menschen grundsätzlich als den Inhalten, mit denen sie umgehen, äußerlich aufzufassen und somit den Menschen als Menschen nicht nur für vernachlässigenswert zu halten, sondern als vernachlässigungspflichtig einzustufen. Nur in der Behauptung, die Eigenschaften der Menschen, die Inhalte erzeugen und verwalten, haben auf die Erzeugung und Verwaltung der Inhalte entweder keinen oder einen ungünstigen Einfluß. *Kein Einfluß* kann dreierlei bedeuten. Die Eigenschaften der Menschen haben auf die Inhalte, mit denen sie umgehen, überhaupt keinen Einfluß, sie haben in der Summe keinen Einfluß und beziehungsweise oder sie haben à la longue keinen Einfluß. Wenn die Eigenschaften der Philosophen als Menschen auf die von ihnen beschriebenen Welten grundsätzlich keinen Einfluß ausüben, dann müßte es möglich sein, die Philosophen durch argumentierende Maschinen zu ersetzen. Welche Möglichkeit nicht in Sicht ist. Wenn sich die Eigenschaften der Philosophen als Menschen in der Summe oder à la longue nicht auf die von ihnen beschriebenen Welten auswirken sollen, dann wird damit nichts anderes verlangt, als daß sich die Schrullen der Philosophen im Quer- oder im Längsschnitt ausgleichen. Als ob Pickel auf einem Narbengesicht eine glatte Haut ergäben. Sicherlich können die Eigenschaften der Philosophen als Menschen einen ungünstigen Einfluß auf die von ihnen beschriebenen Welten ausüben. Die Möglichkeit eines ungünstigen Einflusses bedeutet jedoch immer auch die Möglichkeit eines günstigen Einflusses. Es ist deshalb höchst unvernünftig, den Philosophen als Menschen völlig zugunsten des Philosophen als Philosophen auszublenden. Vielmehr sollte der Versuch unternommen werden, die ungünstigen Einflüsse zu hindern und die günstigen zu fördern.

Dienstag

Sämtliche Blutentnahmen mußten wiederholt werden. Die Blutproben, die man mir gestern entnommen hatte, seien auf dem Weg ins Labor irgendwo liegengeblieben, als sie endlich ihren Bestimmungsort erreicht hätten, sei das Blut schon geronnen gewesen. Der Arzt, der mir das Blut entnahm, war ein anderer als beim ersten Mal. Ich habe ihn sofort gefragt, ob man eine Blutuntersuchung wiederhole, wenn diese ein sehr ungünstiges Ergebnis bringe. Er sagte, natürlich würde man in einem solchen Fall eine weitere Probe machen, nahm aber den Ball nicht auf.
Der Mensch in allen Philosophen, denen ich körperlich begegnet bin, hat mir ausnahmslos nur Abscheu eingeflößt. Vielleicht liegt es daran, daß ich schon zu lange mit zu vielen Philosophien vertraut war, ehe ich den ersten Philosophen von Angesicht zu Angesicht sah. Ich las bereits als Heranwachsender die Klassiker des deutschen Idealismus und machte mich im Namen der kommentierten Philosophen über die Kommentare lustig, die in den kommentierten Texten unbedingt etwas ausgedrückt sehen wollten, was der Philosoph wohl geschrieben hätte, wenn er es so hätte ausdrücken wollen. Womit ich nicht etwa behaupten will, ich verstand alles, was ich las. Nach den deutschen Idealisten widmete ich mich den englischen Empiristen. Ich las sehr viele Philosophen, ohne mich für einen von ihnen

wirklich zu begeistern. Aber ich war immer sicher, ich würde schließlich einen Gott finden. Der Gott war Wittgenstein. Ich konnte mir lange Zeit kein schöneres Buch vorstellen als den ersten Band der Gesamtausgabe, der den *Tractatus* und die *Logischen Untersuchungen* enthielt. In dunkelrotem, glattem Leineneinband und in verhältnismäßig großem Druck, der genügend Platz für Unterstreichungen und Anmerkungen ließ. Bevor ich den Band aufschlug, legte ich jedesmal den gelblichen Schutzumschlag aus Papier beiseite, um ihn beim Lesen nicht zu beschädigen. Die Gesamtausgabe der Werke Wittgensteins war erst Jahre später vollständig, ich habe jeden Band mit derselben Spannung aufgeschlagen wie den ersten. Beim Lesen der späteren Bände entfernte ich deren Schutzumschläge zwar nicht mehr, ich achtete jedoch nach wie vor sehr darauf, sie nicht zu beschädigen. Es gibt nur einen Philosophen, dessen Gesamtausgabe schöner ist. Charles Sanders Peirce. Die *Collected Papers* sind in fünf Bänden erschienen, ebenfalls in dunkelrotem Leineneinband, mit dünneren Seiten aus besserem Papier, die Bände sind insgesamt größer, dicker und schwerer als diejenigen der Gesamtausgabe Wittgensteins. Die Titel auf den Buchrücken der einzelnen Bände sind nicht als bedruckte Papierzettel, sondern in Goldprägung aufgebracht. Ich war immer in der Lage, alle Bücher zu erwerben, die ich benötigte, ich habe zeit meines Lebens niemals in einem geliehenen Buch gelesen. Ich bin unfähig, irgend etwas zu lesen, ohne zu unterstreichen und ohne Anmerkungen zu machen, was sich bei einem Buch, das nicht in meinem Besitz ist, naturgemäß verbietet. Bücher, die ich nicht erwerben kann, leihe ich aus, kopiere sie und lese dann die Kopie. Mit den Zeitschriften verfahre ich genauso. Die für mich wichtigsten beziehe ich, diejenigen, die ich nicht abonniert habe, blättere ich in der Institutsbibliothek durch, kopiere die Aufsätze, die für mich von Bedeutung sind, und lese die Kopien. Die Welt meiner Bücher ist nach Sachgebieten und alphabetisch geordnet und deshalb überschaubar, sie ist mein, denn ich habe in jedem Buch unterstrichen und Anmerkungen gemacht, und sie ist unberührt. Ich würde niemals ein Buch verleihen. Für jedes Sachgebiet existieren zwei Unterabteilungen, die Abteilung *Gute Bücher* und die Abteilung *Schlechte Bücher*. Unwichtige, unausgegorene, unverständliche eigenständige Bücher, nur vorgeblich eigenständige Bücher und verfälschende Zusammenfassungen und Überblicke. Wie in jeder Bibliothek liegt auch in meiner die Abteilung *Schlechte Bücher* zahlenmäßig weit vor der Abteilung *Gute Bücher*. Ich habe jedoch auf die schlechten Bücher niemals herabgesehen. Ich habe sie nicht weniger pfleglich behandelt als die guten Bücher, ich habe sie immer als den Humus betrachtet, auf dem die guten Bücher wachsen, und als den Spiegel, vor dem die guten Bücher sich erst als solche erkennen. Mit Verfassern von Büchern kam ich schließlich auf der Universität in Berührung, vor der ich mich vom allerersten Augenblick an nur geekelt habe. Ich habe mich geekelt vor den großen Eingängen, durch die so viele Menschen strömten, ich habe mich geekelt vor der großen Treppe im Lichthof, auf der die Menschenmengen mit Tageslicht ausgeleuchtet wurden, ich habe mich geekelt vor den großen Hörsälen, die für die vielen Anfänger immer noch zu klein waren, ich habe mich geekelt vor dem Vorlesungsverzeichnis mit seinen Tausenden von Namen, Vorlesungen, Übungen, Seminaren, Hauptseminaren, Oberseminaren und Kolloquien, ich habe mich geekelt vor den Schwarzen Brettern, vollgeklebt und vollgesteckt mit Vorlesungs-, Übungs- und Seminarankündigungen, mit Literaturhinweisen und Angeboten für Hörerscheine, mit Benutzerordnungen für Bibliotheken und Lesesäle, mit Organisationsschemata von einzelnen Instituten und mit Prüfungsankündigungen und Listen von Prüfungsergebnissen, ich habe mich geekelt vor den kleinen Türen zu den dunklen Professorenzimmern mit den blaugrauen, den grüngrauen oder den beigen Linoleumböden und dem schrecklichen Fritz Winter im Büro des Dekans der ökonomischen Fakultät. Ich habe mich, zwar nicht vom ersten Augenblick an, aber doch dann um so mehr vor den anderen Lernenden geekelt, vor denen, die nichts gelesen hatten und nichts wußten und die auch auf der Universität nichts lasen und nichts wußten, die weder Vorlesungen noch Übungen besuchten und die mit den Mitschriften anderer die Prüfungen bestehen wollten, vor denen, die nichts lasen und nichts wußten, die jedoch keine Vorlesung, kein Seminar und keine Übung versäumten, die am Mund des Lehrenden hingen, um nach Ende der Veranstaltung erhitzt zu besprechen, ob sie das, was sie mitgeschrieben hatten, auch richtig mitgeschrieben hatten, und vor allem vor denen, die etwas gelesen hatten, die etwas wußten, die trotzdem mitschreibend am Mund des Lehrenden hingen und die auf die Fragen des Lehrenden in den Saal Antwort gaben. *Nichts, nur Kopisten, Faulpelze, dumpfste Menschenwürdeverächter, taktlose Schmarotzer, Pack. Da gehöre ich hin.* Rainald Goetz. Da gehörte ich hin. Wobei ich allerdings meine Gastspiele von Beginn an auf den geringstmöglichen Umfang beschränkte. Auf die Übungen, deren Besuch für das Bestehen der Prüfungen unerläßlich war, und auf die Seminare und Vorlesungen, die mir tatsächlich einen Zugewinn an Wissen brachten. Ich habe nur einen Bruchteil der vorgeschriebenen Pflichtveranstaltungen besucht. Ich habe meist nach Büchern gelernt, ausnahmsweise nach eigenen Aufzeichnungen, niemals nach den Mitschriften anderer. Was die Lehrenden betraf, so untersagte ich mir – zu lange –, in meinen Gefühlen Stellung zu beziehen. Die Assistenten waren von vornherein nicht ernst zu nehmen. Als ich dem Professor, dessen Bücher ich alle lange kannte, zum ersten Mal gegenüberstand, war sein Aussehen und sein Verhalten eine solche Überraschung für mich, daß ich nur mit größter Mühe zu unauffälligem Benehmen finden konnte. Ich erlebte einen freundlichen älteren Herren mit weicher Sprache, mit abwehrenden Handbewegungen und ängstlichen Augen, der in seinen Vorlesungen wissenschaftstheoretische und sprachphilosophische Fragestellungen durchnahm. Der in seinen Seminaren jedem Beitrag mit zur einen Hälfte ängstlich und zur anderen Hälfte Widerspruch andeutenden hochgezogenen Brauen folgte, der aber weder dazu in der Lage war, eine bereits in ihren Anfängen als zweifelsfrei verunglückt erkennbare Argumentation eines Seminarteilnehmers rechtzeitig abzuwürgen, noch imstand war, das Seminargespräch überhaupt in die von ihm gewünschte Richtung zu lenken. Der die Zeit für seine Vorlesungen und Seminare nie auch nur um eine Minute überzog, ganz gleich, an welchen Punkt die Vorlesung oder das Seminar bis dahin gelangt war. Ich zermarterte mir den Kopf, um etwas zu sehen, wovon ich meinte, ich müsse es sehen. Sobald ich das Universitätsgebäude betrat, wurde mir übel, mein Herz klopfte, ich bekam Schweißausbrüche. Ich mußte mich öfter übergeben. Ich war deshalb bemüht, den Besuch von Veranstaltungen auf zwei oder höchstens drei Wochentage zu beschränken, so daß ich mich an den übrigen Tagen davon erholen konnte. Der einzige Lichtblick, den mir meine Ausbildungsgänge boten, bestand in den Prüfungen. Ich denke an die schriftlichen und mündlichen Prüfungen und auch an das Vortragen in Seminaren als an die einzig wirklichen Ereignisse meiner Zeit an der Universität zurück. Alles andere, die Vorlesungen, die Übungen und die Seminare, an denen ich nur als Zuhörender teilnahm, erschien mir als böswillige Vorspiegelung einer verzerrten Scheinwirklichkeit. Ich habe mich auf Prüfungen und Vorträge immer gründlich vorbereitet, nie sehr lange, dafür kurz vor dem Termin sehr gedrängt. Mein Ekel vor der Universität hat mich alle Prüfungen nach den jeweiligen Mindestzeiten und mit sehr guten Ergebnissen ablegen lassen. Natürlich war ich vor Prüfungen und vor Vorträgen erregt. Aber das war eine Erregung, mit der ich umging, als hätte ich sie bewußt erzeugt, um mich in einen Zustand höherer Aufnahmefähigkeit und schnellerer Handlungsbereitschaft zu versetzen. Diese Erregung floß nur zu einem geringen Teil in die Erzeugung von Beschwerden ab, sie versetzte mich in die Lage, den Wirklichkeitsausschnitt, der von der bevorstehenden Prüfung oder dem bevorstehenden Vortrag definiert war, schnell und klar zu erfassen und ebenso schnell und folgerichtig entsprechend meinen Zielen zu handeln. Die Erregung vor Prüfungen und Vorträgen war das symmetrische Komplement zu der anderen Erregung, die mich beim bloßen Betreten des Universitätsgebäudes hatte erbrechen lassen. Während die eine Erregung die Welt um mich wirklich werden ließ und mich in die Lage versetzte, diese Welt zu beherrschen, war die andere Erregung Ausdruck grenzenloser Hilflosigkeit angesichts der bösartigen Vorspiegelung einer verzerrten Scheinwirklichkeit. Sie bedeutete mir höhnisch, das, was hinter der bösartigen Vorspiegelung stehe, brauche sich an keine körperlichen Grenzen zu halten, seine Fähigkeiten seien mit der Erzeugung einer Scheinwirklichkeit noch lange nicht erschöpft, es komme, wenn es nur wolle, beliebig nahe an alle Schichten dessen heran, was ich für mein Selbst gehalten hatte. Die Welt um mich herum geriet in der einen Erregung genau in dem Ausmaß unwirklich, in dem sie in der anderen Erregung wirklich wurde. Ich wurde in der einen Erregung so schwach wie in der anderen Erregung stark. Nichts gab mir größere Kräfte zur Wirklichkeit als der Haß auf meine Schwäche im Zustand des der Vorspiegelung Ausgeliefertseins. Für das, was ich nicht sah, legte ich mir schließlich eine Erklärung zurecht, die nicht bei mir, sondern bei den anderen begann. Eine Erklärung, mit der ich Narr über Jahre zufrieden war. Ich redete mir ein, alles das, wovor ich mich so maßlos ekelte, sei nur das unvermeidliche Ergebnis der Struktur der gesellschaftlichen Einrichtungen, in deren Rahmen sich die Suche nach der Wahrheit abspielen muß. Man kann denjenigen, der die Wahrheit sucht, nicht nach den Stücken entlohnen, die er abliefert, sie fallen zu unregelmäßig an, ihre Größe ist niemals an Ort und Stelle meßbar, und es sind viel zu viele darunter, von denen sich zwar nicht sofort, aber doch recht bald herausstellt, es waren Stücke von etwas anderem. Da die Sucher ernährt werden müssen, schafft man Stellen. Weil das Finden so schwer zu bewerten ist, formuliert man Stellenbeschreibungen, die das Suchen lediglich zur erwünschten Nebentätigkeit machen, die sich in der Hauptsache auf etwas beziehen, dessen Ableistung man in Stunden messen und deswegen genau überwachen kann. Tatsächlich oder möglicherweise zu erwartende Erfolge der in den Stellenbeschreibungen festgelegten Haupttätigkeit spielen jedoch für den Eintritt in die und für den Aufstieg in der Stellenhierarchie nicht die geringste Rolle. Ausschlaggebend ist vielmehr die Nebentätigkeit im Verein mit einer realistischen weltanschaulichen Ausrichtung. Der Erfolg der Nebentätigkeit wird nicht etwa dadurch beurteilt, daß die gefundenen Stücke in Augenschein genommen werden. Man begnügt sich vielmehr mit der Ermittlung der blanken Anzahl der jeweils an die Öffentlichkeit abgelieferten Suchberichte, wobei nicht der geringste Unterschied zwischen erfolgreichem und weniger erfolgreichem Suchen gemacht wird. Je größer die Anzahl der veröffentlichten Bücher und Aufsätze, desto besser die Stelle, das heißt, desto mehr Untergebene, desto mehr Befugnisse, desto größere Speseneta ts, damit desto häufigere und desto weitere Reisen, und desto bessere Entlohnung. Anzumerken ist, es werden weder die Gesamtzahl der Bücher noch die der Aufsätze mit den entsprechenden Seitenzahlen gewichtet, so daß es sich empfiehlt, umfangreichere Bücher und längere Aufsätze in mehrere Einzelveröffentlichungen aufzuteilen. Was die Auswahl der Zeitschriften betrifft, in denen Aufsätze veröffentlicht werden, haben die Ministerialen bei ihren Zählungen einen Ermessensspielraum. Je realistischer die weltanschauliche Ausrichtung des Stellenanwärters oder –inhabers ist, in desto größerem Maß können sie Aufsätze in Tages- und Wochenzeitungen sowie in Frauenzeitschriften und Herrenmagazinen berücksichtigen. Es ist übrigens ein weitverbreiteter Irrtum anzunehmen, Lehrstuhlinhaber säßen so gut und so fest auf ihren Lehrstühlen, weil sie etwa unkündbare Verträge hätten. Unkündbare Verträge gibt es schon deswegen nicht, weil ein unkündbarer Vertrag unter Umständen die weltanschauliche Ausrichtung des durch den Vertrag Begünstigten ändern könnte. Mit dem Innehaben eines Lehrstuhls ist vielmehr die Befugnis verbunden, die Mitarbeiter Bücher und Aufsätze schreiben zu lassen, die dann selbst bei allergeringster Mitwirkung des Lehrstuhlinhabers unter dessen Namen erscheinen. Nur Lehrstuhlinhaber mit guten Beziehungen zum Ministerium können es sich erlauben, ihre Mitarbeiter regelmäßig als gleichberechtigte Mitverfasser ihrer Bücher und Aufsätze aufzuführen, bei einem solchen Vorgehen liegt immer der Verdacht einer möglichen Veränderung der weltanschaulichen Ausrichtung hin zum Unrealistischen in der Luft. Für das, was ich nicht sah, machte ich nicht die Menschen, sondern die Stellen und den Wettbewerb um diese verantwortlich. Die Maßstäbe, nach denen man in diesem Wettbewerb bestand oder nicht, waren verquere, es war nicht verwunderlich, daß dann auch diejenigen, die sich in diesem Wettbewerb behaupteten, verquer waren. Berücksichtigte man dazu noch unvermeidbare menschliche Einzelschwächen, so gab es nichts mehr, was wirklich verwundern mußte. Mein Weg war jedenfalls vorgezeichnet. Ich war nicht auf eine Stelle angewiesen. Ich würde mich mit den Fragen befassen, die mich schon beschäftigt hatten, lange bevor ich die Universität zum ersten Mal betreten hatte, aber ich würde das niemals im Rahmen einer Anstellung tun. Ich würde mich am Betrieb nur bis zu dem Punkt beteiligen, ihn nur in dem Ausmaß mitmachen, in dem es für die Behandlung der Fragen, an denen mir lag, förderlich war. Ich würde gelassen alles beiseite schieben, was ein Stelleninhaber niemals beiseite schieben könnte.

Mittwoch

Ich habe meinen Nachbarn zum ersten Mal sprechen gehört. Er bat die Schwester sehr leise und langsam, aber doch verständlich um ein paar außertourliche Tropfen sei-

nes Schmerzmittels. Nach Rückfrage beim Arzt entsprach die Schwester seiner Bitte. Dann wurde er von zwei anderen Schwestern gewaschen. Seine Augen waren offen, aber die Schwestern wälzten ihn auf die Seite, auf den Bauch und auf den Rücken und legten seine Arme und Beine jeweils in die entsprechende Stellung, als sei er bewußtlos, als könne er überhaupt nicht wahrnehmen, was mit ihm geschehe. Er hat alle Kopfhaare verloren und an Armen und Beinen fast keine Muskeln mehr. Seit ich auf seinem Zimmer liege, hat er keinen Besuch erhalten und keine Anrufe bekommen. Die Ergebnisse der gestrigen Blutentnahme liegen noch nicht vollständig vor. Auf meine Frage, ob die vorliegenden Ergebnisse in Ordnung seien, antwortete der Arzt, er habe sie noch gar nicht angesehen, er werte sie erst aus, wenn alle Ergebnisse vollständig vorlägen.
Ich hatte bereits vor Abschluß meiner Ausbildungsgänge zwei Aufsätze veröffentlicht, die die wichtigsten Ergebnisse meiner Dissertation enthielten. Ich nahm mir vor, jedes Jahr mindestens einen weiteren Aufsatz zu veröffentlichen, und ich plante ein Buch. Ansonsten wollte ich ausgewählte Kolloquien und Kongresse besuchen, mich an den Streitgesprächen beteiligen und unter Umständen auch vortragen. Ich sprach zu mir selbst immer von *Mitspielen*. Nach den beiden ersten Aufsätzen schrieb ich zwei weitere, die noch im selben Jahr erschienen. Alle vier Aufsätze erschienen in der *Erkenntnis*, deren Herausgeber der Professor ist. Der erste, der zweite und der vierte Aufsatz waren mit der Auflage angenommen worden, Änderungen entsprechend den beigefügten Gutachten vorzunehmen. Mein dritter Aufsatz, ein formales Modell der Evolution ökonomischer Theorien, wurde ohne jede inhaltliche Änderung angenommen, ich mußte lediglich einige unglückliche sprachliche Formulie-

rungen verbessern. *I found this to be an extremely interesting and thought provoking paper on several counts. First, the exposition of the economic theories used as examples is clear, concise and of some intrinsic interest. Second, I found the distinction between empirical, pure and normative theories well drawn. Third, I found the major theme a substantial contribution to the understanding of how scientific theories develop. The intuitive ideas seem sound and the formalization both adequate and elegant. The illustrative examples are well chosen to support the major thesis, well explained intuitively and insightfully formalized.* Ich habe weder vorher noch nachher ähnliches Lob erhalten. Den fünften Aufsatz, eine Rekonstruktion ökonometrischer Schätzvorgänge als Meßverfahren, wollte ich in einer anderen Zeitschrift veröffentlichen. Nach drei Monaten bekam ich den Aufsatz zurück. *We are sorry to inform you that your paper has not been accepted for publication. We wish you the best of fortune in finding an appropriate vehicle for your paper.* Das war alles, keine Begründung für die Ablehnung. Ich schickte den Aufsatz leicht verändert an eine andere große Zeitschrift. Diesmal erhielt ich den Aufsatz bereits nach zwei Monaten zurück. *This paper does not meet the standards required for publication and therefore I cannot recommend its acceptance.* Anbei ein vernichtendes Gutachten. In dem Aufsatz werde kein einziges Theorem bewiesen. Meine Rekonstruktion ökonometrischer Schätzvorgänge sei begrifflich inadäquat und logisch inkonsistent. Die formalen Definitionen gäben den Begriffen nicht die beabsichtigten Inhalte. Als Beleg führte der Gutachter Absätze an, in denen ich unter größter Mühe zum besseren Verständnis des Lesers versuchte, formale Definitionen umgangssprachlich nachzuzeichnen. Was grundsätzlich ein schwieriges bis unmögliches Unterfangen ist, denn könnte man alles, was in formalen Definitionen enthalten ist, umgangssprachlich ausdrücken, brauchte man wohl keine formalen Definitionen. Einige Definitionen enthielten in der Tat Fehler, die mit den Definitionen verfolgten Absichten waren jedoch so deutlich, daß diese Fehler ohne größeren Aufwand und ohne an den Grundgedanken der Definitionen etwas zu ändern, heilbar waren. Ich verbesserte die von dem letzten Gutachter bemängelten formalen Fehler und schickte den Aufsatz an eine dritte Zeitschrift. Zunächst hörte ich ein halbes Jahr überhaupt nichts. Dann erhielt ich einen freundlichen Brief. Das Begutachtungsverfahren sei üblicherweise nach längstens drei Monaten abgeschlossen, der Gutachter, an den man meinen Aufsatz geschickt habe, sei aus privaten Gründen verhindert gewesen, das Gutachten fertigzustellen, und habe auch noch versäumt, das den Herausgebern mitzuteilen, man habe den Aufsatz an einen anderen Gutachter geschickt, dessen Bericht werde baldigst erwartet. Ein paar Wochen später kam dann der endgültige Bescheid. Es sei zu erwarten gewesen, daß sich der Begriff des Meßverfahrens auch auf ökonometrische Schätzvorgänge anwenden lasse. Die in meinen Definitionen enthaltenen Tatsachen seien einfach und seit langem bekannt, sie hätten auch auf weit weniger Seiten Platz gefunden. Dabei mußte ich den Begriff des Meßverfahrens ganz entscheidend verallgemeinern, bevor ich ihn auf ökonometrische Schätzvorgänge anwenden konnte. Bezeichnend für die Genügsamkeit meiner Ausführungen sei im übrigen, daß sie nirgends über diese Definitionen in Form von Schlußfolgerungen oder Theoremen hinausschritten und daß sie kein kritisches Wort über die gemachten Annahmen verlören. Mein Aufsatz befriedige nur in formaler Hinsicht, was man von einer zu veröffentlichenden wissenschaftlichen Arbeit immer erwarten dürfe. Nach den Erfahrungen, die alle anderen auch machten, bestand kein Grund, über diese dreifache Ablehnung meines Aufsatzes zu sehr niedergeschlagen zu sein. Wären jedoch an die vier vorangegangenen Aufsätze dieselben Maßstäbe angelegt worden, dann wären auch die ersten vier Aufsätze nicht erschienen. Hätte ich den fünften Aufsatz wieder an die *Erkenntnis* geschickt, wäre er dort mit Änderungen angenommen worden. Was ich den Gutachtern zum Vorwurf machen konnte, die meinen letzten Aufsatz abgelehnt hatten, war nichts anderes als das, was die reibungslose Veröffentlichung der vorausgegengenen Aufsätze ermöglicht hatte. Nach der dreifachen Ablehnung meines letzten Aufsatzes sah ich meine Arbeit so, wie ich sie schon immer hätte sehen müssen. Meine Dissertation, meine Aufsätze: nichts anderes als Umformulierungen von lange bekannten und bereits nach allen Richtungen durchbewiesenen Axiomensystemen. Dabei gewisse Einsichten: über die Anwendungen der Theorie, über die Verbindungen zwischen verschiedenen Anwendungen, über das Verhältnis von Mittelpunkt und Außenposten der Theorie und über das, was die Theorie bei der Beschreibung der Anwendungen tatsächlich voraussetzt. Sonst: die Behebung von Mißverständnissen, die sich einstellen, wenn man Lehrbuchdarstellungen zu ernst nimmt. Ich war ein Anwender, und ich war nichts als das. Ich leistete, auch wenn ich es in der Einleitung meiner Dissertation und in meinen Aufsätzen anders darstellte, nicht den geringsten Beitrag zur Weiterentwicklung, zum Ausbau dessen, was ich anwendete. Und für meine Anwendungen bestand kein Bedarf. Ich war überzeugt gewesen, die mit einer Stelle verbundenen Aufgaben würden es mir unmöglich machen, mich mit den Fragen, die mich seit jeher umtrieben, in fruchtbringender Weise auseinanderzusetzen. Was tat ich. Nichts anderes als das, was jemand, der im Gegensatz zu mir seine Stelle angetreten hätte, auch getan haben würde. Was sollte ich tun. Ich strebte die Formulierung einer umfassenden Theorie wissenschaftlicher Theorien an, deren Leitvorstellung die Verankerung der Entstehung und Veränderung von Theorien im Geflecht der mittelbaren und unmittelbaren Beziehungen zwischen den Erzeugern der Theorien wäre. Was konnte ich tun. Ich beschloß, von nun an ständig meine Handlungen daraufhin zu überprüfen, ob sie der Erreichung meines neuen Ziels, der angedachten umfassenden Theorie wissenschaftlicher Theorien, auch tatsächlich förderlich wären. Diesem Ziel auch nur nahezukommen mußte dauern. Was wollte ich tun. Um nicht auf Jahre hinaus jede Verbindung zu anderen Philosophen einzubüßen, würde ich nach außen weiter den Rahmen zugrunde legen, in dem ich mich bis jetzt bewegt hatte. Wobei ich mich jedoch in keinem Fall mehr mit Rekonstruktionen aufhalten würde. Sondern ich wollte nach Möglichkeiten suchen, aus meiner Arbeit an der umfassenden Theorie heraus Anstöße für die Weiterentwicklung des Ansatzes zu geben, den ich bis jetzt nur angewendet hatte. Ohne dabei allerdings mein übergeordnetes Ziel zu verraten.

Donnerstag

Das Ergebnis der Blutuntersuchungen ist unauffällig. Ich sei unterernährt. Nachdem ich mich ins Krankenhaus gelegt habe, weil ich seit dem Kongreß kaum dazu in der Lage war, etwas zu mir zu nehmen, weil ich das, was ich trotzdem zu

mir nahm, kaum bei mir behalten konnte und weil ich demzufolge innerhalb von zwei Wochen fast zehn Kilo an Gewicht verlor, war diese Feststellung keine Überraschung.
Ich nehme mir vor, die Eindrücke und Empfindungen bei der Beschreibung des Kongresses und seiner jahrelangen Vorgeschichte zu deuten, ich nehme mir vor, sie nicht überzubewerten, ich nehme mir vor, sie nüchtern in die Abwägung der verschiedenen möglichen Wege der Fortführung meiner Arbeit einzubeziehen. Aber es gibt keine Brücke zwischen diesen Eindrücken und Empfindungen einerseits und allen vorstellbaren Wegen der Fortführung meiner Arbeit andererseits. Es gräbt sich das Falsche ein. Nicht das Handwerkszeug, die Begriffe und Sätze, die mir jederzeit zu Gebot stehen sollten. Sondern der Anspruch, mit dem der Finne Philosophen Philosophie als durch Pfeile verbundene mit Ismen und den Namen von Philosophen etikettierte sogenannte Strömungen beschreibt, die Gleichgültigkeit, mit der die Zuhörer seine Hilflosigkeit im Fall des Abweichens des mündlichen Vortrags von der vorbereiteten Niederschrift zur Kenntnis nehmen, die Niedergeschlagenheit des Professors als Folge der Enttäuschung über den nur höflichen Beifall nach seinem Vortrag, die Unterwürfigkeit des Assistenzprofessors gegenüber dem Lehrstuhlinhaber einer großen Universität in den Vereinigten Staaten, mit dem zusammen er, auf Einladung zu einem Gastsemester hoffend, sogar einen Kammermusikabend besucht. Es gräbt sich immer wieder das Falsche ein. Es gräbt sich nur das Falsche ein. Der Ausdruck, mit dem der neue Professor meinem Vortrag folgt. Passagen aus dem Wortlaut von Aufsatzgutachten. Einstellungen aus billigen Filmen. Schlechte Bilder. Wie *Frühling, Sommer, Herbst* und *Winter*. *Frühling eins*: zwei Männer, der eine liegt auf dem Rücken, die Beine angewin-

kelt, fast bis zum Kopf zurückgeschlagen, der andere kniet vor ihm, er beugt sich vor, die Füße des Liegenden um seinen Kopf, sein Glied im After des Liegenden. *Sommer eins*: drei Männer. Einer auf dem Rücken liegend, die Beine an den Körper gezogen, der zweite mit gestreckten Beinen, sich nach vorn abstützend, sein Glied im After des Liegenden, der dritte rittlings auf dem Liegenden kniend und sich nach hinten abstützend, sein erigiertes Glied im Mund des zweiten. *Herbst eins:* ein Mann auf dem Rücken liegend, mit erigiertem Glied, ein anderer über ihm kniend, sein ebenfalls erigiertes Glied, von den Händen des Liegenden umschlossen, in dessen Mund. *Winter eins:* ein einzelner Mann, auf dem Rücken liegend, mit der rechten Hand sein Glied umfassend. Nur auf diesem Bild ist das Gesicht dem Betrachter zugewendet. *Frühling zwei:* im Vordergrund ein sich vorbeugender, stehender Mann, dahinter, ebenfalls stehend, ein anderer, dessen Glied im After des ersten. Der Mann im Vordergrund ist so weit vornübergebeugt, daß der Betrachter auf dessen Hinterkopf blickt, das Gesicht des Stehenden, der Brüste hat und eine eher weibliche Beckenform aufweist, ist nicht mehr im Bild. *Sommer zwei:* zwei liegende Männer, das Glied desjenigen im Hintergrund im After desjenigen im Vordergrund, der letztere zieht sein oben liegendes rechtes Bein ganz an den Körper heran, so daß das Glied des anderen in seinem After dem Blick des Betrachters freigegeben ist, er beugt sich so weit nach vorn, daß seine geöffneten Lippen fast sein rechtes Knie berühren, der andere ist halb aufgerichtet, er stützt sich mit dem linken Arm auf dem Boden ab, während die rechte Hand auf den Lenden desjenigen vor ihm ruht. *Herbst zwei:* ein Hockender und, von hinten, ein vor diesem Liegender, der das Glied des Hockenden im Mund hat, um seinen Hals die Hände des Hockenden. *Winter zwei:* ein einzelner Mann, zurückgelehnt, fast liegend, mit seiner rechten Hand sein Glied umfassend.

Daß die Bilder geschlechtsverkehrende Männer darstellen, sieht man.

Ich bin auf der Party des neuen Professors. Ich unterhalte mich noch einmal mit der Galeristin mit der schmalen Taille und den roten Plastikdreiecken.

Sie haben gesagt, ich soll die Bilder beschreiben. Das habe ich getan.
Ihre Ausdrucksmittel sind begrenzt.
Sie haben gesagt, ich soll die Bilder beschreiben. Sie haben nicht gesagt, ich soll beschreiben, wie die Bilder auf mich wirken, oder wie ich glaube, daß die Bilder auf andere wirken.
Wenn es Ihnen dermaßen gut gelingt, was die Bilder darstellen, von dem, wie sie auf Sie wirken, zu sondern, ist ihr Ausdruckswille begrenzt.
Ich sehe heftig gemalte fickende Männer.
Ist das der Pornographievorwurf.
Er ist es nicht.
Welcher ist es dann.
Es lag so unglaublich nahe, heftig fickende Männer zu malen. Verzeihung: fickende Männer heftig zu malen. Der Platz dafür war schon im allerersten Entwurf des Museums vorgesehen.
Wir sind nicht im Museum.
Wo Sie doch sonst so sehr auf dem institutionellen Geschmack Ihrer Kundin bestehen.

Sie hat sie noch gar nicht bei sich gesehen. Ich habe sie heute nachmittag anliefern lassen.
Von Düsseldorf aus.
Von dort aus.
Ob sich die anderen Gäste auch so sehr für die im Nebenraum fickenden Männer begeistern wie ich.

Sonntagnachmittag

Zurück nach Salzburg. Der Großteil der Veranstaltungen hatte nicht mehr als zehn oder zwanzig Teilnehmer. Aber von diesen beteiligte sich jeder einzelne mit ungeheurem Einsatz an den Streitgesprächen. Neben mir gab es höchstens einmal den einen oder anderen Studenten, der dem Streitgespräch still folgte. Immer meldeten sich fast alle anderen zu Wort, alle anderen hatten zu dem, was vorgetragen worden war, etwas zu sagen, jeder versuchte, eine Brücke zu schlagen von dem, was der Vortrag behandelt hatte, zu dem, womit er selbst sich beschäftigte, jeder beanspruchte Allgemeingültigkeit für den Gesichtspunkt, unter dem er die behandelten Fragen sah, jeder bestand darauf, daß seine Antwort auf die oder seine Formulierung der behandelten Fragen ein nicht hinwegzudenkender Beitrag sei. Die Gespräche außerhalb der Veranstaltungen hatten fast ausnahmslos die Stellen zum Gegenstand, um die in den Veranstaltungen gekämpft wurde. Dennoch geht es um Stellen als Stellen nur für diejenigen, die noch nicht sicher sind, daß sie ihren Lebensunterhalt bestreiten können, ohne mit dem Philosophieren aufhören zu müssen. Solange der Philosoph über die Stelle, die nicht sein Ziel ist, spricht, als wäre sie es, solange er sich mit dem Erreichen eines vorgeschobenen Ziels befaßt, solange muß er sich keine Rechenschaft über das Erreichen oder Nichterreichen seines tatsächlichen Ziels geben: am Ende seines Lebens auf eine bestimmte Zeitspanne desselben zurückzuschauen und gerechtfertigt behaupten zu können, während dieser eingrenzbaren Spanne sei es ihm möglich gewesen, in der Auseinandersetzung mit allen, die sich mit demselben Gegenstand beschäftigten, auf dem zu beharren, was er einmal gesagt hat, allen Einwänden zum Trotz bei der Formulierung der Frage und vielleicht sogar bei der Antwort zu bleiben, die er einmal gegeben hat. Philosophie ist die unerbittlichste Form der Rechthaberei, die es gibt. Gerade weil man eingesehen hat, daß man mit dem, was man gesagt hat, ohne Ansehung der Ausgangsbedingungen, unter denen man es gesagt hat, nicht für alle Zeiten recht behalten kann. Die Erfahrungswissenschaften waren nie etwas anderes gewöhnt. Natürlich bestimmen die Ausgangsbedingungen und Ergebnisse der Vergangenheit einer Erfahrungswissenschaft deren gegenwärtige Ausgangsbedingungen und Ergebnisse. Aber die Ausgangsbedingungen und Ergebnisse der Vergangenheit einer Erfahrungswissenschaft sind niemals Gegenstand dieser Erfahrungswissenschaft. Ganz anders die Philosophie. Die Beschäftigung mit der Philosophie der Vergangenheit ist unausweichlich immer auch Philosophie. Die Ausgangsbedingungen des Erfahrungswissenschaftlers der Vergangenheit sind für die Arbeit des Erfahrungswissenschaftlers der Gegenwart völlig ohne Bedeutung. Je weiter man in die Vergangenheit zurückgeht, desto mitleidiger betrachtet man die Laborausstattung des Erfahrungswissenschaftlers, desto mehr tritt der Wissenschaftler hinter dem Menschen zurück, dem man in erster Linie als schrulligem Einzelkämpfer Bewunderung zollt. Die wissenschaftlichen Götter sind höchstens Kurzfrist-, meistens Einmalgötter.

Die Zeitspanne, während der sie Wunder wirken, ist eine sehr kurze, eine kleine Veränderung der Ausgangsbedingungen, oft als Ergebnis ihrer eigenen Arbeit, und sie werden zu sterblichen Problemlösern. Deswegen hält sich die Verehrung für sie auch in Grenzen. Der Philosoph tritt von vornherein ganz anders auf. Auch wenn er mit noch so bescheidenen Ansprüchen bekleidet ist, seine Haltung ist die desjenigen, der das Ganze betrachtet. Ist es ihm um Einzelheiten zu tun, dann sind die Einzelheiten das Ganze. Seine Laborausstattung kann gar nicht schlecht sein. Jede geschichtliche Menge von Ausgangsbedingungen steht für eine ganz bestimmte Erkenntnissituation, aus der heraus sich ein ganz bestimmter Blick auf das werfen läßt, was man als das Ganze auffaßt. Natürlich ist die Hierarchie der unterschiedlich gewichteten Erkenntnissituationen nicht zu jeder Zeit und an jedem Ort dieselbe. Aber es gibt keine Rechtfertigung dafür, irgendeine geschichtliche Menge von Ausgangsbedingungen und damit irgendeine Erkenntnissituation in allen Hierarchien aller Zeiten ganz unten einzuordnen. Weil jede Erkenntnissituation im Fundus bleibt, deswegen tritt, auch wenn man sehr tief in die Vergangenheit eindringt, niemals der Philosoph hinter den Menschen zurück. Was unter bestimmten Ausgangsbedingungen einmal gesagt wurde, verliert zusammen mit den Ausgangsbedingungen niemals alle Bedeutung. Der Philosoph ist der einzige Wissenschaftler, der in gewissem Sinn über das Grab hinaus recht behalten kann. Weil die Philosophie diese einzigartige Möglichkeit bietet, sind die Auseinandersetzungen zwischen den Philosophen darüber, wer unter bestimmten Ausgangsbedingungen recht behält, so gnadenlos. Für jeden Zeitraum, innerhalb dessen die Ausgangsbedingungen im großen und ganzen unverändert bleiben, bildet sich eine eindeutig zu beschreibende Beharrungshierarchie heraus. Es ist niemals mehr als eine Handvoll Philosophen, denen es zukommt, in allen Feldern auf dem zu beharren, was sie einmal gesagt haben, so wie sie es einmal gesagt haben. Dazu gesellen sich ein bis zwei Dutzend weitere, die auf jeweils eng begrenzten Sachgebieten, jedoch nicht außerhalb davon, in gleicher Weise auf dem einmal Gesagten beharren können. Die anderen dürfen nur begründen, aber nicht beharren. Wenn sie der Spitze nahe sind, dürfen sie allerhöchstens nichtabgeschlossene Anmerkungen machen. Wenn jemand, dem es aufgrund seiner Stellung in der Hierarchie nicht zukommt, gegenüber einem anderen, dem es zukommt, beharrt, dann stellt sich eine unglaublich dichte und lastende Peinlichkeit ein, deren Anlaß so behandelt wird, als sei er unaussprechlich. Meist liegt solchen Fällen eine wirkliche Geisteskrankheit zugrunde. Nur eine Geisteskrankheit setzt einen gegen die Hierarchie Beharrenden in die Lage, seine Bestrafung zu überstehen. Das alles hat mit dem Gegenstand der Beharrung überhaupt nichts zu tun. Auch wenn hundertmal offensichtlich ist, daß der gegen die Hierarchie Beharrende die besseren Gründe hat. Ein Einzelfall kann niemals das Beharren jemands rechtfertigen, dem das Beharren sonst nicht zukommt. Die Stellenhierarchie kann für die Beschreibung der Beharrungshierarchie Anhaltspunkte geben, es wäre jedoch ein Mißverständnis anzunehmen, die Beharrungshierarchie stimmte zu irgendeiner Zeit mit der Stellenhierarchie überein. Zum einen schlagen sich Aufstiege in der Beharrungshierarchie naturgemäß nur mit Verzögerung in der Stellenhierarchie nieder. Da Stellen, bevor sie besetzt werden können, erst einmal frei werden müssen, ist der Fall nicht ungewöhnlich, daß jemand zu einem Zeitpunkt in die Spitze der Stellenhierarchie gelangt, zu dem er in der Beharrungshierarchie nicht mehr an dem Punkt ist, der sein Aufrücken in der Stellenhierarchie gerechtfertigt hatte. Zum anderen schwankt die Beurteilung, wer bei bestimmten Ausgangsbedingungen recht behalten hat, im Zeitablauf. Geringfügige Änderungen der Ausgangsbedingungen führen vielmals zu großen Änderungen der Einschätzung der Lage vor Eintritt dieser Veränderungen. Wobei eine neuerliche Änderung der Ausgangsbedingungen häufig eher zu der alten Einschätzung zurückführt. Es herrscht keineswegs immer Einmütigkeit, ob und wie sich die Ausgangsbedingungen geändert haben. All das macht die Beharrungshierarchie viel beweglicher, als es diejenigen wahrhaben wollen, die trotz größter Anstrengung nicht in deren Spitze gelangen. Die grundsätzliche Beweglichkeit der Beharrungshierarchie spricht auf den ersten Blick für die Philosophie, für die Philosophen. Jedoch nur so lange, wie man es vermeiden kann, einem Philosophen in die Augen zu sehen. Alles Geschriebene spiegelt nur die zu einem bestimmten Zeitpunkt eingefrorene Hierarchie wider. Die Bewegungen in der Hierarchie werden nur in den Augen der Philosophen sichtbar. Dieselben Augen, die gerade noch Alles sahen, schielen im nächsten Augenblick angstvoll in die Richtung, aus der sie ein anderes Augenpaar erwarten, dem es eher als ihnen zukommen wird, allen Blicken standzuhalten, oder dem es, wenn es ihnen jetzt noch zukommt, nach ihnen zukommen wird, allen Blicken standzuhalten. Die Augen, die sich eben noch ihres Urteils für alle Zeiten sicher waren, sind im nächsten Augenblick, nach einem unerwarteten Gesprächsbeitrag, hilflos verzweifelt wie diejenigen einer Mutter, die mitansehen muß, wie ihr Kind in einen vorbeifahrenden Wagen läuft. Die

Philosophen sind der Unerbittlichkeit ihrer Vorsätze nicht gewachsen. Ich wollte und konnte mich nicht an dem hilflosen, zur gleichen Zeit abweisenden wie verständnisheischenden Hin- und Hergrimassieren zwischen dem Anspruch für die Ewigkeit und dem Hauen und Stechen und dem Erdulden und Erleiden in der Zeitlichkeit beteiligen. Ich meldete mich niemals zu Wort, und ich suchte auch außerhalb der Veranstaltungen keine Gespräche. Ich weiß nicht mehr, wie die Abteilung hieß, zu der die Veranstaltung gehörte, in der ich meinen Vortrag hielt, ich weiß nicht mehr, welchen Titel die Veranstaltung trug, und ich weiß nicht mehr, welche Überschrift ich meinem Vortrag gab. Ich hatte kaum geendet, da griff mich der neue Professor schon an. Er ließ nicht einmal den Moderator zu Wort kommen, dessen Aufgabe es eigentlich gewesen wäre, das Streitgespräch zu eröffnen. Meine allgemeine Theorie der Schätzung unterscheide sich von den bekannten Ansätzen lediglich dadurch, daß ich in die Meßmodelle zusätzlich sogenannte wahre Parameter einführte. Ich hätte nichts darüber gesagt, wofür diese wahren Parameter stünden, und ich hätte keine Gesetze angegeben, die die sogenannten wahren Parameter zu anderen Bausteinen der betrachteten Meßmodelle in Beziehung stellten. Aus dem Beispiel, das ich behandelt hätte, sei mehr als deutlich hervorgegangen, meine sogenannten wahren Parameter spielten bei den tatsächlichen Schätzvorgängen nicht die geringste Rolle. Die Einführung des Begriffs des wahren Parameters im Zusammenhang mit den betrachteten Meßverfahren sei sinnlos und überflüssig. Der Angriff traf mich völlig unvorbereitet. Wenn von Anfang an feststand, daß er mich ablehnte, wenn damit feststand, daß er meine Arbeit ablehnte, warum schrieb mir der neue Professor, er erwäge, mit mir einen

Aufsatz zu verfassen, warum lud er mich zu sich nach Hause ein? Eine Messung ist immer ein Vorgang zur Ermittlung eines Werts für eine bestimmte Größe. Ein Meßwert ist immer ein Meßwert für etwas. Natürlich kann jeder einzelne Meßvorgang beschrieben werden, ohne die Größe, der die Messungen gelten, auch nur zu erwähnen. Natürlich können alle Vorschriften zur Ermittlung eines bestimmten Meßwerts eindeutig formuliert werden, ohne auf die Größe, der unsere Messungen gelten, Bezug zu nehmen. Aber wenn wir jemandem erklären wollen, was wir tun, wenn wir diese Meßvorschriften anwenden, dann müssen wir uns auf die Größe beziehen, für die der ermittelte Wert ein Meßwert ist. Ebenso, wenn wir uns rechtfertigen, warum wir diese und nicht andere Vorschriften anwenden, weil wir, wenn wir diese Vorschriften anwenden, die in Frage stehende Größe besser messen, als wir es tun, wenn wir andere Vorschriften anwenden. Trotzdem kann man sich im Zusammenhang mit Meßverfahren für Theorien, die keine Zufallsparameter enthalten, mittels bestimmter ontologischer Setzungen um die Unterscheidung zwischen Meßwert und zu messender Größe drücken. Im Zusammenhang mit der Schätzung von Zufallsparametern gibt es einen solchen Ausweg nicht mehr. Denn die Wahrscheinlichkeit, daß der Meßwert mit dem wahren Parameter identisch ist, ist ebenso gleich null wie die Wahrscheinlichkeit, daß sich bei denselben Ausgangsbedingungen für zwei Meßvorgänge dieselben Meßwerte ergeben. Der neue Professor hatte während meiner Ausführungen andauernd den Oberkörper vor- und zurückbewegt. Wir kennen den wahren Parameter nicht. Wir kennen den wahren Parameter niemals. Wir kennen nur Meßwerte. Wir wären nur dann berechtigt, vom wahren Parameter zu sprechen, wenn es endliche Meßvorschriften gäbe, die einen endlichen Meßvorgang beschreiben, bei dessen Durchführung wir einen Meßwert erhalten, der mit dem wahren Wert des Parameters identisch ist. Wie ich selbst gesagt hätte, sei die Wahrscheinlichkeit gleich null, einen Meßwert zu erhalten, der mit dem wahren Wert des Parameters identisch ist, deshalb sei das Reden von einem wahren Parameter sinnlos. Der Ökonometriker nimmt sich einen bestimmten Wirklichkeitsausschnitt vor, über diesen läßt er eine Anzahl von Regressionen laufen, die sich in der Einbeziehung der betrachteten Parameter und in der Art von deren Verknüpfung unterscheiden. Die Entscheidung fällt für diejenige Regression, die den Zielen der jeweiligen Untersuchung am besten dient, die mit den Hintergrundüberzeugungen des Ökonometrikers am besten vereinbar ist und die von allen nach diesen beiden Merkmalen in Frage kommenden Regressionen in bezug auf gewisse wünschenswerte statistische Eigenschaften am besten abschneidet. Der Ökonometriker spricht nicht von der wahren Regression. Das wäre unsinnig, denn die Regressionen, die er verworfen hat, sind nicht falsch. Der Ökonometriker spricht jedoch sehr wohl vom wahren Parameter. Ein wahrer Parameter ist immer ein wahrer Parameter aus einer bestimmten Regression, das Sprechen vom wahren Parameter beinhaltet nicht im mindesten ein Bekenntnis zum absoluten Realismus. Der Ökonometriker behauptet nicht, er messe den wahren Parameter dieser Regression anders als näherungsweise oder ihm sei der wahre Parameter jener Regression numerisch bekannt. Der neue Professor stand auf und kam zur Tafel vor. Meine allgemeine Beschreibung eines Meßmodells, er unterstrich die entsprechende Zeile, enthalte ein θ und ein $\hat{\theta}$. θ stehe für den sogenannten wahren Parameter, $\hat{\theta}$ für den Schätzwert. Das von mir angeführte Beispiel eines tatsächlichen Schätzvorgangs enthalte einen numerischen Wert für $\hat{\theta}$. Aber kein θ. Der Wilde, der noch nie ein Thermometer gesehen hat, kann das Symbol beschreiben, das sich neben dem oberen Ende der Quecksilbersäule befindet. Aber man wird deshalb nicht sagen, er habe die Temperatur abgelesen. Der Wilde hat erst dann die Lufttemperatur abgelesen, wenn es ihn nach der Ablesung bei niedriger Umgebungstemperatur fröstelt und wenn er bei hoher schwitzt. In der weiteren Verwendung von $\hat{\theta}$ kommt zum Ausdruck, daß $\hat{\theta}$ ein Meßwert für den wahren Parameter θ ist. Der neue Professor machte eine wegwerfende Handbewegung, ging zu seinem Platz zurück, um seine Tasche an sich zu nehmen, und verließ ohne ein weiteres Wort den Raum.

Die Frau des neuen Professors ist zum Ende ihrer Party doch noch gekommen.

Sie trägt den kurzen Leder-Completo. Oberteil und Rock aus schwarzem Leder, das Oberteil läßt die Schultern frei, es ist in der Mitte leicht rund ausgeschnitten, es wird von zwei dünnen Trägern gehalten und ist jeweils in deren Verlängerung über den Brüsten bis zur Taille leicht nach innen laufend vernäht. Der enganliegende Rock hört etwa zwanzig Zentimeter über den Knien auf. Um die Taille der große schwarze Ledergürtel mit der quadratischen Schnalle. Über dem Lederoberteil trägt sie anstelle einer Jacke ein offenes weißes Herrenhemd aus in sich gemustertem Batist. Die Ärmel sind bis zu den Ellbogen hochgekrempelt. Sie sitzt zurückgelehnt, den rechten Arm auf der Lehne des Sofas, in der linken Hand ein Whiskyglas, sie hat die Beine übereinandergeschlagen, das linke über dem rechten, fleischfar-

bene Strümpfe, einfache schwarze Schuhe mit hohen Absätzen.
Ist mein Mann ein Philosoph, dem es zukommt, zu beharren.
Er kann in ausgewählten Gebieten, auf dem, was er einmal gesagt hat, beharren. Und er ist dabei, diese Gebiete auszudehnen.
Auf Ihre Kosten.
Ich bin kein ernstzunehmender Wettbewerber für ihn.
Sie wollen von mir erfahren, warum mein Mann so auf Sie eingedroschen hat, obwohl Sie doch kein ernstzunehmender Wettbewerber für ihn sind.
Ich glaubte lange, ich hätte ein Ziel. Dann wurde ich darauf gestoßen, daß das Ziel gar keins war. Ich dachte, ich brauchte kein Ziel. Ich glaubte, es sei mir gelungen, ohne ein Ziel auszukommen. – Bis zum Kongreß. Jetzt, nach dem Kongreß, sehe ich, mein neues Ziel war nicht minder lächerlich als mein altes.
Und ich soll Ihnen jetzt erzählen, wie man es fertigbringt, ein Ziel zu haben.
Ja.
Es ist unerheblich, daß ich dieses Ziel habe, daß ich es verfolge, und daß ich es erreiche.
Sie steht auf, um sich einen weiteren Whisky einzugießen. Der Rock ist im Sitzen weit hochgerutscht. Während sie zum Barschrank geht, streicht sie das Hemd am Rücken glatt. Sie zieht den Rock nicht herunter.
Gäbe es mich nicht, oder hätte ich nicht dieses Ziel, dann würde sich das Ziel jemand anderen suchen, der es erreicht.
Sie setzt sich wieder hin. Sie schlägt die Beine übereinander, wieder das linke über das rechte. Sie lehnt sich zurück. Der Rock ist über den Oberschenkeln gespannt.

Die Bilder würden in jedem Fall zusammenfinden und das Ziel erreichen, das ich verfolge. Sie haben mich für eine Rolle verpflichtet, die eine andere oder ein anderer ebenso gut spielen könnte. – Ich tue nichts zur Sache.
Sie haben das Ziel, Sie verfolgen es, und Sie erreichen es. Sie sperren damit alle die möglichen Welten, in denen jemand anderer das macht, was Sie machen. Sie sind es, der diese Welten sperrt. Sie und niemand anderer.
Weiß man immer, wer es war, der eine bestimmte Welt gesperrt hat.
Man benennt die gesperrten Welten nach dem, der sie gesperrt hat.
Wenn jemand eine Menge von Welten sperrt, in der Welten enthalten sind, die ein anderer bereits vorher gesperrt hat, vergißt man denjenigen, der die ersten Welten gesperrt hat.
Nicht, wenn der Vorgänger eine Menge von Welten gesperrt hat, die groß genug war, oder wenn ihre erstmalige Sperrung zu dem damaligen Zeitpunkt nicht vorauszusehen war.
Jeder, der die gesperrten Welten sieht und deren Namen kennt, muß auch erkennen, wenn derjenige, der sie tatsächlich gesperrt hat, nicht zur Stelle gewesen wäre, die Welten wären früher oder später von einer anderen oder von einem anderen gesperrt worden.
Sie waren zur Stelle. Sie hatten sich vorgenommen dazusein, und Sie sind dagewesen.
Sie schenkt sich ein neues Glas ein.
Jeder, an dessen Stelle Sie sich träumen, weiß, es ist vollkommen unwichtig, ob er selbst das getan hat, weswegen Sie sich an seine Stelle träumen, oder ob es jemand anderer getan hätte. Sehen Sie sich doch die Menschen an, die sich zu allen Zeiten auf der Erde aufgehalten haben, aufhalten

oder aufhalten werden. Glauben Sie im Ernst, es gibt zu irgendeinem Zeitpunkt irgend etwas, das versucht werden könnte, das aber niemand tatsächlich versuchte?
Sie nimmt mehrere tiefe Schlucke. Sie zieht das rechte Bein etwas an und führt den linken Fuß so am rechten Knie vorbei, daß der Schuh zu Boden fällt. Dann stützt sie sich mit dem linken Fuß am Rand des Sofatisches ab. Während sie trinkt, gleitet der Fuß den Rand des Sofatisches entlang immer weiter nach links. Zugleich streift sie den rechten Schuh am Boden ab, zieht das Bein auf das Sofa hoch und stützt sich vorgelehnt mit dem rechten Arm auf dem Knie ab.
Wenn meine Bilder in hundert Jahren in einem Museum hängen und ich wäre so eingebildet und so dumm gewesen, verfügt zu haben, am Eingang des Saals müsse ein Schild darauf hinweisen, daß ich es gewesen bin, der diese Bilder gestiftet hat, welchen Unterschied machte es für den Besucher, ob dort mein Name oder ein anderer stünde, mit dem er genausowenig oder genausoviel anzufangen wüßte wie mit meinem?

Nach dem Vortrag ging ich in ein nahegelegenes bekanntes Restaurant in der Innenstadt, dessen Name mir entfallen ist. Ich bestellte Salzburger Nockerln. Es dauerte sehr lange, bis sie auf den Tisch kamen. Obwohl ich, wie schon beim Lesen der Speisekarte und bei der Aufgabe der Bestellung, nicht das geringste Hungergefühl verspürte, aß ich zügig. Als ich etwa zwei Drittel der Portion verzehrt hatte, wurde mir übergangslos, von einem Augenblick zum anderen, schlecht. Ich lief zur Toilette, wo ich mich sofort übergeben mußte. In ein Urinal, denn beide Kabinen waren besetzt, und vor dem Waschbecken kämmte sich ein alter Herr. Über dem Urinal hing ein Plakat, das Mozart als Kind beim Besteigen einer Kutsche zeigte. Ich bezahlte und ging langsam zu meinem Wagen zurück. In dem Landgasthof, in dem ich mich eingemietet hatte, legte ich mich sofort ins Bett und schlief den ganzen Nachmittag. Als ich aufwachte, blieb ich für Stunden bewegungslos im Bett liegen. Ich starrte auf den Ausschnitt des Himmels, den ich aus meiner Lage heraus im Fenster sehen konnte. Es waren Gewitterwolken aufgezogen. Blitze und ferner Donner. Es fing mehrere Male zu regnen an, doch dann blieb es jeweils bei wenigen großen, platschenden Regentropfen. Als es endgültig dunkel geworden war, erhob ich mich und begann zu schreiben.

Theorien beschreiben mögliche Welten.

Eine reine Theorie beschreibt eine mögliche Welt, von der nicht behauptet wird, sie sei mit einer wirklichen Welt identisch, und die auch nicht zu einer wirklichen Welt gemacht werden soll. Eine erfahrungswissenschaftliche Theorie beschreibt eine mögliche Welt, mit der die Behauptung verbunden ist, sie sei identisch mit einer wirklichen Welt.

Eine erfahrungswissenschaftliche Theorie liegt dann und nur dann vor, wenn einige der Größen, die Bestandteil der Modelle der Theorie sind, unter Zuhilfenahme dieser oder einer anderen Theorie tatsächlich gemessen werden. Die Verwendung einer Theorie zum Zweck der Erklärung und der Vorhersage ist kein Unterscheidungsmerkmal zwischen erfahrungswissenschaftlichen und reinen Theorien, auch für mögliche, aber nicht wirkliche Welten lassen sich sinnvoll Erklärungen und Vorhersagen formulieren. Dagegen können in möglichen, aber nicht wirklichen Welten keine Meßvorgänge durchgeführt werden. In einer möglichen, aber nicht wirklichen Welt wird, weil nicht gemessen werden kann, lediglich berechnet und bewiesen.

Eine Theorie beschreibt eine mögliche Welt, die einfacher und schöner ist als die Vorstellung, die wir uns von der Gesamtheit der wirklichen Welten machen.

Die Zeit erschafft das Mögliche.

Die Zeit entscheidet, wo und in welchem Umfang aus Möglichem Wirkliches wird.

Um uns nicht zu verwirren, macht die Zeit das Mögliche nur in einem engen Bereich um das Wirkliche herum sichtbar.

Je kleiner die Rolle ist, die der Mensch spielt, desto geordneter und desto vorhersehbarer macht die Zeit das Mögliche zum Wirklichen.

Eine erfahrungswissenschaftliche Theorie aufzustellen heißt, eine reine Theorie zu einer erfahrungswissenschaftlichen zu machen. Der Erfahrungswissenschaftler spielt Zeit.

Das einfachste Verfahren der Umformung einer reinen in eine erfahrungswissenschaftliche Theorie ist die im Handstreich betriebene Erklärung der von der reinen Theorie beschriebenen möglichen Welt zu einer wirklichen Welt. Es führt jedoch nur selten zum Ziel. Nicht, weil die mögliche Welt zu einfach und zu schön wäre, sondern weil der Handstreich keine Beziehung zwischen der erfahrungswissenschaftlichen Theorie und denjenigen, die sie als solche annehmen müssen, herstellen kann. Der erfolgreiche Wissenschaftler gibt den Handelsvertreter. Der Handelsvertreter spricht über alles, nur nicht über das Erzeugnis, das er verkaufen will. Er weiß, es geht im Verkaufsgespräch nicht darum, den Kunden von tatsächlichen oder vorgeblichen Vorteilen des Erzeugnisses zu überzeugen, sondern darum, die Kaufentscheidung als einen Schritt hin zu dem Menschen darzustellen, als der sich der Kunde selbst gern sehen möchte.

Eine Theorie wird durch die Gesamtheit der dringenden Fragen, durch die Vorgängertheorien, durch die sich mit ihr im Wettbewerb befindenden Theorien, durch die Theorien über die Theorie, durch alle anderen bekannten Theorien und Verfahren sowie durch die Regeln und Strategien des Wettbewerbs verursacht.

Theorien stehen in bezug auf verschiedene Gesichtspunkte in verschiedenen Wettbewerben gegeneinander. Diese Wettbewerbe unterscheiden sich durch zwei Merkmale von entsprechenden biologischen Veranstaltungen. Sie werden von vornherein mit Blick auf die Wettbewerbsregeln und unter Abwägung der Erfolgsaussichten beschickt, und: Auch der in allen Belangen Unterlegene scheidet nicht notwendigerweise aus dem Wettstreit aus.

Eine erfahrungswissenschaftliche Theorie kann, genauso wie eine reine Theorie, nichts erzwingen. Zuallerletzt eine Entscheidung für oder gegen sich selbst. Nur die Regeln des Wettbewerbs können dem Abwägen zwischen den verschiedenen Theorien ein Ende bereiten.

Die Vorstellung, jedem Gegenstand komme ein und nur ein Name zu, erscheint uns lächerlich. Derselben Vorstellung entspringt das Streben nach der einen, der einzigen wahren Theorie über einen Gegenstandsbereich. Eine Theorie verweist nicht nur auf einen Gegenstandsbereich, sondern auch auf sich selbst, auf andere Theorien, auf die Regeln des Wettbewerbs und auf die Strategien derjenigen, die sich für die Erzeuger der Theorien halten. Wir müssen uns daran gewöhnen, daß es nicht weniger wahre Theorien über einen und denselben Gegenstandsbereich gibt, als wir

Möglichkeiten zählen können, einen Gegenstand mit einem Namen zu belegen.

Tritt nicht einfach die Disjunktion aller wahren Theorien an die Stelle der einen wahren Theorie? Die eine wahre Theorie kann nur als geschlossene, zu einem bestimmten Zeitpunkt von einem Einzelmenschen zu überschauende gedacht werden. Dagegen ist die Disjunktion aller wahren Theorien grundsätzlich offen. Ob eine Theorie als erfahrungswissenschaftliche und somit wahrheitsfähige oder als reine und somit nicht wahrheitsfähige aufgefaßt wird, hängt von der Beschreibung der Wettbewerbe ab, in denen die ursprüngliche Theorie eine Rolle spielt, somit auch von den Wettbewerben der verschiedenen Theorien über die ursprünglichen Wettbewerbe, somit auch von den Wettbewerben der verschiedenen Theorien über die Wettbewerbe der verschiedenen Theorien über die ursprünglichen Wettbewerbe, etc.

Das Auftreten von inneren Widersprüchen in Theorien ist eine bloße Frage der Geschwindigkeit, mit der neue Begriffe auftauchen. Je weniger neue Begriffe, desto mehr Widersprüche zwischen den alten.

Der einzige Weg, innere Widersprüche zuverlässig zu vermeiden, besteht darin, aus den in Frage stehenden Annahmen wirklich alles zu folgern, was aus ihnen gefolgert werden kann. Dieses Vorhaben bringt man allerdings nur dann zu einem Abschluß, wenn die in Frage stehenden Annahmen so geordnet und so unzweideutig formuliert sind, daß man mit ihnen nicht viel mehr anfangen kann, als aus ihnen alles zu folgern, was aus ihnen gefolgert werden kann.

Wo doch von hundert Sätzen eines beliebigen philosophischen Aufsatzes, wenn überhaupt, nur einer den eigenen Gedanken formuliert, während die anderen neunundneunzig als Befestigung dieses Gedankens vorweggenommene Einwände beantworten und den Gedanken somit auch vor der Aufdeckung inneren Widerspruchs schützen. Dieses und jenes Widerspruchs sicherlich. Um den Satz, der den eigenen Gedanken ausdrückt, zuverlässig gegen alle Einwände zu schützen, müßte man ihn mit einer unendlichen Zahl von Sätzen befestigen. Jede endliche Zahl von Sätzen ist nichts weiter als eine Drohgebärde, die sagt: Ich bin gewillt, jeden Einwand zu beantworten, so lange, bis kein Einwand mehr kommt. Die Drohgebärde kann beeindruckend oder weniger beeindruckend ausfallen.

Im Parkett ein halbes Hundert gutartiger, unvoreingenommener Wissenschaftler. Auf der Bühne zwei ebenfalls gutartige, unvoreingenommene Wissenschaftler. Die letzteren tragen ruhig, die Reihenfolge wurde durch das Werfen einer Münze ermittelt, zwei Theorien vor, über die nach den Vorträgen, durch die die beiden Theorien zum ersten Mal den Kollegen im Parkett bekannt gemacht werden, abgestimmt wird. Gelingt es einer der beiden Theorien, eine Stimmenmehrheit zu erringen, dann gilt sie als angenommen, das heißt, alle Anwesenden, auch diejenigen, die gegen diese Theorie gestimmt haben, legen diese Theorie ihrer zukünftigen Arbeit zugrunde. Im anderen Fall Vertagung und Neuauflage der Veranstaltung. Warum sollte jemand, der eine Theorie ersonnen hat, den Termin der Veranstaltung abwarten, bis er seine Theorie vorträgt. Warum sollte er nicht bereits vor der Veranstaltung versuchen, seine Theorie denjenigen, die über deren Annahme entscheiden werden, mitzuteilen, um diese so zu beeinflussen, daß die Möglichkeiten des Mitbewerbers, seine Theorie mit etwas in diesen zur Deckung zu bringen, weniger werden. Warum sollte er so unvernünftig sein, sich auf einen Auftritt unter Umständen wie den beschriebenen einzulassen.

Ich lese die *American Economic Review*. Der Verfasser vergleicht seine eigene Theorie über die Bildung von Firmenerwartungen mit drei anderen Theorien und beansprucht, gezeigt zu haben, daß die vorliegenden Erfahrungstatsachen seine Theorie besser stützen als die anderen, mit dieser im Wettstreit stehenden. Was bedeutet der Satz *Ich nehme die vorgeschlagene Theorie an*. Wenn ich dem Verfasser des Aufsatzes schreibe, daß ich seinen Ausführungen rückhaltlos zustimme, dann habe ich die Theorie zweifelsfrei angenommen. Aber wann erhält jemand, der einen wissenschaftlichen Aufsatz verfaßt hat, jemals den Brief eines Lesers, der ihm versichert, er folge ihm in allen Punkten. Was bedeutet der Satz *Die vorgeschlagene Theorie ist allgemein angenommen worden*. Wenn die Urheber der drei anderen Theorien gegen die Schlußfolgerungen des Aufsatzes keinen Einspruch erheben, wenn eine Zeitlang keine neue Theorie formuliert wird, die der vorgeschlagenen widerspricht, und wenn alle, die auf demselben Gebiet arbeiten, die vorgeschlagene Theorie zur Grundlage ihrer weiteren Bemühungen machen, dann ist die Theorie wohl allgemein angenommen worden. Nur wird das niemals vorkommen. Auch wenn die vorgeschlagene Theorie noch so überzeugend ist – keiner, der sich im Rahmen eines anderen Forschungsvorhabens ebenfalls mit der Bildung von Firmenerwartungen beschäftigt, wird seine Unterlagen vernichten und den in Frage stehenden Aufsatz als Antwort auf die Fragestellung des Forschungsvorhabens einreichen. Er würde nicht nur sich selbst, sondern vor allem diejenigen blamieren, die ihm die Mittel für seine Arbeit gewährt haben. Er würde nie wieder Mittel für ein anderes Forschungsvorhaben genehmigt bekommen.

Die Frage nach der Annahme oder der Ablehnung der Theorie führt nicht weiter. Die Frage muß heißen: Was hat man mit der Theorie gemacht? Hat man mit der Theorie etwas erklärt? Hat man mit der Theorie etwas vorausgesagt? Hat man mit der Theorie etwas hergestellt?

Ich saß die ganze Nacht an dem wackeligen Tisch neben dem Bett. Ich schrieb etwas nieder und ich strich es durch. Ich schrieb etwas nieder, und ich strich es wieder durch. Ich schrieb etwas nieder, ich strich einen Teil davon durch und faßte diesen neu. Ich strich wieder alles durch und schrieb es in veränderter und ergänzter Form erneut auf. Ich habe den ganzen Tag und die ganze Nacht durchgestrichen und geschrieben, geschrieben und durchgestrichen. Bis es hell wurde. Am Morgen faltete ich die Blätter zusammen und steckte sie in meinen Reisepaß. Ich habe die Blätter heute zum ersten Mal hervorgezogen.

In allem, was ich schreibe, drückt sich die eine widerspruchsfreie und vollständige wahre Theorie aus. Die Karriere meiner Ansichten besteht ausnahmslos in der verzweifelten Anpassung der entsetzlichen, versklavenden Vorstellung vom die eine wahre Theorie verkörpernden abschließenden Urteil. Ein gänzlich verfehlter Ausgangspunkt hat einen großen Vorteil. Er ermöglicht ungeheure Fortschritte. Die mir sehr geschmeichelt haben. Der erste Schritt war eine Selbstverständlichkeit. Die eine widerspruchsfreie und vollständige wahre Theorie ist als Folge von Theorien in der Zeit zu denken. Um von einer Annäherung an einen Grenzwert sprechen zu können, müßte unterstellt werden, daß sich diese nach einem ziemlich ausgefallenen Arbeitsplan vollzieht. Man gibt sich deshalb damit zufrieden, ein abschließendes Urteil in der Zeit nur für die Zeit zu fällen. Der zweite Schritt ist genauso selbstverständlich wie der erste. Die eine Theorie in der Zeit ist in die Theorie in der Zeit und in die Theorie der Theorie in der Zeit zu spalten. Der dritte Schritt wäre ohne die ersten beiden nicht möglich. Für ein und dieselbe Zeit sind über ein und demselben Gegenstandsbereich mehr als eine in sich widerspruchsfreie, jedoch nicht mehr mit dem Anspruch der Vollständigkeit auftretende wahre Theorien zuzulassen. Die bezüglich der verwendeten Begriffe und der beschriebenen Gesetze überhaupt keine Berührungspunkte miteinander aufweisen müssen. Wenn allerdings solche Berührungspunkte gegeben sind, dürfen sich die Theorien nicht widersprechen. Aus der Theorie in der Zeit werden Theorien in der Zeit, aus der Theorie der Theorie in der Zeit wird die Theorie der Theorien in der Zeit. Die eine widerspruchsfreie und vollständige wahre Theorie der Theorien. Die zum Beispiel die unterschiedlichen Theorien über einen und denselben Gegenstandsbereich mit aus verschiedenen Lebensbereichen herrührenden, unterschiedlichen Erkenntniszielen zu erklären versucht. Der Fortschritt der Theorie der Theorien vollzieht sich jedoch nicht in wesentlich anderer Weise als derjenige ihrer Gegenstände, das Herauslesen einer Annäherung an einen Grenzwert ist, genau wie im Fall der Gegenstände, nur um den Preis der Verstümmelung der Theorien möglich. Der Schritt in die Zeit ist auch für die Theorie der Theorien mehr als naheliegend. Die eine widerspruchsfreie und vollständige wahre Theorie der Theorien in der Zeit ist als Folge von Theorien der Theorien in der Zeit in der Zeit zu denken. Nach diesem Schritt habe ich mich zurückgelehnt und die Beine von mir gestreckt. Ich habe allen denjenigen, deren Tun Gegenstand der Anstrengungen philosophischer Kongresse ist, großzügigerweise zu jeder Zeit jede Menge Wahrheiten zugebilligt. So viele Wahrheiten, daß ihre Gesamtzahl eine Arbeit mit dem Titel *Angestrebte, aber nicht erreichte Wahrheiten* zur Zumutung für den Leser werden ließe. Dabei dem Verfasser einige begriffliche Unterscheidungen ersparte, die seiner entspannten Weltauffassung zum Verhängnis werden könnten.

Alle Regressionen sind wahr. Natürlich sollte der Untersuchende nur solche Verfahren anwenden, die technisch auf der Höhe der Zeit sind, und er sollte darauf achten, nur solche Regressionen in Betracht zu ziehen, die mit den theoretischen Hintergrundüberzeugungen vereinbar sind, nach denen er sonst seine Handlungen ausrichtet. Er sollte sich dann für die Regression entscheiden, die aus der Menge derer, die den Zielen seiner Untersuchung am nächsten kommen, die günstigsten statistischen Eigenschaften aufweist. Wenn sich der Untersuchende nicht an diese freundlichen Ratschläge hält. Schulterzucken. Alle Regressionen bleiben wahr. Denjenigen, die diese flachen Wesen untersuchen, denen so viel wahr ist, vor allem mir selbst, habe ich natürlich eine größere Leidensfähigkeit zugebilligt. Für die Veranstalter und Besucher philosophischer Kongresse kann es in der Zeit nur eine Wahrheit geben. Was bedeutet es, einen Kongreß für über tausend Teilnehmer zu veranstalten, der aus einem Dutzend Abteilungen besteht, die gleichzeitig tagen. Die Härte, mit der jedes einzelne Streitgespräch geführt wird, mag noch für die Annahme sprechen, den Philosophen gehe es um die Formulierung der einen in der Zeit wahren Theorie der Theorien. Aber das uneingeschränkt gute Gewissen beim Nicht-zur-Kenntnisnehmen parallel stattfindender Veranstaltungen ist mit dieser Annahme völlig unvereinbar. Das einzige, was ich mir im Zusammenhang mit dem nach diesen naheliegenden Betrachtungen unvermeidlichen nächsten Schritt zugute halten kann, ist die Tatsache, daß ich mich danach nie mehr zurückgelehnt habe. Man lasse die unterste Ebene wie sie ist, man gestalte die darüberliegende Ebene getreu dem Vorbild der untersten Ebene und schirme alles dadurch ab, daß man das, was ursprünglich auf der Ebene über der untersten war, in die nächsthöhere bringt. Aus der einen in der Zeit wahren Theorie der Theorien werden in jeder Zeit viele wahre Theorien über eine und dieselbe Menge von Theorien. Alles, wofür sich ein Argument finden läßt, ist wahr. Wobei der Philosoph natürlich nur solche Argumente wählen sollte, die technisch auf der Höhe der Zeit sind, und er darauf achten sollte, nur solche Argumente in Betracht zu ziehen, die mit den theoretischen Hintergrundüberlegungen vereinbar sind, nach denen er sonst seine Handlungen ausrichtet. Er sollte sich dann für die Argumente entscheiden, die das, was er begründen will, gemäß den Maßstäben seines Begriffs von Philosophie am besten begründen. Wenn der Philosoph diesen freundlichen Ratschlägen einfach nicht folgt. Schulterzucken. Alles, wofür sich ein Argument finden läßt, bleibt wahr. Auf welcher Grundlage und wie handelt man, wenn zwei einander widersprechende Theorien jeweils gleich viel für sich ins Feld führen können. Man streite derjenigen der beiden Theorien, der man weniger zuneigt, einfach von vornherein ab, daß es ihr um die Abbildung von Wirklichkeit gehe, diese und jene Aussagen stünden in so unversöhnlichem Gegensatz zu bestimmten gesicherten Erfahrungen, solche Aussagen lassen sich immer finden, daraus könne nur der Schluß gezogen werden, diese Theorie beabsichtige gar nicht, die wirkliche Welt zu beschreiben, diese Theorie stelle keine erfahrungswissenschaftliche, sondern eine reine Theorie dar, die eine mögliche, aber nicht wirkliche Welt beschreibe. Man mache ein paar Andeutungen darüber, wie aus reinen doch noch erfahrungswissenschaftliche Theorien werden können, und widme sich im übrigen der anderen Theorie. Trotz aller Beteuerungen des ontologischen Unterschieds und des unüberbrückbaren Abstands zwischen dem Wirklichen und dem Möglichen habe ich das Mögliche nur eingeführt, um das, was als Wirklichkeit der einen wahren Theorie widersprach, als bloße Möglichkeit unwirklich zu machen. Die Betonung des Möglichen hat auch eine andere willkommene Nebenwirkung. Das Mögliche entwertet das Wirkliche. Was übrigens der tiefere Grund dafür sein dürfte, daß zahlreiche amerikanische Philosophen der älteren Generation sich so sehr dagegen gewehrt haben, dem Möglichen auch nur die kleinste Aufgabe im Betrieb der Welt zuzuweisen. Wenn es nur eine Frage der Zeit ist, ob etwas, was zu einem bestimmten Zeitpunkt möglich wurde, auch wirklich wird, schmälert das empfindlich die Leistung derjenigen, die das einmal möglich Gewordene verwirklichen. Es rückt weiter das Tun desjenigen, der nur solche Möglichkeiten verwirklicht, die andere in zu ähnlicher Form vor ihm verwirklicht haben, in ein milderes Licht. Wenn zwei Theorien einander widersprachen und wenn etwas meiner jeweiligen Vorstellung von der einen wahren Theorie widersprach, ging ich grundsätzlich davon aus, daß die beiden Theorien jeweils gleich viel für sich anführen konnten und daß gleich viel für meine jeweilige Vorstellung von der einen wahren Theorie sprach wie gegen sie. Ich habe nur deshalb Wettbewerbe entworfen, um Widersprüche als vorläufig unentschiedene Wettbewerbe beschreiben zu können, die ich planmäßig niemals bis zu deren Ende verfolgt habe. Ich habe die Wahrheit nie nach der Art des absoluten Realisten menschenunabhängig gedacht. Ich bin stets davon ausgegangen, die eine in der Zeit widerspruchsfreie und vollständige wahre Theorie muß eine Theorie für den Menschen sein. Aber die Wahrheit war für mich immer die Wahrheit des Einzelmenschen. Ich habe das Gegeneinander der vielen Menschen nie anders als ein vorläufiges gesehen, als einen Schritt auf dem Weg zu dem in der Zeit abschließenden Urteil, das das Urteil eines Einzelmenschen ist. Das in der Zeit abschließende Urteil, die eine in der Zeit widerspruchsfreie und vollständige wahre Theorie gibt es genau dann, wenn es nur noch einen Menschen gibt. Eine Richtung ist trivial: Wenn es nur noch einen Menschen gibt, dann gibt es nur noch ein Urteil. Es hätte wenig Sinn, dieses nicht als abschließend zu bezeichnen, wenn es bis in alle Ewigkeit keinen zweiten Menschen mehr gibt, der das Urteil einer Nachprüfung unterziehen kann. Man muß allerdings voraussetzen, daß das Urteil auch tatsächlich gefällt wird. Sollte der letzte Mensch nicht sehr entscheidungsfreudig sein, kann man sich damit behelfen, daß man die Fassung seiner Sicht der Dinge, die ihm als letzte durch den Kopf geht, als sein abschließendes Urteil betrachtet. Es war die andere Richtung, auf und in die mich meine Krankheit stieß, die keine ist. Wenn es nur noch ein Urteil gibt, dann gibt es nur noch einen Menschen. Wer sich, weil er über einen bestimmten Gegenstandsbereich etwas erfahren will, die Theorie eines anderen aneignet und sie so, wie sie liegt und steht, als wahr nimmt und seinem Handeln zugrunde legt, hat nie existiert. Jemand, der im Wettbewerb mit einem anderen eine Theorie entworfen hat, die der Theorie des anderen unmittelbar widerspricht, und der seine Theorie aufgibt, die Theorie des anderen so, wie sie liegt und steht, als wahr nimmt und sie seinem weiteren Handeln zugrunde legt, der hört in dem Augenblick, in dem er diesen Schritt vollzieht, auf zu existieren. Und das ist gut so. Sein Dasein wäre nur Ballast für die Welt, unnötige Verdoppelung, billige Kopie.

Halten Sie die Geschichte Ihrer Irrtümer für mitreißend?

Die anderen Gäste sind lange gegangen. Ich bin allein mit der Frau des neuen Professors in deren Schlafzimmer.

Sie haben mich angehört.
Was sollte ich sonst tun.
Sie könnten mir ganz einfach widersprechen.
Wie würde ich das fertigbringen. Sie haben so überzeugend dargetan, daß Ihre Irrtümer unvermeidlich waren.
Ich habe keineswegs versucht, meine Irrtümer als unvermeidlich darzustellen. Ich habe nur versucht, sie als nicht ganz unentschuldbar hinzustellen.
Ich entschuldige sie. Aber dazu hätten Sie mir sie gar nicht zu erzählen brauchen.
Was wollen Sie von mir hören.
Wenn ich etwas hören will, dann ist es das, was Sie aus und nach Ihren Irrtümern machen.
Ich habe mich übergeben.
Wollen Sie Ihr ganzes Leben lang weiterkotzen.
Es wäre folgerichtig.
Sie sitzt im Schneidersitz auf dem Bett. Das Bett besteht aus einer unmittelbar auf dem Boden liegenden, großen dunklen Holzplatte aus breiten Bohlen und einer quadratischen Matratze von etwa zwei Metern Kantenlänge, die einen freien Rand läßt, der an den Seiten doppelt so breit ist wie an Kopf- und Fußende. Auf dem Seitenrand eine schwarze langstielige Leselampe, daneben auf dem Boden die Bausteine einer Stereoanlage, auf dem Bettrand und am Boden verstreut Bücher, Zeitungen und Zeitschriften, am Kopfende mehrere Wein- und Whiskyflaschen sowie einige Gläser. In dem Raum befinden sich außer dem Bett und den hüfthohen Lautsprechern rechts und links neben der dem Fußende zugewandten Eingangstür keinerlei Einrichtungs-

gegenstände. Keine Bilder an den Wänden. Die Matratze und die Daunendecke sind weiß überzogen. Sie trägt ein verwaschenes Jeanshemd. Sie hat die Ärmel hochgekrempelt und nur einen Druckknopf über der Brust geschlossen. Um ihre Hüften die Daunendecke.

Sie müssen die anderen zum Kotzen bringen. – Wenn jemand etwas gegen Sie anführt, dann sprechen Sie über das, was Sie behauptet haben, und über das, was Ihr Gegner eingewendet hat. Sie sprechen nicht für das, was Sie für richtig halten, und Sie sprechen nicht gegen das, was Sie für falsch halten. Wenn jemand Sie so angreift, wie es mein Mann getan hat, ist es zu spät. Sie müssen sich vorher befestigen. Mit jedem Grund, der Ihnen einfällt, und von dem Sie glauben, daß er irgend jemandem irgend etwas sagen könnte. Wenn ich etwas von dem begriffen habe, was mein Mann macht, dann das: Philosophieren ist das pausenlose Anführen von Gründen. Ganz gleich, wofür oder wogegen.

Ich habe die Gründe angeführt, die mich dazu gebracht haben, die Irrtümer zu begehen, die ich begangen habe.

Sie begründen das Falsche gegenüber dem Falschen. Gegenüber der Falschen.

Ich lehre nicht.

Der Philosoph ist der Lehrer schlechthin. Der Lehrer, der versucht, allen alles beizubringen. – Ich hasse Lehrer. Deswegen spreche ich auch nie mit meinem Mann über das, was er macht.

Ich stelle mir vor, ich befinde mich allein in einem großen Bunker, in dem ich mein gesamtes restliches Leben verbringen könnte. Der Bunker bietet mir alles, was ich benötige, um unter Tag ein angenehmes Leben zu führen. Ich habe genügend Auslauf, ich züchte und hege mir frische Nahrung, und ich habe eine Bibliothek zur Verfügung, die alle

Bücher umfaßt, die jemals erschienen sind. Ich habe die Möglichkeit, durch einen Knopfdruck alles Leben auf der Erdoberfläche auszulöschen –
Sie würden es tun, und Ihr Urteil wäre das abschließende Urteil. Aber das Gefühl der Überlegenheit wird nicht anhalten. Sie werden von dem Zwang heimgesucht werden, sich zahllose Möglichkeiten auszumalen, auf welche Weise die Welt, wenn Sie sie nicht vernichtet hätten, ihr abschließendes Urteil verändert hätte.
Sie schlägt die Bettdecke zurück und steht auf. Sie trägt unter dem Hemd nur einen Slip.
Sie steuern alles unmittelbar auf sich zu. Auch in der, auch die Niederlage. Immer auf dem kürzesten Weg, immer in der schnellsten Zeit. Sie halten sich für so kenntnis- und erfindungsreich, dabei haben Sie nicht die geringste Vorstellung davon, was ein sich ziehender Umweg und endloses Warten bieten können. – Sie kotzen zu schnell.
Sie dreht sich um und beugt sich zu den am Kopfende des Betts stehenden Flaschen hinunter.
Sie sind feige. Aber vor allem sind Sie dumm.
Sie trinkt aus einer angebrochenen schlanken Weinflasche.
Ihre umweglose Abhängigkeit von sich selbst versperrt Ihnen jeden Zugang zu wirklicher Abhängigkeit. Sie glauben, in Ihrer Abhängigkeit von sich selbst alle denkbaren Formen von Abhängigkeit eingeschlossen zu haben. Aber Ihre Vorstellung von Abhängigkeit kann doch niemals die Abhängigkeit selbst sein. – Seien Sie die billige Kopie. – Ihr Bunker ist lächerlich. Mein Bunker sähe anders aus. In ihm gäbe es einen zweiten Knopf, um auch den Bunker und mich selbst in die Luft zu jagen.

EIGENWERTE

Der Professor saß an seinem Schreibtisch und blickte aus dem Fenster. Die Nacht war sternklar, jedoch schoben sich immer wieder einzelne Wolken vor den vollen Mond und verfinsterten ihn teilweise. Der Professor betastete zum wiederholten Mal sein linkes Ohr. Seit einigen Tagen hörte er ständig ein immer lauter werdendes Geräusch. Vor etwa fünfzehn Jahren hatte er einen Hörsturz erlitten. Er hatte zwei Wochen lang ein ähnliches Geräusch ebenfalls im linken Ohr gehabt und dann von einem Augenblick auf den anderen vollständig das linke Gehör verloren. Damit verbunden gewesen war ein Gefühl der Taubheit in der gesamten linken Gesichtshälfte. Der Arzt hatte lediglich ein durchblutungsförderndes Mittel verordnet und ihm empfohlen, eine Woche völlig auszuspannen. Das Taubheitsgefühl war bald verschwunden, und das Gehör war langsam zurückgekehrt, bis es schließlich vollkommen wiederhergestellt war. Jetzt war das Geräusch in wenigen Tagen so laut geworden wie damals nach zwei Wochen, es kam ihm so vor, als sei das Geräusch in dieser Nacht bereits lauter als dasjenige, welches er kurz vor dem Hörsturz wahrgenommen hatte. Damals hatte er immer nur einen und denselben hohen singenden Ton gehört, jetzt wechselte das Geräusch zwischen zwei sehr hohen Tonlagen. Wenn er sich ruhig hielt und der Puls langsam schlug, blieb das Geräusch fast minutenlang auf derselben Tonhöhe. Wenn er sich bewegte und sich sein Puls beschleunigte, wechselte die Tonhöhe sekundenweise.

Es war Mitternacht. Der Professor las den neuesten Aufsatz des Assistenzprofessors, den ihm dieser am Nachmittag gegeben hatte. Das Problem der theoretischen Begriffe – die Messung einer theoretischen Größe einer Theorie und damit jede Überprüfung der Theorie durch Messung dieser

theoretischen Größe setzt die Geltung der in Frage stehenden Theorie in dem Sinn voraus, daß irgendeine, entweder die in Frage stehende oder eine andere Anwendung dieser Theorie eine erfolgreiche Anwendung darstellt – sei nur dann eins, wenn man von einer ganz bestimmten philosophischen Grundvorstellung ausgehe. Eine andere philosophische Grundvorstellung, der Assistenzprofessor nahm auf den neuen Professor Bezug, sehe den Meßvorgang als durch das entsprechende Meßmodell vollständig beschrieben an. Das, wofür der Meßwert Meßwert sei, werde durch den Meßwert definiert. Die Welt wurde erst durch ein System von Handlungen erzeugt, eine meßbare Größe habe deshalb keinerlei Bedeutungsgehalt, der über denjenigen hinausgehe, der ihr durch die tatsächliche Ermittlung des Meßwerts zuteil werde. Wenn man unter einem in bezug auf eine Theorie theoretischen Begriff nicht mehr die Vereinigung aller Größen verstehe, die in irgendeinem der Modelle der Theorie vorkämen, sondern ihn als die Vereinigung aller Meßwerte auffasse, die nach einem bestimmten Meßverfahren gewonnen werden oder gewonnen werden können, gebe es kein Problem der theoretischen Begriffe. Ein neutrales, nicht mit einer realistischen Auffassung von Theorie belastetes Theoretizitätskriterium müsse darauf abstellen, unter welchen Umständen, das heiße, in welchen Begriffen und bei Geltung welcher Gesetze, eine in den potentiellen Modellen einer Theorie vorkommende Größe tatsächlich bestimmt werde.
Der Professor hatte in den Semesterferien ausschließlich an seinem Buch gearbeitet. Der Aufsatz des Assistenzprofessors bedeutete, daß er den bereits vorliegenden Teil seines Buches überarbeiten mußte. Um das vom Assistenzprofessor vorgeschlagene Theoretizitätskriterium anwenden zu

können, mußte er die in seinem Buch behandelten Theorien wesentlich formaler darstellen, als er beabsichtigt hatte. Die entsprechenden Beweise würde er allein nicht führen können. Er war gezwungen, den Assistenzprofessor zu bitten, alles stehen und liegen zu lassen, um mit ihm die in seinem Buch behandelten Theorien durchzugehen. Er konnte die Arbeit an seinem Buch jetzt nicht fortsetzen. Es war sinnlos, auch nur eine weitere Zeile zu schreiben, bevor er nicht mit dem Assistenzprofessor die entsprechenden Beweise für die Theoretizität beziehungsweise die Nicht-Theoretizität der Begriffe erarbeitet hatte, die er in seinem neuen Buch behandelte. Früher hatte er immer an mehreren Veröffentlichungen gleichzeitig gearbeitet, so daß er, wenn er mit einem Aufsatz im Augenblick nicht vorankam, dafür an einem anderen weiterschreiben konnte. Jetzt hatte er bewußt keine anderen Arbeiten angedacht, um sich einzig der Vollendung des Buches zu widmen. Es gab nichts, was er jetzt tun konnte.
Er erhob sich vom Schreibtisch, ging zum Bett und kehrte wieder zum Schreibtisch zurück. Unter der Bewegung wurde das ihn heimsuchende Geräusch leiser. Oder er nahm es neben dem Geräusch seiner Schritte nicht mehr als so laut wahr. Oder es rückte in den Hintergrund gegenüber der unangenehmen Empfindung, die ihm das Gehen in seinem linken Bein verursachte, das in der verkrampften Haltung vor dem Schreibtisch eingeschlafen war.

*

Der Professor war fast eine halbe Stunde lang in seinem Zimmer auf und ab gegangen, als sich die Tür langsam öffnete. Seine Schwester blieb auf der Schwelle stehen. Sie fragte ihn, ob er sich nicht wohlfühle. Er beschrieb ihr das Geräusch, das ihn seit einigen Tagen heimsuchte.

»Du bist vom Kongreß zurückgekommen und hast vier Wochen lang geschrieben, ohne auch nur einen Tag zu unterbrechen. Du bist erschöpft. Du mußt dich ausruhen.«

Der Professor ging weiter auf und ab.

»Wenn du dich jetzt nicht untersuchen läßt, und man sagt dir nach ein paar Monaten: Wären Sie vor ein paar Monaten gekommen, dann hätte man alles in Ordnung bringen können.«

»Dann hätte ich wenigstens ein paar ungestörte Monate verlebt.«

»Nichts kann dir mehr bei deinem Buch helfen, als daß die Ursache deiner Beschwerden so schnell wie möglich gefunden wird. Damit so schnell wie möglich etwas dagegen unternommen werden kann.«

»Damit man so schnell wie möglich sagen kann: Es gibt nichts mehr, was man dagegen unternehmen könnte.«

»Ist dein Vortrag auf dem Kongreß nicht gut aufgenommen worden?«

Der Professor gab keine Antwort.

»Man hat dich angegriffen.«

»Im Gegenteil. – Für das Streitgespräch war eine Dreiviertelstunde angesetzt. Nach einer Viertelstunde gab es bereits keine Fragen mehr.«

»Vielleicht haben sie bemerkt, daß du gesundheitlich nicht auf der Höhe bist, und sie wollten dich deshalb schonen.«

Der Professor setzte sich hinter seinen Schreibtisch und blätterte in einem Sonderdruck.

»Es sind nicht die Ohrenbeschwerden. – Es ist auch nicht der Kongreß. – Es ist das Buch. Ich kann an dem Buch nicht weiterarbeiten.«

Die Schwester blickte den Bruder fragend an. Er mußte ihr eine Erläuterung geben.
»Ich habe gerade einen Aufsatz gelesen, der die Ausgangslage für das Buch verändert. Ich muß den Teil des Buches, der schon fertig ist, überarbeiten. Aber ich kann damit nicht beginnen, bevor nicht einige neu aufgeworfene Fragen beantwortet sind.«
»Das würde passen.«
Der Professor sah von seinem Sonderdruck auf.
»Wozu.«
»Du mußt dich ausruhen, du kannst dich ausruhen.«
»Ich bin darauf nicht vorbereitet.«
»Ich habe für morgen – für heute die Heizungsfirma bestellt.«
»Das paßt wirklich.«
Der Professor blickte zum Fenster, während er sprach.
»Du hast doch gesagt, du würdest nichts unternehmen, ohne mir vorher Bescheid zu geben.«
»Es werden nur Vorarbeiten durchgeführt. Ich wollte dich nicht belasten.«
»Du hast den Auftrag vergeben.«
»Ich bin für das Haus verantwortlich. Ich kann nicht zusehen, wie alles verfällt.«
»Wem bist du für das Haus verantwortlich.«
»Du weißt genau, wem wir verantwortlich sind.«
»Wenn ich die Arbeit an meinem Buch nicht hätte unterbrechen müssen, hättest du überhaupt nicht mit mir gesprochen. Ich hätte die Arbeiter im Haus herumlaufen sehen und von nichts gewußt.«
»Wenn ich dich gefragt hätte, hättest du wieder nur gesagt, ich soll noch nichts unternehmen, ich soll noch einmal darüber nachdenken.«

»Allerdings.«

Die Schwester des Professors trat an den Schreibtisch heran und stützte sich mit beiden Armen auf.

»Du denkst so lange darüber nach, wie du dich gegen die Institutszusammenlegung wehren willst, bis sie endgültig nicht mehr zu verhindern ist.«

»Ich habe mich mit den Mitgliedern meines Instituts besprochen.«

»Was du ihnen gesagt hast, muß sie so beeindruckt haben, daß sie deinen Assistenzprofessor zu mir geschickt haben, ich soll dich dazu bringen, ihm eine Vollmacht auszustellen, damit sich jemand für dich wehren kann.«

Der Professor sah seine Schwester an.

»Was soll das heißen.«

»Genau das, was ich gesagt habe. – Dein Assistenzprofessor bat mich um ein Gespräch. Ich traf mich mit ihm in der Stadt. Zuerst dachte ich, er wolle nur Genaueres über deinen tatsächlichen Gesundheitszustand herausfinden. Aber du hattest ihn ja über alles unterrichtet. Er verstehe sehr gut, daß du bis jetzt geschwiegen hättest, er wisse am allerbesten, wie sehr dir der Grabenkrieg an der Fakultät zuwider sei, niemand könne es dir verdenken, daß du bei deinem gegenwärtigen Gesundheitszustand ganz andere Dinge im Kopf hättest. Aber du solltest doch bedenken, es seien nicht allein deine Bücher und Aufsätze, die dein Lebenswerk ausmachten, sondern auch das Institut in seiner gegenwärtigen Form. – Ich sollte mit dir sprechen und dich dahingehend beeinflussen, daß du ihn oder jemand anderen, der dein Vertrauen besitzt, auf irgendeine Art in die Lage versetzt, in deinem Namen die notwendigen Schritte zu tun.«

»Das hast du getan.«

Die Schwester des Professors ging zum Fenster und zog die Vorhänge zu.
»Wir sollten jetzt beide versuchen zu schlafen.«
»Wie stellst du dir das vor. Ich habe vier Wochen lang nachts gearbeitet, ich habe vier Wochen lang tagsüber geschlafen. Wenn du zu mir sagst, ich soll jetzt schlafen, ist das dasselbe, als wenn ich dir empfehlen würde, dich um elf Uhr vormittags niederzulegen. – Ich kann jetzt nicht schlafen.«
»Nachdem du auch nicht arbeiten kannst – was willst du dann tun.«
Der Professor erhob sich und zog die Vorhänge wieder auf. Beide verharrten einige Minuten schweigend. Er blickte aus dem Fenster. Der Himmel begann sich zu überziehen.
»Ich habe viel über die Photographien nachgedacht, die du gefunden hast. Die Photographien, auf denen Vater zusammen mit der unbekannten Frau abgebildet ist. – Wo sind sie jetzt?«
»Ich habe sie in das Schließfach zurückgelegt. Sie haben gesagt, wir können das Schließfach behalten. – Kostenlos. – Ich habe alles so gelassen, wie es war.«
»Ich würde die Bilder gern sehen.«
»Warum?«
»Ich möchte sie eben sehen.«
»Du kannst sie natürlich sehen. Aber was bezweckst du damit.«
»Ich bezwecke gar nichts. Vielleicht kann ich etwas mit der Frau anfangen.«
Der Professor erwartete Widerspruch, der nicht kam.
»Er hat mich zu gewissen Anlässen mitgenommen, zu denen du ihn nicht begleiten konntest, weil du ein Mädchen warst.«

»Was für Anlässe wären das gewesen.«
»Ich war manchmal bei seinem Stammtisch dabei. Außerdem hat er mich viel öfter als dich in die Bank mitgenommen.«
»Du meinst, du hast dabei die Frau getroffen.«
»Es ist möglich.«
»Wir sollten uns über die Vergangenheit nicht zu viele Gedanken machen. Man sollte nicht zu heftig in diesen Dingen herumrühren.«
»Soll ich mir lieber Gedanken über die Zukunft machen. Wenn ich darin herumrühre, komme ich vielleicht darauf, daß ich keine habe.«
»Das darfst du nicht sagen.«
»Ich möchte jedenfalls die Bilder sehen.«
»Wir wissen nicht, ob die Bilder wirklich das bedeuten, was wir in ihnen sehen. Vielleicht war es ja nur eine völlig harmlose Bekanntschaft.«
»Vielleicht sind die Bilder gar nicht in der Bank.«
Der Professor hatte entweder aus dem Fenster geschaut oder in den Raum an ihr vorbei geblickt. Als er ihr jetzt ins Gesicht sah, schlug sie die Augen nieder und suchte im linken Ärmel nach ihrem Taschentuch. Sie fand das Taschentuch nicht. Der Professor betrachtete seine Schwester unverwandt.
»Es gibt kein altes Schließfach in der Bank.«
Sie drehte sich um und wandte ihm den Rücken zu.
»Woher weißt du das?«
»Ich war in der Bank. Ich habe mit dem Personalvorstand gesprochen.«
»Du hast doch keinen Schlüssel. Du hättest das Schließfach gar nicht öffnen können.«
»Ich wollte dich von der Bank aus anrufen. – Es war eine

überaus peinliche Situation. Ich bezog mich auf dich, und der Personalvorstand kannte dich gar nicht. Wir dachten zuerst, ich hätte dich mißverstanden, du hättest vielleicht mit jemand anderem gesprochen. Aber niemand konnte sich an dich erinnern. – Es gibt keine alten Schließfächer mehr. Die alte Anlage ist im Krieg zerstört worden.«

»Du hast mir mißtraut.«

»Ich habe dir nicht mißtraut. – Ich saß an meinem Schreibtisch im Institut, ich mußte ein paar Briefe diktieren, und auf einmal hatte ich wieder dieses Geräusch im linken Ohr. Mir fielen die Bilder ein, von denen du erzählt hast. Ich weiß auch nicht warum, aber in diesem Augenblick wollte ich sie unbedingt sehen. – Da bin ich in die Bank gefahren.«

»Warum hast du mir nicht gleich davon erzählt.«

»Hast du mir erzählt, daß heute die Arbeiten an der Heizungsanlage beginnen. – Wo hast du die Bilder gefunden, und wo sind sie jetzt. Ich möchte sie sehen.«

»Es gibt keine Bilder.«

»Es gibt keine Bilder? – Es gibt keine Bilder?«

»Es gibt keine Bilder.«

»Hast du sie vernichtet?«

»Es hat nie welche gegeben.«

Sie hatte sich wieder umgedreht. Sie war glutrot, in ihren Augen standen Tränen, aber sie blickte ihm ins Gesicht.

»Warum – warum hast du das alles erzählt? – Warum hast du das alles – erfunden?«

»Ich habe nicht alles erfunden. – Vater hatte eine Geliebte.«

»Woher weißt du das.«

»Von seiner Sekretärin. Ich habe sie vor einiger Zeit im Altersheim besucht, um ihr zu ihrem fünfundachtzigsten Geburtstag zu gratulieren. Sie ist noch ziemlich rüstig. Sie hat mir erzählt, daß er eine Geliebte hatte. Über Jahre.«

»Wer war es.«

»Die Witwe eines Angestellten aus der Bank, der früh gestorben ist. Sie hatten keine Kinder. Sie war aus gutem Haus, aber sie war nach dem Tod des Mannes fast mittellos. Es ging das Gerücht, der Mann habe Selbstmord begangen, nachdem er sich privat verspekuliert hatte. Aber das ist nicht gesichert. Vater hat sie wohl unterstützt.«

»Es gibt keine Photographien von ihr?«

»Nein.«

»Warum hast du die Sache mit den Photographien erfunden?«

Sie antwortete nicht.

»Du mußtest doch damit rechnen, daß ich das Schließfach sehen wollte.«

Sie wischte sich mit den Fingern die Tränen aus den Augen. Sie stand in der Tür und blickte ihn stumm an.

»Selbst wenn ich darauf verzichtet hätte, das Schließfach in Augenschein zu nehmen – du konntest doch nicht voraussetzen, daß ich die Photographien niemals würde sehen wollen. Warum hast du mir nicht ganz einfach gesagt, Vaters Sekretärin habe dir erzählt, er habe eine Geliebte gehabt? Warum nicht? Warum hast du das Schließfach und die Photographien erfunden?«

Während er sprach, hatte er aus dem Fenster gesehen. Als er sich wieder seiner Schwester zuwenden wollte, war sie gegangen.

*

Auf dem Rücken liegend, hörte der Professor mit offenen Augen dem strömenden Regen zu. Das Morgenlicht drang durch den Spalt zwischen den Vorhängen. Er suchte nach seiner Armbanduhr, die er neben dem Bett auf den Boden zu legen pflegte. Er trug sie noch am Handgelenk. Es war acht Uhr. Nach dem Gespräch mit seiner Schwester hatte er sich in den Garten begeben. Er war fast eine Stunde bei Wetterleuchten spazierengegangen, bis ein Gewitter eingesetzt hatte. In sein Zimmer zurückgekehrt, hatte er versucht, ein Buch zu lesen, das er schon seit längerer Zeit durcharbeiten wollte. Die Lautstärke des Geräuschs im linken Ohr, das während des Gesprächs mit seiner Schwester und während seines Aufenthalts im Garten in den Hintergrund getreten war, hatte jedoch plötzlich so zugenommen, daß er nicht in der Lage gewesen war, dem zu folgen, was er las. Er hatte das Buch beiseite gelegt und ein anderes zur Hand genommen, das Ergebnis war dasselbe gewesen. Schließlich hatte er den Schlafanzug angezogen und sich ins Bett gelegt. Im Liegen war das Geräusch leiser geworden. Er hatte nicht die ganze Nacht wach gelegen, er mußte zwischendurch mehrere Male eingenickt sein, er konnte jedoch nicht angeben, wie lange er insgesamt geschlafen hatte.

Als er aufstand, wurde das Geräusch im linken Ohr sofort wieder lauter. Er erwog, den Arzt aufzusuchen, verwarf den Gedanken jedoch. Er mußte mit dem Assistenzprofessor über dessen Aufsatz sprechen.

Während er sich im Bad zurechtmachte, hörte er Schritte in der Eingangshalle, die nicht diejenigen seiner Schwester waren. Nachdem er sich angekleidet hatte, suchte er zuerst das Eßzimmer auf, wo er nichts vorbereitet fand. Darauf begab er sich in die Küche und bereitete sich dort ein Frühstück. Als er wieder Schritte hörte, ging er in die Eingangshalle. Die Tür zum Kellergeschoß war weit offen, daneben standen mehrere Werkzeugkästen, die Eingangstür war nur angelehnt. Er stieg die Treppe hinab. Im Heizungskeller traf er einen dicklichen Mann mittleren Alters in einer ausgebleichten und verschmierten Latzhose, der gerade im Begriff war, neben einer Steigleitung ein Loch in die Wand zu bohren. Der Professor fragte ihn, ob er von der Heizungsfirma sei, was der Mann durch ein stummes Kopfnicken bejahte. Um mit dem Monteur ins Gespräch zu kommen, bemerkte der Professor, es sei höchste Zeit, daß die Heizungsanlage erneuert werde, sie sei schon dreimal ausgefallen, seine Schwester und er befürchteten, sonst im Winter in der Kälte zu sitzen. Der Monteur zeigte sich verwundert. Er könne sich keinen Grund vorstellen, warum die Heizung ausfallen sollte. Kessel und Brenner seien zwar etwa zwanzig Jahre alt, aber vor fünf Jahren generalüberholt worden. Die uralten Rohrleitungen seien noch erstaunlich gut in Schuß. Die Anlage habe allerdings einen sehr niedrigen Wirkungsgrad. Das sei nicht nur eine Frage des Kessels und des Brenners, sondern vor allem eine Frage der Isolierung der Leitungen. Sein Chef rechne in solchen Fällen den Kunden immer aus, in welcher Zeit sie die Kosten der Erneuerung der Heizungsanlage durch die Einsparung beim Öl wieder hereinbekämen. Nachdem die alten Leitungen überhaupt nicht isoliert seien, müsse die Einsparung durch die neuen gutisolierten Leitungen besonders hoch sein.

*

Der Verkehr kam im strömenden Regen nur langsam voran. Der Freund des Assistenzprofessors war, zum ersten Mal nach dem Besuch des Kongresses, auf dem Weg ins Institut. Er versuchte, sich den Traum zu vergegenwärtigen, mit dessen Ende er vor Morgengrauen aufgewacht war und nach dem er nicht mehr hatte einschlafen können. Ein sich öffnendes, abschüssiges, von Bergen mit matten kurzen Wiesen begrenztes Tal mit einer querstehenden, riesigen gotischen Kathedrale. Er sah auf sich selbst herab, wie er sich der Kathedrale auf einem in der Mitte des Tals verlaufenden Fußpfad näherte. Die Kathedrale versperrte jegliche Sichtmöglichkeit auf das, was jenseits von ihr war. Er betrat die Kathedrale durch das von ihm aus rechts gelegene Hauptportal. Aber die Räume, in denen er sich wiederfand, hatten nichts mit dem erwarteten Kircheninneren zu tun. Er schritt einen niedrigen und schmalen, aus Naturstein herausgehauenen Gang entlang, der durch zahlreiche in die Seitenwände eingelassene, schwache elektrische Lichtquellen beleuchtet war. Die Decke war etwa zwei Handbreit über ihm, er beugte unwillkürlich den Kopf. Der Stein der Decke und der Seitenwände war feucht und warm. Der Gang führte immer geradeaus, er legte dabei eine Wegstrecke zurück, die ihm als ein Vielfaches der Außenlänge der Kathedrale erschien. Der Gang verbreiterte sich dann langsam und führte schließlich in einen riesigen Raum, der bis auf einen schmalen Rand auf der Seite, wo der Gang einmündete, ganz mit Wasser gefüllt war. Die Wände des höhlenartigen Raums waren von der gleichen Art wie die Wände des Gangs, sie wurden in derselben Weise beleuchtet, wobei sich die Beleuchtung auch unterhalb des Wasserspiegels fortsetzte. Auf der durch den Gang erschlossenenen Seite des Raums führten über dessen ganze Breite Stufen ins Wasser. Auf einer der Stufen kurz über dem Wasserspiegel saß Alice. Er konnte sie nur von hinten sehen, er erkannte sie an der beigen Cordhose und dem karierten Hemd. Ihre Kleidung war völlig durchnäßt und klebte am Körper, die Haare waren jedoch trocken. Sie saß vornübergebeugt und las aus den Aufzeichnungen vor, die er während seines

Krankenhausaufenthalts gemacht hatte. Ihre Stimme hallte nicht, wenn er die Augen schloß, wies nichts auf den großen Raum hin, in dem sie sich aufhielten. Sie las gerade die Sätze vor, die er in der Nacht nach seinem Vortrag niedergeschrieben hatte. Während er zuhörte, wurde ihm schwindlig, und er schloß die Augen. Als er sie wieder öffnete, sah er zu seiner Rechten, etwa zwanzig Meter von ihm entfernt, an die Wand gelehnt die Frau des neuen Professors. Sie mußte die ganze Zeit zugehört haben. Sie hatte die Arme hinter dem Rücken verschränkt und war nackt. Er konnte weder ihren Gesichtsausdruck noch Einzelheiten ihres Körpers erkennen, er hatte jedoch den Eindruck, sie blickte ihn an. Das Licht war sehr schwach, und seine Schwindelgefühle wurden immer stärker. Das Mädchen war inzwischen an das Ende seiner Aufzeichnungen gelangt. Die Frau des neuen Professors rief dem Mädchen zu, es solle aufstehen. Das Mädchen erhob sich, ohne sich umzudrehen. Die Form ihres Körpers zeichnete sich unter der nassen Kleidung deutlich ab. Die Frau des neuen Professors rief ihm zu: Wollen Sie ihr immer noch das kurze Kleid anziehen? Sehen Sie nicht, daß ihr Hintern viel zu groß ist? Dann verlor er das Bewußtsein. Er fand sich, ohne zu wissen, wie er dort hingekommen war, auf einem Gerüst wieder, das an der dem Haupteingang entgegengesetzten Seite der Kathedrale angebracht war. Er saß auf einem Brett und ließ die Beine ins Leere hängen. Es wehte ein leichter Wind. Der Himmel über ihm war wolkenlos blau. Unter ihm nur die hervorstehenden Teile des Gerüsts. Einige Planen wehten im Wind. Aber es war kein Boden zu sehen. Er blickte in denselben wolkenlosen Himmel wie über sich. Neben ihm saß die Frau des neuen Professors. Zwischen ihnen lag eine kleine blaue Damenhandtasche. Aus der Ledertasche quoll unaufhörlich eine vollkommen gleichmäßig durchsichtige, geruchlose Masse. Viel mehr, als die Tasche fassen konnte. Er fragte die Frau des neuen Professors, wo ihr Mann sei. Sie antwortete ihm: Ich bin mein Mann. Dann war er aufgewacht.

*

»So kann es nicht weitergehen.«
Der Assistenzprofessor stieß den unter dem Waschbecken stehenden Aluminiumtopf mit dem Fuß um.
»Wenn wir morgen einen Brief erhalten, die beiden Institute sind ab sofort per Verwaltungsakt zu einem einzigen verschmolzen, dann können wir uns nicht einmal beschweren, denn unser Institut hat sich ja nicht dagegen gewehrt. Ich habe dem Professor gesagt, die Institutsmitglieder wollen eine Entschließung gegen die Institutszusammenlegung fassen, die in einer Versammlung gemeinsam formuliert werden soll. Er muß sich bei der Versammlung zeigen, um die Gerüchte über seine Krankheit zu zerstreuen.«
»Es sind Semesterferien. Du bekommst nicht genug Leute zusammen.«
»Es sind mehr da, als ich dachte.«
»Wann beginnt die Versammlung.«
»Um vier Uhr.«
»Und was ist mit Kowalski.«
Der Assistenzprofessor machte eine wegwerfende Handbewegung.
»Er war von der Sache weit weniger beeindruckt, als ich erwartet hatte. Er will zusammen mit dem neuen Professor ein Buch schreiben. Ich hielt das zunächst für einen Witz. Man kann über den neuen Professor inhaltlich denken wie man

will, er betreibt seine Dinge jedenfalls auf einem bestimmten Niveau. Aber es gibt noch eine andere Verbindung. Kowalski scheint mit seiner Frau auf sehr gutem Fuß zu stehen.«

Als das Gespräch auf die Frau des neuen Professors kam, spürte der Freund des Assistenzprofessors, daß er errötete. Um sich abzulenken, nahm er den bereits abgestellten Kuchenteller wieder in die Hand und versuchte, mit der Gabel die übriggebliebenen Kuchenkrümel aufzulesen.

»Warum sollte der neue Professor ein Buch mit Kowalski schreiben, nur weil der seine Frau kennt.«

»Ich hatte jedenfalls den Eindruck, sie sind sehr vertraut miteinander.«

»Wer mit wem. Kowalski und die Frau des neuen Professors, oder Kowalski und der neue Professor. Oder der neue Professor und seine Frau.«

»Alle miteinander.«

Der Assistenzprofessor schien das Erröten seines Besuchers nicht bemerkt zu haben.

»Ich habe dich nach deinem Vortrag überhaupt nicht mehr auf dem Kongreß gesehen.«

»Ich wollte mir deinen Vortrag unbedingt anhören. Aber ich bin krank geworden. Eine Magengeschichte.«

»Du hast einiges unglücklich formuliert, und ein paar Dinge hast du nicht ganz zu Ende gedacht.«

Der Assistenzprofessor nahm sich das letzte Stück Kuchen.

»Aber man könnte etwas daraus machen.«

Das Telefon läutete. Der Assistenzprofessor ging zu seinem Schreibtisch und nahm den Hörer ab. Er sagte nichts außer ein paar Jas und Neins.

»Seltsam. Der Professor ist in seinem Zimmer. Ich soll in einer Viertelstunde bei ihm sein. Ich dachte, er arbeitet nachts an seinem Buch und schläft tagsüber.«

»Wie weit ist seine Festschrift.«

»Ich habe bis jetzt nicht einmal die Hälfte der Aufsätze. Ich muß den Leuten hinterherschreiben und hinterhertelefonieren. Die Namen werden dem Professor Freude machen, die Inhalte weniger. Alle schreiben nur das, was sie sonst auch schreiben. Keiner geht auf ihn ein. – Mit meinem Vortrag war ich sehr zufrieden. Aus der veranschlagten halben Stunde für das Streitgespräch wurde eine ganze. – Du bist wohl nach dem Kongreß in den Urlaub gefahren.«

»Ich habe mich ins Krankenhaus gelegt.«

»Warum?«

»Wegen der Magengeschichte, die ich mir während des Kongresses geholt habe. Es ist auch nicht besser geworden, als ich wieder zu Hause war. Ich habe mich durchuntersuchen lassen. Man hat nichts gefunden. – Mein Zimmernachbar hatte Krebs im letzten Stadium. Er war jünger als ich. Eine Rückenmarksgeschwulst. Von dem Augenblick an, als ich ihn gesehen hatte, ging es mir besser.«

*

Der Assistenzprofessor hatte nicht damit gerechnet, daß seine Besprechung mit dem Professor länger dauern würde. Der Freund des Assistenzprofessors wartete einige Zeit in dessen Arbeitszimmer. Als er schließlich auf den Gang hinaus trat, kam ihm der neue Professor entgegen. In seiner Begleitung Kowalski.

»Sie können mich ruhig grüßen. Ich tue Ihnen nichts. – Heute nicht.«

Der Freund des Assistenzprofessors blickte ihn starr und mit rotem Kopf an.

»Kommen Sie mit in mein Zimmer. – Ich biete Ihnen auch ein Glas Whisky an.«
Wenn er das Angebot ablehnen wollte, mußte er jetzt etwas sagen. Aber er brachte keinen Ton heraus. Er folgte den beiden wortlos. Um sich in dem Augenblick, in dem er die Schwelle zum Arbeitszimmer des neuen Professors übertrat, zu verfluchen. Dafür, daß er nicht nein danke gesagt hatte und weitergegangen war. Jetzt konnte er weder vor noch zurück. Er wußte nicht, was er sagen sollte, wenn er gehen wollte, und er wußte nicht, was er sagen sollte, wenn er blieb. Der neue Professor entkorkte eine von zwei auf seinem Schreibtisch stehenden Whiskyflaschen. Er schenkte drei Gläser ein. Er setzte sich hinter den Schreibtisch, lehnte sich weit zurück und schlug die Beine übereinander. Kowalski blieb vor dem Schreibtisch stehen und blätterte, das Whiskyglas in der rechten Hand, mit der linken in einigen Büchern, die auf dem Schreibtisch lagen. Der Freund des Assistenzprofessors nahm nach einer entsprechenden Aufforderung auf einem ältlichen Sofa Platz.
Der neue Professor blickte Kowalski an.
»Heute nachmittag haben wir Institutsversammlung.«
Kowalski wußte von nichts.
»Mitten in den Semesterferien.«
»Wir wehren uns.«
Der neue Professor hatte den Satz ernst und schwer gemacht. Danach zeigte er einen Augenblick lang einen betont unbeteiligten Gesichtsausdruck, den er schließlich in ein breites Grinsen übergehen ließ.
Kowalski fragte erstaunt: »Wogegen wehrt ihr euch?«
»Wir wehren uns gegen euch.«
Der neue Professor und Kowalski grinsten.
»Ihr wehrt euch gegen uns? Warum das?«

»Wir wollen nicht mit euch zusammengelegt werden.«
»Ihr mögt uns nicht!«
»Nein!«
Beide lachten laut.
Rede und Gegenrede erfolgten gewollt deutlich.
»Wenn ihr nicht mit uns zusammengelegt werden wollt, heißt das, ihr folgt dem Ministerium nicht.«
Der neue Professor antwortete mit ernster Miene.
»Das Ministerium sagt, es müsse sparen. Wir denken, es ist nur ein Vorwand. Wir denken, ihr steckt dahinter.«
»Wir? Was sollten wir bezwecken? Wo doch auch an uns gespart werden soll.«
»Ihr wollt uns schlucken.«
Kowalski lachte.
»Aber nein. Es ist das Ministerium, es muß euch aus Kostengründen mit uns zusammenlegen.«
»Wir wissen, es ist nicht das Ministerium. Wir wissen, ihr seid es. Ihr betreibt die Zusammenlegung.«
»Was hätten wir davon?«
»Ihr seid eifersüchtig auf uns!«
Beide lachten.
Der neue Professor sprach betont nachsichtig.
»Worauf sollten wir eifersüchtig sein?«
»Auf unseren Ruhm.«
»Auf was sollten wir eifersüchtig sein? – Auf euren Ruhm? – Wir haben unseren eigenen Ruhm. Er ist größer. Wir sind viel berühmter als ihr. Uns kennen viel mehr Leute als euch.«
»Wir können auf eure Zeitungsleser verzichten.«
»Unter unseren Zeitungslesern sind viele vernünftige Menschen. Wenn ihr sie nicht ansprecht, seid ihr selbst schuld. Aber unser Ruhm gründet sich nicht nur auf die Zeitungsle-

ser. Wir werden von mindestens ebensoviel Hochschullehrern beachtet wie ihr.«

»Von solchen Hochschullehrern, die ebenfalls in Zeitungen schreiben.«

»Was verachtet ihr die Zeitungen und ihre Leser so? Lest ihr nicht auch Zeitungen?«

»Nicht, um etwas zu lesen, was von keiner philosophischen Zeitschrift gedruckt werden würde.«

»Ich bitte um Verzeihung, wenn ich euch sage: Ihr seid kindisch. Wir werden in philosophischen Zeitschriften gedruckt. Wir haben unsere Zeitschriften, wie ihr eure habt.«

Der neue Professor und Kowalski spielten für den Freund des Assistenzprofessors, ohne der Wirkung ihres Spiels auf ihn auch nur die geringste Beachtung zu schenken. Der Freund des Assistenzprofessors hatte seinen Whisky ausgetrunken und hielt, die Ellbogen auf die Oberschenkel gestützt, unsicher das leere Glas in beiden Händen. Anfangs hatte er den beiden zugehört, ohne sie dabei anzusehen. In dem Maß, in dem sich die vorgegebenen Gefühlswallungen steigerten, hatte er immer häufiger aufgeblickt, bis er schließlich glaubte, dem Blick des neuen Professors standhalten zu können. Aber der neue Professor sah durch ihn hindurch in ein Ferne, die es nicht gab.

Er war kein Mitglied des Instituts. Warum spielten die beiden vor ihm und für ihn. Dem, was er in der Vergangenheit veröffentlicht hatte, kam keine Bedeutung zu, und nichts wies darauf hin, daß das, was er in der Zukunft veröffentlichen würde, von größerer Bedeutung sein würde. Im Streitgespräch nach seinem Vortrag war er für den neuen Professor nichts als ein Gegenstand zur Übung in demütigender Herabsetzung gewesen. Der Vortrag des Gegenstands der Übung hatte dem Übenden die Übung leicht von

der Hand gehen lassen. Was der neue Professor jetzt tat, war mit weit größerem Aufwand verbunden. Galt dieser Aufwand wirklich ihm. Auf wen konnte er sonst zielen.
Der neue Professor sprach jetzt etwas weniger nachsichtig.
»Unsere Zeitschriften sind die besseren. Das wißt ihr genau.«
»Wie könnt ihr sagen, eure Zeitschriften seien die besseren. Unsere und eure Zeitschriften haben gänzlich verschiedene Schwerpunkte. Wir behandeln andere Themen als ihr, und unsere Auffassung, wie ein Thema zu behandeln ist, unterscheidet sich ebenfalls von der euren.«
»Es gibt Überschneidungen. Ihr beschäftigt euch genau wie wir mit der Frage des Wissenschaftsfortschritts. Unsere Zeitschriften sind besser als eure, weil eure Aufsätze zum Thema Wissenschaftsfortschritt niemals in unseren Zeitschriften gedruckt werden würden, wogegen unsere Aufsätze mit kleinen Änderungen, Verzicht auf gewisse Einzelheiten der formalen Darstellung zugunsten von mehr umgangssprachlich-allgemeinverständlichen Erläuterungen, von euren Zeitschriften durchaus angenommen werden würden.«
»Wenn das so ist – warum finden wir dann niemals einen Aufsatz von euch in unseren Zeitschriften?«
Der neue Professor sprach gar nicht mehr nachsichtig.
»Weil wir grundsätzlich versuchen, unsere Aufsätze nur in den besten Zeitschriften unterzubringen. Mit diesem Vorsatz kommen wir nicht in die Verlegenheit, unsere Aufsätze an eure Zeitschriften zu schicken.«
»Wie könnt ihr euch dann so sicher sein, eure Aufsätze würden tatsächlich von unseren Zeitschriften angenommen werden?«
»Wir schicken unsere Aufsätze nie an eure Zeitschriften, stellen aber fest, ihr versucht durchaus immer wieder, den

einen oder anderen Aufsatz in unseren Zeitschriften unterzubringen.«

»Selbst wenn es stimmte, könnte es nicht die Behauptung begründen, eure Aufsätze würden von unseren Zeitschriften angenommen werden ...«

Der neue Professor unterbrach Kowalski: »Das stimmt nicht. Sprechen wir zur Abwechslung nicht von Zeitschriften, sondern von Kongressen. Du weißt, Sonnabend wollte ursprünglich einen Vortrag in Salzburg halten.«

»Er mußte kurzfristig absagen, weil er eine wichtige politische Verpflichtung hatte.«

»Er sagte ab, nachdem er die Veranstaltungsfolge zugeschickt bekam. Er wollte in der Metaphysik-Abteilung sprechen. Ich habe dafür gesorgt, daß er für seine Englischübung einen Sendeplatz zwischen mehr oder weniger begabten Assistenten bekommen hat. Da hat er wohl seine politische Verpflichtung vorgezogen.«

Der Freund des Assistenzprofessors konnte sehen, wie Kowalski errötete. Der Freund des Assistenzprofessors sah keine Notwendigkeit mehr, mit sich zu hadern, ob er gehen oder bleiben sollte.

»Er macht etwas ganz anderes als du. Von vornherein.«

Kowalski hatte gesprochen, ohne dem neuen Professor ins Gesicht zu sehen.

»Du verteidigst ihn immer. Immer!«

»Du weißt, wie lange ich ihn kenne.«

»Du solltest es inzwischen besser wissen.«

Die Kumpanei der beiden war beendet, aus der gespielten Auseinandersetzung war eine echte geworden.

»Wenn das, was er betreibt, Philosophie ist, dann ist jeder Schüler, der einen mittelmäßigen Besinnungsaufsatz schreibt, ein praktischer Philosoph.«

»Ihr macht aus jeder ernsthaften philosophischen Fragestellung nur deshalb eine Ansammlung von Formeln, damit ihr eure eigenen Übungsaufgaben nicht vergeßt.«

Vorher hatten die beiden die Anwesenheit des Freunds des Assistenzprofessors absichtlich nicht zur Kenntnis genommen, seit aus dem gespielten Streit ein wirklicher geworden war, hatten sie ihn einfach vergessen. Erst die Erwähnung seiner Institutskollegen veranlaßte den neuen Professor, seinen anderen Besucher mit einem kurzen Blick zu würdigen.

»Wirf mich bitte nicht mit meinen Institutskollegen in einen Topf!«

»Du hast aber dein Zimmer auf diesem Gang.«

»Wer weiß, wie lange noch.«

Kowalski kümmerte sich nicht um die Anwesenheit eines Dritten.

»Du stellst mindestens genauso viele Übungsaufgaben wie deine Institutskollegen.«

»Ich beherrsche die Übungsaufgaben, die ich von anderen verlange.«

»Vielleicht beherrschst du sie zu gut.«

»Oh danke, danke, danke!«

»Wie stellt man es an, einen einfachen, nicht sehr weittragenden Grundgedanken zu Aufsatzgröße aufzublähen? Man zähle alle und wirklich alle Folgerungen auf, die man aus dem einfachen Grundgedanken herausquetschen kann, wenn man ihn innerhalb eines gegebenen formalen Rahmens ausdrückt – zweiwertige Logik, mehrwertige Logik, Modallogik, Mengenlehre, Kategorientheorie, generative Grammatik, Montague-Grammatik, Systemtheorie, rationale Rekonstruktion und, und, und – Verzeihung, ich habe die intuitionistische Logik vergessen! Man beschreibe ausführlich alle Wege und Umwege, auf denen man zu diesen Folgerungen gelangen kann. Die die Folgerungen ziehen, geben häufig offen zu, die Überraschungen, welche die Folgerungen bereiten, sind keine. Aber der Weg, auf dem man zu den Folgerungen gekommen ist! Die einfache und elegante Beweisführung! Was tut derjenige, dem die Eleganz der Beweisführung nichts gibt, dem an dem, was bewiesen wurde, nichts liegt, weil ihm entweder der Grundgedanke oder der formale Rahmen, in den dieser hineingepreßt wurde, oder auch beide nicht zusagen?«

»Er nimmt seinen auch nicht weniger einfachen und auch nicht weittragenderen Grundgedanken und bläht ihn zu Aufsatzgröße auf, indem er ihn zu Gott und der Welt, darunter Kant, Hegel, Schopenhauer, Nietzsche und vielleicht auch Wittgenstein – Verzeihung, ich habe Teilhard de Chardin vergessen – in Beziehung setzt!«

»Können wir uns nicht darauf einigen, beide sind dem grundsätzlichen Zwang unterworfen, eine möglichst lange Liste von Aufsätzen und Büchern vorweisen zu können, und dieser Zwang ist dafür verantwortlich, daß beide jeweils auf ihre Weise Gedanken aufblasen, die besser in zusammengeschnurrtem Zustand verblieben wären.«

»Ehe wir uns einigen, müssen wir eins klarstellen: Wenn jemandem der formale Rahmen, in dem ein Gedanke ausgedrückt wird, oder die Art, wie der Gedanke in diesem Rahmen ausgedrückt wird, nicht zusagt, dann spricht das nicht gegen alle Arten von formalen Rahmen und nicht gegen alle Arten, etwas in einem bestimmten formalen Rahmen auszudrücken.«

»Genausowenig spricht Wittgenstein gegen Hegel und Teilhard.«

»Je mehr man Hegel sprechen läßt, desto seltener wird man

etwas über – sagen wir – künstliche Intelligenz zu hören bekommen.«
»Warum sollte man so viel über künstliche Intelligenz hören? Weil man mittels Übungsaufgaben nachprüfen kann, ob jemand sich da auskennt? Weil das mit Hegel nicht möglich ist? Weil man Hegel mit steigender Zahl gelesener Hegel-Seiten nicht notwendigerweise immer besser versteht?«
Der neue Professor ließ sich Zeit, ehe er antwortete.
»Mir gefällt das Gespräch nicht mehr. – Nicht nur deine Entgegnungen. – Was ich gesagt habe, gefällt mir genausowenig.«
Beide schwiegen. Kowalski blätterte in einem der Ausstellungskataloge, die auf dem Schreibtisch lagen.
»Ich wußte gar nicht, daß die *Vier Jahreszeiten* in Düsseldorf ausgestellt waren.«
»Dann bist du der einzige, der nicht mitbekommen hat, daß die Bilder unmittelbar von dort herkommen.«
Kowalski las aus dem Katalog vor.
»Dem Maler geht es nicht darum, die Gegenstände seiner Vorlage abzubilden. Seine Bilder sollen vielmehr seinen Antrieb zur Malerei vergegenständlichen.«
Der Freund des Assistenzprofessors wollte gehen. Er setzte das leere Glas, das er die ganze Zeit in den Händen gehalten hatte, auf den Sofatisch. Um sich zu erheben, mußte er die Beine anziehen, dabei verursachte er mit der Sohle seines linken Schuhs ein quietschendes Geräusch auf dem Linoleum.
»Also: Wir wehren uns mit allen Kräften gegen euch.«
Der neue Professor hatte den Faden wiederaufgenommen. Der Freund des Assistenzprofessors blieb sitzen. Der neue Professor sprach im selben gestellten Ton wie zu Anfang.

»Aber wir sind natürlich nicht unvernünftig. Wenn wir uns gerade einen Augenblick nicht mit allen Kräften wehren, dann bewerben wir uns mit demselben Einsatz anderswo.«

»Du brauchst dich doch nicht zu bewerben.«

»Soll ich vielleicht mit deinem Vorgesetzten zusammen auf demselben Gang arbeiten?«

»Warum nicht.«

»Das würde dir gefallen!«

Der neue Professor hatte den letzten Satz in fast wütendem Ton ausgestoßen, und der Freund des Assistenzprofessors konnte sehen, wie er sein Gegenüber böse anblickte. Der neue Professor hatte sich jedoch sofort wieder in der Gewalt.

»Ich bin überzeugt, du würdest alles tun, um diese Idylle herzustellen. – Natürlich brauche ich mich nicht zu bewerben. Ich habe ein Angebot, und ich bin geneigt, es anzunehmen.«

»Wo?«

»London School of Economics.«

»Du bei den Popperianern?«

»Ein sehr gutes Angebot. Eine großzügig gering bemessene Lehrverpflichtung.«

»Du willst nach London gehen?«

»Damit du dich darüber nicht zu sehr grämst, habe ich auch noch etwas Erheiterndes für dich. – Rate, wer sich tatsächlich bei der London School of Economics beworben hat.«

»Ich habe keine Lust zu raten.«

»Der Assistenzprofessor.«

Der Freund des Assistenzprofessors aus dem Hintergrund, mit lauter, aber unsicherer Stimme: »Das ist nicht wahr.«

Der neue Professor lächelte. Kowalski drehte sich um.

»Und wie wahr das ist. Die Frau des Vorsitzenden des Verwaltungsrats ist mit meiner Frau befreundet. Sie hat eine Galerie in London.«
Der Freund des Assistenzprofessors erwiderte nichts. Er hatte gehört, was er hatte hören sollen. Jetzt konnte er gehen. Er stand hastig auf, bedankte sich für den Whisky und verließ den Raum.

*

Entsprach das, was der neue Professor gesagt hatte, doch der Wahrheit. Warum sollte der neue Professor ihn anlügen. Wenn er ihn anlog, was bezweckte er damit. Wenn er ihn nicht anlog, was bezweckte er mit der Wahrheit.
Der Assistenzprofessor war nicht in seinem Zimmer. Der Freund des Assistenzprofessors war unentschlossen, ob er weiter auf ihn warten sollte oder nicht.
Er ging zum Schreibtisch des Assistenzprofessors und betrachtete die Bücher, die darauf lagen. Er las die Klappentexte und Vorworte der Bücher, die er nicht kannte. Auf die gleiche Weise ging er auch das Regal des Assistenzprofessors durch. Bis er auf einem Stapel von Sonderdrucken seinen Aufsatz entdeckte. Dasselbe Exemplar, das er schon in der überschwemmten Wohnung gefunden hatte. Seinem Aufsatz war die Kopie eines Gutachtensvorschlages beigeheftet, den der Assistenzprofessor für den Professor beziehungsweise für dessen englischen Freund verfaßt hatte. Er empfahl die Ablehnung.
Er stand bewegungslos, mit dem Aufsatz in der Hand, und er vergaß völlig, daß der Assistenzprofessor jeden Augenblick hereinkommen konnte.
Er durchhastete wieder und wieder die Zeilen vor seinen

Augen, aber er war nicht fähig, der Begründung zu folgen. Er begriff nur eins: Der Assistenzprofessor hatte dem Professor empfohlen, seinen Aufsatz abzulehnen.
Es würde ihm nicht gelingen, den Aufsatz in das Regal zurückzulegen, ohne sich sofort zu übergeben. Den Aufsatz in der Hand haltend, sich nicht von der Stelle rührend, wiederholte er unablässig die Verfasser und die Titel der Bücher, die vor ihm auf dem Schreibtisch lagen. W. Balzer, C.-U. Moulines, J.D. Sneed, *An Architectonic for Science*. M. Dummett, *Elements of Intuitionism. Truth and Other Enigmas*. H. Putnam, *Meaning and the Moral Sciences. Reason, Truth and History*. J.D. Sneed, *The Logical Structure of Mathematical Physics*. W. Stegmüller, *The Structuralist View of Theories*. P. Marcou, *Dies ist (k)ein Buch! Doch!* Er bemühte sich, dabei möglichst gleichmäßig und nicht zu schnell zu atmen. Als er glaubte, seine Übelkeit für einen Augenblick zu beherrschen, legte er seinen Aufsatz wieder auf den Stapel zurück, auf dem er ihn gefunden hatte, dabei immer wieder die Reihe der Buchtitel und deren Verfasser laut vor sich hersagend, alle Bewegungen mit äußerster Langsamkeit verrichtend.
Danach fühlte er erneut die Übelkeit in sich aufsteigen. Wenn er sich in das Waschbecken übergab, würde der ganze Raum nach Erbrochenem riechen. Er lief zum Fenster, riß die Fensterflügel auf, beugte sich hinaus und übergab sich in den strömenden Regen. Noch während er die sich im Magen befindenden Reste seines Frühstücks hochwürgte und ausspuckte, fühlte er sich schlagartig und unendlich erleichtert.
Die kalte Luft und die ihm ins Gesicht prasselnden Regentropfen erfrischten ihn. Er sah zu, wie sich das Erbrochene auf dem Fenstersims vor ihm zunächst mit den herabfallen-

den Regentropfen vermischte, um dann von diesen langsam weggewaschen zu werden.
Er schloß die Fensterflügel und ging zum Waschbecken, wo er sich die Hände wusch und in den Spiegel blickte. An seinem Kinn befanden sich noch Reste von Erbrochenem. Er fuhr sich vor dem Spiegel mit dem Mittelfinger der rechten Hand das Kinn entlang. Den Arm abgewinkelt, die Hand von sich gestreckt, ging er zum Schreibtisch des Assistenzprofessors. Mit der linken Hand schlug er eins von drei aufeinander liegenden Exemplaren des neuen Buches des Assistenzprofessors auf und streifte den Mittelfinger der rechten Hand mehrere Male darin ab. Er klappte das Buch wieder zu und legte es an seinen Platz zurück. Er wusch sich erneut die Hände und auch das Gesicht. Dann verließ er, ruhig atmend, das Arbeitszimmer des Assistenzprofessors.
Die Sekretärin des Professors las in einer italienischen Frauenzeitschrift. Er fragte sie nach dem Assistenzprofessor. Er war noch beim Professor.
»Kommen Sie zur Institutsversammlung?«
»Ich habe dort nichts zu suchen.«
»Irgendwie gehören Sie auch zum Institut.«
»Ich stehe auf keiner Liste und ich bin in keinem Aktenordner des Ministeriums abgeheftet. – Hält der Professor nach der Versammlung seine Sprechstunde ab?«
»Sie wissen, er will nur in ganz wichtigen Angelegenheiten angesprochen werden ...«
»Es ist wirklich wichtig.«
Die Sekretärin widmete sich wieder ihrer Zeitschrift.
»Ich kann Ihnen nicht garantieren, daß er Sie vorläßt. Er ist heute schon seit acht Uhr früh im Institut. Die Versammlung wird anstrengend für ihn werden. Sie müssen damit rechnen, daß er die Sprechstunde ausfallen läßt.«

»Könnten Sie dem Assistenzprofessor etwas ausrichten.«
»Natürlich.«
»Sagen sie ihm bitte, ich mußte gehen, ich werde ihn nach der Institutsversammlung aufsuchen.«
Die Sekretärin riß sich noch einmal von ihrer Fachzeitschrift los.
»Sie haben doch die Frau des neuen Professors noch nie gesehen.«
Der Freund des Assistenzprofessors konnte nicht widersprechen.
»Ich glaube, sie ist hier.«
»Wo?«
»Im Arbeitszimmer des neuen Professors.«
Die Sekretärin machte einen bedeutungsvollen Augenaufschlag, ehe sie fortfuhr.
»Sie soll ein Verhältnis mit Kowalski haben.«
»Mit Kowalski? Ich dachte, er und ...«
Der Freund des Assistenzprofessors sprach den Satz nicht zu Ende.
»Sind sie sicher?«
Die Sekretärin runzelte die Brauen.
»Sie verlangen etwas viel. Wie kann man in diesen Dingen sicher sein.«
»Wissen Sie etwas Genaueres?«
»Ich war nicht dabei.«
Er hätte beiläufig, vielleicht im Anschluß an eine scherzhafte Bemerkung, nach der Quelle für die oder nach der Beobachtung, die zu ihrer Äußerung Anlaß gegeben hatte, fragen sollen. Jetzt würde er nichts mehr erfahren. Er verabschiedete sich und bat die Sekretärin noch einmal, wenn es sich irgendwie machen ließe, das Gespräch mit dem Professor zu ermöglichen. Sie versicherte, sie werde es versuchen.

Als er die Tür des Sekretariats öffnete und auf den Gang hinaus treten wollte, hörte er eine laute Unterhaltung, an der auch eine Frauenstimme beteiligt war. Erschrocken und deshalb geräuschvoll schloß er die Tür sofort wieder. Die Sekretärin blickte, jetzt mehr erstaunt als ungehalten, von ihrer Zeitschrift auf. Er wollte unter keinen Umständen der Frau des neuen Professors auf dem Gang begegnen.
»Ich habe etwas vergessen.«
Während er nach einem Vorwand suchte, um die Sekretärin noch einmal in ein Gespräch zu verwickeln, so lange, bis die Frau des neuen Professors den Gang verlassen haben würde, kam ihm der Gedanke, daß die Frauenstimme nicht unbedingt der Frau des neuen Professors gehören mußte. Im Gegenteil, es war nicht sehr wahrscheinlich, daß sie sich auf dem Gang unterhielt, wo doch das Arbeitszimmer ihres Mannes zu ihrer Verfügung stand. Die Gruppe, die er gehört hatte, bestand wahrscheinlich aus Studenten. Was bedeutete, es war vernünftig, sofort auf den Gang hinaus zu treten, denn die Gruppe konnte ihm Schutz bieten, wenn die Frau des neuen Professors in Begleitung ihres Mannes oder in Kowalskis Begleitung ausgerechnet in dem Augenblick aus der Tür kommen würde, in dem er sich auf dem Gang befand.
Er verabschiedete sich zum zweiten Mal.
Tatsächlich standen neben dem Bibliothekseingang einige Studenten, die sich laut unterhielten, darunter auch ein blondes Mädchen.
Im Treppenhaus nahm er zwei und sogar drei Stufen auf einmal. Er hielt erst im Eingangsportal des Gebäudes inne. Bevor er, zwar im Regenmantel, aber ohne Regenschirm, den er im Zimmer des Assistenzprofessors vergessen hatte, in den strömenden Regen hinauslief, versuchte er, sich für

einen Augenblick vorzustellen, welche grenzenlose Enttäuschung es vor dem Kongreß für ihn bedeutet hätte, wenn man ihm damals gesagt hätte, die Frau des neuen Professors habe ein Verhältnis mit Kowalski.

*

»Es war die Katastrophe.«

Der Assistenzprofessor lag ausgestreckt auf seinem Sofa.

»Als mich der Professor rufen ließ, dachte ich, er wolle sich erkundigen, wie wir die Versammlung vorbereitet haben und wie er sich verhalten solle. Aber er wollte mich nur sprechen, weil er gestern nacht meinen Aufsatz über das Theoretizitätskriterium gelesen hat und weil der die Planung für sein Buch durcheinanderbringt. Er wird mit meinem neuen Theoretizitätskriterium formal nicht fertig. Er versteht natürlich die Grundüberlegung, aber er kann es nicht anwenden. Er behandelt in seinem Buch unter anderem die Darwinsche Evolutionstheorie, ich sollte ihm meine Rekonstruktion eines bestimmten populationsgenetischen Modells erklären, und ich sollte ihm sofort zeigen, welche Größen nach meinem Kriterium theoretisch sind und welche nicht. Ich habe mir darüber noch keine abschließenden Gedanken gemacht. Wir haben fast drei Stunden zusammen herumgemurkst, herausgekommen ist natürlich gar nichts, aufs Warten kann ich nichts beweisen. Am Schluß war er vollkommen erschöpft und mußte sich hinlegen. Über die Versammlung wurde überhaupt nicht gesprochen. Er scheint auch etwas mit dem Gehör zu haben. Ich mußte mich ständig wiederholen, weil er immer nicht richtig gehört hatte.«

Der Assistenzprofessor machte eine längere Pause, ehe er fortfuhr.

»Es waren alle da, die kommen konnten. Ich sprach ein paar einführende Worte, der Professor sagte nichts. Ich las den Entwurf für die Entschließung vor, die wir an das Ministerium richten wollten, der Professor sagte nichts. Es wurde einigermaßen lebhaft, alle, die sich zu Wort meldeten, waren für den Entwurf, der Professor sagte nichts. Einige wollten die Entschließung etwas schärfer formulieren, der Professor sagte nichts. Andere wollten die Entschließung viel schärfer formulieren, der Professor sagte immer noch nichts. Da meldete sich der neue Professor zu Wort. Er sei natürlich auch gegen die Institutszusammenlegung. Aber man solle sich vor zu scharfen Formulierungen hüten. Man solle nicht mit dem Finger auf andere zeigen und diese zugleich einladen, zurückzudeuten. Allgemeines Schweigen. Bis der Professor ihn schließlich fragte, wie er das meine. Der Ausstoß unseres Instituts bestehe zum größten Teil in nutzlosen und überflüssigen Umformulierungen von Theorien, die von den zuständigen Wissenschaftlern schon lange ad acta gelegt worden seien. – Wir spielen jetzt Philosophie. – Nach dem an unserem Institut vertretenen Ansatz bestehe Wissenschaft lediglich darin, für gewisse Zusammenfassungen von vorliegenden Meßwerten, über deren Herkunft und Gewinnung man sich keine weiteren Gedanken mehr machen wolle und die man deshalb als nichttheoretische Größen bezeichne, die mathematische Existenz von Werten für bestimmte theoretische Größen zu behaupten, so daß die Vereinigung der vorgegebenen Meßwerte mit diesen angenommenen Werten Modelle einer Theorie bildeten. Es gebe demzufolge nur eine Frage, über die sich zwei Erfahrungswissenschaftler sinnvoll streiten könnten, nämlich ob etwas eine Anwendung einer Theorie sei oder nicht. Das Ganze sei so weit weg von dem, was Wissenschaftler wirklich tun, daß man nicht einmal von einem Zerrbild von Wissenschaft sprechen könne, denn auch ein Zerrbild habe wenigstens irgend etwas mit dem gemein, was es abbilde. Keine Rede davon, daß Wissenschaftler mit ihren Theorien etwas zu beschreiben versuchten, keine Rede davon, wie sie es zu beschreiben versuchten, keine Rede davon, daß und wie sich die verschiedenen vorgeschlagenen Beschreibungen widersprächen, keine Rede davon, daß alle Wissenschaftler versuchten, für die Beschreibungen, die die von ihnen vorgeschlagenen Theorien lieferten, gute Gründe anzuführen, keine Rede insbesondere davon, daß unter den guten Gründen die Erfahrungstatsachen, die auf irgendeine Weise die Theorie stützten, immer noch die besten seien. – Aber halt. Da sei doch tatsächlich eine Begründung, die man den Wissenschaftlern erlaube. Wenn es darum gehe, die Entscheidung für eine von zwei Theorien nachzuvollziehen, die unterschiedliche Begriffsapparate und dementsprechend unterschiedliche Gesetze aufwiesen. Man definiere harmlos eine Relation zwischen den potentiellen Modellen von Theorie zwei und denen von Theorie eins als Reduktionsrelation, wenn ihr Vorbereich alle potentiellen Modelle von Theorie zwei umfaßt, wenn die Umkehrrelation eine Funktion ist, wenn jedem Modell von Theorie eins durch die Relation ein Modell von Theorie zwei zugeordnet ist und wenn jeder Anwendung von Theorie zwei durch die Relation mindestens eine Anwendung von Theorie eins zugeordnet ist. Dann behaupte man, die Definitionsbedingung drücke aus, Theorie eins sei allgemeiner als Theorie zwei und die Gesetze von Theorie zwei seien in denen von Theorie eins gewissermaßen enthalten. Kurz: *Theorie eins reduziert Theorie zwei* sei zu lesen als *Theorie eins erklärt alles das, was Theorie zwei erklärt, und Theorie eins er-*

klärt es besser und beziehungsweise oder sie erklärt mehr. Er fühle sich, wenn er die Reduktionsrelation angewendet sehe, immer an Buster Keaton erinnert, dessen komische Wirkung ja ausschließlich darauf beruht habe, daß er unter keinen, nicht einmal unter den allerkomischsten Umständen, seine Gesichtsmuskeln auch nur zum Ansatz eines Lächelns verzogen habe. Heute wisse man, die Filmgesellschaft, bei der er angestellt war, hatte ihn vertraglich dazu verpflichtet, niemals zu lachen. Vielleicht stelle sich eines Tages heraus, es gebe einen spleenigen Philosophieliebhaber, der Philosophen dafür bezahle, daß sie ernst blieben, wenn sie über die Reduktionsrelation sprächen. Die Reduktionsrelation werde immer von der für überlegen gehaltenen Theorie her aufgebaut, sie gehe vom Begriffsapparat und von den Gesetzen der für überlegen gehaltenen Theorie aus, sie nehme den Begriffsapparat und die Gesetze der für unterlegen gehaltenen Theorie nicht ernst. Das Maß für die Leistungsfähigkeit, das sie an beide Theorien anlege, seien allein die Antworten, die auf die Fragen gegeben würden, die von der reduzierenden Theorie aufgeworfen würden, Antworten auf Fragen, die nur die reduzierte, nicht aber die reduzierende Theorie stelle, blieben völlig außer Betracht. Die Reduktionsrelation bringe zum Ausdruck, daß man die reduzierende Theorie vor allem deswegen als leistungsfähiger betrachte als die reduzierte Theorie, weil man sich für das, was die reduzierte Theorie leiste, einfach nicht mehr interessiere. Die Misere beginne freilich nicht erst mit der Definition der Reduktionsrelation, sondern bereits viel eher. Begriffe, die den Verfechtern der unterlegenen Theorie lieb und teuer gewesen seien, gingen, wenn sie in der oder für die Entwicklung der überlegenen Theorie keine Rolle spielten, regelmäßig in die Rekonstruktion der unterlegenen Theorie gar nicht erst ein. Die Rekonstruktion der beiden zu vergleichenden Theorien sei immer die Rekonstruktion der überlegenen Theorie und die Rekonstruktion des Überlegenheitsverhältnisses zwischen dieser und der anderen Theorie. Die unterlegene Theorie bekomme von vornherein keine Chance. – Weißt du, wer dem neuen Professor zu Hilfe kam? Der Logiker. Wie gehe man bei der Rekonstruktion einer Theorie vor. Zunächst hüte man sich vor Theorien, die von den Wissenschaftlern der Gegenwart ernst genommen werden. Man widme sich also Theorien längst verstorbener Leute. Um sich die Arbeit nicht unnötigerweise zu erschweren, vermeide man es jedoch sorgfältig, deren ursprüngliche Arbeiten zu lesen. Man nehme statt dessen zwei oder drei in der jüngeren Vergangenheit erschienene Bücher über die ins Auge gefaßte Theorie zur Hand, man wähle ein paar – nicht zu viele – Annahmen aus, die nach den Verfassern dieser Bücher dem Denken der längst verstorbenen Verfechter der in Frage stehenden Theorie zugrunde lagen, schreibe diese, sofern das noch nicht geschehen ist, in der Sprache der Mengenlehre nieder, und erkläre sie zum Theoriekern der betrachteten Theorie. Alles, was man dann in irgendeinem Buch zu der oder über die Theorie lesen könne und was nicht in diesen Grundannahmen enthalten sei, stelle eine Erweiterung des Theoriekerns dar. Natürlich sei sich die wissenschaftliche Gemeinschaft, die dieser Theorie anhängt, keineswegs über die Gültigkeit aller Erweiterungen des Theoriekerns einig, aber damit seien wir nicht mehr im Bereich *formale Struktur*, sondern im Bereich *Anwendung* der Theorie. Man berücksichtigt alle Veröffentlichungen zu einer bestimmten Theorie, man rekonstruiert alle Vorschläge zu dieser Theorie, und man filtert dann diejenigen Annahmen heraus, die allen diesen Vorschlägen zugrunde liegen. Was spreche gegen ein derartiges Verfahren der Bestimmung eines Theoriekerns. Die Ahnung, der harte Theoriekern würde weich. Der Kern einer Theorie sei nur dann hart, wann man einfach nicht zur Kenntnis nehme, was die verschiedenen Anhänger einer Theorie wirklich als ihre Grundüberzeugungen ansähen, wenn man insbesondere dem einzelnen das Recht nehme – wehren könne er sich ja sowieso nicht, weil er in der Regel schon tot sei –, die Ablehnung gewisser Anwendungen als Grundüberzeugung zu betrachten. Ein annehmbarer Begriff von Theoriekern sei genauso offen wie die Menge der Anwendungen einer Theorie, es gebe für die Zugehörigkeit einer Annahme zum Theoriekern genausowenig notwendige und hinreichende Bedingungen wie für die Zugehörigkeit einer Menge von potentiellen Modellen zur Menge der Anwendungen. Die bequeme Unterscheidung zwischen dem sauberen Bereich *formale Struktur* der erfahrungswissenschaftlichen Theorie einerseits und dem verschmierten Bereich *Anwendung* der erfahrungswissenschaftlichen Theorie andererseits sei nur eine Chimäre. Womit übrigens auch der Traum an der wenn auch nur hälftigen Teilhabe am Bourbaki-Programm platze.«

»Was hast du darauf geantwortet?«

»Ich gab zu, manchmal werde bei der Rekonstruktion von Theorien zu lässig vorgegangen und man sollte sich mehr Gedanken darüber machen, unter welchen Bedingungen davon gesprochen werden kann, daß eine Rekonstruktion eine Theorie richtig oder falsch rekonstruiert. Wir sollten Kriterien für richtige Rekonstruktionen entwerfen. Dann habe ich einen Fehler gemacht. Ich habe gesagt, man verstehe den Ansatz der rationalen Rekonstruktion nicht, wenn man ihn als eine festumrissene Theorie darüber ansehe, wie wissenschaftliche Theorien aufgebaut seien und wie sie sich entwickelten. Er sei vielmehr Ausdruck einer bestimmten Geisteshaltung, mit der man an die Untersuchung dessen herangehe, was Wissenschaftler tun. Zum Beispiel beginne man die Untersuchung bei dem, was die Forscher wirklich sagen, also bei den Theorien, die sie vorschlagen und verfechten, man spreche über diese Theorien erst, nachdem man vorher in ihnen gesprochen habe, und man bewege sich beim Sprechen über diese Theorien grundsätzlich nicht zu weit von den Theorien weg. Selbst wenn der Großteil aller bis jetzt vorliegenden Rekonstruktionen erfahrungswissenschaftlicher Theorien diese Theorien nicht völlig richtig wiedergebe, so spreche dies so lange nicht gegen den Grundgedanken der rationalen Rekonstruktion, als dieser in der Lage sei, gezielte Einwände der Reihe nach so zu verarbeiten, daß sie, einer nach dem anderen, gegenstandslos werden. – Das hätte ich nicht sagen sollen. Der neue Professor: Sie geben zu, daß die überwiegende Mehrzahl aller Behauptungen, die Sie über den Aufbau und die Entwicklung von erfahrungswissenschaftlichen Theorien machen, schlichtweg falsch ist? Daß der Großteil aller Rekonstruktionen, die wir nachlesen können, die entsprechenden Theorien falsch wiedergibt? Ich versuchte, das Gespräch auf die Entschließung zurückzubringen, um deretwillen diese Versammlung schließlich einberufen worden war. Aber der neue Professor hatte die anderen so weit angesteckt, daß die Mehrheit dafür war, das wissenschaftstheoretische Streitgespräch fortzusetzen. Auf das wenige, was an der rationalen Rekonstruktion nicht unbrauchbar sei, kämen die Leute von der künstlichen Intelligenz von selbst. Ohne daß sie jemals unsere Aufsätze und

Bücher läsen und sich mit unseren Rekonstruktionen unsagbar langweilen müßten. Weil sie das alles nicht gelesen hätten, seien sie auch dazu fähig, in die richtige Richtung zu denken: nicht im Prokrustesbett der Reduktionsrelation von der Nachfolgertheorie zur Vorgängertheorie, sondern von der Vorgängertheorie zu allen von dieser Vorgängertheorie aus möglichen Nachfolgertheorien. Der Professor hörte überhaupt nicht mehr zu, schließlich stand er auf und verließ den Raum. – Die Auseinandersetzung mit dem neuen Professor hätte meine Strategie noch überstanden. Aber daß der Professor aufstand und wortlos den Raum verließ, bevor die Versammlung zu Ende war, war verheerend. Die Gleichgültigen nahmen es als Signal, ihre Gleichgültigkeit zu zeigen und folgten ihm nach. Die Übriggebliebenen unterzeichneten dann genau den Wortlaut, den ich ganz zu Anfang vorgelesen hatte. Aber das spielt keine Rolle mehr. – Ich kann die Entschließung nicht vorzeigen, denn sie ist nicht einmal von der Hälfte der Institutsmitglieder unterschrieben.«

»Du kannst sagen, du hättest eine Anzahl von Institutsmitgliedern nicht erreichen können, sie seien in den Ferien. Man wird dir kaum nachrechnen, wie viele Köpfe auf der Versammlung wirklich anwesend waren.«

»Das ist ein Gedanke.«

»Glaubst du, der neue Professor arbeitet den anderen absichtlich in die Hände?«

Der Assistenzprofessor, immer noch auf dem Sofa liegend, schloß die Augen.

»An einem Institut zu arbeiten, das von Kowalskis Vorgesetztem geleitet wird, kann seinem Ruf nicht förderlich sein. Aber er ist ja nicht auf Kowalskis Vorgesetzten angewiesen, er findet überall eine Stelle. Er braucht nicht einmal zu suchen. Er bekommt Angebote.«

Der Freund des Assistenzprofessors lehnte mit dem Rücken gegen das Fenster.
»Vor der Versammlung kam mir auf dem Gang der neue Professor entgegen, in Kowalskis Begleitung. Er forderte mich auf, in sein Arbeitszimmer zu kommen und dort einen Whisky zu trinken. Ich bin nur deshalb mitgegangen, weil ich nicht wußte, was ich zu der Einladung sagen sollte.«
Das Telefon läutete. Der Assistenzprofessor stand auf und nahm den Hörer ab. Erstaunt wandte er sich seinem Besucher zu.
»Du sollst in einer Viertelstunde beim Professor sein.«
»Sie unterhielten sich, als sei ich nicht anwesend. Man machte sich über deine Bemühungen lustig, die Institutszusammenlegung zu verhindern. Man schien sich sehr gut zu verstehen. Sie gerieten allerdings in Zwist, als das Gespräch auf Kowalskis Vorgesetzten kam. Der neue Professor gab an, Sonnabend habe seine Teilnahme in Salzburg nur deswegen abgesagt, weil er dafür gesorgt hatte, daß sein Vortrag in eine Veranstaltung gelegt wurde, in der sonst nur Assistenten sprachen. Man vertrug sich erst wieder, als der neue Professor behauptete, du hättest dich bei der London School of Economics beworben.«
Der erste Gedanke des Assistenzprofessors war, zu seinem Bücherregal zu gehen und dort etwas zu suchen. Aber er sah den Blick des anderen so auf sein Gesicht geheftet, daß er ihm für seine Erwiderung nicht ausweichen konnte.
»Was hat er gesagt?«
»Er hat gesagt, du hättest dich an der London School of Economics um eine Stelle beworben.«
Der Assistenzprofessor äußerte nichts.
»Es wäre ja nicht unvernünftig, wenn du dich absicherst.«
Der Assistenzprofessor zog an seinem Schnurrbart.

»Die Sache ist älteren Datums als das Thema der Institutszusammenlegung.«
Der Assistenzprofessor hatte sich gefangen.
»Ich wollte schon immer ein Gastsemester in London verbringen. Ich habe im letzten Jahr auf einer Tagung einen Professor von der London School of Economics deswegen angesprochen, und er hat mich gefragt, ob ich denn nicht vielleicht Lust hätte, länger dort zu arbeiten. Ich war ganz überrascht, ich habe gesagt, natürlich würde mich eine Stelle in London sehr reizen. Er sagte, ich solle mich bewerben, er werde meine Bewerbung unterstützen. Da habe ich mich beworben. In der gegenwärtigen Lage hier am Institut werde ich natürlich nicht nach London gehen.«
»Hast du die Bewerbung zurückgezogen?«
»Wenn ich die Stelle bekomme, kann ich immer noch absagen.«
Der Assistenzprofessor wußte, daß ihm der andere nicht glaubte.

*

Im Zimmer des Professors war es kühl. Der Professor hatte beide Fenster geöffnet, er fühlte sich so heiß. Er befürchtete, Fieber zu haben. Zu Beginn der Institutsversammlung war das Geräusch in seinem linken Ohr etwas leiser geworden, in ihrem weiteren Verlauf war es zu seiner vollen Lautstärke zurückgekehrt. Dazu hatte sich in der Auseinandersetzung mit dem neuen Professor und dem Logiker ein unerträgliches Kopfweh gesellt, das ihn schließlich gezwungen hatte, die Versammlung zu verlassen. Er war überzeugt gewesen, der Assistenzprofessor würde die Dinge auch in seiner Abwesenheit und ohne seine Hilfe in die richtige

Richtung steuern. Im Gegensatz zum Assistenzprofessor war er vom Vorgehen und von den Einwänden des neuen Professors gegen seine Arbeit nicht eigentlich überrascht. Er kannte ihn und seine Art aus Begegnungen auf zahlreichen Kongressen. Er hatte die Berufung des neuen Professors im vollen Bewußtsein dessen betrieben, was er von ihm zu erwarten hatte. Wenn er auch die unbarmherzige Art, in der dieser seine Einwände vorbrachte, nicht nachvollziehen konnte, so fand er doch einige der Einwände nicht unberechtigt. Überrascht und enttäuscht war er dagegen darüber, daß sich der Logiker gegen ihn gestellt hatte. Der Logiker hielt grundsätzlich zu wenige Wochenstunden ab und ließ sich fast überhaupt nicht am Institut sehen, er besuchte nicht einmal die Gastvorträge, die in sein Gebiet fielen, trotzdem hatte ihn der Professor gegenüber dem Ministerium immer in Schutz genommen. Der Logiker hatte vor einigen Jahren eine nach Meinung des Professors bahnbrechende Arbeit zum Erklärungsbegriff geschrieben, der Professor hatte gehofft, dieser Arbeit würden ähnlich wertvolle folgen. Aber jetzt veröffentlichte der Logiker schon seit mehreren Jahren nichts mehr.
Der Professor hatte sich von seiner Sekretärin zwei Aspirintabletten geben lassen, die seine Kopfschmerzen besserten. Er hatte dann an der Neufassung des Kapitels seines Buches gearbeitet, über das er mit dem Assistenzprofessor am Vormittag gesprochen hatte. Darüber war die Zeit bis zum Beginn seiner Sprechstunde so schnell vergangen, daß er nicht mehr dazu gekommen war, den Assistenzprofessor nach dem Ausgang der Institutsversammlung zu fragen. Als ihm die Sekretärin gesagt hatte, es wünsche ihn jemand dringend zu sprechen, hatte er nur deshalb zugestimmt, weil er sich vorgenommen hatte, so spät wie möglich nach Hause

zu fahren. Er wollte auf keinen Fall den Handwerkern begegnen, und er wollte unter Beihilfe der Dunkelheit möglichst wenig von den Spuren ihrer Arbeit wahrnehmen müssen.

Der Professor kannte das Gesicht des Besuchers, die Sekretärin hatte den Namen genannt, aber der Professor hatte den Namen schon wieder vergessen. Er hatte bei ihm promoviert. Er sah ihn öfters unter den Zuhörern bei Gastvorträgen im Institut.

»Ich – ich bitte um Verzeihung, daß ich Sie nach einem für Sie so anstrengenden Tag inkommodiere. Ich werde Ihre Zeit nicht lange in Anspruch nehmen. – Mein Anliegen hängt mittelbar mit den Vorgängen zusammen, um derentwillen die heutige Institutsversammlung einberufen wurde ...«

»Wenn Sie auf der Institutsversammlung waren, können Sie mir vielleicht zuerst berichten, wie sie ausgegangen ist. Ich mußte sie eher verlassen, weil ich solche Kopfschmerzen hatte.«

»Ich war nicht auf der Institutsversammlung. Ich bin kein Mitglied des Instituts.«

Der Professor hatte sich nicht erhoben, als der Besucher eingetreten war. Er wies ihm mit einer Handbewegung den Platz auf einem der Sessel vor seinem Schreibtisch zu.

»Es geht um folgendes. – Ich möchte mich um eine Stelle bewerben. Um eine Assistentenstelle.«

»Ich dachte, Sie üben einen nichtwissenschaftlichen Beruf aus und arbeiten aus Liebhaberei nebenbei wissenschaftlich.«

»Ich bin nie einer beruflichen Tätigkeit nachgegangen. Ich habe nach der Promotion keine Stelle angestrebt, weil ich auf das Gehalt nicht angewiesen war.«

»Haben sich Ihre finanziellen Verhältnisse verschlechtert.«
»Nein. – Das ist es nicht.«
»Ich kann Ihnen jederzeit einen Lehrauftrag für zwei Wochenstunden verschaffen.«
»Ich danke für das Angebot, aber es geht mir um etwas anderes. – Ich weiß nicht, wie ich es ausdrücken soll.«
Das Geräusch des strömenden Regens erfüllte den Raum.
»Ich stehe zu sehr außerhalb. – Es ist nicht damit getan, daß ich Stunden abhalte und Studenten gegenübersitze. Das könnte ich auch im Rahmen eines Lehrauftrags. Ich möchte den Abstand zu denjenigen verringern, deren Arbeit für mich Vorbild ist.«
Der Professor wußte nicht recht, wie er auf das Ansinnen des ihn erwartungsvoll anblickenden Besuchers antworten sollte.
»Die Zeit der Privatgelehrten ist wohl auch in der Philosophie vorbei. – Sie wissen, ich betreue sehr viele Doktorarbeiten und Habilitationen und ich bin ständig gezwungen, eine Unzahl von Gutachten zu erstellen. Mir sind Ihre Veröffentlichungen nicht gegenwärtig. Vielleicht können Sie mir einen kurzen Überblick geben.«
Der Freund des Assistenzprofessors umriß in aller Kürze den Inhalt seiner Aufsätze in der Reihenfolge, wie er sie veröffentlicht hatte. Aus den sehr allgemein gehaltenen Zwischenfragen konnte der Freund des Assistenzprofessors ablesen, daß sich der Professor nicht im mindesten an seinen letzten Aufsatz beziehungsweise an den ablehnenden Gutachtensvorschlag des Assistenzprofessors erinnerte.
Als der Freund des Assistenzprofessors geendet hatte, schwieg der Professor eine Zeitlang, wobei er sein Gegenüber jedoch unverwandt anblickte.

»Wenn Sie ernsthaft eine Universitätskarriere vorhaben, müssen Sie Ihr Betätigungsfeld verbreitern.«

»Das ist mir völlig klar. Ich möchte in diesem Zusammenhang bemerken, daß ich mich schon immer sehr eingehend mit Ethik beschäftigt habe. Ohne allerdings etwas zu veröffentlichen.«

»Das wäre mir willkommen. Wir haben zur Zeit niemanden am Institut, der sich mit Ethik befaßt. Der Logiker beschäftigt sich lediglich mit der Struktur von Gottesbeweisen. – Es ist allerdings zur Zeit keine Assistentenstelle frei. Außerdem werden Sie von den Plänen des Ministeriums gehört haben, die beiden philosophischen Institute zusammenzulegen. Ob das nun geschieht oder nicht, in jedem Fall ist wahrscheinlich, daß sowohl bei uns als auch am anderen Institut Stellen gestrichen werden. Man wird niemandem kündigen, aber man wird ein paar Stellen nicht neu besetzen. Ich kann Ihnen im Augenblick keine Stelle anbieten. – Aber ich verspreche Ihnen, ich werde Ihre Bewerbung berücksichtigen, wenn mir die Möglichkeit dazu gegeben wird.«

»Der Anlaß, aus dem ich heute zu Ihnen gekommen bin, ist eine möglicherweise frei werdende Stelle. Es handelt sich zwar nicht um eine Assistenten-, sondern um eine Professorenstelle. Aber wenn diese Professorenstelle neu besetzt werden muß, wird sich das auch auf die Assistentenebene auswirken.«

Der Professor blickte seinen Besucher unsicher an. Der Freund des Assistenzprofessors lehnte sich zum ersten Mal während des Gesprächs zurück.

»Wenn der Assistenzprofessor zur London School of Economics geht, hat das Folgen für die Darstellung der rationalen Rekonstruktion am Institut. Wer hält dann die entsprechenden Grundkurse? Was die wissenschaftliche Arbeit angeht, kann ich natürlich den Assistenzprofessor nicht ersetzen. Was dagegen den Lehrbetrieb betrifft, fühle ich mich in der Lage, den Assistenzprofessor in den Grundkursen gut zu vertreten.«

»Daran habe ich nicht gedacht.«

Der Professor wußte von nichts. Er wäre niemals auf den Gedanken gekommen, daß der Assistenzprofessor, derjenige seiner Schüler, der wie kein anderer für seine Arbeit und sein Institut eintrat, zugleich bereits alles in die Wege geleitet hatte, um sich abzusetzen. Warum sollte sein Besucher die Unwahrheit sagen. Wenn seine Aussage nicht den Tatsachen entsprach, würde sich das schnell herausstellen, und er würde nicht zu seiner Stelle kommen.

Der Besucher erwartete, daß er etwas äußerte.

Der Professor spürte plötzlich die ganze Müdigkeit der fast schlaflos verbrachten Nacht und des darauffolgenden mühevollen Tags. Er war zu entkräftet, um jetzt, nach der Sprechstunde, noch an seinem Buch weiterzuarbeiten. Er würde nach Hause fahren müssen. Es würde noch nicht dunkel sein, und er würde überall auf die Spuren der Umbauarbeiten stoßen. Als er für kurze Zeit die Augen schloß, sah er vor sich, wie sich die Arbeiter der Heizungsfirma in seinem Arbeitszimmer an der Wandvertäfelung zu schaffen machten. Wie sie sie herausrissen, um an die dahinter verlegten Heizungsrohre zu kommen. Das Bild war unerträglich. Er hatte schon mehrere Male während des Tags erwogen, seine Schwester anzurufen und ihr zu sagen, die Arbeiter sollten die Heizkörper in seinem Arbeitszimmer erst ganz zuletzt erneuern. Er hatte es dann doch nicht getan. Es war unklar, ob überhaupt die technische Möglichkeit bestand, die Arbeiten in seinem Zimmer bis zuletzt

aufzuschieben. Und sie würden schließlich doch ausgeführt werden. Seine Schwester würde darauf bestehen.
Der Besucher sah ihn weiter erwartungsvoll an.
Mit der Erschöpfung waren auch die Kopfschmerzen zurückgekehrt. Das Geräusch im linken Ohr schien ihm lauter denn je, es war überhaupt nur vor dem Hintergrund der Geräuschkulisse des laut strömenden Regens zu ertragen.
»Unter diesem Gesichtspunkt habe ich die Sache noch gar nicht betrachtet. Ich ...«
Der Professor blickte auf seine Uhr.
»Ich werde darüber nachdenken und mich mit dem Assistenzprofessor über Ihre Bewerbung unterhalten. Lassen Sie sich von meiner Sekretärin wieder einen Termin geben. – Bitte entschuldigen Sie, daß ich Sie im Sitzen verabschiede. Sie wissen vielleicht, ich bin gesundheitlich nicht ganz auf der Höhe.«

*

Der Freund des Assistenzprofessors wartete einige Zeit im Vorzimmer des Professors, ehe er auf den Gang trat. Der Wolkenbruch hatte aufgehört. Die tiefstehende Abendsonne spiegelte sich in den noch regennassen Fenstern.
Er hatte mit allen Mitteln etwas zu erreichen versucht, weil er sich vorgenommen hatte, etwas zu erreichen. Wobei er die Frage, ob er das, was zu erreichen er sich vorgenommen hatte, auch tatsächlich erreichen wollte, für sich völlig offengelassen hatte und weiter offenließ. Er hatte einmal den Gedanken, eine Stelle anzutreten, grundsätzlich abgelehnt. Seine Haltung hatte sich geändert, sie war jedoch nicht ins Gegenteil umgeschlagen. Eine Stelle anzutreten war für ihn denkbar geworden. Nicht weniger, aber auch nicht mehr.

Er vermied es, sich zum gegenwärtigen Zeitpunkt eine Vorstellung davon zu bilden, wie er entscheiden würde, wenn ihm der Professor tatsächlich eine Assistentenstelle anbieten würde.
Er schritt langsam den Gang hinab. Auf der Höhe des Bibliothekseingangs hörte er Stimmen aus dem Arbeitszimmer des neuen Professors. Die Tür stand weit offen. Während er vorbeiging, konnte er sich nicht enthalten, einen Blick hineinzuwerfen. Er sah in die Augen des neuen Professors, der vor seinem Schreibtisch stand. Hinter dem Schreibtisch saß eine blonde Frau.
»Aber kommen Sie doch herein!«
Es gab keinen Grund, warum er der Aufforderung nicht Folge leisten sollte.
Der neue Professor lächelte jovial.
»Darf ich Ihnen meine Frau vorstellen?«
Das war nicht die Frau des neuen Professors.
Er kannte die Frau. Er kannte Photographien der Frau.

Mit übereinandergeschlagenen Beinen zurückgelehnt auf einem glatten roten Ledersofa sitzend, in einem enganliegenden, schulterfreien, von zwei dünnen Trägern gehaltenen rosa Satinkleid, einen schmalen goldglänzenden Gürtel um die Taille, das Kleid bis kurz unter den Gürtel hochgeschoben, rosa Strümpfe ohne Strumpfband, türkisfarbene, glänzende Schuhe mit hohen Absätzen und Riemchen um die Fesseln, kein Slip, blonde, an den Haarwurzeln dunklere Schamhaare. Das Gesicht in Großaufnahme. Ein überlegenes Lächeln bei leicht geöffnetem Mund. Kurze blonde Haare, fast übertrieben stark gezogene schwarze Augenumrisse, ein rosa Lippenstift, der tatsächlich den Ton des Kleids trifft. Die Wangen eine Spur zu rot geschminkt.

»Verschlägt es Ihnen grundsätzlich die Sprache, wenn Sie mich sehen?«

Auf dem Rücken liegend, der Kopf von der Rückenlehne des Sofas gestützt, das linke Bein angewinkelt auf dem Sofa, das rechte Bein, von der rechten Hand an der Fessel gehalten, angewinkelt in die Höhe, die linke Hand, der Daumen abgespreizt, mit vier Fingern in der Vagina. Ein dunkelbraunes, seidig glänzendes Fell auf dem Sofa. Mit gespreizten Beinen auf dem Fell kniend, das Gesäß oben, das Gesicht unten, den Oberkörper über die linke Schulter auf dem Fell abgestützt, der Mund geöffnet, die linke Hand von unten mit dem Mittel- und dem Ringfinger in der Vagina, die anderen Finger abgespreizt. Die Fingernägel sind lang und rosa lackiert, im selben Ton wie der Lippenstift und das Kleid. Der Mittelfinger der rechten Hand von oben im Anus.

Der Freund des Assistenzprofessors hielt, ebenso wie der neue Professor und dessen Begleitung, ein volles Whiskyglas in der Hand. Die Frau blickte ihn amüsiert an.

Sie sitzen nebeneinander auf dem Sofa, er nackt, sie in Strümpfen und Schuhen, um die Taille das zusammengeschobene Kleid, sie ist leicht zurückgebeugt, sie hält die Arme hinter dem Kopf verschränkt, sie spreizt die Beine weit auseinander und blickt ihm lächelnd in die Augen, während er seine rechte Hand tief in ihre Vagina steckt und sie dabei mit der anderen Hand an der linken Schulter hält. Ihr Gesicht im Profil, die Augen geschlossen, der erigierte Penis von ihrer linken Hand umschlossen, sie berührt die Eichel mit ihrer Zungenspitze. Sie hat sich aufgerichtet, um den Penis so tief wie möglich in den Mund zu führen. Ihre Augen sind geöffnet, sie deuten zusammen mit den Lippen, soweit das diesen möglich ist, ein Lächeln an. Er liegt quer auf dem Sofa, den Kopf auf dessen Seitenlehne gestützt, sie kniet über ihm, seinen Penis in ihrer Vagina, sie stützt sich mit den Händen neben seinen Schultern ab, sein Gesicht ist zwischen ihren Brüsten, seine Hände umfassen ihr Gesäß. Sie liegt auf dem Rücken, die linke Hand auf ihrer Stirn, die Augen und den Mund geschlossen, das linke Bein ausgestreckt, er schiebt sitzend, ihr rechtes Bein über seine linke Schulter hochhebend, den Penis in die Vagina.

»Wollen Sie meiner Frau kein Kompliment für ihre Anstrengungen machen?«
Die Frau brach in ein lautes, klirrendes Gelächter aus. Der Freund des Assistenzprofessors trank sein Glas in einem Zug leer.

Sie liegt auf der rechten Schulter, den linken Arm hinter dem Kopf, sie hat das linke Bein bis zur Brust hochgezogen, er hat ihr den Penis von hinten in die Vagina geschoben, sie spreizt mit Daumen und Zeigefinger der rechten Hand die Schamlippen über dem Penis, ihr Mund ist weit offen, die Augen sind halb geschlossen.

»Was wollen Sie von mir?«
»Ich biete Ihnen einen Whisky an, wann immer ich Sie sehe, und Sie sind unfreundlich zu mir!«
»Was wollen Sie von mir?«
»Sie sehen nicht gut aus. Ist Ihnen wieder schlecht?«

Sie liegt auf der rechten Schulter, das linke Bein leicht angezogen, die rechte Hand krallt sich in das Sofa, der Mund ist weit offen, die Augen zusammengepreßt, die linke Hand kraftlos auf den Schamlippen, der Penis etwa bis zur Hälfte in ihrem Anus.

»Wie kommen Sie darauf, daß mir schlecht gewesen sein sollte?«
Der neue Professor ging zum Fenster und öffnete es.
Der Freund des Assistenzprofessors begriff.
»Sie haben mich gesehen?«
»Nicht nur ich. Mein ganzes Seminar.«

Sie sitzt, nach hinten gelehnt, auf dem Sofa, er kniet über ihr, sie blickt auf den Penis zwischen ihren Brüsten, die sie mit beiden Händen zusammenpreßt. Sie hat sich aufgerichtet, der Penis liegt in ihrem offenen Mund, sie blickt ruhig in die Kamera, von den Lippen laufen zwei Streifen Sperma das Kinn hinunter. Eine Spur setzt sich am Hals fort und strebt auf die linke Brustwarze zu.

»Es sind doch Semesterferien.«
Der neue Professor schloß lachend das Fenster und kehrte zu seinem Schreibtisch zurück.
»Ich dachte schon, Sie glauben wirklich alles, was ich erzähle.«
»Was wollen Sie von mir?«
»Ich werde Ihnen sagen, was Sie wollen. – Sie wollen von mir Gründe wissen. Gründe dafür, daß Ihre Aufsätze und Vorträge nie etwas anderes zum Gegenstand gehabt haben als überflüssige Umformulierungen obsoleter Theorien, und daß Ihre Bücher, Aufsätze und Vorträge auch niemals etwas anderes zum Gegenstand haben werden.«

»Das ist nicht wahr!«
Er schrie den neuen Professor an.
»Es gab eine Zeit, da hätte ich alles für Ihre Gründe gegeben! Aber das ist vorbei! – Ich werde niemals einer von denen sein, die ein Gebäude aus Gründen nach dem anderen aufbauen, so schnell, daß die anderen mit dem Niederreißen nicht nachkommen, ich werde niemals einer von denen sein, die alle Gründe der Welt anführen, um das zunichte zu machen, was sich gegen ihre Überzeugung stellt, ich werde niemals einer von denen sein, die alle Gründe gegen alles sammeln, um sich im Unzusammenhang dieser Gründe zu spiegeln, ich werde auch niemals einer von denen sein, die bis zu ihrer eigenen Erschöpfung versuchen, die Gründe aller Toten und Lebenden in eine lesbare Reihenfolge zu bringen. – Ich werde Gründe beschreiben, ich werde Gründe benennen, ich werde Gründe anführen! Ich werde meinen eigenen Kongreß veranstalten! Und weder die Großen noch die Überzeugten oder die Abwägenden und auch nicht die Kenntnisreichen – kein einziger von ihnen! – wird bemerken, daß er an meinem Kongreß teilnimmt, weil ihre Begriffe von Kongressen so groß, so überzeugt, so überlegt und so kenntnisreich sind, daß sie, selbst wenn man sie in dessen Verlauf erschlagen würde, meinen Kongreß, der nicht groß, nicht überzeugt, nicht überlegt und nicht kenntnisreich ist, überhaupt nicht als Kongreß erkennen!«
Nachdem er die letzten Sätze keuchend und unter größter Anstrengung ausgestoßen hatte, verließ der Freund des Assistenzprofessors, ohne sich umzudrehen und mit dem Whiskyglas in der Hand, den Raum. Der neue Professor rief ihm höhnisch nach:
»Was ist, wenn ausgerechnet ich Ihren Kongreß verstehe? – Wenn ich der einzige bin, der Ihren Kongreß durchschaut?«

Im Treppenhaus sah der Freund des Assistenzprofessors die Gestalt des Professors vor sich, der ebenfalls im Begriff war, das Gebäude zu verlassen. Der Professor hatte eine fast leere, altmodische, schmale Aktentasche aus Schweinsleder in der linken Hand, mit der rechten hielt er sich am Geländer fest. Jeweils nur eine Stufe auf einmal nehmend, stieg er langsam die Treppe hinab. Am Ende des ersten Treppenabschnitts angekommen, ließ der Professor das Geländer los und lehnte sich mit der linken Schulter gegen die Wand des Treppenhauses. Als er weiterging, machte der Freund des Assistenzprofessors am oberen Treppenabsatz einen Schritt zurück, um nicht gesehen zu werden. Sobald er annehmen konnte, daß der Professor den nächsten Treppenabschnitt erreicht hatte, folgte er ihm in gleichem Abstand. Er bemühte sich, die Holztreppe möglichst leise zu nehmen. Er beschleunigte seinen Gang erst, nachdem er die Schritte des Professors in dem mit Steinen ausgelegten Eingangsbereich des Gebäudes hallen hörte. Am Anfang der Treppe stand, dem herabsteigenden Freund des Assistenzprofessors den Rücken zuwendend, eine große blonde Frau. Sie mußte, als ihr der Professor entgegengekommen war, gerade im Begriff gewesen sein, ihren durchnäßten Regenmantel auszuziehen, und sie schien in dieser Haltung wie erstarrt. Sie blickte dem Professor nach. Sie steckte mit beiden Armen nur noch jeweils bis zu den Ellbogen in den Mantelärmeln, den Mantelkragen um die Taille, der Mantel auf die Stufen herabfallend. Als sie die Schritte des Freunds des Assistenzprofessors hörte, zog sie den Mantel ganz aus und nahm ihn wie ein Handtuch in die rechte Hand. Während er an ihr vorbeiging, begegneten sich ihre Blicke kurz. Sie hatte graugrüne Augen. Ihre glatten kurzen Haare waren noch regennaß. Das schwarze Make-up um

die Augen war verlaufen. Die ausgeprägten Backenknochen und das etwas vorspringende Kinn gaben ihrem Gesicht einen harten Ausdruck, der von den am Kopf klebenden nassen Haaren unterstrichen wurde. Die Lippen waren im Verhältnis zu der Nase zu schmal. Ihre Haut war großporig, mit einzelnen roten Flecken auf den Wangen.
Er ging an der Frau des neuen Professors vorbei und betrat den Steinboden des Eingangsbereichs. Sie stieg die Treppe hoch. Er wandte sich um und sah ihr nach. Sie trug sehr eng geschnittene Blue jeans, hochhackige schwarze Schuhe und eine weite Bluse in einem Fünfziger-Jahre-Muster. Ihr Becken war zu breit und zu flach. Der Karottenschnitt der Hose betonte ihre Hüften in unvorteilhafter Weise. Sie hatte keinen schönen Gang. Sie knickte jeweils mit dem Fuß, der gerade das Hauptgewicht trug, leicht nach innen ein.

ZWEITES BUCH

EMANUEL

Als ich ein kleines Kind war, war ich gesund und fröhlich. Jetzt bin ich traurig und krank. Die Mitmenschen sind sehr schlimm geworden. Sie hauen mir in den Magen und boxen mich auf den Kopf, so daß ich blaue Flecken habe. Sie mögen mich nicht, weil ich der Schwächste bin. Mir geht es schlecht. Auf dem linken Auge sehe ich fast nichts mehr. Ich höre auch nicht gut. Ich habe Magenschmerzen, und mir ist schwindlig. Ich bin sehr dünn geworden, und mein Rücken ist krumm. Meine Seele tut weh, mein Herz weint Tag und Nacht. Ich habe nichts Böses getan, ich habe etwas Gutes getan. Für einen anderen Menschen. Ein Jahr im Gefängnis kann ich nicht aushalten. Mein Leben ist nichts mehr wert. Ich werde es bis zur Verhandlung nicht durchstehen, wenn meine Mitmenschen weiter so schlimm zu mir sind. Bitte helfen Sie mir, daß ich hier herauskomme und wieder zu meiner lieben Mutter kann. Ich bin kein böser Mensch, ich bin ein lieber, guter Mensch. Ich habe nichts Böses getan, sondern etwas Gutes. Ich habe einem anderen Menschen geholfen. Ich habe wunderschöne Träume. Ich weiß, alles, was ich träume, wird wahr. Aber in diesem Leben erfüllen sich die Träume nicht mehr, denn ich bin am Ende der Welt angekommen. Bitte lassen Sie mich heraus. Ich laufe nicht weg. Ich tue nie mehr etwas Böses, ich will keine Ameise töten. Wenn ich noch einmal etwas Böses tue, zum Beispiel Geld stehlen, dann können Sie mich für mein ganzes Leben einsperren. Meine Schwester wollte sich schon vor fünf Wochen umbringen, aber es ging so schwer. Das verstehe ich sehr gut, denn ich wollte mich auch schon öfters umbringen, aber ich habe dann immer an die Mutter gedacht. Sie hat gesagt, sie wollte sich schon mit zwanzig umbringen.

Sie hat viel leiden müssen in ihrem Leben. Sie wollte, daß ich sie umbringe. Sie hat es nicht gesagt, aber sie wollte es. Um fünf Uhr habe ich das schöne Messer genommen. Als ich zur Tür ging, fühlte ich mich nicht gut und hob den Arm hoch. Sie schaute sich um und sah, wie ich den Arm hochhob. Da ist es geschehen, was sie sich gewünscht hat.

Emanuel gab an, die Beamten hätten ihm den Brief an seinen Richter diktiert. Wenn ihm die Beamten den Brief diktiert hätten, könne der Brief nicht für ihn, Emanuel, verwendet werden. Dann sei es der Brief der Beamten und nicht sein, Emanuels, Brief. Woher die Beamten alles wissen. Die Beamten wüßten, warum er hier sei. Ob ihm die Beamten auch die letzten Sätze diktiert hätten. Ja, die Beamten hätten ihm auch die letzten Sätze diktiert. Ob er ihnen die Einzelheiten erzählt habe. Er schüttelte den Kopf. Woher sie die Einzelheiten wissen. Er zuckte mit den Schultern.

Emanuel spielte gern Tischtennis und fuhr gern Rad. Er sah nur selten fern. Die Strahlen seien gefährlich für den menschlichen Körper, das wisse er von seiner Mutter. Die Strahlen schlügen auf die Menschen ein und machten sie krank. Die Phantasien der Kinder seien nicht mehr gut. Er schielte mit dem linken Auge. Das Fernsehen sei schädlich für sein Auge. Das Kino sei nicht gefährlich, weil das Bild auf die Leinwand geworfen werde. Er litt unter Magenbeschwerden. Es gehe ihm oft im Magen und im Kopf schlecht. Er verspüre Schmerzen im Bauch, und ihm sei schwindlig. Seit einem Jahr aß er Dinkel. Wenn er Magendrücken oder Magenstechen habe, helfe ihm der Dinkel. Die Mutter sage, Dinkel sei sehr nahrhaft. Er kochte sich bis zu dreimal am Tag Dinkelbrei. Mit seinem Körper geschehe etwas. Er sei so dünn. Er habe Angst, daß etwas reiße oder kaputtgehe. Er spüre, wie sich die Knochen am Knie veränderten. Seit zwei bis drei Jahren denke er häufig ans Sterben. Er glaubte, jemand habe ihn vergiftet. Ein fremder Mann, der so seltsam zu ihm gewesen sei. Der Mann habe Menschen aufgelauert und ihn erwischt. Der Mann habe ihn entführen, ihm etwas antun wollen. Der Mann war fünfzig bis sechzig Jahre alt, Emanuel hatte ihn am Ostbahnhof kennengelernt. Der Mann habe immer eine Tüte bei sich getragen, in der Emanuel eine Pistole vermutete. Er verfolgte Emanuel nach den Treffen bis nach Hause. Emanuel erzählte schließlich seiner Mutter davon, die die Polizei verständigte. Der Mann wurde festgenommen. Ein paar Monate später lauerte ihm der Mann von neuem auf. Seine Magenbeschwerden hätten sich gebessert gehabt, als der Mann wiederauftauchte, hätten sie sofort zugenommen. Der Mann gab ihm fünf Mark und wollte ihn am nächsten Tag um zwei Uhr treffen. Emanuel sagte es seiner Mutter, der Mann wurde erneut festgenommen. Der Mann habe ihn am Arm gepackt und festgehalten. Der Mann habe eine Krankheit gehabt. Er habe jetzt vielleicht die Krankheit. Letzten Herbst sei er öfter nachts aufgewacht, doch habe er wieder einschlafen können. Diesen Frühling habe er keinen Schlaf mehr gefunden. Er ging oft am späten Abend noch spazieren oder fuhr mit dem Rad in eine freie Gegend in der Nähe des Ortsteils, in dem die Familie wohnte. Er nahm dann einen Hammer von zu Hause mit und schlug in der Nähe eines alten Bunkers Steine entzwei. Er wollte wissen, wie die Steine innen ausschauten, was in den Steinen war. Es sei nichts Besonderes gewesen, es habe ihm trotzdem Spaß gemacht. Manchmal höre er eine Stimme. Es habe vor ein paar Jahren begonnen. Er könne nicht sagen, ob es eine männliche oder eine weibliche Stimme sei. Es sei immer dieselbe Stimme. Hier höre er die Stimme nur selten. Er rauchte nicht und hatte nie Drogen versucht. Er nahm keine Medikamente, nur die Heiltropfen, die seine Mutter herstellte. Der Schwedenbitter seiner Mutter tue dem Magen und dem Kopf gut. Er trinke täglich mehrere Gläser, sei aber nie betrunken. Die Mutter trinke ebenfalls den Schwedenbitter, die Schwestern nicht. Hin und wieder habe er den Schwedenbitter auch vor dem Schlafengehen getrunken.

Emanuel stotterte und sprach so undeutlich, daß er fast nicht zu verstehen war. Er verlor häufig den Faden und mußte oft lange nachdenken, bevor er etwas sagte.

Er gehe nicht oft ins Kino, obwohl ihm Breitwandfilme gefielen, weil dort immer zu viele Menschen seien. Er betrete niemals Kaufhäuser, weil da auch so viele Menschen seien, und er benutze nie die U-Bahn, weil dort die Luft so schlecht sei und es zur Ansteckung mit Krankheiten komme. Er sei nicht mißtrauisch, doch er sei vorsichtig. Er achte sehr genau darauf, was die anderen sagten, was die anderen tun. Er erkenne, was die anderen mit ihm vorhätten. Wenn man ihn ärgere, werde er leicht wütend. Der Vater mache ihn oft wütend. Wenn dem Vater etwas nicht passe, wolle er jedesmal ihn, Emanuel, schlagen, auch wenn er gar nicht schuld sei. Die Schwestern seien auch geschlagen worden, mit der Hand oder mit dem Gürtel. Besonders Elsi, weil sie nicht folgte. Elsi esse morgens nie etwas und gehe oft sehr spät ins Bett. Sie sehe nicht gesund aus. Nelly trage eine Brille, trotzdem habe er Nelly immer viel hübscher gefunden als Elsi. Er möge Nelly viel lieber als Elsi. Wenn er in der Schule gehänselt werde, bringe er nichts heraus. Er könne sich nicht wehren. Keiner wisse, wie wütend er sei. Sein Gedächtnis sei nicht gut, und die Lehrer glaubten, er habe nichts gelernt. Er könne nicht sagen, warum er zu Hause traurig gewesen sei. Doch er habe sich auch gefreut, wenn sie in den Wald oder an einen See gefahren seien. Er besaß keinen Führerschein. Er fürchte sich vor der Geschwindigkeit. Er habe es nie eilig, er brauche kein Auto. Trotzdem sei er nie zu spät gekommen. Jetzt könne er nichts mehr unternehmen. Er freue sich nicht mehr, über nichts. Er stelle sich immer wieder vor, er bringe sich um. Er habe ans Aufhängen gedacht, aber das sei nicht so einfach, wenn etwas schieflaufe, sei er verletzt. Wenn er sich umbringen wolle, denke er immer an die Mutter, und dann gehe es nicht mehr. Obwohl die Mutter auch solche Gedanken habe. Sie sage oft, sie halte es nicht mehr aus. Sie mache mit den Schwestern soviel mit. Es gebe immer Streit wegen der Schwestern. Die Mutter tröste ihn. Sie sage, es sei nicht so schlimm und es werde schon wieder gut. Die Mutter würde sicher sehr traurig sein, wenn er nicht mehr da wäre. Er fühle sich jetzt überall krank. Er habe niemals so starke Magen- und Kopfschmerzen gehabt. Er möge sein linkes Auge nicht. Und sein Sprechen. Er habe früher öfter das Bein hochgehoben. Er habe versucht, sich gegen den Zwang zu wehren, das Bein hochzuheben. Es sei ganz automatisch geschehen. Er habe das Bein gar nicht hochheben wollen, dann habe er es doch hochgehoben. Sonst wäre vielleicht etwas passiert. Es wäre etwas gerissen, etwas kaputtgegangen, er hätte nicht mehr laufen können. Er tue es heute nicht mehr so oft. Er führte vor, wie er den Unterschenkel nach hinten hochhob. Er schäme sich, wenn er es vor anderen tue. Er lüge nicht gern, aber er habe die Mitmenschen angelogen. Er sage niemandem, weswegen er hier sei.

Emanuels Mutter war gelernte Apothekenhelferin. Sie praktizierte für Nachbarn und Bekannte Antlitzdiagnostik und verkaufte ihren selbstgemachten Schwedenbitter. Die Mutter sei froh gewesen, als Elsi nicht mehr zu Hause wohnen wollte und schließlich ausgezogen sei. Elsi gefalle ihm als Frau nicht. Er möge ihre Art nicht, sie sei ungut. Sie sei nie zufrieden, es gebe immer etwas an den anderen, was ihr nicht passe. Als er klein war, spielte sie nur selten mit ihm oder las ihm vor. Sie habe nie jemanden mit nach Hause gebracht. Emanuel bestand darauf, sein Verhältnis zur Mutter sei ein sehr gutes. Sie sei immer liebevoll zu ihm gewesen. Er habe die Mutter gern, darum habe die Mutter ihn gern. Er sei ihr gegenüber nie frech geworden. Wie die anderen. Er sei lieb zu ihr gewesen, er habe ihr geholfen, er habe Besorgungen für sie gemacht. Wenn er als Kind nicht gefolgt oder etwas kaputtgemacht habe, habe es eins aufs Hinterteil gegeben. Er weinte dann, und die Mutter tröstete ihn. Sie tröstete ihn auch, wenn er vom Vater geschlagen wurde. Die Mutter habe ihn und die Schwestern immer religiös erzogen. Die Mutter sei fleißig und sparsam, mache gut den Haushalt und könne auch gut kochen. Sie pflege sich, sie sehe gut aus. Sie schimpfe viel mit den Schwestern und dem Vater, sonst sei sie ruhig. Er würde gern mit ihr gehen, sie sei aber schon zu alt. Dabei lachte Emanuel. Die Mutter habe die größte Rücksicht auf sein Auge genommen. Wenn er sich im Wohnzimmer aufhielt, habe sie den Fernseher ausgeschaltet, weil er schädlich für ihn sei. Der Vater sagte, er solle doch nach oben gehen, wenn er nicht fernsehen wolle. Meist ging er nach oben, aber manchmal blieb er auch unten, so daß die anderen nicht fernsehen konnten. Sie schimpften zwar, aber sie machten, was die Mutter verlangte. Er möge alles an seiner Mutter. Nelly und er seien der Mutter vom Äußeren her ähnlich. Es habe ihn nie etwas an seiner Mutter gestört.

Die Beamten sprächen mit den Mitmenschen. Alles, was die Beamten wüßten, wüßten auch die Mitmenschen. Er werde besonders vor Laszlo und von Meier bedroht. Laszlo wolle ihn strangulieren, er habe ihm schon mehrere Male eine Schnur um den Hals gewickelt und einmal Anstalten gemacht, ihn an der Schnur über den Zellenboden zu schleifen. Meier beschimpfe, quäle ihn ständig mit Worten. Die Mitmenschen sagten, er werde nach Haar kommen. Sie sagten es andauernd. Es tue ihm weh. Sie verböten ihm zu duschen und sagten dann, *geh weiter, du stinkst.* Wenn er die Notglocke drücken wolle, schlügen sie ihm mit dem Besenstiel auf die Finger. Sie gingen in seine Zelle hinein, kippten seinen Schrank um, verstreuten seine Sachen auf dem Boden und nähmen sich, was sie brauchten. Er solle ihnen erzählen, warum er hier sei. Sie wüßten, warum er hier sei, von den Beamten. Er habe ihnen seinen Essenskoffer gegeben und müsse Schutzgeld zahlen. Sie machten seine Zelle zu, damit er nicht hineinkönne, und schrien ihn an, *schleich dich in deine Zelle.* Sie hätten ihn stundenlang in der Dusche eingesperrt, nackt, so daß er gefroren habe. Sie schlügen ihn, stächen ihm in den Magen, boxten ihn auf den Kopf. Als er seinen Dinkel kochte, schütteten sie ihm Spülmittel in den Brei. Sie wollten ihm mit einem Feuerzeug in den Mund hineinsprühen. Sie drohten ihm, wenn er den Beamten etwas sage, schlügen sie ihn tot. Er könne sich nicht wehren. Er halte sich so oft wie möglich im Arbeitssaal auf und mache Papierarbeiten. Dort gehe es ganz gut. Er werde dort zwar auch geärgert, doch es sei nicht so schlimm wie auf der Abteilung.

Ich möchte es jetzt hinter mich bringen und alles so sagen, wie es wirklich gewesen ist. Ich war soeben auf der Toilette und habe mich übergeben. Mir ist nicht gut im Magen, und mir ist im Kopf schwindlig. Ich habe darüber nachgedacht, was ich getan habe. Ich glaube, ich habe einen Fehler gemacht. Ich weiß jetzt nicht, warum ich das Ganze überhaupt gemacht habe.
Vermerk: Emanuel ... weint. Er hebt die linke Hand und hält sie vors Gesicht.
Sie hat immer gesagt, ich bin ein lieber Mensch und es gibt so viele Verbrecher in der Gegend, in der sie wohnt. Etwa vor zwei Monaten ist sie in der Dunkelheit drei Mördern begegnet. Ich habe sie gefragt, ob ich sie beschützen soll, und sie hat ja gesagt. Sie hat mich angerufen, wenn sie nach dem Dienst einkaufen gehen wollte. Ich bin dann zu ihr gefahren und mit ihr einkaufen gegangen. Ich habe ihre Sachen getragen, und sie hat sich bei mir eingehängt. Wir haben zusammen Tee getrunken und Kuchen gegessen. Neben meinem Teller lag ein Kuchenmesser. Ich esse sonst keine Süßigkeiten, aber bei ihr esse ich immer Kuchen. Ich habe den Hammer genommen und sie von hinten gepackt. Sie hat nicht geschrien. Ich habe sie auf den Boden gelegt und ihr mit dem Hammer auf den Kopf geschlagen. Dann habe ich den Besenstiel geholt, ich glaube, er war auf dem Flur, und ich habe ihr in das Auge gestochen. Ich habe auch aus Versehen die Teetasse ausgeschüttet. Als sie schon tot war. Danach habe ich mich noch einmal an den Tisch gesetzt. Zum Ausruhen.
Vorhalt: Wie sind Sie auf den Gedanken gekommen, Ihre Schwester zu töten?

Antwort: Sie hat allein gelebt und niemand gehabt.
Vorhalt: Sie hatte doch Bekannte und Freunde.
Antwort: Sie war ganz allein.
Vorhalt: Das ist doch kein Grund, einen Menschen zu töten.
Antwort: Sie hat mir immer Geld gegeben. Aber es hat nicht gereicht. Meine Mutter hat mir immer nur ganz wenig Geld gegeben. Ich habe auf ein neues Fahrrad gespart. Die Woche vorher hatte ich bereits den Gedanken, mir bei ihr Geld zu holen. Ich wollte zu ihr hingehen und mir das Geld nehmen, ohne daß sie es merkt. Ich weiß, wo sie es aufbewahrt. Als ich sie dann am Montag besucht habe, wollte ich das Geld nicht mehr nehmen. Ich habe den Hammer in der Hand gehabt. Es ist nicht mehr anders gegangen. Sie können meiner Mutter sagen, wie es war. Ich brauche jetzt meine Mutter sehr. Vielleicht darf sie mich bald besuchen.
Vermerk: Emanuel … weint immer noch und wiederholt: Ich mache es nicht mehr.
Frage: Warum haben Sie Ihre Schwester getötet?
Antwort: Daß ich sie umbringe, habe ich schon letzte Woche gedacht. Ich habe aber nicht geglaubt, daß ich es wirklich tue.
Frage: Warum haben Sie sie getötet?
Antwort: Sie hat mir leid getan. Sie war so allein. Ich habe gesehen, wie sie gelitten hat. Bevor ich sie besucht habe, bin ich in die Garage gegangen und habe den Hammer geholt. In diesem Augenblick habe ich gedacht, daß ich sie umbringen könnte. Aber ich habe nicht geglaubt, daß ich es wirklich tue. Ich habe den Hammer genommen, weil er gerade da war.
Frage: Warum haben Sie den Hammer mitgenommen und Ihre Schwester getötet?

Antwort: Ich habe nicht viel Tee getrunken, und ich habe auch nur ganz wenig von dem Kuchen gegessen. Wir haben geredet. Sie wollte sterben, und daß sie niemand hat. Ich habe die ganze Zeit überlegt. Ob ich es machen würde oder nicht. Ob ich sie umbringen soll oder nicht. Sie tat mir so leid.
Frage: Hat sie Ihnen gesagt, sie wollte sterben?
Antwort: Sie hat gesagt, ihr Leben ist nichts mehr wert. Nachdem ich sie mit dem Besenstiel gestochen hatte, habe ich Wasser geholt. Ich wollte das Blut abwaschen. Ihr Kopf war voller Blut. Dann habe ich sie mit dem Kuchenmesser gestochen und die Schränke aufgemacht.
Frage: Haben Sie nach Geld gesucht?
Antwort: Ich habe nichts genommen. Ich weiß ja, wo sie das Geld aufbewahrt. Ich hätte es nicht suchen müssen. Ich weiß nicht, was ich gesucht habe. Zuerst habe ich gedacht, ich würde mich nun selbst umbringen, aber dann konnte ich es nicht. Ich wollte sehen, was sie in den Schränken hatte, und nach dem Geld wollte ich auch noch schauen.
Frage: Wie wollten Sie sich umbringen?
Antwort: Ich wollte nicht mehr leben. Und mein Leben war nichts mehr wert. Wie ich es machen sollte, habe ich nicht gewußt. Ich wollte es sofort machen, noch in ihrem Haus. Aber ich habe es dann nicht gemacht, es war so schwer.

ELSI

Sowohl Elsi, die Frau des neuen Professors, als auch Kowalski und Stumpfegle besaßen Schlüssel zu Nellys Reihenhaus.
Im Gegensatz zu Elsi und Kowalski wollte Stumpfegle sofort den Tatort, das Wohnzimmer, aufsuchen, fand die Tür jedoch verschlossen. Nachdem seine Hoffnung, andere Schlüssel aus Nellys Haus würden auch für das Wohnzimmer passen, enttäuscht worden war, begab er sich in das Schlafzimmer. Er nahm an, daß Nelly das Kreuz zerlegt hatte. Als er den weiß angestrichenen Jugendstil-Kleiderschrank öffnete, trat Elsi ins Zimmer.
»Es ist deine Schuld.«
Stumpfegle kniete sich vor den Schrank hin.
»Man untersucht, ob sie vergewaltigt wurde.«
Elsi atmete hörbar durch die Nase.
Stumpfegle suchte zwischen den aufgehängten Kleidungsstücken und am Boden des Schranks, während er sprach.
»Emanuel ist geistesschwach.«
»Emanuel ist dir zuvorgekommen. Er hat sie getötet, weil er es ihr ersparen wollte.«
Das einzige Fenster des Raums stand weit offen. Das Trommeln des stärker werdenden Regens auf dem Fensterbrett hallte in dem kühlen Schlafzimmer.
»Ich habe es nicht getan.«
Stumpfegle suchte weiter.
»Ich habe nur davon gesprochen. – Sie ist tot, und du mußt deine Bilder nicht verkaufen. Du erbst ihr Bauvorhaben und brauchst meine Bürgschaft nicht mehr.«
Nelly hatte das Schlafzimmerfenster tagsüber immer angelehnt gelassen. Elsi wunderte sich, daß die Beamten, die den Tatort in Augenschein genommen hatten, es nicht geschlossen hatten. Sie öffnete es ganz und beugte sich kurz

hinaus, um dann, an die Fensterbank gelehnt, Stumpfegle zuzusehen, wie sie bei ihrem letzten Treffen ihrer Schwester zugesehen hatte, als sie sich vor dem geöffneten Schrank umzog.

»Du kannst dein Leben ändern.«
»Ich versuche, mein Leben zu ändern.«
»Du kannst dein Leben wirklich ändern. Du erhältst Erinnerungen an eine Vergangenheit, die nicht deine Vergangenheit ist.«
»Kann ich mir die Erinnerungen aussuchen.«
»Welche Erinnerungen willst du.«
»Emanuel studiert Ingenieurwissenschaften, er hat gerade das Vordiplom bestanden. Es sind Semesterferien, er arbeitet als Werkstudent, um sich etwas dazuzuverdienen. Er geht häufig ins Kino, er hat einen Bekannten, der das Filmfest veranstaltet, während des Filmfests hilft er seinem Bekannten. Er hat keine Freundin. Er hat noch nie mit einem Mädchen geschlafen.«
»Du bist geschminkt, du hast schwarze Pumps mit sehr hohen Absätzen an und bist sonst nackt. Stumpfegle wird zwei helle Holzbretter mit einem weißen Kunststoffseil zusammenschnüren. Du spreizt die Beine, er wird das Kreuz umkehren und dich oberhalb der Knöchel an dem Querbalken anbinden. Dann richtet er das Kreuz auf und bindet deinen Oberkörper an der Taille und oberhalb der Brüste fest. Deine Hände werden hinter dem Kreuz zusammengeschnürt. Dein Hals ist nicht festgebunden, aber du kannst den Oberkörper nicht vom Kreuz wegbewegen. Du versuchst, die Handfesseln zu lösen. Du verdrehst die Hände und bewegst die Arme hinter dem Rücken auf und ab. Die Fesseln geben nicht nach. Du versuchst, den Oberkörper

rechts und links gegen das Kreuz zu wenden. Die Bewegungen lockern die Schnürung um die Taille etwas, dafür schneidet diejenige oberhalb der Brüste um so tiefer ein. Du kommst ins Schwitzen, deine Gesichtshaut läuft unter der Schminke rot an. Du versuchst, in die Knie zu gehen, du spreizt die Beine noch mehr, du riskierst damit jedoch, das Gleichgewicht zu verlieren. Du richtest dich wieder auf und gehst mit staksigen Schritten im Raum hin und her. Aber auch damit gelingt es dir nicht, die Fesseln zu lösen. Er sagt dir, du kannst die Fesseln am Boden lösen. Du sagst, du kannst dich nicht hinlegen. Du gehst wieder hin und her. Er greift nach dem Querbalken über deinem Kopf und legt das Kreuz mit dir auf den Boden. Du hast große Angst, daß er dich fallen läßt. Du liegst schließlich auf dem Rücken, unter dir das Kreuz, darunter deine Hände. Das Gewicht des Oberkörpers lastet auf den unter dem Kreuz zusammengeschnürten Händen. Die Hände und die Arme tun dir sehr weh. Du wendest den Kopf nach rechts und nach links und versuchst, deinen Oberkörper zu verschieben, aber du bringst das Gewicht nicht von deinen Händen und deinen Armen weg. Er steht vor dir. Er sagt, er wird dir nicht mehr helfen. Du sagst, es tut so weh, und du kannst dich nicht befreien. Er sagt, du mußt dich umdrehen, du kannst die Fesseln nur lösen, wenn du auf dem Bauch liegst. Du sagst, du kannst dich nicht umdrehen. Er sagt, du kannst dich umdrehen, du mußt es versuchen. Du versuchst es tatsächlich, aber du läßt dich wieder in die Rückenlage fallen, du hast Angst vor dem Aufprall mit dem Oberkörper und dem Gesicht. Er sagt noch einmal, du mußt dich umdrehen. Deine Hände tun entsetzlich weh. Du richtest dich wieder auf, bis der Querbalken senkrecht in der Luft steht, das Gesicht am Boden, den linken Fuß ebenfalls am Boden, den rechten

Fuß in der Luft, du kippst um wie eine Spielkarte. Du hältst den Kopf zur Seite und kommst mit den Brüsten zuerst auf dem Boden auf. Du bleibst benommen liegen, die Lippen auf dem Spannteppich. Die Fesseln an den Knöcheln haben sich tatsächlich gelockert, du kannst die Beine zusammenziehen und dich befreien. – Du wirst dich nicht daran erinnern. – Du wirst ein anderer Mensch sein.«
»Wird es andauern?«

Nelly hatte sich geopfert. Stumpfegle war bereit gewesen zu bürgen. Sie wußte, ohne die Bürgschaft Stumpfegles würde ihre, Elsis, Sammlung zerstört werden. Nelly hatte sich geopfert, obwohl sie ihr damit half. Obwohl sie ihr Stumpfegle verdankte. Aber sie verdankte ihr auch Kowalski, der ihr mehr bedeutete, als Elsi für möglich gehalten hätte.
Nelly hatte sich nicht für sie geopfert. Hatte sich Nelly für die Mutter geopfert, weil die Mutter darauf bestand, ihr, Elsi, zu helfen.
Hatte sich Nelly für Emanuel geopfert.
Elsi schloß das Fenster.
»Sie hätte sich wehren können.«
»Warum hat sie sich nicht gewehrt.«
»Sie wollte sterben. Damit sie auferstehen kann.«
»Sie ist tot. In alle Ewigkeit.«
»Man kann nur auferstehen, wenn man vorher stirbt. – Ewigkeit ist nicht einfach alles, was jetzt ist, nur daß es ewig dauert.«
Stumpfegle erhob sich.
»Was ist Ewigkeit dann.«
»Wer einmal in seinem Leben eine radikal gute Entscheidung getroffen hat, ohne irgendeine Rücksichtnahme auf sich selbst, allein um einem anderen zu helfen, wer nichts

von der Entscheidung hat außer der Gewißheit, daß er eine gute Entscheidung getroffen hat, der hat mit dieser Entscheidung Ewigkeit erlebt.«
Stumpfegle schloß die Türen des Kleiderschranks. Möglicherweise befand sich das Kreuz im abgesperrten Wohnzimmer. Aus den Einzelteilen, den Latten und Schnüren, würde niemand den Gebrauch erschließen können. Falls Elsi weitersuchen und auf die Teile oder sogar auf das zusammengebaute Kreuz stoßen würde, es wäre trotzdem kein Beweis.
»Eine gute Tat, und schon ist man unsterblich.«
»Vollbringe erst einmal eine gute Tat.«
»Sie war traurig und niedergeschlagen. Sie brachte das mit bestimmten Worten und bestimmten Handlungen zum Ausdruck. Die Emanuel wörtlich nahm, wo sie nicht wörtlich zu nehmen waren.«
Elsi verschränkte die Arme vor sich.
»Sie hat sich nicht gewehrt.«
»Sie erkannte nicht gleich, wohin es führte.«
»Sie hat sich bis zum Schluß nicht gewehrt.«
»Man macht gewisse Tatsachenannahmen, und die Entscheidung ist eine gute. Es stellt sich heraus, die Annahmen waren falsch, die gute Entscheidung war tatsächlich eine schlechte.«
»Wenn die Folgen der Entscheidung schnell eintreffen, wird man eine neue Entscheidung treffen, für die man aus der alten etwas gelernt hat.«
»Wenn die Folgen langsam eintreffen.«
»Dann liegt der Verdacht nahe, für die späten schlechten Folgen ist nicht die frühe gute Entscheidung, sondern etwas ganz anderes verantwortlich.«
Kowalski hatte ihn, Stumpfegle, nicht verraten. Außer Ko-

walski und Elsi wußte niemand, was er mit Nelly gemacht hatte. Kowalski hatte ihm, Stumpfegle, geholfen.
Nelly hatte ihr Leben geordnet. Er, Stumpfegle, hatte Nelly geholfen.
»Man verhindert mit einer Entscheidung ein langes Leiden, das nur von einem einzigen Augenblick des Glücks unterbrochen wird ...«
»Vielleicht hat meine Schwester diesen kurzen Glücksaugenblick vor ihrem Tod verspürt, bevor ihr mein Bruder Emanuel endgültig den Schädel eingeschlagen hat. Vielleicht wollte Emanuel Nelly ebenfalls helfen. Er wußte nicht, ob er sich überwinden könnte, sie zu töten. Er glaubte, er würde nicht in der Lage sein, sie tatsächlich umzubringen. Aber dann war er sogar dazu fähig, ihr mit dem Besenstiel ein Auge auszustechen.«
Er, Stumpfegle, hatte sich gegenüber Elsi verantwortet.
Mit Emanuels Tat, mit Nellys Opfer war der Kongreß beendet.

*

Kowalski sah Elsis und Stumpfegles Wagen. Er stellte seinen Wagen auf derselben Straßenseite einige Parkplätze weiter in die Mitte zwischen zwei Laternen, so daß er sich im Schatten befand. Er wartete, bis Elsi und Stumpfegle das Haus verlassen hatten und davongefahren waren, ging dann in Nellys Arbeitszimmer und setzte sich dort in den Schreibtischstuhl.
Bei seinem letzten Besuch hatte er Nelly angetroffen, wie sie unter Dämmerlicht in dem schmalen Garten des Reihenhauses den Rasen mähte, Unkraut jätete und Sträucher beschnitt. Während sie mit der Gartenarbeit fortfuhr, er-

zählte sie ihm, sie habe einen Anruf ihres Vermieters erhalten. Der Vermieter sei ein Arzt mit zwei Söhnen, er brauche das Haus für seinen älteren Sohn. Sie solle zum schnellstmöglichen Zeitpunkt ausziehen. Sie glaubte nicht, daß der Arzt das Haus tatsächlich für den Sohn benötigte. Sie wußte von einer Nachbarin, wie mit der Nähe des neuen Flughafens die Häuserpreise in der Siedlung gestiegen waren, und nahm an, das Haus solle verkauft werden. Sie habe dem Vermieter gesagt, sie fühle sich wohl in dem Haus und sie habe im Vertrauen darauf, hier länger wohnen zu können, das Bad erneuert, Spannteppiche verlegt und den Garten neu bepflanzt. Der Vermieter habe entgegnet, er habe sie nicht dazu aufgefordert, ihr Geld in sein Haus zu investieren. Als sie das erzählte, weinte sie. Es sei das erste Mal, daß sie sich irgendwo zu Hause fühle. Er fragte sie, ob sie eine schriftliche Kündigung bekommen habe. Sie schüttelte den Kopf. Sie solle die schriftliche Kündigung abwarten und damit zu Stumpfegle gehen. Bis jetzt habe der Besitzer nur versucht, sie einzuschüchtern. Sie dürfe sich von der Ankündigung einer Kündigung nicht beeindrucken lassen.

Es war warm, sie trug lediglich einen einteiligen, an den Hüften hoch ausgeschnittenen gelben Badeanzug. Sie war verschwitzt, und ihre Hände waren voller Erde. Während sie sich mit dem Gartenschlauch die Arme und Beine abspritzte, ging er nach oben in ihr Schlafzimmer. Als sie ihn mit den Handschellen sah, drehte sie sich um und verschränkte die Arme hinter dem Rücken. Sie habe nichts gegessen. Er sagte, sie würden nachher etwas essen. Ob sie etwas vorbereitet habe, oder ob sie lieber ausgehen wolle. Sie würde lieber ausgehen. Sie setzte sich mit gespreizten Beinen auf die Sofakante und bewegte sich darauf vor und zurück. Nach kurzer Zeit begann sie erneut zu weinen. Sie bat ihn, sie zu berühren. Er sagte, er wolle erst sehen, ob sie naß sei. Sie schloß die Augen und fuhr fort, auf der Sofakante hin und her zu rutschen. Sie sagte, sie sei naß, und bewegte sich heftiger. Er hatte sich neben ihr auf dem Boden niedergelassen. Der gelbe Badeanzug war zwischen den Beinen feucht. Sie kniete sich mit aufrechtem Oberkörper und gespreizten Beinen vor ihn hin und versuchte, ihren Unterkörper ganz nah an sein Gesicht zu bringen, aber er wich im letzten Augenblick aus. Er solle sie berühren. Er berührte sie nicht. Sie drehte sich um und öffnete mit gefesselten Händen seinen Gürtel und seine Hose. Als sie den Gürtel aus den Schlaufen ziehen und ihm geben sollte, schluchzte sie und kauerte sich, ihm den Rücken zuwendend, auf den Boden. Er stand reglos, bis sie sich erhob und mit dem Mund seine Unterhose herabzog.

Alle wußten, daß Stumpfegle mit Nelly geschlafen hatte. Obwohl es nie ausgesprochen wurde. Deswegen sollte er, Kowalski, Stumpfegle helfen. Stumpfegle wußte, daß alle wußten, er hatte mit ihr geschlafen. Auch wenn er sich nie jemandem anvertraut hatte. Wußte Stumpfegle, daß er mit ihr geschlafen hatte. Emanuel hatte Nelly tatsächlich geholfen. Das setzte voraus, sie wollte wirklich sterben und es gab einen nachvollziehbaren Grund, aus dem heraus sie sterben wollte. Der Grund war Stumpfegle. Eine Verteidigung auf dieser Linie wäre das offene Eingeständnis, daß er versagt hatte, daß er, Kowalski, Stumpfegle nicht geholfen hatte. Wußte jemand außer ihm, was Stumpfegle mit ihr gemacht hatte. Wenn er es jetzt aufdeckte, konnte das zu der Vermutung Anlaß geben, er habe mit ihr das gleiche gemacht. Er würde Stumpfegle nicht verraten. Vielleicht würde Stumpfegle selbst die Art seiner Beziehung aufdecken. Auch dann würde ein Verdacht auf ihn fallen. Aber es genügte bereits das Eingeständnis oder die Entdeckung der bloßen Tatsache, daß er, Kowalski, mit ihr geschlafen hatte, und er war der Grund, warum sie hatte sterben wollen. Es würde ihn auch nicht entlasten, aus dem Grund einen Anlaß zu machen. Er mußte davon ausgehen, in der Verfassung, in der sie sich befand, genügten schon geringste Erschütterungen, um das auszulösen, was schließlich eingetreten war.

Der Schreibtischstuhl war der Couch zugewandt, auf der er sie festgebunden hatte. Sie lag auf dem Rücken, rieb sich mit der rechten Hand und hielt mit der linken ihre Brüste bedeckt. Er schlug sie mit seinem Gürtel auf die Oberschenkel und die Hüften. Sie stöhnte. Als sie für einen Augenblick mit der linken Hand durch ihr Haar fuhr und ihre Brüste unbedeckt waren, schlug er sie auf die Brüste. Sie schrie auf, machte aber keine Anstalten, ihre Brüste zu schützen. Er schlug sie weiter auf die Brüste, bis sie zu weinen begann und ihre Brüste schützte. Sie hörte auf, sich zu reiben, und er schlug sie fester auf die Oberschenkel und die Hüften. Sie weinte stärker. Während sie mit der linken Hand ihre Brüste bedeckte, versuchte sie, sich mit der rechten die Tränen aus den Augen zu wischen. Da schlug er sie zwischen die gespreizten Beine und sagte, sie solle weitermachen. Sie schluchzte und bedeckte mit der linken Hand, die sie über ihre Brüste gehalten hatte, ihr Geschlecht, worauf er sie wieder auf die Brüste schlug. Sie schluchzte lauter. Er faltete den Gürtel zusammen, steckte ihn ihr in die Scheide und stellte sich an das Kopfende der Couch. Sie griff mit den Armen hinter sich und drückte sein Glied auf ihr Gesicht. Sie verteilte die Flüssigkeit mit den Fingern auf ihrem Gesicht und auf ihren Brüsten. Danach verschränkte sie die Arme hinter dem Kopf. Der Lippenstift und das

Make-up um die Augen waren aufgelöst, sie hatte rote Flecken auf der Stirn und Striemen auf den Brüsten. In ihrer Scheide sein Gürtel. Sie fragte ihn, ob sie Elsi davon erzählen dürfe. Er fragte, wovon. Sie sagte, davon. Er sagte, er könne ihr nichts verbieten. Schon gar nicht, etwas zu erzählen. Aber warum sie es Elsi erzählen wolle. Sie lachte, sie erzähle Elsi sowieso alles. Er fragte, wirklich alles. Sie nickte, sie erzähle ihrer Schwester immer alles. Ob er das noch nicht gemerkt habe. Er sagte, er hätte es nicht geglaubt. Es sei ihm wohl nicht recht, wenn sie Elsi alles erzähle. Wie sie meine. Er könne beruhigt sein. Es sei nicht wahr, daß sie Elsi alles erzähle. Wenn er sie jetzt losbinde, werde sie ihm die Wahrheit sagen. Er zog den Gürtel aus ihrer Scheide und band sie los. Sie richtete sich auf und stützte sich mit den Ellbogen auf den Knien ab. Sie erzähle Elsi vieles, aber nicht alles. Sie erzähle ihr auch manche Sachen, von denen sie annehme, daß es ihm lieber wäre, wenn sie sie Elsi nicht erzählte. Das, sie zeigte auf ihre roten Hüften, das würde ihr gefallen. Er fragte, warum gerade das. Weil es gemein sei. Aber nur in Maßen. Er habe ihr ja die Möglichkeit gegeben, sich mit beiden Händen zu schützen. Wenn Elsi an seiner Stelle gewesen wäre, sie hätte ihr eine Hand festgebunden und gesagt, sie solle sich bedecken. Um sie dorthin zu schlagen, wo sie sich gerade nicht bedeckte.

Kowalski war nie auf den Gedanken gekommen, daß er Nelly geliebt haben könnte. Er hatte immer Vorwände benutzt, um sich von ihr möglichst noch in der Nacht zu verabschieden, wenn er mit ihr geschlafen hatte. Er hatte geglaubt, das morgenhelle Schlafzimmer und das grelle Bad mit der überlauten Toilettenspülung nicht zu ertragen. Jetzt wünschte er sich, er hätte öfter an ihrer Seite geschlafen und wäre öfter bis zum Morgen geblieben. Was nicht hieß, daß er sie geliebt hatte. Was doch hieß, daß er sie geliebt hatte. Emanuel konnte sie nicht seinetwegen getötet haben. Um ihn ihr zu ersparen. Es hätte doch viel einfachere Wege gegeben. Sie hatte sich gewehrt. Er hatte sie dennoch geschlagen. Sie hatte sich nicht gewehrt. Er dachte nicht einmal daran, seine Handschellen aus ihrem Haus zu bergen. Er hatte sie gezwungen. Er hatte sie nicht gezwungen. Sie hätte ihn immer verlassen können. Er hatte mit vielen Frauen geschlafen, in bezug auf keine andere hatte er das Verlangen gehabt, das zu machen, was er mit Nelly gemacht hatte. Als er nicht gewußt hatte, daß er sie liebte, hatte er geglaubt, sie liebe ihn. Er hatte sich keinen anderen Grund vorstellen können, warum sie sich nicht wehrte, warum sie ihn nicht verließ. Jetzt, wo er sie liebte, liebte er sie so sehr, daß die Zuneigung, die er bei ihr wahrzunehmen geglaubt hatte, nicht mehr groß genug für eine Liebe sein konnte. Wie sollte sie ihn geliebt haben, wo er seine Liebe sogar vor sich selbst verborgen hatte. Hatte sie ihn nur geliebt, weil sie jetzt tot war und weil er sie liebte. Liebte er sie nur, weil sie tot war. Mußte er Emanuel dankbar sein, weil er ihn hatte entdecken lassen, daß er sie liebte. Mußte er Emanuel verfluchen, weil er sie ihm genommen hatte. Konnte Emanuel sie ihm nehmen, wo sie ihm nie gehört hatte. Er konnte nichts mehr ändern. Er konnte nur bereuen, daß er nicht versucht hatte, sich einzugestehen, er liebte sie. Gab es jemanden, dem er sagen durfte, daß er sie geliebt hatte. Wenn er Elsi sagte, er habe Nelly geliebt, würde es wirklich einen Unterschied machen. Wäre es nicht nur eine Rückversicherung, war das Bedürfnis, jemandem davon zu erzählen, nur ein verdecktes Eingeständnis der Furcht, in dem Gefühl wieder wankelmütig zu werden. Er hatte sie geliebt. Warum hatte Emanuel sie dann getötet.

Seine Liebe würde ihn nicht entlasten. Wußte Stumpfegle, wie er mit ihr geschlafen hatte. Sie hatte ihm gegenüber unbefangen zugegeben, wie Stumpfegle mit ihr schlief. Wenn Stumpfegle ihn beschuldigte und er sich wehrte, er habe nur fortgesetzt, was Stumpfegle begonnen hatte, dann war Stumpfegle im Vorteil. Die Gegenklage wäre um so unglaubwürdiger, weil es seine Aufgabe gewesen war, überhaupt zu verhindern, daß Stumpfegle mit ihr schlief. Die Verfehlungen, von denen der Freund des Assistenzprofessors dann noch glauben würde, daß Stumpfegle sie tatsächlich begangen hätte, würden gegenüber seinen in einem sehr milden Licht dastehen. Nelly hatte Elsi erzählt, was Stumpfegle mit ihr machte. Kowalski war sicher, Stumpfegle hatte nicht mit Elsi geschlafen. Elsi mochte ältere Männer, die mit ihr schlafen wollten, aber Elsi mochte keine älteren Männer, die mit ihr schliefen. Dann besaß Stumpfegle keinen Vorteil mehr, wenn er aufdeckte, er hatte eine Beziehung zu Nelly gehabt und welcher Art seine, Kowalskis, Beziehung zu Nelly gewesen war. Dann würde jede andeutungsweise Enthüllung zur Folge haben, daß das Dreiecksverhältnis als ganzes und so, wie es wirklich war, ans Licht kam. Wie Kowalski zunächst gefürchtet hatte, Stumpfegle würde auch nur die unbedeutendste Einzelheit aufdecken, so wünschte er jetzt, Stumpfegle oder irgendein anderer möge das Dreiecksverhältnis den Augen aller preisgeben. Es war die Erlösung. Seine Erlösung und die Erlösung aller anderen.

NELLY

Nelly hatte offensichtlich jemand anderen erwartet. Sie trug nur ein durchsichtiges schwarzes Negligé und darunter einen Tanga. Als sie Emanuel vor der Tür sah, bedeckte sie ihre Brüste. Beide standen längere Zeit unbewegt, ehe sie zurücktrat und er über die Schwelle ging.

Sie wollte sich etwas anziehen, aber er hielt sie an der linken Hand fest. Sie brauche sich nichts anzuziehen. Nicht wegen ihm. Sie habe ihm bei der Geburtstagsfeier eine Tafel Schokolade und einen Apfel geschenkt, und er habe ganz vergessen, sich dafür zu bedanken. Da habe er sich gedacht, er fahre zu ihr nach Hause und bedanke sich jetzt bei ihr. Sie fragte, welche Geburtstagsfeier. Seine und die seines Zwillingsbruders. Er habe nämlich auch einen Zwillingsbruder. Wo die Geburtstagsfeier stattgefunden habe. Bei ihm zu Hause natürlich. Er habe sich so gut mit ihr unterhalten, er habe das Gefühl gehabt, sie verstünden sich. Er würde nie Freunde einladen. Aber sein Zwillingsbruder Urban habe viele Freunde, und er habe auch alle eingeladen. Urban konnte sich nicht so sehr um seine Freundin kümmern, da habe er sich um sie gekümmert. Nelly fragte, ob sie die Freundin seines Zwillingsbruders sei, Emanuel sagte ja, sie sei die Freundin seines Zwillingsbruders.

»Die ganze Familie war da, es gab schon am Morgen Kuchen und Kaffee. Urban hat immer viele Freundinnen gehabt. Die Mutter kochte ein gutes Essen für alle, es war schönes Wetter, und nach dem Mittagessen gingen alle in den Garten. Danach gab es wieder Kaffee und Kuchen. Du warst lustig und heiter, wenn die anderen zugehört haben. Aber als wir von den anderen weggegangen sind, hast du mir gesagt, du bist eigentlich gar nicht lustig. Du hast gesehen, mein linkes Auge ist krank, es hat dich nicht gestört. Du hast nicht gesagt, warum du so traurig bist. Nur, daß es

nicht wegen Urban ist. Ich habe trotzdem verstanden, warum du so traurig bist.«
Nelly führte Emanuel in das Wohnzimmer.
Emanuel erzählte, er habe eigentlich in die Wildnis fahren wollen. Deswegen habe er auch den Hammer mit. Er zog den Hammer aus der Tasche und legte ihn auf den Tisch. Aber dann sei er doch zu ihr gekommen. Weil sie sich so gut verstanden hätten, und weil sie auf der Geburtstagsfeier so traurig gewesen sei.
Emanuel setzte sich an den Eßtisch, Nelly auf das Sofa. Sie schlug die Beine übereinander und verschränkte die Arme, so daß sie ihre Brüste wieder bedeckte.
»Ich muß in letzter Zeit soviel weinen, weil ich so viele Dienste gemacht habe. Jetzt habe ich Urlaub genommen. Ich habe gestern und heute den ganzen Tag nur geschlafen. Ich fühle mich schon besser.«
Emanuel sagte, sie habe bestimmt Urban erwartet. Es sei von ihm nicht böse gemeint gewesen, daß er sich so wenig um sie gekümmert habe.
»Es wäre schön, wenn ich deinen Zwillingsbruder erwarten würde.«
Emanuel fragte, ob sie sich gestritten hätten.
»Es wäre schön, wenn dein Zwillingsbruder mein Freund wäre.«
Emanuel versicherte ihr, Urban meine es nicht so, er wisse, daß Urban sie liebhabe.
»Aber Urban kann mir nicht helfen.«
Emanuel sagte, er könne ihr helfen.
Sie fragte ihn, ob er Kuchen wolle. Er habe bei der Geburtstagsfeier schon viel Kuchen gegessen, das sei ungesund, aber es schmecke ihm so gut. Er würde auch gern noch heißen Tee trinken.

Nelly ging in die Küche, um den Kuchen zu holen und den Tee aufzusetzen.
»Stumpfegle hilft mir schon. – Stumpfegle ist mein früherer Freund. – Ich treffe ihn immer noch. – Kowalski ist mein jetziger Freund.«
Emanuel fragte, ob Urban etwas von Kowalski wisse. Oder von Stumpfegle.
»Kowalski hilft Stumpfegle.«
Emanuel fragte, ob sie eine Schwester habe. Sie nickte.
»Und der Freund des Assistenzprofessors hilft Elsi.«
Emanuel fragte, wie ihr Stumpfegle helfe.
»Ein Arzt muß für die Menschen dasein. Aber es gibt viele, die sind nicht deswegen Arzt geworden. Sondern weil sie gut in der Schule waren, oder weil der Vater oder die Mutter Ärzte sind. Oder weil sie viel Geld verdienen wollen. Ich bin Krankenhausärztin, und ich will es bleiben. Weil ich so für die Menschen da bin. Die meisten wären an meiner Stelle unzufrieden. Denn ich arbeite viel, aber ich verdiene nicht viel.«
Emanuel fragte, wie Stumpfegle Kowalski helfe.
»Stumpfegle hat es gern, wenn die anderen denken, ich sei seine Freundin. Weil ich so viel jünger bin als er. Aber er darf nicht mein Freund sein. Das wäre gegen die Regeln. Stumpfegle spricht mit Kowalski darüber, wie er mir hilft. Wenn er mir hilft, muß er immer daran denken, daß er später Kowalski alles genau erklären muß.«
Ob Urban Kowalski kenne.
»Er kennt ihn nicht.«
Ob sie Kowalski lieber habe als seinen Zwillingsbruder.
»Ich habe ihn nicht lieber als deinen Zwillingsbruder.«
Warum sie ihn dann ihren Freund nenne.
Nelly fing an zu weinen.

»Stumpfegle hilft mir. – Er hilft Stumpfegle. Also muß ich ihn – also ist er mein Freund.«
Warum sie weine.
»Stumpfegle hilft mir. – Du weißt nicht, wie das ist. – Es ist – auch Kowalski will mir helfen. Aber Kowalski darf mir ja nicht helfen.«
Sie wischte sich die Tränen aus dem Gesicht.
»Ich muß ...«
Sie ging in die Küche, um nach dem Tee zu sehen.
Da Nelly nicht zurückkam, ging ihr Emanuel in die Küche nach. Auf dem Flur lehnte ein Besenstiel. Er nahm ihn in die Küche mit. Als der Tee fertig war, legte sie die Hand auf Emanuels Schulter. Darauf stellte er den Besenstiel wieder ab. Sie kehrte mit Emanuel ins Wohnzimmer zurück.
»Stumpfegle muß sich gegenüber Elsi verantworten. Elsi weiß alles. Kowalski muß sich gegenüber dem Freund des Assistenzprofessors verantworten. Kowalski lügt natürlich. Der Freund des Assistenzprofessors weiß nichts. Aber er ahnt etwas. – Keiner weiß, wem gegenüber sich der Freund des Assistenzprofessors verantworten muß ...«
Emanuel zerdrückte mit dem Kuchenmesser die Brösel auf seinem Teller. Nelly begann erneut zu weinen.
»Elsi weiß es und tut nichts. Im Gegenteil. Elsi hat dafür gesorgt, daß Stumpfegle mir hilft und daß Kowalski Stumpfegle hilft. – Elsi hat Kowalski erzählt, wie Stumpfegle mir hilft.«
Sie schluchzte.
»Der Freund des Assistenzprofessors meint nur, daß er Elsi hilft. – Es ist immer Elsi. Elsi. Elsi – wenn Elsi tot wäre – ich weiß, ich darf es nicht sagen – oder wenn es sie nicht gäbe, ich würde ein ganz anderes Leben führen.«
Emanuel sagte, er müsse jetzt gehen.

Er trat auf den Flur, ohne sich zu verabschieden.
»Emanuel!«
Emanuel kam in das Wohnzimmer zurück.
Nelly lag mit ausgestreckten Armen und gespreizten Beinen auf dem Boden.
»Du kannst mir helfen. – Nicht so wie die anderen. Wie Stumpfegle oder Kowalski. – Du kannst mir wirklich helfen. Ich habe immer jemanden gesucht, der es tut. – Du bist der einzige, der es tun kann.«
Sie verschränkte die Hände über dem Bauch, wobei sie Daumen und Zeigefinger abspreizte, so daß ihre Hände ihren Nabel umschlossen, und sie blickte auf den Besenstiel, der in der Küche neben der Tür stand.
Emanuel nahm den Besenstiel an sich und setzte ihn auf ihren Nabel. Er stieß einmal kurz zu, ohne auszuholen. Sie gab einen gepreßten Laut von sich. Sie lag mit geschlossenen Augen unter ihm. Als sie die Augen wieder öffnete, stieß er ihr mehrere Male den Besenstiel in das linke Auge. Sie schrie auf, wurde aber vor Schmerz sofort ohnmächtig. Emanuel lehnte den Besenstiel an die Wand und setzte sich an den Tisch. Nach einer Weile öffnete Nelly das unversehrte Auge. Sie machte Anstalten, sich auf die Seite zu wälzen, und röchelte leise. Emanuel erhob sich und stieß ihr den Besenstiel auf den Kehlkopf, bis sie keinen Laut mehr von sich gab. Sie rührte sich zunächst nicht mehr. Nach einiger Zeit begann sie zu stöhnen. Da nahm er das Kuchenmesser vom Tisch. Sie blickte ihn mit dem unversehrten Auge an, wie er das Messer in der Hand hielt und den Arm hob, und er wußte in diesem Augenblick, sie freute sich. Er wußte, sie freute sich, daß er es tat. Er kniete neben ihr nieder und faßte sie am Hinterkopf. Sie sah ihn an, und sie sagte etwas. Aber er verstand nicht, was sie sagte, weil ge-

nau in diesem Augenblick ein Lastwagen vorbeifuhr. Er glaubte, daß sie danke gesagt hatte. Er hielt sie mit der linken Hand am Hals und stach mit der rechten auf ihren Kopf ein, bis dieser über und über blutig war.

Er ließ erst von ihr ab, als er vor Anstrengung fast keine Luft mehr bekam. Er warf das Messer auf den Boden und stolperte, sich am Treppengeländer festhaltend, durch den Flur zu der Toilette neben dem Eingang. Dort atmete er minutenlang tief durch. Schließlich füllte er kaltes Wasser in den Eimer und kehrte in das Wohnzimmer zurück, um ihren Kopf von dem Blut zu säubern. Er nahm ihren Kopf in seinen Schoß. Sie bewegte sich nicht mehr, und sie gab auch keinen Laut mehr von sich, aber sie blutete weiter. Er ließ ihren Kopf auf den Boden fallen und goß den Wassereimer in die Küchenspüle.

Anschließend öffnete er alle Schränke. Er wollte sehen, welche Kleidung die Freundin seines Zwillingsbruders hatte. Sie hatte gewollt, daß er sie umbringe. Es war richtig, daß er sie umgebracht hatte, denn sie hatte seinen Zwillingsbruder betrogen. Er würde ins Gefängnis kommen. Er überlegte, ob er sich umbringen sollte, um nicht ins Gefängnis zu kommen. Er würde ins Gebirge fahren und sich dort mit dem Rad von einem Berg hinunterstürzen. Dabei fiel sein Blick auf den Hammer, den er immer zum Steineklopfen benützte, und der immer noch auf dem Tisch lag. Er nahm den Hammer und schlug ihr ein halbes Dutzend Mal auf den Kopf.

Er hielt inne und horchte, ob er vielleicht wieder die Stimme hören würde, die ihm am Morgen gesagt hatte, daß er einen Zwillingsbruder habe, und die ihm die Geburtstagsfeier des Zwillingsbruders beschrieben hatte. Aber er hörte die Stimme nicht mehr.

Bevor er ging, machte er überall das Licht aus. Dabei hörte er eine andere Stimme. Sie erzählte ihm, Urbans Freundin sei nicht tot. Sie sei nur woanders. Auf einem fernen, menschenleeren Planeten.
Er würde sich zwingen müssen, nicht zu oft an sie zu denken. Er würde weinen. Sie tat ihm so leid. Er hatte sich so gut mit ihr verstanden. Er hatte ihr helfen können, sie hatte ihm nicht helfen können.
Er würde seiner Mutter nicht sagen, daß er soviel Kuchen gegessen hatte, sie würde es ahnen, aber sie würde nichts sagen. Er würde früh schlafen gehen. An seiner Hose war Blut, an seinem Pullover und seiner Jacke nicht. Er würde die Hose gleich in den Keller bringen. Die Mutter würde das Blut auf der Hose nicht bemerken, da sie die schmutzige Wäsche immer zuerst in einem Kübel einweichte, ohne sie genauer anzusehen. Er würde niemandem etwas erzählen.

Sie hätten die Freiheit, Emanuel abzulehnen. Diese Freiheit komme von ihm und niemand anderem. So Nelly zu Elsi. Machten sie von dieser Freiheit keinen Gebrauch, sondern nähmen sie ihn an, sollten sie das weder für ihn noch für andere vor sich hertragen. Wie erkenne man an, was Emanuel bedeute. In einer Art Andacht vor der Welt, die er geschaffen habe. Man müsse seine Ausreißereien, seine Lügengeschichten, seine Diebstähle einordnen und still achten. Das falle schwer. Anscheinend nur ihnen beiden nicht. Emanuel sei Grund und Horizont für diejenigen, die sich wirklich auf ihn einließen. Wenn Emanuel allerdings wolle, daß alle ihn annerkennten, dann müsse er einmal handeln. Sein Ausreißen, seine Diebstähle seien keine Handlungen in diesem Sinn. Sie, Nelly, fühle immer wieder die Versuchung, gewisse Ereignisse, Einsichten etc. als Folgen eines Eingreifens Emanuels zu deuten. Ihr Vater und ihre Mutter stritten häufig. Viel häufiger, als dies alle Mitglieder der Familie zugäben. Auf dem Höhepunkt einer Auseinandersetzung habe die Mutter den Vater einmal sogar geschlagen. Es sei geschehen, während Emanuel nicht anwesend war. Emanuel habe nichts von dem bevorstehenden Streit wissen können, es habe vorher keine aufgeladene Stimmung geherrscht. Emanuel sei an diesem Abend nicht nach Hause gekommen, auch am nächsten und übernächsten nicht. Bei keiner seiner Ausreißereien habe er die Mutter und den Vater so lange im ungewissen gelassen, wo er war. Emanuel könne nicht gewußt haben, wie sehr sich die Eltern gestritten hätten. Die Eltern hätten sich seither niemals wieder so gestritten. Ein Außenstehender werde bemerken, auf diese Weise könne Emanuel alles bewirken. Der Außenstehende habe recht, auch wenn er es anders meine. Eine Kette von Menschen, Dingen und Ereignissen, die in einer bestimmten Reihenfolge aufeinander einwirkten – da sei kein Platz für Emanuel. Es sei ihre Freiheit, sich für oder gegen Emanuel zu entscheiden. Sie, Nelly, habe sich für Emanuel entschieden. Sie wisse, diese Entscheidung sei unter für diese Entscheidung besonders günstigen Umständen zustande gekommen. Sie habe natürlich das Gefühl, Emanuel habe ihr diese günstigen Umstände bewußt geschickt. Für alle anderen außer ihnen beiden, die die Entscheidung für oder gegen Emanuel unter weit weniger günstigen Umständen treffen müßten, bedürfe es der Selbstmitteilung Emanuels. Emanuel müsse sich mitteilen. Durch Handlungen, die keinen Zweifel daran ließen, ob er wisse, was er tue, und deren Ursächlichkeit für alle nachvollziehbar sein werde. Auch ihr Verhältnis zu Emanuel sei aufgebaut auf der Tat, die noch kommen werde. Sie wende selbst ein, sie zweifle selbst. Aber sie kehre immer wieder zu ihrer Entscheidung für Emanuel zurück. Sie sei schon das Ergebnis der Handlung, die sie erwarte. Ohne diese Handlung sei sie nichts. Wenn diese Handlung nicht eintreffe, sei sie nie gewesen. Aber die Handlung werde eintreffen. Emanuel werde sich mitteilen, ohne aufzuhören, Freiheit für alle zu sein, die sich wirklich auf ihn einließen, und sie werde nicht aufhören, das von Emanuel ganz Verschiedene zu sein, das, was sie schon immer war, im Vertrauen auf die Tat hin, die kommen werde. Sie wisse nicht, wann Emanuel handeln werde. Die Unsicherheit des Zeitpunkts seiner Selbstmitteilung sei jedoch unerläßlich, wenn sie vorher wüßte, wann er handeln werde, dann würde ihr Leben in zwei völlig getrennte Zeiträume zerfallen, vor und nach dem Ereignis, das Leben vor dem Ereignis würde nur aus dem Warten auf das Ereignis bestehen, und es wäre nicht das Leben, das sie jetzt führte, in der Gewißheit des Ereignisses. Was Emanuel bewirken werde, wie er sich mitteilen werde, darüber habe sie sich keine Gedanken gemacht. Das seien unnütze Spekulationen. Emanuel werde sich zu erkennen geben.

Die Galeristin, der Elsi die *Vier Jahreszeiten* verdankte, hatte doch eine Dépendance aufgemacht. Die Galerieräume befanden sich im ersten Stock eines Hinterhauses. Kowalski erwartete den Freund des Assistenzprofessors am Ende einer steilen Treppe mit schmalen Stufen.
Kowalski hielt eine Brille in der Hand.
Der Freund des Assistenzprofessors hatte Kowalski noch nie mit einer Brille gesehen. Kowalski erläuterte, er habe die Brille in einem Antiquitätengeschäft gefunden. In ihren Steg sei das Wort *veritas* eingraviert. Wenn er sie aufhabe und jemand zu ihm spreche, dann könne er zwischen den Worten und Sätzen lesen. Er sehe, was sein Gegenüber wirklich meine, was sein Gegenüber wirklich vorhabe.
In den Räumen der Galerie war ein halbes Dutzend großformatiger Bilder ausgestellt, die alle Wachttürme zeigten. Ein Wachtturm war mit einem Muster aus gelben, roten und lila Blumen sowie mit einem Gewebe in ähnlichen Farben kombiniert. Andere Wachttürme waren lediglich übermalt, die dunklen Übermalungen wurden durch Farbspritzer aufgelockert, die als Lichtquellen in der Nacht gedeutet werden konnten, die hellen Übermalungen wiesen um die Wachttürme Schattierungen auf, die an aufsteigenden Nebel denken ließen. Auf einem Bild war neben einem in helles Blau und Rot getauchten Wachtturm eine genauso große Hand abgebildet, die einen Ausweis oder eine Spielkarte hielt.
Der Freund des Assistenzprofessors ließ seinen Blick immer wieder zu den Bildern abschweifen.
Kowalski sah seinem Gesprächspartner ins Gesicht.
»Kann *Helfen* bedeuten, daß von der Wahrheit abgewichen wird.«
»*Helfen* ist nicht mit der bedingungslosen Verbreitung der Wahrheit identisch, was immer das sein mag.«

»Mit was sonst.«
»Man darf von der Wahrheit abweichen, wenn man dadurch wirkungsvoller helfen kann.«
»Das dachte ich mir. Darf man immer von der Wahrheit abweichen, wenn man dadurch wirkungsvoller helfen kann. Darf man beliebig von der Wahrheit abweichen, wenn man dadurch wirkungsvoller helfen kann. Wer bestimmt, was die wirkungsvollere Hilfe ist. Der, dem geholfen wird, der, der hilft, der, gegenüber dem sich der Helfende verantwortet, die Mehrheit der drei, welche Mehrheit der drei, ein vierter, der gesamte Kongreß. – Wer darf von der Wahrheit abweichen. Der, dem geholfen wird, der, der hilft, der, gegenüber dem sich der Helfende verantwortet. Wer mehr, wer weniger, wer überhaupt nicht.«
»Es wäre nicht fair, wenn nur der, der hilft, und nur in bezug auf den, der hilft, von der Wahrheit abweichen darf.«
»Der, dem geholfen wird, darf sich wehren.«
»Es wäre auch nicht fair, wenn der, gegenüber dem sich der Helfende verantwortet, von der Wahrheit abweichen darf.«
»Der hilft, darf sich ebenfalls wehren.«
In diesem Augenblick kam die Galeristin dazu. Sie begrüßte lediglich Kowalski und konnte sich offensichtlich nicht erinnern, dem Freund des Assistenzprofessors jemals begegnet zu sein. Sie trug ein zwar stark tailliertes, jedoch sonst sehr zurückhaltendes graues Kostüm, darunter wohl einen schwarzen Body.
Kowalski versuchte, die Unterhaltung mit der Galeristin möglichst abzukürzen, denn er wollte den Freund des Assistenzprofessors weiter befragen. Die Galeristin ließ es sich jedoch nicht nehmen, die beiden Besucher zu einem Drink in den Nebenraum einzuladen, der als Büro und Bibliothek diente. Man setzte sich an einen großen Glastisch. Nach

kurzer Zeit wurde die Galeristin von ihrer Assistentin zu einem Kunden gerufen, der Fragen zu einem Bild hatte, so daß Kowalski wieder mit dem Freund des Assistenzprofessors allein war.
»Kann *Helfen* auch bedeuten, daß getäuscht wird.«
»Was nützt es, wenn man jemandem die Wahrheit zumutet, und man schadet ihm damit.«
»Wer entscheidet, was Helfen und was Schaden ist.«
»Wie hilfst du Stumpfegle.«
»Stumpfegle soll Nelly helfen. Weil Nelly für Stumpfegle jung ist und Sex hat, helfe ich Stumpfegle, daß er nicht aus seiner Onkelrolle fällt und sie pimpert ...«
»Also gibt es in bezug auf deine Aufgabe keine Schwierigkeit festzustellen, wie du Stumpfegle helfen sollst und kannst.«
»Er pimpert sie jedenfalls. Was ich verhindern sollte. Wahrscheinlich wollte er von Anfang an nur das, und er hat mitgespielt, weil es ihm als die beste Gelegenheit erschien, ihr schnell auf den Leib zu rücken. Wenn er es nicht von Anfang an vorhatte, könnte ich mir auch vorstellen, die Unsicherheit, wie er ihr wirklich helfen sollte, hat dazu geführt, daß er sie doch gepimpert hat. – Ich sollte einen Gartenschlauch nehmen und beide kalt abspritzen. Statt dessen berichte ich dir, wie sie es treiben, und ich hoffe, daß meine Berichte irgendeine Wirkung zeitigen.«
Die Galeristin kehrte zurück. Sie legte einen Arm um Kowalskis Schultern und erklärte ihm, der Kunde sei tatsächlich an dem Bild interessiert, sie müsse sich länger mit ihm befassen. Sie zeigte dabei auf einen Wachtturm, dessen oberer Teil hellrosa ausgeführt und dessen unterer Teil vom Streifenmuster eines Liegestuhls überdeckt war, das Ganze neben einem Muster aus weißen Strandschirmen, Liege-

stühlen und Sonnenbrillen auf schwarzem Grund, dazu vor dem Wachtturm einige Gänse.

»Von welcher Wahrheit darf man abweichen. Von der Wahrheit, die denjenigen betrifft, dem geholfen werden soll, von der Wahrheit, die den Helfenden betrifft oder von der Wahrheit, die den Kongreß betrifft. Gibt es überhaupt einen Kongreß.«

»Ich kann nur die Spielregeln erläutern, die für die Abteilung des Kongresses gelten, die ich kenne. Vielleicht gelten in anderen Abteilungen andere Spielregeln.«

»Welche andere Abteilungen gibt es.«

»Ich kenne sie nicht. Ich weiß nur, es gibt einen Kongreß von Helfenden. Die Hilfe geschieht so, daß jeweils einer dem anderen hilft und sich dafür gegenüber einem Dritten verantwortet. – Du hilfst Stumpfegle und verantwortest dich gegenüber mir. – Jeder Helfende kennt zunächst nur den, dem er hilft, und den, gegenüber dem er sich verantwortet.«

»Wo sind die Menschen, die sich in den Saal drängen. Das ist kein Kongreß.«

Der Freund des Assistenzprofessors zuckte mit den Schultern.

»Du kannst es anders nennen.«

Kowalski spielte mit seiner Brille.

»Ich helfe, ich muß mich verantworten. Mir hilft keiner, niemand muß sich mir gegenüber verantworten. Für mich gibt es keine Verzweigung. Wem hilfst du, wem gegenüber mußt du dich verantworten.«

»Es ist gegen die Spielregeln, dir das zu sagen. Wenn sich jeder denjenigen oder diejenige aussuchen könnte, dem oder der er helfen will, dann könnten sich einige nicht vor Angeboten retten, während anderen nie geholfen würde.«

Kowalski klappte die Brille auf.
»Soll ich die Brille aufsetzen.«
»Es ist gegen die Spielregeln.«
Kowalski setzte die Brille auf.
»Gibt es einen Kongreß?«
»Es gibt einen Kongreß.«
»Es stimmt.«
»Woher willst du das wissen?«
»Die Brille hat bestätigt, du meinst es so, wie du es sagst, und es ist die Wahrheit.«
»Dann nimm die Brille wieder ab.«
»Wem hilfst du?«
»Das darf ich nicht sagen.«
Kowalski nahm die Brille ab.
»Du hilfst Elsi.«
»Du kannst nichts wissen.«
»Die Brille sagt es mir.«
»Wem gegenüber verantwortest du dich?«
Der Freund des Assistenzprofessors gab keine Antwort.
»Muß ich die Brille aufsetzen.«
Der Freund des Assistenzprofessors schwieg weiter.
»Wie viele Personen kennst du, die an dem Kongreß teilnehmen?«
»Du mußt fragen, wie viele Personen ich kenne, von denen ich weiß, daß sie am Kongreß teilnehmen.«
»Wie viele Personen – du weißt schon.«
»Fünf.«
Der Freund des Assistenzprofessors machte eine Pause.
»Mich selbst eingeschlossen.«
»Du verantwortest dich gegenüber niemandem.«
Der Freund des Assistenzprofessors widersprach nicht.
Kowalski rieb die Gläser der Brille an seinem Anzug.

»Ich helfe Stumpfegle, ich verantworte mich gegenüber dir. – Du hilfst Elsi, du verantwortest dich gegenüber niemandem. – Stumpfegle hilft Nelly, Stumpfegle verantwortet sich gegenüber Elsi.«
Der Freund des Assistenzprofessors widersprach nicht. Kowalski steckte die Brille ein.
»Als du deine Assistentenstelle angetreten hast, sagte dein Professor auf der Fakultätssitzung zu Sonnabend, du würdest nicht nur den Assistenzprofessor vertreten, sondern auch über Ethik arbeiten. Ich verstehe jetzt, wie das gemeint war. – Falls ich einmal in die Lage geraten sollte, ein Gutachten über deine Arbeit zu erstellen: Es wäre doch langweilig, sich noch einmal erst mit Logik und Erkenntnistheorie zu beschäftigen und dann Volksschullehrer oder Krankenpfleger zu werden. Ich finde, du machst tatsächlich etwas Neues auf dem Gebiet der Ethik.«

Ich bin der einzige, der sich gegenüber sich selbst verantwortet. Ich sollte gegenüber mir selbst bei der Wahrheit bleiben und davon sprechen und schreiben, daß ich mich gegenüber mir selbst verantworte. Ich kokettiere gern damit, daß ich mich gegenüber ? verantworte. Das ist die Frucht der Übungsaufgaben, die ich in meinen Grundkursen stelle. Es ist mir in Fleisch und Blut übergegangen, die dritte Person für die Regel, die erste Person für die Ausnahme, die dritte Person für objektiv, die erste Person für subjektiv, parteiisch, die dritte Person für das Reich der Theorie, die erste Person für das Reich der Spekulation zu halten. Ich habe ? gewählt, damit ich mich gegenüber jemandem rechtfertige, der nicht parteiisch ist. Aber ? gibt es nicht, nur mich, und ich rechtfertige mich gegenüber niemand anderem, wenn ich mich gegenüber ? rechtfertige, ich rechtfertige mich gegenüber mir selbst. Die erste Person rechtfertigt sich gegenüber der ersten Person. Ein Privileg, warum sollte ich es opfern. Die erste Person kann genauso eine Theorie aufstellen wie die dritte Person. Die erste Person kann genauso eine Theorie über die erste Person aufstellen wie die dritte Person. Die erste Person kann sich genauso wie die dritte Person vornehmen, unparteiisch zu sein, und es kann ihr genauso gelingen oder mißlingen wie der dritten Person. Die erste Person kann alles vorspiegeln, was die dritte Person vorspiegeln kann. Ich kann die dritte Person spielen. Warum wird die dritte Person vorgezogen. Eine Grammatikfrage. Oder eine Frage des Sprachgeschmacks. Eine Antwort wäre, aus guter Erziehung. Man spricht nicht von sich selbst. Aber wer ist heute noch gut erzogen. Wenn es danach ginge, gäbe es die dritte Person nicht mehr. Warum wirkt die dritte Person unparteiisch. Weil jeder die dritte Person sein kann. Wenn jeder etwas sein kann, dann ist dieses Etwas invariant in bezug auf den einzelnen, wogegen die erste Person auf einen und nur einen verweist. Aber der muß doch nicht nur für sich sprechen. Er kann genausogut für jemanden sprechen, der nicht er ist. *Er* ist immer eine Theorie. Aber *Ich* kann auch eine Theorie sein. Ich bin eine Theorie, wie alles beweist, was ich sage, tue und schreibe, obwohl ich gar nicht die Theorie sein will, die hier sagt, handelt und schreibt. Die erste Person als Ausflucht. Die dritte Person sieht, hört und hält fest, was geschieht, wie gehandelt wird. Die dritte Person verknüpft das Gesehene, das Gehörte und das Festgehaltene, und sie ist immer in der Lage, durch die Absichten zu kürzen. Die dritte Person hat eine Theorie über Absichten, deren Kennzeichen ist, sie kann auch ohne Absichten auskommen. Die erste Person hat Absichten. Deswegen versteht sie die Absichten desjenigen, der hilft, die Absichten des Kongresses. Die erste Person kann auch eine Theorie über das Gesehene, das Gehörte und das Festgehaltene aufstellen, aber sie ist außerstand, durch die Absichten zu kürzen. Wenn ein Kongreß von Helfenden veranstaltet werden soll, wie könnte man auf Absichten verzichten. Die erste Person erzeugt einen natürlichen Fluß. Der Sprachgeschmack, der die dritte Person bevorzugt, will nicht den Fluß selbst. *Er* will das Ringen um den Fluß. Die erste Person findet immer Worte. Immer die richtigen. Seine Geschichte kann jeder formulieren. Der Kongreß kann sich nicht selbst veranstalten. Der Kongreß braucht einen Ausgangspunkt. ? kann kein Ausgangspunkt sein. Nur die erste Person kann ein Ausgangspunkt sein. *Ich* ist ein Ausgangspunkt. Kowalski rechtfertigt sich dafür, wie er Stumpfegle hilft. Ich sammle seine Rechtfertigungen. Ich rechtfertige mich dafür, wie ich helfe, ich händige meine Rechtfertigungen demjenigen aus, dem gegenüber ich mich für meine Hilfe verantworte, und er sammelt sie. Ich übergebe meine Berichte an mich selbst. Ich bewahre sie. Ich bin ein Ausgangspunkt.

Eines Tages werden alle Rechtfertigungen zusammengeführt.

Die Rechtfertigungen werden sich drängen.

Zur Abschlußveranstaltung des Kongresses.

Es ist mir nicht möglich, lückenlos zu verfolgen, was Stumpfegle macht. Ich habe deshalb in der KW 26 Mo, Mi, Fr gewählt, um einen Überblick über sein Tätigwerden zu bekommen.

Mo Treffen mit Stumpfegle in dessen Kanzlei, Besprechung zur versicherungsrechtlichen Situation Nellys

Ich sagte Stumpfegle, ich fühle mich für den Skiunfall, der zu Nellys Bänderriß geführt hatte, verantwortlich. Sie habe geäußert, sie sei müde und wolle nach Hause, ich hätte sie überredet, noch eine Abfahrt zu machen. Als ich sah, daß die Frau vor uns in der Liftspur stürzte, rief ich Nelly zu, sie solle sich auf die Seite werfen, aber sie zögerte. Wenn sie nicht so müde gewesen wäre, hätte sie vielleicht die Gefahr schneller erfaßt und wäre rechtzeitig ausgewichen. Stumpfegle meinte, ich solle mir keine Vorwürfe machen, es sei nicht meine Schuld. Er erläuterte mir dann ungefragt in allen Einzelheiten das Bauvorhaben, das er für Nelly durchführt. Nach Nellys wie nach seiner Beschreibung handelt es sich um ein zurückgebliebenes Dorf, in dem es gar nichts gibt. Ich kann mir nur schwer vorstellen, daß irgend jemand eigentums- oder miethalber dort hinzieht. So wie er es schilderte, ist die Vermietung jedoch gesichert, und es gibt kein Risiko für sie. Ich kann es nicht nachprüfen. Ich fragte ihn, ob er mit Nelly schlafe. Er hatte die Frage über kurz oder lang erwartet und war erleichtert, als sie ausgesprochen war. Wenn ein Mann einer fünfundzwanzig Jahre jüngeren Frau so zur Seite stehe, wie er es tue, dann müsse diese Frage wohl gestellt werden. Aber er habe weder ein

Verhältnis mit Elsi noch eins mit Nelly. Er helfe Nelly, und er berate Elsi in wirtschaftlichen Dingen. Er könne sich gut vorstellen, daß alle Außenstehenden, auch ich, davon überzeugt seien, er habe ein Verhältnis mit Nelly. Aber er schlafe nicht mit ihr. Da er andererseits nicht der Auffassung sei, es stelle ein Verbrechen dar, wenn er mit ihr schlafen würde, interessiere ihn nur begrenzt, ob jemand glaube, er habe ein Verhältnis mit ihr, und er gebe sich nur begrenzt Mühe, um jemanden von dem Gedanken abzubringen, er habe eins. Die Mutter und der Vater machten es den Töchtern nicht leicht, er finde es erstaunlich, wie sich die beiden Schwestern, jede auf ihre Weise, von den elterlichen Verhältnissen gelöst hätten. Ich sagte, sie habe mir angedeutet, er lasse sich seit dem Unfall viel seltener bei ihr sehen. Er sagte, das stimme nicht. Er sehe sie genauso häufig wie vor dem Unfall, und er kümmere sich um alles.

Mi Besuch bei Nelly in der Rehabilitationsklinik

Als ich ihr Zimmer betrat, stand sie, auf eine Krücke gestützt, vor dem Spiegel und knöpfte sich ihr Kleid zu. Es war ein sehr warmer Tag. Nach Begrüßung und Austausch bezüglich ihres Gesundheitszustands sagte sie mir, ich solle mich umdrehen. Nicht zur Tür, sondern zur gegenüberliegenden Wand, damit ich weder sie noch ihr Spiegelbild sähe. Was für ein Kleid sie anhabe. Ich sagte, ein rotes Kleid. Ich sollte es beschreiben. Ich sagte, ein fast knöchellanges Kleid, nicht ausgeschnitten, mit langen Armen. Was für ein Stoff. Darauf hatte ich nicht geachtet. Ich durfte mich ihr zuwenden. Ich fragte, ob das Kleid aus Wildleder sei, es war aus Wildleder. Ich mußte mich wieder umdrehen. Was für ein Kleid sie anhabe. Ich sagte, ein rotes, hochgeschlossenes, knöchellanges Wildlederkleid mit langen Armen, vorn geknöpft, mit großen aufgesetzten Taschen auf der Brust und auf den Oberschenkeln. Was für Knöpfe das Kleid habe. Ich erinnerte mich nicht. Die Knöpfe seien mit dem gleichen Wildleder überzogen. Welchen Schmuck sie trage. Mir war überhaupt kein Schmuck aufgefallen. Sie trage am linken Arm einen Armreifen aus gehämmerter Bronze mit zwei Reihen von Halbedelsteinen. Sie werde jetzt etwas anderes anziehen, das dauere in ihrem gegenwärtigen Zustand länger. Es vergingen zehn Minuten, bis ich hinsehen durfte. Sie trug eine Jacke aus dem gleichen roten Wildleder, der gleiche Kragen, die gleichen Taschen. Dazu eine beige Bluse mit spitzem Kragen und verdeckter Knopfleiste, die Bluse war fast bis zum Nabel offen, und beige Hosen, wohl aus Seide, der Kragen der Bluse über dem Kragen des Kleids, die Hosen hochgekrempelt, keine Strümpfe. Ich mußte mich wieder umdrehen. Was außer der Kleidung anders war. Ich sagte, der Armreifen. Er war von der gleichen Machart und gleich groß wie der vorige, jedoch mit einer anstatt zwei Reihen von Halbedelsteinen besetzt, die dafür größer waren. Ihre Schuhe. Ich sagte, rote Wildlederschuhe ohne Absatz. Ob sie die Schuhe auch zu dem Kleid getragen hatte. Ich sagte ja und hatte richtig geraten. Ich fragte sie, was sie mir mit ihrer Modenschau zeigen wolle. Ob sie mir damit beweisen wolle, wie wenig ich sie beachte. Sie sagte, sie würde sich nur dann darüber beschweren, nicht beachtet zu werden, wenn sie glaube, bereits einmal beachtet worden zu sein. Sie zog sich erneut um, ich brauchte mich nicht mehr abzuwenden. Ihre Schwester habe ihr eine vollständige Sommerkollektion von Ferré aus den achtziger Jahren geschenkt. Sie könne nicht den ganzen Tag lesen, sie spiele jetzt die Luxusfrau. Sie ziehe sich auch um, wenn niemand sie besuche, wenn niemand komme. Sie wolle wissen, wie es ist, wenn man eine Luxusfrau sei. Sie zeigte sich in einer kimonoähnlichen blauen Seidenjacke mit großen Punkten auf einem Wellenmuster, die Punkte in sich gemustert, dunkelblaue Punkte auf hellblauem Grund, mit einem dunkelblauen Saum, dazu dunkelblaue, fast schwarze Bügelfaltenhosen aus einem leichten Wollstoff und Schuhe ohne Absatz aus demselben Stoff. Ich fragte sie, wie es ist, wenn man eine Luxusfrau sei. Sie könne noch nichts sagen, weil das hier nicht das richtige Ambiente für die Dinge sei. Ich solle mit ihr ins Theater, in die Oper oder in einen Golfklub gehen. Wenn sie wieder gehen könne. Dann könne sie eine Antwort geben. Was mir am besten gefalle, die Kimonojacke, die Wildlederjacke oder das Kleid. Ich sagte, die Wildlederjacke, und fragte sie, ob Stumpfegle auch die Hausaufgaben machen mußte, die ich gemacht hatte. Stumpfegle habe sie noch nicht besucht. Sie habe ihm am Telefon vom Geschenk ihrer Schwester erzählt. Er wolle am Freitag kommen. Ich fragte, ob der Schmuck auch von Ferré sei. Sie wußte nicht, ob Ferré Schmuck entwirft, der Schmuck sei dabeigewesen. Die Kollektion und der Schmuck seien völlig ungetragen, sämtliche Taschen seien noch zugenäht gewesen. Alle wollten sie zu etwas machen, das sie nicht sei. Jetzt, wo sie Stumpfegle nicht mehr entrinnen könne – das Bauvorhaben, es gebe einfach keine guten Gründe, die Erziehung zur Selbstständigkeit, die Erziehung zur Geschäftsfrau abzulehnen –, jetzt beginne ihr Elsi zu zeigen, worauf es wirklich hinauslaufe. Sie habe zunächst geglaubt, es sei allein Stumpfegles Ziel, sie ihrer Schwester möglichst ähnlich zu machen. Aber nachdem Elsi ihr die Kollektion geschenkt habe, sei ihr auf einmal der Gedanke gekommen,

Stumpfegle sei gar nicht die treibende Kraft, er sei nur das willkommene Werkzeug für Elsi. Elsi wolle, daß sie, Nelly, werde wie sie. Sie mache hier Modenschau, und Emanuel wolle ins Gebirge fahren, um sich von einem Berg zu stürzen. Wenn sie nicht mit mir weggefahren und infolge des Unfalls jetzt zur Untätigkeit verurteilt wäre, hätte Emanuel weniger Diebstähle begangen. Sie zog wieder die rote Wildlederjacke und die helle Hose an, und wir gingen sehr langsam auf den Balkon vor ihrem Zimmer.

Fr Stumpfegle im Chiemgau

Ich hatte mir den ganzen Freitag für Stumpfegle freigehalten. Er arbeitete bis etwa drei Uhr in seiner Kanzlei und fuhr dann zum Chiemsee. Die Route war nicht so gewählt, daß aus ihr das Bestreben sprach, so schnell wie möglich in der Klinik zu sein. Er wollte sich wohl vorher die Gegend ansehen, am Schluß verfuhr er sich unzweifelhaft. Es war nicht einfach, ihm zu folgen. Auf dem Parkplatz angekommen, blieb er eine Viertelstunde in seinem Wagen. Damit hatte ich nicht gerechnet und in seinem Sichtbereich geparkt. Er kennt meinen Wagen nicht, und ich hatte eine Zeitung dabei, hinter der ich mich versteckte. Schließlich stieg er doch aus, eine Kunststofftüte mit Büchern in der Hand. In der Pförtnerloge gab man ihm offensichtlich die Auskunft, Nelly sei auf ihrem Zimmer. Die Zimmertür war offen, aber Nelly war nicht auf ihrem Zimmer. Er ließ die Tüte mit den Büchern auf dem Zimmer und ging zur Pförtnerloge zurück. Er suchte das Schwimmbad, das Café und den Eßsaal auf, blickte sich jeweils kurz um, dort war Nelly ebenfalls nicht. Er machte keinerlei Anstalten, auf den Spazierwegen unmittelbar um die Klinik nach Nelly Ausschau zu halten, sondern er ging zum Parkplatz zurück, setzte sich in seinen Wagen und fuhr los. Ich begab mich noch einmal auf Nellys Zimmer. Ich wollte sehen, welche Bücher er ihr mitgebracht hatte. Ich kam nicht dazu, die Bücher zu betrachten, denn ich hörte auf dem Gang Stimmen, eine davon Nellys. Ich ging auf den Balkon und überlegte mir, wie ich Nelly meinen nicht angekündigten Besuch und mein Eindringen erklären sollte. Sie ging jedoch sofort ins Bad, so daß ich an der halboffenen Badezimmertür vorbei unbemerkt auf den Gang entweichen konnte.

Kowalski

Am Tag, an dem Nellys Bänderriß operiert wurde, besuchte Emanuel einen ehemaligen Schulkameraden und schlief die folgenden drei Nächte bei dessen Eltern. Er wollte nicht mehr nach Hause. Die Mutter des Freunds rief in Emanuels ehemaliger Schule an, die Lehrer sollten zwischen seinen und Emanuels Eltern vermitteln. Man sagte ihr sofort, Emanuel werde verdächtigt, in der Schule Gelddiebstähle begangen zu haben. Er stritt alles ab, er habe das Geld geschenkt bekommen, und bat die Mutter des Freunds, ihn zu Nelly ins Krankenhaus zu bringen. Dort kam er zur Tür herein, legte stumm eine Geldbörse auf den Nachttisch und weinte.

Als ob irgendwer, der Emanuel beurteilen oder der ein psychologisches oder ein psychiatrisches Gutachten erstellen sollte, mit dem Fortschreiten der Ereignisse würde es ein solches oder vielleicht mehrere solche Gutachten geben, Emanuel verstehen könnte. Es spielte keine Rolle, daß die Lehrer, mit denen die Mutter von Emanuels Freund gesprochen hatte, ihn als zurückgeblieben beschrieben. Es änderte nichts, wenn der Staatsanwalt den Eltern mitteilte, Emanuel sei nicht in der Lage, das Strafbare seiner Handlungen zu begreifen, er, der Staatsanwalt, werde demgemäß handeln. Alles Reden über Emanuel und darüber, wer er war, was er war, mußte immer nur ein Verweis sein, den niemand deuten konnte, der nicht von sich aus erfaßte, was oder wer Emanuel war. Die Lehrer, die Polizisten, die Gutachter, die Richter, sie taten ihre Pflicht. Ihr Reden und Schreiben über Emanuel war kein Reden und Schreiben über Emanuel, sondern über ihre Pflicht. Sie waren nicht mit Emanuel befaßt, sondern mit jemandem, der bestimmte Gesetze verletzte, in die er gleichwohl eingepaßt werden sollte. Emanuel würde niemals in menschliche Gesetze eingepaßt werden. Er, der alle Gesetze machte. Der Erfahrungen schenkte, die niemand außer ihm schenken konnte. Nelly fühlte eine grenzenlose Weite. Alles, was sich in dieser Weite fand, war von ihr nicht nur mitgedeutet oder mitgezeichnet, sondern ohne sie nicht existent. Diese Erfahrung des Entgrenztseins, das Wissen, die Weite war von ihr erzeugt, verdankte Nelly Emanuel. Ohne Emanuel hätte sie die Weite nicht entdeckt, ohne Emanuel hätte sie sich nicht entdeckt. Es war so selbstverständlich, aber es lag außerhalb jeder Möglichkeit der Mitteilung. Alles Erklären von Emanuel wäre für die Lehrer und die Polizisten wohl nicht einmal ein Hinweis auf das, was Emanuel wirklich war. Für Nelly war. Für Elsi war. Unter welchen Umständen würden Kowalski oder Stumpfegle begreifen, wer Emanuel war, wie könnten auch sie die Erfahrung der Weite machen, die sie gemacht hatte, unter welchen Voraussetzungen würden sie verstehen, was Emanuel für die Menschen bedeutete. Wie könnten sie das Selbstverständliche begreifen. Sie war zugleich frei und die Verfügte. Emanuel verfügte über sie, indem er sie unendlich frei sein ließ. Emanuel machte das Wesen dieser Freiheit wie dieser Verfügtheit aus. Die Freiheit und die Verfügtheit ihres Daseins wußten nur von Emanuel und von sonst niemandem. Die Freiheit und die Verfügtheit war gegeben im ersten Sich-Eröffnen gegenüber Emanuel oder besser, in der ersten Ahnung des Sich-Eröffnens gegenüber Emanuel. Sie hatte sich erst jetzt, nach dem trivialen Unfall, wirklich und endgültig auf Emanuel eingelassen, aber sie entdeckte zu ihrer großen Freude, sie hatte schon lange so gehandelt, als wenn sie sich ihm eröffnet gehabt hätte. Emanuel stellte nicht nur die Einheit von Freiheit und Verfügtheit dar, Emanuel war die Einheit von

Freiheit und Verfügtheit. Ihre ungeheure Freiheit und ihre Verfügtheit bedeuteten dabei nicht die Einheit zweier gleichmäßig aufeinander angewiesener Momente, sondern die Einheit war eine ursprüngliche, Emanuel begründete sowohl die Verfügtheit als auch die Freiheit, er begründete frei ihre Verfügtheit und verfügend ihre Freiheit, eins nicht ohne das andere, die Freiheit nicht ohne die Verfügtheit, die Verfügtheit nicht ohne die Freiheit. Die Einheit war nur dadurch zu beschreiben, indem er beschrieben wurde, indem sie ihn beschrieb, aber keine Beschreibung von ihm konnte ohne den Rückgriff auf die Verfügtheit durch ihn und auf die durch ihn gegebene Freiheit auskommen, jede Beschreibung der Verfügtheit war hilflos ohne die Beschreibung der Freiheit, wie der Versuch der Beschreibung der Freiheit ohne die Beschreibung der Verfügtheit anmaßend war. Sie konnte den anderen nur über sich selbst verständlich machen, wer Emanuel war. Wie sie ihre Freiheit sah, wie sie ihre Verfügtheit erlebte, wie Emanuel ihre Verfügtheit und ihre Freiheit begründet hatte. Aber so eindeutig die Erfahrungen, die Nelly gemacht hatte, auch waren, so klar die Argumente, die sie vorbringen wollte, den Weg wiesen, sie mußte davon ausgehen, die anderen machten die Erfahrungen, um die es ihr ging, in ganz anderer Form, deren Erfahrungen von Verfügtheit waren verschieden und deren Erfahrungen von Freiheit waren ganz verschieden von ihren Erfahrungen. Selbst wenn es dieselben Erfahrungen waren, vielleicht gaben ihnen die anderen andere Namen. Wenn die anderen diesen Erfahrungen absichtsvoll solche Namen gaben, von denen sie voraussetzten, daß sie diese Namen nicht verstand, damit sie weder sich, ihre Erfahrungen noch Emanuel wirklich zu erklären die Gelegenheit bekam. Wenn die anderen genauso verfügt und genauso frei wären wie sie, aber sie wollten es ihr oder sich selbst nicht eingestehen, wenn sie doch berührt wären von Emanuel, aber sie wollten es nicht zugeben. Sie mußte von Emanuel sprechen. Von ihm, so, wie er war, um zu erklären, wer oder was er war. Auch wenn es ihr noch so schwerfiel. Sie mußte es sagen. Der Mutter. Kowalski, Stumpfegle, den Hausmeistern, Lehrern und Polizeipsychologen. Sie mußte es ihnen sagen. Sie würden es nicht glauben. Sie war Ärztin, man würde sie anhören. Vielleicht würden einige den Unterschied sogar begreifen. Warum sollten alle nicht begreifen. Vielleicht würden einige den Unterschied doch sehen, wie sie ihn sah – ohne Emanuel wäre sie in ihrem So-Sein völlig ziellos, ohne Emanuels Bild wäre es ihr unmöglich, etwas etwas anderem vorzuziehen. Was Emanuel bewirkte, war nicht eingrenzbar. Nur auf ihn hin waren die anderen in der Lage, sich voneinander und von ihm abzugrenzen. Niemals konnten die anderen sich in ihrer Geordnetheit selbst Maßstab sein. Wie immer sie es auch versuchten. Emanuel war ein Maßstab, der nicht mit anderen Maßstäben gemessen werden konnte. Emanuel konnte nur an sich selbst gemessen werden. Emanuel war die Weite, die er denjenigen gab, die ihn verstanden. Emanuel war die Beschränkung derjenigen, die ihn nicht erkannten. Emanuel entzog sich, indem er verfügte, er war anwesend, indem er alle Freiheit ließ. Aber hatte sie nicht schon wieder nur ihren Erfahrungen Namen gegeben, diese Namen ausgebreitet, in der Hoffnung, ihre Erfahrungen würden überzeugen. Wie konnte sie sonst überzeugen. Wie sollte sie ausdrücken, daß Emanuel eben nicht nur eine Person war, die in diese Erfahrungen einging, sondern daß er die Person überhaupt war, die sie voraussetzte, ohne die Erfahrungen nicht möglich waren. Weil sich diese Erfahrungen erst in Emanuel bewußt wurden, mußte Emanuel fern und unnahbar sein. Es war zwingend, daß er stotterte, daß er sich nicht richtig ausdrücken konnte, sonst hätte man ja auf ihn zugehen können, ihn ergreifen, ihn begreifen. Das Bewußtsein von Freiheit und Verfügtheit bewirkte die Liebe. Ohne die Verfügtheit und ohne deren Gegenpart, die Freiheit, konnte es keine Liebe geben, die diesen Namen verdiente. Emanuel hatte sie gelehrt, was Liebe sein konnte. Vielleicht sollte sie doch nicht von Emanuel, so, wie er war, sprechen, vielleicht war es gerade der unverbrämte Versuch, ihn zu beschreiben, der gegenüber den anderen so in Hilflosigkeit endete. Sie versuchte, einen Beweis zu führen. Wenn sie etwas beweisen könnte, dann müßten die anderen es anerkennen. Dann müßten sie alles anerkennen. Dann gäbe es kein Geheimnis mehr. Auch wenn Nelly dieses Wort als Ärztin nicht liebte, es war ein Geheimnis, das Emanuel umgab, wie er ihr die Freiheit und die Verfügtheit geschenkt hatte, wie sie erkannt hatte, was er ihr geschenkt hatte. Emanuel hatte ihr nichts bewiesen, er hatte ihr etwas gezeigt, sie hatte es gesehen, was tat ihr der Beweis noch. Vielleicht genügte es auch für die anderen, zu zeigen, und einige würden erkennen. Ein Beweis ist Wissen, das von außen herangetragen wird. Der eine erläutert Prämissen, die nicht nur richtig sind, sondern von deren Richtigkeit der andere auch in seinem Innersten überzeugt ist, der eine schließt und wartet mit einer Erkenntnis auf, die dem anderen nicht geläufig war, die jedoch die Konsequenz dessen ist, woran der andere in seinem Innersten glaubt, also muß der andere auch die Konsequenz in seinem Innersten glauben. Aber das, was im Innersten zu glauben ist, will man Emanuel gerecht werden, ist doch von vornherein dort zu glauben. Es muß innen entstehen, es darf nicht von außen hineingetan

werden. Ein Beweis wäre nicht im Sinn Emanuels. Wenn jemand vom Gegenstand des Beweises nichts wissen will, was nützt da der Beweis, der bereitliegt, aber nicht vollzogen wird.
Warum Emanuel begründen. Emanuel sprach schlecht oder gar nicht davon, was er tat oder war. Emanuel war fast namenlos anwesend. Warum ihn nachträglich benennen. Warum sagen, Emanuel sei die *absolute Person, die als solche allem, was sie als das von ihr Unterschiedene setzt, in absoluter Freiheit gegenübertritt,* er sei *das absolute Sein, der absolute Grund, das absolute Geheimnis, das absolute Gut, der absolute endgültige Horizont* – wenn nur dagegengehalten würde, Emanuel könne das alles gar nicht sein, weil die absolute Person sich nicht von Emanuel abgrenzen könne, weil keiner den Unterschied erfahren könne, weil so alle die absolute Person seien. Nelly hatte keineswegs immer so gehandelt, als wenn sie sich Emanuel eröffnet gehabt hätte. Sie hatte für andere aus Emanuel einen gewöhnlichen Menschen gemacht – indem sie ihn entschuldigte. Wie konnte der Emanuel, den sie kannte, antreffbar sein, wenn sie ihn verleugnete, die ihn kannte, wie niemand sonst. Nelly war überzeugt, sie habe Schuld auf sich geladen, weil sie ihn genau als das darstellte, was er nicht war. Aber war es nicht richtiger, wenn er, der alles umfaßte, der alle Gesetze gemacht hatte, in seiner Welt nicht antreffbar war. Wenn es der Wille Emanuels war, nicht antreffbar zu sein. So daß immer da, wo jemand anderer war, Emanuel per definitionem nicht war.

Stumpfegles S-Klasse-Fahrzeug beherrschte Schleifreisen. Der größte Platz des Orts war stark abschüssig und wies keine Gehsteige auf. Es gab keine Geschäfte und kein Rathaus, nur die Rückseite einer Kirche. Stumpfegle telefonierte mit seiner Kanzlei. Er hatte mit Nelly den ganzen Ort abgesucht und das Grundstück nicht gefunden. Seine Sekretärin blätterte in dem Akt und in den Urkunden, um die genaue Adresse zu ermitteln. Die Sonne schien, Nelly hatte das Schiebedach geöffnet.
»Ich hätte nicht gedacht, daß jemand Immobilien kauft und danach nicht einmal weiß, wie sie aussehen.«
»Ich weiß, wie es aussieht. Ein abbruchreifes Backsteinhaus am Hang. Ich finde es nur nicht. Ich habe mir seinerzeit keine große Mühe gegeben, mir die genaue Lage einzuprägen, weil der Ort so klein ist. Ich habe gedacht, man kann gar nicht daran vorbeifahren.«
»Du bist sicher, daß wir im richtigen Ort sind.«
»Natürlich.«
»Du solltest jemanden fragen.«
»Ich will erst abwarten, was meine Sekretärin sagt.«
Während sie sprachen, hielt am oberen Ende des Platzes ein Bus, der Schulkinder von der Schule zurückbrachte. Die Kinder stiegen aus und verteilten sich nach allen Seiten. Diejenigen, die den Platz hinunterzugehen hatten, schlenderten auf der Fahrerseite ganz nah an Stumpfegles Wagen vorbei. Die Größeren blickten neugierig in das Innere, wagten jedoch nicht stehenzubleiben.
Nelly öffnete das Seitenfenster.
»Daß du dich ausgerechnet an das Grundstück nicht erinnerst, das du mir verkaufen willst.«
Stumpfegle bedeutete ihr zu schweigen, weil ihm seine Sekretärin etwas mitzuteilen hatte.

»Die Grundstücke, die du mir nicht verkaufen willst, würdest du bestimmt eher finden.«

»Ein dummer Zufall.«

»Es hätte ja auch keinen Sinn, mir ein Grundstück anzubieten, das man gleich findet, dann müßte ich es auch gleich bezahlen.«

»Du mußt es nicht gleich bezahlen. Ich führe die Verhandlungen mit dem Architekten, mit den Baufirmen und mit dem Makler. Du fängst nicht zu bauen an, ehe nicht alles verkauft oder vermietet ist. Mit den Kauf- oder Mietverträgen finanziert die Bank auch das Grundstück. Vorher brauche ich die hunderttausend Mark nicht.«

»Du mußt das Grundstück nur finden.«

Eine alte Frau, die am Stock ging, überquerte den Platz. Sie war vom Bergaufgehen so angestrengt, daß sie sich mit einer Hand auf dem linken hinteren Kotflügel abstützte. Nachdem sie sich ausgeruht hatte, ohne den Wagen oder seine Insassen mit einem Blick zu würdigen, ging sie weiter bergan. Nelly blickte der Frau nach.

»Warum baust du nicht selbst.«

»Der Kaufvertrag wird mit einem unbedingten Rücktrittsrecht ausgestattet. Falls es wirklich Schwierigkeiten mit dem Verkauf oder der Vermietung vom Plan geben sollte, kannst du jederzeit zurücktreten. Ich trage alle Kosten.«

»Entschuldige. Es war nicht so gemeint. – Eine geschäftliche Frage. Du siehst das Dorf. Keine Menschenseele, die nicht schon immer am Ort oder in der Umgebung war. Wer könnte Interesse und Geld haben, hier in einem Neubau etwas zu kaufen oder zu mieten?«

»Das Hermsdorfer Kreuz ist ein wichtiger Verkehrsknotenpunkt. Philipp Holzmann hat unmittelbar daneben fünfzehn Hektar Wiese gekauft, um ein Logistikzentrum zu errichten. Es gibt nichts für die Leute, die dort arbeiten werden. Keine Hotels, keine Pensionen, keine Wohnungen mit West-Standard. Und es gibt auch keine Grundstücke, auf denen schnell gebaut werden kann. Das Grundstück gehört mir, ich stehe im Grundbuch. Sonst sind immer die Eigentumsverhältnisse unklar, so daß man nicht mit dem Bauen anfangen kann. Hier sind sie klar.«

Zwei Jungen drehten auf dem Platz mit ihren Fahrrädern Kreise.

Stumpfegle legte den Hörer auf.

»Ich habe damals mit dem Bürgermeister gesprochen. Er hat gesagt, ich könne das alte Haus sofort abbrechen, ich brauchte nicht einmal auf eine Abbruchgenehmigung zu warten. Er sei sehr froh und werde jede Unterstützung geben, wenn dort gebaut werde. – Meine Sekretärin hat den Akt und die Urkunden durchgesehen, jedoch weder eine genaue Adressenangabe noch einen Lageplan gefunden. Wir müssen noch einmal alle Ortsausgänge abfahren. Soweit ich mich erinnere, lag es an einer Ortsausfahrt. Vielleicht haben wir eine übersehen.«

»Hier sind überall Sackgassenschilder.«

»Nicht überall. Der Makler sagte, es liege in Richtung Teufelstal ...«

»Willst du nicht doch fragen.«

»Wonach.«

»Nach dem Teufelstal zum Beispiel.«

»Ich versuche es so.«

Stumpfegle stieß tatsächlich auf eine Straße, die sie vorher übersehen hatten. Sie führte steil hinunter ins Teufelstal, das Backsteinhaus fand sich kurz vor dem Ortsausgang.

Sie stiegen die Wiese neben dem bäuerlichen Anwesen

hoch, Stumpfegle wollte auch von oben und von hinten in das Grundstück Einsicht nehmen.
»In der Hanglage kann man mindestens drei Stockwerke bauen.«
Nelly ging auf der Grasnarbe neben dem lehmigen Weg, der zu dem Geräteschuppen führte.
»Viel Sonne hat es aber nicht.«
»Es soll ja kein Kurhotel werden.«
Stumpfegle öffnete die Tür des Geräteschuppens, als ihm auch schon eine am Türrahmen angelehnte Mistgabel entgegenfiel.
»Es ist besser, wenn wir nicht hineingehen.«
Sie begaben sich wieder zum Auto zurück, wobei sie eine vorbeikommende Fußgängerin launig fragte, ob sie sich die Villa ansähen. Nelly sagte freundlich ja.
Am Auto angekommen, reichte Stumpfegle Nelly eine Bürste, mit der sie sich die Schuhe säubern sollte, bevor sie einstieg.
»Wenn du sofort anfängst und noch in diesem Jahr fertig wirst, kannst du noch für dieses Jahr fünfzig Prozent der Baukosten absetzen. Du bekommst alle Steuern zurück, die du in den letzten beiden Jahren gezahlt hast.«
»Das klingt gut für jemanden, der sich bei jedem Nachtdienst fragt, warum sein Nettostundenlohn dafür geringer ist als der einer Putzfrau.«
»Ich hoffe, du hast nichts gegen Putzfrauen.«
»Eine Putzfrau würde für den Stundenlohn nicht anfangen.«
»Du bist keine Putzfrau.«
»Ich habe ein höheres gesellschaftliches Ansehen.«
»Du bist Ärztin geworden wegen des höheren gesellschaftlichen Ansehens.«

»Ich bin Ärztin geworden, weil ich keine Putzfrau werden wollte.«
Stumpfegle selbst säuberte ebenfalls seine Schuhe, bevor er einstieg.
»Es gibt eine Einnahmen- und eine Ausgabenseite ...«
»Bitte nicht jetzt. Ich mache alles, was du willst.«
»Es geht nicht darum, daß du das machen sollst, was ich will ...«
»Bitte keine Vorträge. Wir fahren ins Teufelstal, solange noch Sonne ist. Abends sprechen wir dann darüber, wie ich zur Bauherrin werde.«

*

Stumpfegle hatte in Weimar, dem Reiseziel für den nächsten Tag, kein Quartier mehr bekommen, so daß sie nach Chemnitz fuhren, wo sie im Hotel *Kongreß* übernachteten. Am nächsten Tag ging es dann zum Hermsdorfer Kreuz zurück und bei immer noch schönem Wetter nach Weimar. Nelly kam zum ersten Mal nach Weimar, Stumpfegle war vor Jahren schon einmal dort gewesen. Sie besichtigten das Goethe- und das Schiller-Haus, nicht jedoch Buchenwald. Nelly war überrascht von der Größe des Goethe-Hauses, sie hatte es sich viel kleiner vorgestellt. Stumpfegle bemerkte, Goethe sei eben ein Staatsdichter gewesen. Sie war enttäuscht darüber, daß sich Goethes Sammlungen nicht in seinem Haus, sondern in einem Museum befanden. Sie meinte, Goethe sei ein in jeder Beziehung glücklicher Mensch gewesen. Am Schiller-Haus störte sie, daß es mit »Möbeln aus Schillers Zeit« vollgestellt war.
Als sie abends ihre Zimmer im Hotel *Elephant* beziehen wollten, erlebten sie eine unangenehme Überraschung. Es

lag keine Reservierung vor. Die Empfangsdame teilte freundlich, aber bestimmt mit, leider seien alle Zimmer belegt, es bestehe keinerlei Aussicht, sie für diese Nacht unterzubringen. Stumpfegle konnte seine Sekretärin nicht mehr erreichen, so daß Widerspruch zwecklos war. Es gebe außerhalb ein Gästeheim, in dem vielleicht noch etwas frei sei. Stumpfegle bat die Empfangsdame anzurufen. In dem Gästeheim war noch ein letztes Doppelzimmer verfügbar. Stumpfegle ließ es mit der ausdrücklichen Maßgabe reservieren, sie kämen später, weil sie erst noch zu Abend essen würden. Die Empfangsdame zeichnete ihnen den Weg zu dem Gästehaus auf einem Blatt Papier auf.
Sie aßen vor allem reichlich, nachdem sie mittags nur eine Thüringer Bratwurst an einem Autobahnimbiß zu sich genommen hatten. Wie vorherzusehen war, hatten sie anschließend die größten Schwierigkeiten, das Gästeheim zu finden. Die Straßenbeleuchtung war derart düster, daß sie die Straßennamen, insofern es überhaupt Straßenschilder gab, nicht lesen konnten. Sie fragten sich zu dem Vorort durch, in dem sich das Gästehaus befinden sollte, wobei sie einen ganz anderen Weg nahmen als den von der Empfangsdame empfohlenen. Schließlich gelangten sie dort an, wo nach der Beschreibung des letzten, den sie gefragt hatten, die Straße zu dem Gästeheim links abbiegen sollte. Die Landstraße führte vor einer großen Erhebung vorbei, an deren Ausläufer das Gästeheim liegen sollte, während sich der eigentliche Vorort über die Erhebung erstreckte. Es war völlig finster, man sah lediglich auf der Höhe die Umrisse von großen Plattenbauten. Stumpfegle fuhr auf der Landstraße weiter, bis er das Ortsschild mit dem Namen des Vororts sah und dort links einbog. Sie stießen jedoch nicht auf Plattenbauten, sondern auf eine Siedlung von alten Ein-

und Zweifamilienhäusern. Die Straße, die Stumpfegle genommen hatte, führte aus dem Ort hinaus, und sie gelangten wieder auf die Landstraße, von der sie abgebogen waren. Stumpfegle kehrte um, fuhr erneut in den Ort, nahm eine andere Straße, die jedoch ebenfalls nicht zu den Plattenbauten, sondern gleichermaßen aus dem Ort hinausführte. Sie fuhren schließlich im Schrittempo auf der Landstraße zurück und entdeckten jetzt dort, wo sie nach der letzten Beschreibung hätten abbiegen sollen, eine Straße, die hügelan ging. Nur war die Straße gesperrt, man bereitete offensichtlich Teerarbeiten vor. Der Schotter schien befahrbar, so daß Stumpfegle die Sperre nicht beachtete. Nach kurzer Zeit machten jedoch querstehende Baufahrzeuge ein Weiterfahren unmöglich. Während Stumpfegle umkehrte, bemerkte Nelly ein Fahrzeug, das versuchte, sich neben der im Bau befindlichen Straße durch die Wiese hochzukämpfen. Stumpfegle hielt einen Augenblick inne, in Betracht ziehend, es dem Fahrer nachzutun, kam jedoch schnell wieder von dem Gedanken ab, als offensichtlich wurde, daß der Fahrer steckengeblieben war. Sie hörten den Motor aufheulen, aber das Fahrzeug bewegte sich nicht mehr. Stumpfegle schüttelte entnervt den Kopf und folgte Nellys Empfehlung, nach Weimar zurückzukehren, um sich dort eines Taxis zu bedienen.

Sie fuhren hinter dem Taxifahrer her, an der gesperrten Straße vorbei, sie bogen dort ab, wo sie schon zweimal abgebogen waren, der Taxifahrer nahm schmalste Anliegerstraßen, sie gelangten zu den Plattenbauten und nach einer langgezogenen Kurve zu dem Gästeheim, ebenfalls einem Plattenbau. Der Taxifahrer erläuterte ihnen, die Straße, die sie zu nehmen versucht hatten, sei tatsächlich die richtige gewesen, sie werde jedoch gerade erneuert. Der Weg durch den Ort sei für jemanden, der nicht ortskundig sei, schwierig zu finden. Stumpfegle stellte den Wagen auf dem bereits geteerten Parkplatz ab und war froh, daß das Zimmer nicht weggegeben war. Es befand sich im fünften Stock, unmittelbar neben dem Lift. Der Entwurf der Zimmereinrichtung bot sich so einheitlich wie nur möglich dar. Bett, Schrank, Tisch und Stühle waren aus demselben hellen Holzimitat. Es gab kein Telefon, nur eine Art Sprecheinrichtung. Da Stumpfegle nicht wußte, wie und ob diese vom Zimmer aus überhaupt in Gang zu bringen wäre, fuhr er noch einmal mit dem Lift zur Nachtpförtnerin hinunter, um einen Weckruf vormerken zu lassen. Nelly begab sich währenddessen ins Bad.

Als er das Zimmer betrat, rief Nelly, er solle ins Bad kommen. Dort gab es nur einen Wasseranschluß, einen schwenkbaren Hahn, der sowohl die Badewanne als auch das Waschbecken bediente, darüber die Dusche. Nelly stand unter dem Wasserstrahl, sie wies auf die Klosettspülung. Das Wasser lief ohne Unterbrechung vom Spülkasten in die Schüssel. Stumpfegle zog ein paarmal an der Kette, mit der die Spülung ausgelöst wurde, was jedoch das Wasser nicht hinderte, weiter zu fließen. Nelly bemerkte aus der Badewanne, das habe sie auch schon versucht. Stumpfegle blieb nichts anderes übrig, als auf den Rand der Klosettschüssel zu steigen, wo er sich auf die Zehenspitzen stellen mußte, um in das Innere des Spülungskastens zu blicken. Die Kette betätigte unmittelbar den Bolzen, der den Abfluß des Spülkastens verschloß, der Bolzen besaß jedoch keinerlei Führung, so daß er an der oberen Kante des Abflusses aufsaß. Stumpfegle steckte den Bolzen in den Abfluß, worauf der Fluß des Wassers sofort aufhörte. Er stieg herab, setzte sich auf den Rand des Klosetts, das nur eine Brille, aber keinen Deckel aufwies, und lockerte sich die Krawatte. Nelly trat neben den Wasserstrahl.

»Du tust wirklich alles für mich.«

»Ich tue es nicht nur für dich. Wenn die Spülung durchläuft, kann ich auch nicht schlafen.«

»Ist noch die Frage, wie lange wir schlafen können. Wir sind unmittelbar neben dem Lift.«

»In dem Heim wohnen wahrscheinlich viele Arbeiter, die um sieben Uhr mit der Arbeit beginnen. – Wir werden sehen.«

»Wir werden hören.«

Inzwischen war der Spülungskasten vollgelaufen. Stumpfegle erhob sich von dem Klosett und löste mit großer Vorsicht die Spülung aus. Der Bolzen verschloß das Loch wieder.

»Du mußt die Spülung langsam ziehen. Dann läuft sie nicht durch.«

Nelly duschte weiter.

»Warum gibst du mir das Geld nicht so. Du kannst dir die Arbeit ersparen, alles in meinem Namen für mich abzuwickeln.«

»Es ist nicht so viel Arbeit.«

»Warum gibst du es mir nicht so?«

Stumpfegle wurde zornig.

»Wenn ich nicht wüßte, dein Problem besteht gerade darin, daß du dich nicht im geringsten darum kümmerst, wie Geld hereinkommt ...«

»Du fickst mich und bezahlst dafür, weil du fünfundzwanzig Jahre älter bist als ich. Das hat es alles schon einmal gegeben.«

»Zieh dich an!«

»Glaubst du wirklich, ich bin dazu fähig, etwas zu lernen?«

Stumpfegle wurde noch zorniger.

»Wie dein Werdegang beweist, hast du immer sehr schnell gelernt, wenn du nur wolltest!«

»Ich bin keine Kinderchirurgin geworden, ich habe Gynäkologie und Geburtshilfe nicht fertig gemacht, den Facharzt für Innere Medizin habe ich auch nicht, und jetzt soll ich Unternehmerin werden?«

»Ich will dir helfen.«

Nelly stellte einen Fuß auf die Kante der Badewanne und trocknete sich ab.

»Ich habe dich nicht darum gebeten.«

»Ich versuche, es auf meine Art zu tun.«

»Gebt ihnen kein Getreide, sondern Traktoren. Oder Staudämme. Oder Hacken.«

»Wenn du so willst.«

»Glaubst du wirklich, ich kann es lernen?«

»Sonst würde ich es nicht tun.«

»Glaubst du, ich will es lernen?«

Nellys Stimme war versöhnlich geworden. Stumpfegles Wut war verebbt.

»Warum nicht.«

»Hast du dich gegenüber Elsi verpflichtet.«

»Nein.«

»Du willst mit Elsi schlafen.«

»Warum. Ich schlafe mit dir.«

»Darfst du das überhaupt.«

»Wer sollte es mir verbieten.«

»Wenn ich dich lasse. Du bist nicht der erste.«

»Das habe ich vorausgesetzt.«

»Du bist auch nicht der erste, der mit Elsi schlafen will und nicht zum Zug kommt.«

»Hat Elsi keinen Freund?«

Nelly gab keine Antwort.

»Warum nicht.«
Nelly hatte sich inzwischen abgetrocknet.
»Elsi braucht keinen Freund. – Könntest du jetzt vielleicht das Bad verlassen.«
»Wenn du nicht vorhast, etwas zu lernen, dann wäre es ehrlicher, wenn du das geradeheraus sagen würdest.«
»Ich habe nicht vor, nichts zu lernen.«
»Könntest du es nicht nur negativ formulieren.«
»Ich könnte es nicht nur negativ formulieren.«
Stumpfegle blickte sie bittend an.
»Ich werde bauen. – Nach deinen Anweisungen. – Könntest du jetzt das Bad verlassen.«
Stumpfegle verließ das Bad. Nach einiger Zeit betätigte sie die Spülung, danach lief das Wasser wieder durch. Stumpfegle betrat erneut das Bad, stieg auf die Klosettschüssel und steckte den Bolzen in den Abfluß.
Nelly hatte sich das Handtuch um den Körper gewickelt und sah Stumpfegle zu.
»Ich weiß, daß ich nicht vorsichtig genug gezogen habe. Ich habe mir Mühe gegeben, vorsichtig zu ziehen. Aber es war eben nicht vorsichtig genug.«
Stumpfegle wartete, bis der Spülungskasten vollgelaufen war, und betätigte noch einmal die Spülung. Das Wasser lief danach nicht durch.

*

An die Dienstreise in die DDR schloß sich eine Urlaubsreise in die Schweiz an. Stumpfegle und Nelly bezogen getrennte Zimmer, es gab jedoch eine Verbindungstür. Nelly fuhr allein Ski, Stumpfegle ging spazieren und arbeitete Akten durch, die keine Terminsachen darstellten.

In der ersten Wochenhälfte erfreuten sich Stumpfegle und Nelly abendlicher Kurzbesuche eines Freunds von Stumpfegles Sohn. Der Freund war ebenfalls Jurist, Syndikus bei der Apothekerkammer, seine Verlobte seine ehemalige Sekretärin, die sich nach Bekanntgabe der Verlobung einen anderen Arbeitsplatz gesucht hatte. Die Sekretärin unternahm alles, um ihren gerade kinderlos geschiedenen ehemaligen Vorgesetzten für immer unter Kuratel zu stellen. Sie hatte ihm so lange Blumen vor die Tür seiner Eigentumswohnung gelegt, bis sie seinen gesamten Haushalt, einschließlich Putzen und Wäsche, in ihre Hand gebracht hatte. Sie lief weder gut noch gern Ski, sie war lediglich mitgekommen, um eine Zukunft vorzubereiten, die keine Skiurlaube mehr und schon gar nicht dort vorsah, wo ihr Verlobter zu lange zu oft ohne sie gewesen war. Am zweiten Tag ihres Aufenthalts stürzte sie, konnte zwar selbst zu Tal fahren, klagte jedoch über starke Schmerzen im Knie und bestand darauf, sich im Spital untersuchen zu lassen. Dort wurde lediglich eine leichte Bänderdehnung festgestellt, die mit einer kaum merklichen Schwellung verbunden war. Trotzdem zog sie den Fuß nach und fuhr nicht mehr Ski. Der Bräutigam leistete ihr zwei Tage auf verschiedenen Parkbänken Gesellschaft. Als er, das Wetter war zu einladend, doch einen Vormittag mit Nelly Ski laufen ging, humpelte die Braut am Nachmittag so stark, daß er solche Versuche nicht mehr wagte. Auf seine Bitte hin untersuchte Nelly das Knie, sie kam zu keiner andereren Diagnose als der Krankenhausarzt. Es gab keinen Grund zu humpeln. Da »man« also nicht mehr Ski laufen konnte, fuhr »man« vorzeitig ab.

In der zweiten Wochenhälfte leistete Kowalski Nelly bein Skilaufen Gesellschaft. Nachdem sie alle Pisten kennengelernt hatten, unternahmen sie eine Tour mit dem Skilehrer. Dieser wunderte sich, daß Kowalski, obwohl noch nicht lange angekommen, die kräftigste Farbe aufwies. Es stellte sich heraus, daß er die vergangenen Wochenenden ausnahmslos in den Bergen verbracht hatte. Nelly bemerkte, so viel Zeit lasse ihr ihre Arbeit nicht. Kowalski entgegnete, sie müsse sich eben auch habilitieren. Der Skilehrer riet zum Aufbruch, es sei ein warmer Tag und sie seien etwas spät dran. Der Skilehrer fuhr voran, Kowalski ihm nach. Die Schneedecke brach ein, so daß sie große Mühe hatten zu schwingen. Nelly war nicht in der Lage, dem Skilehrer und Kowalski zu folgen. Der Skilehrer hielt an und schlug vor, Nelly solle unmittelbar hinter ihm fahren, wobei er größere Schwünge machen würde, und Kowalski solle hinter Nelly fahren. Sie legten jeweils nur eine kurze Strecke zurück, um dann innezuhalten. Nicht nur Nelly, auch der Skilehrer, der im Sommer Bergführer war, atmete schwer. Nelly äußerte Bedenken, ob sie die Abfahrt würde durchhalten können. Kowalski meinte, man hätte früher aufbrechen müssen. Der Skilehrer beruhigte Nelly, man bleibe nicht bis ins Tal hinunter im Tiefschnee, man stoße vorher auf die präparierte Piste, außerdem hätte es bald kräfteschonende Schrägfahrten. Die sich unmittelbar anschließende Schrägfahrt erwies sich jedoch durchaus nicht als kräfteschonend. Der Skilehrer brach fast bis zur Brust in den schmelzenden Schnee ein und mußte sich regelrecht ausgraben. Nelly und Kowalski stiegen deshalb vorher ab, um den Hang im Schatten zu queren. Sie einigten sich darauf, daß Nelly wieder hinter Kowalski fuhr, so daß sie in der vom Skilehrer und Kowalski gelegten Spur Kraft sparen konnte.

Sie näherten sich langsam der präparierten Piste, wobei sie

allmählich immer weniger einsanken, weil der Schnee mit zunehmender Talnähe schon länger sulzig gewesen war und sich gesetzt hatte. Weil sie schneller fuhren, waren auch die Abstände zwischen ihnen größer geworden. So daß keiner von den dreien bemerkte, daß der vorausfahrende Skilehrer in einer Schrägfahrt eine Lawine auslöste. Bevor Nelly sah, was geschah, spürte sie, wie der Hang unter ihr und sie auf ihm langsam abglitt. Sie schrie auf. Der Skilehrer war nur wenige Meter vom Wald entfernt, sich umblickend, fuhr er auf die schützenden Bäume zu. Zuerst war die Schneedecke unterhalb der von Skilehrer gezogenen Spur abgerutscht, jetzt geriet die Schneedecke oberhalb davon in Bewegung. Kowalski befand sich zwischen dem Skilehrer und Nelly in der Mitte des Hangs, er war bereits bis zu den Hüften in den gleitenden Schneemassen eingesunken und schon unterhalb der vom Skilehrer gelegten Spur. Nelly hielt am Beginn des Hangs, der weniger Schnee trug. Obwohl ihr Herz von einer Sekunde auf die andere so laut schlug, daß sie nicht hörte, was ihr der Skilehrer zurief, und obwohl sie zu keinem Gedanken fähig war, hatte sie die Ski bergwärts gerichtet. Die Schneedecke unter ihr rutschte langsam ab, die Schneedecke über der Spur bewegte sich auf ihrer Höhe nicht, so daß sie schon nach wenigen Sekunden, die ihr jedoch wie eine ganze Ewigkeit erschienen, zum Stillstand kam. Der Skilehrer hatte inzwischen den Wald erreicht und schrie Kowalski etwas zu. Der Hang war nicht steil, mündete jedoch etwa fünfzig Meter unterhalb der Spur, die der Skilehrer gewählt hatte, in einen Felsabbruch. Das Schneebrett und Kowalski in ihm bewegten sich langsam und völlig geräuschlos auf den Abgrund zu. Kowalski war mittlerweile bis zu den Schultern vom Schnee umschlossen. Nelly wußte, er würde jetzt endgültig in den Schneemassen verschwinden und nie wieder auftauchen. Aber er verschwand nicht. Abwechselnd tauchten seine Arme und seine Beine auf. Er hatte sich bereits eines Stocks entledigt und konnte sich auch von dem anderen befreien. Der drohende Abgrund war in seinem Rücken. Während das Schneebrett weiter abrutschte, gelang es ihm, sich langsam zu drehen, so daß er sehen konnte, woraufhin er sich bewegte. Es war, als ob er in dem Schneebrett schwimmen würde. Einmal verschwand sein Kopf, jedoch nur für kurze Zeit, es sah so aus, als ob er absichtlich kurz untergetaucht sei, um darauf sofort wieder aufzutauchen. Die Zeit, bis Kowalski in den Schneemassen am Felsenrand angelangt war, erschien Nelly wie eine weitere Ewigkeit. Kurz vor dem Abgrund hatte er sich mit dem gesamten Oberkörper aus dem Schnee herausgearbeitet. Er umfaßte mit beiden Armen den kräftigsten Busch, der sich ihm darbot, hielt ihn fest und ließ den Schnee unter sich und an sich vorbei in die Tiefe gleiten.

Erst jetzt waren die Geräusche vernehmbar, die der hundert Meter weiter unten ankommende Schnee verursachte. Als das Schneebrett endgültig in die Tiefe geprasselt war, wurde sichtbar, daß sich Kowalski nicht nur der Stöcke, sondern auch eines Skis entledigt hatte. Auf dem Hang oberhalb des Abgrunds war das Gras sichtbar, so daß keine weitere Gefahr mehr drohte. Kowalski schnallte den verbliebenen Ski ab, winkte sowohl Nelly als auch dem Skilehrer lachend zu und stieg behend den Berg hinauf, zur Waldgrenze, wo der Skilehrer wartete.

Nelly stand, den Oberkörper auf die Stöcke gestützt, ihr Herz schlug immer noch so laut, daß sie nicht hörte, was sich Kowalski und der Skilehrer zuriefen. Sie sah Kowalski lachend den Berg hinaufsteigen, sie wußte, es war vorbei, aber

sie sah zugleich immer noch, wie das Schneebrett abrutschte und wie Kowalski darin auf den Abgrund zutrieb.
Wie er den Oberkörper aus den Schneemassen herauswand.
Wie er sich von seinen Stöcken befreite.
Wie er sich drehte, um zu sehen, wohin er trieb.
Wie er, als ob es das Einfachste der Welt wäre, den Busch ansteuerte.
Schwimmend.
Wie er den Busch festhielt, während die Schneemassen unter ihm in die Tiefe glitten.
Schwimmend.
Wie seine blaue Mütze kurz vor ihm auftauchte, verschwand und wieder auftauchte, um schließlich mit den Schneemassen in die Tiefe zu fallen.
Es war vorbei, aber es war nicht zu Ende.
Sie konnte das Bild des lachenden, auf einen Ski gestützten Aufsteigenden vor dem aperen Hang nicht mehr von dem Bild des in den Schneemassen Schwimmenden trennen. Die beiden Bilder überlagerten sich nicht. Sie sah jedes einzelne klar und deutlich. Aber sie würde niemals das eine ohne das andere sehen.
Sie bewunderte Kowalski grenzenlos.
Das Schneebrett war abgegangen, und niemandem war etwas geschehen.
Sie wünschte, daß ihr etwas geschehen wäre.
Daß ihr etwas geschehen würde.

Nelly ist begabt, aber sie weiß nicht, was sie will. Sie hat sich nach ihrem Staatsexamen – die Reihenfolge ist wahrscheinlich nicht richtig und die Aufzählung unvollständig – mit Endokrinologie, Kinderchirurgie, Gynäkologie, Innerer Medizin und Psychotherapie beschäftigt. Sie hat eine anspruchsvolle endokrinologische Dissertation verfaßt, sie hat sich in der Kinderchirurgie als äußerst geschickt erwiesen, sie war unüblich schnell mit den Wechselfällen der Geburtshilfe vertraut, sie hat großes Einfühlungsvermögen für schwerstkranke Menschen bewiesen, sie hat das Vertrauen von Patienten gewonnen, die sich niemandem sonst offenbarten. Sie fängt etwas an und kann es sehr schnell. Schneller als viele andere. Aber sie verliert auch ebenso schnell die Lust daran. Sie ist nicht bereit, eine Fähigkeit oder Fertigkeit zu vervollkommnen, wenn die Erfolge pro Zeiteinheit nicht mehr so augenfällig sind. Sie fängt lieber etwas Neues an, was sie ebensowenig zu Ende bringt. Sie kann nicht mit Geld umgehen. Ihr Konto ist immer überzogen, ohne daß sie sagen könnte, wofür sie das Geld ausgegeben hat. Sie wohnt nicht teuer, sie kleidet sich nicht teuer, und sie macht auch keine teuren Reisen. Sie hat mit etwa zwei Dutzend Männern geschlafen, aus den verschiedensten Beweggründen. Die Mitarbeiterin, die dies schreibt, ist schon sehr lange in meiner Kanzlei. Mit manchen Männern hat sie geschlafen, weil sie hoffte, daß sie sie heiraten würden. Aber sie hat auch mit verheirateten Männern geschlafen, von denen sie wußte, sie würden sich niemals scheiden lassen. Sie hat mit Männern geschlafen, in die sie verliebt war. Sie hat mit Männern geschlafen, die sie sexuell anziehend fand. Sie hat mit Männern geschlafen, die sie so lange beredet haben, bis sie mit ihnen geschlafen hat. Sie hat einmal mit einem Mann geschlafen, der sie dazu zwang, bei einer Fortbildungsveranstaltung. Ihre jeweiligen Vorgesetzten beurteilten sie gut, mit ihren Kollegen hat sie nicht mehr und nicht weniger Streit als andere auch. Sie kommt mit Kollegen besser aus als mit Kolleginnen. Sie erhält unangenehme Anrufe von ihrer Bank, sie mußte einer langfristigen Umschuldung ihres Kontokorrents in ein Festdarlehen zustimmen, wobei Zins und Tilgung regelmäßig abgebucht werden. Eine Art übliches Unglück also. Mit einer Einschränkung. Für eine Frau ist es durchaus üblich, Kinder zu bekommen, sie kann keine bekommen. Wäre alles anders, wenn sie Kinder bekommen könnte? Vielleicht würde sie dann tatsächlich mit weniger Männern schlafen. Vielleicht wäre sie trotz Kind oder Kindern getrennt lebend oder geschieden. Es muß schließlich noch andere Gründe geben, ein gemeinsames Leben zu führen, als sich fortzupflanzen. Würde sie besser mit Geld umgehen können, wenn sie Kinder bekommen könnte? Sie ist nicht die einzige, die keine Kinder bekommt. Doch wieder ein übliches Unglück. Wir haben besprochen, sie beschränkt sich auf ein Fachgebiet, sie beschleunigt die Facharztausbildung und versucht, Chefärztin zu werden, sie eröffnet eine Praxis, sie leitet ein Sanatorium, ich könnte Investoren beibringen, die das Vorhaben finanzieren würden, und ich habe vorgeschlagen, sie soll erwägen, ihre Arbeit völlig aufzugeben und von der Arbeitslosenunterstützung zu leben. Sie las mir darauf ein Zitat von Schnitzler vor, das ich mir aufgeschrieben habe, weil es mir so gut gefiel. *Die Seele mancher Menschen scheint aus einzelnen, gewissermaßen flottierenden Elementen zu bestehen, die sich niemals um ein Zentrum zu gruppppieren, also auch keine Einheit zu bilden imstande sind. So lebt der kernlose Mensch in einer ungeheuren und ihm doch niemals zu Bewußtsein kommenden Einsamkeit dahin. Die große Mehrzahl der Menschen ist in diesem Sinne kernlos.* Ich sehe Schnitzler gern im Theater, ich weiß über ihn sonst nur, daß er Arzt war. Ich sagte ihr, ich wunderte mich über dieses Zitat aus ihrem Mund, Anliegen der Psychotherapie sei doch gerade, einen Kern herauszuarbeiten. Wenn es keinen Kern gebe, könne man versuchen, einzelne Elemente zu stärken, bevorzugt solche, die sich als Band eigneten, um die anderen zusammenzuhalten. Vielleicht ergebe sich dann eine Konstellation, die den Kern nicht ersetze, jedoch den Fluchtbewegungen der Elemente entgegenwirke. Sie erwiderte, es gebe ja ein Band. Ihre Geldschwierigkeiten. Die Fixierung auf den Kontostand und das Monatsende. Sie gestand, daß ihr eine neue Umschuldungsaktion bevorstehe. Sie habe den zugesagten Kontokorrentrahmen wieder überschritten. Erst nur wenig, dann immer mehr. Die Bank habe nichts dazu gesagt. Aber jetzt habe sie sich gemeldet. Man werde wieder den Kontokorrentkredit in ein Darlehen mit Zins und fester Tilgung umwandeln, dadurch würden ihre monatlichen Verpflichtungen sehr steigen. Wenn sie es sich aussuchen könnte, andere Bänder seien ihr lieber. Sie beneide z. B. Leute, die in schönen alten Häusern lebten, in denen schon die Großeltern gewohnt hätten. Vorausgesetzt, die Leute könnten sich den Unterhalt der Häuser leisten. Sie stelle es sich wunderbar vor, wenn etwa der Großvater Geschmack gehabt habe und entsprechende Möbel, Teppiche und Bilder angeschafft habe. Wer in einem solchen Haus lebe, brauche sich nur noch darum zu kümmern, wie man das Haus und seinen Inhalt erhalte, sonst könne er sich in Ruhe den wichtigen Dingen des Lebens widmen. Ich warf ein, ihre Vergangenheit könne sie sich nicht aussuchen.

Aber es gebe Dinge, die könne sie sich aussuchen. Eine Praxis. Ein Sanatorium. Sie bleibe lieber bei den Dingen, die sie sich nicht aussuchen könne. Kinder zum Beispiel. Das sei auch ein Band für sie, alle die Kinder, die sie nicht bekommen könne. Ein Ehepaar könne ein Kind adoptieren. Wenn sie ein Kind wolle, brauche sie zuerst einen Mann. Nur bekomme sie keinen Mann, weil sie keine Kinder kriege. Es gebe noch ein Band. Dasjenige, das sie um fremde flottierende Elemente ziehen wolle. Sie sei ein Schulbeispiel für das Helfer-Syndrom. Im Verlauf ihrer Karriere habe sie allerdings die Erfahrung gemacht, man könne die flottierenden Elemente kaum zusammenbinden, wenn man sich mit dem Blutbild des Trägers beschäftige oder mit dessen Innereien, während er nicht bei Bewußtsein sei. Sie gehe den Weg zur Psychotherapie für ihre Verhältnisse durchaus zielstrebig. Sie wolle in jedem Fall den Facharzt für Innere Medizin machen, Innere Medizin und Psychotherapie mit Schwerpunkt auf der Diagnose und Therapie psychosomatischer Störungen könnten sie unter anderem auch in die Lage versetzen, daß sie einmal nicht mehr ständig nachrechnen müsse, wie lange es noch bis zum nächsten Monatsende sei. Woher sie das Helfer-Syndrom habe, wisse sie, Double bind in bezug auf ihre Mutter, gleichzeitig an- und abstoßendes Verhalten derselben. Ich fragte, warum ihre Schwester kein Helfer-Syndrom habe, sie sei doch unter denselben Bedingungen aufgewachsen. Sie sagte, sie hätte aber gedacht, ihre Schwester habe auch ein Helfer-Syndrom. Ich sagte, ich glaubte nicht, daß Elsi ein Helfer-Syndrom habe. Sie sagte, sie glaubte durchaus, daß Elsi ein Helfer-Syndrom habe. Aus ihrem Ausdruck konnte ich nicht schließen, ob sie es ernst meinte oder nicht. Es gebe allerdings etwas, was sie auf ihrem Ausbildungsweg innehalten lasse. Emanuel. Emanuel brauche sie. Emanuel sei ein sehr dankbares Objekt der Zuwendung. Wenn sie nicht Geld verdienen müßte, würde sie sich möglicherweise nur noch um Emanuel kümmern. Sie würde dann bestimmt keine Männer mehr brauchen. Aber ihr reiche das Arztgehalt schon nicht. Sie könne nicht von Arbeitslosenunterstützung und Sozialhilfe leben. Es gehe nicht. So, wie es jetzt sei, gehe es allerdings auch nicht. Sie kümmere sich nicht genug um Emanuel. Das Ergebnis seien seine Gelddiebstähle. Er stehle auch, weil er wisse, daß sie Geld benötige.

Ich wollte Emanuel nicht in die Kanzlei bestellen. Ich hoffte, mehr von ihm zu erfahren, wenn ich unter einem Vorwand seine Eltern aufsuchte und beiläufig mit ihm sprach. Beim zweiten Anlauf traf ich ihn. Als ich sein Zimmer betrat, lag er zusammengekrümmt auf dem Bett, atmete schwer und stöhnte. Ich ging sofort wieder hinunter und berichtete es seiner Mutter. Sie tat sein Verhalten mit einer Handbewegung ab, er sei nur aufgeregt, weil ich mit ihm sprechen wolle, ich solle wieder hochgehen und einfach nicht darauf achten. Er wirkte viel jünger, als ich mir vorgestellt hatte, sein Sprachfehler war schlimmer, als ich nach Nellys Schilderung angenommen hatte. Ich fragte ihn, ob er wisse, wer ich sei. Er sagte ja und nichts weiter. Ich sagte, ich sei Rechtsanwalt und ein Freund seiner Schwestern Nelly und Elsi. Er sagte wieder ja. Ich fuhr fort, seine Schwester Nelly habe mir viel von ihm erzählt. Sie spreche oft von ihm. Nur Gutes. Er sagte, er wisse, warum ich gekommen sei. Aber er würde mir alles erklären. Ich sagte, ich wolle seinen Schwestern und auch ihm helfen. Ich hätte von ihnen gehört, er habe Schwierigkeiten an seinen Arbeitsstellen. Er sagte, ihm habe die alte Frau leid getan, er habe ihr helfen wollen. Ich fragte ihn, welche alte Frau. Er klagte über Schwindel und Kopfschmerz. Er lächelte unsicher und zugleich trotzig. Die Tatsache, daß er der alten Frau helfen könne, habe ihn fasziniert. Er könne ja sonst niemandem helfen. Er werde von allen schikaniert, in der Arbeit und in der Schule. Es habe ihn fasziniert, Vollstrecker eines Schicksals zu sein. Die Frau habe ihm erzählt, sie habe sich während des Kriegs beim Einmarsch der Amerikaner in einer Berghütte versteckt. Eines Tages seien ihr auf dem Weg zur Arbeit drei Soldaten entgegengekommen. Drei Mörder. Aber es habe sich Nebel in den Hohlweg gesenkt, und ein Steinschlag habe sich gelöst. Sie habe die Soldaten nicht mehr gesehen, und die Soldaten hätten sie nicht mehr gesehen. Emanuel erzählte die Geschichte flüssig und anschaulich, sein Sprachfehler war fast völlig verschwunden. Dort, wo die Soldaten gegangen waren, fand sie mehrere blutige Felsbrocken und blutdurchtränkte Kleidungsstücke. Die Soldaten waren offensichtlich in den Steinschlag gekommen und verletzt worden. Wenn der Steinschlag und der Nebel nicht gewesen wären, hätten die Soldaten sie ermordet. Damals habe sie leben wollen. Jetzt wolle sie nicht mehr leben, weil das Leben so mühsam sei. Als er sie mit dem Messer gestochen habe, habe sie einen Seufzer der Erleichterung getan. Er stand von seinem Bett auf und spielte mir vor, erst die alte Frau, wie sie von ihm erstochen wurde, dann, wie er die alte Frau erstach. Er habe sie so gut leiden können, sie sei freundlich und liebenswürdig gewesen, sie habe sich immer mit ihm unterhalten. Ich fragte ihn, ob seine Schwestern und seine Mutter von der Sache wüßten. Er sagte, alle wüßten davon. Die Mutter besitze magische Kräfte. Es habe sich alles so abgespielt, wie er es erzählt habe. Aber die Mutter habe es mit ihren magischen Kräften

ungeschehen gemacht. Wenn sie es nicht ungeschehen gemacht hätte, wäre er ja ins Gefängnis gekommen. Im Gefängnis würde er sterben. Die Mutter wisse, er würde das Gerichtsverfahren niemals aushalten. Deswegen habe die Mutter die Tat ungeschehen gemacht. Ich bot ihm noch einmal meine Hilfe in bezug auf eine Arbeitsstelle an.
Als ich seiner Mutter anschließend erzählte, Emanuel phantasiere, er habe jemanden getötet, war sie nicht im mindesten beeindruckt. Ihre Kinder seien hin und wieder etwas wild. Nelly weniger, aber vor allem Elsi und Emanuel. Emanuel sei noch ein Kind. Er müsse sich entwickeln. Sie habe ihre Kinder in Gottesfurcht erzogen. Ihre Kinder seien etwas Besonderes. Emanuel tue nur Gutes. Auch wenn es auf den ersten Blick nicht so aussehe. Emanuel habe Angst, mir die Wahrheit über sein Weglaufen zu sagen. Er spreche lieber mit ihr oder mit seiner Schwester Nelly. Ich brauchte mir keine Sorgen zu machen. Sie wisse, wie er es meine.

Stumpfegle

Der Freund des Assistenzprofessors paßte Kowalski nach einer Fakultätssitzung ab.
»Was hast du dir dabei gedacht?«
»Das habe ich doch auf Band gesprochen. – Ich sollte meine Eindrücke über das Verhältnis oder das Unverhältnis der beiden wiedergeben. Es ist ein Verhältnis, und ich habe meine Eindrücke wiedergegeben.«
»Schmeiß das Band weg und vergiß alles.«
»Ich werde in Zukunft gereinigt berichten. Du wirst keinen Anlaß mehr zu Klagen haben.«
»Du solltest nicht den Voyeur zu ebener Erde spielen.«
»Es war der Klettermaxe auf dem Balkon.«

Erst waren sie im Austernkeller, dann sind sie zu ihr nach Hause gegangen. Machte auf der ganzen Linie nicht den Eindruck, als hätte er sie überredet. Keine Gesprächspausen und kein plötzliches Aufstehen und Sich-Wiederhinsetzen im Lokal. Bei ihr nicht mal Geknutsche auf der Couch. Sondern sie geht einfach ins Schlafzimmer und überzieht die Betten. Ein sehr kurzer Rock. Sie hat ziemlich viel getrunken, es sieht nicht so aus, als hätte sie sich vorgenommen, vor irgend etwas auf der Hut zu sein. Ist ja auch nicht mehr die Allerjüngste. Jedenfalls Stumpfegle kommt ins Schlafzimmer, sie hört ihn, tut so, als ob sie ihn nicht hört, er baut sich hinter ihr auf und greift ihr an den Busen. Wie erwartet. Warum sonst sollte sich der alte Sack um junges Fleisch kümmern. Dann schiebt er ihr den Rock hoch und den Slip runter. Sie macht weiter die Betten. Aber statt daß er ihn ihr in die Möse schiebt, fischt er eine Tube Vaseline aus der Anzugjacke, schmiert sie sich auf den Finger und steckt ihr den Finger in den Arsch. Sie ist wohl nicht so begeistert. Der Hausfraueneifer läßt etwas nach. Dann steckt er ihr den Schwanz in den Arsch. Jetzt läßt sie endgültig das Plumeau Plumeau sein und jammert. Dastutsoweh, dastutsoweh, dastutsoweh! Dasistgut, dasistgut, dasistgut! Mehr fällt ihm nicht ein. Doch. Wartnurbiserdrinist! Wartnurbiserdrinist! Dann ist er wohl drin. Istdasnichtgut? Istdasnichtgut? Sie jammert nicht mehr, sondern sie stöhnt, alsoberdrinwäre, woersonstdrinist. Allzulange dauert es nicht. – Danach sitzen beide einträchtig nebeneinander auf der Bettkante. Als ob sie auf einen uninteressanten mittleren bayerischen Berg gestiegen wären und jetzt beide versuchen, das Panorama schön zu finden, weil sie sich beim Aufstieg Blasen geholt haben. Hätte nicht gedacht, daß sich Stumpfegle gleich beim ersten Mal soviel traut. Großes Schwein gehabt, daß ich dabei war. Bin schließlich kein Privatdetektiv. Wenn es wirklich das erste Mal war, und dann gleich die Nummer mit der Vaseline und so durchgezogen, Chapeau. Ich meine, welche Frau läßt sich gleich in den Arsch ficken, ohne dafür bezahlt zu werden. Was ich natürlich nicht nachprüfen kann. Vielleicht hat ihr Stumpfegle bereits die erste Lektion in Finanzwissenschaft überwiesen. Soll ich mit ihr sprechen. Aber dann denken garantiert alle, ich will sie auch in den Arsch ficken. Sowieso. – Habe über Stumpfegle nachgedacht. Was Stumpfegle denkt, was Nelly denkt, was Nelly denkt, was Stumpfegle denkt, was Stumpfegle denkt, daß Nelly denkt, was Stumpfegle denkt, daß Nelly denkt, daß Stumpfegle denkt usw. Habe irgendwie die Vermutung, es war tatsächlich das erste Mal. Obwohl es mich sehr wundert, daß jemand das riskiert. Ich meine, sie wirkt nicht wie eine, die sich alles gefallen läßt. Wär' was anderes bei denen, die auf Tranquilizer stehen. Die mit den attraktiven violetten Höfen um die Augen. Wenn man denen drei Whiskys reinschüttet, kann man ihnen einen Feuerlöscher in die Möse schieben, und sie merken es nicht. Vielleicht sammelt Stumpfegle die Eindrücke, wie es ist, jemand gleich beim ersten Mal in den Arsch zu ficken. Ich meine, man kann ja viele Dinge sammeln, es gibt nichts, was nicht gesammelt wird. Es ist doch interessant, wie man reagiert, wenn man erst umcirct wird, als wäre es die ganz große Liebe, und dann den Vaselinefinger im Arsch. Der Frau natürlich. Beim Mann ist die Auswahl nicht so groß. Wäre doch ganz normal, wenn man sich da etwas enttäuscht auf die Bettkante setzt. Und den anderen entweder gar nicht mehr beachtet. Oder ihm eine runterhaut. Am besten in die Eier treten. Oder darüber diskutiert! Du hast ein Problem mit deiner Mutter! Das wäre echt scharf. Er steht mit der Vaselinetube und dem Vaselinefinger da und muß diskutieren! Das wäre überhaupt die Rache! Sie hat jedenfalls mitgemacht. Vielleicht ist er überhaupt nicht harmlos, und ich mache mir nur falsche Vorstellungen. Wenn sie sich wehrt, vielleicht schmeißt er sie dann aufs Bett und erklärt ihr mit ein paar Ohrfeigen, wie's weitergeht. Und sie findet dann ganz schnell Gefallen an allem. Weiß man's. Ich kann ja keine Experimente machen. Wenn man nur Billard spielt, kann man nix mehr über die Materie rauskriegen. Man muß Teilchen durch kilometerlange Tunnel jagen und aufeinanderbolzen lassen. Dann erfährt man was Neues. Oder die Frauen erst mit Austern und Champagner und echter Liebe kirre machen und ihn dann ein Loch weiter hinten reinschieben, die Eier inklusive. Dann erfährt man was Neues über die Menschheit. Man muß sich nur trauen. Möchte mal dabeisein, wenn es eine ernsthafte Auseinandersetzung gibt. War ja fast langweilig. Oder war's besonders spannend. Ein Experiment ist immer null. Sieht man hier wieder. Muß wiederholbar sein. Vielleicht sieht man alles, und man weiß es nicht. Kann ja nicht vergleichen. Ist übrigens saukalt. Ich nur im Polohemd. Sternklarer Himmel. Ich stehe im Mondeslicht, und sie sitzt auf dem Bette. Aber ich darf mich ja nicht beschweren. Gar nicht so schlecht, daß es hier wirklich noch saukalt ist. Neulich war ich in Kalifornien. Da denkt man immer, es ist warm, weil die Sonne scheint und alles so vertrocknet ist und weil alle in kurzen Hemden herumlaufen, auch wenn eigentlich Winter ist, dann ist es doch nicht so warm, und man kriegt einen Mordsschnupfen. Beschiß. Romance. War aber ein schöner Sternenhimmel. – Ich muß an die einzige Installation denken, die mir jemals gefallen hat. Bei der Biennale '86. Saß in einem Vorführraum, wo man Filme mit Computeranimation zeigte. Sterbenslangweilig. Vor mir saß ein bleicher, ein ziemlich bleicher älterer Herr und ein junges Mädchen. Als ich zweimal niesen mußte, sind sie sofort aufgestanden und haben mit einem ganz entsetzten Blick auf mich den Raum verlassen. Sicher Leukämie oder Aids. Der Mann war wirklich wachsbleich. Weißes Hemd und crèmefarbener Anzug. Dazu sollte man braun sein. Die Installation: ein kleiner dunkler Raum, in den man durch eine Aussparung hineinschauen konnte, am Boden Leuchtdioden und Uhren. Einfach hingelegt. Weiße, gelbe und ein paar rote Lichtpunkte. Im Dunkeln. Ein Sternenhimmel. Zurück zum Thema. Zurück zur Natur. Erst *somebody's built a candy castle for my sweet sixteen* und dann die Vaseline. Hatte mehr damit gerechnet, daß sie ihm als erstes einen bläst. Danach ist ihr schlecht. Nicht sofort etwa. In den nächsten Tagen. Kein Zusammenhang. Macht schließlich auch Psychotherapie.

Kann dann lange nachdenken, warum ihr auf einmal schlecht ist. War natürlich nicht der erste Schwanz, den sie gelutscht hat. Aber wahrscheinlich der älteste. Prostitution, Abhängigkeit und so. Seelendrama. Eiertanz. Ha. Kolbenfresser. Nicht so gut. Vielleicht machen sie beim nächsten Mal zur Abwechslung einen Spaziergang. Kurzurlaube in London oder Paris sind wohl mit den Statuten nicht vereinbar. Salzburger Festspiele, Wiener Festwochen müßten eigentlich erlaubt sein. Seelenbildung, Entwicklungsroman, Pygmalion, man trifft dort sicherlich auch jede Menge Klinikchefs. Auf dem Rückweg ist ihr schlecht. Einfach sterbensübel. Ichwillsterben, ichwillsterben. Der alte Mann, das Geld, die Schwanzlutscherei. – Ist wohl so, daß ich alles maßlos überinterpretiere, was ich sehe. Aber was soll ich sonst machen, hier draußen, mit dem Diktiergerät in der Hand? Drinnen geht ja nichts mehr. Sie sitzen immer noch auf der Bettkante. Wenn ich am Anfang langsam und leise gesprochen habe, dann weißt du warum. Wenn sie was gehört hätten, hätte ich mich sofort verdrückt. Aber sie haben nichts gehört. Ich kann ganz normal sprechen. Es würde mich sehr aufwärmen, wenn sie wenigstens einmal seinen Schwanz anlangen würde oder wenn er ihr wenigstens an die Möse greifen würde. Aber nix mit zweiter Runde. Ich bin der Utilitarismus. Ich muß jetzt entscheiden, was besser ist. Er ist sehr glücklich, und sie ist nicht unglücklich. Oder beide sind nicht unglücklich. Oder er ist sehr glücklich, und sie ist sehr unglücklich. Wer ist was. Was ist besser. So wie sie dasitzen, geht alles. Die gespreizten Beine und der gleiche dämliche Gesichtsausdruck lassen alle Möglichkeiten offen, bei ihm wie bei ihr. Von selbstmordunglücklich bis mordsglücklich. Wenn er sie in die Möse gefickt hätte, wäre er unglücklich und sie auch nicht glücklich. Also ist es gut, daß er sie in den Arsch gefickt hat. So ist die Menschheit am glücklichsten. Ist aber nur Hypothese. Der Utilitarismus ist kalt. Dem Utilitarismus ist kalt.

Die Einladung, die der nicht mehr neue Professor aus Anlaß seines Weggangs nach London gab, sah weitgehend dieselben Gäste wie diejenige zu seinem Einstand. Diesmal war seine Frau anwesend. Elsi trug ein kurzes, schulterfreies, senkrecht schwarz-weiß gestreiftes Kleid aus einem leichten Baumwollstoff. Sie hatte Nelly in ein sehr kurzes und sehr enges, am Rücken tief ausgeschnittenes Kleid aus glattem rotem Leder gesteckt.

Stumpfegle beobachtete Nelly.

Als sich die Gelegenheit ergab, sprach er sie an, ob sie Röntgenärztin sei.

»Warum Röntgenärztin.«

»Die großgewachsenen und gutangezogenen Ärztinnen, die ich kenne, sind alle Röntgenärztinnen.«

»Wenn Sie sich wegen jeder gutgekleideten Röntgenfachärztin durchleuchten lassen, ist das ein suizidales Hobby.«

»Ich sehe die Damen, von denen ich gesprochen habe, immer auf der Antiquitätenmesse.«

»Sie gehen auf die Antiquitätenmesse, um Röntgenärztinnen zu besichtigen?«

»Eigentlich gehe ich wegen der Barockschränke auf die Antiquitätenmesse.«

»Sie lieben Barockschränke.«

Stumpfegle winkte einen Kellner herbei, der Nelly ein Glas Wein anbot.

»Meine Frau liebt Barockschränke.«

»Sie gehen mit Ihrer Frau auf die Antiquitätenmesse?«

»Ich gehe allein ...«

»Das ist neu. – Sie gehen allein auf die Antiquitätenmesse, um sich über die Dinge kundig zu machen, die Ihrer Frau wichtig sind. Aber das heißt auch, Sie verstehen Ihre Frau nicht, was wiederum nahelegt, Ihre Frau versteht Sie nicht. Und das ist gar nicht neu. – Ihre Kinder sind erwachsen ...«

»Mein Sohn arbeitet in meiner Kanzlei ...«

»Ich weiß, wie schwierig es für Sie ist, die Zeit für die Barockschränke abzuzweigen. Ich verstehe Sie viel besser als Ihre Frau. Sie brauchen nicht zu warten, bis sich unsere Konversation ihrem Ende nähert. Sie können gleich vorschlagen, daß wir uns unbedingt, wenn es irgendwie mit Ihrem Terminkalender vereinbar ist und wenn mein Dienstplan es zuläßt ...«

Nelly sprach nicht zu Ende. Stumpfegle lächelte routiniert.

»Und worüber sollen wir uns in der Zwischenzeit unterhalten?«

»Wenn Sie wollen, über Röntgenmedizin.«

»Ich saß in der Verpflegungseinheit der Antiquitätenmesse neben einer gutaussehenden jungen Frau. Wir kamen ins Gespräch, und sie erzählte, sie sei Röntgenärztin am Röntgeninstitut der Universität. Das Gespräch blieb folgenlos. Ein Jahr später auf der nächsten Antiquitätenmesse ...«

»Sie bemühen sich bis zur Selbstverleugnung, Ihre Frau zu verstehen.«

»Ich sehe wieder eine großgewachsene junge Frau, die auf dem Stand von Bernheimer mit Ehrerbietung begrüßt wird. Nachdem die Firma Mandant ist, frage ich nach der Dame, und man erklärt mir, es handle sich um Frau Doktor Soundso, Röntgenärztin an der Universitätsklinik.«

Nelly hatte ihr Weinglas geleert und stellte es auf die Fensterbank.

»Ich bin keine Röntgenärztin. Ein Elternhaus wie meins bringt keine Röntgenärztinnen hervor.«

»Was hat das Elternhaus mit der Röntgenmedizin zu tun.«

»Eine Röntgenpraxis ist eine sehr teure Praxis. Früher haben sich die Töchter reicher Eltern gern auf die Röntgenmedizin geworfen, weil ihnen der Vater die Praxis einrichten und damit eine angemessene Versorgung sichern konnte. Aber die neuen Röntgenmaschinen sind so teuer, daß sich nur noch ganz wenige niedergelassene Ärzte die Geräte leisten können. Das Arbeiten damit wird auch immer anspruchsvoller, die Maschinen und der Patienteninhalt sind in der Klinik besser aufgehoben. Außerdem glaubt kein Papi mehr, daß geringe Dosen von Röntgenstrahlen seinem Töchterchen nichts anhaben können. Ergo: Großgewachsene und gutgekleidete Mädchen werden keine Röntgenfachärztinnen mehr. Ihre Damen waren wohl Nachzüglerinnen.«

»Was für eine Ärztin sind Sie.«

»Ich werde Internistin.«

Nelly setzte sich auf die Lehne eines weißen Ledersofas, Stumpfegle blieb vor ihr stehen.

»Ich mache dazu eine psychotherapeutische Ausbildung. Ich strebe danach, anderen Menschen zu helfen, obwohl zuerst mir selbst geholfen werden müßte.«

»Wobei sollten Sie Hilfe brauchen.«

»Ich gehe in die Klinik, ich arbeite nachts und an den Wochenenden, aber ich habe nie Geld auf dem Konto. Am Monatsende bin ich immer in den roten Zahlen. Und ich habe keinen Mann.«

»Sie sehen nicht so aus, als ob das ein Problem sein müßte.«

»Ich brauche keinen Mann. Ich habe meinen Bruder Emanuel.«

Stumpfegle winkte einen Kellner herbei, der jedoch nur Mineralwasser auf seinem Tablett hatte.

»Erzählen Sie von Ihrem Bruder.«

»Es könnte Ihnen den Abend verderben.«

Stumpfegle holte sich einen durchsichtigen Klappstuhl und setzte sich zu Nelly.

»Erzählen Sie.«

»Vor drei Jahren lief er zum ersten Mal weg. Man hatte ihn in der Schule wegen seines Sprachfehlers geärgert. Er ließ seinen Schulranzen in der S-Bahn liegen, nahm zu Hause Geld aus der Kasse der Mutter, seinen Schlafsack und etwas Kleidung und fuhr mit dem Zug zum Chiemsee. Er übernachtete unbemerkt in einem Boot in einem Jachthafen. Am nächsten Tag rief er zu Hause an, damit ihn der Vater abholte. Er sagte, er habe sterben wollen, wegen seines Auges und wegen seines Sprechens. Er habe wissen wollen, wie das Alleinsein sei. Das Alleinsein müsse so ähnlich sein wie der Tod. Aber das Alleinsein habe ihm nicht gefallen. Er habe Heimweh bekommen. Wir waren alle froh, daß er wieder da war, niemand schimpfte mit ihm. – Nach der Schule fing er in einer Formulardruckerei als Lehrling an. Er mußte Broschüren ordnen und zählen und Akten vernichten. Man gab ihm keine Möglichkeit, etwas zu lernen. Darauf stahl er anderen Lehrlingen die Geldbörsen. Die letzte gestohlene Geldbörse ließ er absichtlich in seinem Spind liegen, damit man sie fand und ihn hinauswarf. – Der Ausbildungsleiter behauptete, er habe weibliche Auszubildende belästigt und er sei auf der Damentoilette gewesen, aber das stimmt nicht.«

Sie strich sich das Kleid über den Beinen zurecht.

»Er versuchte es noch einmal in einer Prospektdruckerei. Dort mußte er viel körperliche Arbeit an den Druckmaschinen leisten. Ich war auf einer Fortbildungsveranstaltung im Ausland. Er nahm sich das zum Vorbild und erzählte zu Hause, die Druckerei schicke ihn auf einen Kurs. Der Druckerei gab er Bescheid, er sei krank. Den Tag über ging

er in der Stadt spazieren, abends ließ er sich in seiner alten Schule einsperren. Er machte sich dort in der Küche seine Dinkelsuppe, den Dinkel brachte er mit, er schlief in der Ankleide der Turnhalle. – Danach blieb er zu Hause. Er half der Mutter im Haushalt, er machte Besorgungen für sie, und er besuchte mich fast jeden Tag. Ich ging mit ihm aufs Arbeitsamt. Sie machten den Vorschlag, ihn in ein Internat zu geben. Ich fuhr mit ihm hin, wir sahen uns alles an. Aber er wollte nicht zusammen mit anderen Jugendlichen in einem Raum schlafen. Wir einigten uns darauf, daß er probeweise einen Monat dort verbringen sollte. Es kam jedoch die Reise der Mutter dazwischen. Die Mutter hatte bei einem Preisausschreiben eine Reise nach Mallorca gewonnen. Für zwei Personen, die Mutter nahm natürlich Emanuel mit. Sie blieben eine Woche auf Mallorca. Als sie zurückkamen, wurde er am Flughafen festgenommen. Wegen der Gelddiebstähle in der Formulardruckerei. Der Jugendrichter gab ihm eine Strafe von achtundvierzig Arbeitsstunden. Er mußte auf einem großen Sportplatz den Boden wischen. – Solange ich auf Emanuel aufpasse, mache ich keine Fehler in meinem eigenen Leben. Ich habe keine Zeit, niedergeschlagen zu sein, und ich habe auch keine Gelegenheit, Geld auszugeben, das ich nicht verdiene.«
Stumpfegle stand auf, um Nelly ein Glas Wein zu holen.
»Ich bringe Ihnen bei, wie Sie mit Ihrem Geld auskommen, ohne daß Sie sich immer um Ihren Bruder kümmern müssen.«

*

Kowalski beobachtete Stumpfegle.
Stumpfegle sah aus wie alle Rechtsanwälte, Wirtschaftsprü-

fer, Steuerberater. Er war etwa fünfundsechzig Jahre alt, mittelgroß, untersetzt, Brillenträger und sprach schwäbisch. Er hatte volles weißes Haar. Er war etwa fünfundvierzig, groß, hatte eine Glatze, und wenn er die Brille abnahm, wirkte er jungenhaft. Er trug dann keinen Anzug, sondern eine dunkelbraune Hose und ein grau-braun kariertes englisches Jackett. Er war etwa fünfzig und ebenso groß wie beleibt, er mußte fast drei Zentner wiegen, er sprach mit tiefer, überzeugender Stimme, er trug einen einreihigen Anzug mit schmalen Revers, der ihn schlanker machen sollte. Und er war etwa sechzig Jahre alt, klein und untersetzt, mit grauen Haaren, aber tiefschwarzen Augenbrauen, er hatte ein freundliches, offenes Lächeln, er sprach immer, als wäre er in Atemnot, an seiner linken Hand fehlten drei Finger als Folge einer Kriegsverletzung.

Stumpfegle hatte sich in diesen Tagen von seinem Sozius Fegelein getrennt. Fegelein war eine jahrelange Belastung, ein ständiger Anlaß zu sauren Betrachtungen gewesen. Wie hatte er sich ausgemalt, er würde vor dem neuen Messingschild am Eingang zu seiner Kanzlei stehen und es würde nur noch seinen und den Namen seines Sohns aufweisen. Aber was war aus der Vorfreude darüber geworden, daß es mit dem buckligen Denkfehler ein Ende haben würde. Keine Genugtuung darüber, daß er sich durchgerungen hatte, Fegelein die Partnerschaft, die nie eine gewesen war, aufzukündigen. Kein Triumph seine selbstverständliche Umgänglichkeit gegenüber Fegelein, nachdem er ihm mitgeteilt hatte, es wäre besser für beide, wenn sich ihre Wege trennen würden. Statt dessen die nächtliche Begegnung im Aufzug des *Hotel du Louvre* in Paris. Ein jugendlich wirkender Mann sprach ihn an, er kenne ihn, er, Stumpfegle, erinnere sich natürlich nicht an ihn. Er sei eins der Opfer seiner Kanzlei, genauer, seiner Personalpolitik. Man solle sich nie mit drittklassigen Anwälten einlassen. Selbst als Gegner sei ein erstklassiger Anwalt besser als ein drittklassiger. Ein erstklassiger Anwalt wisse, warum er wie gegen wen vorgehe. Ein drittklassiger Anwalt verteile Tiefschläge, und man wisse nicht, in welchem Interesse und für welches Ziel.

Stumpfegle hatte Fegelein bei einer Streitsache kennengelernt. Sie waren an einem regnerischen Tag nach einem Gerichtstermin im selben Taxi zum Flughafen gefahren. Fegelein vermittelte einen gediegenen, bürgerlichen Eindruck, seine Frau entstammte einer Textilindustriellen-Dynastie aus dem Westfälischen. Fegelein war das, was man seinerzeit als Allroundjuristen bezeichnete. Er hatte zwei Töchter, ein Sohn würde nach einigen Jahren in Stumpfegles Kanzlei als Nachzügler dazukommen. Stumpfegle hatte Fegelein gefragt, ob er einen Zwillingsbruder besitze, der ebenfalls Jurist sei. Er könne jemanden wie ihn für seine Ein-Mann-Kanzlei brauchen. Fegelein hatte erwartungsgemäß geantwortet, er habe keinen Zwillingsbruder, ob er, Stumpfegle, nicht mit ihm vorliebnehmen wolle. Stumpfegle war immer ein Einzelkämpfer gewesen. Ein Sozius auf seinem Niveau hätte den Schritt zur großen Kanzlei bedeutet, er hätte Aufgabengebiete abgrenzen und andere erstklassige Anwälte aufnehmen müssen. So hatte Fegelein alle die Mandate bearbeitet, die ihm, Stumpfegle, juristisch zu dünn, zu zeitaufwendig oder wegen beteiligter Personen zuwider waren. Dabei ging es nicht um Geld. Fegelein verwaltete auch Mandate, die sehr gute Einnahmequellen darstellten. Stumpfegle war immer davon ausgegangen, daß sein Sohn, sein einziger Sohn, die Kanzlei als Ein-Mann-Kanzlei fortführen würde. Es war jedoch etwas eingetreten, womit er nicht gerechnet hatte. Das heißt, eigentlich war gar nichts eingetreten. Sein Sohn hatte schnell studiert und promoviert, mit guten bis sehr guten Noten, er hatte angemessen geheiratet, seine Schwiegertochter war ebenfalls Juristin, ohne Ambitionen, sie erwartete gerade das erste Kind, sein Sohn leistete gute Arbeit, natürlich konnte er ihn nicht zu Mandanten schicken, die in seinem Alter waren, aber da, wo ebenfalls eine neue Generation nachrückte, liefen die Mandate weiter. Es gab keinen Grund, mit seinem Sohn unzufrieden zu sein. Aber es stand auch fest, sein Sohn würde nicht, wie seinerzeit er, als Vertrauter des Bayerischen Ministerpräsidenten, ohne eine einzige Wahlversammlung zu besuchen, auf der Liste in den Bundestag gewählt werden und dort von der Öffentlichkeit unbeachtete, aber dafür um so wichtigere Gesetzesvorlagen erarbeiten und durchsetzen. Im Interesse des Bayerischen Ministerpräsidenten wie im Interesse seiner Mandanten. Lag es an seinem Sohn, lag es an ihm. Oder lag es an den Zeiten, und eine Rolle, wie er selbst sie lange Jahre gespielt hatte, war gar nicht mehr möglich. Wäre es unter den obwaltenden Umständen für seinen Sohn nicht besser, als einer von mehreren guten Anwälten in einer größeren Kanzlei zu arbeiten. Fegelein hatte seine Arbeit getan. Aber Stumpfegle hatte sehr schnell feststellen müssen, Fegelein besaß entsetzliche dogmatische und logische Schwächen und zeigte keine besondere Neigung, sich etwa durch Literaturstudium auf dem neuesten Stand zu halten. Dennoch ging mit seinen Mandaten nichts wirklich schief, bei juristisch anspruchsvolleren Fragen kam Fegelein unterwürfig zu ihm und später sogar zu seinem Sohn. Fegelein selbst hielt sich natürlich für einen besseren Juristen, als er war, zugleich betonte er jedoch immer wieder seine außerjuristischen

Qualitäten und daß das Handwerk des Rechtsanwalts nicht nur aus Juristerei bestehe. Demzufolge war Fegelein zuständig, wenn etwa ein siebzigjähriger Mandant von seiner um zwei Generationen jüngeren Geliebten mit der Drohung, sie werde ihn verlassen, mehr oder weniger erpreßt wurde.

Der junge Mann im Fahrstuhl wollte seinen Namen nicht nennen. Dafür, daß sein Sozius Fegelein entscheidend mitgewirkt habe, in Ausübung eines Beiratsmandats seine Firma zu ruinieren, könne er, Stumpfegle, sich ein paar Gedanken über die Firma machen, bei etwas Nachdenken und durch Blättern in seinen Akten komme er bestimmt auf den Namen. Stumpfegle sagte, er benötige einen Hinweis, seine Kanzlei habe viele Mandanten und viele Kontrahenten. Der Mann entgegnete, so viele Beiratsmandate werde er seinem Sozius kaum erlaubt haben. Man war inzwischen auf dem Stockwerk angekommen, auf dem beide wohnten, und man trat auf den Flur. Ein mittelständisches Unternehmen der verarbeitenden Industrie, früher im Besitz seines Vaters, von diesem aufgebaut, und seines Onkels, eines Tüftlers, kein Unternehmer, je zur Hälfte, Tod seines Vaters, er selbst Einzelkind, Anspruch des Vetters, dieser mit Schwestern, nach Streit Beiratsbeschluß: Er, der Mann aus dem Fahrstuhl, müsse die Firma verlassen, sein Vetter bleibe Geschäftsführer, Grund: Er sei, da Erbe einer Firmenhälfte, finanziell unabhängig, sein Vetter auf das Geschäftsführergehalt angewiesen, er könne sich, da geistige Voraussetzung vorhanden, eine andere befriedigende Arbeit suchen, sein Vetter, der diese Voraussetzung nicht erfüllt, finde keine andere Arbeit, arbeitsloser dritter Beirat solle an seiner Stelle Geschäftsführer werden und die Geschicke der Familienfirma lenken. Ergebnis: Nachdem er, der Mann aus dem Fahrstuhl, die Geschäftsführung niedergelegt hat, greift Vetter arbeitslosen Beirat persönlich derart an, daß dieser die Geschäftsführung nicht antritt. Suche nach anderem Geschäftsführer, während Vetter die Firma führt und einen Kunden nach dem anderen verliert. Es wird kein Geschäftsführer gefunden, die Zahlen werden immer schlechter, jedoch keine Möglichkeit für den Mann aus dem Aufzug, wieder Geschäftsführer zu werden und Vetter-Geschäftsführer abzulösen. Nach nicht zwei Jahren wird Firma mit allen stillen Reserven für einen Apfel und ein Ei verkauft. Aus, Ende, keine finanzielle Unabhängigkeit für niemand.

Stumpfegle zuckte mit den Schultern, er könne dazu nicht viel sagen, weil er hier auf dem Hotelgang in Paris und nach Mitternacht nichts nachprüfen könne. Der Mann aus dem Aufzug fuhr fort, Fegelein habe für sich in Anspruch genommen, ethisch zu handeln. Er müsse dem Vetter helfen, weil dieser materiell wie intellektuell benachteiligt sei. Die beste ethische Absicht nütze nichts, wenn sie von falschen Tatsachen ausgehe. Fegelein habe vorausgesetzt, das Verhalten des Vetters sei Folge einer jahrelangen Unterdrückung durch seinen Vater und dann durch ihn, der Vetter werde nicht mehr anmaßend und unbeherrscht sein, wenn er sich nicht dauernd mit ihm messen müsse. Die Wirklichkeit habe Fegelein widerlegt, der Vetter sei noch viel anmaßender geworden. Das Auseinanderklaffen von Anspruch und Wirklichkeit sei im Fall des Vetters ein pathologisches. Im übrigen gebe es für gewisse Sachlagen gewisse erprobte Universalrezepte, gegen die zu verstoßen immer eine hohe Wahrscheinlichkeit des Mißlingens bedeute. Wenn sich in einer Familienfirma die Familie streite, müßten alle aus dem operativen Geschäft ausscheiden, ganz gleich, wer die Schuld trage. Fegelein habe dagegen verstoßen. Wenn es aus irgendwelchen Gründen angeraten sei, nicht alle Familienmitglieder hinauszuwerfen – es sei eigentlich immer angeraten –, solle nach Fähigkeit und nicht nach Bedürftigkeit vorgegangen werden. Ein erstklassiger Anwalt hätte sich an diese Universalrezepte gehalten. Stumpfegle erwiderte, sein Gegenüber beanspruche, über die Fähigkeiten zu verfügen, die Firma zu führen, er hätte mit diesen Fähigkeiten verhindern müssen, daß er gegen seinen Willen die Geschäftsführung niederlegen mußte und daß gegen denselben Willen sein Vetter die Geschäftsführung behielt.

Trotz dieser Verteidigungsbemühung hatte Stumpfegle keine Anstalten gemacht, seine Nachdenklichkeit zu verbergen. Der Mann aus dem Aufzug hatte den Finger in eine offene Wunde gelegt. Ihm war bei der Verabschiedung die Genugtuung anzumerken, zu dieser Stunde bei Stumpfegle eingebrochen zu sein und ihn seinen Argumenten gegenüber nicht völlig unzugänglich gefunden zu haben.

*

Der Freund des Assistenzprofessors war unmittelbar von einem Krankenbesuch zu der Einladung gekommen.

Es war ein herrlicher Tag, das Gebäude des Großklinikums glänzte weithin unter dem wolkenlosen Himmel. Er parkte auf dem Besucherparkplatz und nahm den Besuchereingang. Im Spiegel des Aufzugs überprüfte er sein Äußeres. Er trug einen schwarzen Zweireiher mit einem grauen Hemd ohne Krawatte, langes und fettiges blondes Haar, das über der Stirn kurzgeschnitten war, so daß es ihm nicht in die Augen fallen konnte, und weißliche, zur gleichen Zeit teigige wie faltige Gesichtszüge, die übersehen ließen, daß er leuchtendblaue Augen hatte.

Der Assistenzprofessor hatte eine Geschwulst im Gehirn. Die Geschwulst hatte sich dadurch bemerkbar gemacht, daß der Assistenzprofessor plötzlich Schwierigkeiten hatte, sich auszudrücken. Die Behinderung war keine Folge davon, daß die Geschwulst schon weit fortgeschritten war, sondern sie hatte die Blutversorgung bestimmter Teile des Gehirns unterbrochen. Entweder war ein Blutgefäß abgeklemmt, oder eins oder mehrere Blutgefäße waren geplatzt, und es hatte sich ein Gerinnsel gebildet. Die Geschwulst selbst, so hatte die Sekretärin des Professors berichtet, sei möglicherweise sogar gutartig und operabel.

Das Zimmer des Assistenzprofessors lag auf einem der obersten Stockwerke, es ging nach Süden hinaus. Der Besucher klopfte an, aber er bekam keine Antwort. Er öffnete trotzdem die Tür.

Der Assistenzprofessor war unrasiert, er trug einen verwaschenen, blau und rot gestreiften Bademantel, darunter einen hellblauen Schlafanzug sowie braune Pantoffeln, er ging hastig im Raum auf und ab und richtete sofort das Wort an den Eintreffenden.

»Leider Gottes furchtbar.«

Der Besucher blieb in der Tür stehen. Der Assistenzprofessor ging weiter auf und ab.

»Überhaupt nichts. Ich versuche, was geht, aber ich kann nicht. Ich gehe dann dort hin, und ich sehe aber gar nichts. Ich kann ja, oder ich kann ja nicht. Was das überhaupt ist.«

Der Freund des Assistenzprofessors trat ein und schloß die Tür hinter sich. Es war Föhn, man konnte die Berge sehen.

»Wie geht es dir?«

»Ich kann sprechen, ich kann was dabei, eigentlich schon alles, nur ich weiß nicht, als ob eine, es ist, wie sagt man, es geht ja, aber die Ärzte, sagen, daß – so ...«

Der Assistenzprofessor musterte seinen Besucher genau.
»Irgendwas ...«
Der Assistenzprofessor bot dem Besucher mit einer Handbewegung einen Stuhl an dem Tisch gegenüber dem Bett an. Der Freund des Assistenzprofessors setzte sich und wußte nicht, was er sagen oder tun sollte. Der Assistenzprofessor ging zum Fenster, verschränkte die Arme hinter dem Rücken und betrachtete die Berge. Der Besucher bemerkte einen Bücherstapel auf dem Nachttisch. Es handelte sich um die Bücher des Kranken und des Professors. Andere Bücher lagen aufgeschlagen auf dem Bett sowie neben dem Bett am Boden.
Der Besucher saß schweigend, bis eine Schwester eintrat, die dem Assistenzprofessor eine Tablettenration verabreichte. Sie fragte den Besucher, ob er ein Angehöriger sei. Er sagte, er sei kein Angehöriger, sondern ein Freund. Die Schwester holte darauf den behandelnden Arzt, der dem Besucher unaufgefordert über die Krankheit des Assistenzprofessors das berichtete, was er schon wußte. Er fragte, wie er sich dem Assistenzprofessor gegenüber verhalten solle. Er solle sich wie gewöhnlich mit ihm unterhalten, der Assistenzprofessor verstehe ihn zum größten Teil.
Der Besucher sprach den Assistenzprofessor an: »Was hast du heute getan?«
Der Assistenzprofessor zeigte auf den Bücherstapel.
Der Besucher fragte nach: »Hast du heute schon etwas gelesen?«
»Ich kann ja lesen, aber ich kann was anders, natürlich liest du, ich will eins nach dem anderen, ich kann schon verstehen, alles nicht, alles verstehen, ich lese viel, ich habe immer viel gelesen, ich gehe später etwas hinaus.«
Der Arzt erklärte, es sei eine Besonderheit, daß die gespro-

chene Sprache des Assistenzprofessors fast ausschließlich aus korrekten Worten bestehe. Der Assistenzprofessor verwende keine Neubildungen und auch fast keine falschen grammatikalischen Formen. Er forderte den Besucher auf, weitere Fragen zu stellen.

»Du hast ein sehr schönes Zimmer.«

»Hohes Zimmer ohne Licht, aber Berge. Und trocken. Wie sagt man, daß die Schwestern und der Arzt«, der Assistenzprofessor lachte, »da und nicht da. Schön und das Bad – warum nicht?«

Der Assistenzprofessor deutete mit einer entschuldigenden Geste auf seinen Bademantel und verfiel dann wieder in Schweigen.

Der Freund des Asistenzprofessors blickte zum Fenster.

»Ich soll dich vom Professor grüßen. Es geht ihm gut. Er wünscht dir gute Besserung. – Ich bereite jetzt seine Seminare vor. – Wann kannst du an deine Arbeit zurückkehren?«

Der Assistenzprofessor nahm die drei obersten Bücher von dem Stapel, warf sie auf sein Bett, setzte sich auf das Bett und begann, in einem der Bücher schnell vor- und zurückzublättern.

»Ich kann arbeiten. Jetzt arbeite ich, sehr viel, nur die Schwestern arbeiten nicht. Unsinn, sie arbeiten, ich kann nicht arbeiten, der Professor wird fertig, ich kann, ich kann nicht, oh nein, etwas ist da ...«

Er hob ein neben dem Bett liegendes Buch auf, schloß es und legte es auf den Bücherstapel neben dem Bett.

Der Arzt führte den Assistenzprofessor zu dem Tisch, an dem vorher der Besucher gesessen hatte. Mit sanftem Druck brachte er ihn dazu, sich niederzusetzen. Er legte einen Block mit unbeschriebenem Papier vor ihn und drückte ihm einen Bleistift in die Hand. Dann forderte er den Besucher auf, dem Assistenzprofessor etwas aus den zur Verfügung stehenden Büchern zu diktieren. Der Assistenzprofessor wartete, er war offensichtlich an eine derartige Prozedur gewöhnt. Der Besucher wählte den Sonderdruck eines Artikels des Assistenzprofessors aus und diktierte.

Der Besucher las äußerst langsam vor, der Assistenzprofessor schrieb ohne Unterbrechung mit.

Wie meinen erfahrene Theorien ängstlich zu falsifizieren (?) eigentlich vielfach erstens der Fall, daß die nichtleere erfahrende Beharrung in den Eltern von K. und für bestimmte Theorieelemente einer Theorie durch Erfahrung widerlegt wird, solange die Theorie in ihrem nicht-systematischen Sinn doch widerlegt wird, denn, da Anzahl der möglichen Spezialisierungen eines Theoriekerns, id est, endlich oder unendlich Anzahl erfolgloser Versuche, den Theoriekern ausweitung. Gültiger Beweis kann gesehen werden, als erfolgreiche Spezifizierung des Theorie-Kerns unmöglich macht. Zweitens. Der Theoriekern einer Wissens-Theorie ist. Auf alle Fälle, die falsifizierbar sind, untersucht Frank Ramsey (?) nie hand leer, als Folge des Auftretens von theoretischen Thermen sie im Kriteriums-Sinn in empirischen Theorien. Begriffen Gesetze. der Theoriekern führt zur theoretischen Therme, er stellt schwache Gesetze auf, die einzelnen Spezifizierungen ergänzt man. Eine dritte Form der Immanenz erfahrener Theorien gegenüber Falsifikation drive-in Tatsache die Menge der Absichten nicht angabe notwendige und hinreichende Bedingungen abzugrenzen, sondern ... (?), bestimmt. dadurch engt aufhebend

Vagheit und ermöglicht auf alle Fälle erfolglos Anwendung eines ehemaligen Theorieelements diese Anwendung zu beabsichtigen infragestellen und zu leugnen. Im Gegensatz ...
Viertens. Die letzte Form der manuellen Erfahrungs-Theorien über die Falsifikation ist eine Folge davon, daß Erfahrungs-Theorien a-mal neu angewendet werden. Auf die Probleme der anderen Brücken zur Animation gehen wir in Kapitel sechs gegen ein.

Der Assistenzprofessor hatte dem Besucher die gut leserliche Mitschrift mit einem betont zufriedenen Gesichtsausdruck übergeben.
Das Gefühl, es hatte sich nichts geändert. Die Vorstellung, daß nicht einmal eine organische Aphasie den Strom der Veröffentlichungen des Assistenzprofessors mit immer denselben Einführungen und immer neuen Rekonstruktionen unterbinden konnte. Es machte für den Assistenzprofessor keinen Unterschied, wenn er jetzt aphasisch war. Es machte für den Assistenzprofessor – und nur auf ihn kam es schließlich an – keinen Unterschied, wenn er wieder gesund würde. Er war nicht untätig. Er würde, wenn man die Ursache der Aphasie beseitigen konnte, nur weiterarbeiten.
Der Freund des Assistenzprofessors beobachtete Elsi.
Er besaß ein Privileg, das keiner außer ihm hatte. Alle anderen verantworteten sich gegenüber jemand Vorgegebenem auf eine vorgegebene Art und Weise. Er suchte sich denjenigen, gegenüber dem er sich verantwortete, selbst. Einen Menschen, der in wichtigen Hinsichten kein Mensch mehr war, wie der Assistenzprofessor. Einen verstorbenen oder einen noch nicht geborenen Menschen. Einen Men-

schen, der niemand tatsächlich sein konnte, einen Menschen, dem niemand nahekommen konnte, einen Menschen, mit dem sich zu vergleichen eine Anmaßung war. Eine Tat. Er verantwortete sich gegenüber einer Tat, die niemand durchführen, niemand tatsächlich vollbringen konnte. Einer Tat, mit der wirkliche Taten gewichtet wurden. Er verantwortete sich gegenüber einer Ansammlung mehr oder weniger gut ausgearbeiteter Theorien. Gegenüber einer Anhäufung von in bestimmter Weise geordneten Eindrücken.

Er verantwortete sich gegenüber sich selbst.

FORT FÜR IMMER

Emanuel wurde im Alter von sieben Jahren eingeschult. Zusammen mit seinem Zwillingsbruder Roland, so Emanuel. Roland sehe genauso aus wie er, rieche, schmecke und fühle wie er. Aber Roland habe keine Behinderung. Er, Emanuel, könne sich nur schlecht erinnern, was er während der Schulzeit gemacht habe. Aber er könne sich gut erinnern, was Roland gemacht habe. Roland habe nie einen Verweis bekommen, er sei gut mit den Lehrern ausgekommen. Doch die Mitschüler mochten Roland nicht. Sie redeten nicht mit ihm, da wollte er auch nicht mit ihnen reden. Die Mutter habe sie deshalb auf die Rudolf-Steiner-Schule geschickt. Hier sei Roland mit den Lehrern nicht gut ausgekommen. Im Grammatikunterricht habe Roland gesagt, das könne doch nicht alles sein, den Schülern beizubringen, welche Endungen die Wörter hätten, welchen Fall man verwenden müsse, wo man das Satzzeichen hinsetze. Er verlangte vom Lehrer, daß er ihnen auch erklären sollte, welche Sätze man sagen solle. Der Deutschlehrer entgegnete, das sei nicht Grammatik. Roland beharrte, es gebe doch Millionen von Möglichkeiten, einen Satz zu sagen oder zu schreiben. Welchen von diesen unzähligen Sätzen solle man sagen oder schreiben. Der Lehrer erwiderte, das habe mit Grammatik nichts zu tun. Roland sagte, dann sei die Grammatik, die der Lehrer ihnen beizubringen versuche, völlig unnütz. Roland habe immer diskutieren wollen, aber der Lehrer sei zu ungeduldig gewesen. Nach drei Jahren hätten sie einen neuen Deutschlehrer bekommen, der am Anfang mit Roland diskutiert habe. Roland habe gesagt, man müsse die Dinge im Deutschunterricht wie im Rechnen behandeln. Man müsse die Inhalte der Wörter und der Sätze ordnen, bevor man wisse, was sie bedeuteten. Der Lehrer fragte, wie er das anstellen wolle, die Inhalte von

Wörtern zu ordnen, bevor er wisse, was sie bedeuteten. Wenn man nicht wisse, was ein Wort bedeute, könne man es auch nicht einordnen. Der Deutschlehrer habe einen Brief an die Mutter geschrieben, Roland mache sich zuviel Gedanken über die falschen Dinge, er diskutiere immer und dabei schreibe er nicht einmal die Wörter richtig. Darauf habe er sich nicht mehr für die Schule interessiert. Roland habe den Quali nicht gemacht.

Der Freund des Assistenzprofessors hatte Stumpfegle und Elsi am Rand einer Veranstaltung einer Bank, bei der alle drei Kunden waren, einander vorgestellt. Der Vortrag des Chef-Volkswirts der Bank hatte Elsi entsetzlich gelangweilt, aber es galt, die Verbindung zu ihrem Kreditsachbearbeiter zu pflegen. Beim sich anschließenden Imbiß war sie dann mit Stumpfegle ins Gespräch gekommen.
Ein paar Tage später rief Elsi Stumpfegle an und wurde sofort zu ihm durchgestellt, er konnte sich gut an sie erinnern. Sie bat ihn um einen Termin in seiner Kanzlei, er schlug ein Abendessen vor.
Sie berichtete Stumpfegle von ihrer Sammlung, die sie mit der Abfindung aus der Scheidung von ihrem ersten, sehr vermögenden Mann aufgebaut hatte, und davon, daß sich die Kunstpreise in der letzten Auktionssaison schlagartig halbiert hatten. Sie hatte unmittelbar davor noch einige teure Bilder auf Kredit gekauft, um sie in Erwartung ständig steigender Kunstpreise weiterzuverkaufen. Die Bank verlangte nun die Rückführung des Kredits. Wenn ihr die Bank keinen Aufschub einräumte, mußte sie nicht nur die mit dem geliehenen Geld erworbenen, sondern darüber hinaus auch andere Bilder abgeben, und ihre sorgfältig aufgebaute Sammlung wäre zerstört. Stumpfegle sagte ihr zu,

sie zu beraten. Sie brauche sich keine Sorgen um das Honorar zu machen. Sie solle ihm etwas erzählen. Irgend etwas. Aber es dürfe nichts, überhaupt nichts damit zu tun haben, weswegen er sie beraten solle.
Sie fragte ihn, ob er glücklich sei. Er sagte, er wisse nicht, ob er glücklich sei.
Sie fragte ihn, ob es etwas gebe, was er unbedingt erreichen wollte, was er aber nicht erreicht habe.
»Das ist schwer zu sagen ...«
»Dann müßten Sie glücklich sein.«
»Wenn ich jetzt zugebe, ich habe etwas sehr Wichtiges nicht erreicht, muß ich unglücklich sein. Wenn ich es nicht zugebe, muß ich Schuldgefühle haben.«
»Stellen Sie sich vor, ich besitze den Schlüssel zu Ihrem Glück.«
»Ich habe mich noch gar nicht entschieden, ob ich mich unglücklich oder schuldig fühlen soll.«
»Männer in Ihrer Stellung fühlen sich immer schuldig. Ich nehme Ihnen Ihre Schuld, Ihr Unglück.«
»Wie kommt es, daß gerade Sie den Schlüssel zu meinem Glück besitzen?«
Elsi sah, daß Stumpfegle tatsächlich gespannt war.
»*Der einzige rettende Ausweg in Anfällen von Verzweiflung ist die Beschwörung einer noch größeren Verzweiflung*. Wenn Sie sich mitschuldig fühlen, werden Sie erkennen, Sie sind allein schuldig. Wenn Sie glauben, Sie sind unschuldig, werde ich Ihnen zeigen, Sie sind gerade deshalb schuldig. Wenn Sie überzeugt sind, Sie können niemals schuldig sein, werde ich Ihnen beweisen, Sie müssen notwendig schuldig sein.«
»Ich bin wirklich überrascht. Ich dachte, Sie wollten von mir nur ein paar Rechtstips plus eine Finanzierung vielleicht ...«

»Gegen die Unsicherheit, vielleicht doch einmal mit mir ins Bett zu gehen ...«

»Auf welche Weise wollen Sie mich in die Hölle schicken?«

Elsi sagte, sie wolle ihn für einen immerwährenden Kongreß von Helfenden gewinnen. Die Hilfe geschehe so, daß jeweils einer einem anderen helfe und sich dafür gegenüber einem Dritten verantworte. Jeder Helfende kenne nur denjenigen, dem oder der er helfe, sowie denjenigen, dem oder der gegenüber er sich verantworte, und niemanden sonst. Es gehe darum, ein System von Grundsätzen und Regeln zu etablieren, dessen allgemeine Anerkennung auf bestmögliche Art und Weise dafür sorge, daß niemand mehr Schuldgefühle zu haben brauche. Stumpfegle fragte, eine Moral ohne Gott. Elsi erwiderte, der Kongreß brauche keinen Gott. Der Kongreß brauche nur sie. Er, Stumpfegle, solle ihrer Schwester Nelly helfen, und sich ihr, Elsi, gegenüber verantworten. Stumpfegle fragte, ob der Kongreß eine Idee ihres zweiten Mannes sei. Elsi erwiderte, ihr Mann beschäftige sich nicht mit Ethik. Der Kongreß sei eine Idee aus dem Umfeld ihres Mannes.

Seine Zwillingsschwester Yvonne, so Emanuel, sei im gleichen Kindergarten gewesen. Sie wollte einmal mit ihm spielen, ein andermal nicht. Einmal sei sie nett zu ihm gewesen, dann habe sie ihn wieder an den Haaren gezogen. Der Mutter war es zuviel, den ganzen Tag auf beide aufpassen zu müssen. Die Mutter, der Vater, Yvonne und Emanuel unternahmen eine Reise. Es war eine karge Landschaft mit weißen Gebäuden. Am Meer begaben sie sich an Bord eines Schiffs. Im Bauch des Schiffs gab es eine schwimmende Theke. Dort stand ein Mann mit einem stark verquollenen Gesicht. Der Mann hatte einen Dreitagebart. Er war nackt.

Er hatte weit auseinanderstehende bläuliche Gesäßbacken, die Innenseiten der Oberschenkel waren ebenfalls bläulich. Aus der Nähe sah man auf den Gesäßbacken eine Art Spinnwebmuster. Die Fäden der Spinnweben waren rötlich, die Kreuzungspunkte bläulich. Emanuel und Yvonne gingen oft in den Bauch des Schiffs, an die schwimmende Theke. Im Verlauf der Reise bekam Yvonne ebenfalls das Spinnwebmuster mit den dreieckigen Flecken an den Beinen. Aber im Gegensatz zu dem Mann an der Theke, dessen Körper sich nicht veränderte, wurden Yvonnes Beine immer durchsichtiger. So durchsichtig, daß man schließlich nur noch die Spinnweben und die Verbindungspunkte sah, die pulsierten. Als Yvonne noch dagewesen sei, habe er immer gut gegessen, ihm sei nur selten schlecht gewesen, und sein Gedächtnis habe funktioniert. Nach Yvonnes Verschwinden habe er auf einmal nicht mehr richtig sprechen können, und auf dem linken Auge habe er fast nichts mehr gesehen. Nelly und Elsi hätten versucht, ihn zu trösten. Nelly habe ihm erklärt, Yvonne sei nicht weg, sie sei da. Dasein bedeute, an irgendeinem Ort zu irgendeiner Zeit dazusein. Wer irgendwo irgendwann da sei, sei immer da. Elsi habe gesagt, er solle sich vorstellen, er sei Yvonne. Nelly und Elsi mußten allerdings sehen, daß Emanuel darauf verzichtete, Yvonne auf die eine oder andere Weise herbeizurufen. Elsi meinte, Emanuel sei wegen seiner Behinderung nicht in der Lage zu begreifen, welche Vorteile ihm die Anwesenheit Yvonnes bringen würde. Nelly verteidigte Emanuel, er sei sehr wohl dazu fähig, die Vorteile der Anwesenheit Yvonnes zu verstehen. Elsi unterschätze Emanuel. Er suche noch. Emanuel werde einen anderen Weg finden, mit seiner Behinderung fertigzuwerden. Einen Weg, auf den sie, Elsi und Nelly, noch gar nicht gekommen seien.

Emanuel und Yvonne wurden zu Hause geboren. Erst Yvonne, dann Emanuel. Yvonne war das kräftigere Kind. Die Geburt erfolgte ohne Schwierigkeiten. Die Mutter stillte beide. Emanuel war oft krank, er erbrach häufig. Er lernte spät sprechen.

Auf die Frage nach seiner frühesten Erinnerung antwortete Emanuel, er könne sich an alles erinnern, was vor seiner Geburt war.

Günter Grass im dtv

»Günter Grass ist der originellste und vielseitigste lebende Autor.«
John Irving

Die Blechtrommel
Roman · dtv 11821

Katz und Maus
Eine Novelle · dtv 11822

Hundejahre
Roman · dtv 11823

Der Butt
Roman · dtv 11824

Ein Schnäppchen namens DDR
Letzte Reden vorm Glockengeläut
dtv 11825

Unkenrufe
Eine Erzählung
dtv 11846

Angestiftet, Partei zu ergreifen
dtv 11938

Das Treffen in Telgte
dtv 11988

Die Deutschen und ihre Dichter
dtv 12027

örtlich betäubt
Roman · dtv 12069

Ach Butt, dein Märchen geht böse aus
Gedichte und Radierungen
dtv 12148

Der Schriftsteller als Zeitgenosse
dtv 12296

Der Autor als fragwürdiger Zeuge
dtv 12446

Ein weites Feld
Roman
dtv 12447

Die Rättin
dtv 12528

Mit Sophie in die Pilze gegangen
Gedichte und Lithographien
dtv 19035

Volker Neuhaus
Schreiben gegen die verstreichende Zeit
Zu Leben und Werk von Günter Grass
dtv 12445

Gert Hofmann im dtv

»Er ist ein Humorist des Schreckens und unermüdlicher Erfinder stets neuer, stets verblüffender und verblüffend einleuchtender Erzählperspektiven.«
Frankfurter Allgemeine Zeitung

Der Kinoerzähler
Roman · dtv 11626
»Mein Großvater war der Kinoerzähler von Limbach.« Karl Hofmann, der exzentrische Kauz, ist eine stadtbekannte Persönlichkeit. Doch dann kommt der Tonfilm und macht ihn arbeitslos...

Auf dem Turm
Roman · dtv 11763
In einem kleinen sizilianischen Dorf wird die Ehe eines deutschen Urlauberpaares auf eine harte Probe gestellt.

Gespräch über Balzacs Pferd
Vier Novellen · dtv 11925
Unerhörte Begebenheiten aus dem Leben von vier außergewöhnlichen Dichtern: Jakob Michael Reinhold Lenz, Giacomo Casanova, Honoré de Balzac und Robert Walser.

Der Blindensturz
Roman · dtv 11992
Die Geschichte der Entstehung eines Bildes.

Das Glück
Roman · dtv 12050
Wenn Eltern sich trennen... »Ein schöner, durch seine Sprache einnehmender Roman.« (Frankfurter Allgemeine Zeitung)

Vor der Regenzeit
Roman · dtv 12085
Ein Deutscher in Südamerika, das »bizarre Psychogramm eines ehemaligen Wehrmachtsobersten« (Die Zeit).

Die kleine Stechardin
Roman · dtv 12165
Der große Göttinger Gelehrte Georg Christoph Lichtenberg und seine Liebe zu dem 23 Jahre jüngeren Blumenmädchen Maria Dorothea Stechard.

Veilchenfeld
Roman · dtv 12269
1938 in der Nähe von Chemnitz: Ein ruhiger, in sich gekehrter jüdischer Professor wird in den Tod getrieben. Und alle Wohlanständigen machen sich mitschuldig.

Peter Härtling im dtv

»Er ist präsent. Er mischt sich ein. Er meldet sich zu Wort und hat etwas zu sagen. Er ist gefragt und wird gefragt. Und er wird gehört. Er ist in den letzten Jahren zu einer Instanz unserer (nicht nur: literarischen) Öffentlichkeit geworden.«

Martin Lüdke

Nachgetragene Liebe
dtv 11827

Hölderlin
Ein Roman · dtv 11828

Niembsch oder Der Stillstand
Eine Suite · dtv 11835

Ein Abend, eine Nacht, ein Morgen
dtv 11837

Der spanische Soldat
dtv 11993

Felix Guttmann
Roman · dtv 11995

Schubert
Roman · dtv 12000

Herzwand
Mein Roman
dtv 12090

Das Windrad
Roman · dtv 12267

Der Wanderer
dtv 12268

Božena
Eine Novelle
dtv 12291

Hubert oder Die Rückkehr nach Casablanca
Roman · dtv 12439

Waiblingers Augen
Roman · dtv 12440

Die dreifache Maria
Eine Geschichte
dtv 12527

Schumanns Schatten
Roman · dtv 12581

Zwettl
Nachprüfung einer Erinnerung
dtv 12582

Janek
Porträt einer Erinnerung
SL 61696

»Wer vorausschreibt, hat zurückgedacht«
Essays
SL 61848

Hemme · Korfs kuriose Rätsel

Heinrich Hemme

Korfs kuriose Rätsel

KOMET

Lizenzausgabe für KOMET Verlag GmbH, Köln
www.komet-verlag.de
Covermotiv: © Austrian Archives/CORBIS (AU001828)
Illustrationen: Thomas Binder, Magdeburg
Gesamtherstellung: KOMET Verlag GmbH, Köln
ISBN 978-3-89836-695-3

Inhaltsverzeichnis

Vorwort

Der kleine Garten hinter unserem Haus grenzt an ein großes, etwas verwildertes Grundstück, auf dem eine alte Villa unter einigen mächtigen Linden und Kastanien steht. Bis vor einem Jahr lebte in dem Haus alleine und zurückgezogen der alte Korf. Er war seit Jahren Witwer gewesen, und seine Kinder und Enkel hatten sich kaum um ihn gekümmert.

An einem Sommerabend vor zwei oder drei Jahren bin ich mit dem alten Korf über den Gartenzaun hinweg ins Gespräch gekommen. Er begann, wie es alte Leute oft machen, mir aus seinem Leben zu erzählen. Korf war ein begnadeter Erzähler, und ich höre gerne anderen Menschen zu. Ich weiß heute nicht mehr, wie lange wir am Zaun gestanden haben, aber es muss sehr lange gewesen sein. Irgendwann – es wurde schon dunkel – rief mich meine Frau zum Abendessen ins Haus. Als wir uns verabschiedeten, lud mich der alte Korf für den kommenden Abend zu sich ein.

Ich habe ihn dann auch tatsächlich besucht, und es wurde ein wunderschöner Abend. Wir tranken einen schweren Rotwein, und Korf erzählte und erzählte, und ich hörte zu. Korf hatte viel erlebt in seinem langen Leben, und er hatte die ganze Welt bereist.

Von da an besuchte ich ihn häufig, manchmal zusammen mit meiner Frau, aber meistens alleine. Und fast immer war es Korf, der erzählte, von seinen Reisen, von den Menschen und von seinen Forschungen als Paläontologe. Ich konnte nie viel zur Unterhaltung beitragen, aber ich bin ja auch kaum einmal aus meiner Heimatstadt herausgekommen, höchstens einige Male nach Mallorca und zum Gardasee.

Vor etwa einem Jahr nahm mich der alte Korf mit in den Keller seines Hauses und gab mir dort eine kleine Holzkiste. „Fast mein ganzes Leben lang habe ich Tagebuch geführt“, sagte er. „Ich glaube, Sie sind der einzige Mensch, der sich dafür interessieren könnte. Ich schenke sie Ihnen.“ Der alte Mann muss geahnt haben, dass es mit ihm zu Ende ging. Eine Woche später war er tot.

Korfs Tagebücher sind zwar eine recht unterhaltsame Lektüre, aber wer interessiert sich in der heutigen schnelllebigen Zeit schon noch für die Lebensgeschichte eines ihm unbekannten und längst gestorbenen Mannes? Eine Ausnahme dürfte sein Tagebuch von einer Reise sein, die er kurz nach dem Zweiten Weltkrieg auf einem Frachter von Hamburg nach Amerika machte. Es gab auf dem Schiff außer ihm noch neun andere Passagiere. Um sich die langen Abende auf dem Frachter zu vertreiben, stellten sich die zehn Passagiere gegenseitig Rätsel. Korf notierte diese Rätsel und ihre Lösungen in seinem Tagebuch und machte es dadurch zu einer kurzweiligen Denksportaufgabensammlung.

Obwohl ich eigentlich nicht viel mit Denksport im Sinn habe, gefielen mir die Rätsel so gut, dass ich mich entschlossen habe, Korfs Tagebuch von seiner Überfahrt nach Amerika als Buch herauszugeben. Da nicht alles, was dieses Tagebuch enthält, von allgemeinem Interesse ist, habe ich es an einigen Stellen gekürzt. Die Lösungen der Rätsel stehen in Korfs Tagebuch direkt hinter den Aufgaben, und Sie würden sie gleichzeitig mit der Aufgabe sehen. Um Ihnen den Spaß am Knobeln nicht zu verderben, habe ich deshalb die Lösungen aus dem Tagebuchtext herausgenommen und in gekürzter Form in einen Anhang gesetzt.

Ich sollte vielleicht noch vorwegschicken, dass Korf vor dem Zweiten Weltkrieg sein Paläontologiestudium begonnen hatte, aber es durch den Kriegsbeginn abbrechen musste. Zu dem Zeitpunkt seiner Reise war er dreißig Jahre alt und hatte sein Studium noch nicht wieder aufgenommen.

Ich konnte *Thomas Binder* dazu gewinnen, Korfs Tagebuch zu illustrieren, und hoffe, dass Sie viel Spaß am Lesen und Knobeln haben.

Heinrich Hemme

Dienstag, den 9. August 1949

Kurz nach zehn Uhr morgens legte die Springburn vom Petersenkai im Hamburger Hafen ab. Die Reise begann.

Die Springburn ist ein Frachtschiff, das mit einer Ladung Webmaschinen Kurs auf New York genommen hat. Der Kapitän verdient sich etwas Geld zusätzlich damit, dass er einige Kabinen, die von der Besatzung nicht benötigt werden, an Passagiere vermietet. Die Passagiere können an der Mannschaftsverpflegung teilnehmen, die zwar nichts für Feinschmecker ist, aber zumindest satt macht. Auf diese Weise kann man wenig luxuriös, aber sehr billig von Europa nach Amerika reisen.

Ich hatte immer geglaubt, Hamburg liege an der Küste, aber heute wurde ich eines Besseren belehrt. Wir fuhren, nachdem wir den Hafen verlassen hatten, noch stundenlang die Elbe hinunter, bis wir endlich die offene Nordsee erreichten.

In meiner Kabine stehen zwei doppelstöckige Betten, ein Spind mit vier Fächern, ein kleiner Klapptisch unter dem Bullauge und ein wackeliger Holzstuhl. Diese „Suite" teile ich mir mit drei anderen Männern.

Einer meiner Kabinengefährten ist ein etwas zwielichtiger dicker Mann so um die Fünfzig. Als er in Hamburg auf das Schiff kam, wirkte er nervös, war schweigsam und verschwand sofort unter Deck. Er tauchte erst wieder auf, als wir am Nachmittag auf der offenen See waren. Dort war er dann sehr jovial. Er stellte sich zu mir an die Reling und gab unaufgefordert lange Erläuterung über Wasser, Wellen, Wind und Möwen von sich. Man hätten glauben können, er hätte es alles selbst erschaffen.

Das Bett unter meinem gehört einem Studenten, der sich mir als Heiner Berstelmann vorstellte. Er habe ein Physikstudium angefangen, aber festgestellt, dass das nichts für ihn sei, erzählte Heiner mir, und deshalb wolle er nun auf Jura umsatteln. Er habe das letzte halbe Jahr gearbeitet, und bevor er sein neues Studium aufnehme, wolle er erst einmal Amerika bereisen.

Der vierte Mann in unserer Kabine ist ein Tischlermeister, der etwa in meinem Alter ist. Er heißt Sterv, und warum er diese Reise macht, hat er nicht gesagt. Aber er scheint einen längeren

Aufenthalt in Amerika zu planen, denn er hat viel Gepäck mit, das er größtenteils in den Laderäumen untergebracht hat.

Die Mannschaftsmesse auf der Springburn ist nicht groß, darum können wir Passagiere erst dann essen, wenn die Besatzung mit dem Abendbrot fertig ist. Dort bekam ich auch zum ersten Mal die anderen Passagiere zu Gesicht. Außer uns Vieren aus meiner Kabine reisen noch sechs weitere Personen mit der Springburn, fünf Männer und eine Frau.

Nach dem Essen blieben wir in der Messe sitzen. Wo sollten wir auch hingehen? In unseren Kabinen gibt es nicht einmal Stühle für jeden von uns, und auch sonst findet man auf einem Frachter nicht viel Zerstreuung.

Es schien ein langweiliger Abend werden zu wollen, aber der dicke Fünfzigjährige aus meiner Kabine, der sich übrigens Thomas Gänzel nennt, rettete ihn. Er holte unter dem Tisch eine Flasche Rotwein hervor, entkorkte sie und sagte: „Dies ist die letzte Flasche Wein, die ich noch besitze. Geben Sie mir Ihre Gläser, ich möchte mit Ihnen auf den Beginn unserer Reise anstoßen." Wir Männer schoben ihm unsere Gläser hin, nur die Frau ließ ihres stehen. „Sie mögen keinen Rotwein, Madame?", fragte Gänzel. „Ich mag schon, aber ich bin schwanger und bleibe deshalb lieber beim Wasser", antwortete sie. Gänzel verteilte nun den Wein gleichmäßig auf neun Gläser und schob sie uns zurück. Der Mann, der rechts neben der Frau saß und anscheinend ihr Ehemann war, meinte: „Ein kleiner Schluck Wein wird unserem Kind wohl nicht schaden." Die Frau willigte ein, und ihr Mann goss ein wenig von seinem Rotwein in ihr mit Wasser gefülltes Glas. Da das Glas der Frau nun bis zum Rand gefüllt war, kippte sie ein wenig von dem Wasser-Wein-Gemisch in das Glas ihres Mannes zurück.

Gänzel stand auf und hob sein Glas: „Auf eine gute Reise nach Amerika!"

Nachdem wir unsere Gläser geleert hatten, sagte Gänzel: „Mir ist vorhin etwas aufgefallen. Bevor Monsieur Madame etwas von seinem Wein abgab, waren beide Gläser genau dreiviertel gefüllt."

„Wir heißen Brennecke", unterbrach ihn die Frau. Ihr schien das affektierte „Madame" und „Monsieur" nicht zu gefallen.

Gänzel nickte Frau Brennecke kurz zu und sprach weiter: „Herr Brennecke kippte dann etwas Wein in das Glas seiner Frau. Die beiden Flüssigkeiten vermischten sich, und dann gab Frau Brennecke von ihrem Wasser-Wein-Gemisch soviel in den Wein ihres Mannes, bis beide Gläser wieder gleich voll waren. Jetzt frage ich Sie, meine Herrschaften, war mehr Wasser in Herrn Brenneckes Wein, oder war mehr Wein in Frau Brenneckes Wasser?"

Wir schwiegen alle eine Weile, dann ergriff Sterv das Wort. „Als ich vor vielen Jahren noch ein junger Tischlerlehrling war, sagte mein Meister einmal zu mir: ‚Alfred, du brauchst nicht nur geschickte Hände, sondern auch einen klugen Kopf. Ich werde dir jetzt eine Aufgabe stellen.' Er zeigte mir eine kleine dreieckige Sperrholzplatte, von der an einer Ecke ein Viertel fehlte." Sterv zog ein Notizbuch aus seiner Tasche und skizzierte uns die Platte seines Meisters. „Die Aufgabe war, die Platte in vier gleich große und völlig gleich aussehende Teile zu zersägen. Mein Meister führte es mir vor. Die Lösung sah so aus." Sterv zeichnete die Schnitte in die Skizze in seinem Notizbuch ein.

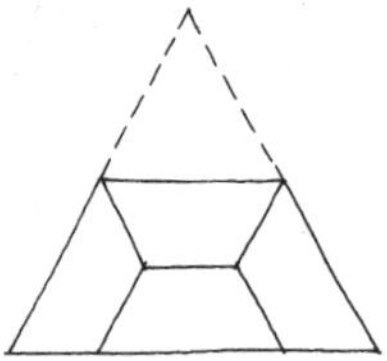

„Danach nahm mein Meister eine kleine quadratische Sperrholzplatte, von der auch an einer Ecke ein Viertel fehlte. Auch sie sollte in vier deckungsgleiche Teile zersägt werden. Und auch diesmal machte es mir der Meister vor." Sterv zeichnete das Quadrat mit dem fehlenden Viertel und den Schnittlinien in sein Notizbuch.

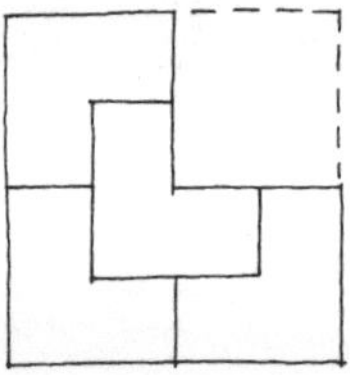

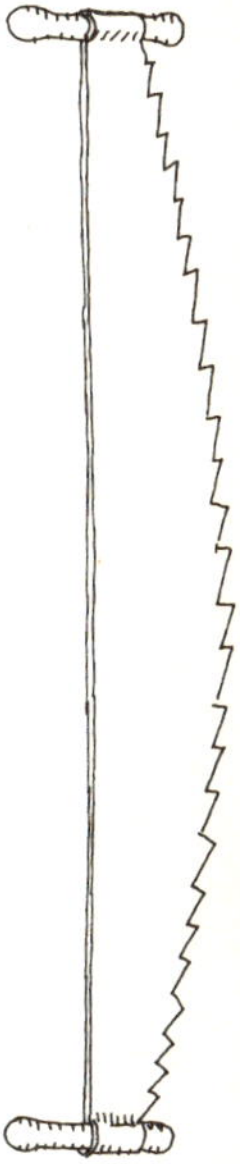

„Schließlich gab mir der Meister ein Quadrat aus Sperrholz und sagte: ‚Bei diesem Quadrat fehlt kein Viertel. Darum soll es auch nicht in vier, sondern in fünf deckungsgleiche Stücke zersägt werden. Die Stücke müssen nicht, wie es bei meinen beiden Beispielen der Fall war, der unzersägten Platte ähnlich sein.‘ Ich brauchte damals ziemlich lange, um das Problem zu lösen, und mein Meister stand die ganze Zeit schmunzelnd neben mir. Versuchen Sie doch auch einmal, meine Lehrlingsaufgabe zu lösen!“

Ein alter, aber noch kräftig wirkender Mann, der sicherlich schon über Siebzig ist, und den ganzen Abend über geschwiegen hatte, räusperte sich und sagte: „Vielleicht darf ich auch etwas zur Unterhaltung beitragen. Ich heiße Holz, und um meinem Namen Ehre zu machen, möchte ich Ihnen gerne – falls Sie erlauben – ein Streichholzrätsel stellen.“ „Nur zu!“, meinte Gänzel. Der alte Holz zog umständlich eine Streichholzschachtel aus seiner Jackentasche, schob sie auf und nahm sechs Hölzchen heraus. Dann legte er die Hölzer so auf den Tisch, dass sie zwei gleichseitige Dreiecke bildeten, die an einer Ecke aneinander stießen. „Verehrte Dame, meine Herren, Ihre Aufgabe ist es, drei dieser Streichhölzer in eine andere Position zu bringen, so dass dadurch vier gleichseitige Dreiecke entstehen. Die Dreiecke sollen alle eine Seitenlänge von einem Holz haben.“

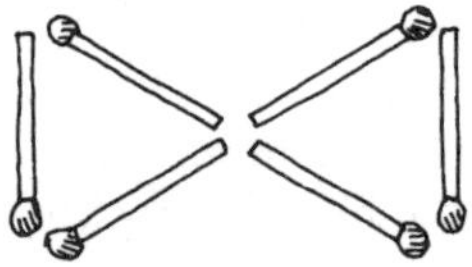

Holz lehnte sich zurück, und wir anderen fingen an, mit den Streichhölzern herumzuprobieren. Aber wie wir uns auch mühten, wir fanden keine Lösung. Nach einigen Minuten zog Sterv ein Taschenmesser hervor und wollte die Hölzer spalten, um eine gewaltsame Lösung zu erzwingen, aber Holz hielt ihn davon ab. „Ich versichere Ihnen, es gibt eine Möglichkeit, bei der die Streichhölzer nicht zerstört zu werden brauchen.“

Frau Brennecke begann in ihrer Handtasche zu kramen und legte dann eine Handvoll Münzen auf den Tisch. „Dies ist mein letztes deutsches Geld. Mein Mann und ich wollen nämlich auswandern und Europa für immer verlassen.“ Sie strich sich zärtlich mit der Hand über den Bauch. „Unser Kind wird in Amerika geboren werden.“ Dann nahm sie ihre Münzen wieder in die Hand und sagte: „Meine Herren, anscheinend haben Sie Spaß an Denksportaufgaben. Ich kenne noch ein Rätsel, das wir uns als Schulmädchen auf dem Pausenhof gegenseitig stellten. Vielleicht gefällt es Ihnen.“

Sie wartete gar nicht erst unsere Antwort ab, sondern begann die zehn Münzen zu einem Dreieck auszulegen, das mit der Spitze nach oben zeigte. „Ihre Aufgabe ist nun, durch Verschieben von so wenigen Münzen wie möglich, das Dreieck auf den Kopf zu stellen, so dass anschließend die Spitze nach unten zeigt.“ „Das Rätsel kenne ich. Du hast es mir schon mehrmals gestellt“, brummelte ihr Mann. „Aber die anderen kennen es vielleicht noch nicht!“, entgegnete Frau Brennecke spitz.

Während sich die beiden Brenneckes noch weiter kabbelten, versuchten wir anderen das Münzproblem zu lösen.

Oskamp, ein Mann von etwa vierzig Jahren, der uns während des Essens mit Witzen und Anekdoten unterhalten hatte, sagte: „Ich kenne auch noch ein hübsches Rätsel.“ Breit grinsend sah er in die Runde. „Wissen Sie, wie viele Beine ein Pferd hat?“ Wir sahen uns erstaunt an. „Was soll die Frage? Vier natürlich“, meinte einer. Ich habe vergessen, wer es war. „Tja, das glauben die meisten Menschen, aber es ist falsch“, sagte Oskamp. „Ein Pferd hat zwölf Beine, nämlich zwei vorne, zwei hinten, zwei links, zwei rechts und an jeder Ecke eines.“ Ich musste über diesen Kalauer schmunzeln, aber an der Reaktion der anderen sah ich, dass sie ihn für ziemlich albern hielten. Oskamp selbst fand seinen Scherz wohl urkomisch und lachte schallend darüber.

„Nun aber Scherz beiseite. Zählen ist viel schwieriger, als man meinen könnte. Ich arbeite in einer Eisenwarenhandlung, und wenn dort ein Kunde, ein Lehrling und ich die Schrauben in einer Schachtel zählen, erhalten wir gewöhnlich drei verschiedene Ergebnisse." Oskamp sah zu Sterv hinüber. „Darf ich einmal Ihr Notizbuch benutzen?" Er bekam es und zeichnete ein Dreieck mit einigen zusätzlichen Linien in dessen Inneren. „Meine Herrschaften, beweisen Sie mir, dass Sie zählen können. Wie viele Dreiecke gibt es in dieser Figur?"

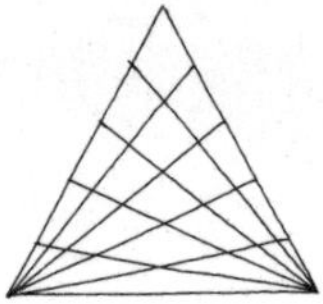

Wir versuchten es, aber es erging uns nicht besser als Oskamp, dem Lehrling und dem Kunden beim Schraubenzählen: Wir erhielten neun verschiedene Ergebnisse.

Ich hatte schon die ganze Zeit, während wir an Frau Brenneckes und an Oskamps Rätsel herumknobelten, überlegt, ob ich nicht auch eine Denksportaufgabe zur Unterhaltung beisteuern konnte. Da fiel mir mein Großonkel Herbert ein.

Onkel Herbert war der Bruder meiner Großmutter väterlicherseits und ein recht komischer Kauz gewesen. Er lebte mit seiner Familie in einem Dorf im Hunsrück. In seiner Freizeit sammelte er alte Maschinenteile und Schrott und schraubte und schweißte daraus seltsame Maschinen zusammen, die sich bewegten und drehten, hupten und pfiffen, aber keinerlei nützliche Funktionen hatten. Diese Maschinen, die für ihn Kunstwerke waren und die er als Technomobile bezeichnete, standen überall in seinem Haus und auf seinem Grundstück herum, und soweit ich weiß, ist es ihm nie gelungen, auch nur ein einziges davon zu verkaufen.

Dies alles erzählte ich der Runde in der Mannschaftsmesse und sagte dann: „Das Ungewöhnlichste an meinem Großonkel Herbert aber war, dass er am 29. Februar 1900 die Schwester sei-

116
98
102
1a
SCHRAUBEN

ner Witwe heiratete.“ „Das ist unmöglich!“, rief Gänzel sofort. „Urteilen Sie nicht vorschnell“, entgegnete ich ihm und wandte mich dann an alle: „War diese seltsame Heirat nach damals geltendem Recht möglich?“

„Ich bin Seemann aus New Jersey und auf dem Weg nach Hause“, sagte ein Mann, der mir am Tisch gegenübersaß. Ich war überrascht, denn ich hatte mich während des Essens mit ihm unterhalten, und mir war an seiner Sprache nichts aufgefallen, was darauf hindeutete, dass er kein Deutscher ist. Erst jetzt, da ich wusste, dass er Amerikaner ist, hörte ich einen ganz leichten Akzent. „Woher können Sie denn so gut Deutsch?“, fragte ich ihn. „Meine Mutter stammte aus Deutschland, und vor dem Krieg bin ich jahrelang Matrose auf einem deutschen Passagierschiff gewesen“, antwortete er.

Heiner Berstelmann wunderte sich darüber, dass Gale – so heißt der Amerikaner –, obwohl er Seemann ist, als Passagier auf einem Frachter nach Amerika fährt.

„Bis vor drei Tagen fuhr ich auch noch auf der Tuscaloosa, aber dann hatte ich in Hamburg eine Meinungsverschiedenheit mit dem Ersten Offizier. Obwohl ich im Recht war, hat mich der Kapitän von Bord gejagt.“ Die Meinungsverschiedenheit muss ziemlich heftig gewesen sein, denn Gale hatte die rechte Hand verbunden und im Gesicht ein großes Pflaster, das vom Kinn bis zur Schläfe lief.

„Was ich Ihnen eigentlich erzählen wollte, ist Folgendes: Wie ich schon sagte, fuhr ich vor dem Krieg auf einem Passagierschiff der Hansa-Linie. Diese Reederei betrieb eine Fährverbindung zwischen Hamburg und New York. Jeden Tag, genau mittags um zwölf Uhr fuhr ein Schiff aus Hamburg in Richtung New York ab. Sieben Tage später, wieder genau um zwölf Uhr mittags, legte die Fähre im New Yorker Hafen an. In umgekehrter Richtung, von New York nach Hamburg, fuhr auch jeden Tag um zwölf Uhr mittags ein Schiff nach Hamburg ab. Es brauchte für die Ozeanüberquerung auch genau sieben Tage und kam um zwölf Uhr in Hamburg an. Wie viele Fähren der Hansa-Linie traf man während einer Überfahrt von Hamburg nach New York? Vielleicht sollte ich noch erwähnen, dass sich alle Zeitangaben auf die Hamburger Ortszeit beziehen.“

„Kennen Sie alle die römischen Zahlen?“ Es war Heiner Berstelmann, der diese Frage stellte. Die meisten von uns nickten, nur Frau Brennecke sagte: „Die kleinen Zahlen von 1 bis vielleicht 10 oder 20 bekomme ich noch hin, aber bei größeren Zahlen habe ich Probleme.“

„Ich werde Sie Ihnen kurz erklären.“ Heiner begann etwas oberlehrerhaft über die römischen Zahlenzeichen zu dozieren. Wahrscheinlich hatte er es so bei seinen Professoren erlebt.

„Im Mittelalter gelangte über die Araber das indische Zahlensystem mit seiner Null und dem Wert der Ziffer durch ihre Stellung in der Zahl ins Abendland. Vorher hatte man in ganz Europa mit den sehr umständlichen römischen Zahlen gerechnet. Es gibt die Zahlenzeichen I, V, X, L, C, D und M, die die Werte 1, 5, 10, 50, 100, 500 und 1000 haben. Alle anderen Zahlen werden aus diesen Grundzahlen zusammengesetzt und der Größe nach geordnet. So schreibt man beispielsweise 253 als CCLIII. Um eine römische Zahl in unsere üblichen Zahlen zu übersetzen, braucht man nur die Werte der römischen Zahlenzeichen zusammenzuzählen. Es gibt jedoch eine Ausnahme. Steht links von einem Zahlenzeichen ein Zeichen mit einem niedrigeren Wert, so werden die beiden Werte nicht zusammengezählt, sondern voneinander abgezogen. So ist zum Beispiel der Wert von IX nicht 11 sondern 10 – 1 = 9.“

Heiner sah in die Runde. „Alles verstanden?“ Wir nickten, und er fuhr fort. „Also machen wir doch einmal einen kleinen Test: Sagen Sie mir, wie man elftausendelfhundertundelf als römische Zahl schreibt.“

Ein junger Mann – ich sollte ihn vielleicht besser als Jugendlichen bezeichnen –, der uns andere um mindestens Haupteslänge überragte, räusperte sich laut. „Herr Sterv, darf ich auch einmal ihr Notizbuch ausleihen?“ Sterv gab es ihm, und der junge Mann fuhr fort. „Gestatten Sie, dass ich mich kurz vorstelle. Ich heiße Feldt, Joseph Feldt. Ich habe vor einigen Wochen das Gymnasium abgebrochen, denn studieren will ich nicht, und wozu brauche ich dann Integralrechnung, mittelhochdeutsche Lyrik oder den Lebenslauf Pippins des Kurzen.“

Ich habe zu diesem Punkt zwar eine andere Meinung als der junge Feldt, aber ich hielt meinen Mund.

HAMBURG
NEW YORK

NEW YORK
HAMBURG

„Ich habe mich bei einer großen Maschinenbaufirma beworben, die mich dann zu einem Einstellungstest eingeladen hat. Wir waren zu zehnt bei dem Test, und es sollten nur drei Stellen besetzt werden. Um es gleich vorweg zu sagen: Ich habe die Arbeit nicht bekommen." Feldt schien darüber nicht sehr traurig zu sein. „Worauf ich eigentlich hinaus will: Eine der Testaufgaben, die ich übrigens nicht lösen konnte, ging folgendermaßen. Auf dem Aufgabenbogen waren fünf seltsame Symbole gezeichnet. Das erste war ein großes M, das zweite ein unterstrichenes Herz, das dritte eine Acht, das vierte ein durchgestrichenes großes M und das fünfte ein großes T, das auf einem Oval stand. Die Aufgabe war, herausfinden, nach welchem Schema die Symbole gebildet worden waren, und dann die Reihe zu erweitern und das sechste Symbol hinzuzufügen."

Feldt zeichnete die fünf Symbole in Stervs Notizbuch und forderte uns dann auf, das sechste Symbol zu suchen.

„Wenn ich richtig mitgezählt habe, hat jeder, außer mir, heute Abend eine Denksportaufgabe gestellt", sagte Brennecke. „Da möchte ich nicht zurückstehen und deshalb auch meinen Beitrag leisten." Er wandte sich an seine Frau. „Liebes, könntest du mir zwei von deinen Groschen leihen?" Seine Frau begann wieder in ihrer Handtasche zu kramen.

„Ich war Mathematik- und Erdkundelehrer an einem Gymnasium und habe über Jahre beobachtet, dass viele Schüler und Schülerinnen ein ausgesprochen schlechtes geometrisches Vorstellungsvermögen haben. Ich habe immer versucht, mit vielen Beispielen und Übungen dagegen anzuarbeiten, aber selten einen Erfolg gehabt. Ich glaube allmählich, dass geometrisches Vorstellungsvermögen angeboren ist und nicht erlernt werden kann."

Brennecke legte die beiden Münzen, die er von seiner Frau erhalten hatte, so nebeneinander auf den Tisch, dass sie sich berührten. „Dies ist eine Aufgabe, an der die meisten Schüler scheiterten", fuhr er fort. „Man drückt die rechte Münze fest auf

VERTRAG
VERTRAG
VERTRAG

den Tisch, so dass sie nicht verrutschen oder sich verdrehen kann. Dann rollt man die linke Münze auf dem Rand der rechten Münze im Uhrzeigersinn einmal ganz um diese herum, bis sie schließlich wieder in ihrer Ausgangsposition liegt. Dabei muss man sehr sorgfältig vorgehen, dass der Groschen auch wirklich rollt und nicht rutscht. Nun meine Frage: Wie oft dreht sich der linke Groschen bei seiner Runde um den rechten Groschen um seine eigene Achse? Bitte probieren Sie es nicht aus, sondern versuchen Sie die Antwort durch Nachdenken zu finden.“

Mittwoch, den 10. August 1949

Auf der Nordsee war es den Vormittag über diesig, und die Sicht war denkbar schlecht. Man hörte zwar die Signalhörner von Schiffen, aber bekam nur selten eines zu Gesicht. Erst als am Nachmittag die Springburn die Nordsee verließ und in die Straße von Dover fuhr, klarte es auf und die Sonne brach durch. Wir blieben die ganze Zeit über recht nahe an der englischen Küste und hatten einen herrlichen Blick auf das Steilufer von Dover. Wenn die Sonne auf die Kreidefelsen fiel, sahen sie aus wie eine Reihe riesiger, blendend weißer Zähne. Von der Backbordseite aus konnte man bis zum französischen Festland hinüber sehen und die Stadt Calais erkennen.

Später, als wir den Kanal schon fast wieder verlassen hatten, und ich am Bug stand, gesellte sich der alte Holz zu mir. Lange Zeit starrten wir gemeinsam auf die Küste Cornwalls, ohne ein Wort miteinander zu reden. Schließlich sagte er: „Schauen Sie sich das Land noch einmal genau an, junger Mann. Es ist das letzte Stück Europa, das wir sehen werden.“ Ich glaubte, in seiner Stimme ein Spur von Bitterkeit zu hören, und er begann mich zu interessieren. „Warum fahren Sie denn nach Amerika?“, fragte ich ihn. Er schien nur auf diese Frage gewartet zu haben und erzählte mir nun in aller Ausführlichkeit von seinem Schicksal. Ich kann mich nicht mehr an jedes Detail erinnern, aber der eigentliche Anlass seiner Reise war der Tod seiner Frau im letzten Jahr gewesen. Seine einzige Tochter war schon vor dem Krieg mit ihrer Familie nach Kanada ausgewandert, und weil er nun niemanden mehr in Deutschland hatte und schlecht alleine zurechtkam, war er der Einladung seiner Tochter gefolgt. Ihm war es sehr schwer gefallen, sein Dorf zu verlassen, und er war sich sicher, es nie wieder zu sehen.

Am Abend nach dem Essen saßen alle Passagiere wieder in der Mannschaftsmesse und langweilten sich. Nur Frau Brennecke las selbstvergessen in einem Reiseführer. Plötzlich blickte sie auf und sagte zu ihrem Mann: „Hör mal, Eduard, hier steht: ‚Die ersten fünf Präsidenten der USA waren George Washington, John Adams, Thomas Jefferson, James Madison und James Monroe.

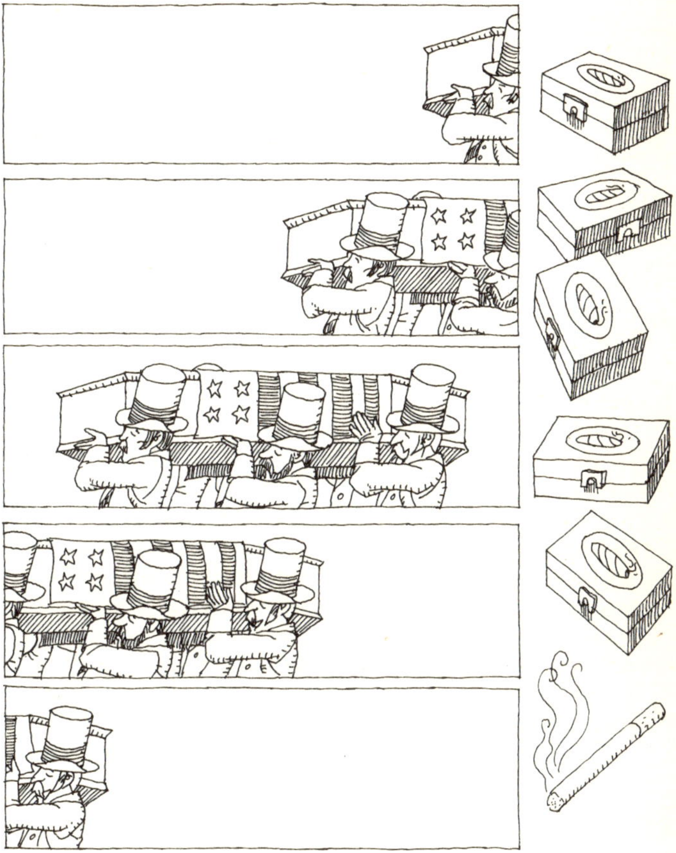

Drei von ihnen starben an einem 4. Juli.' Ist das nicht ein seltsamer Zufall?" Ihren Mann schien das nicht sonderlich zu beeindrucken. Er brummte nur: „Naja, das kann vorkommen."

Nun mischte sich Gänzel in das Gespräch der Eheleute: „Glauben Sie mir, Madame, ich kenne von keinem einzigen amerikanischen Präsidenten das Todesdatum. Trotzdem wette ich fünf Schachteln Zigarren gegen eine einzige Zigarette, dass ich auf Anhieb einen der drei Präsidenten, die an einem 4. Juli starben, errate." Er sah in die Runde. „Möchte jemand die Wette annehmen?" Keiner meldete sich. „So schlecht sind Ihre Chancen gar nicht, Herr Gänzel. Bei drei von fünf Möglichkeiten gewinnen Sie", sagte ich. „Sie haben recht, meine Gewinnchance ist sechzig Prozent, aber dafür ist mein Einsatz auch wesentlich höher als der Ihre", erwiderte er. „Wie ist es nun, traut sich jemand?" Aber niemand wollte.

Doch wir fragten uns, wie Gänzel sich seiner Sache so sicher sein konnte, und welchen Präsidenten er genannt hätte.

„Mir scheint, Sie mögen alle gerne Knobeleien", meinte Oskamp. „Durch einen Betrüger wurde mein eh schon knappes Reisegeld vor ein paar Tagen noch weniger. Das Seltsame dabei ist, dass ich, obwohl ich lange darüber nachgedacht habe, nicht einmal genau weiß, um wie viel Geld ich betrogen wurde. Vielleicht können Sie das Problem lösen." Irgend jemand sagte: „Wir werden es versuchen", und Oskamp fuhr fort: „Wie ich gestern schon sagte, arbeite ich in einer Eisenwarenhandlung. Letzte Woche Montag kam, kurz nachdem wir geöffnet hatten, ein Mann in das Geschäft mit einer langen Liste von Wünschen. Ich suchte die Teile heraus, packte sie in einen Karton und stellte die Rechnung zusammen: Es waren genau vierzig Mark. Der Kunde bezahlte mit einem Hundertmarkschein. Montagmorgens haben wir nie viel Geld in der Kasse, und ich konnte ihm nicht sein Wechselgeld heraus geben. Deshalb ging ich in das Nachbargeschäft, einen Juwelierladen, um den Hundertmarkschein zu wechseln. Kurze Zeit nachdem der Mann sein Wechselgeld erhalten hatte und mit seinem Paket gegangen war, kam der Juwelier ins Geschäft und sagte, der Hundertmarkschein sei falsch und forderte sein Geld zurück. Ich holte meinen Chef hinzu, und der musste wohl oder übel dem Juwelier die hundert Mark ersetzen.

Mein Chef war nun sehr verärgert und meinte, ich hätte merken müssen, dass das Geld nicht echt war, und verlangte von mir, dass ich seinen Verlust ersetze. Er forderte hundertundvierzig Mark, nämlich die hundert Mark, die er dem Juwelier geben musste und die vierzig Mark, die das Paket wert war, das der Kunde mitgenommen hatte. Mir kam das falsch vor, aber es blieb mir leider nichts anderes übrig, als meinem Chef die hundertundvierzig Mark zu geben. Nun frage ich Sie, meine Herrschaften, hatte mein Chef recht, oder habe ich zu viel oder zu wenig ersetzt?“

Holz räusperte sich und begann: „Ich komme aus einem Dorf im Emsland, wo die Kirche noch den Tagesrythmus der Menschen bestimmt. Mein Leben lang wurde ich jeden Morgen um sechs Uhr durch das Angelusläuten der Glocken geweckt und verließ, wenn die Kirchturmuhr sieben schlug, das Haus, um zur Arbeit zu gehen. Ich verdiente mein Geld als Forstarbeiter, und mein Arbeitsplatz waren die Wälder rund um unser Dorf. Eine Armbanduhr habe ich nie besessen, aber man konnte bis weit über die Grenzen des Dorfes hinaus den Schlag der Kirchturmuhr hören, so dass ich immer wusste, wie spät es war. Mir reichte das, aber meine Frau hatte sich immer eine eigene Uhr gewünscht. Doch Uhren sind teuer, und so sparte ich lange und schenkte ihr dann zu ihrem fünfzigsten Geburtstag eine kleine Standuhr.“ Holz seufzte bei der Erinnerung an seine Frau. Dann fuhr er fort: „Die Uhr hatte sogar einen Sekundenzeiger. Meine Frau war so glücklich mit ihrem Geschenk, dass sie sich immer wieder mit einem Stuhl vor die Uhr setzte und fasziniert beobachtete, wie der Sekundenzeiger mit winzig kleinen Schritten im Kreis hastete. Eines Morgens, als die Kirchturmuhr gerade sieben geschlagen hatte, sagte sie zu mir: ‚Die Uhr hat genau einundzwanzig Sekunden für die sieben Schläge gebraucht.‘ Als ich mittags im Wald die Kirchturmuhr zwölf Uhr schlagen hörte, fiel mir wieder die Bemerkung meiner Frau ein, und ich überlegte, wie viel Zeit die Uhr für die zwölf Schläge benötigte.“ Holz blickte in die Runde und fragte dann uns alle: „Wissen Sie die Antwort?“

Feldt zog aus seiner Jacke einen Bleistift und eine alte Zeitung hervor und notierte etwas auf ihrem Rand. Dann sagte er: „Mein

alter Mathelehrer stöhnte immer: ‚Feldt, Feldt! Wenn Adam Riese dich hören könnte, würde er von seiner Wolke fallen.' Trotzdem hat mir die Mathematik von allen Fächern noch am meisten Spaß gemacht. Deshalb möchte ich Ihnen ein hübsches mathematisches Problem stellen."

Er legte die Zeitung in die Mitte des Tisches, so dass wir alle sehen konnten, was er geschrieben hatte. „Schauen Sie sich doch bitte einmal diese Rechnung an", sagte er. „Sie ist ganz offensichtlich falsch." Damit hatte er Recht. Er hatte drei Fünfen zusammengezählt und als Ergebnis 550 erhalten.

$$5+5+5=550$$

„Sie sollen nun aus dieser fehlerhaften Gleichung eine korrekte Gleichung machen. Dazu dürfen Sie einen einzigen kurzen geraden Strich hinzufügen", erklärte er weiter. Wir schauten alle auf die Zeitung und dachten nach. Plötzlich lachte Brennecke auf und sagte: „Das ist doch ganz einfach!" Er ließ sich von Feldt den Bleistift geben und strich damit das Gleichheitszeichen durch. „So!", meinte er. „Nun steht hier ‚fünf plus fünf plus fünf ist ungleich fünfhundertundfünfzig'. Und das ist ja wohl eine korrekte Behauptung." „Sie haben recht, Herr Brennecke. Aus der falschen Gleichung ist eine korrekte Ungleichung geworden, aber das ist nicht die Aufgabe", erwiderte der junge Feldt. „Die Gleichung soll eine Gleichung bleiben, sie soll nur richtiggestellt werden. Das Gleichheitszeichen darf also nicht verschwinden."

„Etwas abzählen oder mit einer Waage abwägen oder mit einem Zollstock abmessen kann jeder, aber eine Anzahl, ein Gewicht oder eine Länge möglichst genau zu schätzen, ist eine Kunst, die nur wenige beherrschen", sagte Sterv. „Mein Meister aus meiner Lehrzeit predigte uns Lehrlingen immer wieder: ‚Jungs, ein Handwerker muss schätzen können. Ihr habt nicht immer die Zeit, alles genau abzumessen. Also übt es, wann immer ihr könnt.' Er selbst beherrschte die Kunst perfekt. Mit einem Blick konnte er die Höhe eines Hauses auf einen Viertelmeter genau angeben, und gab man ihm einen Stein in die Hand, so nannte er sofort das richtige Gewicht bis auf wenige Gramm genau."

„Ich kann überhaupt nicht schätzen, und ein Gespür für Zahlen habe ich leider auch nicht“, warf Frau Brennecke ein. „Wenn mir jemand sagen würde, ein bestimmter Baum sei drei Meter hoch, und jemand anders behauptete, derselbe Baum habe eine Höhe von dreihundert Metern, so könnte ich nicht entscheiden, welche Zahl sinnvoller wäre.“

„Das geht vielen Menschen so“, tröstete Sterv sie. „Was ich eigentlich erzählen wollte ist Folgendes: Ich hatte mit Edmund, einem Lehrling aus dem ersten Lehrjahr, eine Schachtel mit Nägeln aus dem Lager geholt. ‚Wie viele Nägel mögen in der Schachtel sein?‘, überlegte Edmund und meinte dann: ‚Lass uns beide schätzen, und heute abend zählen wir die Nägel. Wer mit seiner Schätzung am nächsten an der richtigen Zahl liegt, bekommt vom anderen zehn Pfennige. Einverstanden?‘ Ich nickte, und er sagte: ‚Es sind 3000 Nägel.‘ Ich schätzte die Zahl der Nägel auf 4000 bis 4500, und überlegte, welche Zahl ich nennen sollte, damit meine Chancen, den Groschen zu gewinnen, möglich gut waren. – Wissen Sie es?“

Frau Brennecke wandte sich an den alten Holz und fragte ihn, ob er seine Streichhölzer bei sich habe. Er nickte, griff in seine Jackentasche und warf die Schachtel Frau Brennecke zu.

„Ich habe vor dem Krieg einmal einen jungen Japaner kennengelernt. Er hieß Kobon, den Nachnamen habe ich leider vergessen.“ Ihr Mann sah sie von der Seite an. „Davon hast du mir nie etwas erzählt.“ Seine Frau ging auf die Bemerkung nicht ein und fuhr fort: „Kobon kannte unzählige Geschichten und hatte immer einen ganzen Schwarm Mädchen um sich, die er damit unterhielt. Manchmal stellte er uns auch Rätsel, die in seiner Heimat verbreitet waren, aber bei uns in Europa kaum jemand kannte. An eines kann ich mich noch gut erinnern. Es war eine ganz ungewöhnliche Streichholzknobelei.“

Frau Brennecke legte aus dreizehn Streichhölzern auf dem Tisch das Bild eines Hundes aus, der mit erhobenem Schwanz nach links lief. Dann sagte sie: „Nun versuchen Sie, nur zwei Hölzer so umzulegen, dass der Hund anschließend nach rechts schaut. Und damit die Aufgabe nicht zu leicht für Sie ist, darf der nach rechts schauende Hund den Schwanz nicht gesenkt haben.“

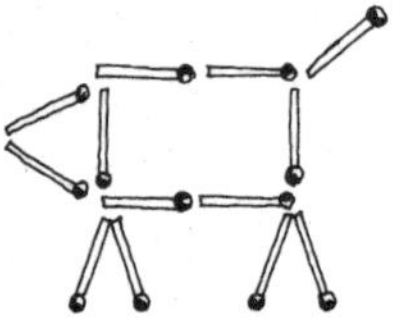

Brennecke wandte sich an seine Frau und fragte: „Liebling, hast du etwas dagegen, dass ich die Geschichte erzähle von dem Zettel, auf dem du unsere Ersparnisse berechnet hast?“ Sie lachte. „Nein, natürlich nicht. Erzähle sie ruhig.“ Brennecke lehnte sich zurück und begann: „Also das war so: Am Abend bevor wir diese Reise buchten, fand ich auf dem Küchentisch einen Zettel, auf dem folgendes notiert war.“ Er ließ sich von Feldt den Bleistift und die Zeitung geben, schrieb etwas auf den Rand und reichte sie in die Runde.

$$\mathrm{rOOr} = (\mathrm{r} - \mathrm{t} + \mathrm{t}) \times \mathrm{tt}$$

Nachdem wir es alle gesehen hatten, sagte Brennecke: „Der Zettel musste von meiner Frau stammen. Ich deutete das Ganze als kodierte Rechenaufgabe, aber ich konnte mir keinen Reim darauf machen, warum meine Frau die Ziffern durch Buchstaben ersetzt hatte. Ich versuchte, die Rechnung zu entschlüsseln, aber es gelang mir nicht. Also ging ich zu meiner Frau ins Wohnzimmer und fragte sie, was es mit ihrer Berechnung auf sich habe. Sie sagte, sie habe unser Geld nachgerechnet, und die vierstellige Zahl stehe für unsere gemeinsamen Ersparnisse. ‚Und jedes Zeichen in deiner Rechnung stellt eine Ziffer dar?‘, fragte ich sie. ‚Ja sicher, was denn sonst?‘, antwortete sie erstaunt. Ich versuchte also erneut, die Rechenaufgabe zu entziffern, doch wieder ohne Erfolg. Schließlich sah mir meine Frau über die Schulter und lachte laut auf. ‚So wird es dir nie gelingen!‘, meinte sie und verriet mir dann die Lösung.“ Brennecke sah seine Frau an und sagte: „Liebling, verrate bitte nichts.“ Dann fragte er uns: „Meine Herren, wie hoch, glauben Sie, waren unsere Ersparnisse?“

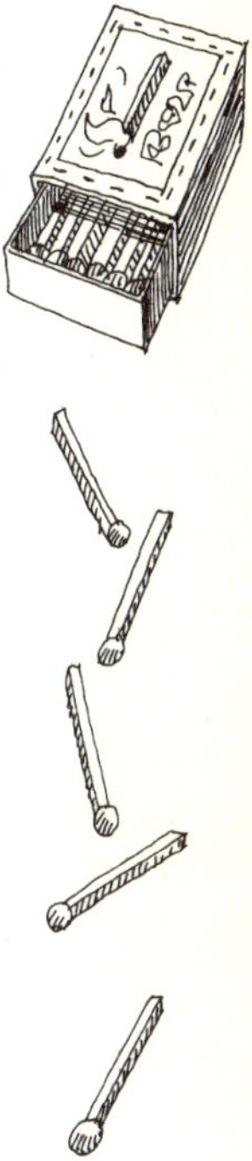

Während wir an Brenneckes seltsamer Rechnung herumknobelten, fiel mir auch eine Aufgabe mit einem verschlüsselten Text ein, die ich vor längerer Zeit einmal in einer Zeitschrift gesehen hatte. Als die anderen Passagiere sich noch über die Lösung unterhielten, die Brennecke uns schließlich verraten hatte, zog ich die Zeitung zu mir herüber, suchte eine noch freie Stelle auf ihrem Rand und malte dort eine Reihe von Zeichen hin.

„Darf ich kurz um Ihre Aufmerksamkeit bitten?“ Alle hörten auf zu reden und blickten erwartungsvoll zu mir herüber. „Ich habe ein Wort kodiert, das Sie entschlüsseln sollen.“ Ich legte die Zeitung in die Mitte des Tisches, so dass jeder meine Zeichenreihe sehen konnte. „Damit das Rätsel nicht ganz so schwer ist, gebe ich Ihnen eine kleine Hilfestellung. Ich werde von den USA aus weiter nach Mittel- und Südamerika reisen, und deshalb habe ich einen Begriff gewählt, der mit Mexiko zu tun hat.“ Ich hatte das Problem, als ich es in der Zeitschrift sah, nicht lösen können, und war gespannt, ob meine Reisegefährten erfolgreicher waren. „Wie also heißt das Wort?“, fragte ich.

Bei Gale schienen die Folgen der Meinungsverschiedenheit mit seinem ehemaligen Ersten Offizier langsam abzuklingen. Er hatte das Pflaster aus seinem Gesicht entfernt, und man sah eine gut verheilte, lange Schnittwunde, die sich vom Kinn bis zum Haaransatz an der Schläfe zog. „Ich bin auf der Insel Nantucket vor der Küste von Massachusetts aufgewachsen“, sagte er. „Als Junge trieb ich mich immer am Hafen herum und hörte den alten Seebären zu, wenn sie von ihren Fahrten erzählten und von den Abenteuern, die sie in fernen Ländern erlebt hatten. Am liebsten saß ich bei dem alten Ismael, wenn er die Netze flickte und seine Pfeife rauchte. Niemand spann ein besseres Seemannsgarn als er. Eines Tages, als die Leviathan, ein Walfänger, eingelaufen war, hörte ich, dass die Mannschaft einen Pottwal von geradezu gigantischen Ausmaßen erlegt hatte. Ich rannte zum alten Ismael, um ihm davon zu berichten. ‚Er soll fünfzig Yard lang gewesen sein‘, sagte ich aufgeregt. Ismael winkte ab.

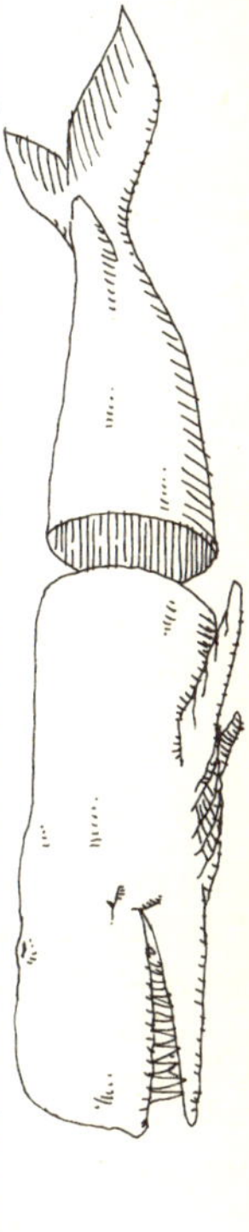

‚Das war doch nur ein kleines Fischchen. Als ich noch auf der Pequod fuhr, haben wir einmal einen Wal erlegt, der war nicht nur fünfzig Yard lang, sondern sogar noch um die Hälfte seiner Länge länger.‘ Als Kind habe ich dem alten Ismael geglaubt, heute weiß ich natürlich, dass er geschwindelt hatte. Kein Wal wird so lang, wie er behauptete.“ „Wie lang soll denn Ismaels Wal gewesen sein?“, fragte Holz. Gale schmunzelte. „Das sollen Sie selbst herausbekommen.“

„Weil jeder von Ihnen heute abend eine Denksportaufgabe zur Unterhaltung beigesteuert hat, möchte auch ich nicht zurückstehen und meinen Beitrag leisten“, sagte Berstelmann. Er legte fünf Münzen in einer Reihe nebeneinander auf den Tisch, immer abwechselnd einen Groschen und einen Pfennig.

„So“, sagte er, als er damit fertig war. „Ihre Aufgabe ist jetzt, die Münzen mit möglichst wenigen Zügen so umzuordnen, dass sie zum Schluss eine Reihe bilden, in der die drei Groschen links und die beiden Pfennige rechts liegen. Das Ergebnis muss also so aussehen.“ Heiner sortierte die Münzen um.

Als wir alle einen Blick darauf geworfen hatten, brachte er sie wieder in die Ausgangsreihenfolge zurück.

„Das ist doch ganz einfach“, meinte Gänzel und griff nach den Münzen. „Nicht so eilig, Sie wissen doch noch gar nicht, was ich mit einem Zug meine“, stoppte ihn Heiner. „Mit einem Zug sollen immer ein Groschen und ein Pfennig, die direkt nebeneinander liegen müssen, gleichzeitig an eine andere Stelle der Reihe verschoben werden. Beim Verschieben müssen die beiden Münzen immer zusammenbleiben und dürfen auch nicht ihre Reihenfolge vertauschen. Das heißt, die rechte Münze muss die rechte und die linke Münze muss die linke bleiben. Man kann das zum Beispiel so machen.“ Heiner drückte mit dem Zeige- und dem Mittelfinger seiner rechten Hand auf einen Groschen und einen Pfennig und schob beide Münzen an eine andere Stelle. „Mit wie vielen Zügen schaffen Sie die Umordnung?“

Donnerstag, den 11. August 1949

Den größten Teil des Tages lungerte ich auf dem Vorderdeck herum und schlug die Zeit tot. Am Nachmittag gesellte sich der Kapitän für einige Minuten zu mir, und ich fragte ihn, ob ich mir die Schiffsmaschine ansehen dürfe. Er hatte nichts dagegen.

Als ich die Tür zum Maschinenraum öffnete, schlug mir heiße und stickige Luft entgegen. Es war ein Höllenlärm in dem Raum. Eine ölverschmierter Mann mit einem freundlichen Gesicht trat auf mich zu. „Moin moin, mien Jung!“, schrie er mir mit breitem Hamburger Akzent ins Ohr. Ich schrie zurück, dass ich mir gerne den Schiffsmotor ansehen würde und dass ich nichts von Technik verstünde. Hein Jansen, so heißt der Maschinist, freute sich, dass sich jemand für seine Maschine interessierte. Er schien sie zu lieben, und zeigte sie mir stolz wie eine Mutter ihren Säugling. Jedes Rädchen, jeden Kolben und jeden Riemen musste ich mir ansehen, und er erklärte mir in aller Ausführlichkeit deren Funktionen. Wegen des Lärms verstand ich aber nur jedes zweite Wort, und nach einer Stunde brummte mir der Schädel.

Jansen erzählte mir, für ihm gebe es nichts Schöneres als zur See zu fahren. „Diese unendliche Weite und die himmlische Ruhe. Das ist doch etwas anderes, als ein Leben in Hamburg“, schwärmte er. Ich verstand das nicht. „Sie haben nicht einmal ein Fenster im Maschinenraum. Sie sehen das Meer doch überhaupt nicht. Und von Ruhe kann ja hier wohl auch keine Rede sein.“ Aber meine Argumente ließ Jansen nicht gelten. „Und dann diese Enge hier“, versuchte ich es weiter. „Enge?“, fragte Jansen erstaunt. „Hier ist doch Platz wie in einem Ballsaal. Im Krieg war ich Maschinist in einem U-Boot. Da war es eng.“ Ich gab es auf.

Wie an den beiden ersten Abenden unserer Reise blieben nach dem Abendbrot alle Passagiere in der Mannschaftsmesse sitzen. „Ich hoffe, Sie sind auch heute Abend wieder alle an Rätseln interessiert. Ich jedenfalls habe Spaß an den Knobeleien“, sagte Heiner. Wir waren alle Heiners Meinung, und er fuhr fort. „Ich habe mit dieser Antwort gerechnet, und darum etwas vorbereitet. Sie wissen alle, wenn man sich verstecken muss, taucht man am besten in einer großen Menschenmasse unter, statt sich an einem einsamen Ort zu verbergen. Denn unter vielen Menschen wird man leicht übersehen. Oder wenn man eine wertvolle Münze verstecken will, legt man sie nicht in seine Schmuckkassette, sondern steckt sie in ein Sparschwein mit lauter Kleingeld. Das beste Versteck für eine Sache ist immer, sie offen unter lauter ähnliche Sachen zu legen. Das hat zwei Gründe. Zum einen vermutet man sie dort nicht, und zum anderen ist es oft sehr schwierig für Auge und Gehirn, ein spezielles Ding unter lauter ähnlichen Dingen herauszufinden. Mit diesem zweiten Punkt hat mein Rätsel zu tun."

Heiner zog ein Blatt Papier aus seiner Jackentasche, das mit einem Muster von schwarzen und weißen Dreiecken und Vierecken überdeckt war, und legte es auf den Tisch. „In dieser Zeichnung ist ein regelmäßiger fünfzackiger Stern verborgen. finden Sie ihn!"

„Rechnen ist nicht gerade meine starke Seite, obwohl ich doch durch meinen Beruf ständig mit Zahlen zu tun habe", begann Oskamp. „Vor einigen Jahren ist mir eine sehr verwirrende Sache passiert, und ich habe tagelang herumgerechnet, um halbwegs zu begreifen, was eigentlich geschehen war. Doch ganz habe ich sie auch heute noch nicht verstanden." Oskamp kratzte sich etwas verlegen am Kopf, und dann erzählte er eine seltsame Geschichte.

„Eines Morgens kamen drei Männer in unsere Eisenwarenhandlung und wollten Hausnummern kaufen. Ich wunderte mich ein wenig darüber, warum sie zu dritt kamen, und sie erklärten mir, dass sie drei aneinanderhängende Reihenhäuser

17
19
21
?

gebaut hätten, die aus ästhetischen Gründen von außen genau gleich aussehen sollten. Darum würden sie Fenster, Türen und eben auch Hausnummern gemeinsam aussuchen. Wenn ich mich recht entsinne, kauften sie eine Siebzehn, eine Neunzehn und eine Einundzwanzig. Der Preis pro Hausnummer war eine Mark. Die Kunden bezahlten und gingen. Sie hatten gerade das Geschäft verlassen, als ich mir überlegte, dass frischgebackene Hausbesitzer gute Kunden für eine Eisenwarenhandlung sein könnten. Ich rief darum Werner, unseren Lehrling, gab ihm fünf Groschen und sagte: ‚Lauf rasch den Kunden nach, gib ihnen das Geld, und sage ihnen, bei drei Hausnummern gebe es Mengenrabatt.'

Als Werner zurückkam, war er nervös, und die Nervosität wurde im Laufe des Tages immer schlimmer. Gegen Abend fragte ich ihn: ‚Werner, was los mit dir?', und da gestand er mir, er habe jedem der drei Männern nur einen Groschen gegeben und zwei selbst eingesteckt. Ich gab ihm erst einmal für jeden gestohlenen Groschen eine Ohrfeige, und dann begann ich zu rechnen: Die Männer hatten mir für drei Hausnummern drei Mark gegeben. Dann brachte Werner jedem zehn Pfennige zurück, so dass sie tatsächlich nur 2,70 Mark bezahlt hatten. Zusammen mit den zwei Groschen, die Werner sich eingesteckt hatte, machte das 2,90 Mark. Es fehlten also noch zehn Pfennige? Wo waren die geblieben?" Oskamp schaute in die Runde. „Wissen Sie's?"

Gänzel stand auf, klopfte mit einem Löffel an sein Glas und sagte: „Meine Dame, meine Herren, lassen Sie mich bitte auch etwas zur Unterhaltung beitragen."

Warum konnte er dies nicht im Sitzen machen, wie alle anderen auch? Mir ist der Mann unsympathisch. Ich mag seine affektierte Art nicht, und ich frage mich, wie er es schafft, in dieser schlechten Nachkriegszeit so dick zu sein. Wenn er mit seinen schwarzen Haaren und seinem schwarzen Schnauzer vor uns steht, die Hände gefaltet und mit den Handflächen zum Boden durchgedrückt hat und mit den Hüften schaukelt, erinnert er mich jedesmal an Oliver Hardy.

„In der vorletzten Woche habe ich den Wein gekauft, den wir gestern getrunken haben. Sie haben es ja selbst gemerkt, es war ein guter Wein, und er war nicht billig. Der Mann, der ihn mir verkauft hat, wollte zuerst fünf Mark dafür haben, aber ich merkte, dass er unbedingt Geld brauchte, und so bot ich ihm zwei Mark dafür. Ihm blieb nichts anderes übrig, als mir den Wein dafür zu überlassen.“ Gänzel rieb sich die Hände bei der Erinnerung an das gute Geschäft. Frau Brennecke schien nicht viel von Gänzels Geschäftsmethoden zu halten. Sie zog die Augenbrauen hoch, sagte aber nichts. Gänzel fuhr fort: „Ich fragte den Mann: ‚Wie viel Geld bekomme ich zurück, wenn ich Ihnen die leere Flasche wiederbringe?‘ Der Mann meinte: ‚Für den Wein müssen sie 1,90 Mark mehr bezahlen als für die Flasche. Nun können Sie sich das Flaschenpfand selbst ausrechnen.‘“ Gänzel machte eine kleine Pause, dann fragte er uns: „Was meinen Sie, wie hoch das Flaschenpfand war?“

Holz war der nächste, der uns ein Rätsel aufgab. „Ich benutzte bei meiner Arbeit im Wald eine starke Kette, die zu einem Ring geschlossen war“, begann er. „Die Kette schob ich über den Stamm der gefällten Bäume und spannte dann die Pferde davor. So ließen sich die Stämme mit einfachsten Mitteln aus dem Wald ziehen. Eines Tages hatte ich Pech. Ich fällte eine riesige Tanne, und sie stürzte mit ihrer Krone auf den Stamm einer Fichte, die ich zuvor geschlagen hatte. Dabei verhakte sich ein dicker Ast der umstürzenden Tanne in die Kette, die ich über das Stammende der Fichte geschlungen hat, und zerriss sie in fünf Teile. Ich fluchte wie ein Bierkutscher über das Missgeschick, aber es nütze nichts, die Kette war hinüber.“

„Und was haben dann gemacht?“, fragte Gale.

„Ich habe die zerrissenen Kettenglieder weggeworfen“, antwortete Holz. „Die fünf Kettenstücke – sie hatten vier, sieben, neun, zehn und dreizehn Glieder – brachte ich zu Wieland, unserem Dorfschmied, und bat ihn, aus den Stücken wieder einen Kettenring zu machen. Wieland sah sich die Kettenstücke an und sagte dann: ‚Ich werde einige Glieder aufschlagen und dann wieder zuschmieden müssen. Das kann ich nicht umsonst machen. Für jedes Öffnen eines Gliedes, musst du fünfzig Pfennige und für jedes Schließen auch fünfzig Pfennige zahlen.‘ Ich war einverstanden, aber als ich die Kette am nächsten Tag abholte, sollte ich mehr bezahlen, als ich mir ausgerechnet hatte. Wir stritten uns den halben Abend lang über den Preis, und es

wäre beinahe noch zu Handgreiflichkeiten gekommen. Nun meine Frage an Sie, meine Herrschaften: Wie viel hätte die Reparatur der Kette kosten dürfen, wenn Wieland nur so wenig Glieder wie möglich aufgeschlagen und zugeschmiedet hätte?"

„War es nicht sehr unpraktisch, die Baumstämme mit Ihrer Kette von den Pferden aus dem Wald ziehen zu lassen? Die Stämme schliffen doch dabei mit ihrer vollen Länge über den Boden, und die Pferde mussten gegen die Reibung arbeiten", sagte Brennecke zu Holz. „Das mag schon stimmen, aber gibt es eine bessere Methode?", erwiderte der alte Holz. „Ich habe einmal irgendwo gelesen, dass die alten Ägypter, als sie ihre Pyramiden errichteten, das Rad noch nicht kannten und deshalb natürlich auch noch keine Wagen hatten", sagte Brennecke. „Trotzdem haben sie die riesigen Steinquader, aus denen sie die Pyramiden gebaut haben, viele Kilometer weit transportiert. Sie sollen dazu kurze Baumstämme als Rollen benutzt haben, die sie beim Schieben des Steins immer, wenn sie hinten frei wurden, vorne wieder neu untergelegt haben. Es soll zwar ein wenig umständlich gewesen sein, aber trotzdem genau so leicht, als wenn sie Wagen gehabt hätten." „Und Sie meinen, das wäre genau das richtige Verfahren für mich gewesen, um die Baumstämme aus dem Wald zu bringen?" Holz schmunzelte. Es war ihm genau anzusehen, was er von Lehrern und ihren Methoden hielt. „Ich hatte zwei Kaltblüter, die die Bäume ohne besondere Anstrengung aus dem Wald zogen. Einfacher ging's wohl nicht." „Da haben Sie sicherlich recht. Lassen Sie mich aber trotzdem noch einmal auf die Methode der alten Ägypter zurückkommen, denn sie enthält ein hübsches Rätsel", sagte Brennecke. „Angenommen, die Stämme, die als Rollen für den Steinblock dienten, hatten einen Umfang von einem Meter. Wie weit bewegte sich der Stein vorwärts, wenn die Stämme sich einmal um die eigene Achse drehten?"

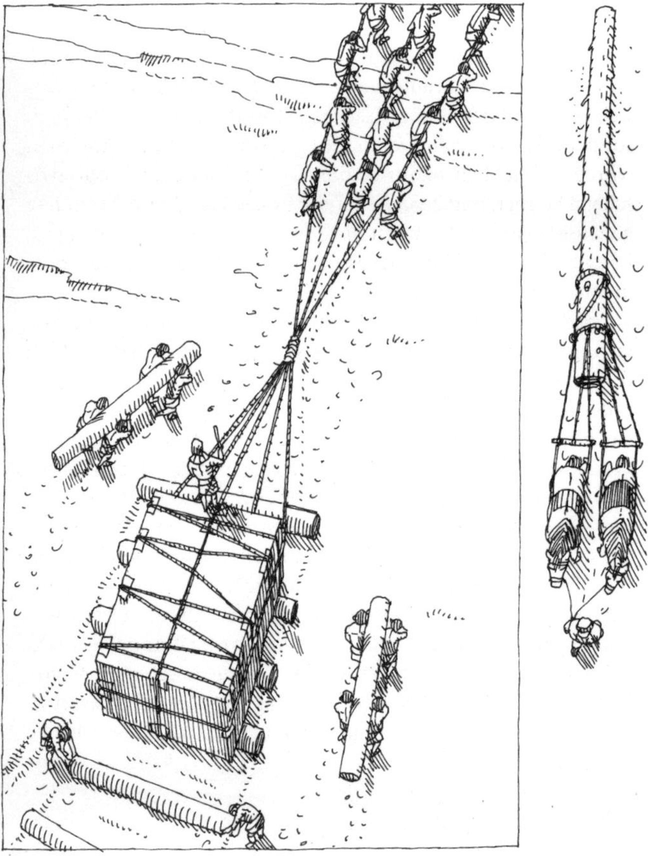

„Ich war heute Nachmittag im Maschinenraum und habe mich ein wenig mit dem Maschinisten unterhalten", sagte Gale.

Ich konnte mir denken, wie diese Unterhaltung ausgesehen hatte, denn ich saß neben Gale, und er blies mir seine Alkoholfahne ständig ins Gesicht.

„Ich habe mir von Jansen zwei halbzöllige Schrauben ausgeliehen für eine Knobelei, die ich Ihnen aufgeben möchte." Er zog zwei dicke, ölige Schrauben aus seiner Hosentasche, legte sie vor sich auf den Tisch und putze sie dann mit seinem Taschentuch sorgfältig sauber. Wir waren alle gespannt, was nun kommen würde. Schließlich nahm er die eine Schraube am Kopf zwischen Daumen und Zeigefinger der linken Hand und die andere genauso zwischen Daumen und Zeigefinger der rechten Hand. Er hielt die Schrauben nun so nebeneinander, dass ihre Gewinde ineinandergriffen.

„Stellen Sie sich bitte vor, ich würde die beiden Schrauben jetzt umeinander drehen, und zwar so, dass die Gewinde dabei die ganze Zeit über ineinander verzahnt bleiben", sagte er. Feldt unterbrach ihn. „Sie meinen, beide Schrauben werden um ihre eigene Achse gedreht, so wie man sie in eine Mutter schraubt?" „Nein, nein, da haben Sie mich falsch verstanden. Die Schrauben werden an ihren Köpfen festgehalten und können deshalb nicht um ihre eigene Achse rotieren. Sie drehen sich nur umeinander, ähnlich wie zwei Menschen umeinander herumlaufen können, und dabei ständig nach Norden schauen", erwiderte Gale. „Die beiden Schrauben sind völlig gleich, beiden haben ein Rechtsgewinde und sie sollen im Uhrzeigersinn umeinander gedreht werden. Entfernen sich dabei die Köpfe voneinander oder nähern sie sich oder bleibt ihr Abstand gleich? Sie sollen die Aufgabe allerdings nicht durch Ausprobieren lösen."

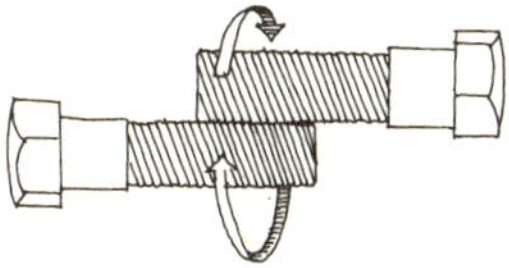

„Liebling, das Rätsel, das ich jetzt stellen möchte, stammt eigentlich von dir. Ich hoffe, du hast nichts dagegen", sagte Frau Brennecke zu ihrem Mann. „Ich weiß zwar nicht, wovon du sprichst, aber ich bin trotzdem einverstanden", erwiderte dieser.

Frau Brennecke begann zu erzählen. „Es war an unserem ersten Hochzeitstag, im Februar 1948. Mein Mann war schon zur Arbeit gegangen, bevor ich wach wurde. Den ganzen Tag lang überlegte ich, ob er wohl daran denken würde. Bei solchen Sachen ist er manchmal sehr vergesslich." „Das stimmt doch gar nicht", maulte Brennecke. Seine Frau ließ sich nicht beirren und fuhr fort. „Aber als er dann am Abend zur Haustür herein kam und eine Hand hinter dem Rücken hielt, wusste ich, er hatte es nicht vergessen. Er gab mir einen Kuss, gratulierte mir zum Hochzeitstag, und sagte: ‚Ich habe dir auch etwas mitgebracht. Rate einmal, was es ist.' Ich versuchte es: ‚Schokolade?' – ‚Nein.' – ‚Kaffee?' – ‚Nein.' – ‚Blumen?' – ‚Richtig. Aber welche Blumen sind es?' Ich war überrascht und hoch erfreut. Sie wissen, wie schwer es im letzten Winter war, Blumen aufzutreiben. Aber meinem Mann war es offensichtlich gelungen. ‚Rosen?', riet ich. ‚Fast richtig. Bis auf zwei Blumen sind es lauter Rosen. Versuche es weiter', forderte er mich auf. Ich versuchte es mit Tulpen und bekam die gleiche Antwort. ‚Fast richtig. Bis auf zwei Blumen sind es lauter Tulpen. Versuche es weiter.' Nun probierte ich es mit Nelken, und wieder war die Antwort: ‚Fast richtig. Bis auf zwei Blumen sind es lauter Nelken.' Nun war mir klar, aus welchen und wie vielen Blumen der Strauß bestand. Wissen Sie es auch?"

Nun meldete sich Feldt zu Wort. „Ich war an einem Jungengymnasium. Von der Sexta bis etwa zur Untertertia habe ich das als angenehm empfunden, aber später hätte ich es doch lieber gehabt, wenn auch Mädchen in unserer Klasse gewesen wären." „Warum?", fragte ihn Frau Brennecke. Ich fand die Frage überflüssig, aber vermutlich wollte sie den Jungen nur in Verlegenheit bringen. „Wie soll ich das erklären?", druckste er herum und wurde eine wenig rot. Holz kam ihm zur Hilfe. „Was wollten Sie uns denn nun erzählen?", fragte er.

URSULA-G

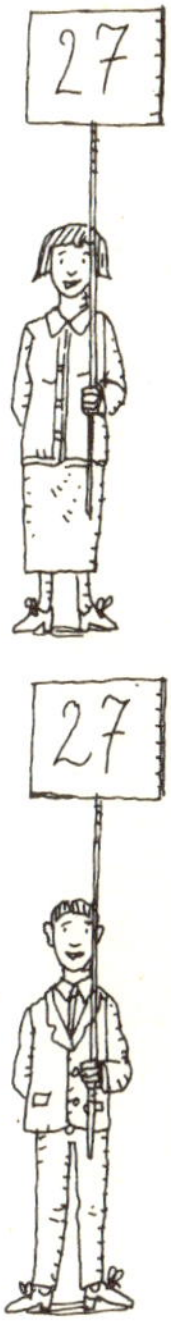
27
27

Erleichtert fuhr Feldt fort: „Unsere Klassenfeste, bei denen es ja auch nur lauter Jungen gab, waren nicht gerade aufregend. Aber als wir dann in die Unterprima kamen, haben wir es anders gemacht. Wir schickten eine Abordnung zur Unterprima des Ursulagymnasiums, einer Mädchenschule, mit dem Vorschlag, ein gemeinsames Fest zu feiern. Die Mädchen, die sich ja dort in einer ganz ähnlichen Lage wie wir befanden, waren sofort einverstanden. Und so verabredete sich jeder von uns Jungen mit einem Mädchen vom Ursulagymnasium.

Wir hatten eine hervorragende Musikgruppe engagiert, und es wurde viel getanzt. Einmal gab es auch eine Damenwahl, und alle siebenundzwanzig Jungen und siebenundzwanzig Mädchen waren auf der Tanzfläche. Nach dem Tanz sagte Hermann zu mir: ‚Die Mädchen sind uns wirklich treu. Wenn ich richtig gezählt habe, haben genau sechsundzwanzig Mädchen mit dem Jungen getanzt, der sie zum Fest begleitet hat.' Ich wunderte mich darüber, dass Hermann beim Tanzen nichts Besseres zu tun hatte, als zu kontrollieren, wer mit wem tanzte. Trotzdem dachte ich über seine Bemerkung nach, und ich überlegte mir, wie groß die Wahrscheinlichkeit war, dass genau sechsundzwanzig Mädchen mit ihrem Partner tanzten. Wissen Sie es?"

Mir geht es mit Denksportaufgaben wie den meisten Leuten mit Witzen: Man hört ständig neue und nimmt sich fest vor, sie sich zu merken, aber dann, wenn man einen erzählen möchte, fällt einem keiner ein. Ich habe sicherlich schon Hunderte von guten Rätseln gehört, und trotzdem überlegte ich schon den ganzen Abend, was ich meinen Mitreisenden zu knobeln geben sollte, ohne dass mir etwas einfiel. Erst als Feldt den Namen „Hermann" erwähnte, machte es bei mir klick. Ich habe einen Freund, der Hermann heißt, der mir vor einiger Zeit, als wir bei einem Bier zusammen saßen, eine hübsche Aufgabe stellte, die mir jetzt wieder einfiel.

„Darf ich einmal Ihre Streichhölzer haben?", fragte ich Holz. Er gab sie mir, und ich nahm mir vier Hölzer aus der Schachtel und legte sie zu einem Kreuz auf dem Tisch aus. „Frau Brennecke, meine Herren", sagte ich, „Sie dürfen ein Streichholz verlegen, so dass ein Quadrat entsteht. „Unmöglich!", rief Gän-

zel ohne lange nachzudenken. Ich konnte mir ein Schmunzeln nicht verkneifen. „Meine Herrschaften, ich versichere Ihnen, das Problem ist lösbar. Probieren Sie es doch einfach einmal aus. So viele Möglichkeiten gibt es doch gar nicht."

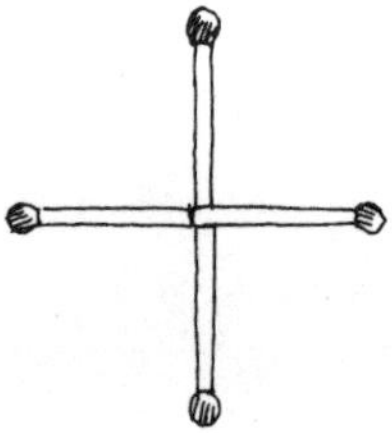

„Dann bin ich heute wohl der letzte, der mit einem Rätsel dran ist", meinte Sterv. „Ich möchte Ihnen auch eine kleine Geschichte erzählen. Vor einigen Jahren kam mein alter Mathematiklehrer in die Schreinerei, bei der ich beschäftigt war. Ich sah ihn schon, als er in der Tür stand, und drehte ihm dann möglichst unauffällig den Rücken zu, in der Hoffnung, dass er mich nicht erkennen würde. Aber er hatte mich schon entdeckt und rief durch die ganze Werkstatt: ‚Na, Alfred, du alter Mathematikbanause, werden deine Türen auch wohl alle rechtwinklig?' Mir war das sehr peinlich, denn Mathematik war in der Schule immer meine schwache Seite gewesen. Aber Mannhard, so hieß der Lehrer, hatte auch eine recht schmerzhafte Methode, einem die Geometrie mit dem Rohrstock zu erklären, die mir überhaupt nicht lag. ‚Alfred, ich möchte für meine Frau eine neue Wäschetruhe haben', sagte Mannhard zu mir. ‚Schreinere mir eine viereckige Kiste aus ein Zentimeter dicken Brettern, bei der alle Außenkanten genau einen Meter lang sind. Hast du das verstanden?' Ich kam mir wieder vor wie in der Schule. ‚Jawohl, Herr Mannhard', sagte ich.

Als der Lehrer schließlich gegangen war, erzählte ich meinen Arbeitskollegen von Mannhard und dem von mir gehassten Mathematikunterricht bei ihm. ‚Ich habe da eine Idee, wie wir deinem Lehrer eins auswischen können', sagte Ferdinand, unser Altgeselle, nachdenklich. ‚Wir werden ihn mit seinen eigenen

Waffen schlagen, und ihm genau die Kiste bauen, die er bei dir bestellt hat.' Ich wusste nicht, was er meinte. ,Denk doch mal nach, Alfred. Wie viele Seitenflächen hat eine viereckige Kiste?'"

Sterv sah auffordernd in unsere Tafelrunde. „Wissen Sie es?"

Freitag, den 12. August 1949

Jetzt sind wir schon den vierten Tag auf See. Man sah heute nirgendwo mehr Festland oder eine Insel, nur noch rund herum, so weit man sehen konnte, dunkelgraues Wasser. Mir ist unverständlich, warum Schlagertexter immer behaupten, das Meer sei blau. Dunkelgraues Wasser und darüber ein hellgrauer Himmel, sonst nichts. Da, wo als scharfe Linie der Horizont sein sollte, gingen die beiden Grautöne nahtlos ineinander über, so dass man nur vermuten konnte, wo das Meer aufhörte und der Himmel anfing.

Obwohl wir August haben, also mitten im Hochsommer sind, war es kühl und windig. Trotzdem hielt ich mich über Tag fast die ganze Zeit an Deck auf. Hier war es immer noch erträglicher als in der stickigen Enge der Kabine.

Es wunderte mich, dass man keine Möwen mehr sah. Ich erwähnte es Berstelmann gegenüber, der es auch nicht unter Deck aushielt. „Ich verstehe zwar nichts von Ornithologie", meinte er, „aber ich glaube, Möwen bleiben sich immer in Küstennähe."

„Warum hast du eigentlich dein Physikstudium abgebrochen?", fragte ich ihn. Er dachte erst eine ganze Zeit nach, bevor er antwortete. „Als Schüler habe ich oft etwas von der modernen Physik gehört und gelesen. Du weißt doch: Relativitätstheorie und Quantenmechanik. Die seltsamen und unverständlichen Effekte haben mich fasziniert. Und da war noch etwas anderes." Er zögerte kurz. „Naja, ich träumte davon, einen Nobelpreis für Physik zu bekommen. Also habe ich nach dem Abitur ein Physikstudium an der Universität Göttingen angefangen. Dort kam dann schnell die Ernüchterung. Wir mussten die klassische Physik lernen und vor allen Dingen auch Mathematik. Er war harte Arbeit und alles andere als ein schönes Studentenleben. Und der Traum vom Nobelpreis war auch bald ausgeträumt. Als ich dann nach zwei Semestern durch die Mathematikklausur fiel, fing ich an, darüber nachzudenken, ob es nicht besser wäre, das Physikstudium an den Nagel zu hängen."

„Und wie bist du dann ausgerechnet auf Jura gekommen?"
„Ich bin mir noch nicht ganz sicher, ob ich es wirklich machen

PHYSIK
MATHEMATIK
NOBEL-
PREIS

soll, aber er wäre schon sinnvoll. Erstens werden Juristen gesucht und gut bezahlt, zweitens habe ich ein gutes Gedächtnis, und drittens kann ich gut logisch denken und kombinieren."

Durch das Gespräch mit Heiner wurde ich wieder an sein Rätsel vom Vorabend erinnert, und mir fiel ein, dass ich einmal ein ganz ähnliches in einer Zeitschrift gesehen hatte. Da ich annahm, dass wir auch den heutigen Abend wieder mit Knobeleien verkürzen würden, bereitete ich die Zeichnung schon vor.

Nach dem Abendbrot, als der Tisch abgedeckt war, blieben auch tatsächlich wieder alle sitzen. „Es ist ja schon beinahe ein fester Brauch auf dieser Reise, dass jeder von uns an jedem Abend den anderen ein Rätsel aufgibt", sagte ich. „Wenn Sie nichts dagegen haben, werde ich diesmal beginnen." Offensichtlich waren alle einverstanden, und darum fuhr ich fort: „Sie erinnern sich doch noch, wie schwer es uns gestern gefallen ist, in Herrn Berstelmanns Zeichnung den fünfzackigen Stern zu finden. Ich habe eine ganz ähnliche Aufgabe, und vielleicht haben Sie heute mehr Glück als gestern. Diese kleine Zeichnung habe ich vorbereitet, und ich möchte Sie bitten, sie sich anzusehen." Ich reichte den Zettel in die Runde. „In dem Muster aus Linien ist das nebenstehende Kreuz verborgen, das jedoch eine andere Größe haben kann. Versuchen Sie, es zu finden!"

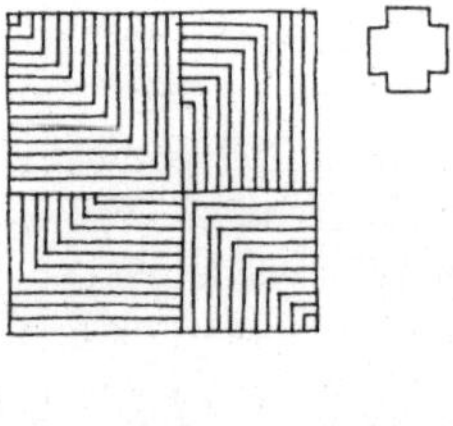

„Jeder Mensch geht unbewusst beim Nachdenken von irgendwelchen Voraussetzungen aus, die in der Regel auch sinnvoll sind. Treffen sie aber einmal nicht zu, dann muss man es schaffen, sich diese unbewussten Voraussetzungen bewusst zu machen, damit man sie fallen lassen kann. Man nennt so etwas eine Denkschwelle, und es ist nicht leicht, eine Denkschwelle zu überschreiten", sagte Brennecke. „Viele gute Rätsel beruhen darauf, dass ganz gezielt Denkschwellen ausgenutzt werden, und man sie nur dann lösen kann, wenn man die unbewussten Voraussetzungen nicht mehr macht."

Holz sah Brennecke fragend an und sagte schließlich kopfschüttelnd: „Tut mir leid, aber ich verstehe nicht, was Sie meinen." „Ich werde Ihnen an einem Beispiel erklären, was ich sagen will." Brennecke hatte beim Sprechen den Zeigefinger erhoben, und ich fühlte mich unangenehm an meine Schulzeit erinnert. Er zog einen Zettel und einen Bleistift aus seiner Jackentasche und malte neun dicke Punkte, zu einem Quadrat angeordnet, auf das Blatt.

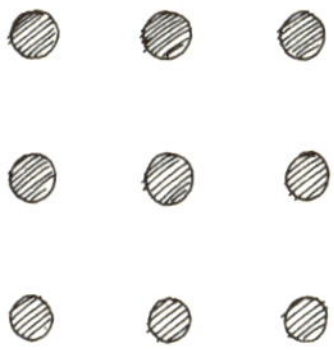

„Sie sollen diese neun Punkte mit dem Bleistift in einem Zug miteinander verbinden. Der Stift darf also nicht abgesetzt werden. Außerdem soll der Linienzug nur aus vier geraden Teilstücken bestehen; der Bleistift kann folglich nur dreimal seine Richtung ändern."

Feldt hatte beim Herumknobeln an Brenneckes Aufgabe nicht mitgemacht, sondern zurückgelehnt auf seinem Stuhl gesessen und gegrinst. Wir hatten es nicht geschafft, den Linienzug zu finden. Nachdem Brennecke uns schließlich die Lösung verraten hatte, rückte Feldt wieder an den Tisch vor und sagte: „Ich hatte am Gymnasium einen Mathematiklehrer, der auch ständig von ‚Denkschwellen' sprach, die wir Schüler hatten, und ‚unbewussten Voraussetzungen', die wir machten, und der uns immer wieder mit solchen Aufgaben demonstrieren wollte, wie dumm wir waren. Aber so sind Lehrer halt."

Brennecke warf ihm einen missbilligenden Blick zu, aber sagte nichts. Feldt erzählte weiter: „Eines Tages stellte er uns auch die Aufgabe, die wir gerade von Herrn Brennecke kennengelernt haben. Als er uns aufforderte ‚Verbindet die neun Punkte in einem Zug mit vier geraden Strichen!' stand Max auf und sagte:

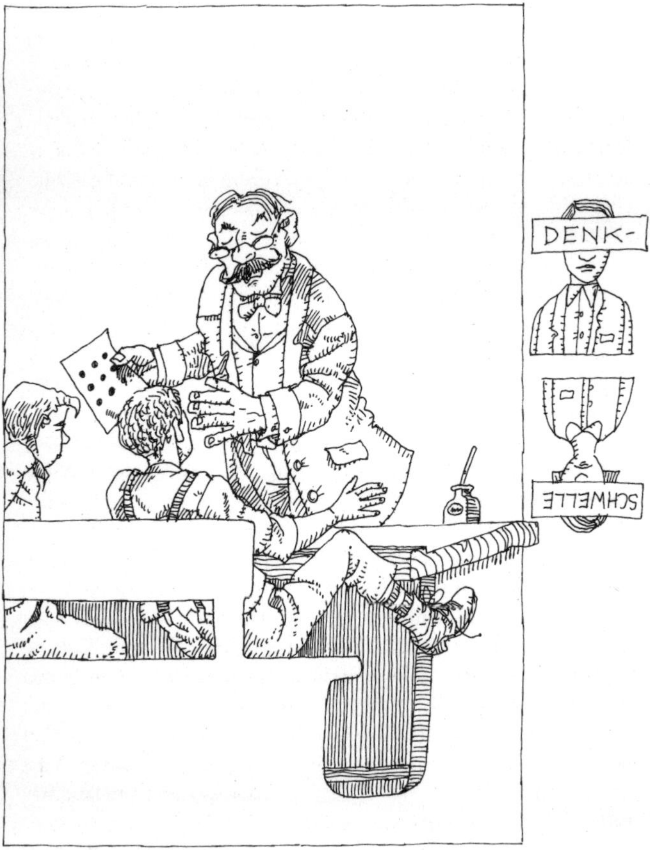
DENK-
SCHWELLE

,Das ist doch einfach.' Max war der schlechteste Schüler der Klasse und zwei Jahre älter als wir anderen, weil er schon zweimal sitzengeblieben war. Lämpel – so nannten wir unseren Lehrer, eigentlich hieß er Mertens – glaubte, sich verhört zu haben. ,Was sagst du?', fragte er. ,Ich sagte, diese Aufgabe ist einfach', erwiderte Max. ,Die Punkte mit vier Strichen in einem Zug verbinden, kann doch jedes Kind. Aber schaffen Sie es auch, mit nur drei geraden Strichen die neun Punkte ohne abzusetzen mit dem Bleistift zu verbinden? Der Linienzug darf also nur zwei Knickstellen haben.' Lämpel löste das Problem auf seine Art. Er schrie: ,Sei nicht unverschämt! Das ist unmöglich!', und gab Max eine Ohrfeige. Können Sie Max' Aufgabe lösen, oder halten Sie sie auch für unlösbar?"

Holz scharrte mit den Füßen über den Boden. Mir war schon an den Abenden vorher aufgefallen, dass der alte Mann das jedesmal machte, bevor er zu reden begann. Es war fast so, als wenn er Anlauf nehmen würde.

„Meine Arbeit im Wald war zwar anstrengend, aber sie wurde trotzdem nur schlecht bezahlt. Darum war ich froh, wenn ich mir hin und wieder mal ein paar Mark dazu verdienen konnte", begann er. „Eines Abends bestellte mich der Freiherr von Oorde zu sich, der in meinem Dorf ein großes Landhaus mit einem Park besitzt. ,Holz', sagte er zu mir, ,ich brauche mehr Platz für meine Karpfen. Suchen Sie sich eine paar Männer zusammen, und vergrößern Sie meinen Teich. Es soll Ihr Schaden nicht sein.' Er ging mit mir in den Park, um mir den alten Teich zu zeigen. ,Schauen Sie, Holz, der alte Teich ist quadratisch, und der neue soll auch quadratisch sein, aber die doppelte Fläche haben. Sehen die fünf alten Weiden? An jeder Ecke des Teichs steht eine, und eine wächst auf der kleinen Insel in der Mitte des Teichs. Ich möchte nicht, dass die Bäume gefällt werden. Außerdem soll die kleine Insel mit ihrer Weide auch wieder in der Mitte meines neuen Teichs liegen, und die vier anderen Weiden sollen am Ufer stehen. Das dürfte doch sicherlich kein Problem für Sie sein, oder?' Von Oorde war im Krieg Offizier gewesen, und rechnete deshalb nicht mit Widerspruch oder auch nur Bedenken. Also sagte ich: ,Jawohl, Herr von Oorde.' Trotzdem war ich mir keineswegs sicher, ob sich alle Wünsche des Freiherrn unter einen

Hut bringen ließen. Was meinen Sie: War das Problem lösbar, und wenn ja, wie?“

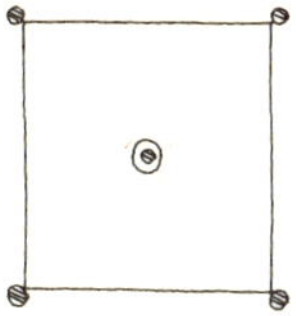

„Madame, meine Herren, darf ich um Ihre Aufmerksamkeit bitten“, begann Gänzel und erhob sich. Frau Brennecke warf ihm einen unfreundlichen Blick zu. Vermutlich ärgerte es sie, dass Gänzel sie weiterhin mit „Madame“ ansprach, obwohl sie es sich schon am ersten Abend verbeten hatte. „Wir hatten nun schon mehrfach an unseren gemeinsamen Abenden das Problem, eine codierte Nachricht entschlüsseln zu dürfen. Ich möchte mir erlauben, den bisherigen noch eine weitere hinzuzufügen. Ich benötige jedoch ein paar Minuten zur Vorbereitung. Ich hoffe, Sie geben sie mir.“

Natürlich bekam er die Zeit. Er setzte sich und zeichnete auf einem Bogen Papier eine Art Schachbrett. Es hatte jedoch statt der 8×8 Felder eines gewöhnlichen Schachbretts nur 7×7 Felder. Als er die Felder zu färben begann, wurde der Unterschied zu einem normalen Schachbrett noch größer: Er malte nicht jedes zweite Feld schwarz, sondern nur einige einzelne. Außerdem färbte er zwei Felder nur zur Hälfte. Als er schließlich fertig war, schob er das Blatt in die Mitte des Tisches und sagte „Nun versuchen Sie bitte, diese Botschaft zu entschlüsseln. Damit es nicht allzu schwer wird, gebe ich Ihnen noch einen Hinweis: Es handelt sich um ein Wort mit fünf Buchstaben.“

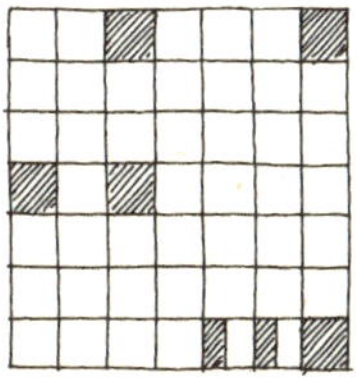

Ich bin Raucher“, erklärte uns Oskamp. Ich war überrascht, denn ich hatte ihn abends in der Messe nie mit einer Zigarette gesehen. Offensichtlich ging es auch anderen so. „Ich finde es sehr rücksichtsvoll von Ihnen, dass Sie hier nicht rauchen“, sagte Frau Brennecke. „Ich könnte es wegen meiner Schwangerschaft schlecht vertragen.“

Oskamp war ein wenig verlegen. „Es ehrt mich zwar sehr, dass Sie mich für so rücksichtsvoll halten, aber ich muss Ihnen leider gestehen, dass es nicht aus Rücksichtnahme, sondern aus Sparsamkeit geschehen ist. Ich habe mir vor der Abreise nur so viele Zigaretten gekauft, dass ich jeden Tag zwei rauchen kann, eine am Morgen und eine am Nachmittag. Für den Abend bleibt dann keine mehr übrig.“ Oskamp seufzte. „Aber die Versuchung ist riesig, abends an die Vorräte zu gehen. Doch ich wollte Ihnen eigentlich etwas ganz anderes erzählen. Sie wissen ja, dass in den ersten Jahren direkt nach dem Krieg Zigaretten rar und wertvoll waren. Besonders in den Städten hatten sie sogar den Charakter einer Währung, mit der man alles bezahlen konnte. Für einen armen Raucher wie mich waren das natürlich sehr schlechte Zeiten. Darum sammelte ich in den Straßen und Bahnhöfen alle Zigarettenkippen, die ich finden konnte. Die Kippen pulte ich auseinander, und aus dem Tabak von jeweils sechs Kippen konnte ich eine neue Zigarette drehen.“

„Das war ja ekelig!“ Frau Brennecke schüttelte sich. „Na, so schlimm war es auch nicht“, erwiderte Oskamp. „Ich war natürlich nicht der einzige Kippensammler, und deshalb konnte ich froh sein, wenn ich ein Dutzend pro Tag fand. Allerdings im Herbst 45, genau an meinem Geburtstag hatte ich besonderes Glück: Ich fand mein Geburtstagsgeschenk auf der Straße; 216 Kippen habe ich an dem Tag entdeckt. Wissen Sie, wie viele Zigaretten ich davon rauchen konnte?“

„Wissen Sie, was ein Bogator ist?“, fragte Gale. Keiner von uns hatte das Wort jemals gehört. „Naja, ganz sicher bin ich mir nicht, dass das Wort richtig ist. Jedenfalls ist es irgendein Metallteil, das zu einer Schiffsmaschine gehört“, räumte Gale ein. „Als ich noch Leichtmatrose auf der Nordstern von der Hansa-Linie war, musste ich gelegentlich im Maschinenraum arbeiten. Eines Tages sagte der Maschinist zu mir: ‚Der verdammte Bogator ist gebrochen. Lauf mal rasch ins Lager und hol mir einen neuen.' Ich fragte den Maschinisten, was denn ein Bogator sei. Der fluchte fürchterlich und nannte mich einen Hohlkopf, der nichts auf Schiffen zu suchen hätte. Aber dann versuchte er doch, mir zu beschreiben, wie ein Bogator aussieht. Doch seine Beschreibung war so verworren, dass ich nichts verstand. Vielleicht lag es aber auch daran, dass ich damals noch nicht besonders gut Deutsch konnte. Als der Maschinist merkte, dass ich nichts begriff, kramte er einen Zettel und einen Bleistift hervor."

Gale nahm sich Gänzels Zeichnung und skizzierte etwas auf der Rückseite. „Der Maschinist malte zwei kleine Bildchen, die etwa so aussahen wie diese Zeichnungen." Gale hielt das Blatt hoch. „Dann sagte er: ‚Das sind die Vorder- und die Seitenansicht eines Bogators. Und nun mach, dass du ins Lager kommst.' Ich nehme an, die meisten von Ihnen haben noch nie etwas mit technischen Zeichnungen zu tun gehabt. Deswegen möchte ich Ihnen kurz erklären, was es damit auf sich hat. Bei diesen Ansichten, die man auch Parallelprojektionen nennt, schaut man von vorne und von der Seite auf das Objekt und zeichnet dann die Kanten, die man von dort aus sehen kann, als ausgezogene Linien. Die von dort nicht sichtbaren Kanten werden auch gezeichnet, allerdings als gestrichelte Linien. Fallen zufällig unsichtbare und sichtbare Kanten in der Zeichnung aufeinander, so wird nur die ausgezogene Linie gezeichnet. Nun frage ich Sie: Wie könnte ein Bogator aussehen?"

„Ich glaube, auch Denksportaufgaben unterliegen der Mode", sagte Frau Brennecke. „Vor ein paar Jahren kursierte eine Zeitlang das Rätsel der Cocktailkirsche in unserer Stadt. Überall, wo sich Menschen trafen – ob auf Geburtstagsfeiern, an Kneipentischen, bei der Arbeit oder in der Schule –, gab es jemanden, der das Rätsel kannte und zum Besten gab. Dann war es genauso plötzlich, wie es aufgetaucht war, auch wieder verschwunden. Ich habe es seit der Zeit nie wieder gehört, dabei ist es ein ausgesprochen hübsches Rätsel. Es ist eigentlich verblüffend einfach und fällt doch den meisten Menschen recht schwer."

„Nun spannen Sie uns doch nicht so auf die Folter. Zeigen Sie das Rätsel endlich", sagte der junge Feldt. „Ja, natürlich", erwiderte Frau Brennecke, „aber ich brauchte dazu einige Streichhölzer." Holz gab ihr seine Streichholzschachtel. Sie nahm vier Hölzer heraus und legte sie auf den Tisch. Dann zog sie noch einen Pfennig aus ihrer Tasche und fügte ihn zu den Streichhölzern. „Die Streichhölzer stellen ein Cocktailglas dar, und der Pfennig ist eine Cocktailkirsche. Die Aufgabe ist nun, die Cocktailkirsche aus dem Glas zu befreien, indem man zwei Streichhölzer verschiebt. Der Pfennig darf dabei seine Lage auf dem Tisch nicht verändern."

Sterv legte eine Schere auf den Tisch und dazu einen Stapel dünner Kartonstücke, die alle etwa die Größe von Postkarten hatten. Die Kartonstücke schienen von alten Lebensmittelverpackungen zu stammen, denn auf einigen konnte man noch Wortfetzen wie „aferflock" oder „er's bester Hi" lesen.

„Ich habe mir beim Smutje eine Schere und etwas Pappe besorgt", sagte Sterv. „Bei der Knobelei, die ich heute Abend beisteuern möchte, sollen Sie nämlich etwas basteln. Ich habe schon ein Muster hergestellt, das Sie nur nachzubauen brauchen."

Er holte unter dem Tisch ein weiteres Pappstück hervor, und zeigte es herum, gab es uns aber nicht in die Hand. Es hatte eine seltsame Form: In dem Rechteck fehlten an den beiden Längsseiten gegeneinander versetzt zwei Stücke. Dadurch bekam die Pappe in etwa eine S-Form. Senkrecht auf dem S-förmigen Teil stand ein kleines Papprechteck.

Dann sagte Sterv: „Es gibt dabei aber ein paar Regeln. Sie dürfen das Pappstück nur schneiden und knicken. Kleben, heften oder zusammenstecken ist nicht erlaubt. Auch darf das Gebilde keine überflüssigen Schnitte haben, also Schnitte durch auf der Figur ebene Flächen. Außerdem soll der Karton an keiner Stelle doppelt liegen."

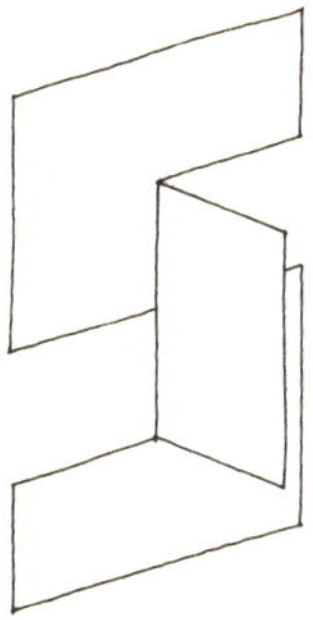

Sterv gab jedem von uns ein Stück Karton und wünschte uns dann viel Erfolg.

„Mir ist vor ein paar Tagen eine merkwürdige Sache passiert", sagte Berstelmann. „Als ich für diese Reise gepackt habe und ich den Riesenberg von Sachen sah, die ich mitnehmen wollte, kamen mir Bedenken, dass meine Tasche zu klein war. Ich erinnerte mich, dass auf dem Dachboden noch ein alter Koffer stand und wollte ihn holen. Als ich ihn hinter einigen alten Matratzen und einem blinden Spiegel hervorzog, stellte ich überrascht fest, dass er nicht leer war. Ich öffnete ihn und fand meine alten Schulbücher und -hefte aus der Volksschule. Ich weiß nicht, ob es Ihnen auch so geht: Mir wird immer ganz wehmütig ums Herz, wenn ich plötzlich mit meiner Kindheit konfrontiert werde. Jedenfalls blieb ich auf dem staubigen Dachboden sitzen und begann in meinen alten Helften und Büchern zu blättern.

E,Z,D,V,F,S...

Ich habe ein ganz gutes Gedächtnis und konnte mich an viele Sachen genau erinnern, die ich in der Schule geschrieben hatte. In ein Heft hatte mitten auf die erste Seite die Buchstabenreihe E, Z, D, V, F, S geschrieben und dahinter drei Pünktchen gesetzt; sonst war das Blatt leer. Ich wusste noch genau, wann ich diese Zeile geschrieben hatte: Wir hatten Sportunterricht gehabt, und ich war nach der Pause ein paar Minuten früher als die anderen in das Klassenzimmer zurückgegangen und hatte dann diese Buchstabenreihe in mein Schreibheft geschrieben."

Heiner machte eine kurze Pause, sah in die Runde und fuhr dann fort: „Ob Sie es glauben oder nicht, ich konnte mich aber beim besten Willen nicht mehr daran erinnern, was ich mit dieser Buchstabenreihe gemeint hatte. Gestern Abend im Bett musste ich wieder daran denken, und da schoss mir plötzlich ihre Bedeutung durch den Kopf. Können Sie sich auch denken, was die Buchstaben bedeuten sollten?"

Samstag, den 13. August 1949

Es hat heute vom frühen Morgen bis in den späten Abend hinein in Strömen geregnet, und man konnte keinen Schritt an Deck gehen, ohne bis auf die Haut nass zu werden. Ich glaube, es gibt nichts Trostloseres als einen Regentag auf dem Atlantik! Wir hockten den ganzen Tag über in unseren Kabinen und langweilten uns. Die Stimmung in dem engen Raum war gereizt und wir gingen uns gegenseitig auf die Nerven. Ich konnte es nicht mehr ertragen, dass Heiner alle zwei Minuten seinen Platz wechselte: von seiner Koje auf den Klappstuhl und vom Klappstuhl auf die Koje. „Kannst du nicht ruhig sitzen bleiben?“, fuhr ich ihn an. Heiner sagte nichts, sondern warf mir nur einen giftigen Blick zu. „Es tut mir Leid. Ich bin heute etwas nervös“, entschuldigte ich mich.

Irgendwann am Nachmittag beschlossen Gänzel und Heiner, Skat zu spielen. Sterv hatte unsere Kabine verlassen, ohne zu sagen, wohin er wollte. Deshalb fragten die beiden mich, ob ich nicht mitspielen mochte. „Ich kann nicht Skat spielen“, sagte ich. „Das bringen wir Ihnen schon bei“, meinte Gänzel. „Da werden Sie aber einen schlechten Schüler bekommen. Ich bin für jede Art von Strategiespielen völlig untalentiert und kann nicht einmal auch nur für eine Minute im Kopf behalten, welche Karten noch im Spiel sind und welche schon ausgespielt wurden. Mit mir können Sie bestenfalls Mau-Mau spielen“, erwiderte ich. Ich hoffte, die beiden würden mich nun mit dem Skatlernen verschonen, doch das war ein Irrtum. Sie gaben sich die größte Mühe, mir die Regeln und die wichtigsten Strategien beizubringen, und ich wollte nicht unhöflich sein und bemühte mich auch sehr, das Spiel zu begreifen. Es lief aber trotzdem mehr schlecht als recht, so dass Gänzel und Heiner nach gut einer Stunde den Spaß am Kartenspielen verloren, und wir uns wieder gemeinsam langweilten. Ich hatte das Gefühl, die Zeit kroch im Schneckentempo voran, und es wollte und wollte nicht acht Uhr werden, dass wir endlich zum Essen gehen konnten.

Genau wie an den letzten Abenden blieben wir nach dem Essen in der Mannschaftsmesse sitzen und stellten uns gegen-

seitig Rätsel. Heute eröffnete Frau Brennecke die Runde. „Ich habe eine Schwäche für alte Bücher und kann an keinem Antiquariat vorbeigehen, ohne nicht wenigstens für einige Minuten hineinzugehen und in den Regalen zu stöbern. Leider haben mein Mann und ich nicht genug Geld, um uns wirklich alte Bücher oder Erstausgaben bekannter Schriftsteller zu kaufen. Aber es macht trotzdem Spaß, in alten Folianten zu schmökern, und hin und wieder habe ich sogar ein Schnäppchen gemacht, was wir uns leisten konnten. Als wir im letzten Jahr in Heidelberg waren und durch die Gassen der Altstadt schlenderten, kamen wir auch an einem kleinen, heruntergekommen wirkenden Antiquariat vorbei. Doch der äußere Eindruck täuschte. In den Regalen standen wahre Schätze, und ich vergaß ganz Heidelberg und blätterte nur noch in den Büchern. Ein Band hatte es mir besonders angetan. Es war ein altes Nürnberger Rechenbuch aus dem sechzehnten Jahrhundert und unerschwinglich teuer. Den Titel habe ich vergessen, aber an den Namen des Autors kann ich mich noch erinnern: Er hieß Christoff Rudolf. Bei einer der Aufgaben aus dem Buch ging es um eine Schnecke, die aus einem Brunnen kriechen wollte. Die Schnecke begann eines Tages im Morgengrauen von Boden eines siebzehneinhalb Klafter tiefen Brunnen hinaufzukriechen. Sie schaffte tagsüber fünfeinviertel Klafter und rutschte nachts wieder dreieinhalb Klafter herunter. Was glauben Sie, meine Herren, wann erreichte die Schnecke den oberen Rand des Brunnens?“

Holz hatte eine Fotografie mitgebracht und zeigte sie uns. Auf dem Bild war eine alte Frau mit einem freundlichen Gesicht zu sehen. „Dies ist meine Frau. Das Foto hat mein Neffe an ihrem siebzigsten Geburtstag aufgenommen. Damals ging es ihr noch gut, und sie war ihr Leben lang nicht zum Arzt gewesen. Ein halbes Jahr später war sie tot.“ Holz schaute auf das Bild und seufzte. Es war deutlich zu spüren, wie er an seiner Frau gehangen hatte und sehr er sie vermisste. „Besser wäre es umgekehrt gewesen: Ich wäre gestorben, und sie würde mit diesem Schiff zu unserer Tochter fahren.“

Ich hätte den alten Mann gerne getröstet, aber mir fielen keine passenden Worte ein.

„Ich komme ohne meine Frau zu Hause nur schlecht zurecht. Ich habe mein ganzes Leben lang kein Essen gekocht, keine Kleider gestopft und nie die Wohnung geputzt, und jetzt muss ich in meinem Alter dies alles noch lernen. Als ich direkt nach dem Tod meiner Frau das erste Mal Socken waschen musste, habe ich sie zum Trocknen auf den Dachboden gehängt. Am Abend habe ich mir die Füße gewaschen und bin dann barfuß auf den Boden gestiegen, um mir ein Paar frische Socken zu holen. Ich hatte zwölf Paar Socken gewaschen, acht Paare waren schwarz und vier Paare braun. Es war schon dämmerig, und auf dem Dachboden gab es kein Licht. Versuchen Sie mal im Dunkeln, schwarze von braunen Socken zu unterscheiden! Ich konnte zwar noch die Socken sehen, aber die Farbe ließ sich nicht erkennen. Mir war es egal, welche Farbe die Socken hatten, nur sollten beide die gleiche Farbe haben. Ich hatte die Socken am Nachmittag nicht paarweise, sondern kunterbunt durcheinander aufgehängt. Wissen Sie, wie viele Socken ich mindestens mit vom Dachboden nehmen musste, damit garantiert ein Paar gleichfarbige dabei waren?"

„Ich habe heute Nachmittag, um meine Englischkenntnisse ein wenig aufzubessern, einen der Sherlock-Holmes-Romane von Arthur Conan Doyle gelesen. Er hieß ‚The Sign of Four' oder auf deutsch ‚Im Zeichen der Vier'", sagte Brennecke. „Durch den Romantitel bin ich an das Problem der vier Vieren erinnert worden. Es ist ziemlich bekannt, und eventuell haben Sie es schon einmal gehört."

Alle verneinten dies, und Brennecke fuhr fort: „Bei dem Problem geht es darum, mit genau vier Vieren, die Zahlen Eins, Zwei, Drei, Vier, Fünf und so weiter auszudrücken. Es darf keine Ziffer mehr, aber auch keine weniger verwandt werden. Zusätzlich dürfen Sie aber beliebig viele Pluszeichen, Minuszeichen, Malpunkte, Bruchstriche und Wurzelsymbole verwenden. Ich will Ihnen ein Beispiel geben: Die Eins kann auf folgende Weisen dargestellt werden."

Er zog ein kleines Schreibheft und einen Bleistift aus der Tasche und schrieb die folgenden Rechnungen hinein:

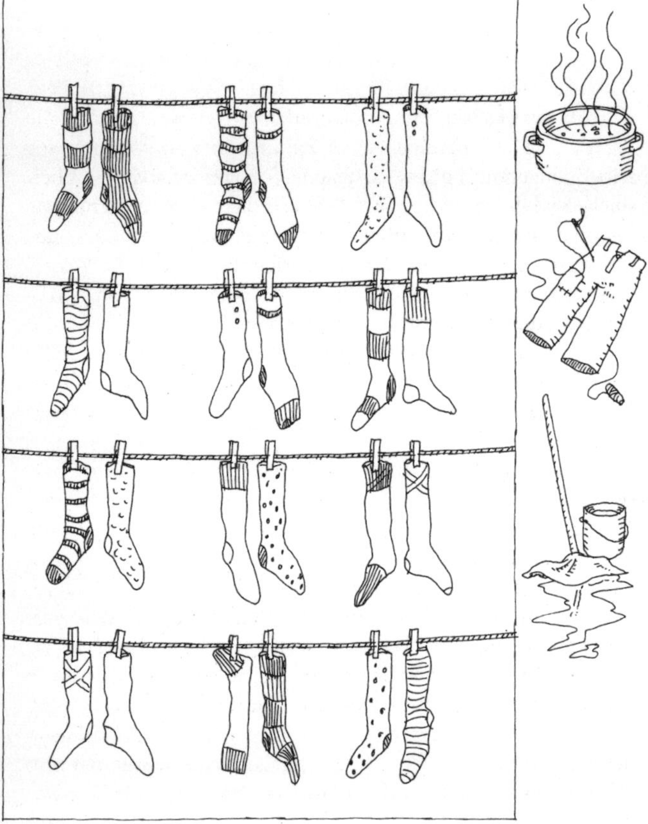

$$1 = \frac{44}{44}$$

$$1 = \frac{4}{4} + 4 - 4$$

$$1 = \sqrt{\frac{4 \cdot 4}{4 \cdot 4}}$$

Holz kratzte sich am Kopf und fragte: „Was ist denn eine Wurzel?“ „Die Wurzel aus einer Zahl ist die Zahl, die mit sich selbst malgenommen die ursprüngliche Zahl ergibt. So ist beispielsweise die Wurzel aus der Zahl Vier die Zahl Zwei, denn zwei mal zwei ist vier. Symbolisch stellt man dies dar, indem man das Wurzelzeichen vor und über die Zahl setzt, aus der die Wurzel gezogen werden soll.“ Brenneckes Erklärung schien Holz einzuleuchten, denn er nickte zufrieden mit dem Kopf.

„Nun zur eigentlichen Aufgabe: finden Sie die kleinste Zahl, die sich nicht durch vier Vieren und zusätzlichen Plus-, Minus- und Wurzelzeichen, Malpunkten und Bruchstrichen darstellen lässt.“

Sterv war an diesem Abend der Dritte, der ein Rätsel zum Besten gab. „Eines Tages schickte mich mein Meister zu einer älteren Dame“, begann er. „Als ich ihre Wohnung betrat, begrüßte sie mich mit ‚Gott sei Dank, dass Sie endlich kommen! Die Holzwürmer fressen meine ganze Wohnung auf.‘ Sie hatte maßlos übertrieben. Nur ein einfaches, altes Regal aus Tannenbretter war wurmstichig. Aber die ältere Dame – sie war übrigens Klavierlehrerin – war davon überzeugt, die Holzwürmer würden in den nächsten Tagen auch den Rest ihrer Möbel zerfressen. ‚Machen Sie sich keine Sorgen‘, versuchte ich sie zu beruhigen, ‚ich baue Ihnen ein neues Regal, und das alte nehme ich mit. Dann gibt es keinen einzigen Holzwurm mehr in Ihrer Wohnung.‘ Aber so leicht ließ sie sich nicht beruhigen. ‚Wenn sie nur das Regal zerstört hätten, wäre es ja noch nicht so schlimm, aber einem der Holzwürmer scheint auch Papier zu schmecken. Er hat sich durch meine ganze Musikenzyklopädie gefressen.‘ Sie zeigte auf die wertvoll aussehenden Bände mit Lederrücken, die

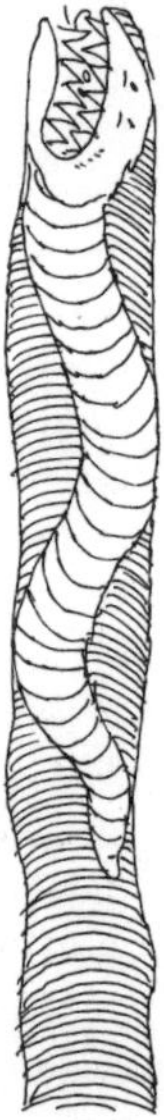

von links nach rechts mit großen goldgeprägten Zahlen von eins bis zehn nummeriert waren. ‚Schauen Sie sich das an.' Sie nahm einen Band aus dem Regal und gab ihn mir. Der Holzwurm hatte einen Gang durch beide Buchdeckel und sämtliche Seiten gefressen. ‚Der Wurm hat sich durch alle Bücher genagt', jammerte die alte Klavierlehrerin empört. ‚Er ist auf ersten Seite vom ersten Band angefangen und hat erst auf der letzten Seite vom letzten Band aufgehört. Ich verstehe gar nicht, dass ein so kleines Tier so viel fressen kann. Schließlich hat jeder Band genau fünfhundert Seiten und auch noch zwei Buchdeckel.' Ich begann zu überlegen, durch wie viele Blatt Papier und wie viele Buchdeckel sich der Wurm gefressen hatte. Wissen Sie's?"

„Ich bin Katholik und vor drei Jahren gefirmt worden", sagte der junge Feldt. „In meiner Heimat ist weniger als die Hälfte der Bevölkerung katholisch und bis auf einige Volksschulen sind die Schulen nicht konfessionell. Deshalb fand auch der Firmunterricht nicht am Vormittag in der Schule statt. Wir katholischen Jugendlichen mussten ein halbes Jahr lang zweimal die Woche zum Pfarrhaus, wo wir vom Pastor unterrichtet wurden. Auch der frömmste Junge ging nur mit größtem Widerwillen in den Firmunterricht, wo es statt Fußball und Raufereien nur gelehrte und uns unverständliche Vorträge über die Erbsünde und die Nächstenliebe gab."

Ich musste an meinen eigenen Firmunterricht denken, der genauso ausgesehen hatte, und konnte ihn gut verstehen.

„An einen Nachmittag kann ich mich noch besonders gut erinnern. Unser Pastor hatte uns über die schrecklichen Folgen des Lügens belehrt, als Nieberlein, ein Streber, sagte: ‚Ich habe erst dreimal in meinem Leben gelogen.' Der Pastor sah ihn lange und vorwurfsvoll an und meinte schließlich: ‚Dann hast du jetzt zum vierten Mal gelogen.' Max, der neben mir saß, flüsterte mir zu: ‚Glaubst du, dass das stimmt?' Max hatte, wie er mir später sagte, Nieberleins Behauptung gemeint, aber ich hatte die Frage auf die Bemerkung des Pastors bezogen. Vom Rest des Unterrichts bekam ich nichts mehr mit, denn ich dachte die ganze Zeit darüber nach, ob die Behauptung des Pastors stimmen konnte, allerdings ohne zu einem Ergebnis zu kommen. Wissen Sie, ob unser Pastor Recht hatte?"

„Am ersten April hatte sich Werner, der Stift in der Firma, in der ich arbeite, einen Scherz für mich ausgedacht. Aber ich habe die Sache sofort durchschaut", erzählte Oskamp, und in seiner Stimme schwang ein wenig Stolz mit darüber, dass er sich nicht von dem Lehrling hatte überlisten lassen.

„Und das war folgendermaßen", fuhr er fort. „Wir haben in unserer Eisenwarenhandlung kleine Pappschachteln, in denen wir Schrauben und Muttern fertig abgepackt verkaufen. In jeder Schachtel sind fünfzig Teile, entweder Schrauben oder Muttern. Wir haben aber auch Schachteln in unserem Sortiment mit fünfundzwanzig Schrauben und fünfundzwanzig dazu passenden Muttern, denn viele Kunden brauchen doch beides gleichzeitig. Werner stellte drei dieser Schachtel vor mir auf den Ladentresen. Auf der ersten stand ‚M7-Schrauben', auf der zweiten ‚M7-Muttern' und auf der dritten ‚M7-Schrauben und M7-Muttern'. ‚Ich habe die Deckel der drei Schachteln vertauscht, so dass nun keine Schachtel mehr richtig beschriftet ist. Sie sollen herausbekommen, was sich in jeder der drei Schachteln befindet', sagte Werner und grinste frech. ‚Dazu dürfen Sie jetzt auf eine der Schachteln zeigen, und ich gebe Ihnen, ohne dass Sie in die Schachtel hineinschauen können, ein Teil daraus. Wenn Sie dann noch nicht den Inhalt aller drei Schachteln kennen, dürfen Sie noch einmal auf eine Schachtel zeigen und ich gebe Ihnen wieder ein Teil daraus. Und das machen wir solange, bis Sie wissen, was in jeder Schachtel ist.' Dann sagte Werner noch leise für sich: ‚So wie ich den Oskamp kenne, muss ich alle hundertfünfzig Teile aus den Schachteln holen.' Ich hatte es aber trotzdem gehört, und gab ihm erst einmal eine Ohrfeige, bevor ich mir aus einer der Schachteln ein Teil geben ließ. Was meinen Sie, wie viele Teile ich mir mindestens geben lassen musste und aus welchen Schachteln sie stammen sollten, um herauszubekommen was in jeder war?"

„In meiner Schulzeit kannte jeder Junge ein Spiel, das hieß das ‚Haus des Nikolaus'", sagte ich. „Dieses Nikolaushaus ist ein ganz einfaches Rätsel, mit dem man höchstens Kinder beschäftigen kann." Ich zog mir Brenneckes Heft herüber und zeichnete das Haus.

„Die Aufgabe ist, das Haus in einem Zug zu zeichnen, ohne den Bleistift dabei abzusetzen und ohne eine Linie doppelt zu ziehen. Dazu sagt man bei jedem der acht Striche eine Silbe des Satzes ‚Dies ist das Haus des Ni-ko-laus'. Es gibt nicht nur eine Lösung, sondern sogar mehrere Dutzend."

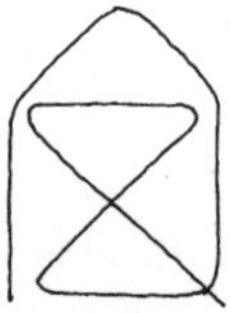

Gale unterbrach mich. „Das Rätsel kennen auch amerikanische Kinder. Ich habe die Zeichnung schon öfter auf Bürgersteigen und Hauswänden gesehen." Holz sagte: „Das Nikolaushaus ist ein ganz alter Hut. Ich habe es schon als Kind unter der Schulbank gemalt." Auch alle anderen Reisegefährten kannten es.

„Da Sie das Haus des Nikolaus alle kennen und es sicherlich auch alle in einem Zug zeichnen können, dürfte Ihnen folgendes Problem nicht schwer fallen", fuhr ich fort und zeichnete ein Quadrat mit seinen beiden Diagonalen und vier Halbkreisen auf den Seiten. Dann forderte ich die Tafelrunde auf: „Versuchen Sie einmal, diese Figur in einem Zug zu zeichnen, ohne den Stift abzusetzen und ohne eine Linie doppelt zu ziehen."

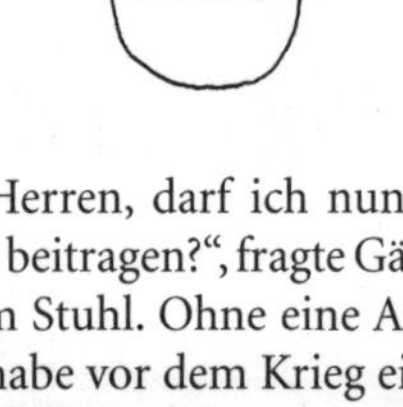

„Madame, meine Herren, darf ich nun meinen Anteil zur Gestaltung des Abends beitragen?", fragte Gänzel und erhob sich, wie üblich, von seinem Stuhl. Ohne eine Antwort abzuwarten, redete er weiter: „Ich habe vor dem Krieg eine Zeit lang in Berlin gelebt und war dort mit zwei Damen gut bekannt. Man kann wohl nicht sagen, dass ich mit der einen oder der anderen verlobt war, aber sie waren doch mehr als nur gute Bekannte."

Frau Brennecke zog missbilligend die Augenbrauen hoch. Wahrscheinlich vermutete sie dasselbe wie ich: Gänzel war ein Heiratsschwindler gewesen.

„Ich hatte ein Zimmer in der Nähe des Zoologischen Gartens, Fräulein Adele wohnte in Charlottenburg und Fräulein Klotilde in der Nähe des Lehrter Bahnhofs. Jeden Sonntagnachmittag besuchte ich eine der beiden Damen. In der Nähe meiner Wohnung war eine S-Bahn-Station, mit der ich nach Westen zum Charlottenburger Bahnhof und zu Fräulein Adele fahren konnte und nach Osten zum Lehrter Bahnhof und zu Fräulein Klotilde. Da mir beide Damen gleich lieb waren, überließ ich es jedesmal dem Zufall, welche der beiden ich besuchen fuhr. Ich verließ einfach irgendwann, ohne auf die Uhr zu schauen, mein Zimmer und ging zur S-Bahn-Station. Dort stellte ich mich auf den Bahnsteig und nahm dann einfach den Zug, der zuerst ankam. Fuhr er nach Westen, besuchte ich Fräulein Adele, fuhr er nach Osten, besuchte ich Fräulein Klotilde. Nach meinem Verständnis von Wahrscheinlichkeitsrechnung musste ich im Mittel gleich häufig bei beiden Damen zu Besuch kommen, denn es fuhr alle zehn Minuten ein Zug nach Westen, und es fuhr auch alle zehn Minuten ein Zug nach Osten. Madame, meine Herren, Sie werden es nicht glauben: Ich war im Laufe der Zeit trotzdem neunmal so oft bei Fräulein Klotilde wie bei Fräulein Adele. Haben Sie dafür eine Erklärung?"

„Ich weiß nicht, ob Sie alle eine Schwalbenschwanzführung kennen", sagte Gale. Frau Brennecke schüttelte den Kopf. „Ich habe das Wort zwar schon einmal gehört, aber ich habe keine Ahnung, was damit gemeint ist."

Gale nahm sich das Heft und den Bleistift und sagte: „Das ist schnell erklärt. Wenn bei einer Maschine zwei Teile ganz präzise aufeinander hin und her gleiten sollen, ohne dass sie sich voneinander lösen können, dann fräst man auf das eine Teil einen Steg und in das andere eine Kerbe. Der Steg und die Kerbe haben einen Querschnitt, der wie ein Schwalbenschwanz geformt ist, und beide passen genau ineinander, wodurch sich die Teile gegeneinander verschieben lassen."

Gale skizzierte mit raschen Strichen eine Schwalbenschwanzführung.

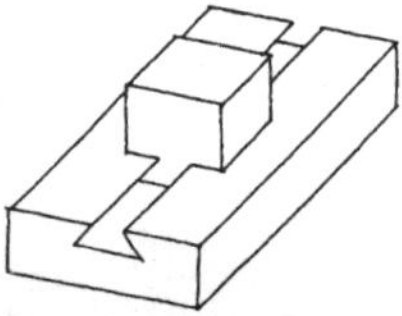

„Als mich einmal der Kapitän der Tuscaloosa zu sich auf die Brücke bestellte, spielte er mit einem Metallwürfel herum, dessen obere Hälfte aus Messing und dessen untere aus Aluminium bestand. Die beiden Hälften waren über Schwalbenschwanzführungen miteinander verbunden. Der Würfel sah verblüffend aus: An allen vier Seiten konnte man eine Schwalbenschwanzführung erkennen." Gale skizzierte den Würfel. „In meiner Zeichnung kann man natürlich nur zwei Seiten sehen. Doch die beiden anderen Seiten sahen genauso aus. Nun frage ich Sie: Hätte man die beiden Würfelhälften trennen können, ohne sie zu zerstören?"

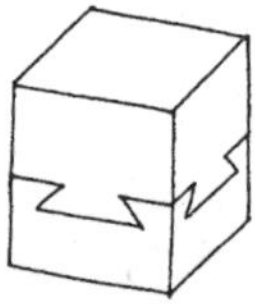

Als letzter an diesem Abend stellte uns Berstelmann ein Rätsel. „Meine Eltern leben in Osnabrück, und ich bin nach Kriegsende wieder zu ihnen gezogen. In der ersten Nachkriegszeit ging es uns, wie vermutlich den meisten von Ihnen auch, sehr schlecht. Ich ging oft mir knurrendem Magen ins Bett. Meine Eltern hatte schon fast alles, was irgendeinen Wert hatte – Schmuck, Möbel, Haushaltsgeräte, Bücher, Bilder – bei den Bauern in den umliegenden Dörfern gegen Kartoffeln, Roggen oder Speck getauscht. Die kleine Wohnung meiner Eltern wirkte wie

ausgeplündert. Eines Morgens im Dezember 45 sagte meine Mutter zu mir: ‚Ich habe in Fürstenau noch eine Kusine zweiten Grades. Könntest du sie besuchen und sie bitten, uns etwas zum Essen zu geben? Lass ihr meine Ohrringe als Pfand da.' Die Ohrringe hatte meine Mutter von meinem Vater zur Verlobung geschenkt bekommen, und sie hing sehr daran. Um neun Uhr morgens machte ich mich auf den Weg nach Fürstenau, das etwa vierzig Kilometer von Osnabrück entfernt liegt. Ich ging den weiten Weg zu Fuß, und da meine körperliche Verfassung nicht besonders gut war, machte ich viele Pausen und kam erst um fünf Uhr nachmittags bei der Kusine meiner Mutter an. Ich wurde sehr freundlich aufgenommen, bekam satt zu essen, ein Bett für die Nacht und am nächsten Morgen einen ganzen Rucksack voll mit Lebensmitteln. Die Ohrringe meiner Mutter durfte ich auch wieder mitnehmen. Um neun Uhr verabschiedete ich mich und wanderte nach Osnabrück zurück. Ich nahm denselben Weg wie am Vortag, legte wieder vielen Pausen ein und war um genau fünf Uhr wieder zu Hause. Als ich abends im Bett lag und mir meine Hamsterreise noch einmal durch den Kopf gehen ließ, fragte ich mich, ob es irgendwo auf der Strecke zwischen Osnabrück und Fürstenau einen Punkt gab, wo ich auf dem Hin- und auf dem Rückweg zur genau gleichen Uhrzeit war. Können Sie mir diese Frage beantworten?"

Sonntag, den 14. August 1949

Das Wetter war heute genauso schlecht wie gestern. Um nicht wieder Karten spielen zu müssen und um nicht wieder den ganzen Tag in der gereizten Stimmung der Kabine zu hocken, kundschaftete ich das Schiff aus. Der Kapitän hatte uns erlaubt, überall hinzugehen, solange wir nicht an irgendwelchen Schaltern, Hebeln und Rädern spielten, keine Kisten und Schränke öffneten und alles an Ort und Stelle ließen.

In einem der Laderäume traf ich Sterv. Er stand über eine Holzkiste gebeugt, auf der Zahnräder, Keilriemen und Schrauben lagen, und fettete sorgfältig Zahn für Zahn eines großes runden Sägeblattes ein.

„Halten Sie es auch nicht mehr in der Kabine aus?“, fragte er, als er mich sah. „Ich ertrage die Enge nicht mehr“, antwortete ich. „Was ist das für eine Maschine, die Sie da auseinander geschraubt haben?“ „Das ist meine Kreissäge. Sie stammt noch aus der Zeit vor dem Krieg, aber sie ist tadellos in Ordnung.“ Vor uns lagerte noch ein halbes Dutzend weiterer Holzkisten, auf denen in großen schwarzen Lettern ‚STERV‘ stand. „Haben Sie eine ganze Tischlerei mit auf die Reise genommen?“, fragte ich und deutete auf die Kisten. Sterv lachte. „Damit liegen Sie gar nicht so falsch. Ich möchte mich in den USA selbständig machen und habe von einer Witwe, deren Mann eine Tischlerei besaß und im Krieg gefallen ist, das gesamte Werkstattinventar gekauft. Es war so günstig, dass sich der Transport nach Amerika lohnt.“ „Glauben Sie denn, dass Sie in den USA eine Arbeitserlaubnis bekommen?“, fragte ich. Sterv lachte wieder. „Die habe ich schon“, sagte er und klopfte auf seine Jackentasche. Ich war verblüfft. „Wie haben Sie das denn geschafft?“ Aber Sterv lachte nur und gab mir keine Antwort. Er zog zwei Zigaretten aus der Tasche und bot mir eine an. „Übrigens, ich heiße Alfred“, sagte er. „Karl“, antwortete ich und gab ihm die Hand.

Nach dem Abendbrot begann wieder unsere Rätselrunde.

„Im Sommer des vorletzten Jahres hatte ich eine junge Dame kennengelernt, und ich war bis über beide Ohren verliebt“, sagte

Sterv. „Und warum verreisen Sie jetzt ohne sie?“, fragte Gänzel taktlos. Aber Alfred schien die Frage nicht unangenehm zu sein. „Wir waren bis zum Winter zusammen, und ich dachte schon darüber nach, ob ich sie bitten sollte, mich zu heiraten. Aber ich war bettelarm, und wohnte nur zur Untermiete in einer winzigen Dachstube. Was hätte ich ihr schon bieten können? Doch dann lernte sie einen amerikanischen Soldaten kennen, der ihr Schokolade und Seidenstrümpfe schenkte. Und da war's mit der Liebe vorbei.“ Sterv seufzte bei der Erinnerung, aber es klang eher erleichtert als traurig.

„Sie hat heute Geburtstag, und vor zwei Jahren lief ich einige Tage vor ihrem Geburtstag mit ein paar Groschen in der Tasche durch die leeren Geschäfte der Stadt und suchte ein Geburtstagsgeschenk für sie. Irgendwann fand ich dann auch etwas, was mir gefiel. Es war ein Art Tischkalender, der aus einem Halter bestand, in dem nebeneinander zwei Holzwürfel lagen. Auf jede Seitenfläche der Würfel stand eine Ziffer, so dass man, wenn man die Würfel täglich verdrehte, jeden der Monatstage von 01, 02, 03 bis 31 anzeigen konnte.“ Sterv skizzierte mit einigen Strichen den Tischkalender.

„Ich dachte mir, das Geld kann ich sparen und ich baue den Kalender selbst. Naja, der Halter und die Würfel waren auch schnell gemacht, aber als es an das Malen der Ziffern ging, hatte ich Probleme. Wie ich die Beschriftung der Würfelflächen auch wählte, immer gab es irgendwelche Zahlen zwischen 01 und 31, die sich nicht darstellen ließen. Ich musste dann tatsächlich noch einmal in das Geschäft gehen, und mir ansehen, wie dort die Ziffern auf den beiden Würfeln verteilt waren. Wissen Sie, meine Herrschaften, wie die beiden Würfel aussehen müssen?“

„Meine Herren, ich möchte Ihnen eine Wette anbieten," sagte Frau Brennecke. „Um was geht's denn?", fragte Gänzel sofort. „Ich wette um meinen Nachtisch, dass der nächste Mensch, der die Mannschaftsmesse betritt, überdurchschnittlich viele Arme hat." Sie sah uns auffordernd an. „Meine Herren, wer möchte die Wette annehmen?"

Eine ganze Weile sagte niemand etwas, dann meldete sich Feldt zögernd: „Ist das ein Teekesselchen?" Frau Brennecke sah ihn verständnislos an. „Was meinen Sie mit einem Teekesselchen?" „Kennen Sie nicht das Kinderspiel ‚Teekesselchen'? Zwei Kinder denken sich ein Wort mit zwei verschiedenen Bedeutungen aus, beispielsweise das Wort ‚Büchse', das sowohl ein Gewehr als auch eine Dose bedeuten kann. Beide Kinder geben nun immer abwechselnd etwas über ihre jeweilige Bedeutung des Wortes ‚Büchse' preis, indem zum Beispiel das erste sagt ‚Mit meinem Teekesselchen kann man schießen.' und das zweite ‚Mein Teekesselchen hat einen Deckel.'. Die andere Kinder müssen dann den Begriff erraten." „Das ist sicherlich ein hübsches Spiel, aber ich meine mit ‚Arme' tatsächlich die Körperteile, die an den Schultern anfangen und an den Händen aufhören."

„Ich nehme die Wette an", sagte ich. Ich war mir zwar sicher, dass ich sie verlieren würde, doch ich wollte Frau Brennecke nicht den Spaß verderben. Außerdem gab es Birnen zum Nachtisch, und ich mag Birnen nicht besonders gerne.

Nun waren wir alle gespannt, wer als nächster die Messe betreten und wer die Wette wohl gewinnen würde.

„Die Bruchrechnung hat bei meinen Schülern einen denkbar schlechten Ruf", sagte Brennecke. „Obwohl sie nicht schwieriger ist, als andere Themen der Mathematik, die in der Quinta gelehrt werden, wehren sich viele Schüler dagegen, sich mit ihr auseinanderzusetzen. Deshalb kleide ich die Rechenaufgaben in kleine Geschichten, so dass die Schüler zunächst einmal kaum bemerken, dass es sich um Bruchrechnung handelt. Eine diese Geschichten möchte ich Ihnen heute erzählen."

Brennecke machte eine kurze Pause, bevor er weitersprach. „Ein Scheich vererbte seinen drei Söhnen siebzehn Kamele. Er legte in seinem Testament fest, dass Ali, der Älteste, die Hälfte der Kamele bekommen sollte. Halef, der Zweite, sollte ein Drittel und

ALI
HALEF
OMAR

Omar, der Jüngste, nur ein Neuntel der Tiere erben. Da sich die siebzehn Kamele weder halbieren, noch dritteln oder neunteln ließen, wussten die drei Söhne nicht, wie sie ihr Erbe verteilen sollte und suchten deshalb Rat bei einem weisen alten Mann. Der weise Mann hörte sich das Problem an, überlegte kurz und stellte dann das einzige Kamel, das er besaß, zu den siebzehn anderen. ‚Nun teilt!', sagte er. Jetzt hatten die Söhne achtzehn Kamele und die Rechnung ging auf. Ali bekam die Hälfte, also neun Kamele, Halef ein Drittel, sechs Kamele, und Omar ein Neuntel, zwei Kamele. Das machte zusammen siebzehn Kamele. Das übriggebliebene achtzehnte Tier nahm der weise Mann wieder zurück, und alle waren mit der Teilung zufrieden. Nun frage ich Sie: War die Teilung auch korrekt, hat also jeder Sohn auch tatsächlich den Anteil bekommen, den der Scheich im Testament festgelegt hatte?"

„Mein Vater hat nicht das geringste Interesse an Denksportaufgaben, bis auf eine Ausnahme", sagte der junge Feldt. „Dieses spezielle Denkspiel hatte ihm vor langer Zeit einmal ein Freund gezeigt, und er war so begeistert davon, dass er über Jahre hinweg auf jeder Feier die Leute damit beschäftigte. Am Anfang kannte nie jemand das Problem, und alle Leute waren lange damit beschäftigt, es zu lösen. Die Stimmung auf der Feier war dahin, aber mein Vater freute sich diebisch, wenn es niemanden gelang, die Aufgabe zu lösen. Doch irgendwann aber gab es bei jedem Fest jemanden, der das Spiel kannte, und mein Vater war immer sehr enttäuscht, wenn die Gäste ihm nach wenigen Sekunden die Lösung nannten."

„Was war denn das nun für ein Rätsel?", unterbrach ihn Frau Brennecke.

„Das Spiel bestand aus einunddreißig Dominosteinen und einem speziellen Schachbrett, das sich mein Vater selbst gebastelt hatte. Die Felder dieses Schachbretts hatten jeweils die Größe eines halben Dominosteins, und eine weitere Besonderheit war, dass er an zwei sich gegenüberliegenden Ecken je ein Feld herausgesägt hatte. Dieses Schachbrett hatte also nicht wie üblich vierundsechzig Felder, sondern nur zweiundsechzig. Die Aufgabe war nun, mit den einunddreißig Dominosteinen dieses Schachbrett vollständig abzudecken. Und diese Aufgabe möchte ich auch Ihnen jetzt stellen."

Feldt holte unter dem Tisch eine Schachtel mit Dominosteinen und einen Bogen Papier hervor. „Das Problem können Sie natürlich nicht im Kopf lösen. Ich haben mir deshalb von einem der Matrosen ein Dominospiel ausgeliehen, und das spezielle Schachbrett meines Vater habe ich auf ein Blatt Papier gezeichnet.“ Er schob beides in die Mitte des Tisches. „Ich wünsche Ihnen viel Erfolg!“

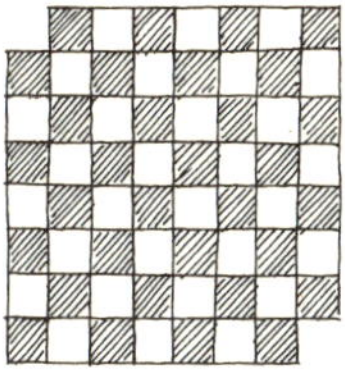

Berstelmann wandte sich an den jungen Feldt und fragte: „Darf ich mir einmal Ihr Schachbrett ausleihen?“ Feldt schob ihm das Blatt Papier mit der Schachbrettzeichnung hinüber. „Ich schenke es Ihnen.“ Heiner „reparierte“ das Schachbrett, indem er die beiden fehlenden Eckfelder dazuzeichnete. Dann sah er fragend in die Runde und sagte: „Ich nehme an, Sie kennen alle die Regeln des Schachspiels.“

Jeder meiner Mitreisenden kannte sie, nur ich nicht. Ich habe noch nie Strategiespiele gemocht und deshalb auch nie Schach gelernt. Es war mir ein wenig unangenehm dies zuzugeben, aber Heiner meinte nur: „Das ist nicht schlimm. Du brauchst für dieses Rätsel nur zu wissen, wie der Läufer gezogen werden darf.“ Er nahm er eine Handvoll Münzen aus seiner Hosentasche, stapelte sie vor sich auf und legte einen Groschen auf eines der Felder des Schachbretts. „Stell dir vor, dieser Groschen sei ein Läufer. Der Läufer darf sich diagonal über das Brett bewegen, und zwar so weit er will. Kann er auf diese Weise auf ein Feld gelangen, auf dem schon eine Figur steht, so kann er sie schlagen und sich selbst auf das Feld setzten. Hast du das verstanden?“ Ich nickte. „Gut“, meinte er. „Dann kann ich ja jetzt mein Rätsel erzählen. Stellen Sie sich vor, alle diese Münzen seinen Läufer. Wie viele von ihnen kann ich höchstens auf das Schachbrett stellen, so dass keiner einen anderen schlagen kann?“

MATHE-
MATIK

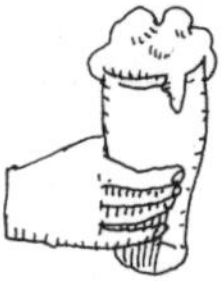

Gänzel stand auf und sagte: „Madame, meine Herren, darf ich um Ihre Aufmerksamkeit bitten? Er verbeugte sich leicht zu Frau Brennecke hin und sagte: „Madame, Sie verkehren natürlich nicht in Schankwirtschaften, aber Sie haben sicherlich trotzdem schon gehört, dass nach reichlichem Verzehr von alkoholischen Getränken für die meisten Männer nicht mehr die üblichen Gesetze von Vernunft und Logik gelten." „Das ist bei Frauen auch nicht anders", erwiderte sie unfreundlich.

Gänzel ging darauf nicht ein. „Interessant ist jedoch, dass selbst die Gesetze der Mathematik durch Bier auf den Kopf gestellt werden. Ich will Ihnen erklären, was ich meine. Ein halbleeres Glas Bier ist bekanntlich das gleiche wie ein halbvolles Glas Bier. Das kann man auch als mathematische Gleichung ausdrücken." Er nahm Brenneckes Schreibheft und schrieb die Gleichung

$$\frac{1}{2} \text{ leeres Glas Bier} = \frac{1}{2} \text{ volles Glas Bier}$$

auf das Papier.

„Bekanntlich darf man mathematische Gleichung beliebig verändern, wenn man nur auf beiden Seiten des Gleichheitszeichens dasselbe macht. Es ist also erlaubt, beide Seiten mit 2 malzunehmen. Dadurch erhalte ich diese hübsche Gleichung." Und er schrieb folgende Zeile in das Heft:

$$1 \text{ leeres Glas Bier} = 1 \text{ volles Glas Bier}$$

„So kann man also mit mathematischen Methoden aus einem leeren Glas ein volles machen, ohne den Wirt zu bemühen und ohne einen Pfennig dafür bezahlen zu müssen. Trotzdem habe ich den Verdacht, dass dabei etwas nicht stimmen kann. Wissen Sie, wo der Fehler liegt?"

Holz nahm seine Streichholzschachtel aus der Tasche und kippte die Hölzchen vor sich auf den Tisch. Dann scharrte er, wie jedesmal bevor er zu reden begann, mit den Füßen über den Boden und sagte: „Mir sind von allen Denkspielen, die es so gibt, die Streichholzspiele am liebsten. Ich habe mein Spielzeug immer bei mir, denn man braucht nur eine Schachtel Streichhölzer und seinen Kopf. Auf Bleistift und Papier oder andere Hilfsmittel kann man verzichten."

„Ich mag Denksportaufgaben aller Art", warf Heiner ein. Holz nickte dazu – ich weiß nicht, was er damit bestätigen wollte – und nahm dann den Faden wieder auf: „Wir haben heute noch kein Streichholzrätsel gehabt. Gestatten Sie mir deshalb, dass Ihnen eines vorstelle." Langsam und mit Bedacht nahm er einige seiner Streichhölzer und legte sie zu drei über Eck aneinanderhängenden Quadraten aus. Allerdings fehlte bei einem der Quadrate eine Seite. Als er damit fertig war, sagte er: „Legen Sie bitte in diesem Muster aus neun Streichhölzern zwei so um, dass drei gleiche Quadrate von einem Holz Seitenlänge entstehen."

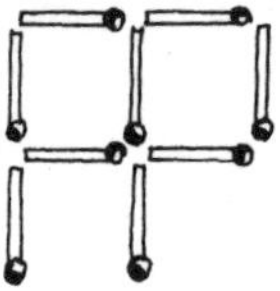

Gale, der neben Holz am Tisch saß, sagte: „Wenn niemand was dagegen hat, stelle ich jetzt mein heutiges Rätsel." Er räusperte ich und begann zu erzählen. „Vor ein paar Jahren, als ich noch auf der Yorikke fuhr, lagen wir einmal für mehrere Wochen im Hafen von Sansibar fest. Den Grund habe dafür ich nie erfahren. Wahrscheinlich gab es Probleme mit dem Zoll. Niemand hatte richtig was zu tun, und wer nicht an Land war, lag irgendwo an Deck im Schatten und schlug die Zeit tot. Ich hatte mich mit Henry hinter ein Rettungsboot auf dem Vorderdeck zurückgezogen, wo die Sonne nicht ganz so heiß brannte. Wir hatten uns an Land einige Flaschen Bier besorgt – ich hatte fünf und Henry drei Flaschen – und es uns gerade auf einigen Taurollen gemütlich gemacht, als Jim zu uns kam. Jim teilte die Kabine mit Henry und mir und war ein ganz netter Kerl, obwohl er manchmal, wenn er zu viel Schnaps intus hatte, Schlägereien anfing. ‚Können wir nicht teilen?', fragte er, als er unsere Bierflaschen sah. Da Jim auch immer sehr spendabel war, wenn er etwas zu trinken hatte und wir auf dem Trockenen saßen, waren wir einverstanden. Wir tranken jede Flasche gemeinsam aus, damit jeder gleich viel Bier bekam.

YORI

Als die letzte Flasche geleert war, gab uns Jim acht Piaster und sagte: ‚Ich möchte meinen Anteil selbst bezahlen.' In der heißen Tropensonne wirkt der Alkohol besonders stark, und Henry und ich hatten große Mühe, uns zu einigen, wer von uns beiden wie viele von den acht Piastern bekommen sollte."

Ich vermutete, die beiden hatten die Berechnung mit ihren Fäusten durchgeführt.

„Wissen Sie, wie wir sie hätten gerecht aufteilen müssen?", fragte er uns.

Mir fiel ein altes Logikrätsel ein, das vor dem Krieg eine Zeit lang unter uns Paläontologiestudenten kursierte. Ich fand, dass es genau das richtige für unsere Tafelrunde sei und sagte: „Damit ich mein Rätsel stellen kann, brauche ich Sie als Mitspieler. Ich hoffe, Sie haben nichts dagegen." Natürlich waren alle bereit dazu, und ich erläuterte die Regeln. „Jeder von uns sagt reihum einen bestimmten Satz." Und dann erklärte ich jedem, welchen Satz er zu sagen hätte.

„Wozu soll das Ganze gut sein?", fragte Gänzel. „Das erkläre ich danach", antwortete ich. „Wenn Sie nichts dagegen haben, werde ich jetzt beginnen."

Ich: „Genau einer von uns behauptet bei diesem Spiel etwas Falsches."

Heiner: „Genau zwei von uns behaupten bei diesem Spiel etwas Falsches."

Gänzel: „Genau drei von uns behaupten bei diesem Spiel etwas Falsches."

Oskamp: „Genau vier von uns behaupten bei diesem Spiel etwas Falsches."

Feldt: „Genau fünf von uns behaupten bei diesem Spiel etwas Falsches."

Holz: „Genau sechs von uns behaupten bei diesem Spiel etwas Falsches."

Gale: „Genau sieben von uns behaupten bei diesem Spiel etwas Falsches."

Frau Brennecke: „Genau acht von uns behaupten bei diesem Spiel etwas Falsches."

Brennecke: „Genau neun von uns behaupten bei diesem Spiel etwas Falsches."

Alfred: „Genau zehn von uns behaupten bei diesem Spiel etwas Falsches.“

„Jeder von uns hat nun eine Behauptung aufgestellt“, sagte ich. „Wessen Behauptung war richtig, und wessen war falsch?“

Als letzter am heutigen Abend begann Oskamp von seiner Arbeit in der Eisenwarenhandlung zu erzählen. „Wenn wir um halb sieben unsere Ladentür abschließen, ist für die Angestellten noch lange nicht Feierabend. Der Chef rechnet die Tageseinnahmen ab, die Lehrlinge müssen aufräumen und putzen, und ich gehe meistens ins Lager und packe für unsere Kundschaft Schrauben, Muttern und Nägel in bestimmten Mengen ab. Eines Abends hatte ich Nägel abgewogen und in Schachteln zu genau einem Kilogramm verpackt. Dafür steht im Lager eine einfache alte Balkenwaage, allerdings fehlen die Gewichtsstücke. Man muss sie sich jedesmal von der Waage aus dem Laden holen. Ich wägte neun Nägelschachteln ab und brachte die Gewichtsstücke zurück nach vorne. Dann ging dann wieder aufs Lager und klebte die Schachteln sorgfältig zu und beschriftete sie. Als ich fertig war, wollte ich einen Blick auf meine Armbanduhr werfen, aber sie war nicht mehr da. Ich musste sie irgendwo im Lager verloren haben, denn ich hatte sie aufgezogen, als ich aus dem Laden zurückkam. Ich suchte das ganze Lager ab, von der Decke bis zum Boden, ich schaute in alle Regale und Kisten, aber nirgends war meine Uhr zu finden. Es gab nun nur noch eine Möglichkeit: Sie musste, ohne dass ich es gemerkt hatte, in eine der Nägelschachteln gefallen sein, als ich sie verschloss. Ich hätte nacheinander alle Schachteln aufreißen können, so lange bis ich meine Uhr gefunden hätte, aber Sie wissen ja, wie das ist: Die Uhr wäre garantiert in der letzten Schachtel gewesen. Deshalb überlegte ich mir, es müsste auch einfacher gehen. Ich hatte in jede der neun Schachteln ein Kilogramm Nägel gepackt, die Schachtel, in die die Uhr gefallen war, müsste folglich etwas schwerer sein als die anderen acht. Ich wollte nun nicht extra wieder in den Laden zurückgehen, um mir die Gewichtsstücke zu holen und dachte mir, man könnte eigentlich die Schachtel mit der Uhr auch finden durch Vergleich mit den anderen Schachteln. Dabei ging mir folgender Gedanke durch den Kopf: Wie viele Wägungen reichen aus, um die Schachtel mit der Uhr garantiert zu finden? Können Sie mir diese Frage beantworten?“

Montag, den 15. August 1949

Ich vertrödelte den größten Teil des Tages wieder an Deck. Das Wetter war zwar nicht besonders schön und es war kalt, aber es regnete zumindest nicht mehr. Als ich mich schließlich auf meinen Lieblingsplatz im Bug des Schiffes setzte, sah ich vor mir auf dem Boden eine kleine, silberne Kette liegen. Ich hob es auf und erkannte es als ein Armkettchen, das Frau Brennecke an den letzten Abenden getragen hatte. Sie musste es hier verloren haben.

Ich ging zur Kabine der Brenneckes, die meiner genau gegenüber liegt und klopfte. „Herein!", rief Brennecke und ich trat in eine Kabine, die noch viel kleiner ist als die, die ich mir mit meinen Zimmergefährten teile. Außer einem doppelstöckigen Bett stehen nur noch zwei kleine Hocker in dem Raum. Unter dem Bullauge liegen zwei offene Koffer; einen Schrank gibt es nicht.

Ich gab Frau Brennecke ihr Armkettchen. Sie schien überglücklich darüber zu sein. „Vielen herzlichen Dank! Ich vermisse es schon seit gestern Nachmittag und habe schon das ganze Schiff danach abgesucht. Es ist der einzige Schmuck, den ich besitze. Mein Mann hat es mir zu unserer Verlobung geschenkt."

Die Brenneckes boten mir einen Hocker an und setzten sich mir gegenüber auf das untere Bett. „Warum wollen Sie nach Amerika auswandern?", fragte ich sie. Brennecke druckste ein wenig herum. Ich wollte schon das Thema wechseln, als seine Frau meinte: „Warum sagst du es ihm nicht?" „Du hast Recht, Liebling. Also: Ich hatte während des Krieges lockeren Kontakt zu einer kommunistischen Untergrundbewegung. Irgendwie hatte es vor zwei Jahren der Rektor meiner Schule erfahren und machte mir seit dem das Leben schwer. Eines Tages hatte dann sogar jemand ‚Kommunistenschwein' mit roter Farbe an meine Wohnungstür gepinselt. Und seit dem sparte ich jeden Pfennig, um Deutschland für immer verlassen zu können. Glücklicherweise ist meine Frau bereit, mitzukommen und gemeinsam mit mir ein neues Leben in Amerika zu beginnen."

Am Abend nach dem Essen in der Mannschaftsmesse eröffnete Frau Brennecke die heutige Rätselrunde. Sie reichte ein Blatt Papier herum und bat uns, uns die Zeichnung anzusehen.

„Ich habe sicherlich schon erwähnt, dass ich bis zu unserer Hochzeit als Kindergärtnerin gearbeitet habe", sagte sie.

Das war mir unbekannt. Zumindest in meiner Gegenwart hatte sie nicht darüber gesprochen.

„Ich habe immer mit den älteren Kindern, also mit denen, die zu Ostern in die Schule kamen, mit Zahlen und Buchstaben gespielt. Viele Kinder waren ganz begierig darauf, endlich lesen und rechnen lernen zu dürfen, aber andere, besonders die Jungen, interessierte es überhaupt nicht. Doch mit einem kleinen Kunstgriff schaffte ich es auch bei diesen. Ich ließ sie einfach Buchstaben und Zahlen basteln. Dazu mussten sie zuerst Zahlen und Blockschrift-Buchstaben auf Papier zeichnen und sie dann anschließend ausschneiden. Mit diesen Papierzahlen konnte man rechnen üben und mit den Buchstaben die Namen der Kinder bilden. Als wir wieder einmal alle um den Tisch saßen und Buchstaben ausschnitten, sah ich, wie die kleine Sabine gedankenverloren auf ein Stückchen Papier blickte, das vor ihr lag. Es hatte die Form, die ich Ihnen gerade gezeigt habe. Als sie merkte, dass ich sie beobachtete, sagte sie: ‚Schau mal, Fräulein Haller!' – Haller ist mein Mädchenname – ‚Ich habe meinen Buchstaben einmal geknickt, und jetzt sieht er beinahe so aus wie ein C. Rate mal, welchen Buchstaben ich ausgeschnitten habe.' ‚Das ist doch nicht schwer', erwiderte ich. ‚Es ist ein L.' ‚Haha! Falsch geraten', lachte Sabine. Im Gedanken ging ich nun alle sechsundzwanzig Buchstaben durch, aber ich kam nicht auf den richtigen. Wissen Sie, welcher Sabines Buchstabe war?"

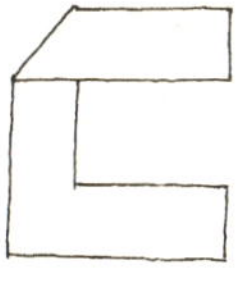

„Ich lese gerade Jules Vernes Roman ‚In achtzig Tagen um die Welt'", sagte Brennecke. „In dieser Geschichte wettet ein exzentrischer Engländer namens Phileas Fogg, er könne in nur achzig Tagen einmal rund um die Welt reisen. Er tritt seine Reise von London aus an und umrundet die Erde in östlicher Richtung. Leider kommt er erst an seinem einundachzigsten Reisetag wie-

XZORML

der in London an und glaubt schon, seine Wette verloren zu haben. Da bemerkt er, dass er vergessen hat, beim Überschreiten der Datumsgrenze seinen Kalender um einen Tag zurückzustellen, so dass er eigentlich doch nur achtzig Tage unterwegs war."

„Was ist denn die Datumsgrenze?", fragte Alfred.

„Sie wissen sicherlich, dass die Geographen auf der Erdkugel Längengrade und Breitengrade gezogen haben. Die Längengrade verlaufen alle vom Nordpol zum Südpol. Der nullte Längengrad läuft genau durch die Sternwarte im Londoner Stadtteil Greenwich. Genau auf der anderen Seite der Erde liegt der hundertachtzigste Längengrad. Etwa entlang dieses Längengrades verläuft auch vom Nordpol bis zum Südpol die Datumsgrenze. Ist westlich dieser Grenze Montag, so ist es östlich erst Sonntag. Überschreitet man die Datumsgrenze also von Westen nach Osten, muss man seinen Kalender um einen Tag zurückstellen; überschreitet man sie in umgekehrter Richtung, muss man seinen Kalender um einen Tag vorstellen."

Brennecke blickte einmal in die Runde und fragte, wie er es wahrscheinlich auch bei seinen Schülern machte: „Hat noch jemand Fragen?" Als niemand darauf reagierte, fuhr er fort: „Wenn man dies weiß, kann man die Erde zum Jungbrunnen machen. Man muss nur zum Nordpol reisen, wo sich alle Längengrade und auch die Datumsgrenze in einem Punkt treffen. Dann geht man in einem Abstand von zwanzig Metern immer um den Nordpol herum und zwar von Westen nach Osten. Dabei überquert man alle paar Minuten die Datumsgrenze und muss jedesmal seinen Kalender um einen Tag zurückstellen. Da man an einem einzigen Tag auf diese Weise ohne weiteres die Erde hundertmal umrunden kann, muss man seinen Kalender dann auch hundert Tage zurückstellen, und müsste damit hundert Tage jünger geworden sein. Funktioniert dieser Jungbrunnen?"

Gänzel stand auf, nahm einen Würfel aus seiner Hosentasche und warf ihn auf den Tisch. „Fällt Ihnen etwas auf, meine Herrschaften?“, fragte er. „Sie haben eine Sechs geworfen“, meinte Alfred. „Gut beobachtet“, erwiderte Gänzel mit gänzlich unangebrachter Ironie. Er würfelte noch ein Dutzend Mal und erreichte mit jedem Wurf eine hohe Augenzahl. „Sie haben aber viel Glück beim Würfeln“, staunte Holz. „Ich verlasse mich nicht allein auf mein Glück. Die Chancen beim Spielen wären sonst zu schlecht.“ Gänzel grinste. „Dies ist ein besonderer Würfel. Sich gegenüberliegende Flächen haben gleiche Augenzahlen. Mein Würfel hat also zweimal sechs Augen, zweimal fünf Augen und zweimal vier Augen. Einsen, Zweien und Dreien kommen gar nicht vor. Da man von einem Spielwürfel, ganz egal wie er auch fällt, normalerweise nur drei Seiten sehen kann, merkt das niemand.“

Gänzel war also Falschspieler und besaß auch noch die Dreistigkeit, damit anzugeben. Niemand aus unserer Tischrunde sagte etwas dazu, aber es war deutlich zu spüren, was sie davon hielten. Gänzel schien das nichts auszumachen. Gut gelaunt fuhr er fort: „Lösen Sie sich nun einmal von den Spielwürfeln mit den Augen auf den Seitenflächen und den abgerundeten Ecken und stellen Sie sich ganz allgemein einen Würfel vor. Wie viele seiner Seitenflächen kann man höchstens sehen, wenn man weder den Würfel drehen oder verschieben, noch sich selbst von Fleck bewegen darf?“

„Die Aufgabe haben Sie aber sehr geschickt aufgebaut. Durch Ihre Spielwürfel sind wir alle auf eine falsche Fährte gelockt worden, und dabei ist sie so einfach. Ich werde sie sicherlich nicht vergessen“, sagte Heiner. „Ich kann sie bestimmt auch gut behalten“, meinte der junge Feldt. „Mir geht es überhaupt so, dass ich mir Nonsens gut merken kann und ernsthafte Dinge sofort wieder vergesse. In der Obertertia mussten wir Goethes Erlkönig auswendig lernen. Ich kenne heute keinen einzigen Vers mehr davon. Einer meiner Klassenkameraden kannte auch eine Nonsensversion des Gedichts, und die kann ich immer noch fehlerfrei aufsagen.“
Feldt stand auf und deklamierte mit ernsthafter Miene:
„Vadder und Kind
reiten durch'n Wind,

kommt'n Mann,
quatscht sie an,
ob der Kleene mitkommen kann.
Vadder: ‚Nee!'
Kind: ‚Oh weh!'
Am anderen Morgen ums Morgenrot,
Vadder gesund, Kind war tot."

Alle applaudierten. Feldt errötete und setzte sich schnell wieder hin. Dann sagte er: „Eigentlich wollte ich gar kein Gedicht vortragen, sondern Ihnen ein Rätsel stellen." Er wartete einen Augenblick, bis ihm wieder alle zuhörten und fuhr dann fort: „Das Problem scheint zwar unlösbar zu sein, aber glauben Sie mir, es geht wirklich. Also: Zeichnen Sie ein vollständiges Quadrat mit drei geraden Strichen."

Der alte Holz scharrte mit den Füße und kündigte damit sein Rätsel an. „Als ich noch Waldarbeiter war, haben meine Kollegen und ich uns oft in den Pausen die Zeit damit vertrieben, dass wir uns gegenseitig Streichholzrätsel aufgaben. Ich kenne auch heute noch Dutzende dieser Spielereien." Holz sah uns fragend an und sagte dann vorsichtig: „Ich hoffe, Sie halten mich nicht für einen alten Langweiler, wenn ich Ihnen wieder einmal eine Streichholzknobelei stelle."

Alle schüttelten die Köpfe und Frau Brennecke sagte: „Selbstverständlich nicht. Ich habe auch eine große Schwäche für Streichholzspielereien."

Holz zog seine Streichholzschachtel aus der Hosentasche, zählte langsam und sorgfältig zehn Hölzer ab und legte sie auf den Tisch. „Bitte versuchen Sie, diese zehn Streichhölzern zu zwei regelmäßigen Fünfecken und fünf deckungsgleichen gleichschenkligen Dreiecken auszulegen."

Oskamp stöhnte leise auf. „Jetzt wird's doch mathematisch. Mein Mathematikunterricht liegt Jahre zurück. Die Frage ist mir etwas peinlich: Wann sind Dreiecke gleichschenklig und Fünfecke regelmäßig?"

„Das muss Ihnen nicht peinlich sein. Ich wusste es auch nicht, als man mir das Rätsel stellte", tröstete ihn Holz. „Ein Dreieck ist gleichschenklig, wenn zwei seiner Seiten gleich lang sind. Und bei einem regelmäßigen Fünfeck sind alle fünf Seiten gleich lang, und alle Winkel zwischen benachbarten Seiten sind gleich groß."

Mir war die technische Zeichnung des Bogators, die uns Gale vor ein paar Tagen gezeigt hatte, nicht mehr aus dem Kopf gegangen. Er hatte mir später erzählt, dass man normalerweise nicht nur die Vorder- und die Seitenansicht eines Gegenstandes zeichnet, sondern auch noch die Draufsicht. Die Draufsicht hatte er uns deswegen nicht gezeigt, weil sonst die Aufgabe zu leicht gewesen wäre. Ich hatte daraufhin versucht, Körper zu entwerfen, deren drei Ansichten genau gleich sind. Zwei fand ich sofort: den Würfel und die Kugel. Beim Würfel waren alle drei Ansichten gleich große Quadrate und bei der Kugel Kreise. Für eine Knobelei waren sie allerdings zu einfach. Erst nach langem Nachdenken fand ich, was ich suchte.

„Liebe Frau Brennecke, meine Herren", begann ich, „Sie erinnern sich sicherlich noch an die Parallelprojektion, die uns Herr Gale erklärt hat. Man schaut von links, von vorne und von oben auf einen Gegenstand und zeichnet die Kanten, die man von dort aus sehen kann, als ausgezogene Linien und die man nicht sehen kann, als gestrichelte Linien. Fallen eine sichtbare und eine unsichtbare Kante aufeinander, wird eine ausgezogene Linie gezeichnet." Ich nahm mein vorbereitetes Blatt Papier aus der Tasche, faltete es auseinander und legte es auf den Tisch.

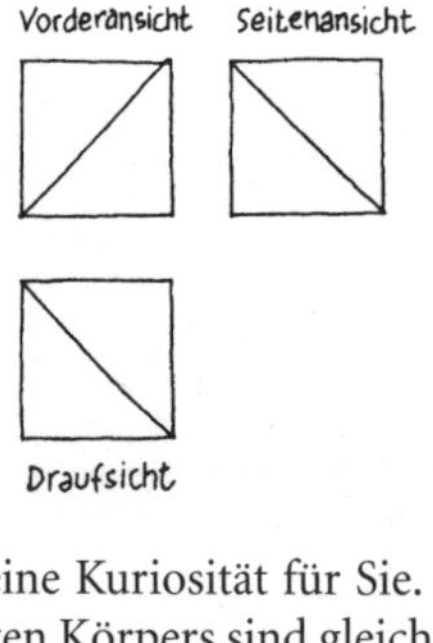

„Ich habe eine kleine Kuriosität für Sie. Alle drei Ansichten dieses hier dargestellten Körpers sind gleich große Quadrate, in die eine Diagonale eingezeichnet ist. Haben Sie eine Idee, wie der Körper aussehen könnte?"

„Von Mathematik und Geometrie und solchen Sachen habe ich keine Ahnung, und auch von Technik verstehe ich nur wenig.

Aber ich habe ein ausgezeichnetes räumliches Vorstellungsvermögen", sagte Gale.

Er saß mir an diesem Abend am Tisch gegenüber, und wenn er redete, hauchte er mir seine Alkoholfahne genau ins Gesicht. Ich versuchte mir nicht anmerken zu lassen, wie mich dies störte.

„Deshalb verwundert es mich immer wieder, wie schwer vielen Menschen das räumliche Denken fällt", fuhr er fort. „Besonders bei Frauen soll es schwach entwickelt sein."

„Das ist ja Unverschämtheit!", fauchte ihn Frau Brennecke wütend an. „Diese unsinnige Behauptung stammt wahrscheinlich von Männern, die fürchten, dass ihnen Frauen die Arbeit wegnehmen, weil sie besser sind als sie."

Nur mit Mühe gelang es der Tischrunde, Frau Brennecke wieder zu beruhigen. Nachdem Gale sich mehrmals entschuldigt hatte, sagte er: „Ihr Rätsel, Herr Korf, ist ja ganz hübsch, aber es hat einen Schönheitsfehler. Sie sagten, alle drei Ansichten des Körpers seien gleich, und tatsächlich sind sie auch alle drei gleich große Quadrate mit jeweils einer Diagonalen. Doch die Diagonalen verlaufen nicht in allen Ansichten gleich. Ich möchte deshalb die Aufgabe verbessern." Er ließ sich von mir meine Skizze geben, nahm einen Bleistift aus der Tasche und zeichnete drei gleiche Quadrate, bei denen jeweils eine Diagonale von links oben nach rechts unten verlief. „So!", sagte er, als er damit fertig war. „Jetzt sind wirklich alle drei Ansichten genau gleich. Wie sieht der dazugehörige Körper aus?"

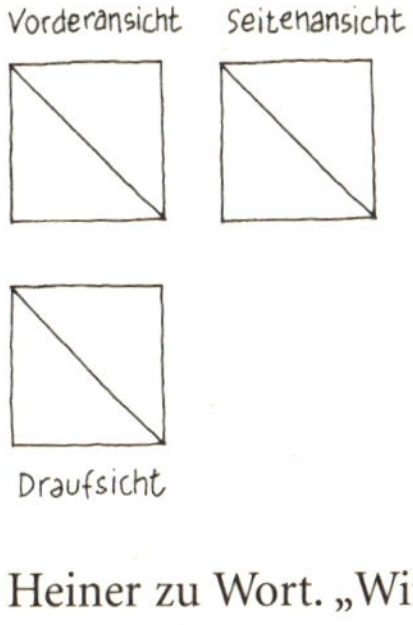

Nun meldete sich Heiner zu Wort. „Wir hatten am Gymnasium einen Biologielehrer, der hatte ein Spiel, mit dem er unsere Kenntnisse der Fauna und Flora testete. Die ganze Klasse musste

dazu aufstehen und jeder, der einen Pflanzennamen rief, der einen Tiernamen enthielt, durfte sich wieder setzen. Die drei letzten, die noch standen, mussten bis zum nächsten Tag einen Aufsatz schreiben, über ein Thema, das dieser Lehrer vorgab."

„Ich verstehe das Spiel nicht ganz. Was meinen Sie mit einem Pflanzennamen, der einen Tiernamen enthält?", fragte Holz.

„Ich will Ihnen ein Beispiel geben", erwiderte Heiner. „‚Löwenzahn' ist ein Pflanzenname, in dem der Tiername ‚Löwe' steckt." „Ich kenne auch noch ein Beispiel", sagte Frau Brennecke. „Das Gänseblümchen!"

Jetzt fielen auch den anderen passende Pflanzennamen ein. „Löwenmaul!", rief Oskamp. Mir fiel die Fuchsie ein. Nach wenigen Minuten hatten wir ganze Liste zusammen. Schafgarbe, Hahnenfuß, Gänsekraut, Hundszunge, Ochsenbrech und Ziegenlippe habe ich noch behalten.

„Es überrascht mich, dass unsere Tischgemeinschaft so schnell so viele passende Pflanzennamen gefunden hat. Wir Schüler haben uns da viel schwerer getan", sagte Heiner, nachdem niemanden mehr etwas einfiel. „So sehr Ihnen anscheinend dieses Spiel gefällt, es ist nicht das Rätsel, das ich Ihnen heute Abend stellen wollte." Heiner nahm ein Blatt Papier und schrieb eine lange Reihe von Blockschriftbuchstaben auf.

EZIENHPNFBLUACNHZSETNANBAEMNE

Dann reichte er den Zettel herum und sagte: „Streichen Sie bitte aus dieser Reihe zehn Buchstaben, so dass ein Pflanzenname übrigbleibt."

Oskamp bückte sich und holte eine große Schere hervor, die unter seinem Stuhl gelegen hatte. „Ich habe den ganzen Nachmittag über ein neues Rätsel nachgedacht, aber mir fiel einfach keines ein. Erst als ich mich schließlich entschlossen hatte, Ihnen meine Einfallslosigkeit zu gestehen und Sie zu bitten, heute Abend auf meinen Beitrag zu verzichten, sah ich vor meinem geistigen Auge die Schere, die Herr Sterv am Freitag mitgebracht hatte. Und plötzlich hatte ich eine Idee."

Er nahm etwas aus seiner Jackentasche und breitete es auf dem Tisch aus. Es waren lauter gleich aussehende Hufeisen aus Papier, die er anscheinend aus einer alten Zeitung geschnitten hatte. „Ich habe meine Knobelei schon vor dem Abendbrot vorbereitet", sagte er und gab jedem von uns ein Papierhufeisen.

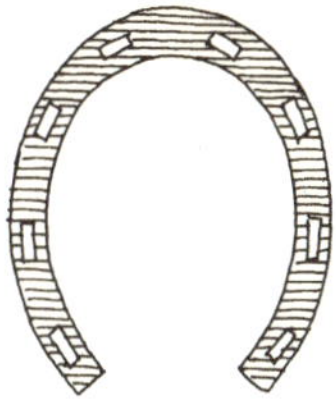

„Ihre Aufgabe ist im Grunde ganz simpel, und doch fällt sie vielen Menschen schwerer als man meinen sollte." Oskamp gab Feldt, der neben ihm saß, die Schere. „Jeder von Ihnen darf zwei gerade Schnitte durch das Hufeisen machen und soll es dadurch in möglichst viele Einzelteile zerlegen."

„Darf ich es vor dem Zerschneiden falten?", fragte Brennecke. „Nein, das ist nicht erlaubt", antwortete Oskamp. „Aber ich darf doch die Einzelteile nach dem ersten Schnitt neu anordnen?", erkundigte ich mich. Oskamp schüttelte den Kopf. „Auch das ist verboten. Kein Schnipsel darf nach dem ersten Schnitt an eine andere Stelle gelegt werden." Oskamp schaute in die Runde. „Ich bin gespannt, wer von Ihnen die meisten Einzelteile erhält."

„Zum Thema ‚Zerschneiden' fällt mir auch noch eine interessante Geschichte ein", sagte Alfred. „Eine Tages kam ein auffällig gekleideter Mann in unsere Werkstatt. Er trug eine schwarzen Anzug und ein schwarzes Hemd, und er hatte eine schwarzen Schlapphut auf und eine dunkle Sonnenbrille mit einem schwarzen Gestell."

„Das war sicherlich jemand von einem Beerdigungsinstitut", warf Feldt ein.

„Das habe ich im ersten Moment auch gedacht, aber der Hut und die Brille passten nicht ins Bild", fuhr Alfred fort. „Der Mann ging zum Meister, unterhielt sich kurz mit ihm und kam dann

an meine Werkbank. ‚Seien Sie gegrüßt', sagte er zu mir und gab mir dann ein seltsam geschnittenes Stück Brett. Es war aus irgendeinem wertvollen Tropenholz, dessen Namen ich vergessen und das ich seitdem auch nie wieder gesehen habe. Obwohl das Holz weder gebeizt noch lackiert war, hatte es eine intensive grüne Farbe und eine feine, beinahe zickzackförmige Maserung. ‚Dieses Brett hat mir Freund aus Sumatra mitgebracht. Ich möchte, dass Sie aus diesem Brett zwei deckungsgleiche Teile sägen, die ich als Untersetzer verwenden kann. Die Form ist mir egal, nur sollten Sie möglichst wenig Verschnitt haben, denn das Holz ist wertvoll', sagte er. Ich dachte kurz nach und erwiderte dann: ‚Ich säge Ihnen das Brett flach durch. Die beiden Teile sind dann zwar nur noch halb so dick, aber es gibt keinen Verschnitt.' Der Mann lachte und meinte dann: ‚So habe ich mir das nicht gedacht. Die beiden Untersetzer sollen genauso dick werden wie das Brett ist. Versuchen Sie aber trotzdem, das Brett ohne Verschnitt zu halbieren.' ‚Und wie soll ich das machen?', fragte ich. ‚Ich bin Künstler und kein Tischler', antwortete er und verließ erhobenen Hauptes die Werkstatt."

Alfred skizzierte etwas. „So sah das Brett aus", sagte er dann. „Alle Seiten standen rechtwinklig aufeinander. Die kurzen Seiten waren zehn und die langen zwanzig Zentimeter lang. Nun frage ich Sie, wie musste ich es zerschneiden, damit ich zwei deckungsgleiche Hälften erhielt?"

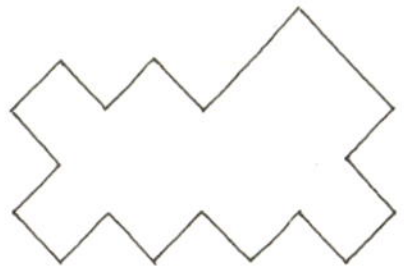

Dienstag, den 16. August 1949

Endlich haben wir Sommerwetter! Der Himmel war heute strahlendblau, und es bewegte sich kein Lüftchen. Der Atlantik sah aus, wie ich mir die Südsee immer vorgestellt habe. Es hätte mich nicht überrascht, wenn Palmeninseln aufgetaucht wären, von denen Hawaiimusik herübergeklungen hätte.

Ich war, wie die meisten von uns, den ganzen Tag über in kurzen Hosen und im Hemd an Deck gewesen. Schon vormittags hatte ich ein leichten Sonnenbrand bekommen. Deshalb suchte ich mir am Nachmittag ein schattiges Plätzchen hinter einem der Rettungsboote. Ich hatte dort schon eine ganze Zeit gesessen und gedöst, als Oskamp zu mir trat. „Haben Sie etwas dagegen, wenn ich mich zu Ihnen in den Schatten setze?“, fragte er höflich. „Nein, natürlich nicht“, erwiderte ich.

Irgendwoher hatte Oskamp eine Tüte Erdnüsse aufgetrieben, und er stellte sie zwischen uns auf den Boden. „Bitte, bedienen Sie sich“, forderte er mich auf. Und dann kauen wir lange Zeit Nüsse, warfen die Schalen ins Meer und sahen ihnen nach, bis wir sie nicht mehr erkennen konnten. Zwischen dem Nüssekauen fragte Oskamp immer wieder: „Kennen Sie den schon?“ Und er erzählte mir einen Witz nach dem anderen. Es gibt Menschen, die sind begabte Witzerzähler; Oskamp gehört zu dieser Gattung. Ich kann weder Witze erzählen noch behalten, und so bestritt Oskamp die Unterhaltung alleine. Doch das schien ihn nicht weiter zu stören, denn er konnte über seine eigenen Witze noch herzhafter lachen als ich.

Irgendwann ging aber auch ihm das Pulver aus, und wir saßen eine Zeit lang schweigend nebeneinander. Schließlich fragte ich ihn, warum denn er diese Seefahrt mache. „Ich reise nur zu meinem Vergnügen. Ich bin Junggeselle, brauche auf niemanden Rücksicht zu nehmen und fahre gerne in ferne Länder. Deshalb lebe ich immer zwei Jahre ganz spartanisch, gebe kaum Geld aus und nehme keinen Urlaub. Danach reicht meine Kasse für eine Reise mit einem Frachtschiff. Im vorletzten Jahr war ich in Spanien, dieses Jahr ist Nordamerika dran und im übernächsten Jahr, so hoffe ich, habe ich das Geld für eine Reise nach Ägypten zusammen.“

Nach dem Abendessen unterhielten sich Sterv und Gale darüber, wie sie ihren Lebensunterhalt bestreiten wollten, wenn Sie in Amerika angelangt waren. Sterv erzählte, dass er eine Arbeitserlaubnis habe und eine Tischlerei aufmachen wolle. „Ich hoffe, ich bekomme bald Aufträge, denn lange kann ich von meinen Ersparnissen nicht leben." „Ich besuche erst einmal meine Schwester. Sie ist in Boston verheiratet. Ich hoffe, ich kann dort für einige Monate wohnen. Wenn Sie mich rausschmeißt, heuer ich wieder auf irgendeinem Kahn an."

Eine Zeitlang schwiegen alle, dann sagte Brennecke: „Können Sie sich vorstellen, dass es Menschen gibt, die allein von Rätseln und Knobelspielen leben?" „Unmöglich", meinte Oskamp. „Und dennoch ist es so", erwiderte Brennecke. „Ich habe es heute in einer alten Zeitung gelesen. Der Amerikaner Sam Loyd wurde 1841 geboren und starb 1911. Er wollte ursprünglich Bauingenieur werde, gab diesen Plan allerdings schnell auf, um sich ausschließlich dem Entwurf von Schachproblemen, mechanischen Denkspielen, Geduldspielen und mathematischen Knobeleien zu widmen. Und damit ist er ein reicher Mann geworden. In dem Artikel stand übrigens auch ein Rätsel von Sam Loyd. Ich werde es Ihnen stellen."

Brennecke nahm einen kleinen Zettel, schrieb hinter vorgehaltener Hand etwas darauf und faltete ihn dann zusammen. „Auf diesem Zettel stehen fünf ungerade Ziffern. Überlegen Sie sich, welche es sind."

„Das ist unmöglich", meinte ich.

„Sie haben Recht. Ich gebe Ihnen noch einen Hinweis", erwiderte Brennecke. „Wenn man die Zahlen auf dem Zettel zusammenzählt, erhält man 14. Welche Zahlen stehen auf dem Zettel?"

„Wenn Sie nichts dagegen haben, möchte ich heute Abend als zweiter ein Rätsel stellen", sagte der junge Feldt. „Im letzten Schuljahr schleppte uns unser Physiklehrer in ein Technikmuseum. Niemand, von unserem Klassenprimus einmal abgesehen, hatte Lust dazu, denn es war eigentlich schulfrei, und wir wären alle lieber Fußball spielen gegangen."

„Ich habe immer geglaubt, alle jungen Männer wären von Technik begeistert", warf Frau Brennecke ein.

„Für die meisten Jungen trifft das auch sicherlich zu, aber nicht, wenn man die Technik zwangsweise von der Schule verordnet bekommt“, entgegnete Feldt auf diesen Einwand. Dann fuhr er fort: „Unser Lehrer gab uns zu allen Ausstellungsstücken langatmige Erklärungen. Ich hatte bald jedes Interesse daran verloren und setzte ich mich ab. Ziellos schlenderte ich durch die Gänge des Museums. In einem Saal, in dem Elektromotoren ausgestellt waren, fiel mir ein hübsches Mädchen auf. Sie war allein und las sichtlich interessiert die Beschreibungen auf den Schautafeln an den Exponaten. Mich interessierte das Mädchen mehr als die Motoren und, obwohl ich eigentlich ziemlich schüchtern bin, traute ich mich doch, sie anzusprechen. Ich sagte ihr, es wundere mich, dass sie sich die Motoren so genau ansehe. ‚Im Herbst beginne ich zu studieren. Ich will Elektroingenieurin werden‘, erwiderte sie stolz. Ich war überrascht. Ich hatte sie höchstens für eine Untersekundanerin gehalten und fragte sie, wie alt sie sei. ‚Vorgestern war ich sechzehn Jahre alt, und im nächsten Jahr werde ich neunzehn Jahre alt sein.‘“

Feldt sah in die Runde. „Ich hatte das Gefühl, das Mädchen wollte mich verschaukeln. Was glauben Sie, ist es möglich, dass sie die Wahrheit gesagt hat?“

„Mein Schatz, erinnerst du dich noch an das Jahrmarktslabyrinth?“, fragte Frau Brennecke ihren Mann. „Das mit den Zahlen? Ja natürlich. Das ist sicherlich eine hübsche Aufgabe für unsere Tischrunde.“

„Also meine Herren“, hob Frau Brennecke an. „Im letzten Sommer waren mein Mann und ich auf dem Jahrmarkt. Viel Geld hatten wir nicht, und darum konnten wir uns keine teuren Lose oder Fahrten mit den Karussellen leisten, aber es machte schon Spaß, sich das bunte Treiben anzusehen. Es gab dort auch ein kleines Labyrinth mit gläsernen Wänden. Auf dem Boden der Gänge waren an einigen Stellen Zahlen aufgemalt. Ich kann mich noch genau daran erinnern. Es sah in etwa so aus.“

Frau Brennecke nahm ein Blatt Papier und skizzierte das Labyrinth mit seinen Zahlen. „‚Meine Damen und Herren, treten Sie näher! Wer wagt sich in das Labyrinth des Minotaurus?‘, rief der Besitzer. ‚Sie müssen auf dem Weg von Eingang bis zum Ausgang Punkte sammeln und dürfen den Irrgarten nur verlas-

RUND
GANG
16
?
19

sen, wenn Sie genau hundert Punkte erreicht haben. Überschreiten Sie eine auf dem Boden gemalte Zahl, erhöht sich ihr Punktestand um diesen Wert.‘ Der Eintritt kostete nur einen Groschen und deshalb gönnte ich mir das Vergnügen.“

„Das kann doch nicht so schwer sein“, meinte Gänzel.

„Das habe ich auch zuerst gedacht, doch es ist ein großer Unterschied, ob man einen Plan des Labyrinths vor sich liegen hat oder ob man in seinen Gängen steht. Plötzlich wird alles ganz unübersichtlich.“ Frau Brennecke schob den Zettel in die Mitte des Tisches. „Sie sollen es etwas einfacher haben als ich. Versuchen Sie, auf dem Plan den Weg durch das Labyrinth zu finden!“

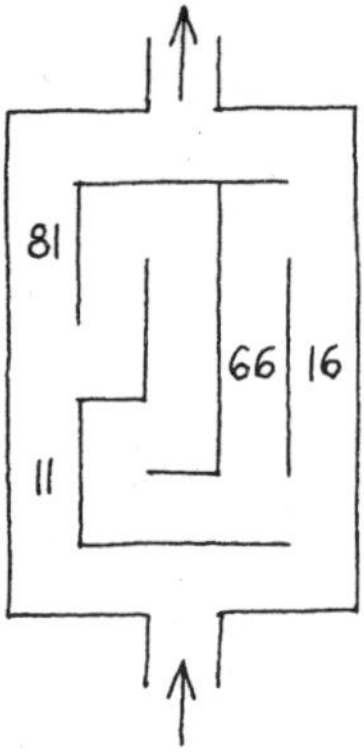

„Madame, meine Herren, ich möchte Ihnen mit Ihrer Erlaubnis eine kleine Kartenspielerei zeigen.“ Gänzel hatte sich erhoben und sah fragend in die Runde. „Meinetwegen“, sagte Frau Brennecke unfreundlich. Wir anderen nickten.

Plötzlich, ohne dass ich eine Bewegung seiner Arme wahrgenommen hatte, hatte Gänzel in jeder Hand ein Päckchen Spielkarten. „Madame, würden Sie sich die Karten einmal ansehen?“ Er gab Frau Brennecke die Karten, die sie flüchtig auffächerte und dann zurückgab. „Herr Korf, möchten Sie sie auch noch einmal überprüfen?“

Ich nahm die beiden Kartenpäckchen. Es waren gewöhnliche Skatkarten mit französischen Bildern, und in keinem der Päck-

chen fehlte eine Karte oder war eine doppelt. Der einzige Unterschied zwischen den beiden Päckchen war, dass die Karten des einen auf der Rückseite mit schräg zu den Kanten verlaufenden Linien gemustert waren und die des anderen mit parallel zu den Kanten verlaufenden Linien. Ich gab sie Gänzel zurück.

Er legte die beiden Päckchen zusammen und mischte sie dann gründlich durch. „Möchte jemand abheben?", fragte er, aber alle verzichteten darauf. Dann legte er blitzschnell vier Karten nebeneinander auf den Tisch, die beiden äußeren verdeckt und beiden mittleren offen. Man sah eine schräg linierte Rückseite, eine Herzdame, einen Kreuzbuben und eine gerade linierte Rückseite. „Weiß jemand von Ihnen, was auf den anderen Seiten dieser vier Karten zu sehen ist?", fragte Gänzel. Niemand wusste es. „Aber ich weiß es", sagte Gänzel. „Ich will Ihnen einen Tipp geben. Die Karten mit den schräg linierten Rückseiten sind Herzkarten. Nun meine Frage: Wie viele Karten müssen sie mindestens umdrehen, um meine Behauptung zu überprüfen?"

„Im letzten Sommer, als meine Frau noch lebte, habe ich Sie zu unserem Hochzeitstag in ein Café eingeladen." Holz' Stimme klang immer ein wenig traurig, wenn er von seiner Frau erzählte. „Wir hatten nie viel Geld, und obwohl sich meine Frau immer wie ein kleines Kind über einen Cafébesuch freute, leisteten wir uns dieses Vergnügen nur alle paar Jahre einmal. Ich zog jedesmal meinen Sonntagsanzug an und meine Frau ihr schönstes Kleid. Wir bestellten uns beim Ober jeder eine Tasse Kaffee und blieben dann zwei Stunden sitzen und beobachteten die Menschen in dem Café und die, die an den großen Fenstern draußen vorbeigingen. Ich hatte meine Tasse meistens schon nach einer Viertelstunde ausgetrunken, aber meine Frau zog dies mindestens eine Stunde in die Länge. Es machte ihr nichts aus, dass der Kaffee zum Schluss kalt war, sie genoss vor allem, in dem Café zu sitzen." Holz seufzte. „Meine Frau hatte immer die gleiche

Methode, um ihr Kaffeetrinken zu strecken. Zum Kaffee stellte der Ober jedesmal eine Kännchen mit heißer Milch. Meine Frau trank langsam und mit kleinen Schlucken ein Sechstel ihres Kaffees. Dann füllte sie die Tasse wieder mit Milch auf und rührte sie um. Danach trank sie ein Drittel des Milchkaffees und füllte die Tasse wieder mit Milch auf und rührte sie um. Anschließend trank sie die Tasse zur Hälfte leer und füllte sie erneut mit Milch. Dann erst schließlich trank sie ihre Tasse ganz aus. Ich habe mich oft gefragt, ob sie insgesamt mehr Kaffee oder mehr Milch getrunken hat. Können Sie mir meine Frage beantworten?"

„Ich glaube, ich habe Ihnen schon erzählt, dass ich Erdkunde und Mathematik unterrichte", begann Brennecke. „Als Lehrer hat man gelegentlich das Glück, an Weiterbildungmaßnahmen teilnehmen zu dürfen. So auch in den letzten Sommerferien. Mit dem Anmeldeformular erhielt ich auch eine Programmankündigung, in der ‚Vortrag des Forschers Z. Obenauf' stand, sonst nichts weiter. Ich gehe eigentlich nicht gerne in Veranstaltungen, bei denen ich nicht genau weiß, was mich erwartet. Aber bei den Lehrerweiterbildungen war ich noch nie enttäuscht worden, und darum wollte ich mir den Vortrag dieses nicht näher spezifizierten Forschers nicht entgehen lassen."

„Du hast aber ziemlich laut geschimpft, dass es doch eine Unverschämtheit sei, nicht ins Programm zu schreiben, um was für eine Art Forscher es sich handle", warf seine Frau ein.

„Das stimmt", gab Brennecke zu, „aber ich bin trotzdem hingegangen." Dann fuhr er fort: „Der Forscher war ein großer schlanker Mann, von dessen Gesicht man im Grunde nur die Nase sah, denn der Rest wurde von einem feuerroten Vollbart und einer dunklen Hornbrille verdeckt. Er nannte seinen Namen und sagte dann: ‚Bevor ich Ihnen mein Forschungsgebiet nennen werde, möchte ich Ihnen eine kleine Geschichte erzählen. Vor einigen Wochen, als meine Lebensmittelvorräte zu Ende waren, machte ich mich auf die Jagd. Ich ging von meinem Zelt aus genau fünf Kilometer nach Süden, dann änderte ich meine Richtung und ging fünf Kilometer genau nach Osten. Dort schoss ich einen Bären. Diesen Bären schleppte ich fünf Kilometer weit genau nach Norden und gelangte wieder zu meinem Zelt. Welche Farbe hatte der Bär?'" Brennecke sah von einem zum anderen. „Ich möchte die Frage weitergeben: Welche Farbe hatte der Bär?"

„Ich bin ja nicht abergläubisch, aber es gibt doch manches Ding zwischen Himmel und Erde, das wir uns mit unserer Schulweisheit nicht erklären können," sagte Oskamp. „Eines Morgens, als ich zur Arbeit kam, stand vor der Tür eine Leiter an der Wand gelehnt. Um den Laden betreten zu können, musste ich unter ihr her gehen. Zuerst habe ich mir nicht viel dabei gedacht, aber als ich gerade zur Tür herein getreten war, schoss fauchend eine große schwarze Katze von links nach rechts an mir vorbei und zur Tür hinaus. Nun lief es mir doch kalt über den Rücken." Oskamp schauderte jetzt noch bei dem Gedanken daran. „Die Unglückszeichen hatten recht. Von den Regalen waren viele Schachteln, Dosen und Flaschen gestürzt, und auf dem Boden lag ein Durcheinander von Schrauben, Muttern, Unterlegscheiben, Zahnringen und Glasscherben. In ersten Moment dachte ich an Poltergeister, doch dann fiel mir die Katze wieder ein. Jemand musste sie am Vorabend ins Geschäft gelassen haben, und sie hatte dann über Nacht in den Regalen gewütet. Als unser Lehrling kam, schrie ich ihn an: ‚Werner, hast du gestern die Katze in den Laden gelassen.' Aber er stritt alles ab, und auch sonst war es niemand gewesen. Am nächsten und übernächsten Morgen war die Katze wieder im Laden und das Durcheinander noch größer als beim ersten Mal. Wir untersuchten alle Wände, Türen und Fenster, konnte aber keine Stelle finden, an der die Katze in den Laden geschlüpft sein konnte. Nur die Tür zum Hof ließ einen kleinen Spalt offen, weil sie sich etwas verzogen hatte. Er war aber so schmal, dass die Katze unmöglich dadurch passen konnte."

„Tiere können durch die kleinsten Öffnungen kriechen", meinte Holz.

„Ja, so war es auch. Als wir den Spalt verschlossen hatten, war der Spuk vorbei", fuhr Oskamp fort. „Es ist wirklich verblüffend, wie große Dinge manchmal durch winzige Öffnungen passen. Und darum geht es auch bei meinem Rätsel. Ein Markstück hat einen Durchmesser von vierundzwanzig Millimetern. Wie groß muss eine kreisförmige Öffnung in einem Blatt Papier mindestens sein, damit man das Markstück hindurchstecken kann?"

O
S
N
W

Heiner erzählte, er habe sich am Nachmittag aus einem Stück Pappe von einer alten Haferflockenschachtel, die er sich aus der Kombüse besorgt hatte, eine Art Schachbrett gebastelt. Anders als ein gewöhnliches Schachbrett habe es nicht 8×8, sondern nur 5×5 Felder. Dieses Brett legte er nun auf den Tisch, holte eine Handvoll Münzen aus der Tasche und stapelte sie vor sich auf.

„Ich weiß, dass Sie alle, bis auf Herrn Korf, die Schachregeln kennen", sagte er. Dann wandte er sich mir zu. „Was du für diese Aufgabe wissen musst, kann ich dir schnell erklären. Der Springer ist der Clown unter den Schachfiguren, denn seine Zugmöglichkeiten sind recht kurios. Er darf auf ein Feld springen, das von dem Feld, auf dem er gerade steht, entweder zwei Felder in vertikaler und ein Feld in horizontaler Richtung entfernt ist oder ein Feld in vertikaler und zwei Felder in horizontaler Richtung. Er kann also, wenn er nicht gerade in der Nähe des Randes steht, acht verschiedene Felder erreichen."

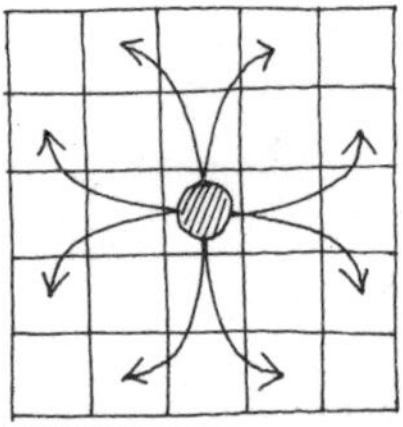

Heiner nahm eine Münze und zeigte mir die verschiedenen Züge auf seinem Schachbrett. Dann legte er auf jedes Feld des Brettes eine Münze und wandte sich wieder an die gesamte Tischrunde. „Stellen Sie sich bitte vor, die Münzen seien Springer. Normalerweise werden die Figuren einzeln nacheinander gezogen. Bei dieser Aufgabe allerdings sollen alle fünfundzwanzig Springer gleichzeitig einen Zug machen, so dass anschließend wieder auf jedem Feld eine Figur steht. Selbstverständlich sind nur die beim Schachspiel üblichen Züge erlaubt. Wie müssen die Figuren gezogen werden?"

Der junge Feldt stand auf, ging um den Tisch und legte vor jeden von uns einen kleinen Zettel. „Bitte drehen Sie die Blätter noch nicht um. Ich möchte Ihnen zuerst eine kleine Geschichte

erzählen", sagte er. „In der Untersekunda hatten wir einen Englischlehrer, der Doktor Riese hieß. Er war einen halben Kopf kleiner als der Kleinste in unserer Klasse, deshalb nannten wir Schüler ihn immer den Riesenzwerg. Der Riesenzwerg hatte eine geradezu sadistische Freude daran, uns Schülern zu zeigen, wie dumm wir waren. Viele Aufgaben waren so gestellt, dass sie beinahe unlösbar waren und die englischen Texte, die wir laut vorlesen mussten, enthielten immer irgendwelche Zungenbrecher, bei denen man sich mit Sicherheit verhaspelte. Und dann goss er vor der ganzen Klasse seinen Spott über das arme Opfer aus.

„Kein Wunder, dass Sie die Schule abgebrochen haben", sagte Frau Brennecke mitleidig. Feldt lächelte sie dankbar an und fuhr dann fort: „Eines Tages legte er jedem Schüler einen Zettel mit der Schrift nach unten auf den Tisch. Dann sagte er: ‚Dreht das Blatt jetzt um und lest euch den Satz genau einmal durch. Danach dreht das Blatt wieder zurück.'"

Feldt sagte uns nun, er habe uns das gleiche Blatt gegeben, wie er es damals von Dr. Riese erhalten habe, und er forderte uns auf, den Satz auf der Rückseite ebenfalls genau einmal zu lesen.

„Der Riesenzwerg sagte dann: ‚Ihr seid selbst zum Zählen zu blöd. Ich werde es euch beweisen. Dreht das Blatt wieder um, und zählt die F in dem Satz. Zählt nur ein einziges Mal und schreibt dann euren Namen und das Ergebnis auf die andere Seite.' Nachdem der Riesenzwerg die Zettel eingesammelt und ausgewertet hatte, stellten wir zu unserer Überraschung fest, dass sich die meisten von uns verzählt hatten. Nun möchte ich Sie bitten, auch die F in dem Satz zu zählen. Und bitte zählen Sie nicht nach."

FINISHED FILES ARE THE RESULT OF YEARS OF SCIENTIFIC
STUDY COMBINED WITH THE EXPERIENCE OF YEARS.

Gale zog eine kleinen Kompass aus seiner Hosentasche und legte ihn vor sich auf den Tisch. „Ich bin zwar nur ein einfacher Matrose und habe nichts mit der Navigation eines Schiffes zu tun, trotzdem musste ich aber schon als Schiffsjunge lernen, wie man mit einem Kompass umgeht. Die meisten Menschen ken-

nen zwar die vier Haupthimmelsrichtungen Nord, Süd, West und Ost, aber dass es auch noch weitere Himmelsrichtungen gibt, die einen eigenen Namen haben, weiß kaum jemand. Schauen Sie sich einmal meinen Kompass an."

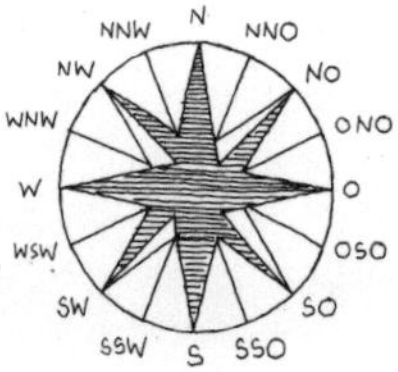

Er schob das kleine Instrument in die Mitte des Tisches, und neugierig beugten wir uns alle vor. Unter der schwankenden Nadel war ein sechzehnzackiger Stern zu sehen. Gale drehte den Kompass so lange, bis dass das blaue Ende der Nadel über dem Zacken mit dem Buchstaben N schwebte. „Die Richtungen, die genau zwischen den vier Haupthimmelsrichtungen liegen, heißen Nordwest, Nordost, Südwest und Südost. Zwischen diesen Richtungen und den Haupthimmelsrichtungen wiederum liegen die Richtungen Nordnordost, Ostnordost, Ostsüdost, Südsüdost, Südsüdwest, Westsüdwest, Westnordwest und Nordnordwest. Okay?" Alle nickten. „Nun stellen Sie sich einmal vor, ein Flugzeug startet im Golf von Guinea, genau an der Stelle, an der sich der Äquator und der nullte Längengrad kreuzen. Es fliegt ununterbrochen nach Nordnordost, ohne seinen Kurs jemals zu ändern. Wohin führt der Flug?"

Mittwoch, den 17. August 1949

Wir hatten auch heute wieder herrliches Sommerwetter und bis auf die beiden Brenneckes waren wir alle den ganzen Tag über an Deck. Ich saß die meiste Zeit über auf meinem Lieblingsplatz im Bug des Schiffes. Am Nachmittag kam der junge Feldt mit einer Schachtel unter dem Arm zu mir und sagte: „Ich weiß, Sie spielen kein Schach. Doch wie wäre es mit einer Partie Mühle?“ Im Grunde spiele ich nicht besonders gerne Brett- und Kartenspiele, aber da es auf dem Meer nicht viel zu sehen gab und mir die Herumsitzerei allmählich langweilig wurde, willigte ich ein.

Es blieb nicht nur bei einer Partie, sondern es wurden mindestens ein Dutzend. Zuerst verlor ich jedes Spiel, doch dann gewann ich auch etliche Male. Ich glaube, Feldt ließ mich absichtlich gewinnen, um mich bei Laune zu halten. Schließlich sagte er: „Wollen wir nicht zur Abwechslung einmal eine Runde Dame spielen?“ Ich war einverstanden. Während er die Steine aufstellte, fragte ich ihn: „Warum machen Sie diese Reise?“ Es dauerte einen Moment, bis er antwortete. „Kennen Sie den Film ‚Die Feuerzangenbowle‘ mit Heinz Rühmann?“ Ich nickte. „Der Film soll eigentlich, wie Rühmann in ihm sagt, eine Liebeserklärung an die Schule sein. Ich habe ihn als Abrechnung mit der Schule empfunden. Meine Lehrer waren genauso wie die in dem Film, und in meiner Schule herrschte der gleiche Muff, wie in der Filmschule. Sie wissen, ich habe die Schule abgebrochen. Ich konnte es einfach nicht mehr ertragen.“

Offensichtlich hatte ich Feldts empfindliche Stelle getroffen. Er hatte ziemlich laut und erregt gesprochen. Ich bot ihm einen Keks an, und langsam fasste er sich wieder. Nach einer Weile fuhr er fort: „Ich hatte das Gefühl, in ganz Deutschland den Schulmuff zu riechen und musste einfach raus. Meine Eltern waren bereit, mir diese Reise zu bezahlen, als ich ihnen versprach, wenn ich wieder zurück bin, eine Lehre zu beginnen oder das Abitur nachzuholen. Außerdem glauben sie, dass ein Amerikaurlaub meinen miserablen Englischkenntnissen gut tun würde.“

Frau Brennecke sah beim Abendbrot blass aus. Sie hatte kaum ein Wort gesprochen und nur wenig gegessen. „Fühlen Sie sich nicht wohl?“, fragte ich sie. „Mir war ein wenig übel, und das Kind tritt. Aber jetzt geht es schon wieder“, sagte sie lächelnd. „Immer, wenn es sich in meinem Bauch bemerkbar macht, muss ich daran denken, wie es ihm wohl in seinem Leben ergehen mag. Es wird ganz anders aufwachsen als wir. Wenn es im Dezember geboren wird, haben wir sicherlich schon eine Wohnung gefunden, und seine Heimat wird dann Amerika sein. Deutschland wird es nur aus unseren Erzählungen kennenlernen. Vielleicht wird es sogar nie richtig Deutsch lernen und mit uns nur Englisch sprechen. Wenn ich mir vorstelle, dass mein Kind Deutsch mit amerikanischem Akzent spricht!“ Frau Brennecke musste lachen. „Es wird in eine amerikanische Schule gehen und die amerikanische und nicht die deutsche Geschichte lernen. Ich sehe mein Kind schon bei seiner Schulentlassung vor mir, mit diesem hübschen schwarzen Röhrenhut mit dem quadratischen Deckel und der Quaste auf dem Kopf.“

„Dann werde ich schon lange nicht mehr leben“, sagte Holz leise. Frau Brennecke sah ihn nachdenklich an. Dann meinte sie: „Zur Jahrtausendwende ist mein Kind noch im besten Alter, aber ich werde eine sehr alte Frau sein oder vielleicht auch schon nicht mehr leben.“

„Es wird dann etwa so alt sein wie ich heute“, meinte Gänzel. Frau Brennecke schmunzelte plötzlich und sagte: „Mein Herren, das ist doch eine interessante Frage: Wie viele Jahre alt wird mein Kind bei der nächsten Jahrtausendwende sein?“

Der alte Holz scharrte mit den Füßen. „Vor ein paar Tagen habe ich Ihnen doch erzählt, dass ich mit einigen Männern aus meinem Dorf den Karpfenteich des Barons von Oorde vergrößert hatte. Die Geschichte ist jedoch noch nicht zu Ende. Wenn Sie gestatten, erzähle ich Ihnen jetzt die Fortsetzung.“

Natürlich waren wir alle damit einverstanden und Holz begann. „Einige Wochen nachdem wir die Arbeiten an dem Karpfenteich beendet hatten, bestellte mich Baron von Oorde zu sich. ‚Holz‘, sagte er, als ich vor seinem Schreibtisch stand, ‚ich bin zufrieden mit Ihnen. Ich möchte deshalb, dass Sie noch einige Arbeiten für mich erledigen.‘ ‚Jawohl, Herr Baron‘,

SILVESTER
High scool

antwortete ich. Dann gab er mir ein Blatt Papier und sagte: ‚Sehen Sie sich den Plan an. Ich möchte, dass Sie kreisförmig um den Teich einen Weg anlegen, der ihn an den Ecken berührt. Um den Weg und den Teich ziehen sie einen zwei Meter hohen Maschendrahtzaum, denn ich möchte nicht, dass jeder aus dem Dorf heimlich meine Karpfen fischt. Der Zaun soll parallel zu den Seiten des Teiches verlaufen und an vier Stellen den Weg berühren. Und dann rechnen Sie mir noch aus, wie viel Hektar Sie umzäunen. Alles klar?' ‚Jawohl, Herr Baron.' Leider war mir keineswegs alles klar. Ich wusste zwar, dass der Teich eine Größe von einem halben Hektar hatte, aber ich hatte keine Vorstellung davon, wie groß die umzäunte Fläche werden würde." Holz machte eine kleine Pause. Dann fragte er: „Wissen Sie es?"

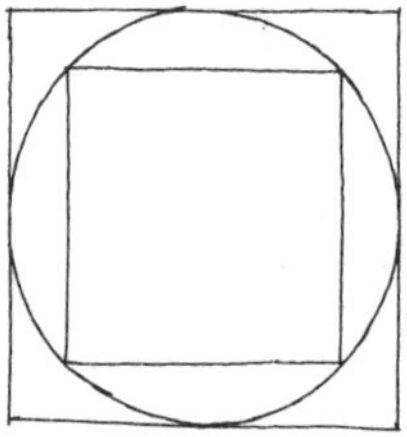

„Vor dem Krieg bin eine Zeit lang auf einem Seelenverkäufer durch die Südsee geschippert", begann Gale. „Eines Tages gingen wir vor der Insel Titiwu vor Anker. Dies ist die wohl seltsamste Insel, die es zwischen Nord- und Südpol gibt. Jeder der Insulaner, ob Mann oder Frau, ob Greis oder Säugling ist vom Scheitel bis zur Sohle tätowiert. Obwohl nur einige hundert Menschen auf der Insel leben, gibt es dort drei verschiedene Religionen. In der ersten wird der Sonnengöttin Malbua verehrt, in der zweiten die Mondgöttin Landua und in der dritten die Erdgöttin Garua. Jeder Bewohner von Titiwu glaubt fest an eine der drei Göttinnen, und hält gleichzeitig die Verehrung der beiden anderen Göttinnen für den schwärzesten Aberglauben. Aber das Unglaublichste ist, jeder der Insulaner sagt entweder immer die Wahrheit oder er sagt immer die Unwahrheit."

Holz unterbrach ihn und sagte: „Von dieser Insel habe ich noch nie etwas gehört.“ Man sah ihm an, dass er Gale nicht glaubte. Auch ich war mir sicher, dass Gale Seemannsgarn sponn.

Gale ließ sich aber nicht beirren und fuhr fort: „Wir lagen mehrere Tage vor Anker, weil das Schiff beladen werden musste. Unser Kapitän interessierte sich sehr für Gewohnheiten fremder Völker. Deshalb schickte er mich und noch zwei andere Matrosen los, um jedem Bewohner von Titiwu drei Fragen zu stellen. Nämlich: ‚Glaubst du an Malbua?‘, ‚Glaubst du an Landua?‘ und ‚Glaubst du an Garua?‘. Als wir unsere Umfrageergebnisse zusammenrechneten, stellte sich heraus, dass sechzig Prozent der Insulaner die erste Frage mit ‚ja‘, vierzig Prozent die zweite Frage mit ‚ja‘ und dreißig Prozent die dritte Frage mit ‚ja‘ beantwortet hatten. Unser Kapitän war zufrieden. ‚Nun weiß ich, wie viel Prozent der Bevölkerung Lügner sind‘, meinte er. Wissen Sie es auch?“

„Sie werden sicherlich schon bemerkt haben, dass ich gerne Schach spiele“, sagte Heiner. „Darum hat auch das Rätsel, das ich Ihnen gleich stellen werde, wieder einmal mit Schach zu tun.“ Als ich die Augenbrauen hochzog, sagte er beruhigend zu mir: „Keine Sorge, du musst nicht noch weitere Schachregeln lernen.“ Dann wandte er sich wieder an die gesamte Tafelrunde und fuhr fort: „Als Sechsjähriger habe ich von meinem Vater ein billiges Schachbrett mit Figuren geschenkt bekommen. Er erklärte mir die Regel und übte wochenlang das Spiel mit mir. Nach einiger Zeit wurde ich ein ganz passabler Schachspieler, und als Achtjähriger konnte ich es durchaus mit Erwachsenen aufnehmen. Die Figuren meines Spiel waren nicht geschnitzt, sondern nur auf eine Art Damesteine gedruckt, und ich wünschte mir nichts sehnlicher als ein richtiges Schachspiel mit richtigen Figuren. Doch meine Eltern waren arm, und so traute ich mich nicht, sie darum zu bitten. Eines Abends kam mein Vater freudestrahlend von der Arbeit nach Hause und sagte, er sei befördert worden und werde nun etwas mehr verdienen. Am nächsten Tag ging ich dann mit meinem Wunsch zu ihm hin. ‚Es ist zwar weder Weihnachten, noch hast du Geburtstag, aber du sollst trotzdem eine Chance erhalten, dein Schachspiel zu bekommen', sagte mein Vater. ,Wenn du jetzt drei Partien spielst, immer abwechselnd gegen mich und gegen deine Mutter, und du gewinnst mindestens zwei aufeinanderfolgende Partien, dann schenke ich dir das Brett und die Figuren.' Ich wusste, dass meine Mutter wesentlich besser Schach spielte als mein Vater. Ich fragte mich also, gegen wen ich bei der ersten Partie antreten sollte, um meine Chancen zu optimieren. Wissen Sie es?"

„Wie Sie wissen, bin ich Mathematik- und Erdkundelehrer", sagte Brennecke. „In der Quinta wird an unserer Schule im Mathematikunterricht die Bruchrechnung durchgenommen. Wir üben sie mit unseren Schülern so lange und so gründlich, bis wirklich jeder sie aus dem Effeff beherrscht. Denn ohne Kenntnis der Bruchrechnung ist die Mathematik der nächsten Schuljahre nicht zu verstehen. Doch wenn ich dann in der Untersekunda auf die Bruchrechnung zurückgreifen will, stelle ich jedesmal fest, dass bei vielen Schülern kaum Kenntnisse vorhanden sind. Wenn ich dann die Frage stelle: ,Habt ihr die Bruchrechnung schon gehabt?' bekomme ich jedesmal die Antwort: ,Nein! Nie gehört.' Anfangs habe ich geglaubt, die Schüler wollten mich auf den Arm nehmen, aber inzwischen bin ich mir sicher, dass sie wirklich selbst davon überzeugt sind, die Bruchrechnung nie in der Schule vorher gehört zu haben. Es wird für mich immer ein großes Geheimnis der menschlichen Psyche bleiben, wie so etwas passieren kann. Oder haben Sie vielleicht eine Erklärung dafür?"

Brennecke schien keine Antwort zu erwarten, denn er fuhr fort: „Liebe Elise, meine Herren, ich weiß, Sie sind alle intelligente Menschen und beherrschen die Bruchrechnung noch. Darf ich mir erlauben, trotzdem einen kleinen Test mit Ihnen zu machen?" „Typisch Pauker", dachte ich, und der junge Feldt stöhnte: „Warum habe ich eigentlich die Schule abgebrochen? Hier ist es doch auch nicht besser." Trotzdem erklärten sich alle bereit, den Test mitzumachen.

Brennecke gab jedem von uns ein Blatt Papier und sagte: „Ich brauche nichts weiter zu erläutern. Sie finden alles, was Sie wissen müssen, auf Ihrem Blatt."

Auf den Zetteln stand:

$$\frac{1}{2} + \frac{1}{3} = \frac{5}{6}$$

$$\frac{1}{2} - \frac{1}{3} = \frac{1}{6}$$

$$\frac{1}{2} \cdot \frac{1}{3} = \frac{2}{5}$$

$$\frac{1}{2} : \frac{1}{3} = \frac{2}{3}$$

$$\frac{3-2-1}{4} = 0$$

Auf diesem Blatt sind drei Fehler. Finden Sie sie!

„Madame, meine Herren, darf ich um Ihre Aufmerksamkeit bitten?“ Überraschenderweise blieb Gänzel heute Abend sitzen, als er uns sein Rätsel stellte. „Ich habe eine Schwäche für Zaubertricks und nutze jede Gelegenheit, Vorstellungen von Zauberkünstlern zu besuchen. Leider sind es jedoch nicht viele. Mein größtes Vergnügen ist es dann, heraus zu bekommen, wie die Tricks funktionieren. Ich habe selbst eine gewisse Fingerfertigkeit im Umgang mit Spielkarten. Sie wissen vielleicht, dass man viele Spiele sonst gar nicht gewinnen kann.“ Gänzel grinste anzüglich, und Frau Brennecke brummelte etwas, was ich nicht verstand, das aber nicht sehr freundlich klang. „Deshalb beobachte ich immer die Hände der Zauberer. Bei vielen Tricks wird einfach nur die Aufmerksamkeit der Zuschauer abgelenkt und dann blitzschnell etwas verschwinden gelassen oder hervorgeholt. Ich möchte Ihnen heute einen kleinen Trick zeigen, bei dem ich ein Quadrat aus dem Nichts hervorzaubern werde.“

Gänzel nahm ein Stück Pappe und zeigte es herum. „Dieses Pappquadrat ist in acht mal acht, also in vierundsechzig Quadrate unterteilt. Ich werde es nun zerschneiden.“ Er nahm eine Schere aus seiner Jackentasche und zerschnitt die Pappe in vier Stücke. Dann sagte er mit großartiger Geste. „Nun schauen Sie bitte alle einmal her!“ Er ordnete die vier Teile etwas anders an, so dass sie ein Rechteck ergaben. „Madame, dürfte ich Sie bitten, die Quadrate zu zählen?“

Frau Brennecke sah ihn böse an, begann aber trotzdem die Quadrate laut zu zählen. Es waren 65. Sie zählte noch einmal nach und erhielt wieder 65. Nun erhob sich Gänzel doch noch und fragte: „Madame, meine Herren, woher kommt das fünfundsechzigste Quadrat?“

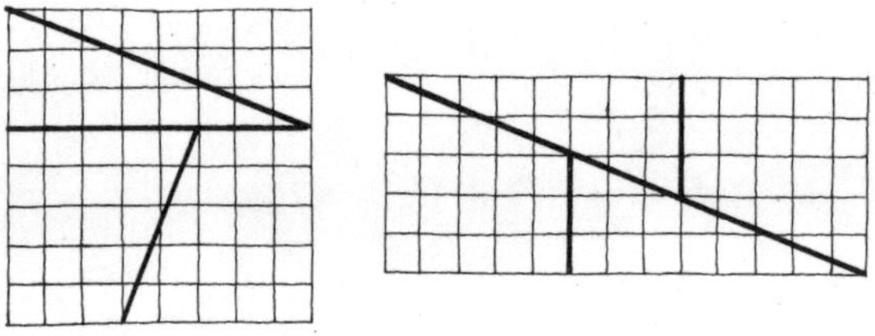

Unsere Reise sollte bald zu Ende sein, und wir hatten uns inzwischen etliche Dutzende von Denksportaufgaben gestellt. Mir fiel es immer schwerer, mich an ein Problem zu erinnern, das bisher noch nicht gestellt worden war, oder mir sogar ein neues auszudenken. Den ganzen Tag über hatte ich nachgedacht. Am späten Nachmittag sah ich dann einen Matrosen, der ein langes Stromkabel über das Deck zog. Da fiel mir plötzlich wieder ein Erlebnis ein, das ich vor einiger Zeit hatte.
„Als ich morgens zum Einkaufen gehen wollte und die Haustür verließ, hoben Arbeiter entlang der Straße auf dem Gehweg einen schmaler Graben aus. In der Nähe stand ein Mann in Anzug und Krawatte, der einen großen Bogen Papier studierte, den er auf einer Bank ausgebreitet hatte. Ich trat zu dem Mann hin und fragte ihn: ‚Was passiert denn hier?‘ ‚Wir verlegen in Ihrer Straße eine Gasleitung. Sie können Ihre Kohlen verkaufen. Ab dem nächsten Monat können Sie mit Gas kochen und heizen.‘ Er erklärte mir, dass er Ingenieur sei und dafür verantwortlich, dass die Leitungen richtig verlegt würden. ‚Sie glauben gar nicht, wie viele Vorschriften es dabei zu beachten gilt. Gasleitungen und Stromkabel dürfen sich nicht zu nahe kommen, Wasserleitungen und Gasleitungen dürfen nicht direkt nebeneinander verlegt werden, die Rohre müssen entweder genau parallel oder genau senkrecht zu den Straßen verlaufen.

Manchmal scheint es unmöglich zu sein, überhaupt eine Streckenführung für die Leitungen zu finden.‘ Dann erzählte er mir, unter seinen Kollegen würde folgendes Problem kursieren: Es gibt ein Gas-, ein Wasser- und ein Elektrizitätswerk und drei Häuser.“ Ich skizzierte auf einem Zettel die sechs Gebäude. „Von jedem der Versorgungswerke soll je eine Leitung zu jedem Haus gezogen werden. Die Leitung dürfen auf beliebig langen und komplizierten Wegen verlaufen, sie dürfen sich nur nicht kreuzen. Wie müssen sie verlaufen?“

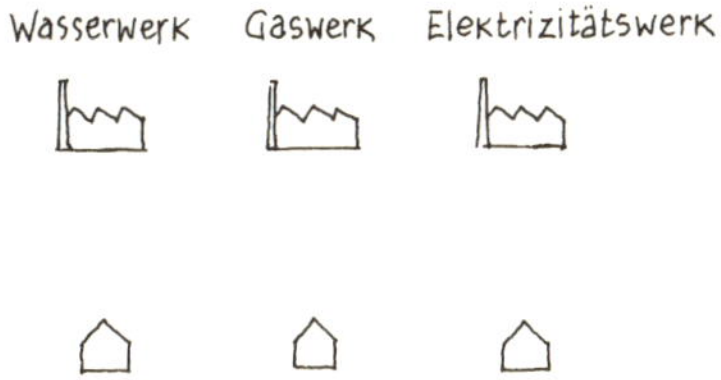

„Eines Tages kam eine alte, sehr zerbrechlich wirkende Frau in unsere Werkstatt“, begann Alfred. „Sie sprach kurz mit dem Meister und kam dann an meine Werkbank. Sehr umständlich erzählte sie mir, sie wohne im vierten Stock eines Mietshauses, das noch viele Kriegsschäden habe. Zwischendurch schweifte sie immer wieder ab. Sie zeigte mir sogar Fotos von ihren Enkelkindern.“

„Ach, wie nett“, warf Frau Brennecke ein.

„Ich glaube, mein Meister war anderer Ansicht. Er blickte ständig zu uns herüber und machte Handbewegungen, die bedeuteten, dass ich dafür sorgen sollte, dass die alte Frau endlich die Werkstatt verließ. Behutsam lenkte ich sie wieder auf den eigentlichen Grund ihres Besuches. ‚Mein Wohnzimmer ist nur durch eine Bretterwand vom Flur abgetrennt‘, erzählte sie. ‚Und in dieser Wand ist ein Loch, durch das es fürchterlich zieht.‘ Dann kam sie auf ihr Rheuma zu sprechen. Vorsichtig unterbrach ich sie und fragte: ‚Und das Loch möchten Sie verschließen?‘ ‚Ja, genau‘, antwortete sie. ‚Ich habe es abgemessen. Es ist dreieckig, und die Seiten sind …‘ Erschrocken hielt sie sich die Hand vor den Mund. ‚Jesus, Maria! Jetzt habe ich ganz vergessen, wie lang sie sind.‘ Sie überlegte einen Moment und

sagte dann: ‚Etwas fällt mir wieder ein: Die längste Seite war zwanzig Zentimeter lang.' Ich sagte: ‚Ich säge Ihnen ein dreieckiges Brett zurecht, bei dem alle Seiten etwas länger als zwanzig Zentimeter sind. Das können sie vor das Loch nageln. Es deckt es auf jeden Fall ab.' Die Frau war damit einverstanden, aber mir kamen später Bedenken. Kann man wirklich immer ein dreieckiges Loch mit einem dreieckigen Brett vollständig abdecken, wenn die drei Brettseiten alle länger sind als die längste Lochseite?"

„Im letzten Sommer, als ich ein paar Tage Urlaub hatte, ging ich jeden Tag in den Stadtpark und legte mich dort auf dem Rasen in die in Sonne. Für eine Urlaubsreise ans Mittelmeer oder gar nach Übersee reichten meine Ersparnisse noch nicht und einen eigenen Garten, in den ich gehen konnte, besitze ich nicht." Oskamp war der Vorletzte, der an diesem Abend sein Rätsel erzählte. „Eines Tages, als ich am Vorabend spät ins Bett gegangen war, bin ich in der prallen Mittagssonne eingeschlafen. Als ich wieder wach wurde, stand die Sonne schon ziemlich tief. Mein Blick fiel auf einen Sandsteinwürfel, der einen halben Meter vor mir auf dem Boden lag. Er war ursprünglich einmal Teil einer Sonnenuhr gewesen, denn ich sah noch eingeritzte Zifferblätter auf den Seitenflächen. Die Schattenwerfer fehlten allerdings, und die kleine Säule, die den Würfel wohl einmal getragen hatte, lag in drei Teile zerborsten in einiger Entfernung. Als ich genauer auf den Würfel blickte, sah ich zwei Marienkäfer, die auf zwei sich diagonal gegenüberliegenden Ecken saßen. Es sah etwa so aus."

Oskamp nahm Bleistift und Papier und skizzierte die Situation. „Plötzlich begann der Käfer, der auf der unteren Ecke saß, entlang der Würfelkante nach oben zu krabbeln und dann diagonal über die obere Quadratfläche zu dem zweiten Käfer hin. Als er ihn erreicht hatte, breiteten beide ihre Flügel aus und flogen gemeinsam davon. Ich war verblüfft darüber, dass der erste Käfer, obwohl er den zweiten gar nicht sehen konnte, doch den kürzesten Weg zu ihm hin gekrabbelt war. Doch nach einiger Zeit kamen mir Zweifel. Hatte er eigentlich tatsächlich den kürzesten Weg genommen oder hätte es einen kürzeren gegeben? Was meinen Sie?"

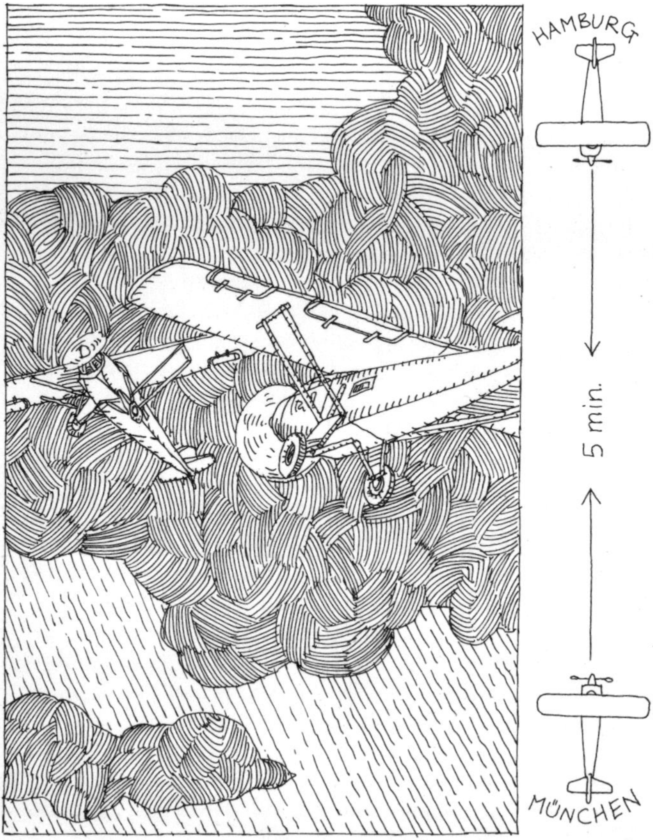
HAMBURG
5 min.
MÜNCHEN

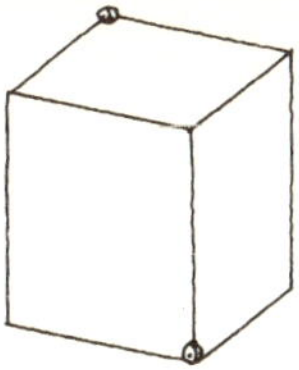

„Nun fehlt nur noch meine Aufgabe, dann haben wir unsere Rätselrunde für heute vollständig", sagte Feldt. „Ich möchte Ihnen eine kleine Geschichte von meinem Vetter Bernhard erzählen. Bernhard ist zehn Jahre älter als ich und fliegt ein Postflugzeug auf der Route Hamburg-München. Vor einiger Zeit hatte er einen Beinahe-Zusammenstoß mit einem entgegenkommenden Postflugzeug, der ihn noch monatelang nachts schlecht schlafen ließ. ‚Ich startete morgens um acht bei guter Sicht in Hamburg-Fuhlsbüttel und machte mich auf den 780 Kilometer langen Weg nach München. Den ganzen Flug über hielt ich die Geschwindigkeit auf 125 Kilometer pro Stunde', erzählte Bernhard mir. ‚Wie ich anderentags gehört habe, stieg vierzig Minuten später als ich in München mein Kollege Dietz auf und flog mit einer konstanten Geschwindigkeit von 115 Kilometern pro Stunde in Richtung Hamburg. Auch er hatte bestes Flugwetter. Nach und nach wurde das Wetter immer schlechter und die Sichtweite immer geringer. Aber ich hielt es trotzdem die ganze Zeit über für vertretbar, nicht zu landen, sondern weiterzufliegen. Dietz ging es genauso. Plötzlich sah ich direkt vor mir sein Flugzeug auftauchen. Es war von einem Moment auf den anderen einfach da! Reflexartig riss ich die Maschine nach rechts. Gott sei Dank hatte Dietz genau so schnell reagiert und sein Flugzeug zur anderen Seite gelenkt. Doch ich hatte das Gefühl, unsere Tragflächenenden wären sich bis auf einige Millimeter nah gekommen. Bei klarer Sicht wäre das nicht passiert. Wir hätten uns schon fünf Minuten vorher gesehen.'"

„Wie weit waren die beiden Flugzeuge denn fünf Minuten vor dem Beinahe-Zusammenstoß voneinander entfernt?", unterbrach ich ihn. „Genau das ist das Rätsel, das ich Ihnen stellen wollte", antwortete Feldt.

Donnerstag, den 18. August 1949

Alles was man zum Leben auf der Springburn braucht, kann man beim Smutje kaufen: Schokolade, Zigaretten, Bier, Schreibzeug, Seife, Wäsche und noch tausend Dinge mehr. Aber man kann auch vieles bei ihm borgen. Natürlich nicht umsonst. Doch die Gebühr beträgt in der Regel nur wenige Pfennige. Ich habe mir während dieser Reise einige Male Bücher ausgeliehen. Der Smutje hat fast nur Groschenromane in seinen Regale liegen, aber auch einige Krimis von Edgar Wallace, die ich ganz gerne lese.

Da unsere Reise morgen zu Ende gehen soll, brachte ich am Nachmittag die Bücher zurück. Als ich in die Kombüse kam, saßen in ausgelassener Stimmung der Smutje und Gale am Tisch. Vor ihnen standen zwei Tassen. „Trinken Sie eine Tasse mit?", fragte der Smutje. Da ich mich langweilte, war ich für alles dankbar, was mir half, die Zeit zu vertreiben. „Ja, gerne", sagte ich also und setzte mich hin. Der Smutje ging in seine Vorratskammer und kam mit einer Tasse zurück, die er vor mir auf den Tisch stellte. Sie enthielt eine wasserklare Flüssigkeit. „Was ist das?", fragte ich. „Kaffee", antwortete der Smutje, ohne eine Miene zu verziehen. Vorsichtig nippte ich an meiner Tasse. Sie enthielt Gin. „Nun trink schon, Mann, besseren Kaffee gibt's auf diesem Pott nicht", ermunterte mich der Smutje.

Es wurde ein netter Nachmittag. Ich trank noch eine zweite Tasse „Kaffee" und Gale und der Smutje noch vier. Wie viele Tassen die beiden schon geleert hatten, bevor ich kam, weiß ich nicht. Doch schien der Alkohol ihnen nichts auszumachen.

Kurz vor sechs warf uns der Smutje aus der Kombüse. „Raus mit euch beiden. Ich muss kochen."

Als wir auf das Deck traten, blinzelte Gale in die Sonne. Dann zeigte er auf einige kleine dunkle Punkte am Westhimmel. „Möwen", sagte er. „Spätestens morgen Mittag sind wir in New York."

Auch den letzten Abend in der Mannschaftsmesse verkürzten meine neun Reisegefährten und ich uns durch Denksportaufgaben.

„Ich wurde noch im letzten Kriegsjahr Soldat und in die Eifel geschickt“, erzählte Berstelmann. „Kurz bevor ich eingezogen wurde, hatte ich ein Mädchen kennengelernt und mich bis über beide Ohren verliebt. Wir schworen uns ewige Treue. Doch die Ewigkeit dauerte nur sechs Wochen. In dieser Zeit schickte sie mir zwei Feldpostkarten an die Front. Auf der ersten stand ein Liebesbrief und jeder Quadratmillimeter der Karte war beschrieben. Auf der zweiten teilte sie mir mit einem Satz mit, dass es aus sei mit uns und sie jemand anderen kennengelernt habe.“ Heiner grinste. „Heute kann ich darüber lachen, aber damals war mir hundeelend zumute. Meine Stubenkameraden versuchten mich zu trösten, aber es half nichts. Ich wollte die beiden Karten schon ins Feuer werfen, als mich Erwin zurückhielt. ‚Gibt mir mal die Karten‘, sagte er, ‚ich zeige dir ein hübsches Rätsel damit.‘ Erwins Rätsel war wirklich interessant, und es hat mich für einige Minuten auf andere Gedanken gebracht. Ich habe die beiden Karten immer noch, und zeige das Rätsel damit gelegentlich in geselligen Runden. Ich möchte es auch Ihnen heute Abend vorstellen.“

Heiner nahm zwei Postkarten aus seiner Jackentasche und hielt sie hoch. „Schauen Sie, die beiden Karten sind exakt gleich groß.“ Dann legte er sie so aufeinander, dass eine der beiden langen Seiten der oberen Karte von einer Ecke der unteren Karte quer über ihre Fläche bis zu einer ihren langen Seiten verlief. Anschließend fragte er uns: „Verdeckt die obere Karte mehr oder weniger als die Hälfte der unteren Karte?“

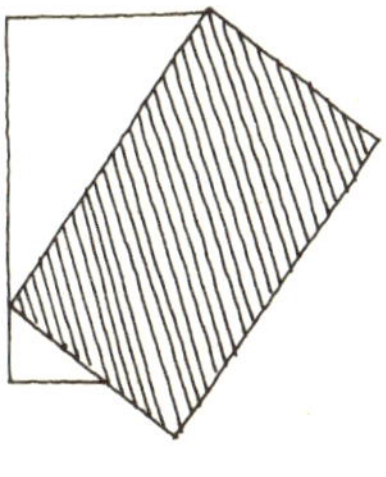

„Wie Sie wissen, bin ich Mathematiklehrer“, begann Brennecke. Er eröffnete seine Rätsel beinahe jeden Abend damit, dass er auf seinen Beruf hinwies. „Die meisten Mathematiker haben,

Ich bin Hanna!
Ich bin Hans!

was ihre Wissenschaft angeht, ein sehr ausgeprägtes Gefühl für Ästhetik. Sie empfinden einen mathematischen Beweis oder den Lösungsweg eines Problems nur dann als schön, wenn er einfach ist. Deshalb suchen viele Mathematiker selbst von schon längst gelösten Problemen nach einfacheren und damit schöneren Lösungen. Und deshalb findet man so viele einfache Beweise in der Mathematik."

„Mein Schatz, nun übertreibst du aber doch ein wenig", unterbrach ihn seine Frau. „Ich habe die Mathematik immer als sehr schwer empfunden und so gut wie nie einfache Beweise gesehen."

„Naja, vielleicht habe ich es etwas überspitzt formuliert", gab Brennecke zu. „Aber es ist wahr, dass in der Mathematik immer nach den einfachen und eleganten Lösungen gesucht wird. Und gerade diese sind oft am schwersten zu finden. Wir Menschen denken oft viel zu kompliziert und übersehen die Lösungen, die einem eigentlich direkt ins Auge springen müssten. Ich will Ihnen ein Beispiel zeigen, das ich auch immer meinen Schülern geben."

Brennecke nahm einen Zettel und schrieb darauf die Zahlen 2 und 3 mit einer kleinen Lücke dazwischen.

2 3

Dann fragte er: „Welches mathematische Symbol muss man zwischen die beiden Zahlen setzen, damit das Ergebnis größer ist als 2, aber kleiner als 3? Sie dürfen natürlich kein neues Symbol erfinden."

Eine Zeitlang schwiegen alle, dann räusperte sich Frau Brennecke und sagte: „Wenn Sie gestatten, meine Herren, möchte ich Ihnen jetzt mein letztes Rätsel dieser Reise stellen." Sie schwieg einen Augenblick und fuhr dann fort: „Wie Sie wissen, habe ich, bevor wir heirateten, in einem Kindergarten gearbeitet. Kurz vor Ostern verließen uns immer die großen Kinder, die eingeschult wurden und kurz nach Ostern kamen dann die kleinen Drei- und Vierjährigen das erste Mal zu uns.

Im letzten Jahr brachte uns eine Mutter nach Ostern gleich zwei Kinder. ‚Dies sind meine beiden Zwillinge Hans und Hanna', sagte sie. Dann ermahnte sie die Kinder, sich ordentlich zu benehmen und verschwand. Hans und Hanna hatten beide kurzes Haar und trugen Hosen, und es war nicht zu erkennen, wer das Mädchen und wer der Junge war. Trotzdem hatten sie keinerlei Ähnlichkeit. Ein Kind war blond und das Gesicht war von Sommersprossen übersät, und das andere hatte schwarzes Haar und eine blasse reine Haut.

Normalerweise komme ich mit allen Kindern gut aus, aber diese Zwillingen trieben mich zur Verzweiflung. Was immer ich auch sagte oder vorschlug, die beiden waren dagegen. Als alle Kinder auf dem Hof Ball spielten, saßen Hans und Hanna auf einer Bank und starrten in den Himmel. ‚Na, ihr beiden, wollt ihr nicht mitspielen?', fragte ich. ‚Nein, Ballspielen ist blöd', antwortete das schwarzhaarige Kind. ‚Wer von euch ist denn Hanna und wer ist Hans?", fragte ich dann. ‚Ich bin Hanna', sagte das blonde Kind. ‚Und ich bin Hans', meinte das schwarzhaarige. In diesem Augenblick kam ein größeres Kind vorbei, das die Zwillinge kannte und die Antworten gehört hatte. ‚Mindestens eines der beiden Kinder hat gelogen', rief es mir zu und rannte weiter. So, meine Herren, können Sie mir sagen, welche Haarfarbe das Mädchen hatte?"

Der alte Holz scharrte mit den Füßen. Jeder von uns kannte inzwischen seine Angewohnheit und alle blickten ihn an. „Wenn ich Ihnen jetzt vielleicht meine letzte Knobelei vorstellen darf?", fragte er vorsichtig wie immer.

„Nur zu!", forderte ihn Oskamp für uns alle auf.

„Sie kennen doch alle diese Bildkärtchen, die es in Zuckertüten und Haferflockenpaketen gibt?", fragte er. „Meinen Sie die Sammelbilder für Kinder?", sagte Frau Brennecke. „Ja, genau." Holz errötete leicht. „Ich muss zugeben, ich habe sie jahrelang gesammelt." Die meisten von uns gestanden nun, dass sie diese Bildchen auf nie fortgeworfen hätten. Dann fuhr der alte Holz fort: „Einmal fand ich in einer Haferflockenschachtel kein Sammelbild, sondern ein kleines Quadrat aus festem Karton, das in vier verschiedenfarbige, genau deckungsgleiche Flächen unterteilt war. Außerdem war folgender Text auf das Kärtchen gedruckt: ‚Zerschneide das Quadrat in seine vier gleichen Stücke und lege diese anschließend wieder zu zwei Quadraten zusammen.'" Holz holte ein quadratisches Stück Pappe und eine Schere unter dem Tisch hervor. „Da Sie erfahrene Knobler sind, möchte ich für Sie die Aufgabe etwas schwerer machen. In dieses Quadrat sind noch keine Schnittlinien gezeichnet worden. Versuchen Sie bitte, es so in vier deckungsgleiche Teile zu zerschneiden, dass Sie anschließend daraus gleichzeitig zwei verschieden große Quadrate legen können. Für diese beiden Quadrate müssen alle vier Teile verwendet werden."

„Mein letztes Rätsel dieser Reise handelt wieder einmal von meinem Beruf. Ich hoffe, ich falle Ihnen damit noch nicht auf die Nerven", sagte Alfred. „In unserer Tischlerei haben wir alles hergestellt, was sich aus Holz machen lässt: Möbel, Kisten und Särge, aber vor allem jedoch Fenster und Türen. Am liebsten entwerfe und baue ich Möbel. Wenn Kunden in die Werkstatt kamen, die Geld genug hatten und einen besonderen Schrank oder Schreibtisch suchten, durfte ich meistens die Arbeit machen. In der Regel war ich mehrere Wochen damit beschäftigt, und das Möbelstück wurde natürlich sehr teuer, aber die Kunden erhielten dafür auch ein Kunstwerk."

Man sah an Alfreds leuchtenden Augen, wie stolz er auf seine Arbeit war und wie sehr er sich dafür begeistern konnte. Niemand nahm es ihm deshalb übel, dass er ein wenig angab.

„Meistens aber musste ich Türen, Zargen oder Fenster bauen. Eine ziemlich langweilige, immer gleiche Arbeit", fuhr Alfred fort. „Eines Tages aber kam mein Meister zu mir und sagte: ‚Gestern war Doktor Hand bei mir. Er hat ein Fenster bestellt, dessen vier Seiten alle einen Meter lang sein müssen, und das durch Querstreben in acht einzelne Scheiben unterteilt werden soll. Und jede Scheibe soll eine Kantenlänge von einem halben Meter haben.' Der Meister kratzte sich am Kopf und meinte: ‚Mir erscheint das unmöglich.' Ich dachte einen Moment nach und sagte dann: ‚Ich mach das schon, Meister.' Nehmen Sie einmal an, meine Herrschaften, die Breite der Streben sei vernachlässigbar klein, wie müsste das Fenster dann aussehen?"

„Von meinem Mathematiklehrer Lämpel am Gymnasium habe ich Ihnen in den letzten Tagen schon erzählt", begann der

junge Feldt, „Sein Steckenpferd waren die Folgen und die Reihen. Lämpel predigte uns fast jeden Tag: ‚Mit Folgen und Reihen kann man fast alles in der Mathematik definieren, beweisen und berechnen.'"

„Naja", warf Brennecke ein. „Man kann zwar vieles damit machen, aber ich glaube, Ihr Lehrer hat doch ein wenig übertrieben."

„Ich muss gestehen, dass ich leider nicht weiß, wovon Sie eigentlich reden. Kann mir vielleicht einer von Ihnen beiden verraten, was Folgen und Reihen sind?", sagte Holz.

Feldt antwortete: „Wenn ich es richtig behalten habe, ist eine Folge nichts anderes als einfach eine Kette von Zahlen, die eine bestimmte Reihenfolge haben. Reihen sind so etwas ähnliches, aber was genau, habe ich leider vergessen." Brennecke wollte zu einer Erklärung ausholen, doch Feldt sprach schnell weiter: „Für das Rätsel, das ich Ihnen heute stellen möchte, spielen die Reihen auch gar keine Rolle. Mein Freund Heinrich, der immer zu einem Scherz bereit war, sagte eines Tages zu Lämpel: ‚Herr Doktor, ich habe hier eine Folge. Können Sie mir vielleicht bitte sagen, nach welcher Regel sie aufgebaut ist, und welches die nächsten Zahlen der Folge sind?' Lämpel konnte es nicht, so sehr er es auch versuchte."

Feldt schrieb nun einige Zahlen auf einen Zettel und legte ihn in die Tischmitte. „Sind Sie erfolgreicher als mein alter Mathematiklehrer?"

1, 8, 11, 69, 88, 96, 101, 111, ...

Nun stellte ich unserer Tafelrunde meine letzte Knobelei. „Ich habe mich schon manches Mal gefragt", sagte ich, „worin eigentlich der Unterschied liegt zwischen einer gewöhnlichen Rechenaufgabe, wie man sie in der Schule aufbekommt, und einer Denksportaufgabe. Keine Antwort, die ich darauf gefunden habe, hat mich richtig zufriedengestellt."

„Ich glaube, der wesentliche Unterschied ist, dass eine Rechenaufgabe aus der Schule etwas Nützliches und Zweckgebundenes ist, während eine Denksportaufgabe meistens in eine hübsche Geschichte gekleidet ist, und das Suchen der Lösung ihr einziger Zweck ist, während die Lösung selbst ohne Nutzen ist", meinte der junge Feldt.

„Der Weg ist das Ziel", ergänzte Brennecke nachdenklich. Ich fand Feldts und Brenneckes Definition der Denksportaufgabe recht gut gelungen, und sagte das auch. Nachdem die anderen ebenfalls eine Zeitlang über den Unterschied zwischen Rechen- und Denksportaufgabe diskutiert hatten, sagte ich: „Eigentlich wollte ich Ihnen eine Knobelei stellen. Nach unserer Definition dürfte sie im Grenzbereich zwischen Rechnen und Knobeln liegen. Ich finde sie aber trotzdem sehr hübsch. Also: Ein Müller nimmt von den Bauern, die ihm ihr Korn zum Mahlen bringen, ein Zehntel des Mehls als Lohn für seine Arbeit. Wie viel Korn wurde dem Müller gebracht, wenn der Bauer nach Abzug des Lohns einen Zentner Mehl bekommt?"

„Im Norden von Nantucket liegt die Ruine eines alten Forts", sagte Gale. „Es steht einsam auf einem Felsen direkt an der Küste, und Erwachsene verirrten sich, als ich ein Kind war, nie dorthin. Die Decken waren zum größten Teil eingestürzt, die Wände bemoost, und in den Räumen wuchsen Bäume. Es war also der ideale Spielplatz aller Jungen unseres Dorfes."

Ich hatte Gale für einen nüchternen und völlig emotionslosen Menschen gehalten, und war deshalb ganz überrascht, als er bei der Erinnerung an seine Kindheit wehmütig seufzte. „Wir haben dort herrlichen Schachten ausgetragen: Weiße haben gegen Rothäute gekämpft, die Nordstaaten gegen die Südstaaten und Seeleute gegen Piraten. Manchmal war unser Fort die Insel von Robinson Crusoe und dann wieder das Muskrat-Kastell von Tom Hutter. Eines Tages, als wir Jungen alle im Königssaal waren, dem einzigen Raum mit einer noch vollständigen Decke, sagte Martin Johnson so uns: ‚Das Fort hat fünf Räume und sechzehn Türen und Fenster. Wer es als erster schafft, von hier aus einmal durch jede Tür zu gehen und durch jedes Fenster zu kriechen, soll heute unser König sein. Ihr dürft aber nur ein einziges Mal jede Tür und jedes Fenster passieren, und es ist verboten, über die Wände zu klettern.'"

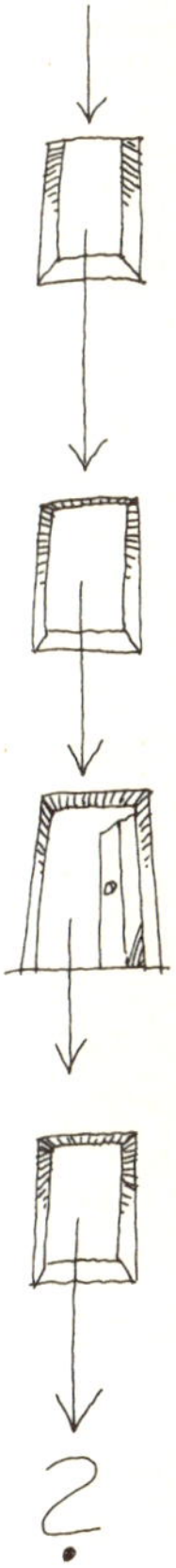

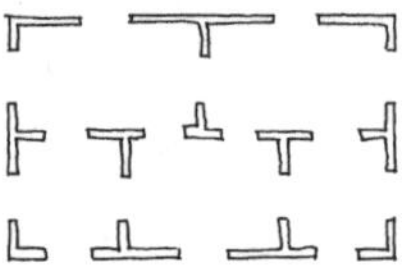

Gale nahm Papier und Bleistift und skizzierte den Grundriss des Forts. „Das Fort sah etwa so aus. Ich kann mich nicht mehr daran erinnern, ob jemand König wurde und wer es war. Gelingt es Ihnen, einen Rundweg durch alle Türen und Fenster des Forts zu finden?“

„Um meine Rechenkünste ist es, wie Sie wissen, nicht allzu gut bestellt“, begann Oskamp, „und Werner, unser Lehrling, wusste dies ganz genau. Ständig piesackte er mich mit Fragen wie ‚Herr Oskamp, können Sie mir vielleicht einmal sagen, wie man drei Prozent Skonto von siebenundneunzig Mark ausrechnet?‘ oder ‚Herr Oskamp, helfen Sie mir doch bitte weiter: Wenn hundert M5-Schrauben dreißig Pfennig kosten, wie viel kosten dann achtzehn M5-Schrauben?‘ Wenn ich dann mit viel Mühe die Aufgaben gelöst hatte, lachte Werner nur und sagte: ‚Es hat mir zu lange gedauert, ich hab’s doch lieber selbst schnell ausgerechnet.‘“

Feldt unterbrach ihn. „Ich hätte mich an Ihrer Stelle gar nicht mehr auf solche Fragen eingelassen.“

„Tja“, meinte Oskamp nachdenklich. „Ich verstehe mich da auch selbst nicht. Obwohl ich genau wusste, dass Werner sich nur auf meine Kosten amüsieren wollte, fiel ich doch ständig wieder auf ihn herein. Aber einmal ist es mir gelungen, den Spieß umzudrehen.“ Oskamp musste bei der Erinnerung lachen. „Ich sagte: ‚Werner, du kannst doch besser Kopfrechnen als ich.‘ ‚Klar, Herr Oskamp‘, sagte er selbstbewusst. ‚Dann rechne mal so schnell du kannst
$20 \times 19 \times 18 \times 17 \times 16 \times 15 \times 14 \times 13 \times 12 \times 11 \times 10 \times 9 \times 8 \times 7 \times 6 \times 5 \times 4 \times 3 \times 2 \times 1 \times 0$
aus.‘ Im Kopf konnte Werner es nicht, und mit Bleistift und Papier brauchte er noch über zwanzig Minuten dazu. Und als er mir sein Ergebnis nannte, und ich dabei grinste, sah er mich wütend an. Meine Herrschaften, können Sie es schneller als Werner?“

Gänzel stand wie immer auf und sagte: „Madame, meine Herren! Ich habe vor neun Tagen das erste Rätsel in unserer Runde erzählt. Neunundneunzig Probleme haben wir inzwischen gelöst, und nun habe ich die Ehre, Ihnen das hundertste und letzte zu stellen."

Ich dachte bei mir: „Gott sei Dank, danach muss ich den Kerl nicht mehr ertragen!" Gänzel grinste in die Runde und fuhr dann fort: „Die meisten Knobeleien, die ich kenne, habe ich in Kneipen beim Bier kennengelernt und für viele benötigt man als Utensilien deshalb auch die in Kneipen greifbaren Dinge wie Streichhölzer, Münzen, Gläser oder Bierdeckel. So auch für dieses, das ich Ihnen jetzt zeigen möchte. Ich saß eines Abends alleine in einem Wirtshaus an der Theke und wartete auf einen Bekannten. Aus Langeweile spielte ich mit einigen Bierdeckeln herum. Auf den kreisrunden Deckeln war der Mittelpunkt durch einen roten Punkt markiert und darum herum war der Werbespruch einer Brauerei zu lesen." Gänzel setzte sich und malte fünf Kreise auf ein Blatt Papier. „Ich hatte die Deckel so wie hier in der Skizze auf der Theke angeordnet, als der Wirt im Vorbeigehen einen Schreibblock darauf legte. Mir fiel auf, dass der Rand genau über den Mittelpunkt des unteren linken Kreises lief und etwa die Hälfte der Gesamtfläche der Bierdeckel abdeckte. Madame, meine Herren, nun frage ich Sie, wie muss eine gerade Trennlinie verlaufen, die durch den Mittelpunkt des linken, unteren Kreises läuft und die Deckel so teilt, dass die Kreisflächenteile auf der einen und auf der anderen Seite der Linie jeweils zusammen gleich groß sind?"

Freitag, den 19. August 1949

Gale behielt recht. Am späten Vormittag fuhr die Springburn langsam an der Freiheitstatue vorbei. Wir standen alle an der Reling und bestaunten schweigend dieses große Symbol Amerikas. Nur Brennecke musste den Lehrer herauskehren. „Sie ist eine Geschenk des französischen Volkes an das amerikanische", belehrte er uns. Außer Gale hatte sie noch keiner von uns zuvor gesehen, und wir konnten den Blick nicht von ihr abwenden.

Kurze Zeit darauf legten wir im Hafen von New York an. Die Seereise war zu Ende.

Lösungen

Dienstag, den 9. August 1949

1. Aufgabe

Vor und nach den beiden Umfüllungen ist in Herrn Brenneckes Glas und in Frau Brenneckes Glas gleich viel Flüssigkeit. Das bedeutet, der Wein, der in Herrn Brenneckes Glas fehlt, muss in Frau Brenneckes Glas sein. Er ist durch eine gleich große Menge Wasser ersetzt worden, die damit natürlich in Frau Brenneckes Glas fehlt. Es ist also genau so viel Wasser im Wein wie Wein im Wasser.

2. Aufgabe

Ein quadratische Sperrholzplatte in fünf deckungsgleiche Teile zu zersägen, ist eine ausgesprochen simple Angelegenheit. Die Schwierigkeiten entstehen nur dadurch, dass man durch die beiden Beispiele auf eine falsche Fährte gelockt wird und nach komplizierteren Lösungen sucht.

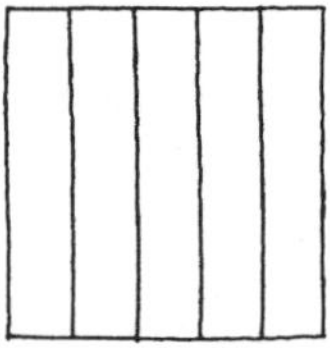

3. Aufgabe

Wenn alle Streichhölzer flach auf dem Tisch liegen sollen, gibt es keine Lösung. Aber das ist ja auch nicht verlangt worden. Baut man aus den sechs Hölzern eine Pyramide, so sind die Seitenflächen die gesuchten vier Dreiecke mit einem Holz Seitenlänge.

4. Aufgabe

Es ist überraschend, aber es reicht aus, nur die drei Eckmünzen zu verschieben, um das Dreieck auf den Kopf zu stellen.

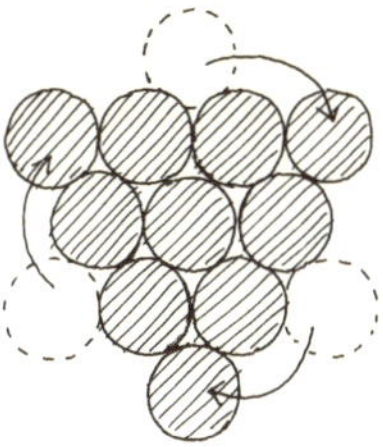

5. Aufgabe

Die Figur enthält verblüffend viele Dreiecke. Um sie möglichst einfach zählen zu können, entfernt man im Gedanken zunächst einmal die Verbindungslinie zwischen den beiden Ecken *A* und *B*.

Jedes Dreieck dieser vereinfachten Figur wird von zwei Linien begrenzt, die in *A* beginnen und von einer, die in *B* beginnt, oder umgekehrt, von zwei Linien, die in *B* beginnen und einer, die in *A* beginnt. Von den fünf von *A* ausgehenden Linien kann man zehn verschiedene Linienpaare bilden. Zusammen mit den fünf Linien, die in *B* beginnen, ergibt dies $5 \cdot 10 = 50$ Dreiecke. Auch aus den Linienpaaren, die von *B* ausgehen, entstehen 50 Dreiecke, so dass man nun insgesamt 100 Dreiecke hat. Jetzt fügt man die zunächst entfernte Linie *AB* wieder ein. Sie bildet mit jeder von *A* ausgehenden Linie und mit jeder von *B* ausgehenden Linie ein Dreieck. Dadurch kommen noch $5 \cdot 5 = 25$ Dreiecke hinzu. Insgesamt enthält die Figur also 125 Dreiecke.

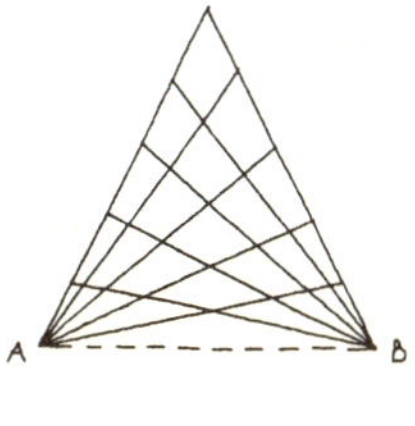

6. Aufgabe

Die seltsame Heirat war nicht unmöglich. Onkel Herbert heiratete 1895. Zwei Jahre später starb seine Frau, und am 29. Februar 1900 heiratete er dann die Schwester seiner ersten Frau. Onkel Herbert starb 1930. Seine zweite Frau überlebte ihn und wurde somit seine Witwe. Folglich heiratete Onkel Herbert bei seiner ersten Hochzeit tatsächlich die Schwester seiner Witwe.

7. Aufgabe

Es sind nicht sieben oder acht Fähren, die man unterwegs trifft. Man vergisst schnell, dass man auch noch Schiffen begegnet, die schon mehrere Tage vor dem eigenen gestartet sind. Am einfachsten sieht man dies an einem Weg-Zeit-Diagramm.

Man kann dort direkt ablesen, dass man unterwegs fünfzehn Fähren trifft, einschließlich der beiden, denen man beim Ab- und Anlegen begegnet.

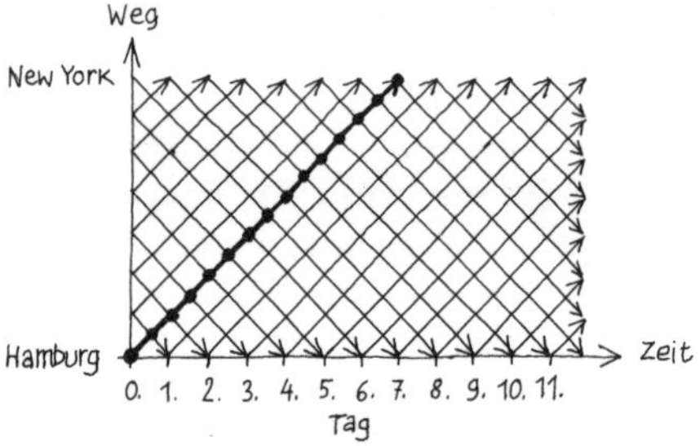

8. Aufgabe

Die Aufforderung die Zahl Elftausendelfhundertundelf mit römischen Ziffern darzustellen soll nur vom eigentlichen Problem ablenken. Die meisten Menschen übersetzen Elftausendelfhundertundelf mit 11111. Gemeint ist aber eine andere Zahl:

elftausend:	11000
elfhundert:	1100
elf:	11
	12111

Mit römischen Ziffern, so wie man sie heute benutzt, stellt man diese Zahl als MMMMMMMMMMMMCXI dar.

9. Aufgabe

Die Symbolreihe ist dadurch entstanden, dass die Ziffern von 1 bis 5 jeweils an der linken Seite mit ihrem Spiegelbild zusammengefügt worden sind. Das nächste Element muss also aus der 6 gebildet werden.

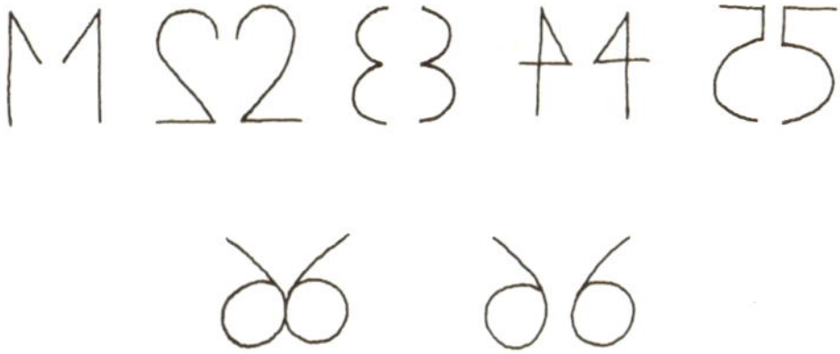

10. Aufgabe

Die linke Münze hat sich bei einer Umrundung der rechten Münze zweimal um sich selbst gedreht.

Wie kommen die beiden Umdrehungen zustande? Rollte die linke Münze auf einer geraden Bahn, die die Länge eines Groschenumfangs hat, so würde sie sich zwischen Start und Ziel einmal um die eigene Achse drehen. Da aber die Bahn selbst auch noch kreisförmig ist, kommt noch eine zusätzliche Umdrehung des Groschens mit ins Spiel.

Mittwoch, den 10. August 1949

1. Aufgabe

James Monroe, der fünfte Präsident der USA, starb an einem 4. Juli. Wäre er nicht an einem 4. Juli gestorben, so stünde in dem Reiseführer statt „Von den ersten fünf Präsidenten starben drei an einem 4. Juli" höchstwahrscheinlich „Von den ersten vier Präsidenten starben drei an einem 4. Juli", denn dies klingt noch viel erstaunlicher. Folglich hätte Gänzel beim Raten auf Monroe getippt.

Tatsächlich starben John Adams und Thomas Jefferson beide am 4. Juli 1826 und James Monroe am 4. Juli 1831.

2. Aufgabe

Der betrügerische Kunde macht einen Gewinn von hundert Mark, da er das Paket mit den Eisenwaren im Wert von vierzig Mark und die sechzig Mark Wechselgeld erhält. Für den Juwelier tut sich nichts, da er den gefäschten Hundertmarkschein durch einen echten ersetzt bekommt. Die Eisenwarenhandlung hingegen erfährt genau das als Verlust, was der Kunde als Gewinn macht, also hundert Mark.

Da Oskamp seinem Chef aber hundertundvierzig Mark gibt, verdient der Chef auch noch an dem Betrug.

3. Aufgabe

Naheliegend, aber falsch ist, dass die Kirchturmuhr mittags für ihre zwölf Schläge 36 Sekunden benötigt. Das liegt daran, dass der Glockenschlag selbst sehr kurz ist, und praktisch die gesamte Zeit für die Pausen zwischen den Schlägen gebraucht wird.

Wenn die Uhr also sieben schlägt, dauern die sechs Pausen zusammen 21 Sekunden. Somit hat jede Pause eine Länge von $21/6 = 3{,}5$ Sekunden, und die Uhr braucht für den Zwölf-Uhr-Schlag elf Pausen und folglich $3{,}5 \cdot 11 = 38{,}5$ Sekunden.

4. Aufgabe

Wenn man aus einem der beiden Pluszeichen eine 4 macht, ist die Gleichung korrekt.

$$545 + 5 = 550$$

5. Aufgabe

Die naheliegende Antwort „4250“ ist falsch. Bei dieser Antwort würde Sterv die zehn Pfennige nur dann gewinnen, wenn die Anzahl der Nägel größer als 3625 ist. Sterv muss „3001“ sagen, um seine Gewinnchancen zu optimieren. Damit würde er schon gewinnen, wenn die Anzahl der Nägel größer als 3000 ist.

6. Aufgabe

Der Trick bei der Lösung mag etwas unfair erscheinen, aber es wird in der Aufgabe nicht verlangt, dass der Hund nach rechts laufen, sondern nur, dass er nach rechts sehen soll. Und das kann er auch, indem er sich einfach umschaut.

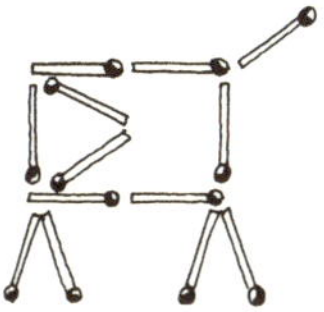

7. Aufgabe

Frau Brenneckes Rechnung ist gar nicht verschlüsselt, ihr Mann hat den Zettel bloß verkehrt herum gehalten.

$$77 \times (7 + 7 - 1) = 1001$$

8. Aufgabe

In der Zeichenreihe sind die Räume zwischen den Buchstaben des eigentlichen Wortes dargestellt. Unterlegt man die Zeichen mit einer schwarzen Fläche, kann man deutlich das Wort „Popocatepetl“ lesen, den Namen des höchsten Bergs in Mexiko.

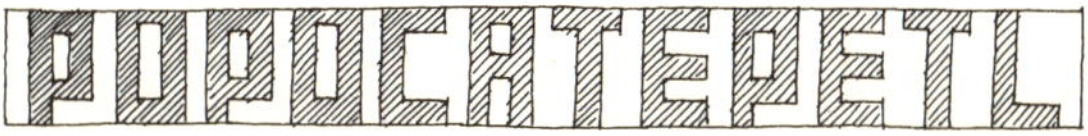

9. Aufgabe

Wenn die Länge des Wals fünfzig Yard plus die Hälfte seiner Länge ist, dann müssen die fünfzig Yard die zweite Hälfte seiner Länge sein. Der Wal ist also hundert Yard lang.

10. Aufgabe

Die Münzen können mit vier Zügen umgeordnet werden.

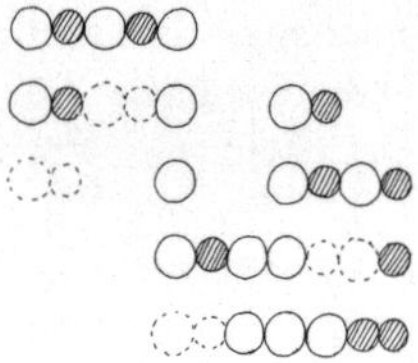

Donnerstag, den 11. August 1949

1. Aufgabe

Der regelmäßige fünfzackige Stern ist im unteren rechten Viertel der Zeichnung verborgen.

2. Aufgabe

Zählt man die zwanzig Pfennige, die der Lehrling stielt, und die 2,70 Mark, die die drei Kunden für die Hausnummern bezahlen, zusammen, so erhält man eine völlig bedeutungslose Summe. Richtig muss die Rechnung lauten: Die drei Männer zahlen 2,70 Mark. Von diesem Betrag bekommt Oskamp zwei Mark und der Lehrling zwanzig Pfennige. Oder: Die Kunden bekommen dreißig Pfennige zurück, die zusammen mit den zwei Mark von Oskamp und den zwanzig Pfennigen des Lehrlings den vollen Betrag von drei Mark ergeben.

3. Aufgabe

Das Flaschenpfand beträgt nicht, wie man leicht meinen könnte, zehn Pfennige, sondern nur fünf Pfennige.

Der Wein einschließlich der Flasche kostet zwei Mark. Wenn das Flaschenpfand zehn Pfennige betrüge, müsste der Wein 1,90 Mark kosten. Damit wäre er nur 1,80 Mark teurer als die Flasche.

Beträgt hingegen das Flaschenpfand nur fünf Pfennige, kostet der Wein 1,95 Mark und somit 1,90 Mark mehr als die Flasche.

4. Aufgabe

Wieland müsste nur alle vier Glieder des kürzesten Stücks aufschlagen. Mit diesen Gliedern könnte er die restlichen vier Kettenstücke zu einem Ring verbinden. Die Reparatur der Kette dürfte also nicht mehr als vier Mark kosten.

5. Aufgabe

Das eigentliche Problem ändern wir zunächst einmal ein wenig ab.

Die Baumstämme sind diesmal auf festen Achsen an einer Wand montiert. Sie können sich zwar frei drehen, kommen allerdings nicht vom Fleck. Auf den Baumstämmen liegt eine Last, und von unten wird auch eine Last gegen die Stämme gedrückt. Wenn sich die Stämme nun drehen, schieben sie bei einer Umdrehung um die eigene Achse die obere Last um eine Strecke nach rechts, die gleich ihrem Umfang von einem Meter ist. Die untere Last wird gleichzeitig um die gleiche Strecke nach links geschoben. Das heißt, die obere und die untere Last haben sich bei einer Umdrehung um zwei Stammumfänge auseinanderbewegt.

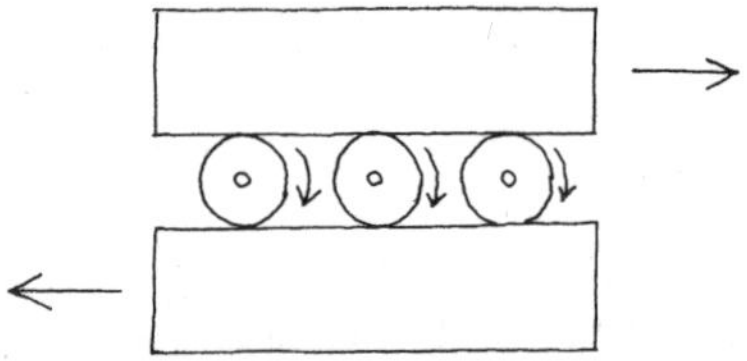

Kommen wir nun zum eigentlichen Problem. Dort ist Boden unter den Stämmen, also die „untere Last", unbeweglich, aber die Stämme selbst können rollen. Trotzdem ändert sich an den Verhältnissen der Stämme und der oberen und unteren Last zueinander nichts. Das heißt, die obere Last hat sich bei einer Umdrehung der Stämme um zwei Umfänge, also um zwei Meter, gegenüber dem Boden nach rechts verschoben.

6. Aufgabe

Die rechte Schraube schraubt sich zum linken Schraubenkopf hin. Da sie sich aber im Gewinde der linken Schraube bewegt, und dieses dafür sorgt, dass sie sich im gleichen Maße wieder von linken Schraubenkopf entfernt, bleibt insgesamt der Abstand konstant. Man kann das Ganze vergleichen mit einem Kind, das eine abwärts fahrende Rolltreppe emporsteigt, wobei die Geschwindigkeit der Treppe und die des Kindes gleich sind.

7. Aufgabe

Die drei Behauptungen lassen sich auf zwei Weisen miteinander vereinbaren. Die erste Möglichkeit ist, dass der Strauß aus drei Blumen besteht, und zwar aus einer Rose, einer Tulpe und einer Nelke.

Die zweite Möglichkeit ist eher eine Spitzfindigkeit, aber trotz allem korrekt: Frau Brennecke bekommt nur zwei Blumen, die beide weder Rosen noch Tulpen noch Nelken sind.

8. Aufgabe

Alle siebenundzwanzig Mädchen und alle siebenundzwanzig Jungen sind auf der Tanzfläche. Wenn nur sechsundzwanzig Mädchen mit dem Jungen tanzen, mit dem sie zum Fest gekommen sind, so bleibt für das siebenundzwanzigste Mädchen nur der eigene Partner übrig. Folglich ist es unmöglich, das genau sechsundzwanzig Mädchen mit ihrem Partner tanzen. Die Wahrscheinlichkeit dafür ist also null Prozent.

9. Aufgabe

Streichhölzer haben nicht nur lange, sondern auch kurze Kanten, und es ist nicht verlangt worden, dass das Quadrat von den langen Seiten der Hölzer begrenzt sein muss. Man braucht also nur das rechte Streichholz um wenige Millimeter zur Seite zu schieben und erhält sofort ein winziges Quadrat.

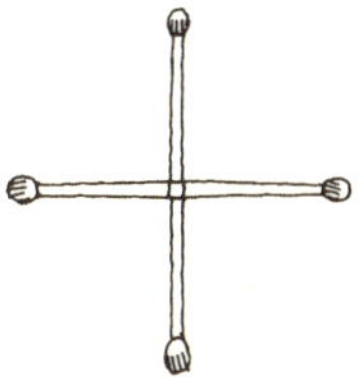

10. Aufgabe

Unter einer viereckigen Kiste, deren Kanten alle einen Meter lang sind, stellt man sich für gewöhnlich einen Würfel vor. Aber das ist falsch: Eine würfelförmige Kiste hat zwar einen viereckigen Grundriss, aber sie hat acht Ecken. Die einzig mögliche Kiste mit vier Ecken hat die Form einer Pyramide mit dreieckiger Grundfläche. Eine viereckige Kiste hat somit nicht sechs, sondern nur vier Seitenflächen.

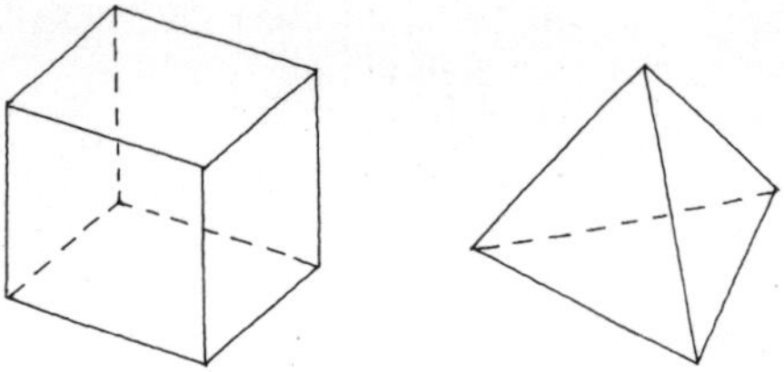

Freitag, den 12. August 1949

1. Aufgabe

Die grau unterlegte Fläche ist die einzige Möglichkeit, ein Kreuz mit den passenden Proportionen in dem Muster zu finden.

2. Aufgabe

Die Denkschwelle, die bei dieser Aufgabe überwunden werden muss, ist, dass die Linie über die Grenzen der Figur hinausläuft und die Knickstellen nicht auf den Punkten liegen. Hat man dies erst einmal geschafft, ist das Rätsel ganz einfach.

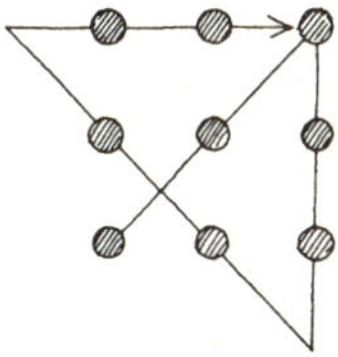

3. Aufgabe

Es war nie die Rede davon, dass die Linien durch die Punktmitten laufen müssen.

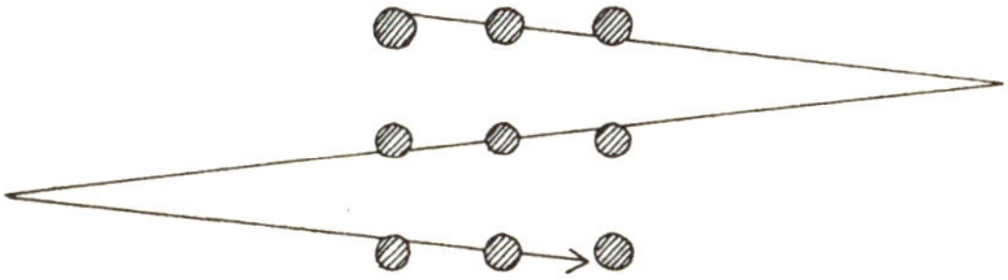

4. Aufgabe

Ein doppelt so großer Karpfenteich, der denselben Mittelpunkt hat wie der ursprüngliche, passt ohne weiteres zwischen die vier Weiden, wenn man das Quadrat um 45 Grad dreht. An den gestrichelten Linie kann man leicht erkennen, dass sich die Teichfläche tatsächlich verdoppelt hat.

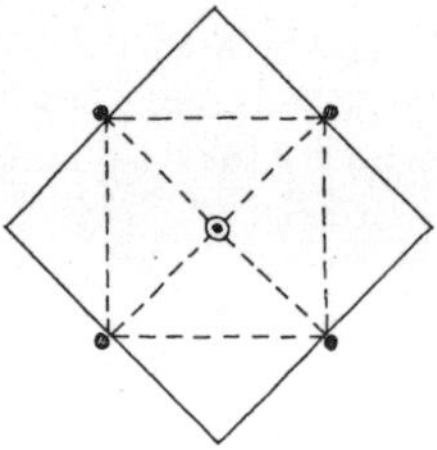

5. Aufgabe

Die verschlüsselte Botschaft lautet „HALLO". Die Buchstaben sind nur so weit in die Länge gezogen, dass man sie nicht mehr erkennen kann, wenn man von oben auf das Quadrat schaut. Blickt man aber man aber unter einem ganz flachen Winkel auf die Zeichnung – am besten hält man das Buch flach und bringt es in Höhe der Nasespitze –, dann kann man das Wort deutlich lesen.

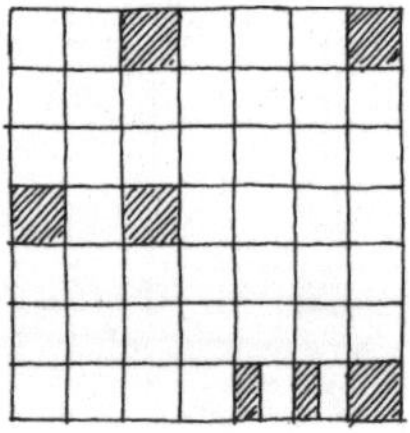

6. Aufgabe

Aus den 216 Kippen kann Oskamp sich 36 Zigaretten drehen. Nachdem er diese geraucht hat, bleiben wieder 36 Kippen übrig, aus denen er nochmals sechs Zigaretten drehen kann. Wenn diese Zigaretten auch aufgeraucht sind, bleiben erneut sechs Kippen übrig, aus denen er sich noch eine letzte Zigarette machen kann. Insgesamt kann Oskamp mit den 216 Kippen 43 Zigaretten rauchen.

7. Aufgabe

Man vergisst leicht, dass ein Objekt nicht nur glatte Flächen, sondern auch Rundungen haben kann. Die beiden Ansichten des Bogators können eine flache runde Scheibe darstellen, in deren Umfang man an einer Stelle eine Nut gefräst hat.

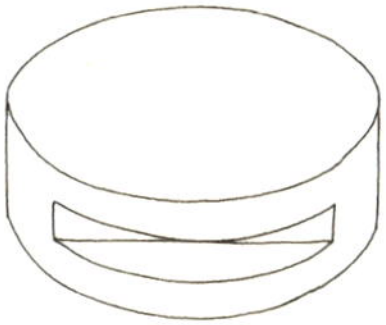

8. Aufgabe

Das Problem ist ohne irgendwelchen faulen Tricks lösbar.

9. Aufgabe

Der Karton muss an den ausgezogenen Linien eingeschnitten und dann das obere L-förmige Stück entlang der gestrichelten Linie nach hinten und das untere nach vorne geknickt werden. Durch diese beiden 90-Grad-Knicke werden die beiden L-Stücke um insgesamt 180 Grad gegeneinander verdreht und bilden das S-Stück der Figur.

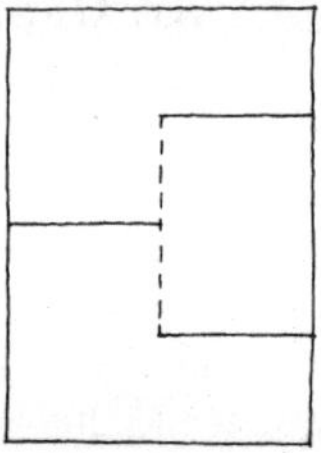

10. Aufgabe

Die Reihe E, Z, D, V, F, S, … besteht aus den Anfangsbuchstaben der Zahlen eins, zwei, drei, vier, fünf, sechs usw.

Samstag, den 13. August 1949

1. Aufgabe

Die Schnecke kriecht am Tage 5,25 Klafter hinauf und rutscht in der Nacht 3,5 Klafter wieder herunter. Folglich schafft sie vom Morgengrauen des einen Tages bis zum Morgengrauen des nächsten Tages insgesamt 1,75 Klafter. Bedeutet dies nicht nun, dass sie zehn Tage unterwegs ist, um den 17,5 Klafter tiefen Brunnen zu verlassen? Nein, das ist ein Irrtum. Dies sieht man leicht, wenn man sich den Weg der Schnecke in Abhängigkeit der Zeit anschaut.

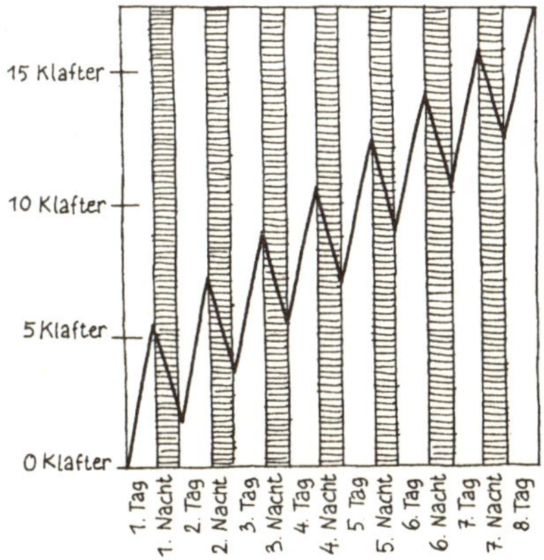

Die Schnecke erreicht den oberen Rand des Brunnens bereits nach acht Tagen und sieben Nächten.

2. Aufgabe

Da das Paar nicht eine bestimmte Farbe haben muss, reicht es aus, nur drei Socken von der Leine zu nehmen. Entweder haben alle drei Socken die gleiche Farbe oder zwei Socken haben die eine und eine Socke die andere Farbe. Mehr Möglichkeiten gibt es nicht. Es sind also von drei Socken mindestens zwei gleichfarbig.

3. Aufgabe

Die kleinste Zahl, die sich nicht durch vier Vieren und Plus-, Minus- und Wurzelzeichen, Malpunkten und Bruchstrichen darstellen lässt, ist die 19. Für die Zahlen von 1 bis 18 gibt es eine ganze Reihe von Möglichkeiten, wie man sie schreiben kann. Es ist hier nur jeweils ein Beispiel aufgeführt.

$$1 = \frac{44}{44}$$
$$2 = \frac{4}{4} + \frac{4}{4}$$
$$3 = \frac{4 + 4 + 4}{4}$$
$$4 = \frac{4 - 4}{4} + 4$$
$$5 = \frac{4 \cdot 4 + 4}{4}$$
$$6 = \frac{4 + 4}{4} + 4$$
$$7 = \frac{44}{4} - 4$$
$$8 = 4 + 4 + 4 - 4$$
$$9 = \frac{4}{4} + 4 + 4$$
$$10 = \frac{44 - 4}{4}$$
$$11 = \frac{44}{\sqrt{4} + \sqrt{4}}$$
$$12 = \frac{44 + 4}{\sqrt{4}}$$
$$13 = \frac{44}{4} + \sqrt{4}$$
$$14 = 4 + 4 + 4 + \sqrt{4}$$
$$15 = \frac{44}{4} + 4$$
$$16 = 4 + 4 + 4 + 4$$
$$17 = \frac{4}{4} + 4 \cdot 4$$
$$18 = 4 \cdot 4 + 4 - \sqrt{4}$$

4. Aufgabe

So wie die Bücher im Regal stehen, liegt der vordere Deckel des ersten Bandes direkt am hinteren Deckel des zweiten Bandes. Der Holzwurm, der sich zwischen dem Buchdeckel und der Seite 1 des ersten Bandes befindet, braucht sich also nur durch einen Deckel zu fressen, um zum zweiten Band zu gelangen. Nun muss er sich jeweils durch zwei Deckel und 250 Blätter der Bände 2 bis 9 nagen, und kommt so zum hinteren Buchdeckel des zehnten Bandes. Hat er auch den durchfressen, ist er auf der letzten Seite des letzten Bandes angelangt.

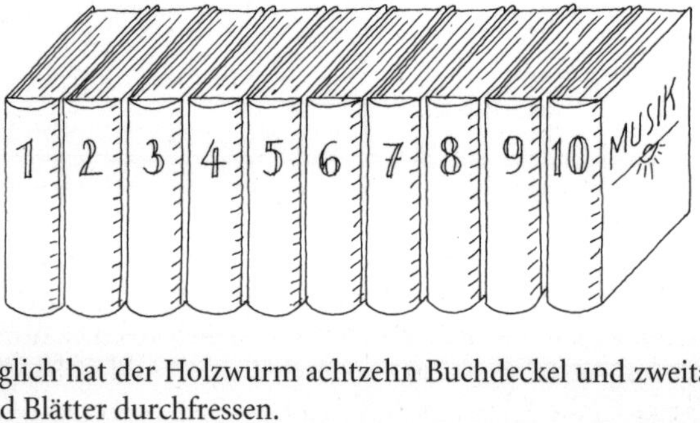

Folglich hat der Holzwurm achtzehn Buchdeckel und zweitausend Blätter durchfressen.

5. Aufgabe

Wenn, wie der Pastor meint, Nieberleins Behauptung „Ich habe in meinem Leben erst dreimal gelogen." seine vierte Lüge gewesen ist, dann hätte er vorher tatsächlich genau dreimal gelogen. Das wiederum würde aber bedeuten, dass Nieberlein die Wahrheit gesagt und der Pastor folglich unrecht hat. Daraus ergibt sich, dass die Schlussfolgerung des Pastors falsch ist.

6. Aufgabe

Oskamp braucht sich nur einmal ein einziges Teil geben zu lassen und zwar aus der Schachtel, die die Aufschrift „M7-Schrauben und M7-Muttern" trägt. Da jede Schachtel den falschen Deckel bekommen hat, gibt es nur zwei mögliche Kombinationen für die Schachteln und die Deckel. Anhand der Tabelle sieht man sofort, dass Oskamp nur ein Teil aus der mit „M7-Schrauben und M7-Muttern" beschrifteten Schachtel zu sehen braucht, um zwischen diesen beiden Möglichkeiten entscheiden zu können.

Beschriftung:	„M7-Schrauben"	„M7-Muttern"	„M7-Schrauben und M7-Muttern"
Inhalt 1. Möglichkeit:	M7-Muttern	M7-Schrauben und M7-Muttern	M7-Schrauben
Inhalt 2. Möglichkeit:	M7-Schrauben und M7-Muttern	M7-Schrauben	M7-Muttern

7. Aufgabe

Die Treffpunkte mehrerer Linien in Figuren dieser Art heißen in der Mathematik Knoten. Wenn man in einen Knoten hineinläuft, muss man ihn auch wieder verlassen können. Die Anzahl der Linien, die sich in einem Knoten treffen, muss folglich geradzahlig sein. Eine Ausnahme bilden die beiden Knoten, an denen man den Linienzug beginnt und beendet; von ihnen dürfen ungeradzahlig viele Linien ausgehen.

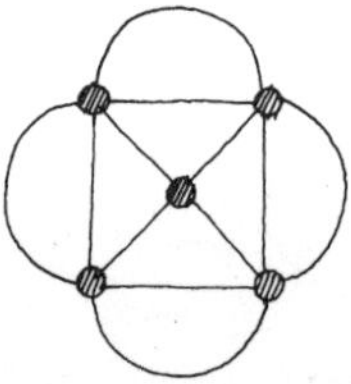

In der Figur aus der Aufgabe treffen sich in den vier Eckknoten je fünf Linien und im Mittelknoten vier. Da es also mehr als zwei ungeradzahlige Knoten gibt, ist es unmöglich, die Figur in einem Zug zu zeichnen.

8. Aufgabe

Es ist kein Zufall, dass Gänzel neunmal häufiger bei Fräulein Klotilde ist als bei Fräulein Adele, sondern eine Folge des Fahrplans. Die Züge nach Westen fahren immer um 0, 10, 20, 30, 40 und 50 Minuten nach jeder vollen Stunde, während die nach Osten um jeweils 9, 19, 29, 39, 49 und 59 Minuten nach jeder vollen Stunden abgehen. Das bedeutet, trifft er in dem Zeitraum von 0 bis 9 Minuten nach der Abfahrt eines Zuges nach Westen in der Station ein, so ist der nächste Zug einer, der nach Osten fährt, gelangt aber in der Zeit von 9 bis 10 Minuten danach an, so ist der nächste Zug einer, der nach Westen fährt. Der erste Zeitraum ist neunmal so lang wie der zweite, deshalb ist die Wahrscheinlichkeit auch neunmal so groß nach Osten zu fahren wie nach Westen.

9. Aufgabe

Wenn sich die beiden Schwalbenschwanzführungen überkreuzen, was aber keineswegs behauptet wird, kann man die Würfelhälften natürlich nicht trennen, ohne sie zu zerstören. Verbinden die Führungen jedoch jeweils zwei benachbarte Seiten, laufen sie also parallel, so lässt sich der Block einfach diagonal auseinanderschieben.

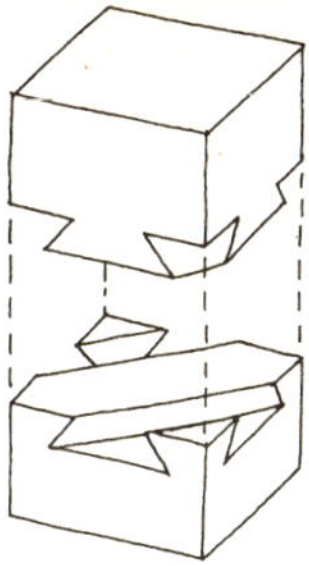

10. Aufgabe

Es gibt einen solchen Punkt. Man stelle sich vor, an dem Tag, an dem Berstelmann von Osnabrück nach Fürstenau geht, wandert gleichzeitig jemand von Fürstenau nach Osnabrück. Dieser zweite Wanderer verhält sich genauso, wie es Berstelmann auf seinem Rückweg macht, nur eben alles einen Tag früher. Es ist klar, dass sich die beiden Wanderer irgendwo unterwegs treffen. Und das ist dann genau der Punkt, wo Berstelmann auf seinem Hin- und seinem Rückweg zur gleichen Uhrzeit am selben Ort ist.

Sonntag, den 14. August 1949

1. Aufgabe

In der Zahlenreihe von 01 bis 31, die man mit den beiden Kalenderwürfeln bilden können muss, tauchen die 11 und die 22 auf. Deshalb müssen die 1 und die 2 auf beiden Würfeln stehen. Auch die 0 muss es auf beiden Würfeln geben, da sie mit sämtlichen anderen neun Ziffern, die sich über beide Würfel verteilen, kombiniert wird. Von den zwölf Flächen der zwei Würfel sind somit schon sechs vergeben.

Auf den restlichen sechs Flächen müssen noch die übrigen sieben Ziffern von 3 bis 9 untergebracht werden. Das Problem lässt sich nur lösen, wenn man zu einem kleinen Trick greift: Die 6 wird doppelt verwandt, einmal als 6 und einmal, indem man den Würfel umdreht, als 9.

Der Rest ist leicht. Eine Möglichkeit für die Ziffernverteilung auf die beiden Kalenderwürfel ist:
1. Würfel: 0, 1, 2, 3, 4, 5
2. Würfel: 0, 1, 2, 6, 7, 8

2. Aufgabe

Normalerweise hat ein Mensch zwei Arme, aber es gibt auch einige Leute, die durch einen Unfall, durch Krieg oder aus irgendeinem anderen Grund einen Arm oder beide Arme verloren haben. Diese Leute drücken die durchschnittliche Armzahl pro Mensch von zwei auf etwas unter zwei. Ist also der nächste Mensch, der die Mannschaftsmesse betritt, zweiarmig, so hat er überdurchschnittlich viele Arme. Da nun die meisten Menschen zweiarmig sind, ist die Chance für Frau Brennecke zu gewinnen, recht hoch.

3. Aufgabe

Die Verteilung der Kamele ist nicht korrekt. Der Haken an der Sache ist, dass 1/2 + 1/3 + 1/9 nicht 1 ergibt, sondern 1/2 + 1/3 + 1/9 = 9/18 + 6/18 + 2/18 = 17/18. Würden sich die Söhne genau an die Bestimmungen des Testaments halten, so müsste Ali 17/2 = 8,5, Halef 17/3 = 5,666… und Omar 17/9 = 1,888… Kamele bekommen. 17/18 = 0,9444… Kamele würden übrig bleiben. Bei der Teilung des Erbes durch den weisen alten Mann gibt es diesen Kamelrest nicht, und alle drei Söhne erhalten mehr als ihnen zusteht.

4. Aufgabe

In dem Schachbrett fehlen zwei weiße Felder, es hat also zweiunddreißig schwarze, aber nur dreißig weiße Felder. Ein Dominostein deckt immer ein schwarzes und ein weißes Feld ab, einunddreißig Dominosteine also einunddreißig weiße und einunddreißig schwarze Felder. Folglich ist die Aufgabe unlösbar.

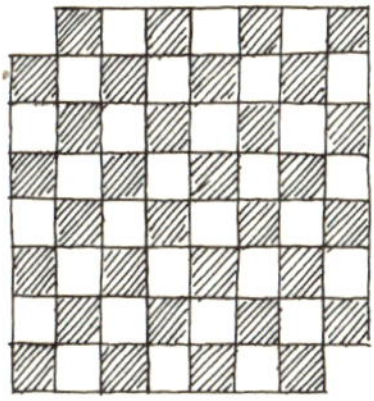

5. Aufgabe

Man kann fünfzehn parallele Diagonalen, die durch die Mittelpunkte der Felder laufen, auf ein Schachbrett zeichnen. Wenn die Läufer sich nicht gegenseitig bedrohen sollen, darf auf jeder Diagonalen nur eine Figur stehen. Weil die Geraden alle Felder des Schachbretts schneiden, kann die Zahl der Läufer fünfzehn nicht überschreiten. Genau fünfzehn aufzustellen gelingt jedoch auch nicht, da die beiden äußeren Diagonalen nur je ein Feld schneiden, und diese beiden Felder auf einer zu den anderen Geraden senkrecht laufenden Diagonalen liegen. Die Höchstzahl der sich nicht bedrohenden Läufer ist also vierzehn. Die Abbildung zeigt eine mögliche Aufstellung.

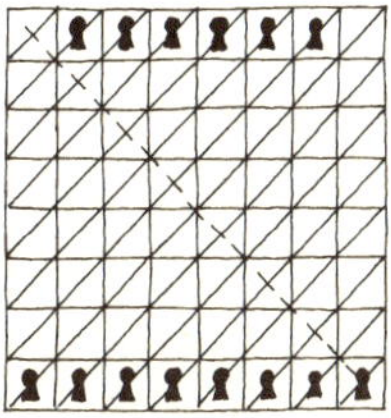

6. Aufgabe

Gänzels Satz „Ein halbvolles Glas Bier ist bekanntlich das gleiche wie ein halbleeres Glas Bier." und die Gleichung „1/2 leeres Glas Bier = 1/2 volles Glas Bier" bedeuten etwas völlig verschiedenes. Ein halbleeres und ein halbvolles Glas Bier sind zwei vollständige Biergläser, die bis zur Hälfte mit Bier gefüllt sind. Beide sind also wirklich gleich. Andererseits stellt 1/2 volles Glas Bier ein bis zum Rand gefülltes Glas Bier dar, das man halbiert hat. Man hat also den halben Inhalt, das halbe Glas, den halben Henkel und den halben Fuß. Dementsprechend ist 1/2 leeres Glas Bier ein halbiertes leeres Bierglas. Die Gleichung „1/2 leeres Glas Bier = 1/2 volles Glas Bier" ist folglich falsch, deshalb kann auch beim Malnehmen mit 2 nur Unsinn herauskommen.

7. Aufgabe

Die drei gleichen Quadrate überlappen sich.

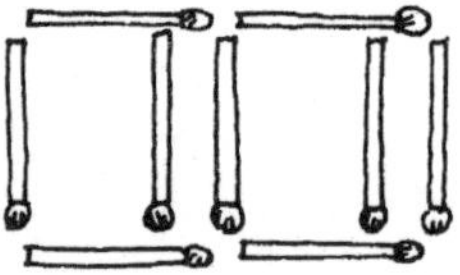

8. Aufgabe

Jeder der drei Seeleute trinkt 8⁄3 Flaschen Bier. Da Gale 5 oder 15⁄3 Flaschen besitzt, tritt er 7⁄3 Flaschen an Jim ab. Henry hat 3 oder 9⁄3 Flaschen und gibt Jim also 1⁄3 Flasche. Von den acht Piastern muss deshalb Gale sieben und Henry einen bekommen.

9. Aufgabe

Da jede der zehn Behauptungen im Widerspruch zu den anderen neun steht, kann höchstens eine richtig sein. Angenommen, es wäre kein Satz richtig, so würde das bedeuten, dass Stervs Behauptung, nämlich, dass genau zehn Behauptungen falsch sind, richtig wäre. Das ist aber ein Widerspruch. Folglich kann nur Brenneckes Satz „Genau neun von uns behaupten bei diesem Spiel etwas Falsches." richtig sein.

10. Aufgabe

Es reichen zwei Wägungen aus, um die Schachtel mit der Uhr zu finden. Dazu teilt man die neun Schachteln in drei Gruppen à drei Schachteln auf. Die erste Gruppe legt man auf die linke Schale der Waage, die zweite auf die rechte und dritte beiseite. Senkt sich eine der beiden Waagschalen, so muss sie die Schachtel mit der Uhr enthalten. Bleiben die Schalen jedoch im Gleichgewicht, so ist die Uhr in einer der drei beiseite gelegten. In jedem Fall weiß man nun, in welcher der drei Schachtelgruppen die Uhr sein muss.

Bei der zweiten Wägung geht man genauso vor wie bei der ersten: Eine Schachtel legt man in die linke Schale, eine in die rechte und eine beiseite. Senkt sich eine der Waagschalen, so liegt die Schachtel mit der Uhr in ihr, bleiben aber beide Schalen im Gleichgewicht, so ist befindet sich die Uhr in der beiseite gelegten Schachtel.

Montag, den 15. August 1949

1. Aufgabe

Es handelt sich um den Buchstaben F. Er steht allerdings auf dem Kopf und ist außerdem umgeklappt, so dass seine Rückseite zu sehen ist.

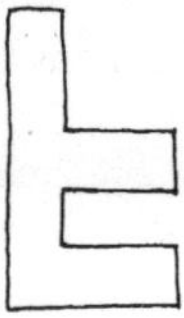

2. Aufgabe

Leider funktioniert dieser Jungbrunnen nicht, denn eine Reise um die Erde beeinflusst nicht nur das Datum, sondern auch die Uhrzeit.

Die Erde ist in vierundzwanzig Zeitzonen eingeteilt, die alle vom Nordpol bis zum Südpol verlaufen und jeweils eine Breite von etwa fünfzehn Längengraden haben. Durchfährt man diese Zonen von Westen nach Osten, so muss man alle fünfzehn Grad seine Uhr um eine Stunde vorstellen, das macht bei einer Erdumrundung vierundzwanzigmal eine Stunde, also genau einen Tag. Diesen stundenweise verlorenen Tag gleicht man beim Überschreiten der Datumsgrenze auf einen Schlag wieder aus, indem man die Uhr um vierundzwanzig Stunden oder den Kalender um einen Tag zurückdreht. Man wird also keine Sekunde jünger dabei.

3. Aufgabe

Wenn man sich in das Innere eines Würfels stellt und den Kopf dreht, kann man alle sechs Seitenflächen sehen.

4. Aufgabe

Das Wörtchen „mit" bezieht sich nicht auf das Zeichnen, sondern auf das Quadrat. Es gibt unendlich viele Lösungen. Die Skizze zeigt ein Beispiel.

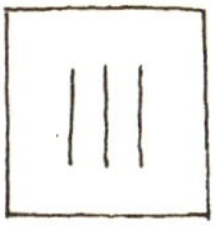

5. Aufgabe

Die fünf gleichschenkligen Dreiecke und eines der beiden regelmäßigen Fünfecke werden ins Innere das zweiten Fünfecks gelegt.

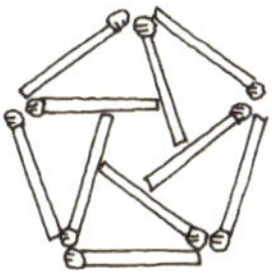

6. Aufgabe

Der Körper ist ein Würfel, von dem entlang von drei Flächendiagonalen eine Ecke abgeschnitten worden ist.

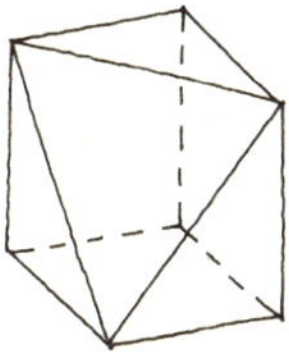

7. Aufgabe

Der Körper ist ein Würfel, aus dem entlang von zwei Flächendiagonalen bis hin zu einer der Raumdiagonalen eine Ecke herausgeschnitten worden ist.

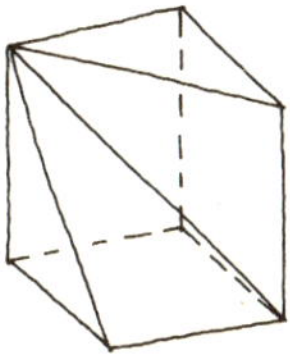

8. Aufgabe

Die Aufgabe kann auf zweierlei Art verstanden werden.

Die erste Möglichkeit ist, man versucht, zehn Buchstaben so aus der Reihe streichen, dass die restlichen Buchstaben dann einen Pflanzennamen ergeben. Dies wird aber, so sehr man sich auch mühen mag, nicht gelingen.

Bei der zweiten Möglichkeit streicht man die Buchstabenfolge „ZEHN BUCHSTABEN“, und es bleibt der Text „EIN PFLANZENNAME“ übrig. Und dies ist einfach: Man braucht nur jeden zweiten Buchstaben zu entfernen.

Um dies leichter sehen zu können, ist jeder zweite Buchstabe der Reihe höhergestellt.

Z E H N B U C H S T A B E N
E I N P F L A N Z E N N A M E

9. Aufgabe

Der Trick bei der Aufgabe ist, dass die beiden Schnitte durch eines der Nagellöcher laufen müssen. Auf diese Weise kann man das Hufeisen in sieben Teile zerlegen.

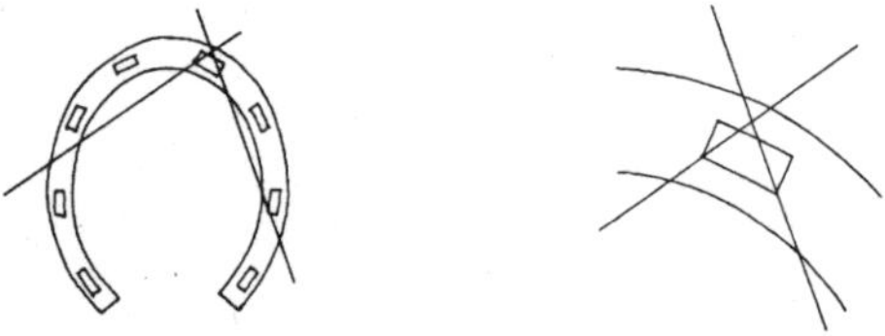

10. Aufgabe

Es gibt nur eine einzige Möglichkeit, wie man das Brett in zwei deckungsgleiche Teile halbieren kann.

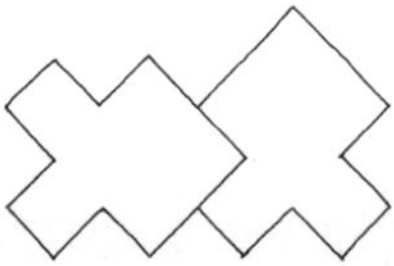

Dienstag, den 16. August 1949

1. Aufgabe

Der Trick bei der Aufgabe liegt in der unterschiedlichen Bedeutung von Ziffern und Zahlen. Die Summe von fünf ungeraden Zahlen kann niemals 14 ergeben, aber aus fünf ungeraden Ziffern lassen sich ohne weiteres vier ungerade Zahlen bilden, deren Summe 14 ist.

11+1+1+1=14

Auf dem Zettel stehen also die Zahlen 11, 1, 1, 1 und 1.

2. Aufgabe

Falls das Mädchen am 31. Dezember Geburtstag hatte und siebzehn Jahre alt geworden ist, und es seine Behauptung am 1. Januar aufstellt, dann ist sie wahr: Zwei Tage zuvor, am 30. Dezember, war es noch sechzehn, am 31. Dezember des aktuellen Jahres wird es achtzehn und im darauffolgenden Jahr neunzehn Jahre alt werden.

3. Aufgabe

Geht man durch das Labyrinth, so haben die auf dem Boden gemalten Zahlen je nach dem, aus welcher Richtung kommend man sie überschreitet, eine verschiedene Bedeutung. Auf dem eingezeichneten Weg erhält man 16 + 18 + 66 + 100.

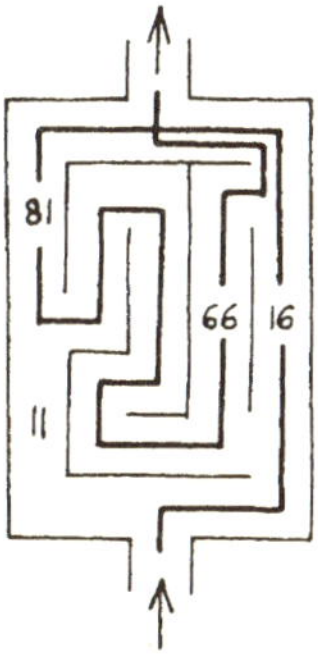

4. Aufgabe

Es müssen nur zwei Karten umgedreht werden. Die erste Karte hat eine schräg linierte Rückseite, und es muss überprüft werden, ob es auch tatsächlich eine Herzkarte ist. Die dritte Karte ist eine Kreuzkarte, und man muss kontrollieren, dass ihre Rückseite wirklich nicht schräg liniert ist. Was auf den verdeckten Seiten der zweiten und vierten Karte zu sehen ist, spielt keine Rolle.

5. Aufgabe

Dadurch dass Holz' Frau ihren Kaffee ständig weiter verdünnt, wird der Kaffee selbst natürlich nicht mehr oder weniger. Sie trinkt also genau eine Tasse Kaffee. Bei der Milch braucht man nur die Mengen zusammenzuzählen, die sie nachkippt:

$$\tfrac{1}{6} + \tfrac{1}{3} + \tfrac{1}{2} = \tfrac{1}{6} + \tfrac{2}{6} + \tfrac{3}{6} = 1$$

Sie trinkt also genauso viel Milch wie Kaffee.

6. Aufgabe

Es scheint unmöglich zu sein, die Frage nach der Farbe des Bären aus einigen Streckenangaben zu erschließen. Und doch ist es möglich. Man übersieht leicht, dass man normalerweise nach zweimaligem rechtwinkligen Abbiegen nicht zum Ausgangspunkt zurückkehren kann. Und darin liegt der Schlüssel des Rätsels: Der Bär ist weiß, denn das Zelt des Forschers steht genau auf dem Nordpol.

Der Forscher startet seine Jagdtour am Nordpol, und geht von dort aus auf einem Längengrad fünf Kilometer nach Süden. Dann ändert er seine Richtung und geht auf einem Breitenkreis, der natürlich immer den gleichen Abstand zum Pol hat, nach Osten. Schließlich kehrt er auf einem weiteren Längengrad zum Pol zurück. Da die einzigen Bären in der Arktis Eisbären sind, muss die Farbe seiner Beute weiß sein.

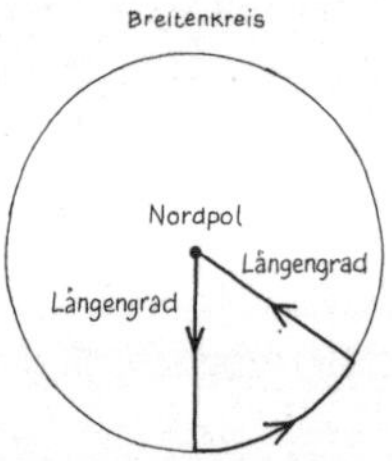

7. Aufgabe

Der Umfang des Loches in dem Blatt Papier muss etwas mehr als doppelt so groß sein wie der Durchmesser des Markstückes. Da bei einem Kreis der Umfang etwa 3,14-mal so groß ist wie sein Durchmesser, braucht der Lochdurchmesser also nur etwas $2 \text{ x } 24/3{,}14 \text{ mm} \approx 16 \text{ mm}$ zu betragen.

Der Trick, die Münze durch diese kleine Öffnung zu bringen, besteht darin, dass man das Blatt Papier vorher falten muss. Zunächst wird der Bogen entlang eines Lochdurchmessers doppelt gelegt. Dann wird das Papier strahlenförmig vom Lochmittelpunkt weg gefältelt, so dass der Kreisumfang in viele kleine Bogenstücke zerlegt wird, die sich entlang einer geraden Linie anordnen. Im Grenzfall, bei unendlich vielen Fältelungen, ist der Halbkreis zur Geraden geworden. Diesen Grenzfall wird man jedoch nie erreichen. Außerdem muss man berücksichtigen, dass die Münze und das Papier nicht unendlich dünn sind.

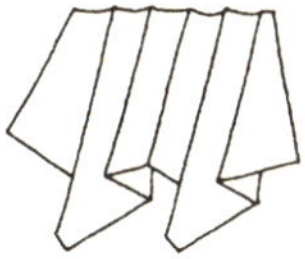

8. Aufgabe

Die Aufgabe ist unlösbar. Ein Springer wechselt bei jedem Zug die Farbe seines Feldes. Da ein 5×5-Schachbrett dreizehn schwarze und zwölf weiße Felder hat, stehen natürlich zu Beginn dreizehn Springer auf schwarzen und zwölf Springer auf weißen Feldern. Durch den gemeinsamen Zug müssten folglich dreizehn Springer auf weiße und zwölf Springer auf schwarze Felder gelangen. Das ist jedoch unmöglich, da sich die Anzahl der weißen Felder nicht erhöht haben kann.

9. Aufgabe

Es gibt insgesamt sechs „F“ in dem Satz. Die meisten Menschen allerdings entdecken nur die drei „F“, die in den Wörtern „FINISHED“, „FILES“ und „SCIENTIFIC“ vorkommen und übersehen die „F“ in den drei „OF“.

10. Aufgabe

Das Flugzeug umfliegt nicht einmal die Erde und gelang schließlich wieder in den Golf von Guinea zurück. Dies ist auch leicht einzusehen, denn wenn es die Erde umkreisen soll, muss es auch irgendwann einmal einen Südanteil bei der Flugrichtung haben.

In Wirklichkeit schraubt sich das Flugzeug auf einer Spirale, die in der Navigation Loxodrome genannt wird, unendlich oft um den Nordpol herum und nähert sich ihm immer mehr.

Mittwoch, den 17. August 1949

1. Aufgabe

Ein Jahr 0 gibt es nicht. Die Zählung der Jahre beginnt mit dem Jahr 1 nach Christi Geburt. Das Jahr davor ist das Jahr 1 vor Christi Geburt. Das heißt, auf den 31. Dezember 1 vor Christus folgt der 1. Januar 1 nach Christus. Folglich ist das zweite Jahrtausend 2000 Jahre nach dem 1. Januar 1 zu Ende, also am 31. Dezember 2000. Das dritte Jahrtausend beginnt also am 1. Januar 2001 und nicht, wie man leicht meinen könnte, am 1. Januar 2000.

Wenn das Kind der Brenneckes im Dezember 1949 geboren wird, so wird es im Dezember 2000 einundfünfzig Jahre alt werden. Es wird also bei der Jahrtausendwende etwas über 51 Jahre alt sein.

2. Aufgabe

Dreht man im Gedanken den Teich innerhalb des Wegkreises um 45 Grad, so verändert sich dabei nicht seine Fläche. Zeichnet man nun noch die Diagonalen in den Teich, sieht man, dass der Teich aus vier und die gesamte umzäunte Fläche aus acht gleichen Dreiecken besteht. Die umzäunte Fläche ist also doppelt so groß wie der Teich und beträgt damit einen Hektar.

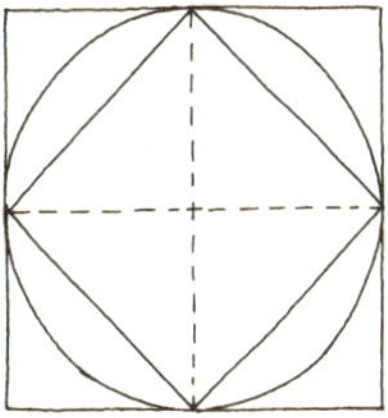

3. Aufgabe

Jeder Insulaner, der die Wahrheit sagt, beantwortet nur eine der drei Fragen mit „ja". Die Lügner hingegen bejahen jeweils zwei Fragen. Da es bei den drei Fragen insgesamt 130% „ja"-Antworten gibt, haben folglich 30% der Einwohner zweimal mit „ja" geantwortet. Somit sind 30% der Insulaner Lügner.

4. Aufgabe

Da Heiner zwei aufeinanderfolgende Partien gewinnen muss, um das Schachspiel zu bekommen, muss er aus der zweiten Partie auf jeden Fall als Sieger hervorgehen. Das heißt, er sollte für das zweite Spiel den schwächeren Gegner, also seinen Vater, wählen. Darum muss er die erste Partie gegen seine Mutter spielen.

5. Aufgabe

Auf den Blättern gibt es zwei Fehler: Die dritte Aufgabe ist falsch und muss korrekt lauten

$$\tfrac{1}{2} \cdot \tfrac{1}{3} = \tfrac{1}{6}$$

und die Behauptung, auf dem Blatt seien drei Fehler, trifft nicht zu.

6. Aufgabe

Natürlich entsteht durch das Zerschneiden und neu Zusammensetzen kein zusätzliches Quadrat. Die seltsame Täuschung erhält man deshalb, weil die vier Stücke entlang der Diagonalen nicht exakt aneinander passen und einen sehr schmalen viereckigen Schlitz freilassen, der kaum auffällt und der die gleiche Fläche hat wie ein Quadrat.

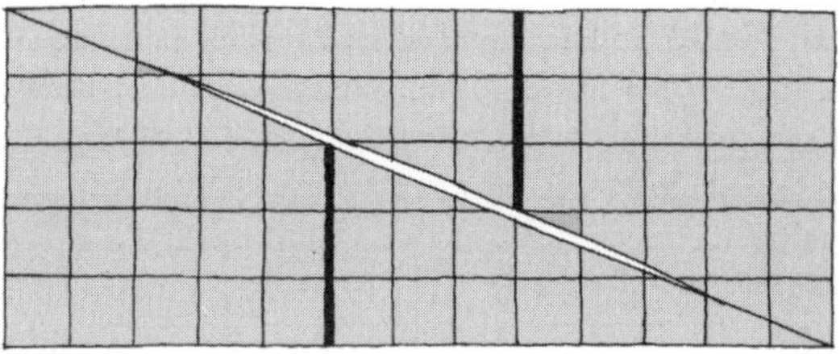

7. Aufgabe

Am besten versucht man, die Lösung schrittweise aufzubauen. Zuerst wird ein Haus mit Gas, Wasser und Strom versorgt. Wie die vier Gebäude angeordnet werden, spielt keine Rolle.

Jetzt stellt man das zweite Haus dazu. Dadurch wird die Landschaft, in der die Häuser und Versorgungswerke stehen, in drei getrennte Flächen unterteilt: den Außenraum I und die beiden

Innenräume II und III. In einer dieser drei Flächen muss das dritte Haus stehen. Steht es in I, so kann man keine Leitung mehr zum Gaswerk legen, steht es in II oder III, so kann es nicht mehr mit Strom oder mit Wasser versorgt werden. Die Aufgabe ist also nicht lösbar.

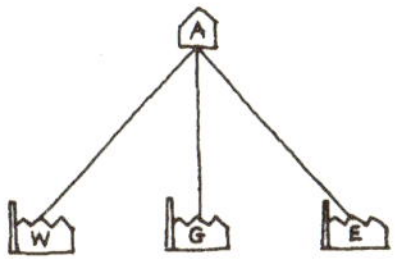

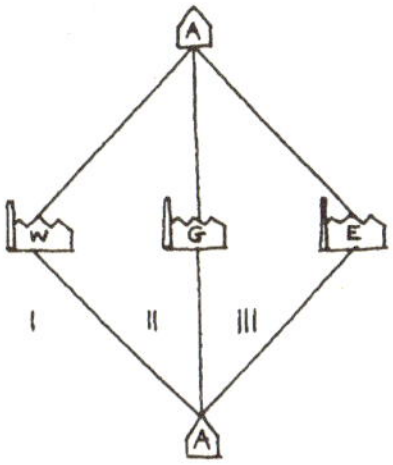

8. Aufgabe

Man kann ein dreieckiges Loch nicht mit jedem dreieckigen Brett, dessen Seiten alle länger sind als die längste Lochseite, vollständig abdecken. Die Skizze zeigt ein Gegenbeispiel.

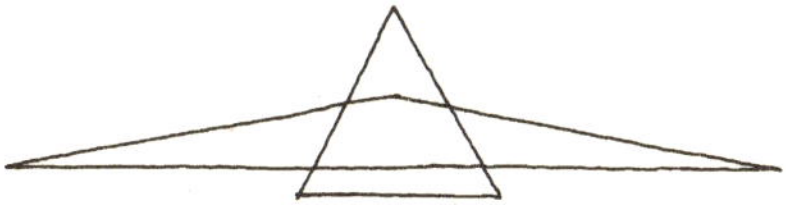

9. Aufgabe

Man sieht sofort die kürzeste Strecke, wenn man die Seitenflächen des Würfels auseinanderklappt und in der Ebene ausbreitet. Es ist die gerade Linie, die schräg über zwei Flächen verläuft vom Aufenthaltsort des ersten Käfers zu dem des zweiten Käfers. Der Weg, den der erste Käfer tatsächlich nimmt, nämlich zuerst entlang einer Kante und dann entlang einer Flächendiagonalen ist deutlich länger.

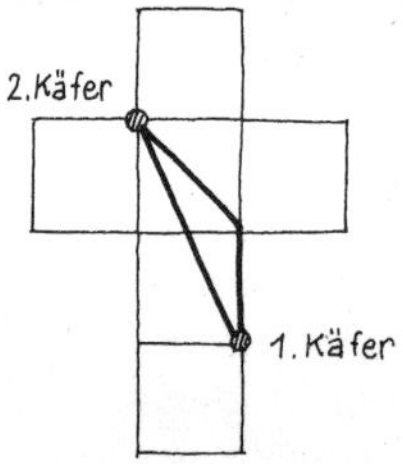

10. Aufgabe

Die beiden Flugzeuge bewegen sich mit einer Geschwindigkeit von 115 + 125 = 240 Kilometern pro Stunde aufeinander zu. Also legen sie zusammen in den letzten fünf Minuten vor ihrem Zusammentreffen noch 240/12 Kilometer zurück; der gesuchte Abstand beträgt folglich 20 Kilometer. Alle anderen Angaben, die in der Aufgabe gemacht worden sind, haben für die Lösung keine Bedeutung.

Donnerstag, den 18. August 1949

1. Aufgabe

Unterteilt man die unten liegende Postkarte, so wie es die Skizze zeigt, in drei Rechtecke, sieht man die Lösung sofort. Die oben liegende Postkarte verdeckt das obere und das linke untere Rechteck je zur Hälfte und das rechte untere vollständig. Folglich deckt sie mehr als die Hälfte der unten liegende Postkarte ab.

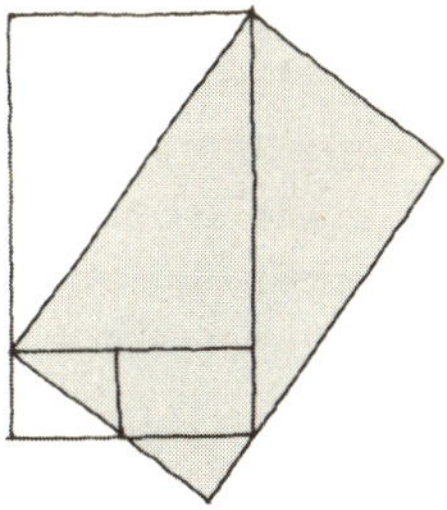

2. Aufgabe

Setzt man ein Komma zwischen die beiden Ziffern 2 und 3, erhält man die Zahl 2,3, die größer ist als 2, aber kleiner als 3.

3. Aufgabe

Hätte nur ein Kind gelogen, müssten entweder beide Hanna oder beide Hans heißen. Das ist aber nicht der Fall, folglich lügen beide Kinder. Das schwarzhaarige Kind, das behauptet, es sei Hans, ist also das Mädchen Hanna.

4. Aufgabe

Das Problem ist nur lösbar, wenn man einen etwas unfairen Trick benutzt: Eines der beiden Quadrate ist ein Loch in dem anderen Quadrat. Nun sind mehrere Lösungen möglich.

Bei der zweiten Lösung gehen die beiden Schnitte durch den Mittelpunkt des Quadrates und stehen senkrecht aufeinander.

Sie können unter einem beliebigen Winkel zu den Quadratseiten stehen, nur dürfen sie nicht parallel zu ihnen verlaufen.

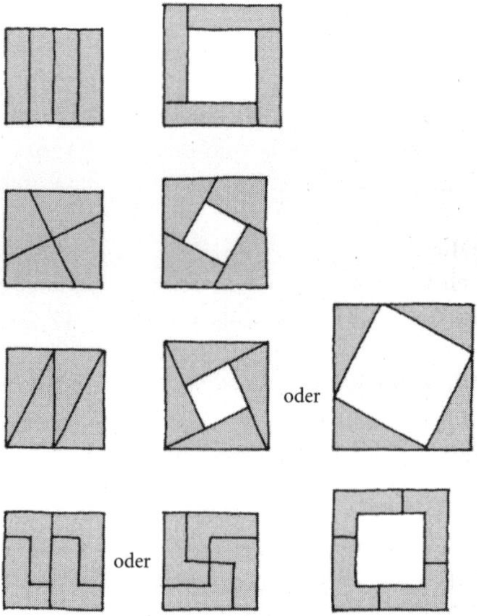

Aus der zweiten Variante der vierten Lösung kann eine ganze Schar weiterer Lösungen konstruiert werden. Dazu teilt man im Gedanken das Ausgangsquadrat in vier Unterquadrate auf, die dann stufenförmig zerschnitten werden.

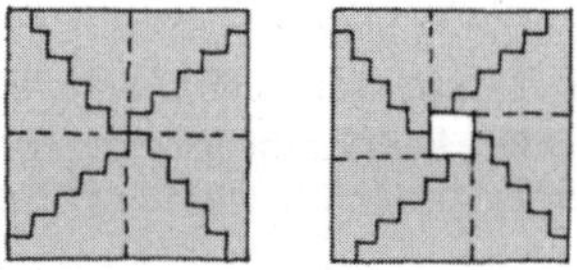

5. Aufgabe

Das Problem ist unlösbar, wenn man annimmt, dass das Fenster quadratisch ist. Gibt man dem Fenster allerdings die Form einer 60-Grad-Raute, dann findet man die Lösung sofort.

6. Aufgabe

Es handelt sich um die Zahlen, die man auch auf den Kopf gestellt lesen kann und die dabei außerdem ihren Wert nicht verändern.

1, 8, 11, 69, 88, 96, 101, 111, 181, 609, 619, 689, 808, 818, 888, …

7. Aufgabe

Da der Müller als Lohn 1/10 des gesamten Mehls behält, muss der Zentner Mehl, den der Bauer bekommt, 9/10 der Gesamtmenge sein. Ein Zehntel der Gesamtmenge ist folglich ein 1/9 Zentner und die Gesamtmenge somit 10/9 Zentner. Der Bauer hat also 11/9 Zentner Mehl zur Mühle gebracht.

8. Aufgabe

Die Aufgabe ist unlösbar. Aus jedem Raum, in den man hineingeht, muss man auch wieder herauskommen. Da man dabei eine andere Tür benutzen soll, muss der Raum mindestens zwei Türen haben. Geht man mehrmals in einen Raum, braucht man weitere Paare von Eingangs- und Ausgangstüren. Folglich muss jeder Raum und auch der Außenraum, den man als sechsten Raum betrachten kann, eine gerade Anzahl von Türen aufweisen. Zwei Ausnahmen sind die beiden Räume, in denen man den Rundgang beginnt und beendet. Sie dürfen eine Eingangs- bzw. Ausgangstür weniger haben. Das bedeutet also, das Problem ist höchstens dann lösbar, wenn maximal zwei Räume eine ungerade Türenzahl haben. Es weisen jedoch drei Räume und der Außenraum eine ungerade Anzahl von Türen auf, darum ist der Rundgang unmöglich.

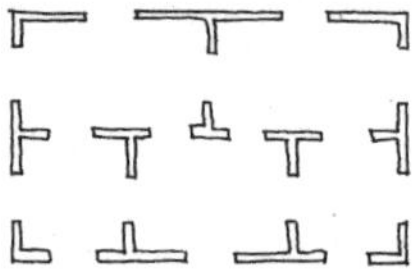

9. Aufgabe
Bei der Multiplikation
20 x 19 x 18 x 17 x 16 x 15 x 14 x 13 x 12 x 11 x 10 x 9 x 8 x 7 x 6 x 5 x 4 x 3 x 2 x 1 x 0
ist der letzte Faktor eine Null, und da die Multiplikation einer beliebigen Zahl mit null wieder null ergibt, ist das Ergebnis dieser Aufgabe null.

10. Aufgabe
Fügt man der Zeichnung noch drei Kreise hinzu, kann man leicht mit einer Linie, die durch den Mittelpunkt des unteren linken Kreises und durch den des oberen rechten Kreises läuft, das Muster symmetrisch in zwei gleiche Hälften teilen. Nun ist problemlos zu erkennen, dass die fünf ursprünglichen Kreisflächen auch genau halbiert werden.

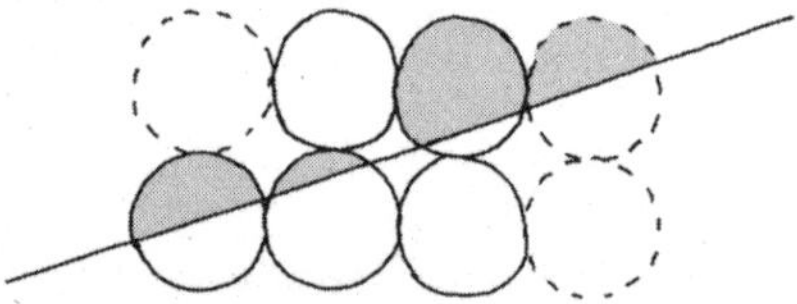